MW01104468

IL FAUT TUER
PETER PAN

DU MÊME AUTEUR

658, Grasset, 2011.
N'OUVRE PAS LES YEUX, Grasset, 2012.
NE RÉVEILLEZ PAS LE DIABLE QUI DORT, Grasset, 2013.

JOHN VERDON

IL FAUT TUER PETER PAN

roman

Traduit de l'anglais (États-Unis) par
PHILIPPE BONNET, SABINE BOULONGNE
ET FRANÇOIS VIDONNE

34818

BERNARD GRASSET
PARIS

L'édition originale de cet ouvrage a été publiée par Crown Publishers,
à New York, en 2014, sous le titre :

PETER PAN MUST DIE

Photo de couverture : Elisabeth Schmitt © Getty Images

ISBN : 978-2-246-81191-6
ISSN : 1263-9559

© 2014 by John Verdon.
© Éditions Grasset & Fasquelle, 2015, pour la traduction française.

Pour Naomi

« Il y a une marée dans les affaires humaines.
Quand on saisit le flux, il mène à la fortune ;
quand on le laisse passer, tout le voyage de la vie
échoue dans les bas-fonds et les misères. »

WILLIAM SHAKESPEARE,
Jules César, acte 4, scène 3

Bien avant le début de la tuerie

IL Y AVAIT UNE ÉPOQUE OÙ IL RÊVAIT d'être à la tête d'une grande nation. Une puissance nucléaire.

En tant que président, il aurait le doigt sur le bouton rouge. D'une simple pression de ce doigt, il pourrait envoyer des missiles nucléaires. Il pourrait éradiquer des villes immenses. Mettre fin à la corruption humaine. Effacer la pourriture et repartir à neuf.

Avec la maturité, toutefois, il avait adopté un point de vue plus pragmatique, une vision plus réaliste de ce qui était possible. Il savait que le bouton rouge ne serait jamais à sa portée.

Mais d'autres boutons étaient disponibles. En prenant son temps, en pressant un bouton après l'autre, on pouvait accomplir beaucoup.

À mesure qu'il y pensait – et pendant son adolescence, il n'avait guère pensé à autre chose –, un plan concernant son avenir prit forme peu à peu. Il en arriva à comprendre ce que serait sa spécialité – son art, son expertise, son domaine d'excellence. Ce qui n'était pas peu de chose, dans la mesure où, jusque-là, il ne savait pratiquement rien de lui-même, n'avait aucune idée de qui ou de ce qu'il était.

Il ne gardait que fort peu de souvenirs de quoi que ce soit avant l'âge de douze ans.

Hormis le cauchemar.

11

Ce cauchemar qui revenait sans cesse.

Le cirque. Sa mère, plus petite que les autres femmes. Le rire terrible. La musique du manège. Les grognements rauques et constants des animaux.

Le clown.

Le clown énorme qui lui donnait de l'argent et le battait.

Le clown à la respiration sifflante et dont l'haleine sentait le vomi.

Et les mots. D'une telle netteté dans le cauchemar que leurs contours étaient aussi acérés que de la glace se fracassant contre une pierre. « C'est notre secret. Si tu le dis à quiconque, je jetterai ta langue au tigre. »

Un meurtre impossible

CHAPITRE 1

L'ombre de la mort

DANS LES MONTS CATSKILL DE L'ÉTAT DE NEW YORK, août était un mois instable, oscillant entre la gloire éclatante de juillet et la grisaille pluvieuse du long hiver à venir.

C'était un mois capable d'altérer votre sens du temps et de l'espace. Il semblait alimenter la confusion de Dave Gurney par rapport à sa propre vie, confusion qui avait commencé avec son départ à la retraite du NYPD trois ans plus tôt et qui n'avait fait qu'augmenter lorsque Madeleine et lui s'étaient installés à la campagne, quittant la ville où ils avaient vu le jour, grandi, fait leurs études et travaillé.

À cet instant, par une fin d'après-midi nuageuse de la première semaine d'août, alors que le tonnerre grondait légèrement au loin, ils grimpaient la Barrow Hill, suivant les vestiges envahis par l'herbe d'un chemin de terre qui reliait trois petites carrières de pierre bleue, depuis longtemps abandonnées et remplies de framboisiers sauvages. Tout en traînant les pieds derrière Madeleine, qui se dirigeait vers un rocher bas où ils s'arrêtaient d'ordinaire pour se reposer, il s'efforçait de mettre en pratique le conseil qu'elle lui prodiguait souvent : regarde autour de toi. Tu es dans un endroit splendide. Détends-toi et imprègne-t'en.

— C'est un tarn ? demanda-t-elle.

Gurney cligna des yeux.

— Quoi ?

15

— Ça.

Elle inclina la tête en direction d'un bassin d'eau stagnante occupant la large dépression laissée des années auparavant par l'extraction de la pierre bleue. Plus ou moins rond, il s'étendait de l'endroit où ils se tenaient, près du chemin, jusqu'à une rangée de saules pleureurs à l'autre extrémité – une étendue miroitante d'une bonne cinquantaine de mètres de diamètre, dans laquelle les branches des arbres se reflétaient avec une telle précision qu'on aurait dit une photo truquée.

— Un tarn ?

— J'ai lu un livre formidable sur la randonnée dans les Highlands écossais, expliqua-t-elle avec sérieux, et l'auteur n'arrêtait pas de tomber sur des « tarns ». Ça m'a donné l'impression que c'était une sorte d'étang rocailleux.

— Hmm.

Gurney contemplait d'un air sombre le reflet des saules. Il leva la tête et suivit le regard de Madeleine le long d'une pente douce, à travers une trouée dans les bois formée par une route forestière abandonnée.

Si le rocher près de l'ancienne carrière était devenu leur halte habituelle, c'est que c'était le seul point sur le sentier d'où l'on pouvait apercevoir leur propriété – la vieille ferme, les plates-bandes, les pommiers envahis par la végétation, l'étang, la grange reconstruite depuis peu, les pâturages à flanc de colline tout autour (depuis longtemps inutilisés et pleins de laiterons et de marguerites jaunes à cette époque de l'année), la partie du pré à côté de la mai-son qu'ils tondaient et appelaient la pelouse, l'andain traversant le pré du bas qu'ils tondaient et appelaient l'allée – et Madeleine, perchée à présent sur le rocher, semblait toujours enchantée par cette vue d'ensemble unique.

Gurney ne voyait pas les choses du même œil. Elle avait décou-vert cet emplacement peu après leur emménagement, et depuis qu'elle le lui avait montré, il ne pouvait pas s'empêcher de penser que ce serait une position idéale pour un tireur désireux de prendre pour cible quelqu'un entrant ou sortant de chez eux. (Il avait eu le bon sens de ne pas lui en faire part. Elle travaillait trois jours par

16

semaine à la clinique psychiatrique locale, et il ne tenait pas à ce qu'elle pense qu'il avait besoin d'un traitement contre la paranoïa.)

Le poulailler, l'utilité d'en construire un, la taille et l'apparence prévues et l'endroit où il faudrait l'installer étaient devenus des sujets de conversation quotidiens – à l'évidence passionnants pour elle et légèrement agaçants pour lui. Ils avaient acheté quatre poussins à la fin mai sur l'insistance de Madeleine et les avaient mis dans la grange –, mais l'idée de les doter d'un nouvel abri près de la maison avait pris corps.

— On pourrait faire un joli petit poulailler avec un enclos entre les asparagus et le pommier, dit-elle d'un ton jovial, comme ça ils auraient de l'ombre les jours de canicule.

— Très bien, répondit-il avec plus de lassitude qu'il n'en avait l'intention.

À partir de quoi la conversation aurait peut-être dégénéré si quelque chose n'avait pas détourné l'attention de Madeleine. Elle inclina la tête sur le côté.

— Qu'est-ce qu'il y a ? demanda Gurney.

— Écoute.

Il attendit – ce qui n'avait rien d'une situation exceptionnelle. Il avait une audition normale, mais celle de Madeleine était extraordinaire. Quelques secondes plus tard, alors que le vent agitant les feuilles se calmait, il entendit un bruit au loin, en bas de la colline, peut-être sur la route montant de la ville pour se terminer au début de leur pré servant d'allée. Comme il augmentait, il reconnut le grondement caractéristique d'un puissant moteur à huit cylindres en V.

Il connaissait quelqu'un qui possédait un vieux bolide faisant exactement le même bruit – une Pontiac GTO rouge de 1970 en partie restaurée –, quelqu'un pour qui cette sonorité tapageuse du pot d'échappement était une introduction parfaite.

Jack Hardwick.

Il sentit ses mâchoires se serrer à la perspective d'une visite de l'inspecteur avec qui il avait une si curieuse histoire d'expériences de mort imminente, de succès professionnels et de conflits de personnalité. Non que cette visite fût réellement une surprise. En fait, il s'y attendait depuis le moment où il avait appris le départ forcé de Hardwick du Département des enquêtes criminelles de la police de l'État de New York. Et il avait conscience que la tension qu'il ressentait à présent était liée à ce qui s'était passé avant ce départ. Qu'une dette importante était en jeu qu'il lui faudrait régler d'une façon ou d'une autre.

Une formation de nuages sombres et bas se déplaçait rapidement vers la crête, comme fuyant le bruit agressif de la voiture rouge – maintenant visible de là où était assis Gurney –, tandis qu'elle remontait vers la ferme. Pendant un bref instant, il fut tenté de rester sur la colline jusqu'à ce que Hardwick s'en aille, mais il savait que cela ne servirait à rien – seulement à prolonger son malaise avant la rencontre inévitable. Avec un petit grognement de détermination, il se leva de sa place sur le rocher.

— Tu l'attendais ? demanda Madeleine.

Gurney fut surpris qu'elle se soit souvenue de la voiture de Hardwick.

— Je me rappelle le bruit, dit-elle, paraissant déchiffrer son expression.

La GTO s'arrêta près de sa propre Outback poussiéreuse sur le petit parking de fortune le long de la maison. Pendant quelques secondes, le moteur de la grosse Pontiac rugit encore plus fort, tournant à fond avant d'être coupé.

— Je l'attendais de manière générale, répondit Gurney, pas nécessairement aujourd'hui.

— Tu as envie de le voir ?

— Je dirais que c'est plutôt lui qui a envie de me voir, et je préférerais en finir au plus vite.

CHAPITRE 2

La lie de la terre

À MI-DISTANCE DU BAS DE LA COLLINE, un peu plus profondément dans le bois et hors de vue de la maison à présent, le téléphone de Gurney se mit à sonner. Il reconnut le numéro de Hardwick.

— Bonjour, Jack.

— Vos voitures sont toutes les deux ici. Vous vous planquez dans la cave ?

— Je vais très bien, merci. Et toi ?

— Où diable êtes-vous ?

— On est en train de redescendre à travers le bosquet de cerisiers à ta gauche.

— Le flanc de coteau avec les feuilles jaunes vérolées ?

Hardwick avait le don de mettre les nerfs de Gurney à vif. Il aimait lancer des petites piques qui faisaient étrangement écho à une voix de son enfance : la voix implacablement sardonique de son père.

— Exact, celui avec les feuilles vérolées. Qu'est-ce que je peux faire pour toi, Jack ?

Hardwick se racla gorge avec un enthousiasme révoltant.

— La question serait plutôt de savoir ce que nous pouvons faire l'un pour l'autre. Un bienfait n'est jamais perdu. Au fait, j'ai vu que ta porte n'était pas fermée. Ça te dérange si je t'attends à l'intérieur ? Trop de foutues mouches dehors.

Hardwick se tenait au centre d'une grande pièce ouverte occupant la moitié du rez-de-chaussée. À un bout se trouvait une cuisine rustique. Une table de petit déjeuner en pin, ronde, était nichée dans un coin, près d'une paire de portes-fenêtres. À l'autre bout s'étendait un espace salon, disposé autour d'une grande cheminée en pierre et d'un poêle. Au milieu était posée une table de salle à manger de style Shaker avec six chaises à barreaux.

La première chose qui frappa Gurney en pénétrant dans la pièce, c'est que Hardwick n'avait pas tout à fait l'air dans son état normal.

Même le ton concupiscent de sa première question – « Et où peut bien être cette exquise Madeleine ? » – paraissait étrangement forcé.

— Je suis ici, fit-elle en émergeant du cellier pour se diriger vers l'évier avec un sourire mi-aimable, mi-anxieux.

Elle tenait une poignée de fleurs sauvages ressemblant à des asters qu'elle venait de cueillir dans le pré. Elle les posa à côté de l'égouttoir et se tourna vers Gurney.

— Je les laisse là. Je chercherai un vase plus tard. Il faut que je monte jouer un moment.

Hardwick sourit et murmura :

— C'est en forgeant qu'on devient forgeron. Et elle joue de quoi ?
— Du violoncelle.
— Oui, bien sûr. Tu sais pourquoi les gens aiment tellement le violoncelle ?
— Parce qu'il a un joli son ?
— Ah, mon petit Davey, voilà bien le genre de vision concrète, claire et rationnelle qui t'a rendu célèbre. (Hardwick se lécha les lèvres.) Mais sais-tu au juste ce qui fait que ce son particulier plaît tant ?
— Pourquoi ne pas me le dire tout simplement, Jack ?
— Et te priver d'un passionnant petit casse-tête à résoudre ? (Il secoua la tête avec une détermination théâtrale.) Jamais de la vie. Un génie comme toi a besoin de défis à relever. Sinon, il se racornit.

Comme Gurney dévisageait Hardwick, il comprit soudain ce qui clochait, ce qu'il y avait de différent chez lui. Sous le badinage acide qui constituait le mode de communication habituel du personnage, semblait régner une tension on ne peut moins habituelle. L'irritation faisait partie intégrante de sa personnalité, mais ce que Gurney décelait maintenant dans les yeux bleu pâle de Hardwick était plus de la nervosité que de l'irritation. Et il se demanda ce qui allait suivre. La gêne peu courante de son interlocuteur était contagieuse.

Pour ne rien arranger, Madeleine avait choisi un morceau assez vif pour travailler son violoncelle.

Hardwick se mit à arpenter la pièce, effleurant les dossiers des chaises, les coins de table, les plantes en pot, les plats, les bouteilles et les chandeliers décoratifs qu'elle avait achetés dans des petites brocantes de la région.

— J'adore cet endroit ! Vraiment ! Si sacrément authentique ! (Il s'immobilisa, passa ses doigts dans ses cheveux coupés ras qui commençaient déjà à grisonner.) Tu vois ce que je veux dire ?

— Que c'est sacrément authentique ?

— Cent pour cent d'origine. Regarde ce poêle en fonte, fabriqué en Amérique, aussi américain que des putains de pancakes. Et ces lattes de plancher, droits et honnêtes comme les arbres ayant servi à les faire.

— Droites et honnêtes.

— Pardon ?

— Ces lattes droites et honnêtes. Pas droits et honnêtes.

Hardwick cessa d'aller et venir.

— Bordel, de quoi tu parles ?

— Peux-tu me dire ce qui t'amène ?

Hardwick fit la grimace.

— Ah, Davey, mon petit Davey – professionnel jusqu'au bout des ongles, comme toujours. Voilà que tu repousses mes quelques tentatives de civilités, mes efforts de lubrification sociale, mes compliments sur la simplicité puritaine de ta décoration intérieure…

— Jack.

— D'accord. Les affaires d'abord. Au diable les civilités. Où est-ce qu'on s'assoit ?

Gurney indiqua la petite table ronde près des portes-fenêtres.

21

Lorsqu'ils furent installés l'un en face de l'autre, Gurney se laissa aller en arrière et attendit.

Hardwick ferma les yeux, se frotta énergiquement le visage comme pour calmer une violente démangeaison. Puis il joignit ses mains sur la table.

— Tu connais ce passage de *Jules César*, à propos d'une marée dans les affaires humaines ?

— Et alors ?

Hardwick se pencha en avant comme si les mots contenaient le secret ultime de la vie. La raillerie invétérée avait disparu de sa voix.

— « Il y a une marée dans les affaires humaines. Quand on saisit le flux, il mène à la fortune ; quand on le laisse passer, tout le voyage de la vie échoue dans les bas-fonds et les misères. »

— Tu l'as appris par cœur rien que pour moi ?

— Je l'ai appris à l'école. Ça m'est toujours resté.

— Première fois que je t'entends en parler.

— La situation propice ne s'était encore jamais présentée.

— Mais maintenant… ?

Un tic crispa le coin de la bouche de Hardwick.

— Maintenant, le moment est venu.

— Une marée dans tes affaires… ?

— Dans nos affaires.

— Les tiennes et les miennes ?

— Exactement.

Gurney demeura silencieux, se bornant à observer le visage anxieux et impatient en face de lui. Il se sentait beaucoup moins à l'aise avec cette version subitement crue et sérieuse de Jack Hardwick qu'il l'avait jamais été avec l'éternel cynique.

Pendant quelques instants, on n'entendit dans la maison que la mélodie nerveuse de la pièce du début du XXe siècle avec laquelle Madeleine se débattait depuis une semaine.

De façon presque imperceptible, la bouche de Hardwick eut une nouvelle crispation.

De la voir une deuxième fois et d'attendre qu'elle se produise une troisième agaça Gurney. Cela présageait qu'il allait payer le prix fort pour la dette contractée quelques mois auparavant.

— Tu as l'intention de m'expliquer de quoi tu parles ? demanda-t-il.

— Je parle de l'affaire Spalter.

Hardwick prononça ces derniers mots avec un étrange mélange de suffisance et de mépris. Ses yeux étaient rivés sur ceux de Gurney, comme à la recherche de la réaction appropriée.

Gurney fronça les sourcils.

— La femme qui a tiré sur son mari, un riche politicien, à Long Falls ?

La nouvelle avait défrayé la chronique en début d'année.

— Exactement.

— Si je me souviens bien, la condamnation était courue d'avance. La dame s'est retrouvée noyée sous un déluge de preuves et de témoins de l'accusation. Sans parler de ce petit supplément pour couronner le tout : son mari, Carl, mourant pendant le procès.

— Tout à fait.

Les détails commençaient à lui revenir.

— Elle lui a tiré dessus dans le cimetière, alors qu'il se tenait devant la tombe de sa mère, n'est-ce pas ? La balle a provoqué une paralysie qui l'a transformé en légume.

Hardwick hocha la tête.

— Un légume en fauteuil roulant. Que l'accusation a poussé chaque jour dans la salle d'audience. Un spectacle affreux. Et un rappel constant pour le jury tandis qu'on jugeait son épouse pour lui avoir fait ça. Jusqu'à ce que, bien sûr, il décède à la moitié du procès, et qu'ils n'aient plus besoin de le pousser à l'intérieur. Le procès s'est poursuivi – simplement l'inculpation a été requalifiée de tentative d'homicide en homicide.

— Spalter était un agent immobilier plein aux as, n'est-ce pas ? Il venait d'annoncer sa candidature au poste de gouverneur ?

— Ouais.

— Anticriminalité. Antigang. Slogan gonflé à bloc. « Le temps est venu de se débarrasser de la lie de la terre. » Ou quelque chose de ce genre.

Hardwick se pencha en avant.

23

— Les termes exacts, mon petit Davey. Dans chacun de ses discours, il s'arrangeait pour parler de « la lie de la terre ». Chaque putain de fois. « La lie de la terre s'est hissée au sommet du cloaque de la corruption politique de notre nation. » La lie de la terre par-ci, la lie de la terre par-là. Carl avait de la suite dans les idées.

Gurney acquiesça.

— Il me semble me souvenir que l'épouse avait une liaison et qu'elle craignait qu'il demande le divorce, ce qui aurait pu lui coûter des millions, sauf s'il mourait avant d'avoir changé son testament.

— Tu y es.

Hardwick sourit.

— J'y suis ? demanda Gurney d'un air incrédule. C'est l'opportunité de marée haute dont tu parlais ? L'affaire Spalter ? Au cas où tu ne l'aurais pas remarqué, l'affaire Spalter est close, finie, réglée. Si ma mémoire est bonne, Kay Spalter purge actuellement une peine de vingt-cinq ans de prison en haute sécurité à Bedford Hills.

— Tout ça est vrai, répondit Hardwick.

— Alors de quoi parlons-nous, sapristi ?

Hardwick se mit à sourire lentement, d'un sourire sans humour – le genre d'interruption théâtrale dont il était friand et que détestait Gurney.

— Nous parlons du fait que… la dame a été victime d'une machination. Les preuves présentées contre elle étaient de la foutaise complète, du début à la fin. De la foutaise… pure… et simple. (À nouveau, le tic au coin de sa bouche.) En un mot, nous parlons de faire annuler la condamnation de la dame.

— Comment sais-tu que les preuves étaient de la foutaise ?

— Elle s'est fait avoir par un flic pourri.

— Comment le sais-tu ?

— Je sais un certain nombre de trucs. Et aussi, les gens me racontent des choses. Le flic pourri a des ennemis – à juste titre. Il n'est pas seulement pourri, il est puant. La dernière des merdes.

Il y avait dans le regard de Hardwick une férocité que Gurney n'avait jamais vue auparavant.

— D'accord. Mettons qu'elle ait été piégée par un flic pourri. Et même qu'elle soit innocente. Quel rapport avec toi ? Ou avec moi ?

— En dehors de la question mineure de la justice ?

— Cette expression dans ton regard n'a rien à voir avec la justice.

— Bien sûr que si. Elle a même tout à voir avec la justice. Le système m'a baisé. Alors je vais baiser le système. Honnêtement, légalement et totalement du côté de la justice. Ils m'ont viré parce que c'est ce qu'ils voulaient depuis longtemps. Je me suis montré légèrement laxiste concernant plusieurs dossiers sur l'affaire du Bon Berger que je t'ai passés, des salades de bureaucrate, et c'est ce qui a fourni à ces salauds le prétexte qu'ils cherchaient.

Gurney hocha la tête. Il s'était demandé si la dette serait évoquée – le bénéfice retiré par Gurney, la dépense, mettant fin à sa carrière, occasionnée à Hardwick. À présent, il n'avait plus à se poser la question.

Hardwick continua.

— Je me suis donc lancé dans les enquêtes privées. Location de flic au chômage. Et ma première cliente va être Kay Spalter, par l'intermédiaire de l'avocat qui s'occupera de son appel. De sorte que ma première victoire sera une très grande victoire.

Gurney marqua un temps d'arrêt, réfléchit à ce qu'il venait d'entendre.

— Et moi ?

— Quoi ?

— Tu as dit qu'il s'agissait d'une opportunité pour nous deux.

— Et c'est exactement ça. Pour toi, ça pourrait être l'affaire d'une putain de vie. Aller au fond des choses, les disséquer et les remettre à la bonne place. L'affaire Spalter a été le crime de la décennie, suivi du complot du siècle. L'éclaircir, rétablir la vérité et flanquer quelques coups de pied dans les couilles à ces enfoirés par la même occasion. Ça te fera une encoche de plus sur ton flingue, Sherlock. Une sacrée grosse encoche.

Gurney hocha lentement la tête.

— Bon, mais... tu n'as pas fait tout le trajet jusqu'ici rien que pour me donner l'occasion de flanquer des coups de pied dans les couilles des méchants. Pourquoi veux-tu me mêler à ça ?

Hardwick haussa les épaules, prit une profonde inspiration.

— Un tas de raisons.

— La principale étant… ?

Pour la première fois, on aurait dit que les mots avaient du mal à sortir de sa bouche.

— Pour m'aider à donner un tour de clé supplémentaire et à boucler l'accord.

— Il n'y a pas d'accord pour l'instant ? Tu viens de me dire que Kay Spalter était ta cliente.

— J'ai dit qu'elle allait être ma cliente. Il reste quelques détails d'ordre juridique à régler avant.

— Des détails ?

— Crois-moi, tout est fin prêt, il suffit d'appuyer sur les bons boutons.

Gurney vit réapparaître le tic et sentit les muscles de ses mâchoires se serrer.

Hardwick enchaîna.

— Kay Spalter était représentée par un crétin commis d'office qui, en principe, est toujours son avocat, ce qui ôte du poids à toute une série d'arguments par ailleurs de taille en faveur de l'annulation de la condamnation. Une cartouche potentielle dans le pistolet de l'appel serait une représentation incompétente, mais le gus actuel ne peut pas vraiment s'en servir. Il est difficile d'expliquer à un juge : vous devez libérer ma cliente parce que je suis un crétin. Il faut que ce soit quelqu'un d'autre qui dise que vous êtes un crétin. Ainsi le veut la loi. Le résultat, c'est que…

Gurney l'interrompit.

— Attends une seconde. Il doit y avoir beaucoup d'argent dans cette famille. Comment s'est-elle retrouvée avec un avocat commis d'office… ?

— Il y a beaucoup d'argent. Le problème, c'est que tout était au nom de Carl. Il contrôlait tout. Ce qui t'indique le genre de type que c'était. Kay vivait comme une dame très riche – alors qu'en fait, elle n'avait pas un sou à son nom. En théorie, elle est indigente, et elle s'est vu attribuer le genre d'avocat qu'obtiennent d'ordinaire les indigents. Sans compter un petit budget pour les frais de la défense. Donc, conclusion, comme je te le disais, elle a besoin d'une nouvelle représentation. Et j'ai le lascar idéal tout prêt, en train d'aiguiser ses crocs. Un fils de pute malin, vicelard et sans scrupules – avec un gros appétit. Elle a juste à signer deux ou trois trucs pour rendre le changement officiel.

Gurney se demanda s'il avait bien entendu.

— Tu attends de moi que je lui vende cette idée ?

— Non. Absolument pas. Aucune vente requise. J'aimerais seulement que tu fasses partie de l'équipe.

— À quel titre ?

— Ténor de la Brigade criminelle. Enquêtes pour meurtre couronnées de succès et décorations jusqu'au cou. L'homme qui a retourné l'affaire du Bon Berger et flanqué dans l'embarras un tas d'enfoirés.

— Tu es en train de dire que tu voudrais que je te serve de porte-parole, à toi et à ton fils de pute vicelard et sans scrupules ?

— Il n'est pas vraiment sans scrupules. Juste… agressif. Il s'y entend à jouer des coudes. Et non, tu ne serais pas un simple porte-parole. Tu serais un joueur. Un membre de l'équipe. Une des raisons pour lesquelles Kay Spalter nous engagerait pour réenquêter sur l'affaire, ficeler l'appel et faire annuler sa condamnation à la noix.

Gurney secoua la tête.

— Je ne comprends rien à cette histoire. S'il n'y avait pas d'argent pour un ténor du barreau à l'origine, comment se fait-il qu'il y en ait à présent ?

— Tout d'abord, d'après le poids apparent du dossier de l'accusation, il n'y avait guère d'espoir que Kay l'emporte. Et si elle ne pouvait pas l'emporter, elle n'avait aucun moyen de payer des frais de justice substantiels.

— Et maintenant… ?

— Maintenant, la situation est différente. Toi, moi et Lex Bincher allons y veiller. Crois-moi, elle l'emportera, et les méchants mordront la poussière. Et une fois qu'elle aura gagné, elle sera en droit d'hériter une somme énorme en tant que principale bénéficiaire de Carl.

— Ce qui signifie que ce Bincher travaille sur la base d'honoraires conditionnels dans une affaire d'homicide ? Ce n'est pas un tantinet illégal, ou du moins contraire à l'éthique ?

— Pas d'inquiétude. L'accord qu'elle signera ne contient pas de clause conditionnelle. On pourrait dire, je suppose, que le fait que Lex soit payé dépendra du succès de l'appel, mais il n'y a aucune trace écrite qui permette de faire le lien. Si l'appel échoue, en théorie, Kay lui devra tout simplement un paquet de fric. Mais oublie ça. C'est le problème de Lex. En outre, l'appel réussira !

Gurney se carra sur sa chaise et se mit à contempler par la porte-fenêtre la vieille terrasse en pierre bleue.

Il battit des paupières, se frotta le visage avec les deux mains et s'efforça de ramener à l'essentiel le méli-mélo devant lequel il se trouvait.

À son avis, on lui demandait de faire la courte échelle à Hardwick dans sa nouvelle affaire de détective privé en l'aidant à obtenir son premier engagement vis-à-vis d'un client. Ce qui serait la contrepartie des faveurs qu'il lui avait faites par le passé en contournant délibérément les règlements au détriment de sa carrière dans la police de l'État. Au moins, ce point était clair. Mais il y en avait bien d'autres à considérer.

Un des traits distinctifs de Hardwick avait été cette indépendance audacieuse, du genre advienne que pourra, allant avec le fait de ne pas être trop attaché à quoi ou à qui que ce soit, ni à un but préétabli. Mais l'homme semblait diablement attaché à ce nouveau projet, et Gurney ne trouvait pas le changement si positif que ça. Il se demandait comment ce serait de travailler avec Hardwick dans cet état second – avec toute son abrasivité restée intacte, mais désormais au service d'un ressentiment obsessionnel.

Il tourna son regard vers celui-ci.

— Mais qu'est ce que ça signifie, Jack : un membre de l'équipe ? Qu'est-ce que tu veux que je fasse précisément, à part avoir l'air intelligent et faire cliqueter mes médailles ?

— Tout ce qui te chante. Écoute, c'est moi qui te le dis : le dossier de l'accusation était pourri du début à la fin. Si l'enquêteur principal ne se retrouve pas à Attica après ça, je… je deviens un putain de végétalien. Je te garantis à cent pour cent que les conclusions et les témoignages sont truffés d'incohérences. Même le procès-verbal de ce foutu procès en est plein. Et, mon petit Davey, que tu l'admettes ou non, tu sais pertinemment qu'aucun flic n'a jamais eu un œil et une oreille plus aiguisés que toi pour ce qui est des incohérences. Un point, c'est tout. Je te veux dans l'équipe. Est-ce que tu feras ça pour moi ?

Est-ce que tu feras ça pour moi ? La requête trouva un écho dans la tête de Gurney. Il ne se sentait pas capable de dire non. Pas à cet instant précis, en tout cas. Il prit une profonde inspiration.

— Tu as le procès-verbal des débats ?

— Ouais.

— Avec toi ?

— Dans ma bagnole.

— Je… j'y jetterai un coup d'œil. À partir de là, on verra ce qu'on fait.

Hardwick se leva, sa nervosité ressemblant davantage maintenant à de l'excitation.

— Je te laisserai également une copie du dossier pénal. Beaucoup de merde intéressante. Ça pourrait être utile.

— Comment t'es-tu procuré ce dossier ?

— J'ai encore quelques amis.

Gurney sourit, mal à l'aise.

— Je ne te promets rien, Jack.

— D'accord. Pas de problème. Je vais chercher les papiers dans la voiture. Prends ton temps. Vois ce que tu en penses. (Au moment de sortir, il s'arrêta et se retourna.) Tu ne seras pas déçu, Davey. L'affaire Spalter a tout pour elle : horreur, haine, gangsters, démence, politique, gros sous, gros mensonges, et peut-être même un peu d'inceste. Bon sang, tu vas adorer !

CHAPITRE 3

Quelque chose dans les bois

MADELEINE PRÉPARA UN DÎNER SIMPLE et ils mangèrent assez vite, sans beaucoup parler. Gurney s'attendait à ce qu'elle l'entraîne dans une discussion épuisante sur sa rencontre avec Hardwick, mais elle ne posa qu'une seule question :

— Qu'est-ce qu'il te veut ?

Gurney lui décrivit la situation en détail : la nature de l'affaire Spalter, le nouveau statut de détective privé de Hardwick, son investissement psychologique manifestement considérable pour faire annuler la condamnation de Kay Spalter, sa demande d'aide.

L'unique réaction de Madeleine consista en un petit hochement de tête. Après quoi elle desservit la table, lava la vaisselle puis arrosa les plantes qui se trouvaient sur le buffet en pin sous les fenêtres de la cuisine. Comme elle s'obstinait à garder le silence, Gurney éprouvait de plus en plus le désir d'ajouter quelques mots d'explication, de réconfort, de justification. Juste au moment où il allait le faire, elle proposa qu'ils aillent se promener jusqu'à l'étang.

— C'est une soirée trop agréable pour rester à l'intérieur.

« Agréable » n'est pas le terme qu'il aurait employé pour décrire le ciel incertain avec ses nuages se déplaçant à toute vitesse, mais il résista à l'envie d'en débattre. Il la suivit dans le cellier, où elle mit son coupe-vent aux couleurs tropicales. Pour sa part, il enfila un gilet gris olive qu'il avait depuis vingt ans.

Elle regarda le gilet en plissant les yeux, l'air sceptique, comme elle avait coutume de le faire.

— Tu essaies de ressembler à un grand-père.

— Tu veux dire stable, digne de confiance et charmant ?

Elle leva un sourcil ironique.

Ils ne dirent plus rien jusqu'à ce qu'ils aient traversé le pré du bas pour s'asseoir sur le vieux banc en bois près de l'étang. À l'exception de l'espace gazonné entre le banc et l'eau, l'étang était entouré de grandes plantes semi-aquatiques, où des grives à ailes rousses faisaient leur nid et chassaient les intrus en exécutant des piqués agressifs et en poussant des cris stridents de mai à juin ainsi que l'essentiel de juillet. Début août, elles étaient parties.

— Il va falloir que nous arrachions quelques-unes de ces cannes de Provence, dit Madeleine, ou elles vont tout envahir.

Le cercle de plantes semi-aquatiques s'épaississait un peu plus chaque année, s'avançant progressivement dans l'eau. Les arracher, avait découvert Gurney la première fois qu'il avait essayé, était un travail salissant, pénible et frustrant.

— D'accord, répondit-il d'un air distrait.

Les corbeaux, perchés dans les cimes des arbres à la lisière du pré, s'égosillaient à présent – un bavardage perçant et ininterrompu qui culminait chaque soir au coucher du soleil puis diminuait rapidement à mesure que la nuit tombait.

— Et nous devons vraiment faire quelque chose avec ça.

Elle indiqua du doigt le treillage déformé qu'un ancien propriétaire avait posé à l'orée du chemin qui faisait le tour de l'étang.

— Mais il faudra attendre que nous ayons construit le poulailler, avec une jolie clôture. Les poussins doivent pouvoir courir dehors au lieu de rester tout le temps dans cette grange étroite et sombre.

Gurney ne répondit pas. La grange avait des fenêtres, il n'y faisait pas si sombre, mais c'était inutile de discuter. Celle-ci était plus petite que le bâtiment initial, qui avait été détruit dans un mystérieux incendie quelques mois auparavant, au beau milieu de l'affaire du Bon Berger, mais à coup sûr suffisamment grande pour un coq et trois poules. Toutefois, Madeleine considérait les lieux fermés au mieux comme des aires de repos temporaires, tandis que le plein air était à ses yeux le paradis. Il était clair qu'elle compatissait avec ce qu'elle imaginait être l'emprisonnement des poussins, et il aurait été aussi facile de la convaincre que la grange était pour eux un domicile décent que de la persuader d'y vivre elle-même.

De plus, ils n'étaient pas venus jusqu'à l'étang pour discuter de joncs, de treillages ou de poussins. Gurney était certain qu'elle allait lui reparler de Jack Hardwick et il se mit à peaufiner une argumentation en faveur de son implication éventuelle dans l'affaire.

Elle lui demanderait s'il avait encore l'intention de s'occuper d'une enquête criminelle de grande envergure durant sa soi-disant retraite et, si oui, pourquoi il avait pris la peine de la prendre.

Il lui réexpliquerait que Hardwick avait été contraint de quitter la police de l'État en partie parce qu'il l'avait aidé dans l'affaire du Bon Berger, et que lui apporter son soutien en retour était un simple renvoi d'ascenseur. Du reste, qui paie ses dettes s'enrichit.

Elle ferait valoir que Hardwick s'était torpillé lui-même – que ce n'était pas le fait d'avoir passé quelques dossiers confidentiels qui lui avait valu d'être licencié, c'était sa longue histoire d'insubordination et de manque de respect, son goût puéril pour piquer au vif l'ego des figures d'autorité. Ce genre d'attitude comportait des risques évidents, et le couperet avait fini par tomber.

Il invoquerait les exigences plus floues de l'amitié.

Elle prétendrait que Hardwick et lui n'avaient jamais été vraiment des amis, seulement des collègues ayant de temps à autre des intérêts communs.

Il lui rappellerait le lien privilégié qui s'était tissé quelques années plus tôt à la faveur de leur collaboration dans l'affaire Peter Piggert, lorsque, le même jour, dans des juridictions distantes de plus de cent kilomètres, chacun d'eux avait découvert la moitié du corps de Mme Piggert.

Elle secouerait la tête et écarterait le « lien » en question comme étant une pure coïncidence passée qui constituait une piètre raison pour une action actuelle quelle qu'elle soit.

S'adossant aux lattes du banc, Gurney se mit à contempler le ciel ardoise. Il se sentait prêt, sinon complètement enthousiaste, pour la discussion dont il s'attendait à ce qu'elle démarre sous peu.

Lorsque Madeleine finit par prendre la parole, cependant, son ton et l'angle d'attaque n'étaient pas ce qu'il avait prévu.

— Tu te rends compte qu'il est obsédé, dit-elle, sur un ton mi-affirmatif, mi-interrogatif.

— Oui.

— Obsédé par un désir de vengeance.

— Possible.

— Possible ?

— D'accord, probablement.

— C'est un motif affreux.

— J'en suis conscient.

— Et tu es conscient également que cela rend sa version des faits peu fiable ?

— Je n'ai aucunement l'intention d'accepter sa version de quoi que ce soit. Je ne suis pas naïf à ce point-là.

Ils restèrent un moment silencieux. Gurney sentit soudain la fraîcheur du soir, une fraîcheur humide à l'odeur de terre.

— Tu devrais parler à Malcolm Claret, dit-elle d'un ton neutre.

Il battit des paupières, se tourna vers elle et la regarda fixement.

— Pardon ?

— Avant de te lancer là-dedans, tu devrais lui parler.

— Et pour quelle raison ?

Il éprouvait des sentiments mitigés à l'égard de Claret – non qu'il eût quoi que ce soit contre l'homme lui-même ou qu'il doutât de ses capacités professionnelles, mais le souvenir des événements qui avaient conduit à leurs rencontres précédentes était encore chargé de douleur et de confusion.

— Il pourra peut-être t'aider. T'aider à comprendre pourquoi tu fais ça.

— Pourquoi je fais ça ? Qu'est-ce que tu veux dire ?

Elle ne répondit pas tout de suite. Il n'insista pas non plus – déconcerté par la brusquerie de sa propre voix.

Ils étaient déjà passés par là plus d'une fois – sur la question de savoir pourquoi il faisait ce métier, pourquoi il était devenu policier, pourquoi il avait été attiré par les homicides et pourquoi ceux-ci continuaient à le fasciner. Que ce soit un terrain connu l'amena à s'interroger sur sa réaction.

Il se mit à parler d'une voix plus douce.

— Je ne sais pas ce que tu veux dire par « pourquoi je fais ça ».

— Tu as failli te faire tuer beaucoup trop souvent.

Il se recula un peu.

— Quand on a affaire à des meurtriers…

— Je t'en prie, pas maintenant, l'interrompit-elle en levant la main. Pas ton petit discours sur le travail dangereux. Ce n'est pas de ça que je parle.

— Alors de quoi…

— Tu es l'homme le plus intelligent que je connaisse. Oui, le plus intelligent. Tous les aspects, les possibilités, personne ne peut se les représenter mieux et plus vite que toi. Et pourtant…

Sa voix s'éteignit, subitement chancelante.

Il attendit dix longues secondes avant de demander gentiment :

— Et pourtant ?

Il s'écoula encore dix secondes avant qu'elle poursuive.

— Et pourtant… d'une manière ou d'une autre… tu t'es retrouvé face à un dément armé à trois reprises au cours des deux dernières années. À chaque fois en frôlant la mort.

Il ne dit rien.

— Il y a quelque chose qui cloche dans tout ça.

Il prit du temps pour répondre.

— Tu penses que j'ai envie de mourir ?

— Tu as envie de mourir ?

— Bien sûr que non.

Elle regardait droit devant elle.

Le pâturage et la forêt au-delà de l'étang devenaient de plus en plus en sombres. Madeleine eut un petit frisson ; elle monta la fermeture éclair de son coupe-vent et croisa les bras sur sa poitrine, les coudes serrés contre elle.

Ils demeurèrent un long moment silencieux. On aurait dit que leur conversation avait atteint un seuil critique, une pente glissante à partir de laquelle il n'y avait plus aucun moyen de s'en sortir.

Alors qu'une tache frémissante de lumière argentée apparaissait au milieu de l'étang – le reflet de la lune, qui avait émergé à cet instant par une trouée dans la couverture nuageuse –, il y eut un bruit dans l'épaisseur des bois derrière le banc qui donna à Gurney la chair de poule, un son funèbre, un cri de détresse pas tout à fait humain.

— Qu'est-ce… ?

— Je l'ai déjà entendu, déclara Madeleine, une pointe d'anxiété dans la voix. Chaque soir, il semble venir d'un endroit différent.

Il écouta, attendant. Au bout d'un moment, il l'entendit à nouveau, étrange et plaintif.

— Sans doute un hibou, fit-il remarquer tout en pensant que ça ressemblait au cri d'un enfant perdu.

CHAPITRE 4

Le mal à l'état pur

IL ÉTAIT MINUIT PASSÉ, et les efforts de Gurney pour s'endormir avaient été aussi infructueux que s'il avait bu une demi-douzaine de cafés.

Les deux fenêtres étaient ouvertes en haut, laissant pénétrer un peu de froid dans la pièce. L'obscurité et le contact de l'air humide de la nuit sur sa peau formaient une sorte d'enveloppe, lui donnant une impression grandissante de claustrophobie. Dans ce petit espace oppressant, il lui était impossible de mettre de côté ses pensées inquiètes concernant sa discussion, provisoirement terminée bien que loin d'être finie, avec Madeleine sur son désir de mort. Mais ces pensées ne menaient nulle part. La frustration le persuada de se lever et d'attendre que ses yeux se ferment d'eux-mêmes et que le sommeil le gagne.

Il se leva et alla à tâtons jusqu'à la chaise où il avait laissé sa chemise et son pantalon.

— Pendant que tu es debout, tu pourrais peut-être fermer les fenêtres à l'étage.

Contre toute attente, Madeleine semblait tout à fait réveillée.

— Pourquoi ? demanda-t-il.

— La tempête. Tu n'as pas entendu le tonnerre se rapprocher ?

Il ne l'avait pas entendu.

— Est-ce que je ferme aussi celles de la chambre ?

— Pas encore. L'air ressemble à du satin.

— Du satin mouillé, tu veux dire ?

Il l'entendit pousser un soupir, donner quelques tapes sur son oreiller et se réinstaller.

— Satin mouillé, herbe mouillée, magnifique…

Elle bâilla, émit un petit grognement satisfait et ne dit plus rien. Il s'émerveilla qu'elle puisse puiser des forces réparatrices dans ces phénomènes naturels qu'il fuyait instinctivement.

Il enfila son pantalon et sa chemise, monta, ferma les fenêtres et redescendit dans le bureau pour prendre l'énorme dossier de l'affaire Spalter.

Le poids du sac lui semblait un signe de mauvais augure.

Il pensait étaler le contenu sur la table de la salle à manger mais il se souvint que Madeleine n'aimait pas ça et il porta le tout jusqu'à la table basse devant la cheminée, à l'autre bout de la pièce.

Tout avait été rangé dans des chemises différentes : le procès-verbal de la procédure de l'« État de New York contre Katherine R. Spalter » ; le dossier de la Brigade criminelle de la police de l'État sur l'affaire Spalter (incluant le rapport de police avec photos, dessins et inventaires de la scène de crime par l'équipe de spécialistes, les rapports de laboratoire, les comptes rendus d'interrogatoire, les rapports d'enquête, le rapport et les photos d'autopsie, le rapport balistique et des dizaines de notes diverses et de comptes rendus d'appels téléphoniques) ; la liste des décisions de justice ou arrêts (toutes tirées directement de la jurisprudence dans les affaires où l'accusé risque la peine de mort) et des pourvois (tous rejetés) ; une enveloppe contenant des articles, impressions de blogs ainsi qu'une liste de liens vers la couverture en ligne du crime, de l'arrestation et des phases du procès ; une enveloppe en papier kraft contenant une série de DVD du procès lui-même, fournie par la station de télévision locale qui avait apparemment obtenu l'autorisation de filmer les débats ; et, pour finir, une note de Jack Hardwick.

La note était une sorte de feuille de route : Hardwick y suggérait un itinéraire à travers la masse d'informations imposante disposée sur la table basse.

Ce qui fit à Gurney une bonne et une mauvaise impression. Bonne, parce que instructions et hiérarchisation permettaient de gagner du temps. Mauvaise, parce qu'elles pouvaient s'avérer manipulatrices. Bien souvent, elles étaient les deux à la fois. Néanmoins, il était difficile de les ignorer – de même que la première phrase de la note de Hardwick : « Suis l'ordre que je t'ai indiqué ci-dessous. Si tu t'écartes du chemin, tu te retrouveras noyé dans tout un fatras de données. »

Le reste de la note de deux pages consistait en une liste d'étapes numérotées.

« Numéro 1 : Pour un avant-goût des accusations contre Kay Spalter. Prends le DVD marqué A dans l'enveloppe et jette un œil à la déclaration liminaire du procureur. C'est un grand classique. »

Gurney alla chercher son ordinateur portable dans le bureau et inséra le disque.

Comme beaucoup d'autres enregistrements d'audience qu'il avait vus, celui-ci débutait par une image du procureur debout dans l'espace ouvert devant la tribune du juge, faisant face aux membres du jury et s'éclaircissant la voix. C'était un homme petit aux cheveux noirs coupés court, âgé d'une quarantaine d'années.

Il y eut des froissements de feuilles de papier, des raclements de chaises, un brouhaha de voix impossibles à distinguer, quelqu'un toussa – bruits dont la plupart disparurent après quelques coups secs du marteau du juge.

Le procureur considéra ce dernier, un Noir costaud à l'expression austère qui lui fit un léger signe de tête. Puis il prit une profonde inspiration et contempla le sol quelques secondes avant de regarder le jury.

— Le mal, finit-il par déclarer d'une voix forte et solennelle. (Il attendit le silence complet pour continuer.) Nous croyons tous savoir ce qu'est le mal. Les livres d'histoire et les journaux débordent d'hommes et de femmes maléfiques qui ont commis des horreurs et fait le mal. Mais la machination qui va vous être exposée – et le prédateur impitoyable que vous ne manquerez pas de condamner au terme de ce procès – vous montrera la réalité du mal d'une manière que vous n'oublierez jamais.

Il regarda par terre et continua.

— Ce qui va suivre est l'histoire vraie d'une femme et d'un homme, une épouse et un mari, un prédateur et une victime. L'histoire d'un mariage empoisonné par l'infidélité. L'histoire d'une tentative d'homicide ayant abouti à un résultat dont vous pourrez constater qu'il est pire qu'un assassinat. Vous m'avez bien entendu, mesdames et messieurs. Pire qu'un assassinat.

Après une pause au cours de laquelle il sembla essayer d'établir un contact visuel avec le plus grand nombre de jurés possible, il se retourna et se dirigea vers la table de l'accusation. Juste à l'arrière de celle-ci, en face de la zone assignée aux spectateurs de la salle d'audience, était assis un homme dans un grand fauteuil roulant – un dispositif complexe, qui rappela à Gurney le genre d'engin dans lequel Stephen Hawking, le physicien paralysé et muet, faisait ses rares apparitions publiques. Engin qui paraissait être un soutien pour toutes les parties du corps de l'occupant, y compris sa tête. Il y avait des tubes d'oxygène dans son nez et sans doute d'autres tubes dans d'autres endroits, hors de vue.

Même si l'angle et l'éclairage laissaient beaucoup à désirer, l'image sur l'écran reflétait suffisamment la situation de Carl Spalter pour arracher une grimace à Gurney. Être paralysé comme ça, emprisonné dans un corps insensible et sans réaction, incapable même de cligner des yeux ou de tousser, dépendant d'une machine sous peine de s'étouffer avec sa propre salive…. Seigneur ! C'était comme être enterré vivant, avec son propre corps en guise de tombe. Être pris au piège à l'intérieur d'une masse de chair et d'os à demi morte le frappa comme le summum de l'angoisse claustrophobique. Frissonnant à cette pensée, il vit que le procureur s'adressait à nouveau aux jurés, une main tendue vers l'homme en fauteuil roulant.

— La tragédie dont la terrible issue nous a amenés dans cette salle d'audience aujourd'hui a commencé il y a exactement un an, lorsque Carl Spalter a pris la décision audacieuse de poser sa candidature au poste de gouverneur – dans le but idéaliste de débarrasser une fois pour toutes notre État de la criminalité organisée. Un objectif louable, mais auquel sa femme – l'accusée – s'est opposée depuis le début, par pur intérêt financier, comme vous l'apprendrez au cours de ce procès. À partir du moment où Carl s'engagea sur la voie des responsabilités politiques, non seulement elle se mit à le ridiculiser en public, faisant tout son possible pour le décourager, mais elle cessa également toute relation conjugale avec lui et commença à le tromper avec un autre homme – son prétendu « entraîneur personnel ». (Il leva un sourcil en prononçant ces mots, gratifiant le jury d'un petit sourire aigre.) L'accusée se révéla être une femme prête à tout pour imposer sa volonté. Lorsque les rumeurs de son infidélité parvinrent aux oreilles de Carl, il ne voulut pas y croire. Mais, finalement, il dut se résoudre à avoir une explication avec elle. Il lui dit qu'elle devait faire un choix. Eh bien, mesdames et messieurs, elle a assurément fait un choix. Vous entendrez des témoignages convaincants sur ce choix – qui était de s'adresser à une figure de la pègre, Giacomo Flatano, dit « Jimmy Flats », en lui proposant la somme de cinquante mille dollars pour tuer son mari.

Il marqua un temps d'arrêt, regardant posément chaque membre du jury.

— Elle décida qu'elle voulait mettre fin à son mariage… mais pas au point de perdre l'argent de Carl, aussi engagea-t-elle un tueur à gages. Lequel déclina l'offre. Que fit alors l'accusée ? Elle tenta de persuader son amant, l'entraîneur personnel, de le faire à la place de celui-ci en échange d'une vie oisive avec elle sur une île tropicale, grâce à l'héritage qu'elle recevrait à la mort de Carl – parce que, mesdames et messieurs, Carl croyait encore à son mariage et n'avait pas modifié son testament.

Il tendit les mains, comme pour implorer l'empathie des jurés.

— Il avait l'espoir de sauver son mariage. L'espoir d'être avec une épouse qu'il aimait toujours. Et que faisait cette épouse pendant ce temps-là ? Elle s'acoquinait – d'abord avec un gangster, puis avec un Roméo de bas étage – pour le faire tuer. Quel genre de personne… ?

Une nouvelle voix se fit entendre, hors de l'image vidéo, pleurnicharde et impatiente.

— Objection ! Votre honneur, les conjectures psychologiques de M. Piskin dépassent tout ce que…

Le procureur l'interrompit calmement.

— Chaque mot de ce que je suis en train de dire sera confirmé par des témoignages sous serment.

Le juge aux joues flasques, visible dans un coin supérieur de l'écran, marmonna :

— Objection rejetée. Continuez.

— Merci, votre honneur. Comme je le disais, l'accusée fit tout ce qui était en son pouvoir pour persuader son jeune compagnon de lit de tuer son mari. Mais celui-ci refusa à son tour. Eh bien, devinez ce que fit ensuite l'accusée. Que pensez-vous que ferait un meurtrier déterminé en puissance ?

Il fixa un regard inquisiteur sur les jurés pendant cinq bonnes secondes avant de répondre à sa propre question.

— Le petit gangster avait peur de tirer sur Carl Spalter. L'« entraîneur personnel » avait peur de tirer sur Carl Spalter. Kay Spalter se mit donc à prendre elle-même des cours de tir !

La voix hors champ se fit à nouveau entendre.

— Objection ! Votre honneur, le lien causal que suggère l'emploi du mot « donc » par l'accusation implique que l'accusée ait admis le mobile. Or, il n'y a rien de ce genre où que ce soit dans…

Le procureur lui coupa la parole.

— Je vais reformuler ma phrase, votre honneur, d'une manière entièrement corroborée par les témoignages. Le gangster refusa de tirer sur Carl. L'entraîneur refusa de tirer sur Carl. Et, à ce stade, l'accusée se mit à prendre elle-même des cours de tir.

Le juge remua sa silhouette massive avec une gêne physique manifeste.

— La nouvelle formulation de M. Piskin sera inscrite dans le procès-verbal. Continuez.

Le procureur se tourna vers les jurés.

— Non seulement l'accusée prit des leçons de tir, mais, comme vous l'expliquera un instructeur de tir certifié, elle acquit un niveau de compétence remarquable. Ce qui nous amène à l'issue tragique de cette histoire. En novembre dernier, la mère de Carl Spalter, Mary Spalter, décéda. Elle mourut seule, victime d'un de ces accidents qui ne sont que trop fréquents : une chute dans sa baignoire, dans la maison de retraite où elle avait passé les dernières années de sa vie. Lors des funérailles qui furent célébrées au cimetière de Willow Rest, Carl se leva pour prononcer un éloge funèbre devant la tombe de celle-ci. Comme vous l'entendrez, il fit un pas ou deux, bascula soudain en avant et heurta le sol la tête la première. Il resta là sans bouger. Tout le monde pensait qu'il avait trébuché et perdu connaissance en tombant. Il fallut quelques instants avant que quelqu'un découvre le filet de sang sur le côté de son front – un filet de sang provenant d'un trou minuscule à la tempe. Un examen médical ultérieur a confirmé ce que suspectait l'équipe d'enquête initiale, à savoir que Carl avait reçu une balle correspondant à un fusil de petit calibre et de forte puissance. Les experts de la police qui ont reconstitué le tir vous diront que la balle a été tirée depuis la fenêtre d'un appartement situé à environ cinq cents mètres du point d'impact sur la victime. Vous verrez des cartes, des photographies et des dessins illustrant avec précision la manière dont les choses se sont passées. Tout sera on ne peut plus clair, dit-il avec un sourire rassurant.

Il regarda sa montre avant de continuer.

Tout en parlant, il allait et venait devant le banc des jurés.

— Cet immeuble d'habitation, mesdames et messieurs, appartenait à la société Spalter Realty. L'appartement d'où la balle a été tirée était vacant, en attente d'être rénové, comme la plupart des logements dans ce bâtiment. L'accusée avait facilement accès aux clés. Mais ce n'est pas tout. Vous apprendrez, par des témoignages accablants, que Kay Spalter... (il s'arrêta et indiqua une femme assise à la table de la défense, son profil tourné vers la caméra)... que Kay Spalter était non seulement dans cet immeuble le matin de la fusillade, mais qu'elle se trouvait dans l'appartement même d'où la balle est partie, à l'heure exacte où Carl Spalter a été abattu. En outre, vous entendrez le récit d'un témoin oculaire selon lequel elle est entrée seule dans cet appartement vide et en est ressortie seule également.

Il s'arrêta et haussa les épaules, comme si les faits et la condamnation exigée par ces faits étaient tellement évidents qu'il n'y avait plus rien à dire. Mais il poursuivit néanmoins.

— Le chef d'accusation est celui de tentative d'assassinat. Mais qu'est-ce que ce terme juridique signifie réellement ? Songez à ceci. La veille du jour où on a tiré sur Carl, il était plein de vie, débordant d'énergie et d'ambition. Après qu'on lui a tiré dessus…. eh bien, il vous suffit de jeter un coup d'œil. Regardez bien l'individu coincé dans un fauteuil roulant, soutenu et maintenu en place par des barres métalliques et des courroies Velcro parce que les muscles qui devraient faire ce travail à sa place sont désormais inutiles. Regardez-le dans les yeux. Que voyez-vous ? Un homme si malmené par la main du mal qu'il aimerait mieux être mort ! Un homme si dévasté par la trahison d'un être cher qu'il préférerait ne jamais avoir vu le jour !

À nouveau la voix hors champ intervint :

— Objection !

Le juge se racla la gorge.

— Acceptée. (Sa voix était comme un grondement las.) Monsieur Piskin, vous dépassez les limites.

— Je m'excuse, votre honneur, je me suis laissé un peu emporter.

— Je vous suggère de vous reprendre.

— Oui, votre honneur.

Au bout d'un moment pendant lequel il donna l'impression de rassembler ses pensées, il se tourna vers les jurés.

— Mesdames et messieurs, il est regrettable que Carl Spalter ne puisse plus ni bouger, ni parler, ni communiquer avec nous en aucune façon, mais l'horreur dans l'expression figée de son visage me dit qu'il a parfaitement conscience de ce qui lui est arrivé, qu'il sait qui en est responsable et qu'il ne doute pas que le mal à l'état pur existe en ce monde. Souvenez-vous, lorsque vous déclarerez Kay Spalter coupable de tentative de meurtre, comme vous le ferez, j'en suis sûr, que c'est là – ce que vous voyez ici devant vous – le véritable sens de cette expression juridique banale : « tentative de meurtre ». Cet homme en fauteuil roulant. Cette vie brisée au-delà de tout espoir de réparation. Ce bonheur éteint. Telle est la réalité, effroyable au-delà de toute description.

— Objection ! s'écria la voix.

— Monsieur Piskin…, grommela le juge.

— J'en ai fini, votre honneur.

Le juge demanda une suspension d'audience d'une demi-heure et fit venir le procureur et l'avocat de la défense dans son bureau.

Gurney repassa la vidéo. Il n'avait jamais vu une déclaration liminaire comme celle-là. La nature émotionnelle du ton et du contenu l'apparentait davantage à un plaidoyer final. Mais il connaissait Piskin de réputation, et ce n'était pas un amateur. Quel était son objectif ? Faire comme si la condamnation de Kay Spalter était inéluctable, la partie finie avant d'avoir commencé ? Était-il si sûr de lui ? Et si c'était seulement son lever de rideau, comment allait-il dépasser l'accusation de mal à l'état pur ?

À ce propos, il voulut voir l'expression du visage de Carl Spalter sur laquelle Piskin avait focalisé l'attention des jurés, mais elle n'apparaissait pas dans la vidéo de l'audience. Il se demanda s'il y avait une photographie dans la documentation volumineuse fournie par Hardwick. Il prit la note rédigée par celui-ci, cherchant une allusion à une photo.

Peut-être pas par hasard, il s'agissait du deuxième article de la liste.

« Numéro 2 : Jette un coup d'œil aux dommages. Dossier de la Brigade criminelle, troisième onglet graphique. Tout est dans le regard. J'espère ne jamais voir ce qui a mis cette expression sur son visage. »

Une minute plus tard, Gurney tenait une sortie papier d'une photo pleine page de la tête et des épaules : l'expression était bouleversante. La diatribe finale de Piskin n'avait rien d'exagéré.

Il y avait en effet dans ces yeux la reconnaissance d'une terrible vérité – d'une réalité effroyable au-delà de toute description, comme l'avait dit Piskin.

CHAPITRE 5

Des belettes assoiffées de sang

L E GRINCEMENT DU BATTANT DROIT de la double porte pivotant sur ses gonds tira Gurney d'un rêve surréaliste qui s'évanouit dès qu'il ouvrit les yeux.

Il était affalé dans un des deux fauteuils du salon, les documents de l'affaire Spalter étalés sur la table basse devant lui. Son cou lui fit mal lorsqu'il leva la tête. La lumière passant à travers la porte ouverte avait la légèreté de l'aube.

La silhouette de Madeleine se profilait tandis qu'elle respirait l'air frais et immobile.

— Tu l'entends ? demanda-t-elle.

— Qui ?

Gurney se redressa et se frotta les yeux.

— Horace. Voilà qu'il repart de plus belle.

Gurney tendit l'oreille à contrecœur, guettant le chant du jeune coq, mais sans résultat.

— Viens à la porte et tu l'entendras.

Il faillit répondre que c'était le cadet de ses soucis, mais se rendit compte que ce serait une mauvaise façon de commencer la journée. Se levant du fauteuil, il se dirigea vers la porte.

— Tiens, dit Madeleine. Tu l'entends, cette fois ?

— Je crois.

— On l'entendra bien plus facilement, ajouta-t-elle d'un ton jovial, dès qu'on aura installé le poulailler près du pommier.

45

— Aucun doute.

— Ils font ça pour défendre leur territoire.

— Hmm.

— Pour éloigner les autres coqs, leur faire savoir : « C'est chez moi, j'étais là le premier. » J'adore ça, pas toi ?

— Adorer quoi ?

— Le bruit, les cocoricos.

— Ah. Oui. Très… rural.

— Je n'aimerais pas avoir beaucoup de coqs. Mais un, c'est vraiment agréable.

— En effet.

— Horace. Au début, je n'étais pas sûre, mais maintenant ça semble être le nom idéal pour lui, tu ne trouves pas ?

— Je suppose.

À la vérité, sans qu'il sache pourquoi, Horace lui fit penser au prénom Carl. Lequel, à l'instant où il lui vint à l'esprit, fut accompagné du regard affligé sur la photographie, un regard qui paraissait fixer un démon.

— Et les trois autres ? Huffy, Puffy et Fluffy… tu penses qu'ils sont trop bêtes ?

Il fallut quelques secondes à Gurney pour se concentrer à nouveau.

— Trop bêtes pour des poussins ?

Elle rit et haussa les épaules.

— Dès que nous leur aurons construit une petite maison, avec un joli enclos, ils pourront quitter cette grange étouffante.

— Absolument.

Son manque d'enthousiasme était palpable.

— Et tu rendras l'enclos à l'épreuve des prédateurs ?

— Oui.

— Le directeur de la clinique a perdu une de ses Rode Island Red la semaine dernière. La pauvre petite a disparu comme par enchantement.

— C'est le risque, quand on les laisse sortir.

— Pas si nous faisons le type d'enclos qui convient. Ils pourront aller dehors, courir ici et là, picorer dans l'herbe, ce qu'ils

46

adorent faire, et être tout de même en sécurité. En plus, ce sera amusant de les regarder… juste ici.

Elle indiqua à nouveau d'un petit mouvement énergique de l'index l'emplacement qu'elle avait choisi.

— Et d'après lui, qu'est-ce qui est arrivé à sa poule disparue ?

— Un animal l'a prise et emportée. Très probablement un coyote ou un aigle. Il est persuadé qu'il s'agit d'un aigle, parce que, quand on a le genre de sécheresse qu'il y a eu cet été, ils se mettent à chercher d'autres proies que les poissons.

— Hmm.

— Il dit que si nous construisons un poulailler, il faut que le grillage passe par-dessus le haut et qu'il s'enfonce d'au moins quinze centimètres dans le sol. Sans quoi des bêtes peuvent se faufiler en dessous.

— Des bêtes ?

— Il a parlé de belettes. Apparemment, elles sont vraiment épouvantables.

— Épouvantables ?

Madeleine grimaça.

— Il prétend que si une belette parvient à s'approcher de poussins, elle… leur arrache la tête… à tous.

— Elle ne les mange pas ? Elle se contente de les tuer ?

Madeleine acquiesça, les lèvres étroitement serrées. Plus qu'une grimace, c'était une expression de souffrance empathique.

— Il a expliqué qu'une sorte de frénésie s'empare de la belette… une fois qu'elle a senti l'odeur du sang. Alors elle ne s'arrête pas de mordre jusqu'à ce que les poussins soient tous morts.

CHAPITRE 6

Une terrible vérité

PEU APRÈS LE LEVER DU JOUR, ayant le sentiment d'avoir fait un geste suffisant afin de résoudre le problème des poussins – en dessinant le schéma de montage d'un poulailler et d'une clôture –, Gurney mit son bloc de côté et s'installa à la table de petit déjeuner avec une seconde tasse de café.

Lorsque Madeleine le rejoignit, il décida de lui montrer la photo de Carl Spalter.

Du fait de son travail aux urgences psychiatriques, elle était fréquemment témoin de sentiments négatifs extrêmes : panique, rage, angoisse, désespoir. Néanmoins, ses yeux s'écarquillèrent devant l'expression de Spalter.

Elle posa la photo sur la table, puis la poussa de quelques centimètres supplémentaires.

— Il sait quelque chose, dit-elle. Quelque chose qu'il ignorait avant que sa femme lui tire dessus.

— Peut-être que ce n'est pas elle. D'après Hardwick, le procès à son encontre a été forgé de toutes pièces.

— Tu crois ça ?

— Je n'en sais rien.

— Alors peut-être qu'elle l'a fait, ou peut-être que non. Mais Hardwick s'en fiche éperdument, n'est-ce pas ?

Gurney fut tenté de contester ce point, parce que ça le mettait dans une position qu'il n'aimait pas beaucoup. Au lieu de ça, il se borna à hausser les épaules.

48

— Ce qui le préoccupe, c'est de faire annuler la condamnation.

— Ce qui le préoccupe surtout, c'est de prendre sa revanche... et de voir ses anciens employeurs emportés dans la tourmente.

— Je sais.

Inclinant la tête sur le côté, elle le regarda fixement, comme pour demander pourquoi il s'était laissé embarquer dans une entreprise aussi délicate et foncièrement déplaisante.

— Je n'ai rien promis. Mais je dois avouer, dit-il en indiquant la photo sur la table, que cela pique ma curiosité.

Elle pinça les lèvres, se tourna vers la porte ouverte et observa la brume fine et éparse, illuminée par les rayons obliques du soleil matinal. Puis son attention fut attirée par quelque chose au bord de la terrasse en pierre, juste au-delà du seuil de la porte.

— Elles sont de retour, dit-elle.

— Qui ? Quoi ?

— Les fourmis charpentières.

— Où ça ?

— Partout.

— *Partout ?*

Elle répondit d'un ton aussi doux que le sien était impatient.

— Dehors. À l'intérieur. Sur les appuis de fenêtres. Près des placards. Autour de l'évier.

— Alors pourquoi n'en as-tu pas parlé ?

— C'est ce que je viens de faire.

Il était sur le point de s'indigner, mais le bon sens l'emporta et il se contenta de dire :

— Je déteste ces maudits insectes.

Et pour les détester, il les détestait. Les fourmis charpentières étaient les termites des Catskill et autres régions froides – rongeant les fibres des poutres et des solives, transformant, dans le silence et l'obscurité, les structures portantes d'habitations solides en sciure de bois. Un service de désinfection effectuait tous les deux mois des pulvérisations sur l'extérieur des fondations et parfois il semblait gagner la bataille. Mais les fourmis éclaireuses revenaient, et là... par bataillons entiers.

Pendant un instant, il oublia de quoi Madeleine et lui parlaient avant l'intermède sur les fourmis. Lorsque la mémoire lui revint, ce fut avec le sentiment désagréable qu'il s'efforçait de justifier un choix douteux.

Il décida d'essayer de se montrer le plus ouvert possible.

— Écoute, j'ai bien conscience du danger, du motif fort peu moral qui se cache derrière cette histoire. Mais j'estime devoir quelque chose à Jack. Peut-être pas grand-chose, mais quelque chose, c'est certain. Et il se pourrait qu'une femme innocente ait été condamnée sur la base de preuves fabriquées par un flic pourri. Je n'aime pas les flics pourris.

Madeleine l'interrompit.

— Hardwick se moque qu'elle soit innocente. Pour lui, c'est sans importance.

— Je sais. Mais je ne suis pas Hardwick.

CHAPITRE 7

Mick l'Enflure

ALORS COMME ÇA, TOUT LE MONDE A CRU qu'il avait fait un faux pas jusqu'à ce qu'on s'aperçoive qu'il avait une balle dans le crâne ? demanda Gurney.

Il était assis sur le siège passager de la rugissante GTO de Hardwick – pas le moyen de transport qu'il aurait choisi en temps normal, mais le trajet de Walnut Crossing à la prison pour femmes de Bedford Hills prenait près de trois heures, d'après Google, et cela paraissait une excellente occasion de poser des questions.

— La minuscule blessure d'entrée était à peine visible, répondit Hardwick. Mais le scanner ne laissait aucun doute. Finalement, un chirurgien a récupéré la plupart des éclats de balle.

— C'était une .220 Swift ?

Gurney était parvenu à revoir la moitié du procès-verbal du procès et un tiers du dossier de la Brigade criminelle avant que Hardwick passe le prendre, et il tenait à être sûr de son fait.

— Ouais. La balle la plus rapide qui existe. La trajectoire la plus plane sur le marché. Avec le fusil et la lunette de visée adéquats, tu peux faire sauter la cervelle à un tamia à cinq cents mètres de distance. Indéniablement une arme de précision. Sans équivalent. Ajoute un silencieux à cet engin, et tu…

— Un silencieux ?

— Un silencieux. Raison pour laquelle personne n'a entendu le coup de feu. Ça et les pétards.

— Les pétards ?

Hardwick haussa les épaules.

— Des témoins ont entendu entre cinq et dix chapelets de pétards éclater ce matin-là. Dans la direction de l'immeuble d'où le coup de feu était parti. La dernière série au moment où Spalter a reçu la balle.

— Comment sait-on de quel immeuble il s'agissait ?

— Par la reconstitution sur les lieux. La description donnée par les témoins de la position de la victime lorsqu'elle a été touchée. Suivie par une recherche des causes possibles en faisant du porte-à-porte.

— Mais personne n'a compris immédiatement qu'il avait été touché, n'est-ce pas ?

— Ils l'ont juste vu tomber. Alors qu'il se dirigeait vers un podium à l'extrémité de la tombe, il a été atteint à la tempe gauche et s'est effondré en avant. À ce moment-là, son côté gauche était exposé à une partie déserte du cimetière, à la rivière, à une route très fréquentée et, plus loin, à une rangée d'immeubles d'habitation partiellement vides appartenant à la famille Spalter.

— Comment a-t-on identifié l'appartement dans lequel se trouvait le tireur ?

— Très facile. Elle… je veux dire le tireur, quel qu'il soit…, a laissé l'arme derrière lui, montée sur un gentil petit trépied.

— Avec une lunette ?

— Haut de gamme.

— Et le silencieux ?

— Non. Le tireur l'a emporté.

— Alors comment sais-tu…

— Le bout du canon était fileté sur mesure pour en recevoir un. Et les pétards à eux seuls n'auraient pas pu couvrir le bruit non atténué d'une .220 Swift. C'est une cartouche extrêmement puissante.

— Et le silencieux seul n'aurait agi que sur la détonation, ce qui aurait laissé subsister une explosion supersonique audible, d'où la nécessité de détourner l'attention grâce aux pétards. Donc… approche prudente, planification minutieuse. Est-ce ainsi que ça a été compris ?

— C'est ainsi que ça aurait dû être compris, mais qui sait ce qu'ils comprennent… Ça n'a jamais été abordé au procès. Des tas de trucs n'ont jamais été abordés au procès. Des trucs qui auraient dû l'être.

— Mais pourquoi abandonner l'arme et emporter le silencieux ?

— Aucune idée. Sauf si c'était un de ces joujoux hyper-sophistiqués à cinq mille dollars – trop précieux pour le laisser derrière soi.

Gurney trouvait ça difficile à admettre.

— Parmi toutes les manières dont une épouse vindicative pourrait occire son mari, la théorie de l'accusation est que Kay Spalter a choisi la plus compliquée, la plus coûteuse, la plus technique…

— Mon petit Davey, tu n'as pas besoin de me convaincre que cette théorie ne vaut pas un clou. Je le sais. Elle a plus de trous que le bras d'un vieux toxico. Ce qui fait que j'ai choisi cette affaire pour me lancer. Elle possède de fortes potentialités de renversement.

— D'accord. Il y avait donc un silencieux, mais quelqu'un l'a pris. Probablement le tireur.

— Exact.

— Aucune empreinte sur quoi que ce soit ?

— Aucune, que dalle. Du boulot fait avec des gants en caoutchouc.

— Ce flic véreux… il n'aurait rien mis dans l'appartement pour incriminer l'épouse de Spalter ?

— Il ne la connaissait pas encore. Il n'a décidé de lui faire porter le chapeau qu'après l'avoir rencontrée, là il a décrété qu'il ne pouvait pas la voir en peinture et qu'elle devait être le tireur.

— Ce type est le responsable des investigations mentionné dans le dossier ? L'enquêteur principal Michael Klemper ?

— Mick l'Enflure, c'est bien notre gars. Crâne rasé, petits yeux, forte carrure. Tempérament d'un rottweiler. Fana des arts martiaux. Aime casser des briques avec ses poings, surtout en public. Un homme plein de colère. Ce qui nous ramène à la question du calendrier. Mick l'Enflure a divorcé de sa femme il y a quelques années. Divorce mochissime. Mick… bon, nous entrons maintenant sur le terrain des… allégations non confirmées. Ragots, calomnies, domaine par excellence des poursuites en justice, tu comprends ce que ça signifie ?

Gurney poussa un soupir.

— Continue, Jack.

— D'après la rumeur, la femme de Mick faisait ça avec une figure influente du crime organisé qu'elle avait rencontrée parce que Mick – c'est du moins ce que prétend la rumeur – touchait des pots-de-vin de la susdite figure du crime. (Hardwick marqua un temps d'arrêt.) Tu vois le problème ?

— J'en vois même plusieurs.

— Mick s'aperçut qu'elle baisait avec le gros truand, ce qui le plaçait devant un dilemme. Je veux dire, ce n'est pas le genre de boîte de Pandore qu'on a envie d'ouvrir devant un tribunal de divorce, ni ailleurs. Il ne pouvait donc pas prendre les mesures juridiques normales. Cependant, il n'hésitait pas à dire en privé qu'il avait bien envie d'étrangler cette garce, de lui arracher la tête et de la donner à bouffer à son chien. Apparemment, il le lui disait aussi de temps à autre. À une de ces occasions, elle fit une vidéo de lui en train d'expliquer, dans un langage haut en couleur, après quelques verres, comment il allait balancer les parties sensibles de celle-ci à son pitbull. Devine ce qui se passa ensuite ?

— Je t'écoute.

— Le lendemain, elle menaça de mettre la vidéo sur YouTube et de flanquer sa carrière et sa pension de retraite à la poubelle s'il ne lui accordait pas le divorce ainsi qu'une très généreuse indemnité compensatoire.

Le mince sourire de Hardwick exprimait une sorte d'admiration perverse.

— C'est alors que la haine homicide s'est mise à suinter du vieux Mick l'Enflure comme du pus. À ce stade, il l'aurait butée avec joie, relations dans la pègre ou pas, sauf qu'elle s'était arrangée pour que la cassette vidéo se répande comme un virus si jamais il lui arrivait quelque chose. Il fut donc forcé de lui accorder le divorce. Et le fric. Depuis lors, il se défoule sur toutes les femmes qui lui rappellent un tant soit peu son épouse. Mick a toujours été légèrement susceptible. Mais, après avoir pris ce contrat de divorce dans les dents, il s'est transformé en cent vingt kilos de vengeance pure en quête de cibles.

— Tu es en train de me dire qu'il a fait porter le chapeau à Kay Spalter parce qu'elle baisait à droite à gauche comme sa femme ?

— Pire que ça. Encore plus fou. Je pense que sa haine aveugle à l'égard de toute créature lui rappelant sa bergère lui a fait croire que Kay Spalter avait effectivement tué son mari et qu'il était de son devoir de veiller à ce qu'elle paie pour ça. Dans sa putain de caboche, elle était coupable, et il était déterminé à la flanquer en taule à n'importe quel prix. Il n'allait pas laisser une espèce de sale roulure s'en tirer impunément. Si ça signifiait un petit faux témoignage par-ci par-là dans l'intérêt de la justice, alors quoi, bordel ?

— Tu veux dire que c'est un psychopathe ?

— Pour le moins.

— Et comment sais-tu tout ça, au juste ?

— Je te le répète : il a des ennemis.

— Pourrais-tu être plus précis ?

— Quelqu'un de suffisamment proche de lui pour entendre et savoir des choses m'a raconté par le menu ses délires et conneries au boulot, des bribes de coups de fil à son épouse, des remarques ici et là, ce qu'il racontait à propos des bonnes femmes en général, ainsi que de son ex et de Kay Spalter en particulier. Mick l'Enflure avait tendance à se laisser emporter, n'était pas aussi prudent qu'il aurait dû.

— Ce « quelqu'un » a un nom ?

— Peux pas révéler ça.

— Bien sûr que si.

— Hors de question.

— Écoute voir, Jack. Tu gardes des secrets, et l'accord ne tient plus. Il faut que je sache tout ce que tu sais. Que chaque question trouve une réponse. Ça fait partie du marché. Un point, c'est tout.

— Bon sang, Davey, tu ne me facilites pas les choses.

— Toi non plus.

Gurney jeta un coup d'œil au compteur de vitesse et vit qu'il approchait les cent trente. Les mâchoires de Hardwick étaient serrées. Tout comme ses mains sur le volant. Une bonne minute s'écoula puis il dit seulement :

— Esti Moreno.

Une autre minute passa avant qu'il poursuive.

— Elle a travaillé sous les ordres de Mick l'Enflure depuis l'époque de son divorce jusqu'à la fin du procès Spalter. Elle a finalement réussi à se faire réaffecter – même crémerie, mais rattachement hiérarchique différent. A dû accepter un emploi de bureau, rien que de la paperasse, ce qu'elle déteste. Mais elle déteste moins la paperasse que l'Enflure. Esti est un bon flic. Intelligente. Bon pied, bon œil. Et des principes. Tu sais ce qu'elle a dit à propos de l'Enflure ?

— Non.

— « Tu fais une connerie et une espèce de karma vient te bouffer le derrière. » J'adore Esti. Elle est vraiment géniale. Et est-ce que je t'ai dit que c'était une bombe portoricaine ? Mais elle peut être subtile également. Une bombe subtile. Tu devrais la voir avec une de ces casquettes de gendarme.

Hardwick avait un grand sourire, ses doigts tapotant le volant au rythme d'une musique latino.

Gurney resta un long moment silencieux, s'efforçant d'assimiler ce qu'il venait d'entendre aussi objectivement que possible. Le but étant de ne rien oublier et en même temps de garder une certaine distance, un peu comme on s'imprégnerait des détails d'une scène de crime pouvant se prêter à des interprétations diverses.

Il se mit à réfléchir à la forme étrange que l'affaire commençait à prendre dans son esprit, y compris au parallèle ironique entre la condamnation à tout prix recherchée par Klemper et l'annulation à tout prix recherchée par Hardwick. Les efforts de l'un et de l'autre semblaient apporter une preuve supplémentaire que l'homme n'est pas une créature rationnelle au fond et que toute notre prétendue logique n'est que la façade lumineuse de motifs plus troubles – une tentative pour masquer la passion derrière les axiomes de la géométrie.

Ainsi occupé, Gurney avait seulement à moitié conscience du paysage de collines et de vallées qu'ils traversaient : des prés ondulants envahis par les mauvaises herbes et de jeunes arbres rabougris, des étendues de vert et de jaune flétries par la sécheresse, le soleil apparaissant par intermittence à travers une brume pâle, des exploitations non rentables avec leurs granges et leurs silos non peints depuis des décennies, des villages ayant mal résisté aux intempéries, de vieux tracteurs orange, des charrues et des râteaux à foin rouillés, le vide rural, qui était à la fois l'orgueil et la malédiction du comté de Delaware.

CHAPITRE 8

Une garce au cœur de pierre

À L'OPPOSÉ DES COMTÉS DÉPEUPLÉS, économiquement meurtris et à la beauté âpre du centre de l'État de New York, le nord du comté de Westchester avait le charme décontracté de l'opulence terrienne. Au milieu de ce paysage de carte postale, cependant, la prison de Bedford Hills paraissait aussi déplacée qu'un porc-épic dans un jardin d'enfants.

Gurney se souvint une fois de plus que l'attirail de sécurité d'une prison de haute sécurité couvre un large éventail de sophistication et de visibilité. À une extrémité, des détecteurs et des systèmes de contrôle ultra-modernes. À l'autre extrémité, des tours de guet, des grillages de quatre mètres de haut et des fils barbelés.

Certes, la technologie rendrait un jour le fil barbelé obsolète. Mais en attendant, c'était encore ce qui indiquait le plus clairement la séparation entre intérieur et extérieur. Un message simple, violent et viscéral. Sa présence engloutissait sans mal tout effort entrepris par les établissements pénitentiaires pour créer une atmosphère de normalité. Gurney se disait que le fil barbelé survivrait probablement à sa fonction pratique de confinement, uniquement sur la base de sa valeur de message.

À l'intérieur, Bedford Hills était presque identique à la plupart des lieux de détention qu'il avait visités au fil des années. Et, en dépit des milliers et des milliers de pages consacrées à la pénologie moderne, cet objectif – son fondement – se résumait à une seule chose.

Il s'agissait d'une cage.

C'était une cage avec quantité de verrous, de points de contrôle et de procédures visant à s'assurer que personne n'entrait ni ne sortait sans une justification suffisante de son droit de le faire. Le cabinet de Lex Bincher avait veillé à ce que Gurney et Hardwick figurent sur la liste des visiteurs autorisés de Kay Spalter, et ils furent admis sans difficulté.

Le parloir allongé et dépourvu de fenêtres où on les conduisit pour leur entrevue ressemblait à toutes les pièces du même genre que l'on trouve au sein du système carcéral. Sa principale caractéristique était une longue séparation, semblable à un guichet, divisant la salle en deux parties : le côté des détenus et celui des visiteurs, avec des chaises de part et d'autre et, au centre, une barrière montant à hauteur de poitrine. Des gardiens se tenaient à chaque bout, de manière à avoir une vue dégagée sur toute la longueur afin d'empêcher des échanges non autorisés. La salle était peinte, encore que pas de fraîche date, d'une couleur indéfinissable.

Gurney fut satisfait de constater qu'il n'y avait que peu de visiteurs, ce qui permettait un peu de confidentialité.

La femme qui fut amenée dans la pièce par un robuste gardien noir était petite et mince, avec des cheveux bruns style lutin. Elle avait un nez fin, des pommettes saillantes et des lèvres pulpeuses. Ses yeux étaient d'un vert éclatant et, sous l'un d'eux, on voyait une petite ecchymose bleuâtre. Il y avait dans son expression une intensité rude qui rendait son visage plus intéressant que beau.

Gurney et Hardwick se levèrent à son approche. Hardwick fut le premier à parler, lorgnant l'ecchymose.

— Sapristi, Kay, qu'est-ce qui vous est arrivé ?

— Rien.

— Ça n'en a pas l'air.

La sollicitude forcée dans le ton de Hardwick déplut à Gurney.

— On s'en est occupé, répondit-elle avec dédain.

Elle parlait avec Hardwick mais regardait Gurney, l'examinant avec une curiosité non dissimulée.

— Occupé comment ? s'obstina Hardwick.

Elle battit des paupières avec impatience.

— Cristal de Roche. Mon ange gardien.

Elle le gratifia d'un bref sourire sans humour.

— La lesbienne qui vend de la meth ?

— Oui.

— Une de vos grandes admiratrices ?

— Une admiratrice de ce qu'elle imagine que je suis.

— Elle aime les femmes qui tuent leur mari ?

— Elle les adore.

— Comment est-ce qu'elle va se sentir quand on aura fait annuler votre condamnation ?

— Très bien… du moment qu'elle ne pense pas que je suis innocente.

— Ouais, eh bien… il ne devrait pas y avoir de problème. L'innocence n'est pas la question. La question est un procès équitable, et nous entendons prouver que, dans votre cas, la procédure n'avait rien d'équitable. À ce propos, j'aimerais vous présenter l'homme qui va nous aider à montrer au juge combien elle était inique. Kay Spalter, voici Dave Gurney.

— Monsieur le Superflic, dit-elle avec une pointe de sarcasme, avant de marquer un temps d'arrêt pour voir quelle serait sa réaction, j'ai lu un tas de choses sur vous et vos décorations. Très impressionnant.

Elle n'avait nullement l'air impressionnée.

Gurney se demanda si cette femme aux yeux verts, froids et scrutateurs pouvait l'être.

— Ravi de faire votre connaissance, madame Spalter.

— Kay.

Son ton n'avait rien de cordial. Cela sonnait davantage comme une volonté de rectification, une manière d'exprimer sa répulsion à l'égard de son nom de femme mariée. Elle continua à le toiser, comme s'il était une marchandise qu'elle envisageait d'acheter.

— Vous êtes marié ?

— Oui.

— Heureux en ménage ?

— Oui.

Elle sembla retourner cette information dans sa tête avant de poser la question suivante.

— Vous croyez que je suis innocente ?

— Je crois que le soleil s'est levé ce matin.

Sa bouche se contracta en ce qui ressemblait à un sourire fugace. Ou peut-être n'était-ce qu'un tremblement provoqué par toute l'énergie contenue dans ce corps compact.

— Qu'est-ce que vous voulez dire ? Que vous ne croyez que ce que vous voyez ? Que vous êtes un type méfiant pour qui seuls les faits comptent ?

— Cela veut dire que je viens juste de vous rencontrer et que je n'en sais pas encore suffisamment pour avoir une opinion, encore moins une conviction.

Hardwick se racla la gorge.

— Nous devrions peut-être nous asseoir ?

Pendant qu'ils prenaient place autour de la petite table, Kay Spalter gardait les yeux rivés sur Gurney.

— Alors, qu'avez-vous besoin de savoir pour vous faire une opinion au sujet de mon innocence ?

Hardwick intervint, se penchant en avant.

— Ou de l'équité de votre procès, ce qui est la vraie question.

Elle fit comme si elle n'avait pas entendu et resta concentrée sur Gurney.

Se laissant aller en arrière, il examina ces étonnants yeux verts à l'expression imperturbable. Quelque chose lui disait que le meilleur préambule serait pas de préambule du tout.

— Avez-vous tiré sur Carl Spalter, ou fait en sorte qu'on lui tire dessus ?

— Non.

Le mot sortit, rapide et ferme.

— Est-il vrai que vous aviez une relation extraconjugale ?

— Oui.

— Et votre mari l'a découvert ?

— Oui.

— Et il songeait à divorcer ?

— Oui.

— Et un divorce dans ces circonstances aurait eu un effet négatif très important sur votre situation financière ?

— Oui.

— Mais lorsqu'il a été gravement blessé, votre mari n'avait pas encore pris de décision définitive concernant le divorce et n'avait pas modifié son testament... de sorte que vous étiez encore sa principale héritière. Est-ce exact ?

— Oui.

— Avez-vous demandé à votre amant de le tuer ?

— Non.

Une expression de dégoût apparut et disparut instantanément.

— Sa version lors du procès était donc une pure invention ?

— Oui. Mais Darryl était le maître nageur de la piscine de notre club et un prétendu « entraîneur personnel » – deux sous de cervelle dans un corps d'un million de dollars. Il n'a fait que débiter les boniments que lui avait dictés Klemper.

— Avez-vous demandé à un ancien taulard du nom de Jimmy Flats de tuer votre mari ?

— Non.

— Sa version au procès était donc une invention également ?

— Oui.

— Une invention de Klemper ?

— Je suppose.

— Étiez-vous dans l'immeuble d'où le coup de feu a été tiré, soit le jour de la tentative de meurtre, soit à un moment quelconque avant ça ?

— Certainement pas le jour de la tentative de meurtre.

— Par conséquent, le témoignage selon lequel vous étiez dans l'immeuble, dans l'appartement même où l'arme du crime a été retrouvée, est aussi une invention ?

— Oui.

— Si ce n'était pas ce jour précis, combien de temps avant ?

— Je ne sais pas. Des mois ? Une année ? J'y suis peut-être allée deux ou trois fois en tout... alors que j'étais avec Carl et qu'il s'arrêtait pour vérifier quelque chose, l'avancement des travaux, par exemple.

— La plupart des appartements étaient libres ?

CHAPITRE 9

La Veuve noire

K AY SPALTER AVAIT FERMÉ LES YEUX dans une concentration apparente. Ses lèvres pleines étaient comprimées en une ligne mince, sa tête baissée, ses mains jointes sous son menton. Cela faisait deux bonnes minutes qu'elle était assise ainsi, sans dire un mot, à la table en face de Gurney et de Hardwick. Gurney supposa qu'elle se débattait avec la question de savoir dans quelle mesure elle pouvait se confier à deux hommes qu'elle ne connaissait pas, dont le véritable but était peut-être dissimulé, mais qui, d'un autre côté, représentaient probablement sa dernière chance de recouvrer la liberté.

Ce silence sembla agacer Hardwick. Le tic au coin de sa bouche réapparut.

— Écoutez, Kay, si vous avez des inquiétudes, mettez-les sur la table de manière à ce qu'on puisse...

Levant la tête, elle lui lança un regard furieux.

— Des inquiétudes ?

— Je voulais dire, si vous avez des questions...

— Si j'avais des questions, je les poserais. (Elle reporta son attention sur Gurney, étudiant son visage et ses yeux.) Quel âge avez-vous ?

— Quarante-neuf ans. Pourquoi ?

— N'est-ce pas un peu tôt pour être à la retraite ?

— Oui et non. Vingt-cinq ans au NYPD...

— Oui. Spalter Realty rachète pour presque rien des immeubles nécessitant des rénovations importantes.

— Ces appartements étaient-ils fermés à clé ?

— Normalement. Des squatters réussissaient parfois à entrer.

— Aviez-vous les clés ?

— Pas en ma possession.

— Ce qui veut dire ?

Kay Spalter hésita pour la première fois.

— Il y avait un passe-partout pour chaque immeuble. Je savais où il se trouvait.

— Où ça ?

Elle sembla secouer la tête – ou peut-être était-ce là encore un infime tremblement.

— Ça m'a toujours paru stupide. Carl avait toujours sur lui son propre passe-partout pour tous les appartements, mais il en gardait un de rechange, caché dans chacun des immeubles. Dans le local d'entretien, au sous-sol. Par terre, derrière la chaudière.

— Qui connaissait l'existence de ces clés, à part vous et Carl ?

— Je ne sais pas.

— Sont-elles toujours là, derrière les chaudières ?

— Je suppose.

Gurney resta quelques secondes silencieux, laissant ce fait curieux cheminer dans son esprit, avant de continuer.

— Vous avez prétendu que vous étiez en compagnie de votre petit ami au moment du coup de feu ?

— Oui. Au lit avec lui.

Son regard, fixé sur Gurney, était neutre et impassible.

— De sorte que, lorsqu'il a affirmé qu'il était seul ce jour-là, c'était encore un mensonge ?

— Oui.

Elle serra les lèvres.

— Et vous pensez que l'inspecteur Klemper a conçu et orchestré ce réseau élaboré de parjures… pourquoi ? Juste parce que vous lui rappeliez son ex-femme ?

— Ça, c'est la théorie de votre ami, répondit-elle en indiquant Hardwick. Pas la mienne. Je ne doute pas que Klemper soit un connard misogyne, mais je suis persuadée qu'il y a autre chose.

— Comme quoi ?

— Peut-être que ma condamnation arrangeait quelqu'un au-delà de Klemper.

— Qui, par exemple ?

— La pègre, notamment.

— Vous voulez dire que le crime organisé est responsable de... ?

— D'avoir buté Carl. Oui. Je dis que c'est logique. Plus logique que n'importe quoi d'autre.

— *D'avoir buté Carl...* Est-ce que ce n'est pas une façon plutôt insensible... ?

— De parler de la mort de mon mari ? Vous avez entièrement raison, Monsieur le Superflic. Je n'ai pas l'intention de me mettre à verser des larmes en public pour prouver mon innocence à des jurés, à vous ou à qui que ce soit d'autre. Ça complique quelque peu les choses, pas vrai ? Pas facile de prouver l'innocence d'une garce au cœur de pierre.

Hardwick tambourina des doigts sur la table pour attirer son attention. Puis il se pencha en avant et répéta d'une voix lente et forte :

— Nous n'avons pas à faire la preuve que vous n'y êtes pour rien. L'innocence n'est pas la question. Tout ce que nous avons à prouver, c'est que votre procès a été, sérieusement et de façon délibérée, torpillé par l'enquêteur principal chargé de l'affaire. Ce qui est exactement ce que nous allons faire.

À nouveau, Kay Spalter l'ignora et garda les yeux fixés sur Gurney.

— Eh bien ? Où vous situez-vous ? Avez-vous une opinion à présent ?

Gurney se borna à répondre par une autre question.

— Avez-vous pris des leçons de tir ?

— Oui.

— Pourquoi ?

— Parce que je pensais que je pourrais être amenée à tirer sur quelqu'un.

— Qui ?

— Des gangsters, peut-être. J'avais un mauvais pressentiment au sujet des relations de Carl avec ces gens. Je voyais venir les problèmes et je tenais à être prête.

Hors normes, se dit Gurney, cherchant un mot pour décrire la mince créature stoïque et intrépide assise en face de lui. Et peut-être même un peu effrayante.

— Des problèmes de la part de la pègre parce que Carl avait créé un parti politique anticriminalité ? Et qu'il faisait des discours sur « la lie de la terre » ?

Elle poussa un petit grognement moqueur.

— Vous ne savez rien de Carl, n'est-ce pas ?

Hardwick lui coupa la parole.

— Le fait est qu'il n'a jamais vraiment pris sa retraite. Juste déménagé dans le nord de l'État. Il a résolu trois grandes affaires criminelles depuis qu'il a quitté ses fonctions. Trois grandes affaires criminelles en deux ans. Ce n'est pas ce que j'appellerais être à la retraite.

Les assurances de camelot de Hardwick parurent à Gurney difficiles à accepter.

— Écoute, Jack…

Cette fois, ce fut Kay qui interrompit Gurney.

— Pourquoi faites-vous ça ?

— Faire quoi ?

— Vous impliquer dans cette affaire.

Gurney eut du mal à trouver une réponse qu'il soit prêt à donner.

— Par curiosité.

Hardwick s'en mêla à nouveau.

— Davey est un peleur d'oignons-né. Obsessionnel. Brillant. Il pèle couche après couche jusqu'à ce qu'il parvienne à la vérité. Lorsqu'il parle de « curiosité », ça signifie beaucoup plus que…

— Ne me dites pas ce que ça signifie. Il est là. Je suis là. Laissez-le s'exprimer. La dernière fois, j'ai entendu ce que vous aviez à dire, vous et votre ami avocat. (Elle s'agita sur sa chaise, fixant ostensiblement son attention sur Gurney.) Maintenant, je veux entendre ce que vous, vous avez à dire. Combien vous paient-ils pour travailler sur cette affaire ?

— Qui ?

Elle montra du doigt Hardwick.

— Lui et son avocat… Lex Bincher, de Bincher, Fenn et Blaskett.

Elle prononça ces mots comme si c'était une potion au goût amer.

— Ils ne me paient rien.

— Vous n'êtes pas payé ?

— Non.

— Mais vous vous attendez à l'être à un moment donné si vos efforts produisent le résultat escompté ?

— Non.

— Vous ne vous attendez pas à être payé ? Alors, à part cette connerie de pelage d'oignons, pourquoi faites-vous ça ?

— Je dois un service à Jack.

— À cause de quoi ?

— Il m'a aidé dans l'affaire du Bon Berger. Je l'aide dans celle-ci.

— Curiosité. Acquittement d'une dette. Quoi d'autre ?

Quoi d'autre ? Gurney se demanda si elle savait qu'il y avait une troisième raison. Il se laissa aller contre le dossier de sa chaise, réfléchissant à ce qu'il allait dire. Puis il se mit à parler d'une voix douce.

— J'ai vu une photo de votre défunt mari dans son fauteuil roulant, prise apparemment quelques jours avant sa mort. Une photo de son visage, principalement.

Kay finit par montrer des signes d'émotion. Ses yeux verts s'écarquillèrent et son teint sembla devenir un ton plus pâle.

— Et alors ?

— L'expression dans ses yeux. J'ai envie de savoir de quoi il s'agit.

Elle se mordit la lèvre supérieure.

— Peut-être est-ce juste… l'air qu'a une personne quand elle sait qu'elle va bientôt mourir.

— Je ne pense pas. J'ai vu beaucoup de gens mourir. Abattus par des trafiquants de drogue. Des inconnus. Des proches. Des flics. Mais je n'avais encore jamais vu cette expression sur le visage de quelqu'un.

Elle avala une goulée d'air, la laissa échapper en tremblant.

— Ça va ? demanda Gurney.

Dans sa carrière, il avait observé des centaines, voire des milliers de visages tentant de simuler une émotion. Mais celle-ci paraissait réelle.

Elle ferma les yeux quelques secondes puis les rouvrit.

— Le procureur a déclaré aux jurés que le visage de Carl reflétait le désespoir d'un homme qui a été trahi par un être cher. Est-ce aussi votre avis ? Qu'il fait l'effet d'un homme dont l'épouse souhaitait qu'il meure ?

— C'est une possibilité. Mais pas la seule.

Elle réagit par un petit signe de tête.

— Une dernière question. Votre copain ici présent n'arrête pas de me répéter que le succès de mon appel n'a rien à voir avec le fait que j'aie tiré sur Carl ou non. Qu'il suffit d'apporter la preuve de l'existence d'« un vice important dans la régularité de la procédure ». Alors dites-moi une chose. Est-ce que cela vous importe personnellement que je sois coupable ou innocente ?

— Pour moi, c'est la seule chose qui compte.

Elle soutint le regard de Gurney pendant ce qui sembla une éternité avant de se racler la gorge, puis de se tourner vers Hardwick et de se mettre à parler d'une voix changée, plus nette et plus légère.

— D'accord. Marché conclu. Demandez à Bincher de m'envoyer la lettre d'agrément.

— Je n'y manquerai pas, répondit Hardwick avec un signe de tête rapide cachant mal son allégresse.

Elle lança à Gurney un regard soupçonneux.

— Pourquoi me dévisagez-vous comme ça ?

— Je suis impressionné par votre façon de prendre des décisions.

— Je les prends dès que mon instinct et mon cerveau sont d'accord. Quel est le point suivant sur votre liste ?

— Vous avez dit tout à l'heure que je ne savais absolument rien de Carl. Éclairez-moi.

— Par quoi dois-je commencer ?

— Ce qui vous paraît important. Par exemple, Carl était-il mêlé à quoi que ce soit qui aurait pu conduire à son assassinat ?

Elle eut un petit sourire amer.

— Qu'il ait été assassiné n'a rien d'étonnant. L'étonnant, c'est que ce ne soit pas arrivé plus tôt. Sa vie a été la cause de sa mort. Carl était ambitieux. Fou d'ambition. Malade d'ambition. Il a hérité ce gène de son père, un reptile répugnant qui aurait englouti le monde entier s'il avait pu.

— Quand vous dites que Carl était « malade », qu'entendez-vous par là ?

— Son ambition le détruisait. Réussir à tout prix, devenir toujours plus gros, plus riche. Plus, plus et encore plus. Et peu importait de quelle façon. Pour avoir ce qu'il voulait, il fréquentait des individus avec lesquels vous n'auriez pas voulu vous trouver dans la même pièce. C'était jouer avec des serpents à sonnette... (Elle s'interrompit, ses yeux verts brillant de colère.) Que je sois enfermée dans ce zoo est tellement absurde. C'est moi qui lui ai conseillé de prendre ses distances avec ces prédateurs. Moi qui lui ai dit qu'il était dans la mélasse jusqu'au cou, qu'il allait se faire tuer. Eh bien, il n'en a tenu aucun compte, et il s'est fait tuer. Et c'est moi qu'on a condamnée pour ça.

Elle regarda Gurney d'un air qui semblait dire : « Quelle ironie du sort. »

— Vous n'avez aucune idée de qui lui a tiré dessus ?

— C'est encore une petite ironie. Le type sans l'approbation duquel rien ne se passe dans le nord de l'État de New York – en d'autres termes, le reptile qui a ordonné le meurtre de Carl ou au moins donné son aval –, ce reptile est venu chez nous à trois reprises. J'aurais pu le descendre à chacune d'entre elles. À vrai dire, j'ai même failli le faire la troisième fois. Et vous savez pourquoi ? Si je l'avais fait au moment où j'en avais envie, Carl ne serait pas mort à l'heure qu'il est et je ne serais pas assise ici. Vous avez compris ? J'ai été condamnée pour un meurtre que je n'ai pas commis – un meurtre que j'aurais dû commettre, sauf que je n'y suis pour rien.

— Comment s'appelle-t-il ?

— Qui ?

— Le serpent que vous auriez dû tuer.

— Donny Angel. Alias le Grec. Alias Adonis Angelidis. Trois fois, j'ai eu l'occasion de le supprimer. Et trois fois, je l'ai laissée passer.

Ces explications, nota Gurney, avaient mis en lumière un autre aspect de Kay Spalter. Cette mince créature, intelligente et insolite avait quelque chose d'extrêmement glacial.

— Revenons un instant en arrière, dit-il, désireux de se faire une idée plus claire du monde dans lequel vivaient les Spalter. Parlez-moi des affaires de Carl.

— Je ne peux vous dire que ce que je sais. La partie émergée de l'iceberg.

Durant la demi-heure qui suivit, Kay parla non seulement de la société de Carl, mais également de sa non moins étrange structure organisationnelle.

Son père, Joe Spalter, avait hérité de la holding immobilière créée par son père à lui. Spalter Realty avait fini par acquérir une grande partie du parc locatif du nord de l'État, dont la moitié des immeubles d'habitation de Long Falls – et cela au moment où Joe, sur le point de mourir, transmettait l'entreprise à ses deux fils, Carl et Jonah.

Carl tenait de Joe ; il avait son ambition et sa cupidité. Jonah tenait de sa mère, Mary, une fervente adepte des causes désespérées. Jonah était un rêveur utopique, un spiritualiste New Age charismatique. Comme le déclara Kay : « Carl voulait posséder le monde et Jonah voulait le sauver. »

D'après leur père, Carl avait tout ce qu'il faut pour « aller jusqu'au bout » – devenir l'homme le plus riche d'Amérique, voire de la planète. Seul ennui : Carl était aussi incontrôlable que sans pitié. Il ne reculait devant rien pour obtenir ce qu'il voulait. Enfant, il avait mis un jour le feu au chien d'un voisin en guise de diversion pour pouvoir lui voler un jeu vidéo. Et cet acte de folie ne fut pas le seul. Ce genre de chose arrivait régulièrement.

Aussi impitoyable qu'il fût, Joe considérait ce trait de caractère comme un problème potentiel pour gérer des biens – non que voler ou mettre le feu à des chiens le préoccupât. C'était le manque de prudence, la mauvaise appréciation du rapport risque-gain qui le tracassait. Sa décision finale fut de donner à ses fils une part égale dans l'affaire familiale. Jonah était censé être l'élément modérateur.

La concrétisation de cet arrangement supposé bénéfique, fut un accord juridique indissoluble qu'ils signèrent tous les deux lorsque Joe remit la société entre leurs mains. Toutes les clauses étaient conçues pour s'assurer qu'aucune opération ne puisse être réalisée, aucune décision prise, aucun changement opéré sans l'approbation conjointe de Carl et de Jonah.

Mais l'idée de Joe de fondre les tempéraments contraires de ses fils en un seul moteur de succès ne se réalisa jamais. Il n'en résulta que des conflits, la stagnation de Spalter Realty et une animosité sans cesse croissante entre les frères. Ce qui poussa Carl dans la direction de la politique comme autre voie pour parvenir au pouvoir et à la fortune, avec le soutien discret du crime organisé, tandis que Jonah optait pour la religion et le lancement de son grand projet, la Cybercathédrale, avec le soutien discret de sa mère, que Joe avait laissée dans une situation extrêmement confortable. Cette mère, à l'enterrement de laquelle Carl fut grièvement blessé.

Lorsque Kay eut enfin terminé son récit de la saga familiale Spalter, Gurney fut le premier à parler.

— Ainsi, le parti anticriminalité de Carl et ses discours sur la « lie de la terre » comme quoi il allait éradiquer le crime organisé dans l'État de New York n'étaient que…

Elle acheva la phrase pour lui.

— Du vent, un camouflage. Pour un politicien acoquiné en sous-main avec la pègre, quelle meilleure couverture que l'image de fer de lance de la lutte contre la criminalité ?

Gurney acquiesça, tout en s'efforçant de réfléchir à cette trame tortueuse, digne d'un roman-feuilleton.

— Votre théorie est donc que Carl a fini par se brouiller avec cet Angel ? Et que c'est la raison pour laquelle il a été tué ?

— Angel était toujours le joueur le plus dangereux dans l'histoire. Carl n'aurait été ni le premier ni même le dixième des associés d'Angel à se faire assassiner. Dans certains cercles, on raconte que le Grec ne met que deux offres sur la table de négociation : « Ou vous m'obéissez. Ou je vous fais sauter la cervelle. » Je mettrais ma main au feu que Carl a refusé d'obéir à un ordre de Donny. Et on lui a bel et bien fait sauter la cervelle, pas vrai ?

Gurney ne répondit pas. Il essayait de se représenter qui était réellement cette femme totalement dénuée de sentimentalisme.

— Au fait, ajouta-t-elle, vous devriez jeter un coup d'œil à des photos de Carl prises avant que cela se produise.

— Pourquoi ?

— De cette façon, vous comprendriez les atouts qu'il possédait. Carl était fait pour la politique. On lui aurait donné le bon Dieu sans confession.

— Comment se fait-il que vous ne l'ayez pas quitté quand les choses ont pris une sale tournure ?

— Parce que je suis une petite croqueuse de diamants sans cervelle aimant le pouvoir et l'argent.

— C'est vrai ?

Elle lui répondit par un grand sourire énigmatique.

— Avez-vous d'autres questions ?

Gurney réfléchit.

— Oui. Qu'est-ce que c'est que cette Cybercathédrale ?

— Une nouvelle religion sans Dieu. Tapez les mots dans un moteur de recherche et vous aurez toutes les informations que vous souhaitez. Autre chose ?

— Carl ou Jonah ont-ils des enfants ?

— Pas Jonah. Trop occupé par la spiritualité. Carl a une fille, de son premier mariage. Une petite pute démente.

Le ton de Kay semblait purement factuel, comme si elle avait dit « une étudiante ».

Gurney battit des paupières sous l'effet du décalage.

— Pouvez-vous me donner plus de détails ?

Elle parut sur le point de le faire, puis elle secoua la tête.

— Mieux vaut que vous vous renseigniez par vous-même, je ne suis pas objective sur ce sujet.

Après quelques questions et réponses supplémentaires, et ayant fixé un rendez-vous pour un prochain appel téléphonique, Hardwick et Gurney se levèrent pour partir. Hardwick se fit un devoir de regarder à nouveau la joue meurtrie de Kay.

— Vous êtes sûre que ça va ? Je connais quelqu'un ici. Elle pourrait garder un œil sur vous, peut-être vous séparer des autres détenues pendant un moment.

— Je vous le répète, j'ai tout ce qu'il faut.

— Vous êtes sûre de ne pas mettre trop d'œufs dans le panier de Crystal ?

— Crystal a un grand et solide panier. De plus, mon surnom m'aide beaucoup. Je ne vous l'ai pas dit ? Ici, dans le zoo, c'est un terme de profond respect.

— Quel surnom ?

Elle montra ses dents en un petit sourire glacial.

— La Veuve noire.

CHAPITRE 10

La petite pute démente

UNE FOIS QU'ILS EURENT LAISSÉ DERRIÈRE EUX la prison de Bedford Hills et pris la direction du pont Tappan Zee, Gurney souleva la question qui le rongeait.

— J'ai l'impression que tu sais des choses importantes sur cette affaire que tu ne m'as pas dites.

Hardwick fit vrombir le moteur et doubla avec une mine dégoûtée un monospace qui roulait tranquillement.

— Apparemment, il n'a nulle part où aller et se fout de l'heure à laquelle il arrive. Ce serait sympa d'avoir un bulldozer pour pousser ce tas de boue dans le fossé.

Gurney attendit.

Hardwick finit par répondre à sa question.

— Tu as les grandes lignes, champion… points clés, acteurs principaux. Qu'est-ce que tu veux de plus, nom d'un chien ?

Gurney sentit un changement de ton.

— Tu sembles plus toi-même que ce matin.

— Qu'est-ce que c'est censé vouloir dire, bordel ?

— Devine. Souviens-toi que je peux encore laisser tomber, ce que je ferai si je n'ai pas le sentiment que je sais tout ce que tu sais sur l'affaire Spalter. Je ne joue pas les figures de proue simplement pour que cette femme signe avec ton avocat. Comment a-t-elle dit qu'il s'appelait ?

— Du calme. Inutile de t'énerver. Il s'appelle Lex Bincher. Tu le rencontreras.

— Tu vois, Jack, c'est précisément ça le problème.

— Quel problème ?

— Tu supposes des choses.

— Quelles choses ?

— Que je fais partie de l'équipe.

Avec un froncement de sourcils, Hardwick regarda fixement la route déserte devant eux. Le tic était revenu.

— Tu n'en fais pas partie ?

— Peut-être que oui, peut-être que non. Dans tous les cas, je te le ferai savoir.

— Bon. D'accord.

Un long silence s'installa entre eux, qui dura jusqu'à ce qu'ils aient franchi l'Hudson et pris la I-287. Gurney avait passé ce moment à réfléchir à ce qui l'avait tellement dérangé, pour en arriver à la conclusion que le problème n'était pas Hardwick, mais sa propre malhonnêteté.

En fait, il était bel et bien dans le coup. Il y avait certains aspects de l'affaire – au-delà de la terrible photo de Carl Spalter – qui l'avaient intrigué. Mais il feignait de ne pas avoir pris de décision. Et cette duplicité avait plus à voir avec Madeleine qu'avec Hardwick. Il se faisait croire à lui-même – et à celle-ci – qu'il procédait à une analyse rationnelle en fonction de critères objectifs, alors que, à dire vrai, il n'en était rien. Son implication n'était pas plus une question de choix rationnel que l'idée qu'il puisse être ou non affecté par les lois de la pesanteur.

En fait, rien en ce monde n'éveillait autant son attention et sa curiosité qu'une affaire d'homicide complexe. Il pouvait toujours s'inventer des alibis. Prétendre qu'il s'agissait uniquement de servir la justice. De rectifier un déséquilibre effroyable dans l'ordre des choses. De défendre ceux qui avaient été frappés par la souffrance. De rechercher la vérité.

Mais d'autres fois, il ne voyait là que le désir de résoudre une énigme aux enjeux élevés, un besoin compulsif d'ajuster toutes les pièces. Un exercice intellectuel, un combat de cerveaux et de volontés. Un terrain de jeux où il était capable d'exceller.

Et puis il y avait la sombre suggestion de Madeleine : la possibilité qu'il soit, d'une manière ou d'une autre, attiré par le risque, qu'une part inconsciente de haine de soi ne cesse de l'entraîner aveuglément dans l'orbite de la mort.

Son esprit rejeta cette possibilité alors même qu'elle lui glaçait le cœur.

Mais, au bout du compte, il n'avait aucune confiance dans ce qu'il disait ou pensait sur le pourquoi de sa profession. C'étaient juste des idées qu'il avait à ce sujet, des étiquettes avec lesquelles il se sentait à l'aise.

Les étiquettes saisissaient-elles l'essence de l'attraction gravitationnelle ?

Il n'aurait su le dire.

Conclusion : il avait beau être rationnel et posé, il ne pouvait pas plus ignorer un défi comme l'affaire Spalter qu'un alcoolique un martini après la première gorgée.

Soudain épuisé, il ferma les yeux.

Lorsqu'il finit par les rouvrir, il aperçut le réservoir de Pepacton droit devant eux. Ce qui voulait dire qu'ils avaient traversé Cat Hollow et qu'ils étaient de retour dans le comté de Delaware, à moins de vingt minutes de Walnut Crossing.

Il repensa à l'entrevue à Bedford Hills.

Il se tourna vers Hardwick, qui semblait perdu dans ses propres pensées désagréables.

— Alors dis-moi, Jack, qu'est-ce que tu sais sur cette « petite pute démente » qui se trouve être la fille de Carl Spalter ?

— Tu as manifestement sauté cette page dans les comptes rendus du procès – celle où elle déclare avoir entendu Kay avec quelqu'un au téléphone la veille du jour où Carl Spalter s'est fait dégommer, disant que tout était bouclé et que, dans vingt-quatre heures, ses problèmes seraient résolus. Cette charmante jeune femme se prénomme Alyssa. Pense à elle de façon positive. Sa putasserie démente pourrait bien être la clé de la libération de notre cliente.

Hardwick faisait du cent cinq kilomètres heure sur une route limitée à soixante-dix. Gurney vérifia sa ceinture de sécurité.

— Tu peux me dire pourquoi ?

— Alyssa a dix-neuf ans. Belle comme une star de cinéma et un pur poison. Il paraît qu'elle s'est fait tatouer les mots « Sans limites » à un endroit très particulier. (L'expression de Hardwick se transforma en un sourire lubrique.) Par-dessus le marché, elle est accro à l'héroïne.

— En quoi est-ce que cela aide Kay ?

— Un peu de patience. Carl se montrait, semble-t-il, très généreux avec elle. Aussi longtemps qu'il a vécu, il l'a pourrie, sinon pire. Mais question testament, c'était une autre paire de manches. Peut-être que, dans un éclair de lucidité, il a compris ce qu'une junkie comme Alyssa pourrait faire avec plusieurs millions de dollars à sa disposition. Si bien que son testament stipulait que tout irait à Kay. Et il ne l'avait pas changé au moment du coup de feu – peut-être parce qu'il n'avait pas pris de décision concernant le divorce, ou qu'il n'avait pas eu le temps de s'en occuper –, un élément que le procureur n'a cessé d'invoquer comme la motivation principale de Kay pour le meurtre.

Gurney hocha la tête.

— Et après le coup de feu, il n'était plus en mesure de le modifier.

— Exact. Mais il y a un autre aspect. Une fois Kay condamnée, cela voulait dire qu'elle ne pouvait pas toucher un sou, dans la mesure où la loi empêche que quelqu'un hérite des biens d'une personne décédée dont il a facilité la mort. Les biens qui seraient allés au coupable sont alors remis au plus proche parent – en l'occurrence, Alyssa Spalter.

— Elle a eu l'argent de Carl ?

— Pas tout à fait. Ces choses-là avancent lentement, pour le moins, et l'appel bloquera un versement effectif jusqu'à la décision finale.

Gurney commençait à s'impatienter.

— Alors en quoi Miss Sans Limites est-elle la clé de l'affaire ?

— Elle avait à l'évidence un motif puissant pour commettre le meurtre elle-même, à condition qu'il soit imputé à quelqu'un d'autre.

— Et après ? Le dossier de l'affaire ne mentionne aucun indice qui la relierait à la tentative d'homicide. Est-ce que j'ai oublié quelque chose ?

77

— Non, rien.

— Alors, où vas-tu avec ça ?

Le sourire de Hardwick s'élargit. Quel que soit l'endroit où il allait, il prenait manifestement son pied. À ce propos, Gurney jeta un coup d'œil à l'aiguille du compteur de vitesse et vit qu'elle frisait à présent les cent quinze. Ils descendaient la colline et, en s'approchant de la courbe étroite près du magasin de location de canoës Barney, ils passèrent devant l'extrémité ouest du réservoir. Le niveau d'eau était très bas, résultat d'un été sec qui prédisait un automne maussade. Les mâchoires de Gurney se serrèrent. Ces vieux bolides disposaient de toute la puissance motrice nécessaire, mais il arrivait que l'adhérence dans les virages ne pardonne pas.

— Où je vais avec ça ? (Les yeux de Hardwick étincelaient de jubilation.) Eh bien, laisse-moi te poser une question. Ne dirais-tu pas qu'il y a un léger problème de conflit d'intérêts… un léger problème de régularité de la procédure… un léger problème d'objectivité des investigations… si un suspect possible dans une affaire de meurtre baisait avec l'enquêteur en chef ?

— Quoi ? Klemper ? Et Alyssa Spalter ?

— Mick l'Enflure et la pute démente en personne.

— Bon Dieu. Tu as des preuves de ça ?

Pendant un instant, le sourire devint encore plus éclatant.

— Tu sais, mon petit Davey, je pense que c'est un de ces menus détails pour lesquels tu peux nous donner un coup de main.

CHAPITRE 11

Les petits oiseaux

GURNEY NE DIT RIEN. Et il continua pendant les dix-sept minutes suivantes, soit le temps qu'il leur fallut pour aller du réservoir à Walnut Crossing, puis pour monter la route de terre sinueuse depuis la départementale jusqu'à l'étang, le pré et la ferme.

Assis dans la GTO tournant au ralenti à côté de la maison, il savait qu'il devait dire quelque chose, et il voulait que ce soit sans ambiguïté.

— Jack, j'ai le sentiment que nous sommes sur deux voies différentes avec ton projet.

Hardwick eut l'air d'avoir avalé quelque chose d'acide lui donnant des renvois.

— Comment ça ?

— Tu n'arrêtes pas de m'aiguiller vers les dérapages de l'enquête, les vices de procédure, etc.

— C'est l'objectif des appels.

— Je comprends bien. J'y viendrai. Mais je ne peux pas commencer par là.

— Mais si Mick Klemper...

— Je sais, Jack, je sais. Si tu peux démontrer que l'enquêteur principal a omis une piste parce que...

— Parce qu'il baisait avec un suspect potentiel, nous pouvons obtenir l'annulation de la condamnation pour cette seule raison. Qu'est-ce qu'il y a de mal à ça ?

— Rien. Mon problème, c'est comment je suis censé aller d'ici à là.

— Une première étape serait de faire un brin de causette avec Miss Sans Limites, d'essayer de savoir à qui nous avons affaire, de trouver les points vulnérables qui nous permettraient de l'amadouer, les angles d'attaque qui…

— Tu vois, c'est exactement ce que je voulais dire par deux voies différentes.

— De quoi tu parles ?

— Pour moi, ce brin de causette pourrait être une jolie dixième ou onzième étape, mais pas la première.

— Merde ! Tu es en train de faire une montagne d'une taupinière.

Gurney regarda par la vitre latérale de la voiture. Sur la crête au-delà de l'étang, un faucon volait lentement en cercles.

— À part arriver à ce que Kay Spalter signe au bas du contrat, qu'est-ce que je suis censé vous apporter ?

— Je te l'ai déjà dit.

— Recommence.

— Tu fais partie de l'équipe de stratégie. Partie de la puissance de feu. Partie de la solution ultime.

— Vraiment ?

— Qu'est-ce qui cloche là-dedans ?

— Si tu souhaites que je participe, tu dois me laisser le faire à ma façon.

— Pour qui tu te prends ?

— Je ne peux pas t'aider si tu veux que je mette la dixième étape avant la première.

Hardwick laissa échapper ce qui ressemblait à un soupir de lassitude agacé.

— Très bien. Qu'est-ce que tu veux ?

— J'ai besoin de commencer au début. À Long Falls. Dans le cimetière. Dans l'immeuble où se tenait le tireur. J'ai besoin d'être là où les choses se sont passées. Besoin de le voir.

— Déconne pas. Tu veux réexaminer toute cette affaire de merde ?

— Ça ne paraît pas une si mauvaise idée.

— Ce n'est pas nécessaire.

Il s'apprêtait à dire à Hardwick qu'une question plus importante que l'objectif pragmatique de l'appel était en jeu ici. La question de la vérité. La Vérité avec un V majuscule. Mais le côté prétentieux d'un tel sentiment l'empêcha de l'exprimer.

— J'ai besoin de garder les pieds sur terre, au sens propre.

— Je ne sais pas de quoi tu parles. Notre priorité, ce sont les micmacs de Klemper, pas ce foutu cimetière.

Ils continuèrent ainsi pendant encore une dizaine de minutes.

À la fin, Hardwick capitula, secouant la tête avec exaspération.

— Fais ce que tu voudras. Simplement, ne perds pas des masses de temps, d'accord ?

— Je n'en ai pas l'intention.

— Si tu le dis, Sherlock.

Gurney sortit de la voiture. Le lourd battant se referma avec un claquement sonore comme il n'en avait pas entendu de la part d'une portière depuis des décennies.

Hardwick se pencha vers la fenêtre ouverte côté passager.

— Tu me tiens informé, hein ?

— Absolument.

— Et ne passe pas trop de temps dans ce cimetière. C'est un endroit franchement bizarre.

— Ce qui signifie ?

— Tu t'en apercevras bien assez tôt.

D'un air renfrogné, Hardwick fit tourner son moteur odieusement bruyant, passant d'un grondement bronchique à un rugissement assourdissant. Puis il relâcha l'embrayage, fit faire un demi-tour à la vieille GTO rouge sur l'herbe jaunissante et se mit à redescendre le chemin du pré.

Gurney leva de nouveau la tête vers le faucon planant avec élégance au-dessus de la crête. Après quoi il entra dans la ferme, s'attendant à voir Madeleine ou à entendre des exercices de violoncelle à l'étage. Il l'appela. Mais l'intérieur de la maison ne lui transmit que cet étrange sentiment de vide qu'il semblait toujours donner quand elle n'était pas là.

Il se demanda quel jour de la semaine on était – peut-être un des trois jours où elle travaillait à la clinique psychiatrique, mais ce n'était pas le cas. Il fouilla dans sa mémoire pour savoir si elle n'avait pas mentionné une réunion du conseil d'administration, un de ses cours de yoga, une de ses séances bénévoles de défrichage au jardin communautaire ou une de ses expéditions dans les magasins d'Oneonta. Mais rien ne lui vint à l'esprit.

Il ressortit, inspecta le terrain en pente douce de chaque côté de la maison. Trois cerfs le regardaient, immobiles, en haut du pré. Le faucon continuait à planer, à présent en cercles larges, procédant seulement à de légers ajustements de l'angle de ses ailes déployées.

Il cria le nom de Madeleine, plus fort cette fois, et guetta une réponse. Il n'y en eut pas. Mais alors qu'il écoutait, quelque chose attira son attention – au-dessous du pré, à travers les arbres, une lueur fuchsia près du coin arrière de la petite grange.

Il n'y avait, à sa connaissance, que deux objets couleur fuchsia qui fassent partie de leur petit monde isolé au bout du chemin : la veste en nylon de Madeleine et la selle de la nouvelle bicyclette qu'il lui avait achetée pour son anniversaire – afin de remplacer celle qui avait été perdue dans l'incendie ayant détruit la précédente grange.

Tandis que, de plus en plus curieux, il traversait le pré, il l'appela une fois encore – persuadé à présent que ce qu'il regardait était en fait sa veste. Mais à nouveau, il n'y eut pas de réponse. Il passa à travers la rangée de jeunes arbres qui bordaient le pré et vit Madeleine assise dans l'herbe, près de la grange. Elle semblait absorbée par quelque chose qu'il ne pouvait pas voir.

— Madeleine, pourquoi n'as-tu pas… ? commença-t-il, sa contrariété due à l'absence de réponse de celle-ci transparaissant clairement dans sa voix.

Sans le regarder, elle leva une de ses mains vers lui en un geste pouvant signifier qu'il devait arrêter soit d'avancer, soit de parler.

Comme il cessait de faire l'un et l'autre, elle lui fit signe d'approcher. Se postant derrière elle, il examina le coin de la grange. C'est alors qu'il les vit : les quatre poussins, se reposant placidement dans l'herbe, la tête baissée, les pattes repliées sous la poitrine. Le coq se trouvait d'un côté des jambes étendues de Madeleine et les trois poules de l'autre côté. Tandis qu'il contemplait cet étrange tableau, Gurney pouvait entendre les poussins émettre le même roucoulement bas et paisible que celui qu'ils faisaient sur leur perchoir quand ils étaient prêts à dormir.

Madeleine regarda Gurney.

— Ils ont besoin d'une petite maison et d'une cour clôturée pour courir. De façon à pouvoir être en plein air autant qu'ils veulent, contents et en sécurité. Ils n'en demandent pas davantage. Nous pouvons bien faire ça pour eux.

— D'accord.

Ce rappel du projet de construction l'agaça. Il regarda les poussins sur l'herbe.

— Comment vas-tu les ramener dans la grange ?

— Ce n'est pas un problème. (Elle sourit, plus aux poussins qu'à lui.) Nous allons bientôt retourner dans la grange. Nous voulons seulement rester encore quelques instants dans l'herbe.

Une demi-heure plus tard, assis devant son ordinateur dans le bureau, Gurney parcourait le site web de « La Cybercathédrale, Votre Portail vers une Vie Heureuse ». De manière sans doute prévisible vu le nom de l'association, il ne trouva aucune adresse, ni aucune photo d'un siège quelconque.

La seule option proposée sur la page de contact était un e-mail. L'adresse sur le formulaire était : jonah@cybercathedral.org.

Gurney réfléchit un moment à ça – la suggestion bienveillante, presque amicale, que les remarques, les demandes de renseignements ou l'appel à l'aide de quelqu'un allaient directement au fondateur. Ce qui l'amena à s'interroger sur le type de remarques, de demandes de renseignements ou d'appels à l'aide que le site web pouvait bien susciter ; il sillonna le site vingt minutes de plus pour chercher la réponse.

L'impression qu'il finit par avoir était que la vie heureuse promise consistait en une tournure d'esprit vaguement New Age, baignant dans une philosophie floue, entourée de couleurs pastel et de bonnes conditions météo. L'entreprise dans son ensemble semblait offrir la douceur et la protection du talc pour bébé.

C'était comme si Hallmark Cards avait décidé de lancer une religion.

L'objet qui retint le plus longtemps l'attention de Gurney était une photographie de Jonah Spalter sur la page d'accueil. En haute résolution et apparemment non retouchée, elle avait une sorte d'immédiateté incongrue, une apparence de sincérité qui contrastait fortement avec la guimauve environnante.

Il y avait quelque chose de Carl dans la forme du visage de Jonah, les cheveux brun foncé à la légère ondulation, le nez droit, la mâchoire carrée. Mais la ressemblance s'arrêtait là. Tandis que les yeux de Carl, à la fin, exprimaient le plus extrême désespoir, ceux de Jonah semblaient fixés sur un avenir de succès sans fin. Comme les masques de la tragédie et de la comédie classiques, leurs visages étaient à la fois remarquablement similaires et totalement opposés. Si, comme l'avait décrit Kay, les deux frères s'étaient livrés un combat personnel, la photo de Jonah qu'il avait sous les yeux indiquait clairement le vainqueur.

En plus du portrait de Jonah, la page comportait un long menu de thèmes. Gurney choisit celui qui figurait en haut de la liste : « Humains avant tout ». Alors qu'une page ornée d'une bordure de marguerites entrelacées s'affichait sur l'écran, il entendit Madeleine lui crier d'en bas :

— Le dîner est servi !

Elle était déjà installée à la petite table ronde près des portes-fenêtres. Il s'assit en face d'elle. Chacune de leurs assiettes contenait une généreuse portion d'aiglefin sauté, accompagné de carottes et de brocolis. Il poussa une rondelle de carotte, la piqua avec sa fourchette et commença à mâcher. Il s'aperçut qu'il n'avait pas très faim. Il continua néanmoins à manger. Il n'aimait pas beaucoup l'aiglefin. Cela lui rappelait le poisson insipide que servait sa mère.

— Tu les as remis dans la grange ? demanda-t-il avec plus d'agacement que d'intérêt.

— Bien sûr.

Il se rendit compte qu'il avait perdu la notion du temps et jeta un regard à la pendule sur le mur du fond. Il était six heures et demie. Il tourna la tête pour regarder par la porte vitrée. Le soleil brillait à nouveau juste au-dessus de la crête, l'éblouissant. Loin de toute idée romantique d'un coucher de soleil pastoral, cela lui fit penser à une lampe d'interrogatoire dans un film de série B.

Cette association d'idées le ramena aux questions qu'il avait posées à Bedford Hills quelques heures plus tôt et à ces yeux verts étrangement calmes qui semblaient convenir davantage à un chat dans un tableau qu'à une femme en prison.

— Tu as envie de m'en parler ?

Madeleine l'observait avec cet air entendu qui le faisait parfois se demander s'il n'avait pas pensé à voix haute.

— De quoi… ?

— De ta journée. La femme que tu allé voir. Ce que veut Jack. Votre plan. Si vous croyez qu'elle est innocente.

Il ne s'était pas posé la question de savoir s'il désirait en parler. Mais peut-être, après tout. Il posa sa fourchette.

— Au bout du compte, je ne sais pas à quoi me fier. Si c'est une menteuse, elle est excellente. Peut-être la meilleure que j'aie jamais vue.

— Mais, à ton avis, elle ne ment pas ?

— Je n'en suis pas sûr. Elle semble vouloir me faire croire qu'elle est innocente, mais elle ne va pas se mettre en quatre pour me convaincre. C'est comme si elle voulait rendre les choses difficiles.

— Maligne.

— Maligne ou… sincère.

— Peut-être les deux à la fois.

— Exact.

— Quoi d'autre ?

— Que veux-tu dire ?

— Qu'as-tu vu d'autre chez elle ?

Il réfléchit un instant.

— Elle a de la fierté. De la force. De la ténacité.

— Séduisante ?

— Ce n'est pas vraiment le terme que je choisirais.

— Alors quoi ?

— Impressionnante. Énergique. Déterminée.

— Impitoyable ?

— Ah. Ça, c'est une question ardue. Si tu veux dire impitoyable au point de tuer son mari pour de l'argent, il ne m'est pas encore possible de me prononcer.

Madeleine répéta les mots « pas encore » si doucement que c'est à peine s'il entendit.

— J'ai l'intention de faire au moins un pas supplémentaire, dit-il, mais il reconnut aussitôt sa secrète mauvaise foi.

Si la lueur sceptique de Madeleine était une indication, elle eut la même pensée.

— Et ce pas supplémentaire, ce serait… ?

— Je veux jeter un coup d'œil à la scène de crime.

— Est-ce qu'il n'y avait pas des photos dans le dossier que Jack t'a donné ?

— Les photos et les dessins de scène de crime ne saisissent qu'environ dix pour cent de la réalité. Il faut être présent sur les lieux, se déplacer, regarder autour de soi, écouter, sentir, se faire une idée de l'endroit, des possibilités et des contraintes, du voisinage, de la circulation, une idée de ce que la victime a peut-être vu, de ce que le tueur a peut-être vu, comment il est arrivé là, où il est parti, qui pourrait l'avoir aperçu.

— Il ou elle.

— Il ou elle.

— Eh bien, quand vas-tu regarder, écouter, sentir et te faire une idée ?

— Demain.

— Tu n'as pas oublié notre dîner ?

— Demain ?

Madeleine eut un sourire empreint d'une infinie patience.

— Les membres du club de yoga. Ici. Pour dîner.

— Ah oui, bien sûr. Très bien. Pas de problème.

— Tu es sûr ? Tu seras là ?

— Pas de problème.

Elle le dévisagea longuement, avant de détacher son regard comme si le sujet était clos. Puis elle se leva, ouvrit les portes-fenêtres et aspira une longue bouffée d'air frais.

Peu après, des bois au-delà de l'étang, s'échappa cet étrange cri de détresse qu'ils avaient déjà entendu, semblable à la note sinistre d'une flûte.

Gurney se leva à son tour et, contournant Madeleine, sortit sur la terrasse en pierre. Le soleil avait disparu derrière la crête et la température semblait avoir chuté de dix degrés. Il resta immobile, attendant que le bruit mystérieux se répète.

Tout ce qu'il put entendre, ce fut un silence si pesant qu'il lui donna des frissons.

CHAPITRE 12

Willow Rest

ORSQUE GURNEY SE RENDIT À LA CUISINE le lendemain
matin, il avait une faim de loup.
Madeleine était debout devant l'évier, émiettant des bouts
de pain sur une grande assiette en carton, dont la moitié était déjà
couverte de fraises hachées. Une fois par semaine, elle donnait
aux poussins un plat de quelque chose de spécial, en plus des aliments emballés provenant du magasin de fournitures agricoles.

Sa tenue, plus conventionnelle que d'ordinaire, rappela à
Gurney que c'était un de ses jours de travail à la clinique. Il jeta
un coup d'œil à la pendule.

— Tu ne vas pas être en retard ?

— Hal passe me prendre, alors… pas de souci.

S'il avait bonne mémoire, Hal était le directeur de la clinique.

— Pourquoi ?

Elle le regarda fixement.

— Ah oui, c'est vrai, ta voiture est à l'atelier de réparation.
Mais comment se fait-il que Hal… ?

— J'ai parlé de mes problèmes de voiture au travail l'autre jour
et Hal a dit qu'il passe par notre route, de toute manière. Sans
compter que, si je suis en retard à cause de lui, il peut difficilement
se plaindre. Et en parlant de retard, tu ne le seras pas, n'est-ce pas ?

— En retard ? Pour quoi ?

— Ce soir. Le club de yoga.

88

— Ne t'en fais pas.

— Et tu penseras à appeler Malcolm Claret ?

— Aujourd'hui ?

— Ce serait aussi bien maintenant.

Au bruit d'une voiture remontant le chemin du pré, elle alla à la fenêtre.

— Il est là, dit-elle d'un ton jovial. Il faut que j'y aille.

Elle se précipita vers Gurney, l'embrassa, puis attrapa son sac sur le buffet d'une main et l'assiette avec le pain et les fraises de l'autre.

— Tu veux que je la donne aux poussins ? demanda Gurney.

— Non. Hal peut s'arrêter quelques secondes à la grange. Je m'en occuperai. Salut.

Elle se dirigea vers le couloir, traversa le cellier et sortit par la porte de derrière.

Par la fenêtre, Gurney vit l'Audi noire étincelante de Hal rouler lentement en direction de la grange, tourner à l'angle où se trouvait la porte. Il attendit que la voiture réapparaisse de derrière la grange quelques instants plus tard et s'engage sur le chemin.

Il était tout juste huit heures et quart, et déjà sa journée était encombrée de pensées et d'émotions dont il se serait bien passé.

Il savait d'expérience que le meilleur remède pour chasser les états d'âme était de faire quelque chose, d'aller de l'avant.

Il se rendit dans le bureau, prit le dossier Spalter et le gros paquet de documents décrivant le périple de Kay à travers le système juridique après son interpellation : les motions préalables à l'instruction, la transcription du procès, la copie des éléments de preuve et du matériel visuel de l'accusation, ainsi que l'appel habituel à la suite de la condamnation déposé par l'avocat de la défense initial. Gurney porta le tout à sa voiture parce qu'il ne savait pas quels éléments précis il pourrait avoir besoin de consulter durant la journée.

Il retourna dans la maison et sortit une veste de sport gris clair de sa penderie, celle qu'il avait portée des centaines de fois au travail, mais peut-être trois fois seulement depuis qu'il avait pris sa retraite. Cette veste, de même que le pantalon foncé, la chemise bleue et les chaussures simples, de style militaire, sentaient autant le flic que n'importe quel uniforme. Ce qui, supposa-t-il, pourrait se révéler utile à Long Falls. Il jeta un dernier coup d'œil autour de lui, regagna sa voiture et entra l'adresse du cimetière de Willow Rest dans le GPS portable placé sur le tableau de bord.

Une minute plus tard, il était en route... et se sentait déjà mieux.

Comme beaucoup de vieilles villes situées au bord de rivières ou de canaux à l'utilité commerciale obsolète, Long Falls semblait lutter contre une vague de déclin persistant.

On voyait ici et là des signes de tentative de reprise. Une usine de tissage abandonnée avait été reconvertie en bureaux ; un essaim de petites boutiques occupait à présent une ancienne fabrique de cercueils ; un bâtiment d'une centaine de mètres de longueur, aux briques couvertes de suie semblables à de vieilles croûtes, avec le nom « Laiterie Trèfledoux » gravé sur un linteau en granit surmontant la porte d'entrée, avait été rebaptisé « Studios et Galeries d'art du Nord », comme le proclamait une enseigne large et lumineuse fixée au mur.

Toutefois, alors qu'il parcourait l'artère principale, Gurney compta au moins six bâtiments en ruine, datant d'une époque plus prospère. Il y avait beaucoup de places de stationnement vides, très peu de gens dans les rues. Un adolescent maigre, en tenue de loubard, jean baggy et casquette de base-ball trop grande tournée sur le côté, se tenait à un carrefour par ailleurs désert avec un molosse au bout d'une laisse. Tandis qu'il ralentissait à un feu rouge, Gurney pouvait voir le regard anxieux du jeune homme balayer les voitures qui passaient avec ce mélange d'espoir et de détachement propre aux toxicomanes.

Il avait parfois le sentiment que quelque chose en Amérique avait terriblement mal tourné. Que toute une génération avait été infectée par l'ignorance, la paresse et la vulgarité. Il ne semblait plus inhabituel qu'une jeune femme ait, mettons, trois jeunes enfants de trois pères différents, dont deux se trouvaient en prison. Et les endroits comme Long Falls, qui avaient jadis abrité un mode de vie plus simple, étaient désormais tristement semblables à n'importe quel autre.

Ces pensées furent interrompues par son GPS annonçant d'une voix autoritaire : « Tournez à droite pour arriver à destination. »

Le panneau, à côté d'une allée goudronnée impeccable, disait seulement « Willow Rest », sans autre précision quant à la nature de l'entreprise. Gurney tourna dans l'allée, franchissant une grille en fer forgé entourée d'un mur en brique jaune. De chaque côté de l'entrée, des plantations bien entretenues donnaient l'impression non pas d'un cimetière, mais d'un lotissement résidentiel haut de gamme. L'allée menait directement à une petite aire de stationnement déserte en face d'une sorte de cottage anglais.

Les jardinières débordantes de pensées pourpres et jaunes sous les fenêtres anciennes à petits carreaux lui rappelèrent l'esthétique à la fois paisible et bizarre d'un peintre extrêmement populaire dont il ne se souvenait jamais du nom. Il y avait un panneau marqué « Information pour les visiteurs » le long d'un sentier dallé qui allait de l'aire de stationnement à la porte du cottage.

Comme Gurney remontait le sentier, la porte s'ouvrit, et une femme qui semblait ne pas l'avoir remarqué apparut sur le seuil en pierre. Elle portait une tenue décontractée et tenait un petit sécateur à la main.

Gurney lui donna une cinquantaine d'années. Il fut frappé par ses cheveux. D'un blanc pur, coupés en dégradé, ils se terminaient par de petites pointes autour de son front et de ses joues. Il se rappela que sa mère se coiffait ainsi à l'époque où c'était la mode, dans son enfance. Il se rappela même le nom de la coupe : artichaut. Ce mot à son tour lui donna un sentiment fugace de malaise.

La femme regarda avec surprise Gurney descendre de voiture.

— Désolée, je ne vous ai pas entendu arriver. Je sortais m'occuper de deux ou trois choses. Je m'appelle Paulette Purley. En quoi puis-je vous aider ?

En se rendant à Long Falls, Gurney avait envisagé différentes façons de répondre à des questions concernant sa visite et opté pour une approche qualifiée par lui d'« honnêteté minimale », ce qui signifiait dire suffisamment la vérité pour ne pas être pris en flagrant délit de mensonge, mais le faire de manière à éviter de déclencher des alarmes inutiles.

91

— Je ne sais pas encore. (Il sourit innocemment.) Est-ce que je peux faire un tour dans le parc ?

Les yeux noisette quelconques parurent le jauger.

— Vous êtes déjà venu ?

— C'est ma première visite. Mais j'ai imprimé une carte satellite depuis Google.

Une ombre de scepticisme passa sur le visage de la femme.

— Attendez un instant. (Elle pivota et rentra dans le pavillon. Quelques secondes plus tard, elle revint avec une brochure aux couleurs vives.) Juste au cas où votre truc Google ne serait pas tout à fait clair, ceci pourrait vous être utile. (Elle marqua un temps d'arrêt.) Puis-je vous indiquer le lieu de repos d'un parent ou d'un ami ?

— Non. Mais merci. Il fait si beau, je crois que je préfère trouver mon chemin moi-même.

Elle lança un regard inquiet vers le ciel, qui était à moitié bleu et à moitié couvert.

— Ils ont dit qu'il risquait de pleuvoir. Si vous vouliez bien me donner le nom…

— Vous êtes très aimable, répondit-il en faisant machine arrière, mais ça ira.

Il rebroussa chemin jusqu'au petit parking et vit de l'autre côté un sentier dallé passant sous un treillis couvert de roses avec un panneau sur lequel on pouvait lire : « Entrée piétonne. » Comme il le franchissait, il jeta un coup d'œil par-dessus son épaule. Paulette Purley était toujours devant le cottage, l'observant avec curiosité.

Il ne fallut pas longtemps à Gurney pour comprendre ce que Hardwick avait voulu dire en qualifiant Willow Rest d'« endroit franchement bizarre ». Il ne présentait guère de ressemblance avec les cimetières qu'il lui avait été donné de voir jusque-là. Néanmoins, il avait également quelque chose de familier. Quelque chose sur lequel il n'arrivait pas à mettre le doigt.

La disposition des lieux consistait pour l'essentiel en une allée pavée, légèrement courbe, qui s'étendait parallèlement au muret en brique entourant la propriété. Des allées plus petites en partaient à intervalles réguliers pour se diriger vers le centre du cimetière, au milieu d'une profusion de rhododendrons, de lilas et de sapins luxuriants. Ces allées possédaient elles-mêmes des ramifications encore plus petites, dont chacune aboutissait à une zone gazonnée de la taille d'une cour moyenne, séparée de ses voisines par des rangées de spirées et par des massifs d'hémérocalles. À l'intérieur de ces zones gazonnées, il y avait plusieurs pierres tombales en marbre, au ras du sol. Outre le nom de la personne inhumée, elles portaient une date unique au lieu des traditionnelles dates de naissance et de mort.

Près de chaque « entrée » se trouvait une boîte aux lettres noire avec un nom de famille écrit au pochoir sur le côté. Il en ouvrit quelques-unes, mais elles étaient vides. Au bout d'environ vingt minutes de son exploration, il tomba sur une boîte aux lettres portant le nom Spalter. Elle marquait l'entrée de la plus grande des parcelles qu'il eût rencontrées jusqu'ici. Elle occupait ce qui semblait être l'un des points les plus élevés de Willow Rest, une légère éminence d'où l'on pouvait apercevoir le cours d'eau au-delà du mur d'enceinte. Un peu plus loin passait la route nationale traversant Long Falls. De l'autre côté de la nationale, un pâté d'immeubles d'habitation de deux étages faisait face au cimetière.

CHAPITRE 13

Mort à Long Falls

URNEY ÉTAIT DÉJÀ FAMILIARISÉ avec la topographie générale, les structures, angles et distances. Tout cela avait
été consigné dans le dossier de l'affaire. Mais de voir
l'immeuble en vrai, et ensuite de localiser la fenêtre d'où la balle
meurtrière avait été tirée – tirée vers la zone où il se tenait à présent – lui fit un choc. Le choc de la réalité avec les idées préconçues. Une expérience qu'il avait connue sur d'innombrables
scènes de crime. C'était ce fossé entre l'image mentale et l'impact
sensoriel effectif qui rendait important le fait d'être là.

Une vraie scène de crime présentait un caractère concret qui ne
se retrouvait dans aucune photo ni description. Elle renfermait des
réponses que l'on pouvait trouver à condition de garder les yeux et
l'esprit ouverts. Si l'on regardait avec attention, elle pouvait raconter une histoire. Cela donnait, au sens propre, un point d'appui, un
endroit d'où l'on pouvait passer en revue les possibilités réelles.

Après avoir effectué un premier examen à 360° degrés de son
environnement général, Gurney se concentra sur les détails de
l'affaire Spalter. Faisant plus du double de la taille de la plus vaste
qu'il ait vue jusqu'ici, il estima les dimensions de la zone gazonnée centrale à quinze mètres sur vingt. Elle était entourée d'une
petite haie de rosiers bien entretenus.

Il compta huit pierres tombales plates en marbre tapies parmi les
herbes et alignées de telle manière que chaque sépulture occupait

un espace d'environ un mètre cinquante sur trois. La date la plus ancienne, 1899, était suivie du nom Emmerling Spalter. Sur la plus récente, les lettres sur la surface de marbre polie étaient bien nettes et gravées depuis peu. Elles indiquaient : 1970, Carl Spater. À l'évidence, il ne s'agissait pas de la date de sa mort. De sa naissance ? Probablement.

Tandis qu'il regardait la pierre tombale, Gurney vit qu'elle voisinait avec celle de Mary Spalter, la mère à l'enterrement de laquelle Carl avait été grièvement blessé. De l'autre côté de la sépulture de Mary Spalter se trouvait une pierre portant le nom Joseph Spalter. Le père, la mère et le fils assassiné. Une étrange réunion familiale, dans un cimetière tout à fait étrange. Père, mère et fils assassiné – ce fils qui avait espéré devenir gouverneur – réduits tous les trois à néant.

Alors qu'il réfléchissait à quoi se réduisait la vie humaine, il entendit un léger bourdonnement mécanique derrière lui. Il se retourna pour voir une voiturette de golf électrique s'arrêter devant la bordure de rosiers de la parcelle Spalter. Au volant, Paulette Purley lui souriait d'un air inquisiteur.

— Rebonjour, monsieur… ? Excusez-moi, je ne connais pas votre nom.

— Dave Gurney.

— Bonjour, Dave. (Elle descendit de la voiturette.) Je m'apprêtais à faire ma ronde lorsque j'ai vu que ces nuages de pluie se rapprochaient. (Elle désigna vaguement des nuages gris à l'ouest.) Je me suis dit que vous auriez peut-être besoin d'un parapluie. Vous n'avez pas envie d'être pris dans une averse sans rien. (Tout en parlant, elle prit un parapluie bleu clair sur le plancher de la voiturette et le lui apporta.) Se mouiller, c'est très bien quand on se baigne, sinon ce n'est pas très agréable.

Il prit le parapluie, la remercia et attendit qu'elle en vienne à son objectif réel, qui, il en était certain, n'avait rien à voir avec le fait qu'il reste au sec.

— Vous le laisserez au pavillon en partant. (Elle retournait à la voiturette quand elle s'arrêta soudain comme si elle venait de penser à quelque chose.) Avez-vous pu trouver votre chemin ?

— Oui, absolument. Bien sûr, cette parcelle…

— Propriété, corrigea-t-elle.

— Je vous demande pardon ?

— À Willow Rest, nous préférons ne pas utiliser le vocabulaire des cimetières. Nous offrons des « propriétés » aux familles, pas de petites « parcelles » déprimantes. Je crois comprendre que vous n'êtes pas un membre de la famille.

— Non, en effet.

— Un ami, peut-être ?

— En un sens, oui. Mais puis-je vous demander pourquoi vous posez la question ?

Elle sembla chercher sur son visage une indication de la manière dont elle devait procéder. Puis quelque chose dans l'expression de Gurney parut la rassurer. Elle baissa la voix, prenant un ton confidentiel.

— Je suis désolée. Je ne voulais pas vous froisser. Mais la propriété Spalter, comme vous pouvez le comprendre, j'en suis sûre, est un cas spécial. Il nous arrive d'avoir des problèmes avec… comment les appeler ? Des amateurs de sensations fortes, je suppose. Des vampires, quand on y pense. (Elle retroussa les lèvres en une expression de dégoût.) Lorsqu'un événement épouvantable se produit, les gens viennent s'ébahir, prendre des photos. C'est révoltant, n'est-ce pas ? Je veux dire, il s'agit d'un drame. D'un horrible drame familial. Vous imaginez ? Un homme se fait tirer dessus à l'enterrement de sa propre mère ! Une balle dans la tête ! Qui le rend infirme ! Un infirme totalement paralysé. Un légume ! Puis il meurt ! Et voilà que sa propre femme se révèle être l'assassin ! C'est un drame terrible, terrible ! Et qu'est-ce que font les gens ? Ils débarquent avec des appareils photo. Certains essaient même de voler nos rosiers. À titre de souvenirs ! Vous imaginez ? Naturellement, étant donné ma qualité de gardienne, tout ça finit par être de ma responsabilité. Rien que d'en parler, ça me rend malade ! J'en ai la nausée ! Je ne peux même pas…

Elle agita la main en un geste d'impuissance.

Gurney se dit que la femme protestait beaucoup trop. Elle semblait aussi électrisée par ce « drame » que les gens qu'elle stigmatisait. Ce qui n'avait rien d'inhabituel, songea-t-il. Peu de

96

comportements sont plus irritants chez les autres que ceux qui font apparaître nos propres défauts.

Sa pensée suivante fut que cet appétit de mélodrame pouvait peut-être lui fournir une ouverture utile. Il la regarda dans les yeux comme s'il était d'accord en tous points avec elle.

— Cette histoire vous tient vraiment à cœur, n'est-ce pas ?

Elle battit des paupières.

— Me tenir à cœur ? Bien sûr. Cela va de soi, non ?

Au lieu de répondre, il se détourna pensivement, marcha vers la bordure de rosiers et enfonça distraitement dans le paillis le bout du parapluie qu'elle lui avait donné.

— Qui êtes-vous ? finit-elle par demander.

Il crut entendre une note d'excitation dans sa voix. Il continua à piqueter le paillis.

— Je vous le répète, je m'appelle Dave Gurney.

— Pourquoi êtes-vous ici ?

À nouveau, il répondit sans se retourner.

— Je vous le dirai dans un instant. Mais d'abord, permettez-moi de vous poser une question. Quelle a été votre réaction – la première chose que vous avez ressentie – lorsque vous avez appris qu'on avait tiré sur Carl Spalter ?

Elle hésita.

— Vous êtes policier ?

— C'est exact.

— Ah… (Elle paraissait à la fois déconcertée, curieuse et troublée.) Qu'est-ce que… vous cherchez ici ?

— J'ai besoin de comprendre un peu mieux ce qui s'est passé.

Elle battit des paupières à plusieurs reprises.

— Qu'y a-t-il à comprendre ? Je pensais que tout était… résolu.

Il se rapprocha de quelques pas et lui parla comme s'il divulguait une information confidentielle.

— La condamnation fait l'objet d'un appel. Il y a un certain nombre de questions en suspens, des lacunes éventuelles dans les témoignages.

Elle plissa le front.

— Est-ce que toutes les condamnations pour meurtre ne font pas automatiquement l'objet d'un appel ?

— Si. Et la plupart sont confirmées. Mais il se pourrait que cette affaire soit différente.

— Différente ?

— Permettez-moi de vous reposer la question. Quelle a été votre réaction – la première chose que vous avez ressentie – lorsque vous avez découvert qu'on avait tiré sur Carl ?

— Découvert ? Vous voulez dire, quand je m'en suis rendu compte ?

— Pardon ?

— J'ai été la première à le voir.

— Voir quoi ?

— Le petit trou qu'il avait à la tempe. Au début, je n'étais pas sûre que ce soit un trou. On aurait seulement dit une tache ronde. Puis un minuscule filet rouge s'est mis à couler le long de son visage. Et j'ai su, j'ai tout de suite su.

— Vous l'avez signalé aux policiers sur place ?

— Bien entendu.

— Passionnant. Dites-m'en davantage.

Elle montra le sol à quelques mètres de l'endroit où se trouvait Gurney.

— C'est ici, exactement ici... que la première goutte de sang est tombée sur la neige. Je la revois encore. Vous avez déjà vu du sang sur la neige ?

Ses yeux semblèrent s'élargir à ce souvenir.

— Comment pouvez-vous être aussi sûre que c'était... ?

Elle répondit avant qu'il ait eu le temps de finir sa phrase.

— À cause de ça.

Elle indiqua un autre endroit par terre, à une trentaine de centimètres plus loin.

Ce n'est qu'après avoir fait un pas en avant que Gurney aperçut un petit disque vert, sous le niveau de l'herbe. Il y avait des perforations de la grosseur de pointes d'épingle sur la circonférence.

— Un système d'arrosage ?

— Il était face contre terre à quelques centimètres. (Elle s'avança jusqu'à l'emplacement et posa le pied à côté de la tête d'arrosage.) Juste là.

Gurney fut frappé par la froideur, l'hostilité du geste.

— Assistez-vous à tous les enterrements ?

— Oui et non. En tant que gardienne, je ne suis jamais très loin. Mais je m'arrange toujours pour observer une certaine discrétion. Les enterrements, d'après moi, sont faits pour les proches et les amis. Naturellement, dans le cas de l'enterrement de Mary Spalter, j'étais plus présente.

— Plus présente ?

— Eh bien, je n'ai pas jugé convenable de m'asseoir avec la famille et les associés de M. Spalter, aussi je suis demeurée un peu à l'écart… mais j'étais certainement plus présente qu'aux autres enterrements.

— Pourquoi ça ?

La question sembla l'étonner.

— Spalter Realty est mon employeur.

— Willow Rest appartient aux Spalter ?

— Je pensais que c'était de notoriété publique. Willow Rest a été créé par Emmerling Spalter, le grand-père de… celui qui est mort récemment. Vous ne le saviez pas ?

— Il faut être patiente avec moi. Je suis nouveau sur l'affaire, et nouveau à Long Falls. (Il décela quelque chose de critique dans son expression et ajouta sur un ton de conspirateur :) Voyez-vous, je suis ici afin de trouver une perspective entièrement neuve. (Il lui laissa quelques secondes pour assimiler les implications de cette déclaration, puis il continua.) À présent, revenons à ma question sur ce que vous avez ressenti lorsque vous avez découvert… lorsque vous vous êtes rendu compte de ce qui s'était passé.

Elle hésita, pinçant les lèvres.

— Pourquoi est-ce si important ?

— Je vous l'expliquerai dans une minute. Entre-temps, laissez-moi vous poser une autre question : qu'avez-vous éprouvé lorsque vous avez appris que Kay Spalter avait été arrêtée ?

— Seigneur Dieu ! De l'incrédulité. J'étais stupéfaite. Totalement stupéfaite.

— Vous connaissiez bien Kay ?

— Pas autant que je le croyais, manifestement. C'est le genre de chose qui fait qu'on se demande si l'on connaît réellement une personne.

Après un temps d'arrêt, son expression fit place à une curiosité matoise.

— De quoi s'agit-il ? Toutes ces questions... qu'est-ce qui se passe ici ?

Gurney la regarda attentivement, comme pour savoir dans quelle mesure il pouvait lui faire confiance. Puis il avala une longue bouffée d'air et dit sur un ton qui se voulait être celui d'une confession :

— Ce qu'il y a de drôle avec les flics, Paulette, c'est que nous attendons des gens qu'ils nous disent tout, mais que nous n'aimons pas leur révéler quoi que ce soit. On comprend pourquoi, mais il y a des moments... (Il fit une pause puis prit une profonde inspiration et se mit à parler lentement en la regardant dans les yeux.) J'ai l'impression que Kay était une personne beaucoup plus agréable que Carl. Pas du genre à commettre un meurtre. J'essaie de savoir si j'ai raison ou tort. Je ne peux pas y parvenir seul. J'ai besoin d'autres avis. Et j'ai le sentiment que vous pourriez être en mesure de m'aider.

Elle le dévisagea pendant quelques secondes, puis elle eut un petit frisson et serra ses bras autour d'elle.

— Vous devriez revenir à la maison avec moi. Je suis sûre qu'il va pleuvoir d'un moment à l'autre.

CHAPITRE 14

Le frère du démon

LE COTTAGE N'ÉTAIT PAS AUSSI KITSCH que Gurney l'avait supposé. Malgré sa façade de livre d'images, l'intérieur était plutôt sobre. La porte d'entrée s'ouvrait sur un modeste vestibule. Sur la gauche, il vit un salon avec une cheminée et plusieurs gravures de paysage traditionnelles sur les murs. Par une porte à droite, il aperçut ce qui semblait être un bureau avec une table en acajou et, derrière, un grand tableau de Willow Rest. Il lui rappela une de ces perspectives tentaculaires représentant une ferme ou un village comme on en peignait au XIXe siècle. Au fond à gauche, un escalier montant à l'étage supérieur et, à droite, une porte qui menait sans doute à une ou deux autres pièces situées à l'arrière de la maison. C'est là que Paulette Purley était allée préparer du café après avoir fait entrer Gurney dans le salon et l'avoir guidé jusqu'à une bergère près de la cheminée. Sur le manteau se trouvait la photo encadrée d'un homme maigre, un bras passé autour d'une Paulette plus jeune. Les cheveux de celle-ci étaient un peu plus longs, ébouriffés comme s'ils étaient agités par le vent, et blond miel.

Elle reparut avec un plateau sur lequel il y avait deux tasses de café noir, un petit pichet de lait, un sucrier et deux cuillères. Elle posa le plateau sur une table basse devant l'âtre et s'assit dans un fauteuil assorti faisant face à celui de Gurney. Ils demeurèrent silencieux tandis qu'ils ajoutaient du lait et du sucre, buvaient une première gorgée puis se laissaient aller en arrière.

101

Paulette, nota-t-il, tenait sa tasse à deux mains, peut-être pour la maintenir, peut-être pour se réchauffer les doigts. Bien que serrées, ses lèvres faisaient de petits mouvements nerveux.

— Maintenant, il peut pleuvoir tant que ça veut, déclara-t-elle avec un brusque sourire, comme pour tenter de dissiper sa tension grâce au son de sa propre voix.

— Cet endroit m'intrigue, dit Gurney. Willow Rest doit avoir une histoire intéressante.

L'histoire du cimetière lui importait peu. Mais il pensait que la faire parler d'un sujet facile pourrait peut-être constituer une passerelle vers un sujet plus épineux.

Durant les quinze minutes suivantes, elle décrivit la philosophie d'Emmerling Spalter, laquelle fit à Gurney l'impression d'une vaste fumisterie, savamment emballée. Willow Rest n'était pas un cimetière, mais une dernière demeure. Seule la date de naissance, et non la date du décès, était gravée sur la pierre tombale, car une fois que nous sommes nés, nous vivons éternellement. Willow Rest ne fournissait pas des sépultures, mais des lieux de résidence, un coin de nature avec de l'herbe, des arbres et des fleurs. Chaque propriété était calculée de manière à accueillir une famille multigénérationnelle plutôt qu'un individu. La boîte aux lettres permettait aux membres de la famille de laisser des cartes et des lettres à leurs proches. (Elles étaient rassemblées une fois par semaine, brûlées dans un petit brasero portatif sur chaque site et enfouies dans le sol.) Paulette expliqua avec le plus grand sérieux que Willow Rest concernait la vie, la continuité, la beauté, la paix et l'intimité. D'après ce que Gurney pouvait voir, cela concernait tout sauf la mort. Mais il n'était pas prêt à le dire. Il voulait qu'elle continue à parler.

Emmerling et Agnes Spalter avaient eu trois enfants, dont deux étaient morts en bas âge de pneumonie. Le survivant était Joseph. Il avait épousé une femme nommée Mary Croake. Ils avaient eu deux fils, Jonah et Carl.

La mention de ces noms, remarqua Gurney, eut un effet immédiat sur le ton et l'expression de Paulette, ramenant un tic presque imperceptible sur ses lèvres.

— On m'a raconté qu'ils étaient aussi différents que peuvent l'être deux frères, dit-il, l'encourageant.

— Oh oui ! Le jour et la nuit ! Caïn et Abel !

Elle se tut, les yeux fixés avec colère sur quelque souvenir.

Gurney l'incita à poursuivre.

— J'imagine qu'il pouvait être difficile de travailler pour Carl.

— Difficile ? (Un petit rire amer jaillit de sa gorge. Elle ferma les yeux quelques secondes, sembla prendre une décision, puis les mots sortirent en se bousculant.) Difficile ? Laissez-moi vous expliquer une chose. Emmerling Spalter amassa une fortune considérable en achetant et en vendant de vastes lots de terrain dans l'État de New York. Il légua à son fils son entreprise, son argent et son talent pour en gagner. Joe Spalter représentait une version plus dure de son père. Ce n'était pas quelqu'un que vous auriez voulu avoir pour ennemi. Mais il était rationnel. Vous pouviez lui parler. Dans sa dureté, il était juste. Pas sympathique, pas généreux. Mais juste. C'est Joe qui a embauché mon mari comme gardien de Willow Rest. C'était… (Elle eut l'air perdue pendant un instant.) Ah, le temps passe vite. C'était il y a quinze ans. Quinze ans.

Elle regarda sa tasse de café, sembla surprise qu'elle soit encore dans ses mains et la posa avec précaution sur la table.

— Et le côté sombre de Joe est allé entièrement à Carl, et tout ce qui était honnête et raisonnable à Jonah. On dit qu'il y a du bon et du mauvais chez chacun d'entre nous, mais pas dans le cas des frères Spalter. Jonah et Carl. Un ange et un démon. Je pense que Joe l'a compris et que la manière dont il les a liés ensemble comme condition pour hériter de l'affaire représentait une tentative de régler le problème. Peut-être espérait-il établir ainsi une sorte d'équilibre. Naturellement, ça n'a pas marché.

Gurney avala une gorgée de son café.

— Que s'est-il passé ?

— Après le décès de Joe, ils sont devenus des adversaires. Ils ne pouvaient s'accorder sur rien. La seule chose qui intéressait Carl, c'était l'argent, l'argent et l'argent – et peu lui importait les moyens pour en gagner. Jonah trouvait la situation insupportable, et c'est alors qu'il a créé la Cybercathédrale puis qu'il a disparu.

— Disparu ?

— Pratiquement. On pouvait le joindre via le site web de Cybercathédrale, mais il n'avait pas vraiment d'adresse. On prétendait qu'il n'arrêtait pas de se déplacer, qu'il vivait dans un camping-car, qu'il gérait le projet de Cybercathédrale et tout le reste par ordinateur. Lorsqu'il a fait son apparition à Long Falls pour l'enterrement de sa mère, c'était la première fois que quelqu'un le voyait depuis trois ans. On ne savait même pas s'il viendrait. Je pense qu'il voulait rompre complètement avec tout ce qui concernait Carl. (Elle marqua un temps d'arrêt.) Peut-être même qu'il avait peur de lui.

— Peur ?

Paulette se pencha en avant, prit sa tasse de café et la tint à nouveau à deux mains. Elle se racla la gorge.

— Je ne dis pas ça à la légère. Carl Spalter n'avait aucun scrupule. Quand il désirait quelque chose, je pense qu'il n'y avait pas de limite à ce qu'il était capable de faire.

— Quel est le pire… ?

— Le pire qu'il ait jamais fait ? Je ne sais pas, et je ne tiens pas à le savoir. Mais je sais ce qu'il m'a fait à moi – ou ce qu'il a essayé de me faire.

Ses yeux étincelaient de colère.

— Racontez-moi.

— Nous avons vécu dans cette maison pendant quinze ans, mon mari, Bob, et moi, après qu'il a accepté son poste ici. Le rez-de-chaussée servait de bureau à Willow Rest et le petit appartement du premier étage de logement de fonction. Nous avons emménagé dès qu'il a été engagé. C'était notre maison. Et, dans une certaine mesure, nous faisions le travail tous les deux. Ensemble. Nous avions le sentiment que c'était plus qu'un travail, que c'était un engagement. Une façon d'aider les gens à traverser des heures difficiles. Ce n'était pas seulement un moyen de gagner sa vie, c'était notre vie.

Les larmes lui montèrent aux yeux. Elle battit violemment des paupières.

— Il y a huit mois, Bob a fait un infarctus foudroyant. Dans l'entrée. (Tandis qu'elle regardait vers la porte, elle ferma les yeux pendant un moment.) Il était mort quand l'ambulance est arrivée. (Elle prit une profonde inspiration.) Le lendemain de son enterrement, j'ai reçu un e-mail de l'adjoint de Carl à Spalter Realty. Un e-mail. M'avisant qu'une société de gestion de cimetières – pouvez-vous imaginer une chose pareille? –, qu'une société de gestion de cimetières prendrait la charge de Willow Rest. Et que, pour que la transition se fasse efficacement, il fallait que je libère le pavillon dans les soixante jours.

Elle regarda fixement Gurney, droite dans son fauteuil, pleine de rage.

— Qu'est-ce que vous pensez de ça? Au bout de quinze ans! Le lendemain de l'enterrement de mon mari! Un e-mail! Un misérable petit e-mail insultant! Maintenant que votre mari est mort, fichez le camp de là. Dites-moi, inspecteur Gurney... quel genre d'homme se comporte ainsi?

Lorsque son émotion sembla avoir diminué, il dit doucement:

— C'était il y a huit mois. Je suis heureux de constater que vous êtes toujours ici.

— Je suis ici parce que Kay Spalter m'a rendu – à moi et au reste du monde – un immense service.

— Vous voulez dire que Carl a été abattu avant que les soixante jours ne soient écoulés.

— Exactement. Ce qui prouve qu'il y a tout de même une justice.

— Donc vous continuez à travailler pour Spalter Realty?

— Pour Jonah, en fait. Carl ne pouvant plus s'en occuper, Spalter Realty est passé entièrement sous le contrôle de Jonah.

— Les cinquante pour cent que détenait Carl ne sont pas entrés dans sa propre succession?

— Non. Croyez-moi, Carl possédait assez de biens sans ça... il était engagé dans tant d'autres activités. Mais s'agissant des parts de Spalter Realty, l'accord que Joe leur avait fait signer comportait une clause qui transférait la totalité au frère survivant en cas de décès de l'un d'eux.

Cette information importante pour Gurney aurait dû figurer dans le dossier de l'affaire. Il se dit qu'il lui faudrait demander à Hardwick s'il était au courant.

105

— Comment savez-vous cela, Paulette ?

— Jonah m'en a parlé le jour où il a repris la direction. Il est très ouvert. On a vraiment l'impression qu'il n'a aucun secret.

Gurney acquiesça tout en s'efforçant de ne pas avoir l'air sceptique. Jamais il n'avait rencontré un homme sans secrets.

— J'en conclus qu'il a annulé le plan de Carl pour sous-traiter la gestion de Willow Rest ?

— Absolument. Aussitôt. En fait, il est venu me voir et m'a offert le même travail que celui qu'avait Bob, au même salaire. Il a été jusqu'à ajouter que je pouvais garder le travail et la maison aussi longtemps que je voudrais.

— Très généreux de sa part.

— Vous savez, ces appartements vides de l'autre côté de la rivière ? Il a demandé à l'agent de sécurité de Spalter Realty d'arrêter d'en chasser les sans-abri. Il a même fait remettre l'électricité spécialement pour eux – électricité que Carl avait fait couper.

— Il semble se soucier des gens.

— S'en soucier ? (Un sourire béat changea complètement son expression.) Jonah ne se contente pas de s'en soucier. Jonah est un saint.

CHAPITRE 15

Une suggestion cynique

À MOINS DE CINQ CENTS MÈTRES DE L'ENCLAVE impeccable de Willow Rest, Axton Avenue apportait une dose de réalité économique locale. La moitié des commerces était délabrée et l'autre moitié murée par des planches. Les fenêtres des appartements au-dessus respiraient la tristesse et la désolation.

Gurney se gara devant un magasin d'électronique poussiéreux qui, d'après le dossier, occupait le rez-de-chaussée de l'immeuble d'où la balle avait été tirée. Un logo transparaissant à travers une enseigne mal repeinte placée au-dessus de la vitrine indiquait que cela avait été autrefois un concessionnaire Radio Shack.

À côté du magasin, la porte d'entrée pour les étages d'habitation était entrouverte de quelques centimètres. Gurney la poussa et pénétra dans un petit hall lugubre. Le peu de lumière provenait d'une simple ampoule fixée dans une grille au plafond. Il fut accueilli par l'odeur habituelle des bâtiments urbains à l'abandon : urine agrémentée de relents d'alcool, de vomi, de fumée de cigarette, d'ordures et d'excréments. À quoi venaient s'ajouter les bruits familiers. Quelque part au-dessus de lui, deux voix d'homme se disputaient, de la musique hip-hop beuglait, un chien aboyait et un enfant hurlait. Il ne manquait plus pour en faire une scène de film de série B que le claquement d'une porte et le martèlement de pas dans les escaliers. C'est alors que Gurney entendit un « Va te faire foutre, espèce d'enculé ! » crié d'un étage supérieur, suivi du bruit de quelqu'un dévalant bel et bien les escaliers. La coïncidence l'aurait fait sourire si l'odeur d'urine ne lui avait pas donné la nausée.

Le bruit de pas s'amplifia, et bientôt un jeune homme apparut en haut de la volée de marches menant dans le hall. En voyant Gurney, il hésita une seconde, puis passa précipitamment et sortit dans la rue, où il s'arrêta brusquement pour allumer une cigarette. Il était maigre, avec un visage étroit, des traits anguleux et des cheveux filasse lui arrivant aux épaules. Il tira avidement deux longues bouffées de sa cigarette avant de s'éloigner rapidement.

Gurney envisagea de descendre au sous-sol pour prendre le passe-partout dont Kay avait dit qu'il était caché derrière la chaudière. Mais il décida d'inspecter plutôt l'immeuble et d'aller chercher le passe plus tard s'il en avait besoin. Si ça se trouve, l'appartement qui l'intéressait plus particulièrement n'était pas fermé à clé. Ou il était squatté par des dealers. Il ne portait plus systématiquement le pistolet qu'il avait gardé sur lui durant l'affaire du Bon Berger et il ne tenait pas à tomber, sans invitation et sans arme, sur un camé nerveux muni d'un AK-47.

Il grimpa rapidement et silencieusement les deux escaliers jusqu'au dernier étage. Chaque étage comportait quatre appartements : deux à l'avant de l'immeuble et deux à l'arrière. Au second étage, on jouait du gangsta rap derrière une porte et un enfant pleurait derrière une autre. Il frappa à chacune des deux portes silencieuses sans obtenir de réponse, à part de légers chuchotements derrière l'une d'elles. Lorsqu'il frappa aux deux autres, le volume du rap diminua un peu, l'enfant continua à pleurer, mais personne ne vint ouvrir. Il songea à frapper plus fort, mais rejeta rapidement cette idée. Les méthodes douces avaient tendance à aboutir à brève échéance à une gamme d'options plus vaste. Gurney aimait bien les options et préférait qu'elles soient aussi nombreuses que possible.

Il redescendit un escalier jusqu'au couloir du premier étage, qui, comme les autres, était éclairé par une unique ampoule au plafond. Il s'orienta d'après son souvenir de la photo figurant dans le dossier de l'affaire et s'approcha de l'appartement d'où le coup de feu fatal avait été tiré. Comme il collait son oreille à la porte, il entendit des pas feutrés – non pas dans l'appartement, mais derrière lui. Il se retourna vivement.

En haut de l'escalier montant du hall se trouvait un homme trapu, aux cheveux gris, immobile et sur le qui-vive. Dans une main, il avait une lampe de poche en métal noire. Elle était éteinte, et il la tenait comme une arme. Gurney reconnut la prise enseignée dans les écoles de police. L'autre main reposait sur quelque chose fixé à sa ceinture dans l'ombre d'une veste en nylon de couleur foncée. Gurney était prêt à parier que le mot SÉCURITÉ était imprimé au dos.

Il y avait dans les petits yeux de l'homme une lueur confinant à la haine. Cependant, comme il examinait Gurney plus attentivement – prenant en compte la tenue de policier sur le terrain : veste de sport bon marché, chemise bleue et pantalon sombre –, son expression se changea en une sorte de curiosité pleine de ressentiment.

— Vous cherchez quelqu'un ?

Gurney avait entendu exactement ce ton – dont l'agressivité et la méfiance faisaient partie intégrante autant que l'odeur d'urine faisait partie intégrante de l'immeuble – chez tant de flics ayant tourné à l'aigre au fil des années qu'il eut l'impression de connaître l'homme personnellement. Ce n'était pas une impression agréable.

— Oui. Le problème, c'est que je ne dispose d'aucun nom. En attendant, j'aimerais jeter un coup d'œil à l'intérieur de cet appartement.

— Vraiment ? Un coup d'œil à l'intérieur de cet appartement ? Ça vous ennuierait de me dire qui vous êtes ?

— Dave Gurney. Ancien du NYPD. Tout comme vous.

— Bon sang, qu'est-ce que vous savez de moi ?

— Il n'y a pas besoin d'être un génie pour reconnaître un flic catholique irlandais de New York.

— Ah oui ?

L'homme le fixa d'un regard morne.

— Il fut une époque où la police était remplie de gens comme nous, ajouta Gurney.

C'était le bon bouton.

— De gens comme nous ? C'est de l'histoire ancienne, mon ami ! De la putain d'histoire ancienne !

— Ouais, je sais. (Gurney hocha la tête avec bienveillance.) C'était une meilleure époque… une bien meilleure époque, à mon humble avis. Quand êtes-vous parti ?

— D'après vous ?

— Dites-le-moi.

— Quand ils se sont mis à nous casser les pieds avec toutes ces histoires de diversité. La diversité. Vous vous rendez compte ! On ne pouvait plus monter en grade sans être une lesbienne nigériane ayant une grand-mère navajo. Il était temps que les Blancs un peu futés se taillent de là. Une sacrée honte, ce qu'est en train de devenir ce pays. Une foutue blague, voilà ce que c'est. L'Amérique. Ce mot signifiait quelque chose autrefois. Fierté. Dynamisme. Qu'est-ce que c'est maintenant ? Dites-moi un peu. Qu'est-ce que c'est maintenant ?

Gurney secoua tristement la tête.

— Je vais vous dire ce que ce n'est plus. Ce n'est plus ce que c'était.

— Et moi, je vais vous dire ce que c'est. De la discrimination positive de merde. Voilà ce que c'est. Des allocs à la con. Des toxicomanes, opiomanes, cocaïnomanes, accros au crack. De la discrimination positive de merde.

Gurney laissa échapper un grognement, espérant exprimer une approbation morose.

— On dirait que certains des habitants de cet immeuble font partie du problème.

— Pour ça, vous avez raison.

— Un rude boulot que vous avez là, monsieur… désolé, je ne connais pas votre nom.

— McGrath. Frank McGrath.

Gurney s'avança vers lui, la main tendue.

— Enchanté de vous rencontrer, Frank. À quel poste de police étiez-vous ?

— Fort Apache. Celui sur lequel on a fait un film.

— Un quartier difficile.

— C'était complètement dingue. Personne le croirait, tellement c'était dingue. Mais c'était rien comparé à cette connerie de diversité. Fort Apache, j'arrivais encore à faire avec. Je me souviens que, pendant une période de deux mois dans les années quatre-vingt, on avait en moyenne un assassinat par jour. Une fois, on en a même eu cinq. Complètement dingue. C'était nous contre eux. Mais quand ça a commencé avec ces boniments sur la diversité, il n'y avait même plus de nous. Le service s'est transformé en un tas de merde à ne plus rien y comprendre. Vous voyez ce que je veux dire ?

— Ouais, Frank, je vois très bien ce que vous voulez dire.

— Une véritable honte, putain.

Gurney parcourut du regard le petit couloir où ils se tenaient.

— Et qu'est-ce que vous êtes censé faire ici ?

— Censé faire ? Rien. Que dalle. Hé, c'est pas un de ces connards ?

Comme une porte à l'étage du dessus s'ouvrait, le hip-hop tripla de volume. La porte claqua, et le vacarme diminua à nouveau.

— Bon Dieu, Frank, comment pouvez-vous supporter ça ?

L'homme haussa les épaules.

— La paye est OK. Je suis maître de mes horaires. Pas de sale feignasse pour regarder par-dessus mon épaule.

— Vous en aviez une dans le boulot ?

— Ouais. Le capitaine Lécheuse-de-chatte.

Gurney éclata d'un rire forcé.

— Travailler pour Jonah doit être un grand progrès.

— C'est différent. (Il marqua une pause.) Vous avez dit que vous vouliez entrer dans l'appartement. Ça vous dérangerait de me dire ce que...

Le téléphone de Gurney se mit à sonner, arrêtant l'homme au milieu de sa phrase.

Il consulta l'écran. C'était Paulette Purley. Ils avaient échangé leurs numéros de portables, mais il ne s'attendait pas à avoir de ses nouvelles si vite.

— Désolé, Frank, il faut que je prenne cet appel. Je suis à vous dans deux secondes. (Il pressa la touche pour répondre.) Gurney à l'appareil.

La voix de Paulette semblait troublée.

— J'aurais dû vous poser la question avant, mais de penser à Carl m'a mise dans une telle colère que ça m'est sorti de l'esprit. Je me demandais, est-ce que je peux en parler ?

— Parler de quoi ?

— De votre enquête, du fait que vous êtes à la recherche d'une nouvelle piste. Est-ce confidentiel ? Puis-je discuter de tout ça avec Jonah ?

Gurney comprit que tout ce qu'il dirait devait servir ses fins à la fois auprès de Paulette et de Frank. Ce qui rendait épineux le choix des mots, mais cela offrait également une opportunité.

— Je vous répondrai simplement ceci. La prudence est toujours une qualité. Dans une enquête pour meurtre, elle peut même vous sauver la vie.

— Qu'est-ce que ça signifie ?

— Si Kay ne l'a pas fait, alors c'est quelqu'un d'autre. Il se pourrait même qu'il s'agisse de quelqu'un que vous connaissez. Vous ne finirez pas par dire ce qu'il ne faut pas à la personne qu'il ne faut pas si vous ne dites rien à quiconque – vous ne courrez aucun risque.

— Vous m'effrayez.

— C'était bien mon intention.

Elle hésita.

— D'accord. Je comprends. Pas un mot à quiconque. Merci.

Elle raccrocha.

Gurney continua à parler comme si elle n'en avait rien fait.

— Parfait… mais j'ai besoin de jeter un coup d'œil à l'appartement… non, ça va, je peux me procurer une clé auprès des flics du coin ou du bureau de Spalter Realty… bien sûr… pas de problème. (Il éclata de rire.) Oui, c'est vrai. (Nouveau rire.) Ce n'est pas drôle, je sais, mais, bon, il faut bien s'amuser un peu.

Il avait appris depuis longtemps que rien ne confère à une conversation fictive un air plus authentique qu'un rire inexpliqué. Et que rien ne rend quelqu'un plus désireux de vous donner quelque chose que de lui faire croire que vous pouvez l'avoir tout aussi facilement ailleurs.

112

Gurney fit semblant de mettre fin à la communication et annonça, presque en s'excusant, tandis qu'il se dirigeait résolument vers les escaliers :

— Je dois aller au poste de police. Ils ont une clé supplémentaire. Je serai de retour dans un petit moment.

Il se mit à descendre les marches en toute hâte. Il était pratiquement en bas lorsqu'il entendit Frank prononcer les mots magiques :

— Hé, ce n'est pas nécessaire. J'ai une clé ici. Je vous ferai entrer. Dites-moi simplement ce qui se passe, nom d'un chien.

Gurney remonta jusqu'au petit couloir lugubre.

— Vous pouvez me faire entrer ? Vous êtes sûr qu'il n'y a pas de problème ? Vous n'avez pas de besoin de demander à quelqu'un ?

— Comme qui ?

— Jonah ?

Il détacha un lourd trousseau de clés de sa ceinture et ouvrit la porte de l'appartement.

— Pourquoi est-ce qu'il s'en soucierait ? Du moment que ces fumiers de squatters de Long Falls sont contents, il est content aussi.

— Il a la réputation d'être très généreux.

— Ouais, une foutue mère Teresa.

— Vous ne pensez pas que c'est une amélioration par rapport à Carl ?

— Ne vous méprenez pas. Carl était un connard de première. Tout ce qui l'intéressait, c'était le fric, les affaires et la politique. Le connard intégral. Mais un genre de connard qu'on arrivait à comprendre. On pouvait toujours comprendre ce que voulait Carl. Il était prévisible.

— Un connard prévisible ?

— C'est ça. Mais Jonah, c'est un autre monde. Il est totalement maboule. Comme ici. L'exemple parfait. Carl voulait éjecter tous ces fumiers, les empêcher de rentrer. Ça paraît logique, pas vrai ? Jonah s'amène et dit : non. On doit leur donner un abri. On ne doit pas les laisser sous la flotte. Une sorte de nouveau principe spirituel, d'accord ? Honneur aux fumiers. Laissez-les pisser par terre.

— Vous ne croyez pas vraiment à l'image ange-et-démon des frères Spalter, n'est-ce pas ?

Il regarda Gurney d'un air pénétrant.

— Ce que je vous ai entendu dire au téléphone… c'est vrai ?

— Qu'est-ce qui est vrai ?

— Que Kay n'avait peut-être pas buté Carl en fin de compte ?

— Nom de Dieu, Frank, je ne me rendais pas compte que je parlais aussi fort. J'ai besoin que vous gardiez ce truc pour vous.

— Pas de problème, seulement je me demande… est-ce une véritable possibilité ?

— Une véritable possibilité ? Oui.

— Alors ça ouvre la porte à un second examen ?

— Un second examen ?

— De tout ce qui s'est passé.

Gurney baissa la voix.

— On peut dire ça.

Frank eut un petit sourire inquisiteur et sans humour qui révéla ses dents jaunes.

— Bien, bien, bien. Alors Kay n'était peut-être pas le tireur. C'est pas rien.

— Vous savez, Frank, j'ai l'impression que vous avez quelque chose à me dire.

— Peut-être bien.

— Je vous serais vraiment reconnaissant pour toute idée que vous pourriez avoir sur le sujet.

Frank sortit un paquet de cigarettes de sa poche de veste, en alluma une et tira une longue bouffée pensivement. Quelque chose de mesquin et de petit s'insinua dans son sourire.

— Avez-vous jamais songé que Monsieur Parfait était peut-être un peu trop parfait ?

— Jonah ?

— Exact. Monsieur Générosité. Monsieur Soyez-Gentils-Avec-Les-Fumiers.

— On dirait que vous avez vu une autre facette de lui.

— Peut-être bien que j'ai vu la même facette que celle qu'a vue sa mère.

— Sa mère ? Vous connaissiez Mary Spalter ?

114

— Elle venait de temps à autre au siège. Quand Carl était responsable.

— Et elle avait un problème avec Jonah ?

— Ouais. Elle ne l'a jamais beaucoup aimé. Vous ne saviez pas ça, hein ?

— Non, mais j'aimerais bien en entendre davantage.

— C'est simple. Elle savait que Carl était un salaud et ça ne la dérangeait pas. Elle comprenait les types durs. Jonah était beaucoup trop mièvre à son goût. Toute cette gentillesse ne lui inspirait pas confiance. Vous voyez ce que je veux dire ? Je veux dire qu'elle pensait qu'il déconnait à pleins tubes.

CHAPITRE 16

Comme le couteau

APRÈS AVOIR DÉVERROUILLÉ L'APPARTEMENT et s'être assuré que Gurney serait encore là lorsqu'il reviendrait une heure plus tard, l'acrimonieux Frank reprit sa ronde – qui, déclara-t-il, comprenait toutes les propriétés de Spalter Realty à Long Falls.

L'appartement était petit, mais relativement clair comparé au couloir lugubre. La porte s'ouvrait sur une entrée exiguë au plancher parsemé de taches d'humidité. Sur la droite, une cuisine sans fenêtre, style tout-encastré ; sur la gauche, un placard vide et une salle de bains. Au fond, une pièce de taille moyenne munie de deux fenêtres.

Gurney ouvrit les fenêtres pour faire entrer de l'air frais. Son regard se porta au-delà d'Axton Avenue, au-delà du cours d'eau coulant à proximité et de l'autre côté du muret en brique de Willow Rest. Là, sur une petite éminence bordée d'arbres, de rhododendrons et de rosiers se trouvait l'endroit où Carl Spalter avait été blessé par balle et ensuite enterré. Enveloppé de feuillage sur trois côtés, il rappela à Gurney une scène. Il y avait même une sorte de proscenium, illusion créée par la partie horizontale d'un réverbère qui se dressait du côté de l'avenue donnant sur la rivière et qui semblait, dans la ligne de visée de Gurney, se courber au-dessus du haut de la scène.

L'image faisait ressortir le caractère théâtral des autres aspects de l'affaire. Il y avait quelque chose d'un opéra dans le destin de cet homme finissant sa vie sur la tombe de sa mère, un homme blessé s'écroulant sur le sol même où il serait bientôt enterré. Et quelque chose d'un mauvais feuilleton dans l'histoire d'adultère et de cupidité l'accompagnant.

Gurney était fasciné par le décor, ressentant cette étrange excitation qui l'envahissait toujours quand il pensait être là où s'était tenu le meurtrier, voyant une grande partie de ce que celui-ci avait vu. Il y avait, cependant, une légère couche de neige par terre en ce jour fatidique, et, selon les photos du dossier, on avait installé deux rangées de chaises pliantes, seize en tout, pour les personnes présentes, de l'autre côté de la tombe ouverte de Mary Spalter. Pour être sûr qu'il se représentait les lieux avec exactitude, il aurait eu besoin de connaître la position de ces chaises. Et celle du podium portable. Et celle de Carl. Paulette avait été très précise quant à la position du corps de Carl au moment où il avait heurté le sol, mais Gurney avait besoin d'imaginer tous les éléments ensemble, chaque chose à l'endroit où elle se trouvait au moment où le coup de feu avait été tiré. Il décida d'aller chercher les photos de la scène de crime dans sa voiture.

Il s'apprêtait à quitter l'appartement lorsque son téléphone sonna.

C'était à nouveau Paulette, plus agitée que jamais.

— Écoutez, inspecteur Gurney, peut-être que je n'ai pas très bien compris, mais cela m'inquiète beaucoup. Il faut que je vous demande... avez-vous laissé entendre en quelque sorte que Jonah... Eh bien, qu'avez-vous voulu dire exactement ?

— Je dis que cette affaire n'est peut-être pas aussi claire que tout le monde le pense. Peut-être que Kay n'a pas tiré sur Carl. Et si elle ne l'a pas fait...

— Mais comment pouvez-vous croire un instant que Jonah...

Paulette s'était mise à élever la voix.

— Attendez. Tout ce que je sais, c'est que j'ai besoin d'en savoir plus. En attendant, je tiens à ce que vous soyez prudente. À ce que vous soyez en sécurité. C'est tout ce que je dis.

— D'accord, je comprends. Désolée. (Le bruit de sa respiration devint plus calme.) Y a-t-il quelque chose que je puisse faire pour vous aider ?

— En fait, oui. Je me trouve dans l'appartement d'où est venu le coup de feu. J'essaie de me représenter ce que le tireur voyait de cette fenêtre. Cela m'aiderait énormément si vous pouviez retourner à l'endroit où vous étiez tout à l'heure, quand vous m'avez montré la position de la tête de Carl sur le sol.

— Et la goutte de sang sur la neige.

— Oui. La goutte de sang sur la neige. Pouvez-vous y aller maintenant ?

— Je pense. Bien sûr.

— Formidable, Paulette. Merci. Prenez ce parapluie bleu clair avec vous. Il fera un bon point de repère. Et votre téléphone, pour pouvoir m'appeler lorsque vous serez arrivée. D'accord ?

— D'accord.

Stimulé par ce petit progrès, il se dépêcha d'aller prendre le dossier de l'affaire dans sa voiture. Il revint quelques minutes plus tard avec une grande enveloppe en papier kraft sous le bras – juste à temps pour voir quelqu'un pénétrer dans l'appartement voisin.

S'approchant rapidement de la porte, il inséra son pied dans l'ouverture avant qu'elle ait eu le temps de refermer.

Un petit homme maigre et nerveux, avec une longue queue-de-cheval noire, le considéra. Au bout d'un moment, il se mit à sourire d'un air un peu fou, exhibant plusieurs dents en or à la manière d'un bandit mexicain dans un western politiquement incorrect. Son regard avait une intensité qui pouvait provenir, pensa Gurney, de la drogue, d'un état de tension naturel ou d'un trouble mental.

— Je peux faire quelque chose pour vous ?

La voix était rauque, mais pas hostile.

— Désolé de vous importuner de la sorte, dit Gurney. Cela n'a rien à voir avec vous. J'ai seulement besoin de renseignements concernant l'appartement qui se trouve à côté du vôtre.

L'homme abaissa son regard vers le pied appuyé contre sa porte.

Gurney sourit et recula.

— Encore désolé. Je suis un peu pressé et j'ai du mal à trouver quelqu'un à qui parler.

— À quel sujet ?

— Des choses simples. Comme qui habite dans cet immeuble depuis le plus longtemps ?

— Pourquoi ?

— Je cherche des gens qui étaient ici il y a huit ou neuf mois.

— Huit ou neuf mois. Hmm. (Il battit pour la première fois des paupières.) Ça doit faire aux environs du bing-bang, pas vrai ?

— Si vous voulez parler du coup de feu, oui.

L'homme se frotta le menton comme s'il avait une barbiche.

— Vous vous intéressez à Freddie ?

Tout d'abord, le nom ne lui dit rien. Puis Gurney se rappela avoir vu le nom Frederico quelque chose dans la transcription du procès.

— Vous voulez dire, le Freddie qui a déclaré avoir aperçu Kay Spalter dans cet immeuble le matin du coup de feu ?

— C'est le seul Freddie qui ait jamais posé ses fesses ici.

— Pourquoi est-ce que je m'intéresserais à lui ?

— Parce qu'il a disparu.

— Disparu depuis quand ?

— Ça par exemple, comme si vous ne le saviez pas ? C'est une blague ou quoi ? D'ailleurs, qui êtes-vous, mon vieux ?

— Juste un type qui en train de tout réexaminer.

— Ça paraît un sacré boulot pour un type tout seul.

— Un sacré boulot casse-couilles, en fait.

— Très drôle.

Il ne souriait pas.

— Eh bien, quand est-ce que Freddie a disparu ?

— Après avoir reçu le coup de fil. (Inclinant la tête sur le côté, il regarda Gurney de biais.) Mon vieux, je pense que vous êtes déjà au courant de toute cette merde.

— Parlez-moi de ce coup de fil.

— Je ne sais rien du coup de fil. Seulement que Freddie l'a reçu. On aurait dit qu'il venait d'un de vos gars.

— Un flic ?

— Exact.

— Et ensuite il a disparu ?

— Ouais.

— Et c'était quand ?

— Juste après que la dame s'est fait coffrer.

Le téléphone de Gurney retentit. Il le laissa sonner.

— Est-ce que Freddie a dit que le coup de fil était d'un flic nommé Klemper ?

— Possible.

Le téléphone de Gurney continuait à sonner. D'après son écran, c'était Paulette Purley. Il le remit dans sa poche.

— Vous vivez dans cet appartement ?

— En général.

— Vous serez là tout à l'heure ?

— Possible.

— On pourrait en reparler ?

— Possible.

— Je m'appelle Dave Gurney. Et vous ?

— Bolo.

— Comme la cravate ?

— Non, mon vieux, pas comme la cravate. (Il sourit, dévoilant à nouveau ses dents en or.) Comme le couteau.

CHAPITRE 17

Un coup de feu impossible

G URNEY SE TINT À LA FENÊTRE, téléphone en main, contemplant, par-delà l'avenue et le cours d'eau, le cimetière et la scène de crime. Il pouvait voir Paulette debout à peu près au milieu, un parapluie bleu dans une main et un portable dans l'autre.

Il s'écarta de la fenêtre de quelques pas, jusqu'à l'emplacement dans la pièce où, d'après la photo judiciaire, on avait retrouvé le fusil sur le trépied. Il s'agenouilla de façon à ce que son champ de vision se trouve approximativement à la hauteur de la lunette de visée et appela Paulette.

— Très bien, Paulette, ouvrez le parapluie et placez-le là où gisait le corps de Carl dans votre souvenir.

Il la regarda faire, regrettant de ne pas avoir apporté ses jumelles. Puis il jeta un coup d'œil au croquis de la scène réalisé par la police qu'il avait étalé par terre devant lui. Il montrait deux positions pour Carl : l'endroit où il se trouvait lorsqu'il avait été touché et celui où il était tombé sur le sol. L'une et l'autre position étaient situées entre la tombe ouverte de sa mère à l'avant et les deux rangées de chaises pliantes à l'arrière. Il y avait un numéro écrit sur le croquis à côté de chacune des seize chaises, numéro se rapportant probablement à une liste séparée des personnes qui les avaient occupées.

— Paulette, vous rappelez-vous par hasard qui était assis où ?

— Bien sûr. Je l'ai encore à l'esprit comme si c'était arrivé ce matin. Chaque détail. Tel que le filet de sang sur le côté de sa tête. Ou la tache de sang sur la neige. Seigneur, pourrai-je jamais l'oublier ?

Gurney avait des souvenirs semblables. Tous les flics en avaient.

— Peut-être pas complètement. Mais cela vous reviendra de moins en moins souvent. (Il omit de mentionner que, si certains souvenirs de ce genre s'étaient estompés dans son esprit, c'est parce qu'ils en avaient été chassés par de plus affreux.) Mais parlez-moi des gens qui étaient assis sur les chaises, surtout ceux du premier rang.

— Avant de se lever, Carl se trouvait au bout. C'est-à-dire à la droite de la rangée en regardant d'où vous êtes en ce moment. À côté de lui, sa fille, Alyssa. À côté d'elle, une place vide. À côté, les trois cousines de Saratoga de Mary Spalter, toutes des septuagénaires. En fait, des triplées s'habillant encore de la même façon. Mignon ou bizarre, selon le point de vue où l'on se place. Ensuite une autre chaise vide. Et sur la huitième chaise, Jonah… aussi loin que possible de Carl. Rien d'étonnant à ça.

— Et la seconde rangée ?

— La seconde rangée était occupée par huit femmes de la maison de retraite de Mary Spalter. Je crois qu'elles faisaient toutes partie d'une association. Ah… comment s'appelait-elle déjà ? Un nom curieux. La Force quelque chose… La Force des aînés… c'est ça.

— La Force des aînés ? Quelle sorte d'association était-ce ?

— Je n'en suis pas certaine, mais…. J'ai parlé brièvement avec une de ces femmes. Cela concernait… attendez une seconde. Oui. Elles avaient une devise, ou un précepte, si ma mémoire est bonne. « La Force des aînés. Il n'est jamais trop tard pour bien faire. » Ou quelque chose de ce genre. J'ai eu l'impression qu'elles participaient à des activités de bienfaisance. Mary Spalter en avait été membre.

Il prit note de chercher « La Force des aînés » sur Internet.

— Savez-vous si quelqu'un s'attendait à ce que Kay vienne à l'enterrement, ou a exprimé de la surprise qu'elle n'y soit pas ?

— Je n'ai entendu personne poser la question. La plupart des gens qui connaissaient les Spalter étaient au courant qu'il y avait un problème – que Kay et Carl étaient séparés.

— Très bien. Carl était donc à un bout de la rangée et Jonah à l'autre ?

— Oui.

— Combien de temps après s'être levé de sa chaise, Carl a-t-il été touché ?

— Je ne sais pas. Quatre ou cinq secondes ? Je le revois se levant… pivotant pour aller jusqu'au podium… faisant un pas, deux pas… et c'est à ce moment-là que ça s'est produit. Comme je vous l'ai dit, tout le monde croyait qu'il avait fait un faux pas. C'est ce qu'on penserait, n'est-ce pas ? Avant d'entendre une détonation, mais personne n'a rien entendu.

— À cause des pétards ?

— Mon Dieu, oui, les pétards. Un imbécile en avait fait exploser toute la matinée. Vous parlez d'une distraction !

— Parfait. Vous vous rappelez donc que Carl a fait un pas ou deux. Pourriez-vous aller à l'endroit où il était lorsqu'il a commencé à s'effondrer ?

— C'est assez facile. Il passait juste devant Alyssa.

Gurney la vit se déplacer de peut-être deux mètres cinquante ou trois mètres à droite du parapluie posé par terre.

— Ici, dit-elle.

Il plissa les yeux pour s'assurer qu'il voyait distinctement sa position.

— Vous en êtes sûre ?

— Sûre que c'est bien cet endroit-là ? Absolument !

— Vous avez une telle confiance en votre mémoire ?

— Oui, mais ce n'est pas tout. Il y a aussi la façon dont nous disposons habituellement les chaises. Elles sont alignées en rangées de la même longueur que la tombe elle-même, ainsi chacun peut être en face sans avoir à se tourner. Nous mettons autant de rangées que nécessaire, mais l'orientation des chaises par rapport à la tombe est toujours la même.

Gurney ne dit rien, tâchant d'assimiler ce qu'il voyait et entendait. Puis une question lui vint à l'esprit, qui n'avait cessé de le turlupiner depuis sa première lecture du rapport de police.

— Je me demandais. La famille Spalter avait très bonne réputation. Je suppose qu'ils connaissaient beaucoup de monde. Alors…

— Comme se fait-il que l'enterrement était aussi modeste ? C'est ça ?

— Quatorze personnes, si je compte bien, ça ne fait pas beaucoup dans ces circonstances.

— C'était le souhait de la défunte. Il paraît que Mary Spalter avait ajouté un codicille à son testament où elle donnait les noms de ceux qu'elle voulait avec elle à la fin.

— Vous voulez dire, à ses obsèques ?

— Oui. Ses trois cousines, ses deux fils, sa petite-fille et les huit femmes de La Force des aînés. Je pense que la famille – Carl, en fait – prévoyait une cérémonie plus importante un peu après, mais… eh bien… (Sa voix s'éteignit. Au bout d'un moment de silence, elle demanda :) Y a-t-il autre chose ?

— Une dernière question. Combien Carl mesurait-il ?

— Combien il mesurait ? Dans les un mètre quatre-vingt-cinq. Carl pouvait avoir l'air intimidant. Pourquoi cette question ?

— J'essaie de me représenter la scène aussi précisément que possible.

— Bien. Est-ce tout ?

— Je pense, mais… si ça ne vous ennuie pas, restez un instant où vous êtes. J'aimerais vérifier quelque chose.

Tout en gardant autant que faire se peut les yeux fixés sur Paulette, il se releva de sa position agenouillée – là où on avait découvert le fusil sur son trépied. Il se déplaça lentement vers la gauche tout en gardant Paulette dans son champ de vision à travers une des deux fenêtres de l'appartement. Il répéta l'opération, cette fois vers la droite. Après quoi il s'approcha des fenêtres et monta sur chacun des rebords tour à tour pour vérifier ce qu'il arrivait à voir.

Lorsqu'il redescendit, il remercia Paulette pour son aide, l'informa qu'il la recontacterait bientôt, coupa la communication et remit le téléphone dans sa poche. Puis il resta un long moment planté au milieu de la pièce, essayant de donner un sens à une situation qui, brusquement, semblait ne plus en avoir aucun.

Il y avait un problème avec le réverbère de l'autre côté d'Axton Avenue. Sa partie horizontale se trouvait juste sur la trajectoire. Si Carl Spalter mesurait environ un mètre quatre-vingt-cinq et se tenait près de l'endroit que Paulette avait indiqué, alors il était impossible que le coup de feu mortel qui l'avait atteint à la tête ait pu venir de cet appartement.

L'appartement où l'arme du crime avait été retrouvée.

L'appartement où l'équipe de spécialistes de la Brigade criminelle avait relevé des résidus de poudre correspondant au contenu standard d'une cartouche .220 Swift – laquelle était compatible avec le fusil récupéré ainsi qu'avec les fragments de balle extraits du crâne de Carl Spalter.

L'appartement où un témoin oculaire situait Kay Spalter le matin du tir.

L'appartement où se tenait maintenant Gurney, ahuri.

CHAPITRE 18

Une question de sexe

LA PERPLEXITÉ A LE POUVOIR DE PARALYSER certains individus. Elle produisit l'effet inverse sur Gurney. Cette apparente contradiction – que la balle ne pouvait avoir été tirée
par la fenêtre depuis laquelle elle aurait dû l'être – le stimula
comme des amphétamines.

Il y avait des choses qu'il voulait vérifier immédiatement dans
le dossier. Plutôt que de rester dans l'appartement vide, il retourna
à la voiture pour prendre la grosse enveloppe en papier kraft, l'ouvrit sur le siège avant et se mit à feuilleter le rapport de police. Il
était divisé en deux sections, correspondant à la double localisation de la scène de crime – le site de la victime et celui du tireur,
avec une kyrielle de photos, de descriptions, d'entretiens et de
rapports de collecte de preuves pour chacun des sites.

La première chose qui le frappa fut une omission bizarre. On
ne parlait pas dans ce rapport, ni dans aucun des rapports de suivi,
de l'obstruction causée par le réverbère. Il y avait une photo au
téléobjectif de la zone des sépultures Spalter prise par la fenêtre
de l'appartement, mais, en l'absence de point de référence mis à
l'échelle pour la position de Carl au moment où il avait été touché,
le problème de la ligne de mire n'était pas visible.

Gurney ne tarda pas à découvrir une autre omission non moins
bizarre. Il n'était pas fait mention de vidéos de surveillance.
Quelqu'un avait sûrement vérifié s'il y en avait à l'intérieur et

126

autour du cimetière, ainsi que dans Axton Avenue. Il était difficile de supposer qu'on avait pu négliger une telle procédure de routine, et encore plus difficile de croire qu'elle avait été effectuée sans qu'un compte rendu du résultat soit versé au dossier.

Il glissa le dossier sous le siège avant, sortit de la voiture et verrouilla les portes. En inspectant le pâté de maisons, il s'aperçut que seuls trois commerces paraissaient encore en activité. L'ancien Radio Shack, qui semblait ne plus avoir de nom du tout ; River Kings Pizza et un truc appelé Dizzy Daze, qui avait une vitrine pleine de ballons gonflés, sans autre indication de ce qu'on pouvait bien y vendre.

Le plus proche était le magasin d'électronique sans nom. Comme il s'approchait, Gurney vit deux pancartes écrites à la main sur la porte vitrée : « Tablettes tactiles reconditionnées à partir de 199 $ » et « De retour à 14 heures ». Il jeta un coup d'œil à sa montre. Il était quatorze heures neuf. Il essaya d'ouvrir la porte. Elle était fermée à clé. Il se dirigeait vers River Kings dans l'idée de s'acheter un Coca et deux parts de pizza, lorsqu'une Corvette d'un jaune virginal s'arrêta le long du trottoir. Le couple qui en descendit était nettement moins virginal. Proche de la cinquantaine, l'homme avait une forte carrure et plus de poils sur les bras que sur la tête. La femme était un peu plus jeune, avec des cheveux en épis bleus et blonds, un visage large de type slave et une énorme poitrine qui mettait à rude épreuve les boutons d'un pull rose à moitié ouvert. Tandis qu'elle se tortillait de façon suggestive pour s'extraire du siège surbaissé, l'homme alla jusqu'à la porte du magasin d'électronique, l'ouvrit et se tourna vers Gurney.

— Vous désirez quelque chose ?

C'était autant un défi qu'une invitation.

— Oui. Mais c'est un peu compliqué.

L'homme eut un haussement d'épaules et désigna la femme, qui avait fini par s'extirper de la voiture.

— Adressez-vous à Sonia. J'ai un truc à faire.

Il pénétra à l'intérieur, laissant la porte ouverte derrière lui.

Sonia passa devant Gurney et entra dans le magasin.

— Toujours un truc à faire. (La voix était aussi slave que les pommettes.) En quoi puis-je vous aider ?

— Cela fait longtemps que vous tenez ce magasin ?

— Longtemps ? Il l'a depuis des années et des années. Qu'est-ce que vous voulez ?

— Vous disposez de caméras de sécurité ?

— Sécurité ?

— Des caméras qui filment les gens à l'intérieur du magasin, dans la rue, entrant, sortant, éventuellement chapardant du matériel.

— Chapardant du matériel ?

— Vous volant.

— Moi ?

— Volant dans le magasin.

— Dans le magasin. Oui. Des petits fumiers essaient de voler dans le magasin.

— Vous avez donc des caméras vidéo pour surveiller ?

— Surveiller. Oui.

— Étiez-vous ici il y a neuf mois, au moment du fameux coup de feu qui a blessé Carl Spalter ?

— Bien sûr. Fameux. Ici même. Là-haut, femme de ce fumier a tiré sur lui en face. (Sonia fit un grand geste en direction de Willow Rest.) Enterrement de la mère. Sa propre mère. Vous imaginez ?

Elle secoua la tête comme pour dire qu'une mauvaise action commise à l'enterrement d'une mère devrait doubler la peine du coupable en enfer.

— Pendant combien de temps gardez-vous les bandes magnétiques ou les fichiers numériques ?

— Combien ?

— Quelle durée ? Combien de semaines ou de mois ? Est-ce que vous conservez tout ce qui est enregistré, ou est-ce que vous l'effacez périodiquement ?

— Généralement effacé. Pas femme du fumier.

— Vous avez des copies de vos vidéos de surveillance du jour où Spalter s'est fait tirer dessus ?

— Flic a tout pris, rien laissé. Un tas de pognon, que ça aurait pu rapporter. Gros fumier de flic.

— Un policier a pris vos vidéos de surveillance ?

— Oui.

Sophia se tenait à un comptoir de téléphones mobiles formant vaguement un U autour d'elle. Derrière, une porte entrouverte menait à un bureau en désordre. Gurney pouvait entendre une voix masculine au téléphone.

— Il ne les a jamais rapportées ?

— Jamais. Sur vidéo, type reçoit balle dans le crâne. Vous savez combien télé donner pour ça ?

— Votre vidéo montrait l'homme se faisant tirer dessus dans le cimetière de l'autre côté de la rivière ?

— Bien sûr. Caméra dehors voit tout. Haute définition. Même arrière-plan. Meilleure qualité. Entièrement automatique. A coûté beaucoup.

— Le policier qui a pris…

La porte derrière elle s'ouvrit toute grande, et le gaillard velu s'avança dans l'aire du comptoir. Son expression accentuait les rides de méfiance et de ressentiment qui creusaient ses traits.

— Personne n'a rien pris, dit-il. Qui êtes-vous ?

Gurney le regarda d'un œil morne.

— Un enquêteur spécial chargé d'examiner la manière dont la police de l'État a traité l'affaire Spalter. Avez-vous eu des contacts directs avec un inspecteur du nom de Mick Klemper ?

L'homme demeura impassible. Trop impassible, trop longtemps. Puis il secoua lentement la tête.

— Me rappelle pas.

— Mick Klemper est-il le « gros fumier de flic » qui, selon la dame, a pris vos vidéos de surveillance et ne les a jamais rendues ?

Il lança à Sophia un regard de confusion feinte.

— Mais de quoi est-ce que tu parles ?

Elle lui retourna son regard avec un haussement d'épaules non moins exagéré.

— Flics ont rien pris ? (Elle sourit innocemment à Gurney.) Alors je suppose que non. Me suis encore trompée. Ça arrive souvent. J'avais peut-être trop bu. Harry il sait, il se souvient mieux que moi. Hein, Harry ?

Ledit Harry sourit à Gurney, les yeux brillants comme des billes noires.

— Vous voyez bien ? Personne n'a rien pris. Maintenant, allez-vous-en. À moins que vous vouliez acheter une télé. Grand écran. Connectée à Internet. Prix intéressant.

Gurney sourit à son tour.

— J'y penserai. Ce serait quoi, un prix intéressant ?

Il tourna ses paumes vers le haut.

— Tout dépend. De l'offre et de la demande. Cette vie est une foutue loterie, si vous voyez ce que je veux dire. Mais un prix intéressant pour vous, de toute façon. Toujours des prix intéressants pour les flics.

En bas de l'avenue, à y regarder de plus près, le magasin avec des ballons en vitrine ne semblait pas en activité, en fin de compte. Le soleil oblique avait illuminé la devanture si bien qu'elle paraissait pleine de lumières vives. Et la couverture de l'unique caméra de surveillance de la pizzeria River Kings se limitait à un rayon de trois mètres autour de la caisse enregistreuse. Par conséquent, à moins que l'assassin n'ait eu l'estomac dans les talons, il n'y avait rien à apprendre de ce côté-là.

Mais l'emplacement du magasin d'électronique avait mis le cerveau de Gurney en effervescence. S'il avait eu à choisir l'hypothèse la plus plausible, cela aurait été que Klemper avait découvert quelque chose de gênant dans la vidéo de surveillance et décidé de la faire disparaître. Auquel cas, il y avait plusieurs façons de forcer Harry à se taire. Peut-être Klemper savait-il que le magasin d'électronique dissimulait une autre activité. Ou peut-être possédait-il des informations sur Harry que Harry ne tenait pas à voir s'ébruiter.

Gurney se rappela, cependant, que les meilleures hypothèses ne sont jamais que des hypothèses. Il décida de passer à la question suivante. Si la balle n'avait pas pu être tirée de cet appartement, alors d'où ? Il regarda de l'autre côté de la petite rivière le parapluie bleu de Paulette, toujours ouvert pour marquer l'endroit où Carl était tombé.

En examinant les façades des immeubles le long de l'avenue, il vit que la balle aurait pu être tirée à partir de pratiquement n'importe laquelle des quarante ou cinquante fenêtres donnant sur Willow Rest. Sans possibilité de privilégier l'une ou l'autre, elles constituaient un véritable défi. Mais quel intérêt ? Si des résidus de poudre compatibles avec une cartouche .220 Swift avaient été retrouvés dans le premier appartement, on avait forcément tiré de là avec un fusil .220. Fallait-il croire qu'il avait été utilisé contre Carl Spalter depuis un autre appartement, apporté ensuite à l'appartement « impossible » et utilisé à nouveau avant d'être abandonné sur son trépied ? Si tel était le cas, l'appartement en question devrait être très proche.

Le plus proche, bien sûr, était celui d'à côté. L'appartement occupé par le petit homme se faisant appeler Bolo. Gurney pénétra dans le hall de l'immeuble, grimpa l'escalier quatre à quatre, alla directement à la porte de Bolo et frappa doucement.

Il y eut un bruit de pas se déplaçant rapidement, quelque chose qui coulisse, peut-être un tiroir qu'on ouvre et qu'on referme, suivi d'un claquement de porte, puis à nouveau des pas juste derrière la porte où se tenait Gurney. Instinctivement, il se plaça sur le côté, la procédure standard quand on a des raisons de s'attendre à un accueil hostile. Pour la première fois depuis son arrivée à Long Falls, il s'interrogea sur le bien-fondé d'être venu sans arme.

Il allongea le bras et frappa une deuxième fois, en douceur.

— Hé, Bolo, c'est moi.

Il entendit le cliquetis sonore de deux verrous, et la porte s'écarta de quelques centimètres – autant que le permettaient ses deux chaînes.

La tête de Bolo apparut derrière l'ouverture.

— Bon Dieu ! Vous revoilà. Le type qui est venu tout réexaminer. Tout ça fait un sacré tas de merde, mon vieux. Quoi encore ?

— C'est une longue histoire. Est-ce que je peux regarder par votre fenêtre ?

131

— Elle est bien bonne.

— Je peux ?

— Vrai ? C'est pas une blague ? Vous voulez regarder par ma fenêtre ?

— C'est important.

— Des conneries, j'en ai entendu pas mal, mon vieux, mais celle-là, c'est la meilleure.

Il referma la porte, défit les deux chaînes, la rouvrit, plus grand. Il portait un maillot jaune de basketteur qui lui arrivait aux genoux et peut-être rien d'autre.

— « Est-ce que je peux regarder par votre fenêtre ? » Je m'en souviendrai, de celle-là !

Il recula pour laisser entrer Gurney.

L'appartement semblait être le jumeau de celui d'à côté. Gurney jeta un coup d'œil dans la cuisine, puis dans le petit couloir en face, où se trouvait la salle de bains. La porte était close.

— Vous avez des visiteurs ? demanda Gurney.

Les dents en or réapparurent.

— Une visiteuse. Elle a pas envie qu'on la voie. (Il montra du doigt les fenêtres à l'autre bout de la pièce principale.) Vous voulez regarder dehors ? Allez-y, regardez.

Avec la porte de la salle de bains fermée, Gurney se sentait mal à l'aise. Il ne tenait pas à avoir ce genre d'inconnue derrière lui.

— Plus tard, peut-être.

Il fit marche arrière dans l'entrée, se positionnant de manière à pouvoir détecter tout mouvement aussi bien dans l'appartement que sur le palier.

Bolo acquiesça avec un clin d'œil approbateur.

— Bien sûr. Faut se méfier. Les ruelles sombres, c'est pas votre truc, mon vieux. Malin.

— Parlez-moi de Freddie.

— Je vous le répète. Il a disparu. Vous êtes sympa avec un salopard, vous vous faites entuber. Et plus c'est un gros salopard, plus vous vous faites entuber.

— Freddie a témoigné au procès de Kay Spalter qu'elle se trouvait dans l'appartement voisin du vôtre le jour où on a tiré sur son mari. Vous saviez qu'il avait dit ça, n'est-ce pas ?

132

— Tout le monde le savait.

— Mais vous n'avez pas vu Kay vous-même ?

— J'ai pensé que je l'avais peut-être vue, quelqu'un comme elle.

— Qu'est-ce que ça veut dire ?

— Ce que j'ai dit à l'autre flic.

— Je veux l'entendre de votre bouche.

— J'ai vu une petite… une petite personne, ressemblant beaucoup à une nana. Petite, mince. Comme une danseuse. Y a un mot pour ça. Gracile. Vous le connaissez ? Un mot chicos. Ça vous étonne que je le connaisse ?

— Vous dites qu'elle « ressemblait » à une femme ? Mais vous n'en êtes pas certain ?

— C'est ce que j'ai cru la première fois. Mais c'était difficile à dire. Lunettes de soleil. Grand serre-tête. Écharpe.

— La première fois ? Combien de fois… ?

— Deux. Je l'ai déjà raconté à l'autre flic.

— Elle est venue ici deux fois ? Quand était-ce, la première fois ?

— Dimanche. Le dimanche avant l'enterrement.

— Vous êtes sûr du jour ?

— C'était forcément dimanche. C'est mon seul jour de libre. À cette putain de station de lavage de voitures. Bon, je pars acheter des clopes à Quik-Buy, je descends les escaliers. La petite personne gracile monte en sens inverse, passe devant moi, d'accord ? Arrivé en bas, je m'aperçois que j'ai oublié mon argent. Je remonte le prendre. À présent elle est plantée là, devant la porte, à côté de l'endroit où vous vous tenez en ce moment. Je rentre immédiatement chez moi récupérer mon fric.

— Vous ne lui avez pas demandé ce qu'elle faisait ici, qui elle cherchait ?

Il laissa échapper un petit rire aigu.

— Merde alors, mon vieux, non. Ici, vaut mieux pas enquiquiner les gens. Chacun s'occupe de ses affaires. On n'aime pas beaucoup les questions.

— Elle est entrée dans cet appartement ? Comment ? Avec une clé ?

— Ouais. Une clé. Évidemment.

— Comment savez-vous qu'elle avait une clé ?

— Je l'ai entendue. Les murs sont minces. De la camelote. Une clé ouvrant une porte. Un bruit facile à reconnaître. Hé, j'y repense, sûr que c'était un dimanche. Ding-dong. L'église le long de la rivière, à midi tous les dimanches. Ding-dong, ding-dong. Douze putains de ding-dong.

— Vous avez revu la petite personne en question ?

— Ouais. Pas le même jour. Pas avant le jour du coup de feu.

— Et qu'avez-vous vu ?

— Cette fois-là, c'était un vendredi. Le matin. Neuf heures. Avant que j'aille à cette foutue station de lavage de bagnoles. J'étais dehors, je revenais avec une pizza.

— À neuf heures du matin ?

— Ouais, un bon petit déjeuner. Donc, je reviens. Et je la vois qui pénètre dans l'immeuble. La même. Gracile. Elle se dépêche, portant une boîte, ou un truc qui brille, emballé. Quand j'entre à mon tour, elle est en haut de l'escalier. Maintenant, je suis pratiquement sûr que c'était une boîte avec un emballage, comme à Noël. Une boîte allongée... un mètre, un mètre vingt. Du papier cadeau. Au moment où j'arrive en haut des marches, la petite personne est déjà à l'intérieur de l'appartement, avec la porte toujours ouverte.

— Et ?

— Elle est dans la salle de bains, que je me dis. D'où la précipitation, et probablement la porte ouverte.

— Et ?

— Et c'est vrai, elle est dans la salle de bains en train de pisser un bon coup. Alors j'en suis certain.

— Certain de quoi ?

— Le bruit.

— Qu'est-ce que vous voulez dire ?

— Ça ne collait pas.

— Qu'est-ce qui ne collait pas ?

134

— Les hommes et les femmes, ça fait pas le même bruit quand ils pissent. Vous savez ça.

— Et ce que vous avez entendu, c'était… ?

— Le bruit d'un homme qui pisse, assurément. Un petit homme, peut-être. Mais assurément un homme.

CHAPITRE 19

Crime et châtiment

A PRÈS AVOIR OBTENU LE NOM OFFICIEL de Bolo (Estavio
Bolocco), ainsi que son numéro de portable et la description la plus détaillée possible de la petite créature homme
ou femme, Burney retourna à sa voiture et passa une demi-heure
supplémentaire à chercher dans le dossier un document montrant
qu'Estavio Bolocco avait été interrogé, une note concernant la
présence dans l'appartement d'un suspect possible le dimanche
avant le coup de feu ou la moindre trace de doute quant au sexe
du tireur.

Ses trois recherches se soldèrent par un résultat nul.

Il commençait à avoir les paupières lourdes, et l'élan d'énergie
qu'il avait ressenti un peu plus tôt n'allait pas tarder à prendre
fin. Cette journée à Long Falls avait été rude, et il était temps
de mettre le cap sur Walnut Crossing. Alors qu'il s'apprêtait à
démarrer, une Ford Explorer noire s'arrêta juste devant lui. Le
trapu Frank McGrath en descendit et marcha jusqu'à la fenêtre de
la voiture de Gurney.

— Vous en avez terminé ?

— Pour aujourd'hui, en tout cas. Il faut que je rentre chez moi
avant de m'endormir. Au fait, vous souvenez-vous qu'à l'époque
du coup de feu, un type nommé Freddie habitait ici ?

— Squattait, vous voulez dire ?

— Oui, je suppose que c'est ce que je veux dire.

136

— Fre-de-ri-co. (L'accent espagnol traînant de McGrath suintait le mépris.) Qu'est-ce qu'il a ?

— Saviez-vous qu'il avait disparu ?

— Peut-être bien. Ça fait une paye.

— Vous n'avez jamais rien entendu à ce sujet ?

— Comme quoi ?

— Comme la raison pour laquelle il avait disparu.

— Qu'est-ce que j'en ai à foutre ? Ils vont et viennent. Un sac à merde en moins à m'occuper. Ça serait sympa s'ils pouvaient tous disparaître. Faites ça et je vous le revaudrai.

Gurney déchira une demi-page de son carnet, écrivit dessus son numéro de portable et la tendit à McGrath.

— Si jamais vous entendez parler de Freddie, une rumeur concernant l'endroit où il pourrait se trouver, j'apprécierais beaucoup que vous m'appeliez. En attendant, Frank, allez-y doucement. La vie est courte.

— Ouais, rien n'est parfait !

Pendant la majeure partie du voyage de retour, Gurney se sentit comme s'il avait ouvert une boîte de puzzle, pour s'apercevoir que plusieurs grosses pièces manquaient. La seule chose dont il était sûr, c'est qu'aucune balle tirée depuis l'appartement en question ne pouvait avoir atteint Carl Spalter à la tempe sans passer d'abord à travers l'épais bras de métal de ce réverbère. Ce qui était inconcevable. Il ne faisait aucun doute que les pièces manquantes finiraient par résoudre cette apparente contradiction. Si seulement il savait quelle sorte de pièces il cherchait et combien.

Les deux heures de trajet jusqu'à Walnut Crossing se composaient surtout de routes secondaires, en général au milieu d'un paysage vallonné formé d'une mosaïque de bois et de champs que Gurney aimait bien et que Madeleine adorait. Mais c'est à peine s'il y prêta attention.

Il était immergé dans l'univers du meurtre.

Immergé... jusqu'à ce que, au bout de la petite route de gravier, il passe devant l'étang et vire sur le chemin du pré. C'est alors qu'il fut soudain ramené dans le présent à la vue de quatre voitures en visite – trois Prius et une Range Rover – garées dans la zone gazonnée le long de la maison.

Seigneur ! Ce fichu dîner du club de yoga.

Il regarda l'heure – dix-huit heures quarante-neuf – à la pendule du tableau de bord. Quarante-neuf minutes de retard. Il secoua la tête, contrarié par son oubli.

Lorsqu'il pénétra dans l'espace du rez-de-chaussée qui servait à la fois de cuisine, de salle à manger et de salon, une conversation animée se déroulait à la table. Les six invités lui étaient familiers – c'étaient des gens qu'il avait rencontrés à des expositions ou à des concerts locaux –, mais il n'était pas sûr de leurs noms. (Pourtant, Madeleine avait fait remarquer une fois qu'il n'oubliait jamais les noms des meurtriers.)

Tout le monde s'interrompit et leva la tête, la plupart l'air souriant ou agréablement surpris.

— Désolé d'être en retard. J'ai eu un contretemps.

Madeleine eut un sourire indulgent.

— Il arrive plus souvent à Dave d'avoir un contretemps qu'à la majorité des gens de s'arrêter pour prendre de l'essence.

— En fait, il tombe à pic !

La personne qui venait de parler était une grosse femme exubérante que Gurney reconnut comme étant une des collègues de Madeleine aux urgences psychiatriques. La seule chose dont il se souvenait à propos de son nom, c'est qu'il était bizarre. Elle continua avec enthousiasme.

— Nous parlions de crime et de châtiment. Et voilà qu'entre un homme dont la vie est tout entière consacrée à ce sujet précis. Vous ne pouviez pas mieux tomber.

Elle lui indiqua une chaise vide avec l'air d'une maîtresse de maison accueillant l'invité d'honneur de sa soirée.

— Joignez-vous à nous ! Madeleine nous a dit que vous étiez lancé dans une de vos aventures, mais elle s'est montrée plutôt avare de détails. Cela aurait-il un lien avec le crime et/ou le châtiment ?

Un des invités déplaça sa chaise de quelques centimètres sur le côté pour permettre à Gurney de passer.

— Merci, Scott.

— Skip.

138

— Skip. Exact. À chaque fois que je vous vois, le nom Scott me vient à l'esprit. J'ai travaillé pendant des années avec un Scott qui vous ressemblait beaucoup.

Gurney préféra considérer ce petit mensonge comme une marque d'obligeance. Lequel était sûrement préférable à la vérité, à savoir qu'il n'avait que faire de ce type, et a fortiori de retenir son nom. Le problème, auquel Gurney n'avait pas songé, s'agissant de cette fausse excuse, c'est que Skip était âgé de soixante-quinze ans, émacié, avec une tignasse de cheveux blancs à la Einstein. En quoi ce membre cadavérique des Three Stooges pouvait-il ressembler à un inspecteur de police judiciaire toujours en activité était une question intéressante.

Avant que quiconque puisse la poser, la grosse femme repartit de plus belle.

— Pendant que Dave remplit son assiette, que diriez-vous de le mettre au courant de notre conversation ?

Gurney jeta un coup d'œil à la ronde, pariant sur un rejet possible de cette proposition, mais… bingo ! Le nom lui revint. Fillimina, Mina pour les intimes, était manifestement une meneuse, pas une suiveuse. Elle poursuivit.

— Skip a fait remarquer que la seule finalité de la prison était le châtiment, dans la mesure où la réinsertion… comment avez-vous dit, Skip ?

Il prit un air affligé, comme si le fait que Mina lui donne la parole faisait renaître en lui une gêne effroyable remontant à ses années d'école.

— J'ai oublié à présent.

— Ah, voilà, je me rappelle ! Vous avez dit que la seule utilité de la prison était le châtiment, dans la mesure où la réinsertion n'est qu'un fantasme gauchisant. Sur ce, Margo a déclaré que, ciblé de façon judicieuse, le châtiment est indispensable à la réinsertion. Mais je ne suis pas sûre que Madeleine soit d'accord avec ça. Et Bruce a dit ensuite…

Une femme à cheveux gris et à l'air sévère l'interrompit.

— Je n'ai pas parlé de châtiment. J'ai parlé de conséquences négatives claires. Les implications sont très différentes.

— Bon, alors, Margo est pour des conséquences négatives claires. Mais Bruce a dit ensuite... Oh, mon Dieu, qu'avez-vous dit, Bruce ?

En bout de table, un individu avec une moustache noire et une veste en tweed esquissa un petit sourire condescendant.

— Rien de profond. J'ai juste fait observer que notre système carcéral était un gaspillage considérable de recettes fiscales – un phénomène absurde de portes tournantes qui favorise la criminalité plus qu'il ne l'empêche.

Il donnait l'impression d'un homme à la fois très poli et pétri de rancœur, qui privilégiait l'exécution capitale à l'enfermement. Il était difficile de se le représenter immergé dans la médiation yogiste, respirant profondément, ne faisant qu'un avec toute la création.

Gurney sourit à cette idée tandis qu'il prenait dans le plat de service à l'aide d'une cuiller quelques lasagnes végétariennes qu'il déposa dans son assiette.

— Vous faites partie du club de yoga, Bruce ?

— Ma femme est un des instructeurs, ce qui fait de moi, je suppose, un membre honoraire.

Son ton était plus sarcastique qu'aimable.

À deux sièges de lui, une blonde cendrée dont le seul produit de beauté semblait être une crème de visage brillante et transparente se mit à parler d'une voix dépassant à peine le murmure.

— Je ne dirais pas que je suis un instructeur, simplement un membre du groupe. (Elle lécha discrètement ses lèvres incolores comme pour en ôter des miettes invisibles.) Pour en revenir à notre sujet, tout crime n'est-il pas en fait une forme de maladie mentale ?

Son mari leva les yeux au ciel.

— À vrai dire, Iona, de nouvelles recherches passionnantes sont menées actuellement là-dessus, déclara une femme au visage rond et doux, assise en face de Gurney. Quelqu'un a-t-il lu cet article de journal sur les tumeurs ? On y parle d'un homme d'âge mûr, tout à fait normal, pas de problèmes particuliers... jusqu'à ce que, brusquement, il se mette à éprouver l'envie irrésistible d'avoir des relations sexuelles avec de jeunes enfants, de façon totalement incontrôlée et sans aucun antécédent. Bref, des examens médicaux ont révélé une tumeur au cerveau se développant rapidement. La tumeur a été retirée, et l'obsession sexuelle destructrice a disparu avec. Intéressant, n'est-ce pas ?

Skip parut agacé.

— Voulez-vous dire par là que le crime est un sous-produit du cancer du cerveau ?

— Je dis simplement ce que j'ai lu dans le journal. Mais l'article contient des références à d'autres exemples de comportements épouvantables directement liés à des anomalies cérébrales. Et c'est logique, non ?

Bruce se racla la gorge.

— Nous devons donc supposer que la combine à la Ponzi de Bernie Madoff est née d'un vilain petit kyste dans son cortex cérébral ?

— Bruce, pour l'amour du ciel, s'exclama Mina, Patty ne dit pas ça du tout.

Il secoua la tête d'un air sombre.

— Cela me paraît une pente glissante, les amis. Qui conduit à la responsabilité zéro. D'abord, c'est Satan qui m'a poussé à le faire. Ensuite, c'est à cause de mon enfance malheureuse. Et maintenant, voilà la dernière : c'est la faute de ma tumeur. Où les excuses s'arrêtent-elles ?

Sa véhémence provoqua un silence gêné. Mina, dans ce qui était, supposa Gurney, son rôle habituel de spécialiste des questions sociales et de conciliatrice, tenta de détourner l'attention de chacun vers un sujet moins épineux.

— Madeleine, la rumeur court que vous avez acheté des poussins. C'est vrai ?

L'expression de celle-ci s'éclaira.

— C'est plus qu'une rumeur. Il y a trois adorables petites poules et un jeune coq délicieusement arrogant installés provisoirement dans notre grange. Gloussant, poussant des cocoricos et faisant de merveilleux petits bruits de volaille. Ils sont vraiment étonnants à voir.

Mina pencha la tête sur le côté, curieuse.

— Installés provisoirement dans votre grange ?

— Ils attendent qu'on leur construise un abri permanent... à l'arrière de la terrasse.

Elle indiqua la zone à l'extérieur des portes-fenêtres.

— Assurez-vous que le poulailler est solide, dit Patty avec un sourire inquiet. Parce que toutes sortes de créatures s'attaquent aux poussins, et les pauvres sont pratiquement sans défense.

Bruce se pencha en avant.

— Vous connaissez le problème des belettes ?

— Oui, nous sommes parfaitement au courant, répondit promptement Madeleine, comme pour éviter toute description de la manière dont les belettes tuent les poussins.

Il baissa la voix, pour créer apparemment un effet dramatique.

— Les opossums sont pires.

Madeleine battit des paupières.

— Les opossums ?

Iona se leva brusquement et s'excusa pour se rendre aux toilettes.

— Les opossums, répéta-t-il d'un ton sinistre. On imagine de petites créatures maladroites ayant tendance à finir écrasées sur les routes. Mais laissez-en un se glisser dans un poulailler ? Vous voyez un animal entièrement différent, rendu fou par le goût du sang. (Il parcourut la table des yeux comme s'il racontait une histoire d'horreur à des enfants autour d'un feu de camp à minuit.) Cet inoffensif petit opossum mettra en pièces chaque poussin se trouvant dans ledit poulailler. À croire que son unique but dans la vie est de réduire en lambeaux sanglants tous les êtres vivants qui l'entourent.

Il y eut un silence de mort, finalement rompu par Skip.

— Bien sûr, les opossums ne sont pas le seul problème. (Ce qui, peut-être en raison du ton ou du choix du moment, provoqua des éclats de rire. Mais Skip continua avec le plus grand sérieux.) Il vous faudra faire attention aux coyotes, aux renards, aux faucons, aux aigles, aux ratons laveurs. Un tas de trucs dehors aiment manger des poussins.

— Heureusement, il y a une solution simple à tous ces problèmes, dit Bruce avec une délectation particulière. Un gentil petit fusil de chasse !

Sentant apparemment que sa tentative pour orienter la conversation vers le monde des poussins était une erreur, Mina risqua un virage à cent quatre-vingts degrés.

— Je souhaiterais revenir là où nous en étions lorsque Dave est entré dans la pièce. Je serais très désireuse d'entendre son point de vue sur le crime et le châtiment dans notre société actuelle.

— Moi aussi, déclara Patty avec enthousiasme. J'aimerais en particulier savoir ce qu'il a à dire sur le mal.

Gurney avala sa dernière bouchée de lasagnes puis regarda fixement le visage angélique de celle-ci.

— Le mal ?

— Croyez-vous qu'une telle chose existe ? demanda-t-elle. Ou est-ce une invention comme les sorcières et les dragons ?

Il trouva la question irritante.

— Je pense que le mot « mal » peut être un mot utile.

— Donc vous y croyez, intervint Margo de l'autre bout de la table avec l'air d'un débatteur marquant agressivement un point.

— J'ai une certaine connaissance d'une expérience humaine commune pour laquelle « mal » est un mot utile.

— Et de quelle expérience s'agit-il ?

— Faire ce qu'on sait être injuste au plus profond de soi-même.

— Ah, fit Patty avec une lueur d'approbation dans les yeux. Un yogi célèbre a dit : « La poignée du rasoir du mal coupe plus profondément que sa lame. »

— On croirait un biscuit de la fortune, commenta Bruce. Essayez de dire ça aux victimes des seigneurs de la drogue mexicains !

Iona le regarda sans émotion visible.

— C'est comme beaucoup de ces dictons. « Si je te fais du tort, je m'en fais deux fois plus à moi-même. » Il y a tellement de façons de parler du karma.

Bruce secoua la tête.

— Pour moi, le karma est une fumisterie. Si un assassin s'est déjà causé à lui-même deux fois plus de tort qu'à celui qu'il a assassiné – ce qui serait plutôt pas mal –, est-ce que ça signifie qu'on n'a pas besoin de le condamner et de l'exécuter ? Ce qui vous met dans une position absurde. Si vous croyez au karma, il est inutile de s'embêter à arrêter et à punir les criminels. Mais si vous voulez que les criminels soient arrêtés et punis, alors vous devez admettre que le karma est une fumisterie.

Mina intervint.

— Nous en revenons donc au problème du crime et du châtiment. Voici ma question à Dave. En Amérique, il semble que nous soyons en train de perdre confiance dans notre système de justice pénal. Vous avez travaillé pendant plus de vingt ans dans ce domaine, c'est bien ça ?

Il hocha la tête.

— Vous connaissez ses atouts et ses faiblesses, ce qui fonctionne et ce qui ne fonctionne pas. Par conséquent, vous devez avoir des idées assez précises sur ce qu'il faudrait changer. J'aimerais bien entendre vos réflexions là-dessus.

La question l'attirait presque autant qu'une invite à danser la gigue sur la table.

— Je ne pense pas qu'il soit possible de changer ça.

— Mais il y a tellement de choses qui ne vont pas, fit observer Skip, se penchant en avant. De si nombreuses possibilités d'amélioration.

Patty, sur une autre longueur d'onde, dit d'un ton aimable :

— Swami Shishnapushna prétendait que les policiers et les yogis sont des frères sous des costumes différents, des chercheurs de vérité chacun à leur façon.

Gurney n'avait pas l'air convaincu.

— Je ne demanderais pas mieux que de me considérer comme un chercheur de vérité, mais je ne suis probablement qu'un dévoileur de mensonges.

Patty écarquilla les yeux, semblant discerner dans cette réponse quelque chose de plus profond que ce que Gurney avait voulu y mettre.

Mina tenta de revenir au sujet.

— Alors si, demain, vous pouviez prendre le contrôle du système, Dave, qu'est-ce que vous changeriez ?

— Rien.

— Je ne peux pas y croire. C'est une telle pagaille.

— Bien sûr que c'est une pagaille. Chaque élément de la pagaille profite à quelqu'un au pouvoir. Et c'est une pagaille à laquelle personne ne veut penser.

Bruce fit un signe méprisant de la main.

— Œil pour œil, dent pour dent. C'est simple ! Penser n'est pas la solution, c'est le problème.

— Un coup de pied dans les couilles pour un coup de pied dans les couilles, s'écria Skip avec un sourire.

Mina poursuivit son dialogue avec Gurney.

— Vous avez dit que vous ne changeriez rien. Pourquoi ?

Il détestait ce genre de conversation.

— Vous savez ce que je pense réellement de notre système de justice pénale ? Je pense que la terrible vérité, c'est qu'il pourrait difficilement être meilleur.

Ce qui provoqua le plus long silence de la soirée. Gurney se concentra sur ses lasagnes.

La pâle Iona, un petit froncement de sourcils aux prises avec son sourire à la Mona Lisa, fut la première à parler.

— J'ai une question. Une question qui me préoccupe. Cela fait déjà pas mal de temps qu'elle me trotte dans la tête, et je n'ai pas réussi à y répondre. (Elle regarda son assiette presque vide, poussa un petit pois vers le milieu de celle-ci de la pointe de son couteau.) Cela vous paraîtra sans doute ridicule, mais c'est sérieux. Parce qu'à mon avis, une réponse tout à fait sincère en dirait long sur la personne. Alors ça m'ennuie beaucoup de ne pas pouvoir décider. Qu'est-ce que ce genre d'indécision révèle sur moi ?

Bruce se mit à taper impatiemment sur la table avec le bout de ses doigts.

— Pour l'amour du ciel, Iona, viens-en au fait.

— D'accord. Pardon. Eh bien, voilà. Si vous deviez choisir. Qu'est-ce que vous préféreriez : être un meurtrier ou sa victime ?

Les sourcils de Bruce firent un bond.

— C'est à moi que tu demandes ça ?

— Non, mon chéri, bien sûr que non. Je sais déjà quelle serait ta réponse.

DEUXIÈME PARTIE

Peter Pan

CHAPITRE 20

Contradictions troublantes

A PRÈS LE DÉPART DES INVITÉS – Bruce et Iona dans leur énorme Range Rover, les autres dans leur Prius silencieuse –, Madeleine commença à faire la vaisselle et à ranger, et Gurney alla dans le bureau avec le dossier Spalter. Il en sortit le rapport d'autopsie, puis alluma la tablette à écran Retina que lui avait offerte son fils, Kyle, pour la fête des Pères.

Il passa la demi-heure suivante sur une succession de sites web de neurologie, à essayer de donner un sens au décalage entre la nature de la blessure à la tête de Carl Spalter et les trois ou quatre mètres qu'il avait parcourus en chancelant, selon Paulette, avant de s'effondrer.

Gurney avait le triste privilège d'avoir été témoin, de plus près qu'il ne l'aurait souhaité, de deux tirs dans la tête analogues au cours de ses années passées au NYPD ; et, dans les deux cas, la victime était tombée comme un arbre qu'on abat. Pourquoi pas Carl ?

Deux explications lui vinrent à l'esprit.

L'une, que le médecin légiste s'était trompé quant à l'importance du traumatisme des tissus cérébraux et que le système nerveux central n'avait pas été complètement détruit par la fragmentation de la balle. L'autre, qu'on n'avait pas tiré une fois sur Carl, mais deux. La première balle l'avait fait chanceler puis s'effondrer au sol. La seconde balle, à la tempe, avait occasionné

149

les graves dommages neuronaux constatés lors de l'autopsie. Le problème évident avec cette théorie, c'est que le médecin légiste n'avait trouvé qu'une blessure d'entrée. Certes, une .220 Swift pouvait faire une perforation bien propre, ou une éraflure extrêmement ténue, mais sûrement rien d'assez discret pour qu'un médecin légiste passe à côté, à moins qu'il ne soit sérieusement sous pression. Ou bien distrait. Mais distrait par quoi ?

Tandis qu'il réfléchissait à la question, un autre aspect de la mini-reconstitution effectuée par Paulette taraudait Gurney : le fait que le scénario en définitive fatal s'était déroulé à portée de main de deux individus pouvant tirer un grand profit de la mort de Carl. Jonah, qui obtiendrait ainsi le contrôle total de Spalter Realty. Et Alyssa, enfant gâtée et toxico, qui aurait le droit d'hériter des biens de son père – à supposer que Kay puisse être écartée, ce qui avait été effectivement le cas.

Jonah et Alyssa. Il était de plus en plus désireux de les rencontrer tous les deux. Ainsi que Mick Klemper. Il avait besoin d'avoir sans tarder une conversation directe avec cet homme. Et peut-être aussi avec Piskin, le procureur – afin de connaître sa véritable position dans ce tissu de contradictions, de preuves fragiles et de parjures possibles.

Un tintamarre retentit dans la cuisine. Il fit la grimace.

Ce genre de bruit dans la cuisine avait quelque chose de curieux. Il les considérait autrefois comme un indicateur de l'état d'esprit de Madeleine, jusqu'à ce qu'il se rende compte que l'interprétation qu'il en faisait était en réalité un indicateur de son propre état d'esprit. Lorsqu'il pensait l'avoir contrariée, il percevait le fracas de vaisselle comme un symptôme de mécontentement. Mais s'il avait l'impression de s'être comporté normalement, ces mêmes assiettes s'écrasant sur le sol lui semblaient un accident bénin.

Ce soir-là, il ne se sentait pas très à l'aise, en raison de son retard de près d'une heure pour le dîner, de son incapacité à se rappeler le nom des amis de Madeleine, ou encore du fait qu'il l'avait abandonnée dans la cuisine pour filer en direction du bureau dès que la dernière paire de phares avait dévalé la colline.

Il comprit que ce dernier manquement était encore rectifiable. Après avoir pris quelques notes finales à partir du plus complet des sites web de neurologie sur lesquels il était tombé, il éteignit la tablette, remit le rapport d'autopsie dans le dossier Spalter et se rendit à la cuisine.

Madeleine était juste en train de fermer la porte du lave-vaisselle. Il s'approcha de la machine à café sur le bloc évier, la remplit et appuya sur l'interrupteur. Madeleine prit une éponge et un torchon, et se mit à essuyer le plan de travail.

— De drôles de gens, dit-il d'un ton enjoué.

— Je préférerais que tu dises « des gens intéressants ».

Il se racla la gorge.

— J'espère qu'ils n'ont pas été déconcertés par ce que j'ai dit sur le système de justice pénale.

La machine à café émit le bruit de crachotement qui achevait son cycle.

— Ce n'est pas tant ce que tu as dit. Ta façon de parler en disait beaucoup plus long que tes paroles.

— Beaucoup plus long ? Comme quoi ?

Elle ne répondit pas tout de suite. Elle se penchait sur le comptoir, frottant une tache récalcitrante. Il attendit. Elle se redressa et écarta du dos de la main des cheveux qui lui pendaient sur la figure.

— Parfois, on dirait que ça t'ennuie d'avoir à passer du temps avec les autres, de les écouter, de leur parler.

— Ce n'est pas vraiment que ça m'ennuie. C'est… (Il poussa un soupir, sa voix s'éteignant. Il prit sa tasse sous le bec verseur de la machine à café, ajouta du sucre et remua le contenu beaucoup plus longtemps qu'il n'était nécessaire avant de compléter son explication.) Lorsque je me plonge dans quelque chose d'absorbant, j'ai du mal à revenir à la vie ordinaire.

— C'est difficile, répondit-elle. Je sais. De temps en temps, j'ai l'impression que tu oublies le genre de travail que je fais à la clinique, le genre de problèmes dont je m'occupe.

Il était sur le point de lui faire remarquer que ces problèmes n'impliquaient pas en général un meurtre, mais il se retint à temps. Dans le regard de Madeleine brillait la lueur d'une pensée inaboutie, aussi demeura-t-il silencieux, tenant sa tasse de café, attendant qu'elle continue – pensant qu'elle allait se mettre à décrire

151

quelques-unes des réalités les plus épouvantables d'un centre d'urgences psychiatriques.

Mais elle adopta une autre tactique.

— Peut-être que j'arrive à me libérer l'esprit plus facilement que toi parce que je ne suis pas aussi bonne dans ce que je fais.

Il cligna des yeux.

— Qu'est-ce que tu veux dire ?

— Quand quelqu'un a du talent dans un domaine, la tentation est grande de se concentrer là-dessus à l'exclusion de presque tout le reste. Tu ne trouves pas ?

— Je suppose, répondit-il en se demandant où elle voulait en venir.

— Eh bien, je pense que tu as beaucoup de talent pour comprendre certaines choses, démêler des supercheries, résoudre des crimes compliqués. Et peut-être que tu es tellement doué pour ça, si à l'aise dans cette façon de voir que le reste de la vie te fait l'effet d'une interruption gênante.

Elle le dévisagea, en quête d'une réaction.

Il savait qu'il y avait une part de vérité dans ce qu'elle venait de dire, mais il ne put que hausser les épaules d'un air évasif.

Elle poursuivit d'une voix douce.

— Je ne me considère pas comme particulièrement douée pour mon travail. On me dit que je le fais bien, mais ce n'est pas l'essentiel dans ma vie. La seule chose qui compte. J'essaie de traiter chaque chose dans mon existence comme si elle avait de l'importance. Parce qu'elle en a. Toi, en premier lieu.

Elle le regarda dans les yeux et sourit de cette façon bizarre qui avait, semble-t-il, moins à voir avec sa bouche qu'avec quelque source de rayonnement intérieur.

— Quelquefois, quand nous discutons d'une affaire qui t'absorbe, cela tourne à la dispute... peut-être parce que tu as l'impression que j'essaie de te transformer de policier en kaya-kiste-cycliste-randonneur. C'était probablement un de mes espoirs et de mes rêves lorsque nous nous sommes installés ici, dans la montagne, mais ce n'est plus le cas. Je sais qui tu es, et je m'en contente. Plus que ça. Je sais qu'il arrive que ça n'en donne pas l'impression. On dirait que je te pousse, que je te tire, que je m'efforce de te changer. Mais il ne s'agit pas de ça.

Elle marqua un temps d'arrêt, paraissant lire dans ses pensées et ses sentiments plus clairement que lui-même n'en était capable.

— Je n'essaie pas de faire de toi quelqu'un que tu n'es pas. Je pense simplement que tu serais plus heureux si tu pouvais mettre un peu plus de lumière, de variété dans ta vie. Il me semble que tu ne cesses de rouler le même rocher jusqu'en haut de la même colline encore et encore, sans soulagement durable ni récompense à la fin. Comme si tout ce que tu désirais, c'était continuer à pousser, à te bagarrer, à te mettre en danger – et plus il y a de danger, mieux c'est.

Il était sur le point de contester sa remarque sur le danger, mais il décida à la place de l'écouter jusqu'au bout.

Elle le regarda, les yeux emplis de tristesse.

— J'ai l'impression que tu es allé si loin, si profondément dans les ténèbres, que cela te masque le soleil. Que cela te masque tout le reste. De sorte que je mène ma vie de la seule manière que je connaisse. Je fais mon travail à la clinique. Je marche dans les bois. Je vais à des concerts. À des expositions de peinture. Je lis. Je joue du violoncelle. Je fais du vélo. Je prends soin du jardin, de la maison et des poussins. En hiver, je me promène en raquettes. Je vais voir mes amis. Mais je continue à croire – à nourrir l'espoir – que nous pourrions faire davantage de ces choses ensemble. Que nous pourrions être au soleil ensemble.

Il ne savait pas comment réagir. À un certain niveau, il reconnaissait qu'il y avait du vrai dans les paroles de Madeleine, mais aucun mot ne s'attachait au sentiment qu'elles faisaient naître en lui.

— C'est tout, conclut-elle simplement. C'est à ça que je pensais.

La tristesse dans ses yeux fit place à un sourire, chaleureux, sincère, encourageant.

Il lui semblait qu'elle était totalement présente – tout entière là, devant lui, sans entraves, ni esquives, ni artifices d'aucune sorte. Il posa sa tasse, qu'il avait continué à tenir machinalement pendant tout le temps qu'elle parlait, et s'avança vers elle. Il la prit dans ses bras, sentant son corps chaud contre le sien.

Toujours sans un mot, il la souleva, à la façon dont on fait franchir le seuil à une jeune mariée – ce qui la fit rire –, et il l'emporta jusqu'à la chambre à coucher, où ils firent l'amour avec un mélange de hâte et de tendresse tout à fait merveilleux.

Madeleine fut la première levée le lendemain matin.

Après s'être douché, rasé et habillé, Gurney la trouva à la table du petit déjeuner avec son café, une tranche de pain grillé avec du beurre de cacahuète et un livre ouvert. Elle avait une prédilection pour le beurre de cacahuète. Il s'approcha et l'embrassa sur le front.

— Bonjour ! lança-t-elle gaiement à travers une bouchée de pain grillé.

Elle était habillée pour aller travailler à la clinique.

— Journée complète ? demanda-t-il. Ou demi-journée ?

— Je ne sais pas. (Elle avala, but une gorgée de café.) Tout dépend du planning. Quel est ton programme ?

— Hardwick. Il devrait être ici à huit heures trente.

— Ah ?

— On attend un coup de téléphone de Kay Spalter à neuf heures, ou du moins aussi proche de neuf heures que ça lui est possible.

— Un problème ?

— Rien que des problèmes. Il n'y a pas un fait dans cette histoire qui ne comporte une contradiction.

— C'est ainsi que tu les aimes, non ?

— Totalement embrouillées, tu veux dire, afin que je puisse les démêler ?

Elle hocha la tête, prit une dernière bouchée de son toast, porta son assiette et sa tasse à l'évier et fit couler de l'eau dessus. Puis elle revint et l'embrassa.

— Je suis déjà en retard. Je dois y aller.

Il se prépara des toasts et du bacon puis il s'installa sur une chaise près des portes-fenêtres. D'où il était, il pouvait voir, estompés par une fine brume matinale, l'ancien pâturage, un mur de pierre délabré tout au bout, les champs en friche d'un de ses voisins et, au-delà, à peine visible, Barrow Hill.

154

Comme il se fourrait le dernier morceau de bacon dans la bouche, le grondement agressif de la GTO de Hardwick se fit entendre sur la route en dessous de la grange. Deux minutes plus tard, Hardwick se tenait devant les portes-fenêtres, vêtu d'un tee-shirt noir et d'un pantalon de survêtement gris sale. Les portes étaient grandes ouvertes, mais les panneaux coulissants étaient verrouillés.

Gurney se pencha pour en déverrouiller un.

Hardwick entra.

— Tu sais qu'il y a un putain de cochon géant qui se balade sur ta route ?

Gurney opina.

— C'est assez fréquent.

— Dans les cent vingt kilos, je dirais.

— Tu as essayé de le soulever ?

Hardwick ignora la question, se contentant de parcourir la pièce des yeux d'un air approbateur.

— Je te l'ai déjà dit et je te le répète. Cet endroit possède un charme rustique fou.

— Merci, Jack. Tu veux t'asseoir ?

Hardwick se cura les dents de devant avec un ongle, puis se laissa tomber lourdement sur la chaise en face de Gurney et le regarda avec méfiance.

— Avant que nous parlions à l'inconsolable Mme Spalter, champion, y a-t-il quelque chose qui te préoccupe dont il faudrait que nous discutions ?

— Pas vraiment… à part le fait que rien dans cette affaire n'a de sens.

Hardwick plissa les yeux.

— Ces trucs qui n'ont pas de sens… est-ce qu'ils plaident en notre faveur ou contre nous ?

— Nous ?

— Tu sais très bien ce que je veux dire. Pour ou contre notre objectif d'obtenir un arrêt d'annulation.

— Probablement pour. Mais je n'en suis pas certain. Il y a beaucoup trop de détails tordus.

— Tordus ? Comme quoi ?

155

— L'appartement donné comme étant la source du coup de feu fatal.

— Qu'est-ce qu'il a ?

— Ce n'était pas celui-là. Impossible.

— Pourquoi ça ?

Gurney raconta comment il s'était servi de Paulette pour faire une reconstitution informelle et sa découverte de l'obstacle que constituait le réverbère.

Hardwick sembla troublé, mais pas inquiet.

— Autre chose ?

— Un témoin qui affirme avoir aperçu le tireur.

— Freddie ? Le type qui a désigné Kay lors de la séance d'identification ?

— Non. Un dénommé Estavio Bolocco. Aucun document indiquant qu'il ait été interrogé, bien qu'il prétende le contraire. Il prétend aussi avoir vu le tireur, mais que c'était un homme, pas une femme.

— Vu le tireur où ?

— C'est l'autre problème. D'après lui, il se trouvait dans l'appartement d'où le coup de feu est censé avoir été tiré, mais n'a pas pu l'être.

Hardwick esquissa un rictus, comme s'il avait des remontées acides.

— Ce qui vient s'ajouter à la pile d'éléments positifs entremêlés de pures foutaises. J'aime bien l'idée que ton gus dise que le tireur était un homme et pas une femme. Et en particulier l'idée que Klemper ait omis de conserver une trace de l'entretien. Ce qui témoigne du dysfonctionnement de la police, d'une magouille possible ou au moins d'une négligence grave, toutes choses qui ne peuvent qu'aider. Mais cette connerie à propos de l'appartement lui-même, cette connerie rend le reste inutilisable. On ne peut pas présenter un témoin qui prétend que le tireur a utilisé un emplacement que nous contestons ensuite en expliquant qu'il n'a pas pu s'en servir. Je veux dire, où est-ce qu'on va avec ça, bordel ?

— Bonne question. Et voici une autre petite bizarrerie. Estavio Bolocco dit avoir vu le tireur deux fois. Une fois le jour de l'événement lui-même, à savoir un vendredi. Mais également cinq jours

156

plus tôt. Le dimanche. Il est certain qu'il s'agissait du dimanche parce que c'est son seul jour de libre.

— Il a vu le tireur où ?

— Dans l'appartement.

Les aigreurs d'estomac de Hardwick semblèrent augmenter.

— Faisant quoi ? Repérant les lieux ?

— Je suppose. Mais cela soulève une autre question. Supposons que le tireur ait été informé du décès de Mary Spalter, qu'il ait découvert où se trouvait la concession familiale et qu'il se soit dit que Carl serait au premier rang lors du service funèbre. L'étape suivante consisterait à inspecter les environs pour voir s'ils offrent une position de tir relativement sûre.

— Et alors, quel est le problème ?

— Le calendrier. Que le tireur repère les lieux le dimanche signifie que le décès de Mary Spalter s'est sans doute produit le samedi ou un peu avant, selon qu'il était suffisamment proche de la famille pour avoir l'information directement ou qu'il a dû attendre la publication d'une notice nécrologique un ou deux jours plus tard. Ma question est la suivante : si l'enterrement n'a eu lieu, dans le meilleur des cas, que sept jours après le décès… qu'est-ce qui a provoqué un tel délai ?

— Qui sait ? Peut-être qu'un des membres de la famille ne pouvait pas arriver plus tôt ? Qu'est-ce qu'on en a à foutre ?

— Il est assez inhabituel de laisser s'écouler une semaine entière avant de procéder à un enterrement. Tout ce qui est inhabituel me rend curieux, voilà tout.

— Ouais. Bien sûr. D'accord. (Hardwick agita la main comme pour chasser une mouche.) On peut demander à Kay quand elle téléphonera. Simplement, je ne pense pas que les dispositions concernant les funérailles de sa belle-mère puissent intéresser une cour d'appel.

— Peut-être pas. Mais à propos de cette condamnation, savais-tu que Freddie – le type qui a enfoncé Kay lors du procès – a disparu ?

CHAPITRE 21

Une franchise inquiétante

IL ÉTAIT PLUS PRÈS DE NEUF HEURES TRENTE que de neuf
heures lorsqu'ils reçurent le coup de téléphone de Kay Spalter
sur la ligne fixe de Gurney. Il mit l'appareil en mode haut-
parleur dans le bureau.

— Salut, Kay. Comment ça se passe dans ces magnifiques
Bedford Hills ?

— Fabuleux. (Sa voix était rude, sèche et impatiente.) Vous
êtes là, Dave ?

— Oui.

— Vous avez dit que vous auriez d'autres questions à me poser.

Il se demanda si sa brusquerie était une façon de se sentir aux
commandes ou un symptôme de la tension nerveuse due à la prison.

— J'en ai une demi-douzaine.

— Allez-y.

— La dernière fois que nous nous sommes parlé, vous avez
mentionné un gangster, Donny Angel, comme quelqu'un ayant pu
avoir tué Carl. Le problème, c'est qu'il s'agit d'un meurtre beaucoup trop compliqué.

— Que voulez-vous dire ?

Elle semblait plus intriguée qu'agressive.

— Angel le connaissait, savait beaucoup de choses sur lui. Il
aurait pu concevoir un plan plus facile qu'un tir de sniper pendant

un service funéraire à cinq cents mètres de distance. Supposons donc un instant qu'Angel ne soit pas le coupable. Si vous deviez choisir une seconde option, quelle serait-elle ?

— Jonah, répondit-elle sans émotion ni hésitation.

— Le motif étant le contrôle de l'entreprise familiale ?

— Ce contrôle lui aurait permis d'hypothéquer suffisamment de propriétés pour faire de la Cybercathédrale la plus grande arnaque religieuse au monde.

— Que savez-vous de ses objectifs ?

— Rien. J'imagine. Ce que je veux dire, c'est que Jonah est une bien plus grosse ordure qu'on ne le pense, et que le contrôle de la société signifie beaucoup d'argent pour lui. *Beaucoup.* De fait, je sais qu'il a demandé à Carl d'hypothéquer un certain nombre d'immeubles et que Carl l'a envoyé promener.

— Charmante relation fraternelle. D'autres candidats au rôle d'assassin ?

— Peut-être une centaine de personnes dont Carl a piétiné les orteils.

— Lorsque je vous ai demandé l'autre jour pourquoi vous étiez restée avec lui, vous m'avez répondu par une sorte de plaisanterie. Du moins, je suppose qu'il s'agissait d'une plaisanterie. J'ai besoin de connaître la véritable raison.

— À vrai dire, je l'ignore. Je me suis longtemps interrogée sur la colle mystérieuse qui m'attachait à lui, sans jamais pouvoir l'identifier. Alors que, comme je vous le disais, je ne suis probablement qu'une vulgaire croqueuse de diamants, en réalité.

— Regrettez-vous qu'il soit mort ?

— Peut-être un peu.

— Quelle était votre relation au quotidien ?

— Généreuse, condescendante et dominatrice de son côté.

— Et du vôtre ?

— Aimante, admirative et soumise. Sauf quand il allait trop loin.

— Et alors ?

— Alors toutes les forces de l'enfer se déchaînaient.

— Vous est-il jamais arrivé de le menacer ?

— Oui.

159

— Devant témoins ?

— Oui.

— Donnez-moi un exemple.

— Ce n'est pas ça qui manque.

— Le pire.

— Pour notre dixième anniversaire de mariage, Carl avait invité plusieurs couples à dîner avec nous. Il avait trop bu et a enfourché un de ses thèmes favoris quand il est ivre : « On peut arracher une putain de Brooklyn, mais on ne peut pas arracher Brooklyn d'une putain. » Et ce soir-là, ça s'est transformé en un vaste délire comme quoi, une fois devenu gouverneur de l'État de New York, il se porterait candidat à la présidence et que je lui servirais de lien avec l'homme de la rue. Il serait comme Juan Perón en Argentine, a-t-il dit, et je serais son Evita. Ma tâche consisterait à le faire aimer par tous les cols-bleus. Il a ajouté quelques suggestions d'ordre sexuel quant à la façon de m'y prendre. Puis il a sorti un truc totalement stupide. À savoir que je pourrais m'acheter mille paires de chaussures, tout comme Evita.

— Et ?

— Pour une raison quelconque, c'était trop. Pourquoi ? Je n'en ai pas la moindre idée. Mais c'était trop. Trop stupide.

— Et ?

— Et je lui ai crié que la femme aux mille paires de chaussures, ce n'était pas Evita Perón, mais Imelda Marcos.

— C'est tout ?

— Pas tout à fait. Je lui ai dit également que, si jamais il parlait encore de moi ainsi, je lui couperais la bite et la lui fourrerais dans le cul.

Hardwick, qui n'avait pas prononcé un mot depuis sa question sur les magnifiques Bedford Hills, éclata d'un braiment hilare, qu'elle ignora.

Gurney changea de cap.

— Que savez-vous sur les silencieux ?

— Que les flics appellent ça des atténuateurs de bruit, pas des silencieux.

— Quoi d'autre ?

160

— Qu'ils sont interdits dans cet État. Qu'ils sont plus efficaces avec des munitions subsoniques. Même bon marché, encore que les plus chères sont les meilleures.

— Comment êtes-vous au courant de tout cela ?

— J'ai demandé au champ de tir où je prenais des leçons.

— Pourquoi ?

— Pour la même raison que je suis allée là au départ.

— Parce que vous pensiez que vous auriez peut-être à tirer sur quelqu'un pour protéger Carl ?

— Oui.

— Vous est-il jamais arrivé d'acheter ou d'emprunter un silencieux ?

— Non. Ils ont tué Carl avant j'aie eu le temps de le faire.

— Ce « ils » désigne la pègre ?

— Oui. J'ai entendu ce que vous avez dit sur le tir de sniper comme une curieuse méthode de leur part, mais je continue à penser qu'il s'agit bien d'eux. Plus probablement que de Jonah.

Il ne voyait aucun intérêt à entamer un débat sur ce point. Il décida d'emprunter une autre voie.

— À part Angel, y avait-il d'autres figures de la pègre dont il était proche ?

Pour la première fois de leur échange, elle hésita.

Au bout de quelques secondes, Gurney crut qu'ils avaient été coupés.

— Kay ?

— Il y a quelqu'un dont il parlait souvent, quelqu'un appartenant à un cercle de poker dont il était membre.

Gurney sentit de l'inquiétude dans sa voix.

— A-t-il mentionné un nom ?

— Non. Il a seulement dit ce que le type faisait pour gagner sa vie.

— C'était quoi ?

— Il montait des assassinats. Une sorte de courtier, d'intermédiaire. Si vous souhaitiez qu'une personne soit tuée, vous alliez le voir et il trouvait quelqu'un pour le faire.

— Parler de lui semble vous émouvoir.

— Ça m'inquiétait que Carl veuille jouer à un jeu aux mises élevées avec quelqu'un dont c'était le boulot. Je lui ai dit un jour : « Tu tiens vraiment à jouer au poker contre un type qui se sert de tueurs à gages pour exécuter des contrats ? Un type qui ne réfléchit pas à deux fois avant de zigouiller quelqu'un ? Ce n'est pas un peu dingue ? » Il m'a répondu que je ne comprenais pas. Que le jeu était une question de risque et d'adrénaline. Et que le risque et l'adrénaline étaient bien plus forts quand vous étiez assis à une table en face de la Mort. (Elle s'arrêta un instant.) Écoutez, je n'ai pas beaucoup de temps. Avons-nous terminé ?

— Une dernière chose. Comment se fait-il qu'il y ait eu un délai aussi long entre le décès de Mary Spalter et son enterrement ?

— Quel délai ?

— Elle a été enterrée un vendredi. Mais il semble qu'elle soit morte une semaine avant – ou du moins avant le dimanche précédent.

— De quoi parlez-vous ? Elle est morte un mercredi et a été enterrée deux jours plus tard.

— Deux jours ? Seulement ? Vous en êtes certaine ?

— Bien sûr que j'en suis certaine. Consultez la notice nécrologique. Pourquoi cette question ?

— Je vous le dirai quand je le saurai. (Il se tourna vers Hardwick.) Jack, tu veux demander quelque chose à Kay pendant qu'elle est au téléphone ?

Hardwick secoua la tête puis déclara avec une cordialité exagérée :

— Kay, nous vous recontacterons très bientôt, d'accord ? Et ne vous en faites pas. Nous sommes sur la bonne voie. Tout ce que nous découvrons est un plus pour nous.

Son ton semblait infiniment plus convaincu que lui-même n'en avait l'air.

CHAPITRE 22

Le second bouquet

L ORSQUE L'APPEL DE KAY SPALTER eut pris fin, Hardwick garda un long silence, contrairement à ses habitudes. Il se contenta de regarder par la fenêtre du bureau, apparemment perdu dans toute une série de supputations.

Assis à sa table, Gurney l'observait.

— Crache le morceau, Jack. Tu te sentiras mieux ensuite.

— Nous devons parler à Lex Bincher. Je veux dire, rapidement. Par exemple, tout de suite. Il y a là des merdes qu'il nous faut absolument régler. Je pense que c'est la foutue priorité numéro un.

Gurney sourit.

— Et moi, je pense que la foutue priorité numéro un, c'est d'aller faire un tour à la résidence médicalisée où est morte Mary Spalter.

Hardwick se détourna de la fenêtre pour faire face à Gurney.

— Tu vois ? C'est exactement ce que je veux dire. Nous devons nous réunir avec Lex pour avoir une discussion de fond avant de nous éreinter à courir après des mirages.

— En l'occurrence, il pourrait s'agir de bien plus qu'un mirage.

— Ah ouais ? Comment ça ?

— La personne qui est allée examiner cet appartement un dimanche – trois jours avant le décès de Mary Spalter – devait savoir que celle-ci serait bientôt morte. Ce qui signifie que son décès accidentel n'avait rien d'un accident.

163

— Holà Sherlock, tu vas trop vite ! Tout ça repose sur l'acte de foi le plus stupide que j'aie entendu depuis longtemps.

— Dans la version d'Estavio Bolocco ?

— Exact. Dans le fait qu'un employé d'une station de lavage de bagnoles, squattant un immeuble à moitié vide, accro à je ne sais quoi, puisse se rappeler le jour précis de la semaine où il a vu quelqu'un entrer dans un appartement il y a huit mois de ça.

— Je t'accorde qu'il y a un problème de fiabilité du témoin.

— Tu appelles ça un témoin ? Moi, j'appelle ça un putain de maboule.

— Je t'entends, dit doucement Gurney. Je suis plutôt d'accord avec toi. Cependant si – et je sais que c'est un grand *si* – ce Bolocco a raison sur le jour de la semaine, alors la nature du crime est totalement différente du scénario décrit par le procureur au procès de Kay. Bon sang, Jack, réfléchis. Pourquoi aurait-on tué la mère de Carl ?

— C'est une perte de temps.

— Peut-être, et peut-être pas. Admettons juste, à titre d'hypothèse, que sa mort n'ait pas été un accident. Je vois deux manières d'aborder la question du pourquoi elle a été assassinée. Premièrement, elle et Carl étaient tous les deux des cibles principales – faisant également obstacle aux desseins du meurtrier, quels qu'ils soient. Ou, deuxièmement, elle n'était qu'une étape intermédiaire – un moyen de s'assurer que Carl, la cible principale, serait debout en plein air, dans ce cimetière, à une heure prévisible.

Le tic était revenu en force au coin de la bouche de Hardwick. Deux fois, il se mit à parler puis s'interrompit. À la troisième tentative, il dit :

— C'est ce que tu voulais depuis le début, pas vrai ? Envoyer en l'air tout ce bazar et voir ce qui se passe quand il touche le sol ? Relever les fautes de la police – des choses aussi simples que Mick l'Enflure, enquêteur principal, baisant avec Alyssa Spalter, un suspect potentiel – et t'en servir pour réinventer la roue ? Déjà tu veux transformer un meurtre en deux ! Demain, ce sera une demi-douzaine ! Qu'est-ce que tu essaies de faire, bon Dieu ?

Gurney se mit à parler encore plus doucement.

164

— Je remonte seulement la chaîne, Jack.

— Au diable la chaîne ! Merde alors ! Écoute, je suis certain de parler pour Lex autant que pour moi-même. Le problème, c'est que nous devons nous concentrer, nous concentrer et nous concentrer. Que les choses soient bien claires une fois pour toutes. Il n'y a qu'une poignée de questions qui restent pendantes concernant l'enquête sur le meurtre de Carl Spalter et le procès de Kay Spalter. Un : qu'est-ce que Mick Klemper aurait dû faire qu'il n'a pas fait ? Deux : qu'est-ce que Klemper n'aurait pas dû faire qu'il a fait ? Trois : qu'est-ce que Klemper a caché au procureur ? Quatre : qu'est-ce que le procureur a caché à la défense ? Cinq : qu'est-ce que la défense aurait dû faire qu'elle n'a pas fait ? Cinq foutues questions. Trouve les bonnes réponses à ces questions, et la condamnation de Kay Spalter est annulée. C'est aussi simple que ça. Alors dis-moi, est-ce que nous sommes sur la même longueur d'onde cette fois-ci ?

Le teint d'hypertendu artériel de Hardwick ne fit que s'accentuer.

— Du calme, mon ami. Je suis à peu près sûr que nous pourrions finir par être sur la même longueur d'onde, simplement fais en sorte que je puisse arriver jusque-là.

Hardwick regarda longuement et fixement Gurney puis secoua la tête avec irritation.

— C'est Lex Bincher qui tient les cordons de la bourse pour les frais d'enquête. Si tu comptes dépenser du fric pour autre chose qu'obtenir des réponses à ces cinq questions, il va d'abord falloir qu'il donne son feu vert.

— Pas de problème.

— Pas de problème, répéta distraitement Hardwick en se remettant à regarder par la fenêtre. J'aimerais bien le croire, champion.

Gurney ne répondit pas.

Au bout d'un moment, Hardwick poussa un soupir de lassitude.

— J'informerai Bincher de tout ce que tu m'as dit.

— Bien.

— Mais pour l'amour du ciel, ne… laisse pas ce…

Il n'acheva pas sa phrase, se contentant de secouer une nouvelle fois la tête.

Gurney pouvait sentir la tension inhérente à la situation de Hardwick : cherchant désespérément à se rendre à la destination souhaitée, affolé par les incertitudes de l'itinéraire proposé.

Parmi les divers additifs au dossier de l'affaire figurait l'adresse du dernier lieu de résidence de Mary Spalter – une résidence médicalisée dans Twin Road, à Indian Valley, non loin de Cooperstown, à peu près à mi-chemin entre Walnut Crossing et Long Falls. Gurney entra l'adresse dans son GPS, qui lui annonça une heure plus tard qu'il arriverait à destination.

Il tourna dans une allée goudronnée bien propre traversant un grand mur de pierre sèche avant de se séparer à un embranchement où deux flèches indiquaient « Titulaires d'une clé » dans un sens et « Visiteurs et livraisons » dans l'autre.

Cette dernière direction l'amena à un parking devant un bungalow en bardeaux de cèdre. Un panneau d'une élégance discrète à côté d'une petite roseraie portait l'inscription : « Emmerling Oaks. Résidence médicalisée pour personnes âgées. Renseignements à l'intérieur. »

Il se gara puis frappa à la porte.

Une voix féminine des plus agréables lui répondit.

— Entrez.

Il pénétra dans un bureau clair et sobre. Une femme séduisante, la quarantaine, le tient hâlé, était assise à une table cirée autour de laquelle étaient disposés plusieurs fauteuils paraissant confortables. Sur les murs, des photos de bungalows de diverses tailles et couleurs.

Après lui avoir jeté un rapide coup d'œil, la femme sourit.

— En quoi puis-je vous aider ?

Il lui retourna son sourire.

— Je ne sais pas trop. Je suis venu sur un coup de tête. Probablement une fausse piste.

— Ah ? (Elle avait l'air intriguée.) De quelle fausse piste s'agit-il ?

— Je n'en suis même plus sûr.

— Eh bien, dans ce cas…, dit-elle avec un froncement de sourcils hésitant. Que désirez-vous ? Et qui êtes-vous ?

166

— Oh, excusez-moi. Je m'appelle Dave Gurney. (Il sortit son portefeuille, un peu gauchement, et s'approcha pour lui montrer son écusson doré.) Je suis policier.

Elle examina l'écusson.

— C'est marqué « à la retraite ».

— J'étais à la retraite. Et maintenant, à cause de cette affaire de meurtre, il semble que je ne le sois plus.

Elle écarquilla les yeux.

— Vous voulez parler de l'affaire Spalter ?

— Vous êtes au courant ?

— Si je suis au courant ? (Elle paraissait surprise.) Bien sûr.

— Du fait de la couverture médiatique ?

— Ça, et la composante personnelle.

— Parce que la mère de la victime vivait ici ?

— Dans une certaine mesure, mais… cela vous ennuierait de me dire de quoi il s'agit ?

— J'ai été engagé pour jeter un coup d'œil à certains aspects de l'affaire qui n'ont jamais été résolus.

Elle lui lança un regard pénétrant.

— Engagé par un membre de la famille ?

Gurney hocha la tête et sourit, comme pour rendre hommage à sa vivacité d'esprit.

— Lequel ? demanda-t-elle.

— Combien d'entre eux connaissez-vous ?

— Tous.

— Kay ? Jonah ? Alyssa ?

— Kay et Jonah, bien entendu. Carl et Mary quand ils étaient en vie. Alyssa uniquement de nom.

Il s'apprêtait à lui demander comment elle les connaissait quand la réponse évidente lui vint à l'esprit. Pour une raison ou une autre, il n'avait pas fait tout de suite le rapprochement entre le nom du lieu, Emmerling Oaks, et ce qu'il avait appris à Willow Rest, à savoir qu'Emmerling était le nom du grand-père de Carl. Apparemment, l'entreprise familiale possédait plus que des immeubles collectifs et des cimetières.

— Êtes-vous contente de travailler pour Spalter Realty ?

— Répondez d'abord à ma question. Pourquoi êtes-vous ici ?

167

Gurney devait prendre une décision rapidement, à partir de ce que son instinct lui disait sur cette femme, tout en soupesant les risques et les avantages potentiels des différents niveaux de divulgation. Il n'avait pas grand-chose à se mettre sous la dent. En réalité, un tout petit aperçu de quelque chose qu'il pouvait très bien avoir mal interprété. L'impression fugitive que, lorsqu'elle avait prononcé le prénom Carl, elle l'avait fait avec la même répulsion que Paulette Purley.

Il se décida.

— Je dirais simplement ceci, déclara-t-il en baissant la voix pour souligner le caractère confidentiel de ses paroles. Il y a certains aspects de la condamnation de Kay Spalter qui sont sujets à caution.

La réaction de son interlocutrice ne se fit pas attendre.

— Alors ce n'est pas elle, finalement ? s'exclama-t-elle d'un ton fébrile.

Ce qui incita Gurney à ouvrir les vannes un peu plus grand.

— Vous ne la pensiez pas capable de tuer Carl ?

— Oh, elle en était parfaitement capable. Mais elle ne s'y serait jamais prise comme ça.

— Vous voulez dire avec un fusil ?

— Je veux dire d'aussi loin.

— Pourquoi ça ?

Elle inclina la tête sur le côté et le regarda d'un air sceptique.

— Vous connaissez bien Kay ?

— Probablement pas aussi bien que vous… mademoiselle ?… madame ?

— Carol. Carol Blissy.

Il tendit la main au-dessus de la table.

— Ravi de vous rencontrer, Carol. Et je vous suis très reconnaissant de prendre le temps de me parler. (Elle lui serra la main brièvement mais fermement. Ses doigts et sa paume étaient chauds. Il continua.) Je travaille pour l'équipe assurant la défense de Kay. J'ai eu un entretien en face-à-face et une longue conversation téléphonique avec elle. Elle m'a fait bonne impression personnellement, mais j'imagine que vous la connaissez beaucoup mieux que moi.

Carol Blissy sembla contente. Elle ajusta distraitement le col du chemisier de soie noir qu'elle portait. Des bagues brillaient à ses cinq doigts.

— Quand je dis qu'elle ne s'y serait jamais prise comme ça, cela signifie que ce n'était pas son style. Si vous la connaissiez un tant soit peu, vous sauriez qu'elle est plutôt du genre belliqueux. Elle n'a rien de sournois ni de dissimulé. Si elle avait voulu tuer Carl, elle ne lui aurait pas tiré dessus à un kilomètre de distance. Elle aurait marché droit vers lui et lui aurait fendu le crâne avec une hache.

Elle s'interrompit, comme réfléchissant à ses paroles, puis fit la grimace.

— Pardon, ce n'était pas de très bon goût, mais vous comprenez ce que je veux dire, n'est-ce pas ?

— Je comprends très bien. J'ai le même sentiment à son sujet. (Il marqua un temps d'arrêt, regarda sa main avec admiration.) Carol, ces bagues sont ravissantes.

— Ah ? (Elle les regarda à son tour.) Merci. Je suppose qu'elles sont assez jolies. Je crois que j'ai l'œil pour les bijoux. (Elle humecta les coins de sa bouche avec le bout de sa langue et leva à nouveau les yeux vers Gurney.) Vous ne m'avez toujours pas dit pourquoi vous êtes ici, vous savez.

Il dut faire un choix – un choix qu'il avait remis à plus tard – concernant ce qui lui semblait opportun de révéler. Chaque degré de sincérité présentait des avantages et des inconvénients. En l'occurrence, le portrait qu'il commençait à se faire de Carol Blissy le persuada d'aller plus loin que d'ordinaire. Il pressentait que l'honnêteté aurait la coopération pour récompense.

— C'est une question délicate. Pas une chose à laquelle je peux répondre sans savoir à qui je parle. (Il prit une profonde inspiration.) Nous disposons de nouveaux éléments donnant à penser que le décès de Mary Spalter n'était pas un accident.

— Pas… un accident ?

— Je ne devrais pas vous le dire, mais j'aimerais avoir votre aide et je dois me montrer franc avec vous. À mon avis, l'affaire Spalter est celle d'un double meurtre. Et je doute que Kay Spalter ait quoi que ce soit à y voir.

169

Elle sembla prendre quelques secondes pour absorber cette déclaration.

— Vous allez la sortir de prison ?

— Je l'espère.

— Formidable !

— Mais j'ai besoin de votre aide.

— Quel genre d'aide ?

— Je présume que vous avez des caméras de surveillance ici ?

— Naturellement.

— Pendant combien de temps conservez-vous les fichiers vidéo ?

— Beaucoup plus longtemps que nécessaire. Avant, nous avions ces cassettes vidéo encombrantes que nous devions continuellement recycler. Mais la capacité du nouveau système est énorme, et nous n'y touchons jamais physiquement. Il efface automatiquement les anciens fichiers quand il y a un problème de capacité, mais je ne pense pas que cela se produise plus d'une fois par an – du moins avec les fichiers des caméras à détecteur de mouvement. C'est différent avec ceux qui sont créés par les caméras tournant en continu dans le gymnase ou à l'unité de soins. L'effacement a lieu plus rapidement.

— C'est vous qui veillez au bon fonctionnement du dispositif ?

Elle sourit.

— Je veille au bon fonctionnement de presque tout.

Ses doigts bagués lissèrent un pli imaginaire sur le devant de son chemisier en soie.

— Je parie que vous faites un excellent travail.

— J'essaie. Qu'est-ce qui vous intéresse dans nos fichiers vidéo ?

— Les visiteurs d'Emmerling Oaks le jour du décès de Mary Spalter.

— Les siens en particulier ?

— Non. Tous les visiteurs : livreurs, réparateurs, équipes d'entretien – quiconque est entré dans la résidence ce jour-là.

— Dans combien de temps voulez-vous ça ?

— Dans combien de temps voulez-vous que Kay sorte de prison ?

Gurney savait que l'immédiateté de résultat qu'il sous-entendait était, pour le moins, une exagération, même si les fichiers vidéo contenaient le genre de preuve tangible qu'il espérait trouver.

Carol l'installa devant un ordinateur dans une pièce située à l'arrière du bungalow. Elle se rendit ensuite dans un autre bâtiment et envoya par e-mail plusieurs gros fichiers vidéo à l'ordinateur de Gurney. Lorsqu'elle revint, elle lui donna des instructions de navigation, se penchant par-dessus son épaule d'une manière qui rendait difficile la concentration.

Comme elle s'apprêtait à regagner son bureau, il demanda avec autant de désinvolture qu'il put :

— Cela vous plaît de travailler pour Spalter Realty ?

— Je ne devrais probablement rien dire à ce sujet.

Elle lança à Gurney un regard espiègle laissant supposer qu'elle était probablement capable de parler d'un tas de choses qu'elle ne devrait pas aborder.

— Cela m'aiderait beaucoup de savoir ce que vous pensez de la famille Spalter.

— Je ne demande pas mieux que de vous aider. Mais… cela reste entre nous ?

— Tout à fait.

— Eh bien… Kay était terrible. Colérique et terrible. Mais Carl était épouvantable. D'une froideur de glace. La seule chose dont il se souciait, c'était le résultat financier. Et Carl était le patron. Jonah restait en retrait, parce qu'il ne voulait rien avoir à faire avec lui.

— Et maintenant ?

— Maintenant, avec la disparition de Carl, c'est Jonah qui commande. (Elle regarda prudemment Gurney.) Je ne le connais pas encore très bien.

— Pour ma part, je ne le connais pas du tout. Mais je vais vous dire ce que j'ai entendu. C'est un saint. Un imposteur. Un homme fantastique. Un cinglé de la religion. Avez-vous quelque chose à ajouter à ça ?

Elle croisa le regard interrogateur de Gurney et sourit.

— Je ne pense pas. (Elle lécha à nouveau les coins de sa bouche.) S'agissant de donner un avis sur ce genre de type, je ne suis pas vraiment la personne adéquate. Je n'ai jamais été très portée sur la religion.

Pendant les trois heures qui suivirent, Gurney passa en revue les fichiers vidéo des trois caméras de surveillance qu'il considérait comme les plus susceptibles d'avoir enregistré quelque chose d'utile – des caméras placées de manière à fournir des images du parking, de l'intérieur du bureau de Carol Blissy et des véhicules utilisant le portail d'entrée automatique des résidents.

Les vidéos du parking et du bureau étaient les plus intéressantes. Il y avait un peintre en bâtiment qui retint l'attention de Gurney en jouant apparemment les peintres de dessin animé, s'arrêtant juste avant de mettre le pied dans un pot et de se casser la figure. Il y avait aussi un livreur de pizzas au regard fou qui avait l'air de passer une audition pour le rôle de psychopathe dans un film pour ados. Et puis il y avait une personne appartenant à un service de livraison florale.

Gurney repassa une demi-douzaine de fois les deux courts passages où l'individu apparaissait. Le premier montrait une fourgonnette bleue arrivant dans le parking – indéfinissable, à part une inscription sur la porte du chauffeur : « Florence Fleurs ». Le second passage, avec audio, montrait le chauffeur entrant dans le bureau de Carol, annonçant une livraison de fleurs – des chrysanthèmes – pour une certaine Mme Marjorie Stottlemeyer, puis demandant des indications pour se rendre à son logement.

Le chauffeur était petit et frêle – on avait du mal à préciser sa taille en raison de l'angle incliné, déformant, de la caméra. Il portait un jean serré, une veste en cuir, un foulard, un chapeau avec des rabats pour les oreilles et des lunettes de soleil panoramiques. En dépit des visionnages répétés, Gurney n'aurait su dire avec certitude si la petite et mince créature était un homme ou une femme. Mais autre chose devint de plus en plus clair à chaque visionnage : bien qu'un seul nom ait été mentionné, on était en train de livrer deux bouquets.

Il alla chercher Carol Blissy et lui passa la séquence.

Elle ouvrit la bouche de surprise.

— Ah, cette personne-là ! (Elle tira une chaise et s'assit tout près de Gurney.) Remontrez-moi la scène.

Lorsqu'il le fit, elle hocha la tête.

— Je m'en souviens.

— Vous vous souvenez de… lui ? demanda Gurney. Ou d'elle ?

— C'est drôle que vous posiez la question. Je me rappelle m'être posé exactement la même. La voix, les mouvements, ça ne ressemblait pas tout à fait à ceux d'un homme ni d'une femme.

— Que voulez-vous dire ?

— Plutôt… un petit… lutin. Oui, c'est ça… un lutin. Je ne trouve pas de meilleur mot.

Gurney fut frappé par l'analogie avec le terme « gracile » employé par Bolo.

— Vous avez dirigé cette personne vers un logement particulier, exact ?

— Oui, celui de Marjorie Stottlemeyer.

— Savez-vous si les fleurs lui ont été effectivement livrées ?

— Oui. Parce qu'elle m'a téléphoné un peu plus tard. Il y avait un problème à ce sujet, mais j'ai oublié lequel.

— Est-ce qu'elle vit toujours ici ?

— Oh, oui. Les gens viennent ici pour y rester. Le seul roulement, c'est quand un résident décède.

Gurney se demanda combien de ceux qui décédaient finissaient à Willow Rest. Mais il avait des questions plus urgentes à résoudre.

— Vous connaissez bien cette Marjorie Stottlemeyer ?

— Que voulez-vous savoir sur elle ?

— A-t-elle bonne mémoire ? Et serait-elle disposée à répondre à quelques questions ?

Carol Blissy parut intriguée.

— Marjorie a quatre-vingt-treize ans, tous ses esprits et la langue bien pendue.

— Parfait, dit Gurney en se tournant vers elle. (Son parfum, discret, dégageait une très légère odeur de rose.) Cela m'aiderait beaucoup si vous pouviez l'appeler pour l'informer qu'un policier a posé des questions sur la personne qui lui a livré des fleurs en décembre dernier et qu'il apprécierait grandement qu'elle lui accorde quelques minutes de son temps.

— Je peux faire ça.

Elle se leva, sa main effleurant le dos de Gurney tandis qu'elle passait pour aller à son bureau.

Au bout de trois minutes, elle revint avec le téléphone.

— Marjorie dit qu'elle s'apprête à prendre un bain puis qu'elle a l'intention de faire sa sieste, après quoi elle se préparera pour le dîner. Mais elle peut vous parler au téléphone maintenant.

Gurney leva le pouce en direction de Carol et prit l'appareil.

— Allô, madame Stottlemeyer ?

— Appelez-moi Marjorie. (Sa voix était aiguë et haut perchée.) Carol me dit que vous cherchez cette petite créature bizarre qui m'a apporté le mystérieux bouquet. Pourquoi ?

— Il se pourrait que ce ne soit rien, comme il se pourrait qu'il s'agisse d'une chose très sérieuse. Quand vous dites qu'il vous a apporté un « mystérieux bouquet », qu'est-ce…

— Un meurtre ? C'est ça ?

— Marjorie, j'espère que vous comprenez qu'à ce stade, il me faut faire attention à mes paroles.

— Alors c'est un meurtre. Oh, mon Dieu ! Je savais depuis le début que quelque chose n'allait pas.

— Depuis le début ?

— Ces chrysanthèmes. Je n'avais rien commandé. Il n'y avait pas de carte. Et tous ceux qui me connaissaient suffisamment bien pour m'envoyer des fleurs sont déjà séniles ou morts.

— Il n'y avait qu'un bouquet ?

— Comment ça, qu'un bouquet ?

— Seulement un bouquet de fleurs, pas deux ?

— Pourquoi diable en aurais-je reçu deux ? Un seul était déjà assez ridicule. Combien d'admirateurs morts pensez-vous que j'ai ?

— Merci, Marjorie, cela m'est très utile. Une dernière question. Cette « petite créature bizarre », pour reprendre votre expression, qui vous a livré vos fleurs… était-ce un homme ou une femme ?

— J'ai honte de le dire, mais je ne sais pas. C'est le problème quand on devient vieux. Dans le monde où j'ai grandi, il y avait une différence réelle entre les hommes et les femmes. Vive la différence ! Vous avez déjà entendu ça ? C'est français.

— La créature vous a-t-elle posé des questions ?

— À quel propos ?

— Je ne sais pas. Des questions.

— Non, aucune. Elle n'a pas dit grand-chose. « Des fleurs pour vous. » Ce genre de chose. Une petite voix grinçante. Un nez étrange.

— C'est-à-dire ?

— Pointu. Comme un bec.

— Avez-vous noté d'autres détails ?

— Non, c'est tout. Un bec crochu en guise de nez.

— Combien mesurait-elle ?

— Ma taille, tout au plus. Peut-être deux ou trois centimètres de moins.

— Et vous mesurez ?

— Un mètre cinquante-sept exactement. Yeux bleus. Les miens, pas les siens. Les siens étaient cachés derrière des lunettes de soleil. Il n'y avait pas un rayon de soleil ce jour-là, remarquez. Mais les lunettes de soleil ne sont plus faites pour se protéger du soleil, n'est-ce pas ? C'est un accessoire de mode. Vous le saviez ? Un accessoire de mode…

— Merci de m'avoir accordé de votre temps, Marjorie. Vous avez été d'une grande aide. Je vous tiens au courant.

Gurney coupa la communication et rendit le téléphone à Carol. Elle cligna des yeux.

— Maintenant, je me souviens du problème.

— Quel problème ?

— La raison pour laquelle Marjorie m'a appelée ce jour-là. C'était pour demander si le livreur n'avait pas laissé par erreur une carte au bureau. Vu qu'il n'y en avait pas avec les fleurs. Mais qu'est-ce que c'était que cette question que vous avez posée à propos du nombre de bouquets, s'il y en avait un ou deux ?

— Si vous regardez attentivement la vidéo, répondit Gurney, vous verrez que ces chrysanthèmes se trouvaient dans deux emballages séparés. Deux bouquets ont été livrés et non un seul.

— Je ne comprends pas. Qu'est-ce que ça signifie ?

175

— Ça signifie que la « petite créature » a fait un second arrêt dans la résidence après avoir vu Mme Stottlemeyer.

— Ou avant, puisqu'elle a dit que le livreur n'avait qu'un bouquet avec lui.

— Je suis prêt à parier que l'autre bouquet avait été dissimulé momentanément devant sa porte.

— Mais pourquoi ?

— Parce que, à mon avis, notre petite créature est venue ici dans le but de tuer Mary Spalter et qu'elle a apporté le second bouquet pour disposer d'un alibi afin de frapper à sa porte… et lui donner une raison d'ouvrir.

— Je ne vous suis pas. Pourquoi ne pas apporter un seul bouquet… et me dire qu'il le livrait à Mme Spalter. Pourquoi impliquer Marjorie Stottlemeyer là-dedans ? Ça n'a aucun sens.

— Au contraire. S'il y avait eu une trace, dans votre registre des visiteurs, d'une livraison faite à Mme Spalter peu avant sa mort, toute cette affaire aurait été examinée de manière plus approfondie. Il était manifestement important pour le tueur que la mort de Mary paraisse accidentelle. Et cela a marché. Je soupçonne qu'il n'y a même pas eu d'autopsie.

Elle avait la bouche ouverte.

— Ainsi… vous me dites… qu'il y a vraiment eu un meurtrier ici… dans mon bureau… ainsi que chez Marjorie… et…

Elle avait soudain l'air fragile, effrayée. Et tout aussi soudainement, Gurney craignit d'être en train de faire ce contre quoi il s'était lui-même mis en garde : il allait beaucoup trop vite. Il entassait des suppositions les unes sur les autres et les confondait avec des conclusions rationnelles. Une autre question troublante lui vint à l'esprit. Pourquoi expliquer à cette femme son hypothèse sur le meurtre ? Essayait-il de lui faire peur ? Pour observer sa réaction ? Ou désirait-il avoir quelqu'un qui ratifie la façon dont il reliait les points – comme si cela prouvait qu'il avait raison ?

Mais s'il reliait les points qu'il ne fallait pas, créant ainsi une image totalement fausse ? Et si ces prétendus « points » n'étaient que des événements isolés et aléatoires ? Dans de tels moments, il se rappelait toujours que tous les habitants du globe, sous quelque latitude qu'ils se trouvent, voient les mêmes étoiles dans le ciel. Mais que deux cultures ne voient pas les mêmes constellations. Il avait pu constater maintes et maintes fois ce phénomène : les modèles que nous percevons sont déterminés par les histoires auxquelles nous voulons croire.

CHAPITRE 23

Déclic

E N PROIE À UN SENTIMENT DE MALAISE, Gurney s'arrêta
dans le parking du premier magasin qu'il trouva après son
départ d'Emmerling Oaks.

Il s'acheta un grand café fort, plus deux barres Granola pour
compenser le déjeuner qu'il n'avait pas pris, et regagna sa voiture. Il mangea une des barres – qui se révéla être dure, fade et
poisseuse. Il fourra l'autre dans la boîte à gants, en prévision d'un
moment de faim encore plus torturant et but quelques gorgées de
café tiède.

Puis il se mit au travail.

Avant de prendre congé de Carol Blissy, il avait téléchargé les
fichiers vidéo de la livraison de fleurs sur son téléphone ; et il envoya à cet instant la séquence du bureau au numéro de portable
de Bolo, accompagnée du message suivant : « La petite personne
avec les fleurs vous rappelle-t-elle quelqu'un ? »

Il envoya le même document vidéo à Hardwick avec un message disant : « L'individu portant les fleurs présente peut-être un
intérêt dans le cadre de l'affaire Spalter – comme lien possible
entre les décès de Mary et de Carl. Plus à venir. »

Il regarda à nouveau la scène du parking, ce qui confirma son
impression concernant l'inscription sur la fourgonnette, à savoir
qu'elle n'était pas peinte directement sur le véhicule, mais du type
magnétique amovible. De plus, il n'y en avait qu'une seule, sur la

178

porte côté conducteur plutôt que côté passager – un choix curieux, dans la mesure où, la plupart du temps, c'est la porte du passager qui est la plus visible pour le public. Cependant, c'était un choix judicieux si le conducteur voulait pouvoir l'enlever rapidement, sans avoir à s'arrêter.

Il n'y avait pas de numéro de téléphone d'indiqué. Il chercha « Florence Fleurs » sur Internet et trouva plusieurs entreprises sous ce nom, mais aucune à moins de cent cinquante kilomètres d'Emmerling Oaks. Ce qui ne l'étonna pas non plus.

Il finit son café, à présent plus que tiède, et prit la direction de Walnut Crossing – regonflé et en même temps frustré par ce qu'il considérait comme les deux principales bizarreries de l'affaire : l'obstacle du réverbère qui rendait l'emplacement supposé du tireur apparemment impossible et un objectif de meurtre relativement simple, associé à une méthode qui semblait beaucoup trop compliquée.

Carl avait été tué comme Oswald avait abattu Kennedy. Pas vraiment la façon dont les épouses flinguent leur mari. Ni celle dont les truands règlent leurs comptes. Gurney pouvait imaginer une dizaine d'autres moyens qui auraient permis d'atteindre le même but plus facilement – des moyens qui auraient demandé infiniment moins de planification, de coordination et de précision qu'une balle tirée par un sniper à cinq cents mètres de distance, à des obsèques, de l'autre côté d'une rivière, avec un fusil muni d'un silencieux, de l'intérieur d'un immeuble plein de squatters. À supposer, naturellement, que le coup de feu ait été tiré de quelque part dans cet immeuble pour commencer. D'une fenêtre offrant une ligne de visée bien dégagée sur la tempe de Carl Spalter. Et en parlant de complications, pourquoi tuer la mère de Carl en premier ? La raison la plus évidente, étant donné le résultat, eût été d'attirer Carl dans le cimetière. Mais si ce meurtre avait été commis pour une tout autre raison ?

De retourner ce méli-mélo de questions dans sa tête occulta complètement le trajet d'une heure pour rentrer chez lui. Immergé dans des explications et des liens possibles, c'est à peine s'il savait où il se trouvait, jusqu'à ce que, en haut de la route de montagne qui aboutissait à sa propriété, la sonnerie SMS de son téléphone ramène son attention à ce qui l'entourait. Il traversa le pré en pente jusqu'à la maison avant de consulter l'écran. C'était la réponse de Bolo qu'il attendait : « Oui, oui. mêmes lunettes de soleil. pif à la noix. le pisseur ».

Aussi douteux que puisse être le témoin – Hardwick ne manquerait pas de soulever encore ce point –, la confirmation (apparente) que le curieux petit personnage avait été présent lors des deux événements donna pour la première fois à Gurney un sentiment de solidité concernant l'affaire. Ce n'était guère plus que le déclic produit par l'emboîtement des deux premiers morceaux d'un puzzle de cinq cents pièces, mais cela faisait du bien.

Un déclic était un déclic. Et le premier avait une puissance particulière.

CHAPITRE 24

Tous les ennuis du monde

E N ENTRANT DANS LA CUISINE, Gurney aperçut un sac en plastique contenant des objets angulaires, ainsi qu'une note de Madeleine sur le buffet.

Aujourd'hui, il devrait faire beau. J'ai fait des achats à la quincaillerie pour qu'on puisse commencer le poulailler. D'accord ? Mon programme de la journée ayant changé, je suis rentrée pour quelques heures et je dois repartir maintenant. Je ne serai pas de retour avant sept heures du soir. Ne m'attends pas pour manger. Il y a des choses dans le réfrigérateur. Bises. M.

Il regarda dans le sac, vit un mètre à ruban métallique, un gros rouleau de corde en nylon jaune, deux tabliers de charpentier en toile, deux crayons de menuisier, un bloc-notes jaune, deux paires de gants de travail, deux niveaux à bulle d'air et une poignée de clous à tête large pour marquer les coins.

Chaque fois que Madeleine faisait un pas concret vers un projet exigeant la participation de Gurney, la première réaction de celui-ci était toujours la consternation. Mais, en raison de leur récente discussion sur l'attention constante qu'il portait au sang et au chaos – ou peut-être à cause de la complicité qu'ils partageaient à la suite de cette discussion –, il s'efforça de voir le projet de poulailler de manière plus positive.

Peut-être une douche le mettrait-il dans l'état d'esprit adéquat.

Une demi-heure plus tard, il retourna à la cuisine – revigoré, affamé et se sentant un peu mieux par rapport à l'empressement de Madeleine à se lancer dans la construction du poulailler. En fait, il se sentait suffisamment en forme pour passer à l'action. Il prit les articles de quincaillerie sur le buffet, trouva un marteau dans le cellier et sortit sur la terrasse. Il regarda l'endroit où Madeleine avait indiqué qu'elle voulait que se trouve le poulailler, là où Horace et son petit cheptel de poules seraient visibles de la table du petit déjeuner. Où il pourrait chanter gaiement et établir son territoire.

Gurney se dirigea vers l'emplacement et posa les achats de Madeleine dans l'herbe. Il prit le bloc jaune, un crayon et dessina grossièrement l'emplacement de la plate-bande, de la terrasse et du pommier. Puis il évalua les dimensions approximatives du poulailler et de la clôture.

Comme il prenait le mètre à ruban pour calculer plus précisément les distances, il entendit sonner le téléphone de la maison. Il laissa bloc et crayon sur la terrasse et se rendit dans le bureau. C'était Hardwick.

— Salut, Jack. Merci de me rappeler.

— Eh bien, qui est ce foutu nabot ?

— Bonne question. Tout ce que je peux dire, c'est qu'il – d'après ce que j'ai compris, ce serait un homme – se trouvait dans la maison de retraite de Mary Spalter le jour où elle est morte, ainsi que dans l'immeuble d'habitation de Long Falls cinq jours avant que Carl Spalter se fasse tirer dessus, puis à nouveau ce jour-là.

— Est-ce que Klemper aurait dû être au courant ?

— Estavio Bolocco prétend avoir déclaré à Klemper qu'il l'avait vu dans l'appartement les deux fois. Cela aurait dû alerter Klemper – au moins soulever la question de l'heure du décès de la mère.

— Mais cette conversation entre Klemper et Bolocco n'a eu aucun témoin, c'est bien ça ?

— Sauf si Freddie, un des témoins au procès, était là. Mais, comme je te l'ai déjà dit, il a disparu.

Hardwick poussa un long soupir.

— En l'absence de corroboration, cette prétendue conversation est sans intérêt.

— L'identification par Bolocco de la personne apparaissant dans la vidéo de surveillance d'Emmerling Oaks permet de relier les décès de la mère et du fils. Ce qui ne manque certainement pas d'intérêt.

— En soi, ça ne prouve pas une négligence de la police – ce qui la rend sans intérêt dans l'optique de l'appel, lequel est notre seul objectif, comme je n'arrête pas de te le répéter, ce que tu n'as pas l'air de vouloir entendre, bon Dieu.

— Et toi, tu n'as pas l'air de vouloir entendre…

— Je sais… Je suis sourd à la justice, sourd à la culpabilité et à l'innocence. C'est ça que tu veux dire ?

— Très bien, Jack. Maintenant je dois y aller. Je continuerai à te transmettre les trucs inutiles que je déniche. (Il y eut un silence.) Au fait, tu pourrais peut-être te renseigner sur la situation des autres personnes qui ont témoigné contre Kay. Ce serait intéressant de savoir combien d'entre elles sont localisables.

Hardwick ne dit rien.

Gurney termina la communication.

En jetant un coup d'œil à la pendule et en voyant qu'il était près de six heures, il se rappela qu'il avait faim, que la seule nourriture qu'il avait avalée dans la journée était une infecte barre Granola et le sucre qu'il avait mis dans son café. Il alla dans la cuisine et se prépara une omelette au fromage.

Manger le calma. Cela dissipa la plus grande partie de la tension résultant du heurt entre son approche de l'affaire et celle de Hardwick. Gurney avait indiqué clairement depuis le début que, s'il voulait son aide, il ne l'aurait qu'aux conditions fixées par lui. Cet aspect des choses n'allait pas changer. Pas plus, semblait-il, que le mécontentement de Hardwick à ce sujet.

Alors qu'il lavait la poêle de l'omelette à l'évier, il se sentait les paupières lourdes, et l'idée d'un petit somme devint soudain très attirante. Il s'allongerait une dizaine de minutes pour une de ces plongées réparatrices dans un demi-sommeil auxquelles il avait recours quand il enchaînait deux services au NYPD. Il se sécha les mains, alla dans la chambre, posa son téléphone sur la table de chevet, ôta ses chaussures, s'étendit sur le couvre-lit et ferma les yeux.

Le téléphone le réveilla.

Il comprit aussitôt que sa sieste avait largement dépassé les dix minutes prévues. En fait, le réveil à côté du lit marquait dix-neuf heures trente-deux. Il avait dormi plus d'une heure.

D'après l'identifiant, il s'agissait de Kyle Gurney.

— Allô ?

— Salut, papa ! Tu as une voix endormie. Je ne te réveille pas ?

— Pas de problème. Où es-tu ? Qu'y a-t-il ?

— Je suis chez moi, en train de regarder cette émission-débat sur des questions juridiques. « Conflit criminel ». Ils interrogent un avocat qui n'arrête pas de citer ton nom.

— Quoi ? Quel avocat ?

— Un type nommé Bincher. Rex, Lex, quelque chose comme ça.

— À la télévision ?

— Sur ta chaîne préférée, RAM-TV. Diffusée simultanément sur leur site web.

Gurney fit la grimace. Même s'il n'avait pas eu de démêlés effroyables avec RAM-TV au cours de l'enquête du Bon Berger, l'idée qu'on puisse parler de lui sur la chaîne d'information câblée la plus partiale et la plus vulgaire de toute l'histoire de la télévision l'aurait déjà révolté. Et qu'est-ce que fabriquait Bincher, de toute façon ?

— Ce truc avec l'avocat passe actuellement ?

— À l'instant où nous parlons. Il se trouve qu'un de mes amis regardait et a entendu mentionner le nom Gurney. Il m'a alors appelé et j'ai allumé. Va sur leur site web et clique sur le bouton « Streaming ».

Gurney se leva du lit, se précipita dans le bureau et suivit les instructions de Kyle sur son portable – spéculant, par ailleurs, sur le manège probable de Bincher tout en revivant l'expérience qu'il avait eue avec le sinistre chef de la programmation de RAM quelques mois plus tôt.

À la troisième tentative, il obtint l'émission. L'écran montrait deux hommes installés dans des fauteuils de part et d'autre d'une table basse sur laquelle étaient posés une carafe d'eau et deux verres. En bas de l'écran, des lettres blanches sur une bande rouge vif proclamaient : CONFLIT CRIMINEL. En dessous, sur une bande bleue, semblait défiler une succession interminable de nouvelles alarmistes concernant à peu près toutes les formes de troubles, désastres et différends dans le monde – une menace nucléaire terroriste, une alerte aux tilapias toxiques, une dispute entre des célébrités relative à la collision de Lamborghini.

Des feuilles de papier à la main, arborant l'air concerné de tous les journalistes de télévision, l'homme assis à gauche se penchait vers l'homme assis à droite. Gurney s'était mis à l'écoute au milieu d'une phrase.

— ... un véritable *réquisitoire* contre le système, Lex, si je peux me servir de ce terme.

L'homme de l'autre côté de la table, lui-même déjà penché en avant, s'inclina encore davantage. Il souriait, mais d'un sourire factice, découvrant ses dents de façon agressive. Sa voix était brusque, nasillarde et forte.

— Brian, dans toute ma carrière d'avocat de la défense, jamais je n'ai rencontré un tel exemple de travail policier bâclé. Une négation absolue de la justice.

Brian paraissait consterné.

— Vous aviez commencé à énumérer certains des problèmes juste avant la publicité, Lex. Contradictions touchant à la scène de crime, faux serment, absence de procès-verbaux d'interrogatoires de témoins...

— Et maintenant, vous pouvez ajouter à ça au moins un témoin disparu. Je viens juste de recevoir un SMS à ce sujet d'un membre de mon équipe d'investigation. Plus un cas d'inconduite sexuelle avec un éventuel suspect. Plus le non-examen d'autres scénarios plausibles pour le crime – tels qu'une brouille fatale avec la pègre, d'autres membres de la famille ayant un meilleur mobile de tuer que Kay Spalter, ou même un assassinat à caractère politique. En fait, Brian, je suis sur le point de demander à un procureur spécial de se pencher sur ce qui pourrait bien être un vaste camouflage de

185

poursuites engagées à tort. Il me paraît incroyable qu'on ne se soit jamais intéressé à la piste du crime organisé.

L'interviewer, son visage exprimant l'ahurissement le plus total, fit des gestes avec les papiers dans sa main.

— Voulez-vous dire, Lex, que cette situation préoccupante pourrait l'être encore davantage ?

— C'est un euphémisme, Brian ! Ça ne m'étonnerait pas qu'un certain nombre de carrières importantes en matière d'application de la loi partent en fumée. Tout le monde, depuis la police de l'État jusqu'au procureur, risque de passer au laminoir ! Et ça ne me fait pas peur d'appuyer sur le bouton !

— Il semble que vous ayez réussi à dénicher pas mal d'éléments préjudiciables en un temps très court. Vous avez déclaré tout à l'heure que vous aviez engagé un policier vedette du NYPD, Dave Gurney, pour travailler avec vous – ce même policier qui a récemment mis en pièces la version officielle de l'affaire du Bon Berger. Vos nouvelles informations sont-elles dues à Dave Gurney ?

— Je dirai simplement ceci, Brian. Je dispose d'une équipe solide. Je suis comme un metteur en scène, et j'ai des gens formidables pour jouer la pièce. Gurney possède le meilleur palmarès de toute l'histoire du NYPD. Et je lui ai trouvé le partenaire idéal, Jack Hardwick – un policier chassé de la police de l'État pour avoir aidé Gurney à découvrir la vérité sur le Bon Berger. Ce que nous sommes en train de mettre au jour est de la pure dynamite – des bombes les unes après les autres. Croyez-moi… avec leur aide, je compte faire voler en éclats l'affaire Spalter.

— Lex, vous venez de nous donner le parfait mot de la fin. Nous avons déjà dépassé le temps imparti. Merci d'avoir été avec nous ce soir. Ici Brian Bork pour « Conflit criminel », qui vous permet d'être aux premières loges des batailles juridiques les plus explosives !

Une voix derrière Gurney le fit sursauter.

— Qu'est-ce que tu regardes ?

C'était Madeleine. Debout sur le seuil du bureau, elle semblait légèrement trempée.

— Tu as l'air mouillée, dit-il.

— Il pleut à verse. Tu n'as pas remarqué ?

186

— Je me suis laissé absorber par ce truc, à plus d'un titre.

Il indiqua l'ordinateur.

Elle s'avança dans la pièce, fronçant les sourcils en direction de l'écran.

— Qu'est-ce qu'il disait sur toi?

— Rien de bon.

— Il semblait élogieux.

— Les éloges ne sont pas toujours gratifiants. Tout dépend de la source.

— Qui parlait?

— L'avocat imprévisible que Hardwick a procuré à Kay Spalter.

— Quel est le problème?

— Je n'aime pas entendre mon nom prononcé à la télévision, et surtout pas par un égocentrique ni sur ce ton.

Madeleine paraissait inquiète.

— Tu penses qu'il te met en danger?

Ce qu'il pensait mais ne dit pas de crainte de l'alarmer, c'est que les chances devenaient quelque peu précaires quand un meurtrier avait votre identité avant que vous n'ayez la sienne. Il haussa les épaules.

— Je n'aime pas la publicité. Je n'aime pas qu'on aille faire du blabla sur les divers scénarios aux médias. Je n'aime pas les exagérations délirantes. Et, surtout, je n'aime pas les avocats forts en gueule faisant de l'autopromotion.

Il s'abstint de mentionner un autre aspect de son attitude : un sentiment sous-jacent d'excitation. Même si ses commentaires négatifs étaient fondés, il devait admettre, ne serait-ce que pour lui-même, qu'un électron libre comme Bincher s'y entendait à faire bouger les choses, à provoquer des réactions révélatrices des parties intéressées.

— Tu es sûr que c'est tout ce qui te tracasse?

— Ce n'est pas suffisant?

Elle lui adressa un long regard inquiet qui semblait dire : tu n'as pas vraiment répondu à ma question.

Gurney avait décidé d'attendre le début de matinée pour appeler Hardwick à propos de la prestation médiatique extravagante de Bincher.

À ce moment, à huit heures trente, il décida d'attendre un peu plus longtemps – au moins jusqu'à ce qu'il ait pris son café. Madeleine était déjà à la table du petit déjeuner. Il apporta sa tasse et s'assit en face d'elle. Presque aussitôt le téléphone se mit à sonner. Il se releva d'un bond et gagna le bureau pour répondre.

— Gurney à l'appareil.

C'était sa façon de s'identifier à l'époque où il était au NYPD – habitude qu'il pensait avoir perdue.

La voix rauque, basse, presque endormie à l'autre bout du fil ne lui était pas familière.

— Bonjour, monsieur Gurney. Je m'appelle Adonis Angelidis. (Il marqua un temps d'arrêt comme s'il s'attendait à une réaction de son interlocuteur. Devant le silence de Gurney, il continua.) Vous travaillez, si j'ai bien compris, avec un dénommé Bincher. Est-ce exact ?

Il avait maintenant toute l'attention de Gurney, galvanisé par son souvenir de ce que Kay Spalter lui avait dit au sujet de l'homme connu sous le nom de « Donny Angel ».

— Pourquoi me demandez-vous ça ?

— Pourquoi je vous demande ça ? À cause de cette émission de télévision où il était. Bincher a mentionné votre nom en vous accordant beaucoup d'importance. Vous êtes au courant, n'est-ce pas ?

— Oui.

— Bien. Vous êtes enquêteur, si je ne me trompe ?

— Oui.

— Vous êtes très connu, pas vrai ?

— Ça, je l'ignore.

— Amusant. « Ça, je l'ignore. » J'aime beaucoup. Très modeste.

— Que voulez-vous, monsieur Angelidis ?

— Moi, rien. Je crois pouvoir vous aider concernant des choses qu'il faut que vous sachiez.

— Quel genre de choses ?

188

— Des choses qui mériteraient une discussion en tête-à-tête. Je pourrais vous éviter un tas d'ennuis.

— Quel genre d'ennuis ?

— Tous les ennuis du monde. Et du temps. Je pourrais vous économiser du temps. Beaucoup de temps. Le temps est une chose précieuse. Nous n'en avons qu'une quantité limitée. Vous voyez ce que je veux dire ?

— Très bien, monsieur Angelidis. J'ai besoin de savoir de quoi il s'agit.

— De quoi il s'agit ? De votre grande affaire. Quand j'ai entendu Bincher à la télé, je me suis dit : des boniments, tout ça, ils n'ont pas la plus petite idée de ce qu'ils font. Les conneries que raconte ce type, ça va vous faire perdre votre temps, vous rendre cinglé. Alors j'aimerais vous rendre service. Vous mettre sur la bonne voie.

— Me mettre sur la bonne voie à quel sujet ?

— Au sujet de qui a tué Carl Spalter. Vous voulez le savoir, n'est-ce pas ?

CHAPITRE 25

Le Gros Gus

G URNAY PASSA LE COUP DE FIL PRÉVU À HARDWICK, s'abstenant de toute critique à l'égard du style personnel de Bincher. Après tout, il allait rencontrer Donny Angel à deux heures de l'après-midi dans un restaurant de Long Falls – une rencontre qui pouvait tout changer –, et cela, manifestement, grâce à la prestation de l'avocat.

Après avoir écouté Gurney lui faire un résumé du coup de téléphone d'Angel, Hardwick demanda sans grand enthousiasme s'il avait besoin de soutien ou de se faire poser un micro caché – juste au cas où les choses se mettraient à tourner au vinaigre dans le restaurant.

Gurney déclina les deux propositions.

— Il supposera que j'ai assuré mes arrières, et la supposition est aussi bonne que la réalité. Quant au micro caché, il envisagera également cette hypothèse et prendra toutes les précautions nécessaires.

— Tu sais à quoi on joue, là ?

— Il est préoccupé par la direction que nous sommes en train de suivre et voudrait la détourner.

Hardwick se racla la gorge.

— Une préoccupation évidente serait la suggestion de Lex que Carl aurait cassé sa pipe en raison d'un différend avec un membre de la pègre.

190

— À ce propos, son approche tous azimuts de l'affaire semble sacrément plus large que le conseil que tu ne cesses de me rabâcher : « l'objectif, l'objectif, l'objectif ».

— Va te faire foutre, Sherlock. Tu fais semblant de ne pas comprendre. Il énumère seulement les scénarios que Klemper aurait dû examiner. Tout ce que dit Lex vise à soulever la question d'une enquête bâclée, partiale, malhonnête. Voilà tout. C'est l'objet de l'appel. Il ne veut pas dire que tu devrais te mettre à fouiller dans toutes les merdes qu'il mentionne – seulement que Klemper ne l'a pas fait.

— D'accord, Jack. Autre sujet. Ton amie à la Brigade criminelle… Esti Moreno ? Est-ce qu'elle ne pourrait pas jeter un œil au rapport d'autopsie concernant Mary Spalter ?

Hardwick serra les mâchoires.

— Tu espères qu'il indique quoi ?

— Il indiquera que la cause du décès est compatible avec une chute accidentelle, mais je suis prêt à parier que la description des lésions osseuses et tissulaires est compatible également avec le traumatisme contondant auquel on pourrait s'attendre si quelqu'un l'avait empoignée par les cheveux et lui avait cogné la tête contre le rebord de la baignoire.

— Ce qui ne prouverait pas pour autant qu'il ne s'agissait pas d'une chute brutale. Et ensuite ?

— Je continuerai simplement à suivre le fil.

Après avoir mis fin à la communication, Gurney vérifia l'heure et vit qu'il avait deux heures devant lui avant de devoir partir pour Long Falls. Sentant qu'il devait faire quelque chose à propos du projet de poulailler, il mit une paire de bottes de jardin en caoutchouc et sortit par la petite porte pour aller à l'emplacement qu'il avait commencé à mesurer la veille.

Il fut surpris de trouver Madeleine déjà là, tenant le mètre à ruban. Elle avait coincé le bout en le passant par-dessus le muret de soutènement du massif d'asparagus et reculait lentement vers le pommier. Alors qu'elle était presque arrivée, le bout se décrocha, et le ruban se mit à courir sur le sol, se rembobinant dans le boîtier à l'intérieur de sa main.

— Bon sang ! s'exclama-t-elle. C'est la troisième fois que ça se produit.

Gurney s'approcha, ramassa le bout et le tira jusqu'au muret.

— Est-ce là que tu le veux ? demanda-t-il.

Elle hocha la tête, l'air soulagée.

— Merci.

Pendant une heure et demie, il l'aida à prendre les mesures pour le poulailler et la clôture, à planter les piquets de coin et à tracer les diagonales, besogne au cours de laquelle il ne contesta qu'une seule fois les décisions de Madeleine. À savoir lorsqu'elle détermina la position de la clôture de telle manière qu'un grand buisson de forsythias aurait été à l'intérieur au lieu d'être à l'extérieur. Il pensait que c'était une erreur de laisser un buisson monopoliser une aussi grande partie de l'espace clôturé. Mais elle répondit que les poussins seraient contents d'avoir un buisson dans leur enclos car, même s'ils adoraient le grand air, ils appréciaient les abris et les lieux ombragés. Cela leur donnait un sentiment de sécurité.

Tandis qu'elle parlait, il pouvait sentir combien le sujet lui tenait à cœur. Il ne pouvait pas s'empêcher d'envier cette faculté qu'elle possédait d'éprouver un profond intérêt pour tout ce qu'elle avait sous les yeux. Tant de choses différentes semblaient avoir de l'importance pour elle. Il lui vint cette idée un peu niaise que l'importance que l'on accordait aux choses – à un tas de choses – était peut-être tout ce qui comptait dans la vie. Une idée légèrement surréaliste, qu'il attribuait en partie au temps bizarre. Particulièrement froid pour un mois d'août, avec une fine brume automnale et un parfum de terre s'exhalant de l'herbe mouillée. De sorte que ce qui se passait à cet instant ressemblait davantage à un rêve aux contours flous qu'à la réalité épineuse de la vie quotidienne.

L'Odyssée, le restaurant où il devait rencontrer Adonis Angelidis, alias « Donny Angel », se trouvait dans Axton Avenue, à moins de trois pâtés de maisons de l'immeuble d'habitation sur lequel avait été axée l'enquête. Les deux heures de trajet depuis Walnut Crossing se passèrent sans incident. Comme lors de sa visite précédente, se garer ne posa pas de problème. Il trouva un endroit à cent cinquante mètres de la porte du restaurant. Il était dans les temps : quatorze heures pile.

À l'intérieur, l'établissement était silencieux et presque vide. Seules trois tables sur une vingtaine étaient occupées, et par des couples paisibles. Le décor était dans des tons bleus et blancs typiquement grecs. Des carreaux en céramique agrémentaient les murs. Une odeur d'origan, de marjolaine, d'agneau rôti et de café fort flottait dans l'air.

Un jeune serveur aux yeux noirs s'approcha de lui.

— Puis-je vous aider ?

— Je m'appelle Gurney. J'ai rendez-vous avec M. Angelidis.

— Bien sûr. Par ici.

Il se dirigea vers le fond de la salle. Puis il s'effaça et indiqua un box qui aurait pu accueillir six personnes, mais qui n'avait qu'un seul occupant – un type corpulent, avec une grosse tête et d'épais cheveux gris.

L'homme avait un nez épaté et crochu de boxeur. Ses lourdes épaules donnaient à penser qu'il avait été autrefois extrêmement robuste, et qu'il l'était peut-être encore. Des rides d'aigreur et de méfiance creusaient profondément son visage. Il tenait un gros tas de billets qu'il comptait et empilait soigneusement sur la table. Il avait une Rolex en or au poignet. Il leva les yeux. Sa bouche sourit tout en conservant son expression revêche.

— Merci d'être venu. Je suis Adonis Angelidis. (Sa voix était basse et enrouée, comme s'il avait des callosités sur les cordes vocales après avoir crié tout au long de sa vie.) Excusez-moi si je ne me lève pas pour vous saluer, monsieur Gurney. Mon dos… n'est plus ce qu'il était. Asseyez-vous, je vous en prie.

En dépit de son enrouement, son élocution était étrangement précise, comme s'il choisissait chaque syllabe avec soin.

Gurney s'assit en face de lui. Il y avait plusieurs assiettes de nourriture sur la table.

— La cuisine est fermée aujourd'hui, mais je leur ai demandé qu'ils vous préparent spécialement quelques petites choses pour que vous puissiez choisir. Toutes très bonnes. Vous connaissez la cuisine grecque ?

— Moussaka, souvlaki, baklava. C'est à peu près tout.

193

— Ah. Eh bien, laissez-moi vous expliquer.

Posant son tas de billets, il se mit à montrer du doigt et à décrire en détail le contenu de chaque plat – spanakopita, melitzana salata, kalamaria tiganita, arni yahni, garithes me feta. Il y avait aussi un petit bol d'olives salées, une corbeille de pain croustillant coupé en tranches et un grand saladier de figues fraîches.

— Choisissez ce qui vous tente, ou prenez un morceau de chacun. Tout est très bon.

— Merci. J'essaierai une figue.

Gurney en prit une et mordit dedans.

Angelidis l'observait avec intérêt.

Gurney hocha la tête en signe d'approbation.

— Vous avez raison. C'est très bon.

— Bien sûr. Prenez votre temps. Détendez-vous. Nous parlerons quand vous serez prêt.

— Nous pouvons parler maintenant.

— Bon. Je dois vous poser une question. On m'a raconté des choses sur vous. Vous êtes un spécialiste des meurtres. Est-ce vrai ? Je veux dire, pour les résoudre, pas les commettre. (La bouche sourit à nouveau. Les yeux aux paupières lourdes demeurèrent vigilants.) C'est ce qui vous intéresse ?

— Oui.

— Bien. Pas d'Unité de lutte contre le crime organisé et autres foutaises, c'est bien ça ?

— Je m'occupe uniquement d'homicides. J'essaie de ne pas me laisser distraire par d'autres questions.

— Bien. Très bien. Nous avons peut-être un terrain d'entente. D'entente pour une coopération. Vous ne pensez pas, monsieur Gurney ?

— Je l'espère.

— Alors. Vous souhaitez en savoir davantage sur Carl ?

— Oui.

— Vous connaissez la tragédie grecque ?

— Je vous demande pardon ?

— Sophocle. Vous connaissez Sophocle ?

— Un peu. Uniquement des souvenirs de collège.

194

Angelidis se pencha en avant, posant ses solides avant-bras sur la table.

— La tragédie grecque exprimait une idée simple. Une grande vérité. La force d'un homme est aussi sa faiblesse. Génial. Ce n'est pas votre avis ?

— Je vois très bien en quoi cela peut être vrai.

— Bien. Parce que c'est cette vérité qui a tué Carl. (Il s'interrompit, fixant Gurney droit dans les yeux.) Vous vous demandez de quoi je parle, c'est ça ?

Gurney ne répondit pas, prit une nouvelle bouchée de figue, soutint le regard d'Angelidis et attendit.

— D'une chose simple. Une chose tragique. La grande force de Carl résidait dans sa rapidité à parvenir à une conclusion et dans sa volonté d'agir. Vous comprenez ce que je dis ? Très rapide, aucune crainte. Une grande force. Un tel homme peut accomplir beaucoup de choses, des choses extraordinaires. Mais cette force était aussi sa faiblesse. Pourquoi ? Parce que cette grande force n'avait aucune patience. Cette force devait éliminer les obstacles immédiatement. Vous comprenez ?

— Carl voulait quelque chose. Quelqu'un s'est mis en travers de son chemin. Que s'est-il passé ensuite ?

— Il a décidé, bien sûr, d'éliminer l'obstacle. C'était sa manière de faire.

— Comment s'y est-il pris ?

— J'ai appris qu'il désirait passer un contrat par l'intermédiaire d'un certain individu pour éliminer l'obstacle. Je lui ai conseillé de patienter, d'y aller plus doucement. Je lui ai demandé si je pouvais faire quelque chose. Je lui ai demandé ça, comme un père à un fils. Il m'a répondu que non, que le problème était en dehors de… mon domaine… et que je ne devais pas m'en mêler.

— Vous êtes en train de me dire qu'il voulait faire tuer quelqu'un, mais pas par vous ?

— À en croire la rumeur, il est allé trouver un homme qui s'occupe de ce genre de chose.

— Est-ce que cet homme a un nom ?

— Gus Gurikos.

— Un professionnel ?

— Un organisateur. Un agent talentueux. Vous comprenez ? Vous dites au Gros Gus ce que voulez, vous vous mettez d'accord sur le prix, vous lui donnez les informations dont il a besoin et il se charge du reste. Plus de problème pour vous. Il s'occupe de tout, engage les meilleurs, vous n'avez pas à savoir quoi que ce soit. C'est mieux comme ça. Il circule des anecdotes amusantes sur Gus. Un jour, je vous les raconterai.

Gurney avait entendu assez d'anecdotes amusantes sur des membres de la pègre pour le restant de ses jours.

— Ainsi, Carl Spalter a payé le Gros Gus pour engager un tueur expérimenté afin de supprimer quelqu'un lui barrant le chemin ?

— D'après la rumeur.

— Très intéressant, monsieur Angelidis. Comment l'histoire se termine-t-elle ?

— Carl est allé trop vite. Et le Gros Gus n'est pas allé assez vite.

— C'est-à-dire ?

— Il n'a pu se produire qu'une chose. Le type que Carl était si pressé de liquider a dû apprendre l'existence du contrat avant que Gus le transmette au tueur. Et il a agi le premier. Une frappe préventive, n'est-ce pas ? Se débarrasser de Carl avant que Carl se débarrasse de lui.

— Et qu'est-ce qu'en dit votre ami Gus ?

— Rien du tout. Gus ne peut rien dire du tout. Gus s'est fait descendre lui aussi – ce vendredi-là, le même jour que Carl.

C'était une sacrée nouvelle.

— Vous voulez dire que la cible a découvert que Carl avait engagé Gus pour planifier son assassinat, mais que, avant que Gus ait eu le temps de passer à l'acte, la cible a retourné la situation et les a tués tous les deux ?

— Bingo ! Frappe préventive.

Gurney hocha lentement la tête. C'était certainement une possibilité. Il prit une autre bouchée de figue.

Angelidis continua, non sans enthousiasme.

— Ce qui rend votre travail relativement simple. Trouvez qui Carl voulait buter et vous aurez le mec qui a fait volte-face et buté Carl.

— Avez-vous une idée de qui cela pourrait être ?

— Non. Mais il est important que vous sachiez ceci. Alors maintenant, écoutez-moi bien. Ce qui est arrivé à Carl n'a rien à voir avec moi. Avec mes intérêts commerciaux.

— Comment le savez-vous ?

— Je connaissais très bien Carl. Si ça avait été un truc dont je pouvais me charger, il se serait adressé à moi. Le fait est qu'il s'est adressé au Gros Gus. C'était donc une question personnelle à ses yeux, rien à voir avec moi. Rien à voir avec mes affaires.

— Le Gros Gus ne travaillait pas pour vous ?

— Il ne travaillait pour personne. Le Gros Gus était indépendant. Proposait des services à divers clients. C'est mieux comme ça.

— Alors vous n'avez aucune idée de qui...

— Aucune. (Angelidis dévisagea longuement Gurney.) Si je le savais, je vous le dirais.

— Pourquoi me le diriez-vous ?

— Celui qui a descendu Carl m'a foutu le bordel. Je n'aime pas beaucoup que les gens me foutent le bordel. Ça me donne envie de leur foutre le bordel à mon tour. Vous comprenez ?

Gurney sourit.

— Œil pour œil, dent pour dent, c'est ça ?

Le regard d'Angelidis devint plus perçant.

— Bon sang, qu'est-ce que c'est censé vouloir dire ?

La question et sa véhémence le surprirent.

— C'est un verset de la Bible, une manière de faire justice en...

— Je connais ce fichu dicton. Pourquoi l'avez-vous cité ?

— Vous m'avez demandé si je comprenais votre désir de vous venger de celui qui avait tué Carl et Gus.

Il sembla réfléchir.

— Vous ne savez rien sur le meurtre de Gus ?

— Non. Pourquoi ?

Il resta quelques instants silencieux, observant attentivement Gurney.

— Une sale merde. Vous n'avez rien entendu dire à ce sujet ?

— Rien du tout. J'ignorais que cet homme existait, et qu'il était mort.

Angelidis hocha lentement la tête.

197

— D'accord. Je vous dirai ceci, parce que ça peut aider. Tous les vendredis soir, Gus organisait une partie de poker chez lui. Le vendredi où Carl s'est fait descendre, les mecs se pointent, mais personne ne répond à la porte. Ils sonnent, frappent. Personne ne vient. Ça n'arrivait jamais. Ils se disent que Gus est en train de chier. Ils attendent. Sonnent, frappent... pas de Gus. Ils essaient d'ouvrir. La porte n'est pas verrouillée. Ils entrent. Trouvent Gus. (Il marqua un temps d'arrêt, fit la grimace comme s'il avait un goût amer dans la bouche.) Je n'aime pas parler de ça. De la sale merde, vous savez? À mon avis, tout devrait se passer raisonnablement. Pas comme ce truc de dingue. (Il secoua la tête, déplaça quelques-uns des plats sur la table.) Gus était assis en sous-vêtements devant sa télé. Sur la table étaient posés une gentille bouteille de retsina, un verre à moitié plein, un peu de pain, du tarama dans un bol. Un bon petit repas. Mais...

Les rides autour de la bouche d'Angelidis s'accentuèrent.

— Mais il était mort? souffla Gurney.

— Mort? À cent pour cent. Mort avec un foutu clou de dix centimètres enfoncé dans chaque œil, chaque oreille, directement dans sa foutue cervelle, et un cinquième dans son foutu gosier. Cinq foutus clous. (Il s'interrompit, scrutant le visage de Gurney.) Qu'est-ce que vous dites de ça?

— Je me demande pourquoi les journaux n'en ont pas parlé.

— L'Unité de lutte contre le crime organisé. (On aurait dit que ces mots lui donnaient envie de cracher par terre.) Se sont abattus là-dessus comme des mouches. Pas de notice nécrologique, pas d'avis de décès, rien. Ont gardé tous les détails pour eux. Incroyable. Et vous savez pourquoi ils gardent ce truc confidentiel?

Ce n'était pas vraiment une question, aussi Gurney ne répondit pas.

Angelidis aspira bruyamment de l'air entre ses dents avant de continuer.

— Ils gardent ça confidentiel parce que ça leur donne l'impression de savoir quelque chose. Comme s'ils connaissaient un putain de secret qu'aucun autre zèbre ne connaît. Ça leur donne l'impression de détenir un pouvoir. Des informations classifiées.

En réalité, vous savez ce qu'ils ont ? Ils ont de la merde à la place de la cervelle et un cure-dent en guise de bite. (Il jeta un coup d'œil à sa grosse Rolex en or et sourit.) OK ? Il se fait tard. J'espère que ça vous a aidé.

— C'était très intéressant. J'ai une dernière question.

— Bien sûr.

Il consulta à nouveau sa montre.

— Vous vous entendiez bien avec Carl ?

— Merveilleux. C'était comme un fils pour moi.

— Pas de problèmes ?

— Pas de problèmes.

— Ça ne vous ennuyait pas, tous ces discours sur la « lie de la terre » ?

— M'ennuyer ? Comment ça ?

— Dans ses interviews à la presse, il qualifiait les individus dans votre branche de lie de la terre. Et bien d'autres épithètes désagréables. Quel était votre sentiment ?

— Que c'était très malin de sa part. Un bon moyen de se faire élire. (Il indiqua les olives.) Elles sont excellentes. Mon cousin me les envoie spécialement de Myconos. Prenez-en pour votre femme.

CHAPITRE 26

Pas une putain de partie d'échecs

LORSQU'IL ARRIVA AU BOUT DE LA ROUTE de montagne menant à sa ferme, Gurney fut surpris de découvrir un gros SUV noir garé à côté de la grange. Il baissa sa vitre en passant devant la boîte aux lettres et constata que Madeleine l'avait déjà vidée. Puis il roula lentement jusqu'à l'Escalade étincelante et s'arrêta devant.

La portière s'ouvrit. L'homme qui en émergea avait le corps massif d'un défenseur de football. Il avait aussi des cheveux grisonnants coupés en brosse, des yeux injectés de sang à l'expression agressive et un sourire semblable à un rictus.

— Monsieur Gurney?

Gurney lui retourna son sourire vide.

— Que puis-je pour vous?

— Je m'appelle Mick Klemper. Ça vous dit quelque chose?

— L'enquêteur principal dans l'affaire Spalter?

— Exact.

Il tira son portefeuille, l'ouvrit d'une chiquenaude pour exhiber sa carte de la Brigade criminelle. Sur la photo, quelque peu datée, il avait l'air d'un homme de main à la solde de la pègre irlandaise.

— Que faites-vous ici?

Klemper battit des paupières, son sourire vacilla.

— Il faut que nous parlions… avant que cette histoire dans laquelle vous êtes impliqué ne tourne mal.

200

— Cette histoire dans laquelle je suis impliqué ?

— Cette connerie avec Bincher. Vous êtes au courant à son sujet ?

— Au courant de quoi ?

— Que c'est le dernier des salopards ?

Gurney réfléchit un instant.

— Quelqu'un vous a envoyé ici, ou l'idée vient de vous ?

— J'essaie de vous rendre service. Pouvons-nous parler ?

— Bien sûr. Parlons.

— Je veux dire, amicalement. Comme si nous étions du même côté de la rue.

Les yeux de son interlocuteur irradiaient le danger. Mais la curiosité de Gurney l'emporta sur sa prudence. Il coupa le moteur et descendit de voiture.

— Que voulez-vous me dire ?

— Cet avocat juif pour qui vous travaillez, il a fait carrière en traînant les flics dans la boue… vous en êtes conscient ?

Klemper empestait les bonbons à la menthe, masquant d'aigres relents d'alcool.

— Je ne travaille pour personne.

— Ce n'est pas ce qu'a dit Bincher à la télé.

— Je ne suis pas responsable de ce qu'il dit.

— Ainsi ce fumier de Juif ment ?

Gurney sourit, tout en déplaçant ses pieds afin de se mettre dans une meilleure position pour se défendre physiquement, en cas de besoin.

— Pourquoi ne pas revenir du même côté de la rue ?

— Pardon ?

— Vous avez dit souhaiter une conversation amicale.

— Ce dont je voulais vous informer amicalement, c'est que Lex Blincher se fait du fric en déterrant de petits problèmes bidon dont il peut se servir pour maintenir ses ordures de clients en liberté. Vous avez déjà vu sa baraque à Copperstown ? La plus grande qui donne sur le lac, entièrement payée par les trafiquants de drogue qu'il a sortis de taule en invoquant des vices de procédure. Vous êtes au courant de cette merde ?

— Je me fiche de Bincher. Tout ce qui compte pour moi, c'est l'affaire Spalter.

— OK, bien, parlons de ça. Kay Spalter a tué son mari. D'une balle en pleine tête. Elle a été jugée, reconnue coupable et condamnée. Kay Spalter est une sale menteuse et une meurtrière, purgeant la peine qu'elle mérite. Sauf que, maintenant, votre fine mouche de petit copain juif essaie de la faire libérer sur des points de pro...

Gurney l'interrompit.

— Klemper ? Faites-moi plaisir. Votre problème juif ne m'intéresse pas. Vous voulez parler de l'affaire Spalter, eh bien allez-y.

Un éclair de haine passa sur le visage de son interlocuteur, et pendant un instant Gurney crut que leur confrontation allait devenir d'une brutale simplicité. Il serra son poing droit hors du champ de vision de Klemper et ajusta son équilibre. Mais celui-ci se contenta d'esquisser un sourire sans expression et de secouer la tête.

— D'accord. Alors laissez-moi vous dire la chose suivante. Il est impossible qu'elle soit relâchée pour une fichue question de procédure. Avec votre expérience, vous devriez le savoir mieux que personne. Pourquoi essayer de faire resurgir je ne sais quelle connerie ?

Gurney haussa les épaules puis demanda calmement :

— Avez-vous remarqué le problème avec le réverbère ?

— De quoi parlez-vous ?

— Le réverbère qui rendait impossible un tir au but depuis l'appartement.

Si Klemper avait voulu feindre l'ignorance, son délai de réflexion le mettait à présent dans une situation intenable.

— Ce n'était pas impossible. C'est arrivé.

— Comment ?

— Facile... si la victime ne se trouvait pas à l'endroit exact indiqué par les témoins, et si l'arme n'a pas tiré depuis l'endroit exact où on l'a retrouvée.

— Vous voulez dire, si Carl se trouvait à au moins trois mètres de là où tout le monde l'a vu recevoir la balle, et si le tireur était debout sur une échelle ?

— C'est possible.

— Qu'est-il advenu de l'échelle ?

— Elle était peut-être montée sur une chaise.

— Pour effectuer un tir de cinq cents mètres à la tête ? Avec un trépied de deux kilos et demi suspendu à l'arme ?

— Qui sait ? Le fait est que Kay Spalter a été vue dans l'immeuble – dans l'appartement en question. Nous possédons un témoin oculaire. Nous possédons des empreintes de la taille de ses chaussures dans cet appartement-là. Nous possédons des résidus de poudre, toujours dans cet appartement. (Il s'interrompit, lança à Gurney un regard inquisiteur.) Qui diable vous a dit qu'il y avait un trépied de deux kilos et demi ?

— Peu importe. L'important, c'est que votre scénario du coup de feu est rempli de contradictions. Est-ce pour cette raison que vous vous êtes débarrassé de la vidéo du magasin d'électronique ?

Klemper hésita une seconde de trop.

— Quelle vidéo ?

Gurney ignora la question.

— Trouver un élément de preuve qui ne cadre pas avec votre conception de l'affaire signifie que votre hypothèse est fausse. Se débarrasser de cette preuve tend à créer en fin de compte un problème encore plus sérieux – comme celui que vous avez actuellement. Qu'y avait-il sur cette vidéo ?

Klemper ne répondit pas. Les muscles de ses mâchoires se serrèrent de façon visible.

Gurney continua.

— Laissez-moi deviner. La vidéo montrait Carl se faisant tirer dessus à un endroit qui ne pouvait pas s'accorder avec la ligne de visée depuis l'appartement. Ai-je raison ?

Klemper ne répondit pas.

— Et il y a un autre léger hic. Le tireur a été vu en train d'examiner cet immeuble d'habitation trois jours avant le décès de Mary Spalter.

Klemper battit des paupières, mais ne dit rien.

Gurney poursuivit.

— La personne que votre témoin au procès a identifiée comme Kay Spalter était en réalité un homme, d'après un second témoin.

203

Et ce même homme a été enregistré sur la vidéo alors qu'il se trouvait à proximité de la maison de retraite de Mary Spalter quelques heures avant qu'elle soit retrouvée morte.

— D'où sortent toutes ces foutaises ?

Gurney fit mine de ne pas avoir entendu.

— Il semble que le tireur était un pro avec un double contrat. Sur la mère et sur le fils. Qu'en pensez-vous, Mick ?

Cela provoqua une contraction dans la joue de Klemper. Il se détourna et traversa lentement l'espace dégagé devant la grange. Lorsqu'il eut atteint la boîte aux lettres au bord du chemin, il contempla un moment l'étang, puis pivota et revint en arrière.

Il s'arrêta face à Gurney.

— Je vais vous le dire, ce que je pense. Je pense que tout ça ne veut strictement rien dire. Un témoin prétend qu'il s'agissait d'une femme, un autre qu'il s'agissait d'un homme. Ça arrive tout le temps. Les témoins font des erreurs, se contredisent les uns les autres. Et alors ? La belle affaire. Freddie a reconnu la chienne d'épouse au cours d'une séance d'identification. Contrairement à un petit traîne-savate du même acabit. Et après ? Il y a probablement un autre mec dans ce dépotoir qui s'imagine que la salope était une extraterrestre. Qu'est-ce ça peut foutre ? Quelqu'un croit avoir vu la même personne ailleurs. Peut-être qu'il raconte des conneries. Mais supposons qu'il ait raison. Avez-vous jamais eu connaissance du fait que Kay, la chienne d'épouse, haïssait sa belle-mère encore plus, si c'est possible, que le mari qu'elle a descendu ? Vous ne saviez pas ça, hein ? Par conséquent, ce que nous aurions peut-être dû faire, c'est coffrer cette foutue garce pour deux meurtres au lieu d'un.

De la salive blanchâtre s'accumulait à la commissure des lèvres de Klemper.

Gurney répondit tranquillement :

— J'ai la vidéo de la caméra de surveillance avec l'individu qui a probablement tué Mary Spalter. Lequel individu n'est absolument pas Kay Spalter. Et quelqu'un d'autre, qui a vu cette vidéo, affirme que la même personne se trouvait dans l'immeuble d'Axton Avenue à l'heure où on a tiré sur Carl.

— Et après ? Même si c'était un pro, même s'il avait un double contrat, cela n'innocente pas Kay Spalter pour autant. Ça signifie seulement qu'elle a commandité le meurtre au lieu de le commettre elle-même. Que ce n'est pas son petit doigt moite qui a pressé la détente. Qu'elle avait loué les services du flingueur – tout comme elle avait essayé de le faire avec Jimmy Flats. (Klemper sembla soudain tout excité.) Vous savez quoi ? J'adore votre nouvelle théorie, Gurney. Ça colle à merveille avec la tentative de cette garce d'embaucher Flats pour buter son mari. Sans parler d'essayer de convaincre son petit ami de s'en charger. Ça resserre le nœud autour de son foutu cou. (Il dévisagea Gurney avec un sourire triomphant.) Qu'est-ce que vous avez à dire à présent ?

— Qui a pressé la détente est important. De même que savoir si les déclarations des témoins sont exactes ou fausses. Si les dépositions faites au procès sont sincères ou trompeuses. Si la vidéo que vous avez escamotée corrobore ou anéantit le scénario du coup de feu.

— Ce genre de merde compte vraiment pour vous ? (Klemper aspira la morve lui obstruant le nez et la cracha par terre.) J'en attendais davantage de votre part.

— Davantage de quoi ?

— Si je suis venu ici aujourd'hui, c'est parce que j'ai appris que vous aviez travaillé sur des homicides pendant vingt-cinq ans au NYPD. Vingt-cinq ans à Poubelle City. Je pensais que quelqu'un ayant passé autant de temps à passer au crible chaque morceau de merde s'échappant d'un égout comprendrait la réalité.

— De quelle réalité s'agit-il ?

— Le fait que, le moment venu, le droit a plus importance que les règles. Le fait que nous sommes en guerre, pas en train de jouer une putain de partie d'échecs. Les bons contre les salauds. Quand l'ennemi se jette sur vous, vous neutralisez cet enculé comme vous pouvez. Une balle, ça ne s'arrête pas en agitant un foutu manuel de procédure.

— Supposons que vous vous trompiez.

— Que je me trompe sur quoi ?

— Supposons que la mort de Carl Spalter n'ait rien à voir avec son épouse. Que son frère l'ait fait abattre pour obtenir le contrôle de Spalter Realty. Ou que ce soit la pègre, parce qu'elle a finalement décidé qu'elle ne voulait pas de lui comme gouverneur. Ou encore sa fille, parce qu'elle voulait hériter de son argent. Ou l'amant de sa femme, parce que...

Klemper l'interrompit, le visage rouge.

— De la foutaise pure et simple. Kay Spalter est une sale putain meurtrière. Et s'il existe une justice dans ce monde à la con, elle mourra en taule, avec sa cervelle étalée par terre. Fin de l'histoire !

De minuscules particules de salive au coin de ses lèvres volèrent dans les airs.

Gurney hocha la tête pensivement.

— Vous avez peut-être raison. (C'était sa réponse passe-partout favorite – aux gentils comme aux coléreux, aux sains d'esprit comme aux fous. Il continua calmement.) Dites-moi une chose. Avez-vous passé le mode opératoire du tireur dans la base de données ViCAP ?

Klemper le regarda fixement, battant des paupières à plusieurs reprises, comme si ça pouvait l'aider à mieux comprendre la question.

— Pourquoi voulez-vous le savoir ?

Gurney haussa les épaules.

— Je me posais simplement la question. La méthode utilisée par le tireur présente un certain nombre d'éléments distinctifs. Il serait intéressant de savoir s'ils sont déjà apparus dans d'autres affaires.

— Vous avez perdu la tête.

Klemper commença à faire marche arrière.

— Peut-être avez-vous raison. Mais si jamais vous décidiez d'examiner le mode opératoire en question, il y a une autre situation sur laquelle vous devriez vous pencher. Avez-vous déjà entendu parler d'un gangster nommé Gus Gurikos, alias le Gros Gus ?

— Gurikos ? (Klemper semblait à présent sincèrement déconcerté.) Qu'est-ce qu'il a à voir avec ça ?

— Carl a demandé à Gus de s'occuper de quelque chose pour lui. Puis, coïncidence, Gus été assassiné le même jour que Carl

— soit deux jours après la mère de ce dernier. Alors peut-être s'agit-il en réalité d'un triple meurtre.

Klemper fronça les sourcils, mais ne dit rien.

— Je regarderais ça de près si j'étais vous. Il paraît que l'Unité de lutte contre le crime organisé garde l'histoire Gurikos pour elle, mais s'il y a un lien avec l'affaire Spalter, vous devriez avoir le droit de connaître les détails.

Klemper secoua la tête, l'air d'avoir envie d'être n'importe où sauf là où il était. Pivotant brusquement, il s'apprêtait à regagner son énorme SUV lorsqu'il se rendit compte que l'Outback de Gurney le bloquait.

— Pourriez-vous ôter ce truc de mon chemin ?

C'était un ordre hargneux, pas une question.

Gurney déplaça sa voiture, et Klemper partit sans un regard, heurtant presque la boîte aux lettres tandis qu'il tournait pour prendre la petite route de montagne.

C'est alors que Gurney aperçut Madeleine au coin de la grange avec le coq et les trois poules se tenant tranquillement dans l'herbe derrière elle. Ils étaient curieusement immobiles, la tête penchée sur le côté, comme à l'approche de quelque chose qu'ils n'arrivaient pas encore à identifier.

CHAPITRE 27

Un homme désespéré

APRÈS UN DÎNER QUELQUE PEU TENDU au cours duquel ni l'un ni l'autre ne dirent grand-chose, Madeleine se mit à faire la vaisselle – tâche qu'elle revendiquait toujours comme étant la sienne.

Gurney alla s'asseoir paisiblement sur un tabouret devant l'évier. Il savait que, s'il attendait suffisamment longtemps, elle finirait par lui dire ce qui la tracassait.

Une fois que tous les ustensiles lavés furent dans l'égouttoir, elle prit un torchon pour les essuyer.

— Je suppose que c'était l'enquêteur de l'affaire Spalter ?

— Oui, Mick Klemper.

— Il paraissait très en colère.

Chaque fois que Madeleine disait une évidence, il savait que cela sous-entendait quelque chose de moins évident. En l'occurrence, ce que pouvait être ce quelque chose n'était pas très clair, mais il éprouva néanmoins le besoin de fournir une sorte d'explication à ce qu'elle avait apparemment entendu.

— Il a sans doute eu une journée difficile.

— Ah ?

Elle avait parlé d'un ton désinvolte, ce qui ne semblait guère le cas de l'émotion cachée derrière.

Il entra dans les détails.

— Dès que les accusations de Bincher ont commencé à se répandre sur Internet, un tas de gens ont dû appeler Klemper pour avoir des éclaircissements. Les huiles de la Brigade criminelle, le service juridique de la police de l'État, le bureau du procureur, les Affaires internes, le bureau du procureur général – sans parler des vautours des médias.

Une assiette à la main, elle fronçait les sourcils.

— J'ai du mal à comprendre.

— C'est assez simple. Après avoir parlé à Kay Spalter, Klemper a décidé qu'elle était coupable. La question est la suivante : à quel point cette décision était-elle tordue ?

— Tordue ?

— Eh bien, dans quelle mesure reposait-elle sur le fait que Kay lui rappelait son ex-femme ? Et aussi combien de lois a-t-il transgressées pour faire en sorte qu'elle soit condamnée ?

Madeleine continuait à tenir l'assiette.

— Ce n'est pas ce que je veux dire. Je parle du degré de rage que j'ai vu à la grange, à quel point il paraissait à cran, à quel point...

— Je suis à peu près sûr que tout ça était simplement de la peur. La peur que la malfaisante Kay soit remise en liberté, la peur que sa vision de l'affaire soit sur le point de voler en éclats, la peur de perdre son boulot, la peur d'aller en prison. La peur de s'écrouler, de tomber en morceaux, de perdre la maîtrise de ce qu'il est. La peur de devenir un moins que rien.

— Tu veux donc dire qu'il est désespéré.

— Absolument désespéré.

— Désespéré. Au bord de l'effondrement.

— Oui.

— Tu avais ton pistolet ?

La question le laissa un instant perplexe.

— Non. Bien sûr que non.

— Tu étais face à un fou furieux – un individu désespéré, près de s'effondrer. Mais, bien sûr, tu n'avais pas ton pistolet ? (Elle avait une expression de souffrance dans les yeux. De souffrance et de crainte.) Maintenant, comprends-tu pourquoi je veux que tu voies Malcolm Claret ?

Il était sur le point de répondre qu'il ne savait pas que Klemper l'attendait, qu'il n'avait jamais aimé porter une arme et qu'il ne le faisait, en général, que lorsqu'il était exposé à une menace précise ; mais il comprit qu'elle parlait d'un phénomène plus profond et plus vaste que l'incident en question ; et il n'avait aucune envie d'aborder ce sujet plus vaste à cet instant.

Après avoir essuyé distraitement la même assiette pendant une minute, elle quitta la pièce et se dirigea vers l'escalier. Peu après, il entendit les premières mesures d'une pièce pour violoncelle désagréablement rugueuse.

Il avait évité d'aborder le problème contenu dans sa question à propos de Malcolm Claret ; mais, à présent, il ne pouvait pas s'empêcher de s'imaginer l'homme lui-même : le regard cérébral, les cheveux dégarnis sur un front haut et pâle ; les gestes aussi sobres que les paroles ; le pantalon terne et le gilet flottant ; le calme ; les manières modestes.

Il réalisa qu'il se représentait l'homme tel qu'il avait l'air il y a bien des années. Il se mit à modifier l'image à la manière d'un logiciel de vieillissement – creusant les rides, retirant des cheveux ; ajoutant à la chair du visage les marques de lassitude dues au temps et à la pesanteur. Le résultat le mettant mal à l'aise, il le chassa de son esprit.

À la place, il se mit à penser à Klemper – à son préjugé obsessionnel à l'encontre de Kay Spalter, à sa certitude touchant à la culpabilité de celle-ci, à sa volonté de manipuler l'enquête afin d'arriver le plus vite possible à la conclusion désirée.

Une attitude déconcertante – non pas parce qu'elle était totalement déconnectée de la procédure normale, mais parce qu'elle ne l'était pas. L'infraction de Klemper semblait à Gurney non une question d'espèce, mais de degré. L'idée qu'un bon policier arrivait, grâce à la pure logique et à un esprit ouvert, à des conclusions objectives concernant la nature du crime et l'identité du coupable était au mieux une agréable chimère. Dans le monde réel du crime et du châtiment – de même que dans toutes les entreprises humaines –, l'objectivité est une illusion. La survie elle-même nécessite de tirer des conclusions. L'action décisive repose toujours sur des indices partiels. Le chasseur qui exige une déclaration sous serment d'un zoologiste comme quoi le cerf qu'il a dans sa ligne de mire est bien un cerf ne tardera pas à mourir de faim. L'habitant de la jungle qui compte les rayures du tigre avant de décider de battre en retraite finira dévoré. Les gènes qui incitent à la certitude ne se transmettent pas, en général, d'une génération à l'autre.

Dans le monde réel, nous devons relier les quelques points dont nous disposons et en déduire un modèle ayant un sens exploitable. C'est un système imparfait. Tout comme la vie elle-même. Le danger naît moins de la rareté des points que d'idées personnelles inconscientes donnant la priorité à certains points plutôt qu'à d'autres, des idées qui aimeraient que le modèle ait tel ou tel aspect. Notre perception des événements est davantage faussée par la force de nos émotions que par la faiblesse de nos données.

À cet égard, la situation était simple. Klemper voulait que Kay soit coupable et avait donc fini par le croire. Les points ne s'inscrivant pas dans le modèle avaient été sous-estimés ou ignorés. De même que les règles entravant un dénouement « juste ».

Mais il y avait une autre façon de voir les choses.

Tirer des conclusions à partir de données incomplètes étant naturel et nécessaire, la mise en garde habituelle à l'encontre d'un tel processus concernait tout au plus le danger de sauter à des conclusions erronées. En vérité, toute conclusion risquait d'être prématurée. Le verdict final quant à la validité du saut effectué serait rendu par la validité du résultat.

Ce qui soulevait une possibilité inquiétante.

Et si la conclusion de Klemper était correcte ?

Et si le policier plein de haine était parvenu à la vérité ? Et si ses procédés laxistes et ses manquements éventuels constituaient un chemin douteux vers une issue juste ? Et si Kay Spalter était, en fait, coupable d'avoir assassiné son mari ? Gurney n'avait guère envie d'aider une meurtrière à la froideur de glace, aussi entaché d'irrégularités qu'ait pu être son procès.

Mais il y avait encore une autre possibilité. Et si la volonté de Klemper de mettre à tout prix Kay derrière les barreaux n'avait rien à voir avec des perceptions limitées ou des conclusions incorrectes. S'il s'agissait d'une tentative cynique et corrompue, commanditée par un tiers, afin de boucler le dossier le plus vite possible.

Si, si, si… Gurney trouvait ce rappel irritant et stérile – et impérieux le besoin de faits nouveaux.

Les accords dissonants de la pièce pour violoncelle de Madeleine devinrent de plus en plus forts.

CHAPITRE 28

Comme un claquement de fouet

APRÈS AVOIR ÉCOUTÉ GURNEY raconter au téléphone le contenu de sa rencontre avec Adonis Angelidis, y compris les aspects monstrueux de l'assassinat de Gus Gurikos, Jack Hardwick demeura étrangement silencieux. Puis, au lieu de lui reprocher une fois de plus de s'être écarté des questions précises qui joueraient un rôle clé dans la procédure d'appel, il demanda à Gurney de venir chez lui pour discuter plus à fond de l'état de l'affaire.

— Maintenant ?

Gurney jeta un coup d'œil à la pendule. Il était presque sept heures et demie, et le soleil était déjà passé derrière la crête à l'ouest.

— Maintenant, ce serait bien. Ce satané truc devient beaucoup trop bizarre.

Si surprenante que fût la proposition, Gurney n'allait pas la refuser. Une discussion sérieuse afin de mettre tous les problèmes sur la table était assurément nécessaire.

Une autre surprise l'attendait lorsqu'il arriva, trente-cinq minutes plus tard, à la ferme louée par Hardwick – à l'extrémité d'un chemin de terre, haut dans les collines, à l'extérieur du minuscule village de Dillweed. Dans ses phares, il aperçut une seconde voiture garée à côté de la GTO rouge – une Mini Cooper bleu clair. À l'évidence, l'homme avait une visite.

Gurney n'ignorait pas que Hardwick avait eu un certain nombre de liaisons par le passé, mais il n'aurait jamais imaginé qu'aucune de ces femmes puisse être aussi spectaculaire que celle qui ouvrit la porte.

S'il n'y avait pas eu son regard intelligent, légèrement agressif, qui sembla le jauger dès le premier instant, Gurney aurait été facilement distrait par le reste de sa personne – une silhouette se situant quelque part entre sport et volupté, exhibée avec hardiesse dans un jean coupé et un ample tee-shirt à col rond. Elle était pieds nus, avec des ongles écarlates, une peau caramel et des cheveux d'ébène coupés court, d'une manière qui soulignait ses lèvres pleines et ses pommettes saillantes. Elle n'était pas précisément jolie, mais elle avait une présence certaine – à l'instar de Hardwick lui-même.

L'instant d'après, celui-ci surgit à côté d'elle avec un sourire de propriétaire.

— Entre. Merci de t'être déplacé.

Franchissant la porte, Gurney s'avança dans la pièce de devant. L'espèce de cube spartiate dont il se souvenait de ses visites précédentes avait acquis quelques touches plus chaleureuses : un tapis coloré, une reproduction encadrée représentant des coquelicots orange agités par la brise, un vase contenant des branches de saule, une plante verte dans un énorme pot en terre, deux nouveaux fauteuils, un joli buffet en pin et une table de petit déjeuner ronde avec trois chaises à barreaux dans le coin de la pièce la plus proche de la cuisine. Cette femme avait de toute évidence inspiré quelques changements.

Gurney passa les lieux en revue d'un air approbateur.

— Très agréable, Jack. Une amélioration certaine.

Hardwick acquiesça.

— Ouais. Je suis bien d'accord. (Puis il posa la main sur l'épaule à demi nue de la femme et dit :) Dave, j'aimerais te présenter l'enquêteur de la Brigade criminelle Esti Moreno.

Cette déclaration prit Gurney au dépourvu, de façon visible, ce qui provoqua un gros éclat de rire de Hardwick.

Il se reprit rapidement, tendant la main.

— Ravi de vous rencontrer, Esti.

— C'est un plaisir, Dave.

Sa poignée de main était énergique, la peau de sa paume étonnamment calleuse. Il se rappela que Hardwick avait mentionné son nom comme source d'information sur l'enquête initiale, ainsi que sur les manquements de Mick Klemper. Il se demanda jusqu'où allait son engagement dans le projet Hardwick-Bincher et quelle vision elle en avait.

Comme pour preuve du bien-fondé de ses réflexions, elle alla droit au but avec une remarquable absence de préambule.

— J'avais hâte de vous rencontrer. J'ai essayé de convaincre cet énergumène ici présent de regarder au-delà du problème juridique de l'appel de Kay Spalter pour s'occuper du meurtre lui-même. Des meurtres, à présent, c'est ça ? Au moins trois ? Peut-être plus ?

Elle avait une voix rauque, où perçait une pointe d'accent espagnol.

Gurney sourit.

— Et vous faites des progrès avec lui ?

— Je suis têtue. (Elle se tourna vers Hardwick, puis à nouveau vers Gurney.) Je crois que votre coup de fil de tout à l'heure à propos des clous dans les yeux a fini par l'ébranler, hein ?

Hardwick pinça les lèvres en une expression de dégoût.

— Oui, les clous dans les yeux, sans aucun doute, continua-t-elle avec un clin d'œil complice à l'adresse de Gurney. Chacun possède une sensibilité particulière à certaines choses qui retiennent davantage son attention, pas vrai ? Alors maintenant, peut-être pouvons-nous laisser l'avocat Bincher s'occuper de la cour d'appel pour nous concentrer sur le crime – le vrai, pas les conneries de Klemper. (Elle prononça le nom de ce dernier avec un dégoût évident.) Le problème est le suivant : découvrir ce qui s'est réellement passé. Mettre tous les éléments bout à bout. C'est ce qu'il faudrait faire selon vous, n'est-ce pas ?

— Vous semblez très bien connaître mes pensées.

Il se demanda si elle savait quel genre de pensées faisait naître ce tee-shirt suggestif.

— Jack m'a parlé de vous. Et j'ai une bonne écoute.

Hardwick commençait à avoir l'air nerveux.

215

— On devrait peut-être faire du café, s'asseoir et se mettre au boulot.

Une heure plus tard, à la table dans le coin, leur tasse de café remplie à nouveau, des blocs jaunes avec des notes griffonnées devant eux, ils revinrent sur les trois points clés.

— Ainsi nous sommes bien d'accord que les trois meurtres ont sûrement un lien entre eux ? dit Esti en tapant sur le bloc avec le bout de son stylo.

— À supposer que l'autopsie de la mère soit compatible avec un meurtre, répondit Hardwick.

Esti se tourna vers Gurney.

— Avant votre arrivée, j'ai téléphoné à quelqu'un au bureau du médecin légiste. Elle doit me rappeler demain matin. Mais le fait que le tireur examinait la disposition du cimetière de Long Falls avant l'« accident » de Mary Spalter est assez significatif en soi. Admettons donc pour le moment que nous avons affaire à trois meurtres reliés entre eux.

Hardwick regardait fixement le fond de sa tasse comme si elle contenait une substance non identifiable.

— J'ai un problème avec ça. D'après le gangster grec copain de Gurney, Carl serait allé trouver le Gros Gus pour faire assassiner quelqu'un – qui, personne ne le sait. La cible l'apprend et, pour éviter que la chose se produise, bute Carl le premier. Avant de buter Gus, pour faire bonne mesure. J'ai bien saisi ?

Gurney hocha la tête.

— Sauf pour la partie « copain ».

Hardwick ignora l'objection.

— Très bien, alors ce que ça m'indique, c'est que Carl et sa cible étaient lancés dans une espèce de sprint final pour se flanquer mutuellement une raclée. Je veux dire, le mec qui frappe le premier a gagné, c'est bien ça ?

Gurney hocha à nouveau la tête.

Hardwick continua.

— Dans ce cas, pourquoi un type dans une telle situation choisirait-il un moyen aussi chronophage de bousiller Carl ? Savoir qu'il y a un contrat sur sa tête crée une certaine urgence. Ne serait-il pas plus logique, dans ces conditions, d'enfiler une cagoule, de se pointer au bureau de Spalter Realty et de flinguer ce fils de pute ? Régler la question en une demi-journée au lieu d'une semaine. Et cette idée de tuer d'abord la mère ? Rien que pour faire venir Carl dans le cimetière ? Tout ça me paraît sacrément tiré par les cheveux.

Gurney ne le sentait pas très bien non plus.

— À moins, dit Esti, que le meurtre de la mère ait été seulement un stratagème pour amener Carl à un endroit prévisible à un moment prévisible. Peut-être la mère était-elle une cible pour une autre raison. En fait, peut-être était-elle la cible principale et Carl une cible secondaire. Vous y avez pensé ?

Ils marquèrent une pause pour y réfléchir.

— J'ai un autre problème, reprit Hardwick. Je pense qu'il existe un lien entre les meurtres de Mary et de Carl. Forcément. Et un autre genre de lien entre les meurtres de Carl et de Gus – peut-être celui dont a fait état Donny Angel, ou peut-être pas. Par conséquent, je suis d'accord s'agissant d'un lien entre un et deux, et entre deux et trois, mais, je ne sais pas pourquoi, l'association un-deux-trois ne me dit rien qui vaille.

Gurney éprouvait la même gêne.

— D'ailleurs, sommes-nous certains que Carl ait été le numéro deux et Gus le numéro trois ?

Esti fronça les sourcils.

— Que voulez-vous dire ?

— Vu la manière dont en a parlé Angelis, j'ai supposé que tel était l'enchaînement, mais il n'y a aucune raison que ce soit le cas. Tout ce que je sais en réalité, c'est que Carl et Gus ont été abattus le même jour. J'aimerais avoir une confirmation du moment.

— Comment ?

— On a une heure précise pour Carl dans le dossier de l'affaire. Mais, sur la base de ce qu'Angelidis m'a dit, je ne suis pas sûr pour Gus. Il y a deux sources qui me viennent à l'esprit, mais cela dépendra du genre de contacts que nous avons : soit le bureau du médecin légiste du comté où l'autopsie de Gurikos a été effectuée, soit un membre de l'Unité de lutte contre le crime organisé ayant accès à ce dossier.

217

— Laissez-moi m'occuper de ça, dit Esti. Je pense connaître quelqu'un.

— Super. (Gurney lui adressa un signe de tête approbateur.) En plus de l'heure estimée du décès, voyez si vous pouvez obtenir des exemplaires des photos initiales du déroulement de l'autopsie.

— Celles avant qu'on l'ouvre ?

— C'est ça – le corps sur la table, plus les gros plans de la tête et du cou.

— Vous voulez savoir au juste comment on lui a enfoncé les clous ? demanda-t-elle avec un sourire insolite, qui semblait révéler plus d'attrait pour ce genre de choses que n'en auraient eu la plupart des femmes – ou des hommes, d'ailleurs.

D'ordinaire coriace, Hardwick grimaça de dégoût. Puis il se tourna vers Gurney.

— Tu penses que cette horrible merde est une sorte de message ?

— Comme bien souvent les crimes rituels, à moins qu'il s'agisse d'une diversion calculée.

— Lequel des deux, à votre avis ? demanda Esti.

Gurney eut un haussement d'épaules.

— Je ne sais pas. Mais le message semble assez clair.

On aurait dit que Hardwick avait mordu quelque chose avec une dent cariée.

— Tu veux dire… « Je te hais à tel point que j'ai envie de t'enfoncer des clous dans la cervelle. » Quelque chose comme ça ?

— N'oubliez pas le cou, fit observer Esti.

— Le larynx, dit Gurney.

Ils le regardèrent tous les deux.

Elle fut la première à parler.

— Que voulez-vous dire ?

— Je suis prêt à parier que la cible du cinquième clou était le larynx de Gus.

— Pourquoi ?

— C'est l'organe de la voix.

— Et alors ?

— Yeux, oreilles, larynx. Vue, ouïe, voix. Tous détruits.

— Et qu'est-ce que ça t'évoque ? demanda Hardwick.

218

— Je me trompe peut-être, mais ce qui me vient à l'esprit, c'est : ne rien voir, ne rien entendre, ne rien dire.

Esti acquiesça.

— Ça paraît logique ! Mais à qui est destiné le message ? La victime ? Ou quelqu'un d'autre ?

— Tout dépend du degré de folie de l'assassin.

— Comment ça ?

— Un psychopathe qui tue en vue d'un soulagement émotionnel laisse en général un message symbolique qui reflète la nature de sa propre pathologie – souvent en mutilant une partie de la victime. Le message contribue au sentiment de soulagement. C'est essentiellement une communication entre lui et sa victime. Sans doute aussi une communication entre lui et une personne de son enfance, une personne impliquée dans l'origine de sa pathologie – habituellement un des parents.

— C'est ainsi que vous définiriez cette histoire de clous dans le crâne de Gurikos ?

Gurney secoua la tête.

— Si le meurtre de Gurikos était lié aux deux meurtres Spalter, la mère et le fils, je dirais qu'il obéissait davantage à un but pratique qu'à un acte impulsif.

Esti paraissait déconcertée.

— Un but pratique ?

— Il me semble que l'assassin conseillait à quelqu'un de s'occuper de ses affaires, de garder le silence sur quelque chose et lui faisait savoir en même temps ce qui arriverait si jamais il ne le faisait pas. Qui est ce quelqu'un et ce quelque chose, toute la question est là.

— Vous avez des idées à ce sujet ?

— Juste des hypothèses. Le quelque chose pourrait être un fait concernant les deux premiers meurtres.

Hardwick se mit de la partie.

— Comme l'identité du tireur ?

— Ou le mobile, ajouta Gurney. Ou un détail compromettant.

Esti se pencha en avant.

— Qui est le quelqu'un faisant l'objet de l'avertissement, à votre avis ?

— Je n'en sais pas suffisamment sur les relations de Gus pour le dire. D'après Angelidis, Gus organisait tous les vendredis soir chez lui une partie de poker. Après le meurtre ce jour-là, l'assassin a laissé la porte de Gus déverrouillée. Il se peut qu'il s'agisse d'une omission, ou d'un geste délibéré – afin qu'un des membres du cercle de poker trouve le cadavre en arrivant pour la partie le soir. Peut-être que le message ne rien voir, ne rien entendre, ne rien dire s'adressait à quelqu'un au sein du groupe, voire à Angelidis lui-même. L'Unité de lutte contre le crime organisé en sait sans doute davantage sur les individus concernés. Peut-être même avaient-ils placé le domicile de Gus sous surveillance.

Esti fronça les sourcils.

— Je me renseignerai auprès de mon amie, mais… il est possible qu'elle n'ait pas accès à tout. Je ne veux pas la mettre dans l'embarras.

Hardwick serra les mâchoires.

— Sois prudente avec ces salopards de l'Unité de lutte. On dit du mal des mecs du FBI, mais ce n'est rien comparé à cette fine fleur de la répression du crime organisé.

Il accentua ces derniers mots avec un mépris comique, mais il n'y avait aucun humour dans ses yeux.

— Je les connais, et je sais ce que je fais. (Elle dévisagea un instant Hardwick d'un air provocateur.) Revenons en arrière. Que pensez-vous de l'explication de la « frappe préventive » – que Carl a été tué par la victime même qu'il visait ?

Hardwick secoua la tête.

— Pourrait être la vérité, mais plus vraisemblablement de la connerie. Jolie histoire, mais songez à la source. Comment croire un traître mot de ce que raconte Donny Angel ?

Elle regarda Gurney.

— Dave ?

— Il ne s'agit pas de le croire. Ce que Angelidis dit s'être passé a très bien pu se passer. Il s'agit d'un scénario assez plausible. En fait, nous avons entendu une autre histoire qui cadrait avec celle-ci. Kay Spalter a mentionné que Carl avait l'habitude de jouer au poker avec un type qui montait des assassinats pour le compte de la pègre.

220

Hardwick agita la main d'un geste méprisant.

— Ça ne prouve rien. Et certainement pas que Carl ait engagé Gus pour buter quelqu'un.

Esti regarda à nouveau Gurney.

Gurney haussa simplement les épaules.

— Exact. Ça ne prouve rien. Mais c'est tout de même une possibilité. Un lien crédible.

— Eh bien, dit Esti, si nous pensons que l'histoire d'Angelidis est plausible – que la cible de Carl a fini par devenir l'assassin –, nous devrions peut-être dresser une liste de tous les gens dont Carl aurait souhaité la mort ?

Hardwick poussa un petit grognement d'incrédulité.

Elle se tourna vers lui.

— Tu as une meilleure idée ?

Il eut un haussement d'épaules.

— Allons-y, faisons une liste.

— Très bien. Je m'en occupe. (Elle prit son stylo, le tint au-dessus de son bloc.) Dave… des suggestions ?

— Jonah.

— Le frère de Carl ? Pourquoi ?

— Parce que, Jonah écarté, Carl aurait été le seul à contrôler Spalter Realty et la totalité de ses actifs, ce qui lui aurait permis de financer en grand ses projets politiques. Fait intéressant, Jonah avait le même intérêt à se débarrasser de Carl : mettre la main sur les actifs de Spalter Realty pour financer le développement de sa Cybercathédrale.

Esti leva un sourcil.

— Sa Cyber… ?

— C'est une longue histoire. En un mot, Jonah a beaucoup d'ambition et aurait disposé de beaucoup d'argent.

— D'accord, j'inscris son nom. Qui d'autre ?

— Alyssa.

Elle battit des paupières et sembla avoir des pensées désagréables avant de noter à nouveau.

Hardwick retroussa les lèvres.

— Sa propre fille ?

Esti répondit la première.

— J'ai entendu suffisamment souvent Klemper au téléphone avec Alyssa pour avoir l'impression que sa relation avec son père... n'était pas... ce qu'on appellerait une relation normale fille-père.

— Tu m'as déjà dit ça. Je n'aime pas beaucoup penser à ce genre de merde.

Le silence qui suivit fut rompu par Gurney.

— Voyons la chose d'un point de vue pratique. Alyssa était une droguée de longue date n'ayant aucune envie de se soigner. Carl voulait devenir gouverneur de New York. Il avait beaucoup à perdre – dans l'immédiat et par la suite. S'il avait effectivement une relation incestueuse avec Alyssa, remontant probablement à l'enfance de celle-ci, cela risquait de constituer un formidable moyen de chantage – plutôt tentant pour une droguée aux habitudes dispendieuses. Et si Carl en était venu à la considérer comme une menace intolérable pour les espoirs qu'il nourrissait ? Plusieurs personnes nous ont déclaré qu'il était dévoré d'ambition et capable de tout.

Hardwick eut un rictus.

— Tu veux dire qu'Alyssa avait découvert qu'il se disposait à la supprimer et qu'elle a engagé quelqu'un pour le zigouiller avant ?

— Quelque chose comme ça. Au moins, cela cadrerait avec la théorie d'Angelidis. Une version plus simple serait qu'elle ait agi de sa propre initiative – que Carl n'a jamais manigancé quoi que ce soit contre elle, qu'elle en avait tout bonnement après son argent et qu'elle l'a fait tuer.

— Mais d'après son testament, Kay était sa seule héritière. Alyssa ne recevrait rien. Alors à quoi bon...

Gurney l'interrompit.

— Alyssa ne recevrait rien, à moins que Kay se révèle être l'assassin. Une fois celle-ci condamnée, l'État de New York bloquerait l'héritage, et toute la succession de Carl irait à Alyssa.

Hardwick sourit à la perspective d'une telle possibilité.

— Ça pourrait tout expliquer. Ça pourrait expliquer pourquoi elle baisait avec Klemper, pour l'inciter à fausser l'enquête. Il est même possible qu'elle ait baisé avec le petit ami de sa mère, afin de le faire se parjurer au procès. C'est une putain de droguée dure comme la pierre – elle baiserait avec un singe pour de la dope.

Esti paraissait troublée.

— Peut-être que son père n'avait pas de relations sexuelles avec elle, en fin de compte. Peut-être que c'est juste un bobard qu'elle a raconté à Klemper. Pour s'attirer sa pitié.

— Sa pitié, mon cul ! Elle se disait probablement que ça le ferait bander.

L'expression d'Esti passa lentement de la répugnance à l'approbation.

— Mon opinion sur ce type ne cesse de se détériorer. (Elle s'interrompit, griffonna quelques mots dans son carnet.) Alyssa est donc un suspect possible. De même que Jonah. Et le petit ami de Kay ?

Hardwick secoua la tête.

— Pas dans le scénario de la « frappe préventive » dont on est en train de parler. Je ne vois pas Carl passer un contrat sur lui. Je ne pense pas qu'il aurait gaspillé du fric là-dedans. Il y avait des moyens plus faciles de se débarrasser de lui. Et à coup sûr, je ne vois pas le jeune Darryl en mesure de découvrir qu'il est la cible d'un assassinat potentiel et réagissant en mettant sur pied un assassinat encore plus rapidement.

— D'accord, mais laissons un instant de côté la « frappe préventive », dit Esti. Est-ce que Darryl n'aurait pas pu tuer Carl dans l'espoir que sa liaison avec Kay devienne plus profitable pour lui une fois que celle-ci aurait empoché l'argent ? Qu'en pensez-vous, Dave ?

— Dans la vidéo du procès, il ne donne pas l'impression d'avoir l'habileté ni le cran nécessaires pour ça. Un petit parjure... à la rigueur. Mais un triple meurtre parfaitement planifié ? J'en doute. Ce type était sauveteur et garçon de piscine au salaire minimum dans le club de loisirs des Spalter – pas précisément l'étoffe du chacal. De plus, je l'imagine mal fracassant la tête d'une vieille dame ou enfonçant des clous dans les yeux de quelqu'un.

Hardwick secouait la tête.

— On est en train de se foutre dedans. Tout ça ne tient pas debout. Ces trois meurtres relèvent de méthodes et de styles totalement différents. Je ne vois pas de ligne droite entre eux. Il manque quelque chose. Quelqu'un partage cet avis ?

Gurney fit un petit signe de tête affirmatif.

— Il manque beaucoup de choses. Au sujet du mode opératoire, rien n'indique dans le dossier de l'affaire qu'on ait interrogé le programme ViCAP. Ou je me trompe ?

— Pour Klemper, répondit Esti, Kay a tiré sur Carl. Un point, c'est tout. Pourquoi aurait-il pris la peine de remplir un formulaire ViCAP ou de jeter un coup d'œil dans une autre base de données ? Ce n'est pas comme si ce salopard avait l'esprit ouvert.

— Je comprends. Mais il serait utile de pouvoir soumettre sans attendre les données essentielles – au moins dans le ViCAP. Et il serait pas mal non plus de savoir si le NCIC a quelque chose sur les principaux protagonistes, morts ou vivants. Sans oublier Interpol, en tout cas pour Gus Gurikos. (Gurney regarda Esti et Hardwick tour à tour.) L'un de vous peut-il faire ça sans laisser de traces problématiques ?

— Je pourrais peut-être me charger de la partie ViCAP et NCIC, répondit Esti au bout d'un moment. (La façon dont elle prononça le *peut-être* signifiait qu'elle y parviendrait, mais par une voie qu'elle ne tenait pas à divulguer.) Concernant le ViCAP, quelles sont les données qui vous intéressent le plus ?

— Pour éviter d'être inondés de résultats, concentrez-vous sur les bizarreries – les éléments les plus insolites sur le théâtre de chaque meurtre – et utilisez-les comme mots clés.

— Par exemple .220 Swift – le calibre de l'arme de Long Falls ?

— C'est ça. Et amortisseur ou silencieux associé à fusil.

Elle prit rapidement quelques notes.

— Pétards.

— Pardon ?

— Des témoins au cimetière ont entendu exploser des pétards vers l'heure où on a tiré sur Carl. S'il s'agissait d'une manœuvre pour camoufler le bruit de la détonation, il se peut que le tireur ait déjà utilisé cette technique, et qu'un témoin l'ait signalé à un enquêteur, lequel l'a peut-être inscrit sur son formulaire ViCAP.

— Bon Dieu, s'exclama Hardwick. Ce n'est pas dans la poche.

— Ça vaut la peine d'essayer.

Esti tapotait à nouveau son stylo sur son bloc.

— Vous pensez que le tireur est un pro ?

— Ça m'en a tout l'air.

— OK. D'autres mots clés ?

— Cimetière et enterrement. Si le tireur s'est donné la peine de tuer quelqu'un uniquement pour que sa principale victime se trouve devant la tombe, la même chose lui a peut-être déjà réussi.

Pendant qu'elle écrivait, Gurney ajouta :

— Tous les noms de famille liés à l'affaire devraient être recherchés également : Spalter, Angelidis, Gurikos. De plus, il faudrait entrer le nom de famille de Darryl, celui des autres témoins de l'accusation, ainsi que le nom de jeune fille de Kay. Vous les trouverez dans la transcription du procès.

— N'oublie pas d'inclure les clous, dit Hardwick avec du dégoût dans la voix. Clous dans les yeux, clous dans les oreilles, clous dans la gorge.

Esti acquiesça et demanda à Gurney :

— Et pour le meurtre de la mère ?

— Ce n'est pas aussi facile. Vous pourriez chercher des formes d'homicides comme les chutes dans une baignoire, les homicides impliquant des livraisons de fleurs, et même le nom du faux fleuriste – Florence Fleurs –, mais cela risque d'être encore plus hasardeux que les pétards.

— Ça devrait suffire pour m'occuper un moment.

— Jack, je me souviens que, lors de l'affaire Jillian Perry, tu connaissais quelqu'un à Interpol. Est-ce toujours vrai ?

— Pour autant que je sache.

— Tu pourrais peut-être voir ce qu'ils ont sur Gurikos ?

— Je peux essayer. Je ne promets rien.

— Tu penses pouvoir aussi tenter le coup avec les témoins de l'accusation ?

Il hocha lentement la tête.

— Freddie, de l'immeuble d'habitation… Darryl, le petit ami… et Jimmy Flats, le taulard qui prétend que Kay a essayé de l'engager pour buter Carl.

— Au moins ces trois-là.

— Je verrai ce que je peux faire. Tu crois qu'on pourrait leur arracher des aveux de faux témoignage ?

— Ce serait pas mal. Mais surtout, j'aimerais m'assurer qu'ils sont vivants et joignables.

— Vivants ?

Hardwick parut soudain penser la même chose que Gurney. Si, au cœur de ce mystère, se trouvait un individu capable de faire ce qu'on avait fait à Gurikos, alors tout était possible. Et les possibilités étaient terribles.

Cette idée lui refit penser à Klemper.

— J'allais oublier… Votre cher enquêteur de la BC m'attendait lorsque je suis rentré chez moi cet après-midi après ma rencontre avec Angelidis.

Les yeux de Hardwick se plissèrent.

— Qu'est-ce qu'il voulait, bordel ?

— Me faire comprendre que Kay est une sale garce, une menteuse et une meurtrière ; que Bincher est un salaud de Juif et un menteur également ; et que lui, Mick Klemper, est un chevalier des temps modernes dans le combat millénaire entre le bien et le mal. Il admet avoir éventuellement commis une erreur ou deux, mais rien qui modifie le fait que Kay est indéniablement coupable et mérite de mourir en prison – vite de préférence.

Esti avait l'air tout excitée.

— Il devait être en proie à la panique pour se pointer chez vous en divaguant comme ça.

Hardwick semblait soupçonneux.

— Ce foutu salopard. Tu es sûr que c'est tout ce qu'il voulait ? Te dire que Kay était coupable ?

— Il tenait absolument à me convaincre que tout ce qu'il avait fait était légitime dans un contexte plus large. Il essayait peut-être aussi, à sa manière d'éléphant dans un magasin de porcelaine, de m'inciter à lui révéler ce que je savais. D'après moi, la question qui subsiste à propos de Klemper est : jusqu'à quel point est-il malade – par opposition à corrompu ?

— Ou dangereux, ajouta Esti.

Hardwick changea de sujet.

— Je vais donc m'occuper de localiser les trois témoins, ce qui risque d'aboutir à des pistes de personnes disparues, lesquelles risquent d'aboutir à Dieu sait quoi. Et je demanderai à mon pote d'Interpol de m'accorder une nouvelle faveur. Esti appellera l'Unité de lutte contre le crime organisé pour demander à quelqu'un d'effectuer les recherches dans la base du NCIC et de ViCAP. Qu'est-ce que tu as sur la planche, Sherlock ?

— Je vais d'abord parler à Alyssa Spalter. Puis à Jonah Spalter.

— Super. Mais comment comptes-tu les amener à te parler ?

— Charme. Menaces. Promesses. Peu importe.

Esti laissa échapper un petit rire cynique.

— Offrez à Alyssa cinquante grammes de came et elle vous suivra sur la lune. Pour Jonah, il vous faudra deviner.

— Vous savez où je peux trouver Alyssa ?

— Aux dernières nouvelles, dans la demeure familiale de Venus Lake. Avec Carl et Kay hors circuit, elle l'a pour elle toute seule. Mais prenez garde à Klemper. J'ai l'impression qu'il la voit toujours. Il continue à avoir un faible pour son petit monstre. Je vous enverrai l'adresse par SMS. En fait, je peux même vous la donner tout de suite. Je l'ai dans mon carnet.

Elle se leva de la table puis quitta la pièce.

Gurney se renversa sur sa chaise et se mit à observer Hardwick.

— Quoi ?

— C'est peut-être mon imagination, mais il semble que tu te sois rapproché d'une ou deux coudées de ma façon de concevoir l'affaire.

— De quoi parles-tu, bordel ?

— Ton intérêt paraît s'être étendu un peu au-delà des aspects techniques relatifs à l'appel.

Tout d'abord, Hardwick eut l'air de vouloir contester ce point. Puis il se contenta de secouer lentement la tête.

— Ces foutus clous. (Il se mit à regarder par terre.) Je ne sais pas… On se demande jusqu'où peut aller l'ignominie des êtres humains. Ouais, jusqu'où. Putain. Complètement dingue. (Il s'interrompit, continuant à secouer la tête comme quelqu'un souffrant de la maladie de Parkinson.) Tu es déjà tombé sur un truc qui… te fait te demander… bordel… je veux dire… est-ce qu'il y a des limites à ce qu'un être humain est capable de faire ?

Gurney n'eut pas à chercher très loin. Têtes coupées, gorges tranchées, corps démembrés. Enfants brûlés vifs par leurs parents. L'affaire du Père Noël satanique, un tueur en série qui enfermait dans des sacs des morceaux du cadavre de ses victimes, qu'il envoyait par la poste au domicile des flics locaux pour Noël.

— Des tas d'images me viennent à l'esprit, Jack, mais la dernière à m'empêcher de dormir, c'est le visage de Carl Spalter – la photo prise de lui lorsqu'il était déjà presque inanimé au procès de Kay. Elle a quelque chose de terrible. Peut-être l'expression de désespoir dans les yeux de Carl me touche-t-elle comme te touchent ces clous dans les yeux de Gus.

Ni l'un ni l'autre ne dirent un mot de plus jusqu'à ce que Esti revienne avec une petite feuille de carnet et la tende à Gurney.

— Vous n'avez probablement même pas besoin de l'adresse, dit-elle. J'aurais pu vous dire simplement de chercher la plus grande maison de Lakeshore Drive.

— Ce sera plus facile avec ça. Merci.

S'étant assise, elle regarda les deux hommes tour à tour.

— Qu'est-ce qu'il y a ? Vous avez l'air… complètement déprimés.

Hardwick éclata brusquement d'un rire sans humour.

Gurney haussa les épaules.

— De temps à autre, il nous arrive de jeter un regard sur les réalités auxquelles nous sommes confrontés. Vous savez de quoi je parle ?

— Oui, naturellement, répondit-elle d'une voix changée.

Il y eut un silence.

— Il importe de nous rappeler que nous accomplissons des progrès, dit Gurney. Que nous prenons les mesures appropriées. Avec des données exactes et une solide logique…

Ses paroles furent soudain interrompues par le bruit d'un choc brutal contre le revêtement extérieur en planches de la maison.

Esti se crispa, l'air inquiète.

Hardwick cligna des yeux.

— Putain de merde, qu'est-ce que c'était?

Le bruit se répéta – comme le claquement d'un coup de fouet contre la maison –, et toutes les lumières s'éteignirent.

CHAPITRE 29

Changement de donne

Instinctivement, Gurney se laissa tomber sur le sol. Hardwick et Esti suivirent aussitôt, dans un concert de jurons.

— Je n'ai pas d'arme sur moi, lança Gurney. Qu'est-ce que tu as dans la maison ?

— Glock 9 dans le placard de la chambre. Sig 38 dans la table de chevet.

— Kel-Tec 38 dans mon sac à bandoulière, dit Esti. Le sac est par terre derrière toi, Jack. Peux-tu le pousser dans ma direction ?

Gurney se rendit compte que Hardwick passait de l'autre côté de la table, puis quelque chose glissa vers Esti sur le sol.

— Je l'ai, s'exclama-t-elle.

— Je reviens tout de suite, dit Hardwick.

Gurney l'entendit quitter précipitamment la pièce en jurant. Une porte intérieure grinça, puis il y eut un bruit de tiroir s'ouvrant et se refermant. Une lampe torche s'alluma, s'éteignit. Il pouvait aussi distinguer la respiration d'Esti tout près de lui.

— Il n'y a pas de lune ce soir, n'est-ce pas ?

Elle chuchotait à moitié.

Durant un instant de folie, sous l'emprise d'une peur animale et de la montée d'adrénaline, il trouva sa voix basse et sa proximité tellement érotiques qu'il faillit en oublier de répondre à la question.

— Dave ?

— Exact. Oui. Pas de lune.

Elle se rapprocha, son bras touchant le sien.

— Qu'est-ce qui se passe, à votre avis ?

— Je ne sais pas. Rien de bon.

— Vous pensez qu'on réagit de façon exagérée ?

— Je l'espère.

— Je n'y vois rien. Et vous ?

Il plissa les yeux dans la direction approximative de la fenêtre à côté de la table.

— Non. Rien.

— Flûte. (Le magnétisme de sa voix inquiète susurrant dans le noir devenait surréaliste.) Vous croyez que ces bruits étaient des impacts de balles contre la maison ?

— Possible.

En fait, il en était persuadé. Il avait essuyé plus d'une fois des coups de feu dans sa carrière.

— Je n'ai pas entendu de détonations.

— Se sert peut-être d'un silencieux.

— Ah, merde. Vous pensez vraiment que c'est notre petit sniper là-dehors ?

Gurney en était convaincu ; mais avant qu'il ait eu le temps de répondre, Hardwick revint.

— J'ai le Glock et le Sig. J'aime bien le Glock. Et toi, champion ? Tu es d'accord pour le Sig ?

— Pas de problème.

Hardwick toucha le coude de Gurney, trouva sa main, glissa le pistolet dedans.

— Chargeur plein, une dans la chambre, sûreté mise.

— Bien. Merci.

— Il est peut-être temps d'appeler la cavalerie, suggéra Esti.

— Putain, ça non ! rétorqua Hardwick.

— Alors qu'est-ce qu'on va faire ? Passer la nuit ici ?

— On cherche un moyen d'attraper ce fils de pute.

— L'attraper ? C'est le boulot du SWAT. On les appelle. Ils viennent. Ils l'attrapent.

— Qu'ils aillent se faire foutre ! Je l'attraperai moi-même. Personne ne tire dans ma putain de baraque. Merde alors !

— Jack, pour l'amour du ciel, ce type a transpercé d'une balle une ligne électrique. Dans l'obscurité. C'est un excellent tireur. Équipé d'une lunette de visée nocturne. Se cachant dans les bois. Comment vas-tu faire pour l'attraper ? Bonté divine, réfléchis un peu !

— Qu'il aille se faire foutre ! Il n'est pas si super que ça… il a dû tirer deux fois pour atteindre la ligne. Je vais lui fourrer mon Glock dans le cul.

— Il n'a peut-être pas tiré deux fois, fit observer Gurney.

— De quoi diable est-ce que tu parles ? Les lumières se sont éteintes au second coup, pas au premier.

— Vérifie ta ligne fixe.

— Quoi ?

— J'ai eu l'impression que les impacts se situaient à différents endroits sur le mur en haut. Est-ce que tes lignes électrique et téléphonique arrivent ensemble ou séparément ?

Hardwick ne répondit pas, ce qui était suffisamment parlant.

Gurney l'entendit ramper de la table jusque dans la cuisine… décrocher ensuite un combiné et le reposer au bout d'un moment… puis revenir toujours en rampant à la table.

— Elle est morte. Il a touché cette satanée ligne téléphonique.

— Je ne pige pas, dit Esti. À quoi bon couper une ligne téléphonique alors que tout le monde possède des portables ? Il doit savoir qui est Jack, probablement qui nous sommes les uns et les autres, et penser que nous avons tous des téléphones. Vous avez déjà vu un flic sans téléphone portable ? Pourquoi couper la ligne fixe ?

— Il aime peut-être frimer, répondit Hardwick. Eh bien, cet enculé a tort de se foutre de ma gueule.

— Tu n'es pas le seul ici, Jack. Peut-être qu'il se fout de la gueule de Dave. Peut-être qu'il se fout de notre gueule à tous.

— Je me moque de qui il croit se foutre. Mais c'est dans ma putain de bicoque qu'il balance ses putains de pruneaux.

— C'est absurde. Moi, je dis qu'il faut appeler une équipe du SWAT, et tout de suite.

— On n'est pas à Albany, bon sang. Ce n'est pas comme s'ils étaient stationnés à Dillweed à attendre l'appel. Il s'écoulera bien une heure avant qu'ils soient là.

— Dave ? dit-elle, cherchant du soutien.

Gurney ne put lui en fournir.

— Il serait sans doute préférable de régler ça nous-mêmes.

— Préférable ? De quel point de vue ?

— Officialisez la chose, et ce sera un sacré guêpier.

— Un guêpier… de quoi parlez-vous ?

— De votre carrière.

— Ma carrière ?

— Vous êtes une enquêtrice de la BC, et Jack se prépare à lancer une attaque tous azimuts contre la BC. Comment interpréteront-ils votre présence ici ? Vous pensez qu'il leur faudra plus de deux secondes pour comprendre de quelle façon il se procure ses informations confidentielles ? Informations dont il peut se servir pour briser leur vie ? Vous pensez que vous allez survivre à ça – légalement ou non ? Pour ma part, j'aimerais mieux avoir affaire à un sniper tapi dans les bois qu'être considéré comme un traître par les gens avec qui je dois travailler.

— Je ne vois pas ce qu'ils peuvent prouver, répondit Esti, la voix légèrement tremblante. Il n'y a aucune raison… (Elle s'interrompit brusquement.) Qu'est-ce que c'était ?

— Qu'est-ce que c'était que quoi ? demanda Gurney.

— Par cette fenêtre… sur la colline en face de la maison… dans les bois… un éclair…

Hardwick contourna la table en se baissant pour s'approcher de la fenêtre.

Scrutant les ténèbres, Esti murmura :

— Je suis sûre d'avoir vu…

À nouveau, elle s'arrêta au milieu de sa phrase.

Cette fois, Gurney et Hardwick le virent aussi, réagissant à l'unisson :

— Là !

— C'est une de mes trail cams, dit Hardwick. Activées par le mouvement. J'en ai une demi-douzaine dans les bois – surtout pour les périodes de chasse.

Un autre éclair se produisit, apparemment plus haut sur la colline.

— Cet enfoiré remonte le sentier principal. Il est en train de se tirer. Pas question, bordel !

Gurney entendit Hardwick se relever pour se précipiter dans la cuisine, puis revenir avec deux lampes torches allumées dans une main et le Glock dans l'autre. Il posa une des lampes debout au milieu de la table, le faisceau lumineux pointé vers le plafond.

— J'ai une idée de l'endroit vers lequel se dirige cet enculé. Après mon départ, regagnez vos bagnoles, foutez le camp et oubliez que vous êtes venus.

La voix d'Esti s'éleva, alarmée :

— Où vas-tu ?

— Là où va ce sentier… à Scutt Hollow, de l'autre côté de la montagne. Si je peux arriver là-bas avant lui…

— On vient avec toi !

— De la connerie ! Vous devez vous tirer d'ici tous les deux… dans la direction opposée… tout de suite ! Si vous vous faites pincer, questionner par les flics locaux – pire, par la BC –, ce sera une chienlit à n'en plus finir. Salut. J'y vais !

— Jack !

Hardwick sortit à toute vitesse par la porte d'entrée. Quelques secondes plus tard, ils entendirent le rugissement de la grosse GTO V8, les roues s'emballant, des bouts de gravier criblant le flanc de la maison. Gurney saisit la lampe torche restée sur la table, sortit précipitamment sur le porche, vit les feux arrière de la voiture disparaître dans un virage du chemin de terre qui serpentait le long du flanc boisé jusqu'à la Route 10.

— Il ne devrait pas y aller seul. (La voix d'Esti à côté de lui était tendue et saccadée.) On devrait le suivre, donner l'alerte.

Elle avait raison, mais Hardwick était ainsi.

— Jack n'est pas idiot. Je l'ai vu dans des situations encore plus délicates. Tout se passera bien pour lui.

L'assurance de Gurney sonnait faux.

— Il ne devrait pas poursuivre ce maniaque tout seul !

— Il peut appeler pour avoir de l'aide. C'est à lui de décider. Du moment que nous ne sommes pas là, il peut arranger son

234

histoire à sa guise. Dans le cas contraire, ça ne dépend plus de lui. Et vous pouvez dire adieu à votre carrière.

— Bon Dieu de bon Dieu ! Je déteste ça ! (En colère, elle se mit à tourner en rond.) Et maintenant ? On s'en va tout simplement ? On repart en voiture ? On rentre chez soi ?

— Oui. Vous d'abord. Tout de suite.

Elle dévisagea Gurney dans la lumière dansante de la lampe torche.

— Bon. Très bien. Mais c'est le merdier. Le merdier complet.

— Je suis d'accord. Mais il faut préserver les options de Hardwick. Y a-t-il des affaires à vous dans la maison ?

Elle battit des paupières à plusieurs reprises, essayant de se concentrer sur la question.

— Mon fourre-tout, mon sac à bandoulière... je crois que c'est tout.

— Bien. Quoi qu'il y ait dedans... prenez-les et partez.

Il lui donna la lampe torche et attendit dehors tandis qu'elle retournait à l'intérieur.

Deux minutes plus tard, elle déposait ses sacs sur le siège du passager de la Mini Cooper.

— Où habitez-vous ? lui demanda-t-il.

— Oneonta.

— Seule ?

— Oui.

— Soyez prudente.

— Sûr. Vous aussi.

Elle monta dans sa voiture, effectua une marche arrière, s'engagea sur le chemin de terre et disparut.

Il éteignit la lampe torche et resta immobile dans le noir, tendant l'oreille. Il ne pouvait distinguer ni son, ni brise, ni le plus léger mouvement nulle part. Il demeura ainsi un long moment, à attendre de voir, d'entendre quelque chose. Mais tout semblait étrangement calme.

La lampe dans une main, le Sig dans l'autre, sûreté ôtée, il pivota sur lui-même, promenant son regard autour de lui. Il ne vit rien d'inquiétant, rien d'anormal. Il dirigea le faisceau vers le côté de la maison et le fit aller et venir jusqu'à ce qu'il découvre un fil coupé sortant d'un raccord électrique près de la fenêtre du premier étage et, à environ trois mètres de là, un second fil émergeant d'un type de raccord différent près d'une autre fenêtre. Il dirigea alors la lampe vers le chemin, où il localisa le poteau et les deux fils lâches qu'il s'attendait à y trouver, pendant sur le sol.

Il s'approcha de la maison, s'immobilisant sous les deux bouts de fil coupés. Sur le bardeau au-dessous de chacun d'eux, il aperçut un petit trou noirâtre à quelques millimètres du raccord concerné. De l'endroit où il se trouvait, il lui était impossible de déterminer le diamètre avec exactitude, mais il était pratiquement sûr qu'ils ne pouvaient pas avoir été faits avec une balle d'un calibre plus petit que 30 ou plus gros que 35.

Si c'était le même tireur que celui qui avait touché Carl au cimetière de Willow Rest, il témoignait d'une grande souplesse dans le choix de son arme – un homme optant pour l'instrument le mieux adapté aux circonstances. Un homme pratique. Ou une femme.

Il repensa à la question d'Esti. Pourquoi prendre la peine de tirer sur une ligne fixe, alors que tout le monde possédait un téléphone portable ? D'un point de vue pratique, couper les lignes électrique et téléphonique constituait le préambule à une attaque. Mais aucune attaque n'avait eu lieu. Alors quel intérêt ?

Un avertissement ?

Comme les clous dans la tête de Gus ?

Mais pourquoi la ligne fixe ?

Bonté divine !

Était-ce possible ?

Électricité et téléphone. L'électricité signifiait de la lumière, qui signifiait voir. Et le téléphone ? Que faisait-on avec un téléphone – surtout une vieille ligne fixe ? On écoutait et on parlait.

Pas d'électricité ni de téléphone.

Impossible de voir, d'écouter, de parler.

Ne rien voir, ne rien entendre, ne rien dire.

Ou faisait-il preuve de beaucoup trop d'imagination, séduit par sa théorie du « message » ? Il savait pertinemment que tomber sous le charme de ses propres hypothèses pouvait être une erreur fatale. Pourtant, s'il ne s'agissait pas d'un message, qu'est-ce que cela pouvait bien être ?

Ayant éteint la lampe torche, il resta à nouveau figé dans le noir, tenant le pistolet Sig Sauer contre sa hanche, ouvrant les yeux et les oreilles. Le silence absolu lui donna des frissons. Il se dit que c'était juste parce que la température baissait et que l'air devenait humide. Mais il ne se sentit pas plus rassuré pour autant. Il était temps de fiche le camp de là.

À mi-chemin de Walnut Crossing, il s'arrêta à une station-service ouverte toute la nuit pour acheter un gobelet de café. Alors qu'il était assis dans le parking, à siroter son café, passant en revue ce qui était arrivé chez Hardwick – ce qu'il aurait pu ou dû faire –, s'efforçant de disposer dans un ordre raisonnable les étapes suivantes, l'idée lui vint d'appeler Kyle.

Se préparant à laisser un message, il eut la surprise d'entendre une voix vivante.

— Salut, papa, que se passe-t-il ?

— Beaucoup trop de choses, en fait.

— Ah oui ? Mais, bon, tu aimes bien ça, n'est-ce pas ?

— Tu crois ?

— Je le sais. Quand tu n'es pas submergé, tu as l'impression de ne rien faire de tes dix doigts.

Gurney sourit.

— J'espère que je ne t'appelle pas trop tard.

— Trop tard ? Il est dans les neuf heures quarante-cinq. On est à New York. La plupart de mes amis sortent tout juste maintenant.

— Pas toi ?

— On a décidé de rester là ce soir.

— On ?

— C'est une longue histoire. Qu'est-ce qu'il y a ?

— Une question, basée sur ton expérience de Wall Street. Je ne sais même pas comment la poser. J'ai passé toute ma carrière plongé dans des homicides, pas des trucs de cols blancs. Ce que je me demande, c'est ceci : si une boîte cherchait un financement

237

important – mettons, pour se développer –, est-ce une chose qui se saurait par le téléphone arabe ?

— Ça dépend.

— De quoi ?

— De l'importance de l'opération dont tu parles. Et du type de financement. Et de qui est dans le coup. Un tas de facteurs différents. Pour aboutir dans le moulin à rumeurs, il faudrait que ce soit maousse. Personne à Wall Street ne parle de petites affaires. De quelle boîte s'agit-il ?

— Un machin appelé la Cybercathédrale – conçue par un dénommé Jonah Spalter.

— Cela me dit vaguement quelque chose.

— Certains faits attachés à ce quelque chose ?

— Cybercath…

— *Cybercath* ?

— Les types dans le secteur de la finance adorent les abréviations, jargon de la Bourse, style télégraphique… comme s'ils étaient trop occupés pour se servir de mots entiers.

— La Cybercathédrale est cotée en Bourse ?

— Je ne pense pas. C'est juste la façon de parler de ces gars-là. Que veux-tu savoir ?

— Tout ce qu'on raconte là-dessus que je ne trouverai pas sur Google.

— Pas de problème. Tu travailles sur une nouvelle affaire ?

— Un appel d'une condamnation pour meurtre. J'essaie de dénicher des faits auxquels l'enquête initiale n'aurait pas prêté attention.

— Super. Comment ça se passe ?

— De manière intéressante.

— Te connaissant, je dirais que ça signifie qu'on t'a tiré dessus, mais pas tué.

— Eh bien… c'est à peu près ça.

— *Quoiii ?* Tu veux dire que j'ai raison ? Est-ce que ça va ? Quelqu'un a essayé de te tirer dessus ?

— Seulement sur une maison dans laquelle je me trouvais.

— Bon Dieu ! Ça a rapport avec l'affaire en question ?

— Je pense.

— Comment peux-tu être aussi calme ? Moi, je deviendrais dingue si quelqu'un tirait sur une maison dans laquelle je suis.

— Ça m'ennuierait davantage s'il m'avait visé personnellement.

— Wouah ! Tu serais un héros de bande dessinée, on t'appellerait « Docteur Cool ».

Gurney sourit, ne sachant que dire. Il ne lui arrivait pas souvent de discuter avec Kyle, même si leurs contacts étaient devenus plus fréquents depuis l'affaire du Bon Berger.

— Y a-t-il une chance que tu passes par ici un de ces jours ?

— Bien sûr. Pourquoi pas ? Ce serait super.

— Tu as toujours la moto ?

— Absolument. Et le casque que tu m'as donné. Ton vieux. Je le mets au lieu du mien.

— Ah… eh bien… je suis content qu'il t'aille.

— Je pense que nous avons exactement le même tour de tête.

Gurney éclata de rire. Il ne savait pas très bien pourquoi.

— Bon, dès que tu peux t'échapper, on serait ravis de te voir. (Il marqua une pause.) Comment ça marche à la fac de droit de Columbia ?

— Un boulot d'enfer, des tonnes de lectures, mais bien, en fait.

— Tu ne regrettes pas d'avoir quitté Wall Street ?

— Pas une seconde. Enfin, peut-être une seconde de temps à autre. Mais quand je repense à toutes les foutaises qui allaient avec – Wall Street est pavé de foutaises –, je suis bien content de ne plus en faire partie.

— Bien.

Il y eut un silence, finalement rompu par Kyle.

— Alors… je vais passer quelques coups de fil, pour voir si quelqu'un sait quelque chose sur Cybercath, et je te rappellerai.

— Formidable, fiston. Merci.

— Je t'embrasse, papa.

— Moi aussi.

Une fois l'appel terminé, Gurney resta le téléphone à la main, réfléchissant à la nature de ses échanges avec son fils. Le jeune homme avait… combien ? Vingt-cinq ? Vingt-six ans ? Il n'arrivait

239

jamais à se le rappeler. Et pendant bon nombre de ces années, surtout les dix dernières, Kyle et lui avaient été… quoi ? Pas vraiment brouillés, le terme serait trop fort. Distants ? Séparés par des périodes de non-communication, certainement. Mais quand des occasions de communiquer se présentaient, elles étaient invariablement chaleureuses, surtout de la part de Kyle.

Peut-être l'explication tenait-elle tout entière dans la conclusion émise par une de ses petites amies de collège lors de sa rupture avec lui : « Tu n'es tout simplement pas sociable, David. » Elle s'appelait Geraldine. Ils se trouvaient devant la serre du jardin botanique du Bronx. Les cerisiers étaient en pleine floraison. Il s'était mis à pleuvoir. Lui tournant le dos, elle s'était éloignée, continuant à marcher alors que la pluie redoublait de violence. Ils ne s'étaient plus jamais parlé.

Il regarda le téléphone portable dans sa main. Il lui vint à l'idée qu'il devrait appeler Madeleine, l'informer qu'il était en route.

Lorsqu'elle décrocha, elle avait l'air endormie.

— Où es-tu ?

— Excuse-moi, je ne voulais pas te réveiller.

— Tu ne me réveilles pas. Je lisais. Je somnolais peut-être un peu.

Il fut tenté de lui demander si le livre était *Guerre et Paix*. Elle n'en finissait pas de le lire, et c'était un puissant soporifique.

— Je voulais juste te dire que je suis entre Dillweed et Walnut Crossing. Je devrais être là dans moins de vingt minutes.

— Bien. Comment se fait-il que tu rentres si tard ?

— J'ai eu quelques problèmes chez Hardwick.

— Des problèmes ? Tu vas bien ?

— Très bien. Je te raconterai tout en rentrant.

— Quand tu rentreras, je dormirai.

— Alors demain matin.

— Conduis prudemment.

— D'accord. À plus tard.

Il glissa le téléphone dans sa poche, avala quelques gorgées de café froid, jeta le reste dans une poubelle et reprit la route.

Hardwick occupait à présent ses pensées. Accompagné du sentiment désagréable qu'il aurait dû ignorer les instructions de celui-ci et le suivre, en fin de compte. Bien sûr, il y avait le risque qu'une chose en entraîne une autre, qu'un échange de coups de feu avec le tireur se produise, que les forces de l'ordre interviennent, que la BC flaire le rôle d'Esti, qu'il soit nécessaire d'éluder les circonstances de leur rencontre pour la protéger, dépositions à moitié vraies, embrouillaminis à n'en plus finir. Mais, d'autre part, il y avait l'éventualité que Hardwick se heurte à plus forte partie qu'il ne l'imaginait.

Gurney éprouva une forte envie de faire demi-tour pour parcourir les routes où la poursuite avait sans doute mené Hardwick. Mais il y avait beaucoup trop de possibilités. Beaucoup trop de croisements. Dont chacun multiplierait les chances de ne pas retrouver l'itinéraire que le policier avait suivi. Et même si, par une coïncidence extraordinaire, il atterrissait au bon endroit à la suite de toute une série de suppositions exactes, son arrivée inattendue risquait de créer plus de problèmes que d'en résoudre.

Il continua donc son chemin, en proie à un conflit intérieur, et finit par atteindre la sortie pour sa propriété au sommet de la colline. Il se mit à rouler lentement, les cerfs ayant une fâcheuse tendance à surgir de nulle part. Il avait percuté un faon il n'y avait pas si longtemps, et ce souvenir continuait à le rendre malade.

En haut de la route, il s'arrêta pour laisser passer un porc-épic. Il le regarda filer en se dandinant dans les hautes herbes le long de la pente au-dessus de la grange. Les porcs-épics avaient mauvaise réputation, mordillant à peu près tout, depuis les revêtements extérieurs des habitations jusqu'aux conduites de frein des voitures. Le fermier en bas de la route lui avait conseillé de les abattre à vue. « Ils occasionnent tout un tas de problèmes et ne sont bons à rien. » Mais Gurney n'avait pas le cœur à ça, et Madeleine ne l'aurait pas toléré.

Il redémarra, et il remontait le chemin herbeux menant à la ferme quand quelque chose de brillant retint soudain son attention. À une des fenêtres de la grange... un point étincelant. Il pensa tout d'abord que quelqu'un avait laissé allumée la lumière dans la grange – peut-être Madeleine la dernière fois qu'elle avait donné à manger aux poussins. Mais l'ampoule était relativement faible, avec une teinte jaunâtre, et cette lumière à la

241

fenêtre était vive et blanche. Tandis que Gurney la scrutait, elle devint plus intense.

Il éteignit les phares. Après être resté assis là, stupéfait, pendant encore quelques instants, il prit la lourde lampe torche en métal de Hardwick sur le siège passager sans l'allumer, sortit de la voiture et marcha vers la grange, guidé dans les ténèbres par cet étrange point lumineux, qui semblait se déplacer en même temps que lui.

Puis il se rendit compte, non sans avoir quelque peu la chair de poule, que la lumière en question ne se trouvait pas du tout dans la grange. C'était un reflet – un reflet sur la vitre d'une lumière située quelque part derrière lui. Il se tourna rapidement, et il la vit : une lumière éclatante brillant à travers la ligne des arbres le long du haut de la crête au-delà de l'étang. Sa première idée fut qu'il s'agissait d'un projecteur halogène monté sur un véhicule tout-terrain.

Dans la grange derrière lui, peut-être en réaction à cet éclairage, le coq se mit à chanter.

Gurney regarda à nouveau la crête – vers cette lumière étincelante enflant derrière les arbres. Et alors, bien sûr, ce fut évident. Comme ça aurait dû l'être dès le départ. Aucun mystère là-dedans. Pas de véhicule étrange sondant la forêt. Rien qui sorte de l'ordinaire. Seulement la pleine lune se levant par une nuit claire.

Il se sentit comme un idiot.

Son téléphone se mit à sonner.

C'était Madeleine.

— C'est toi, en bas près de la grange ?

— Oui.

— Quelqu'un vient de t'appeler. Tu remontes ?

Sa voix était particulièrement froide.

— Oui, je vérifiais quelque chose. Qui était-ce ?

— Alyssa.

— Comment ?

— Une femme prénommée Alyssa.

— T'a-t-elle donné un nom de famille ?

— Je le lui ai demandé. Elle a répondu que tu le connaissais probablement et que, dans le cas contraire, cela ne servait à rien de te parler, de toute façon. Elle avait l'air droguée ou folle.

— A-t-elle laissé un numéro ?

— Oui, il est ici.

— J'arrive tout de suite.

Deux minutes plus tard, à vingt-deux heures douze, dans la cuisine, il composa le numéro de téléphone.

Vêtue de son pyjama d'été rose et jaune, Madeleine était devant l'évier, rangeant quelques pièces d'argenterie laissées dans l'égouttoir.

On répondit à la troisième sonnerie – une voix à la fois rauque et délicate.

— Serait-ce l'inspecteur Gurney qui me rappelle ?

— Alyssa ?

— La seule et unique.

— Alyssa Spalter ?

— Alyssa Spalter, qui s'en allait à cheval, en pleurs.

On aurait dit une gamine de douze ans ayant fait une descente sur la cave à liqueurs de ses parents.

— Qu'est-ce que je peux faire pour vous ?

— Vous voulez faire quelque chose pour moi ?

— Vous avez appelé ici tout à l'heure. Que désirez-vous ?

— Être utile. Voilà tout.

— Utile comment ?

— Vous voulez savoir qui a tué le Rouge-Gorge ?

— Pardon ?

— De combien de meurtres vous occupez-vous ?

— Vous parlez de votre père ?

— À votre avis ?

— Vous savez qui a tué votre père ?

— Le Roi Carl ? Bien sûr que je le sais.

— Dites-le-moi.

— Pas au téléphone.

— Pourquoi ?

— Venez me voir et je vous le dirai.

— Donnez-moi un nom.

243

— Je vous en donnerai un. Quand je vous connaîtrai mieux. Je donne des noms à tous mes petits amis. Alors, quand vais-je vous rencontrer ?

Gurney ne répondit pas.

— Vous êtes toujours là ?

Son ton passait avec aisance de la clarté à l'ivresse.

— Je suis là.

— Ah. C'est ça, le problème. Vous devez venir ici.

— Alyssa… Vous savez quelque chose d'intéressant, ou pas ? Vous allez me le dire, ou pas ? À vous de choisir. Décidez-vous maintenant.

— Je sais tout.

— Très bien. Dites-moi de quoi il s'agit.

— Pas question. Le téléphone pourrait être sur écoute. Nous vivons dans un monde tellement effrayant. Ils mettent tout sur écoute. Écoute, coute, coute. Mais vous êtes policier. Vous connaissez tout ça. Vous savez même où j'habite, je parie.

Gurney garda le silence.

— Je parie que vous savez où j'habite, pas vrai ?

Il garda à nouveau le silence.

— Ouais, je parie que vous le savez.

— Alyssa ? Écoutez-moi. Si vous voulez me dire…

Elle l'interrompit de sa voix pâteuse, exagérément sensuelle, qui aurait été comique en d'autres circonstances.

— Bon… je serai ici toute la nuit. Et toute la journée de demain. Venez le plus rapidement possible. S'il vous plaît. J'attendrai. Rien que pour vous.

La communication fut coupée.

Gurney posa son téléphone et regarda Madeleine. Elle examinait une fourchette qu'elle s'apprêtait à mettre dans le tiroir réservé à l'argenterie. Elle fronça les sourcils, fit couler l'eau dans l'évier et se mit à la frotter. Puis elle la rinça, la sécha, l'examina à nouveau, sembla satisfaite et la rangea dans le tiroir.

— Je crois que tu avais raison, dit Gurney.

Le froncement de sourcils réapparut, mais cette fois c'est lui qu'il visait.

— À quel sujet ?

244

— En disant que cette jeune femme était droguée ou folle.

Elle sourit, d'un sourire sans humour.

— Qu'est-ce qu'elle veut ?

— Bonne question.

— Qu'a-t-elle dit qu'elle voulait ?

— Me voir. Pour me dire qui a tué son père.

— Carl Spalter ?

— Oui.

— Tu vas aller la voir ?

— Peut-être. (Il marqua un temps d'arrêt, réfléchissant.) C'est probable.

— Où ?

— Là où elle habite. La maison familiale à Venus Lake. Près de Long Falls.

— Vénus comme la déesse de l'amour ?

— Je présume.

— Joli nom pour un lac. (Elle marqua un temps d'arrêt.) Tu as dit « la maison familiale ». Son père est mort et sa mère en prison. Qui y a-t-il d'autre dans la famille ?

— À ma connaissance, personne. Alyssa est le seul enfant.

— Et quel enfant ! Tu vas y aller seul ?

— Oui et non.

Elle le regarda, intriguée.

— Peut-être accompagné d'un petit accessoire technologique.

— Tu veux dire que tu auras un micro sur toi ?

— Pas comme à la télévision, avec une camionnette bourrée de spécialistes de l'électronique et d'équipement de communication par satellite garée au coin de la rue. Je pense à un accessoire plus rudimentaire. Demain, est-ce que tu seras à la maison ou à la clinique ?

— Je travaille l'après-midi. Je devrais être ici la plus grande partie de la matinée. Pourquoi ?

— Voilà à quoi je songe : en arrivant à Venus Lake, avant que j'entre dans la maison elle-même, je pourrais appeler notre ligne fixe depuis mon téléphone portable. Après avoir décroché et vérifié que c'est moi, mets l'enregistreur. Je laisserai mon téléphone ouvert, dans ma poche de chemise. Ça ne transmettra

245

peut-être pas tout avec une netteté parfaite, mais ça permettra d'avoir un enregistrement de ce qui s'est dit lors de ma rencontre avec elle, ce qui pourrait se révéler utile.

Madeleine n'avait pas l'air convaincue.

— C'est très bien pour plus tard, si tu veux prouver quoi que ce soit, mais... ça ne constitue pas précisément une protection pendant que tu seras sur place. Au cours des deux minutes que j'ai passées avec Alyssa au téléphone, j'ai eu la nette impression qu'elle était cinglée. Dangereusement cinglée.

— Oui, je sais. Mais...

Elle lui coupa la parole.

— Ne me dis pas le nombre de fous dangereux dont tu as dû t'occuper à New York. C'était alors et nous sommes maintenant. (Elle s'arrêta un instant, comme si elle remettait en question la réalité de la distinction alors/maintenant.) Que sais-tu sur cette personne ?

Il réfléchit. Kay avait amplement parlé d'Alyssa. Mais quant à savoir ce qu'il y avait de vrai dans tout ça, c'était un autre problème.

— Ce dont je suis sûr ? Pratiquement rien. Sa belle-mère prétend que c'est une droguée et une menteuse. Il est possible qu'elle ait eu des relations sexuelles avec son père. Il est possible qu'elle ait eu des relations sexuelles avec Mick Klemper pour influencer le résultat de l'enquête. Qu'elle ait fait accuser à tort sa belle-mère de meurtre. Qu'elle ait été complètement camée au téléphone avec moi voilà un instant. Ou qu'elle m'ait joué un petit numéro bizarre... pour Dieu sait quelle raison.

— Sais-tu quelque chose de positif sur elle ?

— Pas vraiment.

— Eh bien... c'est à toi de décider. (Elle ferma le tiroir à argenterie un peu plus fermement que d'ordinaire.) Mais je pense que la rencontrer chez elle tout seul est une très mauvaise idée.

— Je ne le ferais pas si on ne pouvait pas utiliser ce truc du téléphone comme mesure de protection.

Madeleine hocha la tête imperceptiblement, réussissant à communiquer par ce geste un message clair : *C'est beaucoup trop risqué, mais je sais que je ne peux pas t'en empêcher.*

Puis elle ajouta, à haute voix :

— Tu as déjà pris rendez-vous ?

Il se rendit compte qu'elle avait changé de sujet et que l'enchaînement lui-même était lourd de sens, ce qu'il fit semblant de ne pas avoir saisi.

— Quel rendez-vous ?

Elle resta là près de l'évier, les mains posées sur le rebord, le fixant d'un regard incrédule et patient.

— Tu parles de Malcolm Claret ? demanda-t-il.

— Oui. Qui croyais-tu ?

Il secoua la tête dans une sorte de geste d'impuissance.

— Il y a une limite au nombre de choses dont j'arrive à me souvenir en même temps.

— À quelle heure pars-tu demain ?

Il pressentit un nouveau changement de cap.

— Pour Venus Lake ? Vers neuf heures. Je doute que Mlle Alyssa se lève très tôt. Pourquoi ?

— Je voudrais travailler sur le poulailler. Je pensais que, peut-être, si tu avais quelques minutes, tu pourrais m'expliquer les étapes suivantes, que je puisse avancer un peu avant d'aller à la clinique. Il est censé faire beau le reste de la matinée.

Gurney poussa un soupir. Il s'efforça de se concentrer sur le projet de poulailler – la géométrie de base, là où ils en étaient avec les mesures, les matériaux à acheter, ce qu'il fallait faire ensuite –, mais sans y parvenir. C'était comme si le problème Spalter et le problème poussins nécessitaient deux cerveaux différents. Et puis il y avait la situation de Hardwick. Chaque fois qu'il y repensait, il regrettait sa décision d'avoir fait ce que celui-ci lui avait demandé.

Il promit à Madeleine de s'occuper plus tard de la question du poulailler, alla dans le bureau et appela le numéro de portable de Hardwick.

Sans surprise – mais de façon non moins frustrante –, il tomba sur sa boîte vocale.

— Hardwick… laissez un message.

— Hé, Jack, qu'est-ce qui se passe de ton côté ? Où es-tu ? Fais-moi signe, s'il te plaît.

Puis, se rendant compte qu'il n'en pouvait plus de fatigue, il rejoignit Madeleine au lit. Mais même pendant son sommeil, son esprit demeurait prisonnier d'un de ces tournoiements vains et fébriles où l'identification et la consigne, *Hardwick... laissez un message*, ne cessaient de revenir selon toutes sortes de combinaisons incongrues.

CHAPITRE 30

Un superbe poison

G URNEY ATTENDIT LE LENDEMAIN MATIN pour raconter à Madeleine l'histoire de la ligne électrique chez
Hardwick. Lorsqu'il eut terminé son compte rendu, largement abrégé, mais fondamentalement exact, de l'incident, elle
l'observa en silence, comme si elle attendait la suite.

La suite était ce qu'il redoutait le plus, mais il n'y avait pas
moyen de faire autrement.

— Je pense que, à titre de précaution…, commença-t-il, mais
elle termina sa phrase pour lui.

— Je devrais partir de la maison pendant un certain temps.
C'est bien ce que tu allais dire ?

— Seulement au cas où. Juste pour quelques jours. J'ai l'impression que ce type a fait valoir son point de vue et qu'il ne va pas réé-
diter son exploit, mais néanmoins… j'aimerais que tu sois à l'abri
de tout danger éventuel jusqu'à ce que le problème soit réglé.

S'attendant à la même réaction coléreuse que celle qu'elle avait
eue à une suggestion analogue qu'il avait faite un an plus tôt, lors
de la troublante affaire Jillian Perry, il fut pris au dépourvu par
son absence manifeste d'opposition. La première question de
Madeleine était étonnamment pragmatique :

— Pendant combien de jours ?

— Ce n'est qu'une hypothèse. Mais… trois, quatre peut-être ? Tout
dépend en combien de temps nous pouvons éliminer le problème.

— Trois ou quatre à partir de quand ?

— Demain soir avec un peu de chance ? Je pensais que tu pourrais aller chez ta sœur à…

— Je serai chez les Winkler.

— Tu seras où ?

— Je savais que tu aurais oublié. Les Winkler. À leur ferme. À Buck Ridge.

Cela lui disait vaguement quelque chose.

— Des gens avec des animaux bizarres ?

— Des alpacas. Et tu te rappelles également que j'ai proposé d'aller les aider pendant la foire.

Un deuxième souvenir lointain.

— Ah. Oui. C'est vrai.

— Et que la foire commence ce week-end ?

Un troisième souvenir lointain.

— Exact.

— Je serai donc là-bas. À la foire avec eux et à leur ferme. J'irai après-demain, mais je suis sûr que ça ne les dérangera pas que je vienne un jour plus tôt. En fait, ils m'avaient invité à rester toute la semaine. Je comptais prendre quelques jours de congé à la clinique. Tu sais, on en a discuté la première fois qu'ils ont soulevé la question.

— Je crois vaguement me souvenir. Sur le moment, ça paraissait tellement lointain, je suppose. Mais c'est très bien comme ça – beaucoup plus commode que d'aller chez ta sœur.

Abandonnant son attitude décontractée, Madeleine se raidit soudain.

— Mais et toi ? S'il paraît plus raisonnable que je ne sois pas là…

— Tout ira bien. Comme je te l'ai dit, le tireur envoyait un message. Il semble savoir que Hardwick est en train de relancer l'affaire Spalter, il est donc logique que ce soit à lui qu'il ait adressé son vilain petit message. En outre, dans le cas hautement improbable où il voudrait faire connaître sa présence une seconde fois, je pourrais peut-être en tirer parti.

Une perplexité inquiète se lisait sur le visage de Madeleine, comme si elle se débattait avec une contradiction de taille.

Il nota son expression et regretta de lui avoir ajouté un motif de crainte inutile, qu'il tenta de dissiper à cet instant.

— Ce que je veux dire, c'est que la probabilité d'un problème réel est infime. Cependant, même si elle représente moins de un pour cent, je préférerais que tu sois le plus loin possible.

— Mais là encore, et toi ? Même si elle est de moins de un pour cent, ce que je ne crois pas vraiment...

— Moi ? Inutile de te faire du mauvais sang. D'après le *New York Magazine*, je suis l'inspecteur de police judiciaire le plus brillant que la ville ait connu.

Sa rodomontade ironique était censée la détendre.

En fait, elle sembla avoir l'effet contraire.

Le GPS de Gurney l'amena dans l'enclave de Venus Lake via une série de vallées fluviales contournant le fléau que représentait Long Falls.

Lakeshore Drive formait une boucle d'un peu plus de trois kilomètres autour d'un plan d'eau mesurant environ, estima-t-il, un kilomètre et demi de long sur cinq cents mètres de large. La boucle commençait et se terminait dans un village de carte postale au pied du lac. La maison Spalter – une imitation hypertrophiée d'une ferme de style XVIIIe siècle – était située dans une propriété de plusieurs hectares avec un parc paysager à la tête du lac.

Il fit un circuit complet de la route avant de s'arrêter devant le Killingston's Mercantile Emporium, qui – avec la minutieuse rusticité de sa façade et de sa devanture montrant du matériel de pêche à la mouche, des thés anglais et des tweeds traditionnels – semblait être une représentation à peu près aussi authentique de la vie rurale qu'une peinture de Thomas Kincaid.

Il sortit son téléphone et appela Hardwick pour la troisième fois de la matinée, et, pour la troisième fois, fut redirigé vers sa boîte vocale. Puis il appela le portable d'Esti, pour la troisième fois également, mais cette fois-ci elle décrocha.

— Dave ?

— Des nouvelles de Jack ?

— Oui et non. Il m'a appelé à onze heures quarante-cinq hier soir. L'air pas très content. Apparemment, le tireur possédait soit

251

une moto trail, soit un véhicule tout-terrain. Jack raconte l'avoir entendu dans les bois près de la route à un moment donné, mais n'avoir jamais pu s'en approcher davantage. Donc aucun progrès de ce côté-là. Je pense qu'il va consacrer du temps aujourd'hui à essayer de retrouver les types ayant témoigné contre Kay.

— Et les photos ?

— De l'autopsie de Gurikos ?

— Eh bien, celles-là aussi… mais je voulais parler des trail cams. Rappelez-vous les éclairs que nous avons vus dans les bois après les coups de feu contre la maison ?

— D'après Jack, les caméras étaient fracassées. Apparemment, le tireur a collé deux balles dans chacune d'elles. En ce qui concerne les autopsies de Mary Spalter et de Gurikos, j'ai demandé des renseignements par téléphone. J'aurai peut-être les réponses dans pas longtemps, avec un peu de chance.

Il fit ensuite le numéro de sa ligne fixe.

Tout d'abord, il n'y eut pas de réponse, et la boîte vocale s'enclencha. Il s'apprêtait à laisser un message paniqué du genre « Mais où diable es-tu ? », lorsque Madeleine décrocha.

— Salut. J'étais dehors, à essayer d'arriver à comprendre ce truc d'électricité.

— Quel truc d'électricité ?

— Est-ce qu'on ne s'était pas mis d'accord qu'une ligne électrique devait aller au poulailler ?

Il retint un soupir exaspéré.

— Oui, je suppose. Je veux dire, on n'a pas besoin de s'en occuper tout de suite.

— D'accord… mais est-ce qu'il ne serait pas préférable de savoir où elle passera, afin de ne pas avoir de problème plus tard ?

— Écoute, je ne peux pas réfléchir à ça maintenant. Je suis à Venus Lake, où je m'apprête à avoir un entretien avec la fille de la victime. J'ai besoin que tu règles le téléphone pour pouvoir effectuer un enregistrement.

— Je sais. Tu me l'as déjà dit. Je laisse la ligne ouverte et je mets l'enregistreur.

— C'est à peu près ça, en effet. Sauf que j'ai pensé à une meilleure façon de s'y prendre.

Elle ne dit rien.

— Tu es toujours là ?

— Oui.

— Bon. Voilà ce que j'ai besoin que tu fasses. Appelle-moi dans exactement dix minutes. Je te dirai quelque chose – ne t'occupe pas de ce que je dis – puis je couperai la communication. Rappelle-moi immédiatement. Je dirai quelque chose d'autre et je couperai à nouveau. Appelle-moi une troisième fois et – quoi que je dise – laisse la ligne ouverte à ce stade puis mets l'enregistreur. D'accord ?

— Pourquoi cette complication supplémentaire ?

Dans sa voix perçait une anxiété croissante.

— Alyssa risque de penser que j'enregistre la conversation sur mon téléphone ou que je la transmets à un autre enregistreur. Je veux lui ôter cette idée de la tête en créant une situation qui la persuade que je l'ai complètement éteint.

— D'accord. Je t'appelle dans dix minutes. Dix minutes à partir de maintenant ?

— Oui.

— Quand tu rentreras, on pourra peut-être parler de leur chauffe-eau.

— Leur quoi ?

— J'ai lu que les poulaillers n'avaient pas à être chauffés, mais que la température de l'eau devait être maintenue au-dessus de zéro. C'est une des raisons pour lesquelles il faut qu'il y ait l'électricité.

— Très bien. Oui. On en parlera. Plus tard. Ce soir. D'accord ?

— Bon. Je t'appelle dans neuf minutes et demie.

Il glissa le téléphone dans sa poche de chemise, prit un petit enregistreur numérique dans le vide-poches de la voiture et le fixa à sa ceinture dans une position très visible. Puis il quitta le Killington's Mercantile Emporium pour l'extrémité opposée de Venus Lake – le portail en fer forgé ouvert et l'allée menant au domicile des Spalter. Il franchit lentement le portail et se gara à l'endroit où l'allée s'élargissait, devant un large perron en granit.

La porte d'entrée faisait l'effet d'une antiquité provenant d'une maison encore plus vieille, mais tout aussi prospère. Sur le mur à côté se trouvait un interphone. Il appuya sur le bouton.

Une voix féminine désincarnée dit :

— Entrez, la porte n'est pas fermée à clé.

Il regarda sa montre. Seulement six minutes avant l'appel de Madeleine. Ouvrant la porte, il pénétra dans un grand hall d'entrée éclairé par une série d'appliques anciennes. À gauche, une porte voûtée donnait sur une salle à manger d'apparat ; à droite, une porte identique donnait sur un salon confortablement meublé, avec une cheminée en brique dans laquelle un homme aurait pu se tenir debout. À l'arrière de la salle, un escalier en acajou poli avec une rampe sculptée montait au premier étage.

Une jeune femme à moitié dévêtue sortit sur le palier, marqua un temps d'arrêt, sourit puis se mit à descendre les marches. Elle ne portait que deux vêtements étriqués, clairement destinés à souligner ce qu'ils étaient censés cacher : un tee-shirt rose, coupé, couvrant à peine ses seins, et un short blanc ne couvrant presque rien. Un acronyme énigmatique, BMEC, s'étalait en grosses lettres noires en travers du tee-shirt au tissu tendu.

Son visage avait l'air plus frais que Gurney ne s'y attendait s'agissant d'une toxicomane. Ses cheveux blond cendré lui tombant aux épaules étaient en désordre et paraissaient humides comme si elle venait de prendre une douche. Elle était pieds nus. Alors qu'elle continuait à descendre, il remarqua que les ongles de ses orteils étaient peints d'un rose pâle assorti à la touche de rose sur ses lèvres, qui étaient petites et finement dessinées, comme celles d'une poupée.

Au bas des marches, elle s'arrêta, lui faisant subir le même genre d'inspection visuelle auquel il l'avait soumis.

— Salut, Dave.

Sa voix, tout comme son apparence, était à la fois vaniteuse et ridiculement aguicheuse. Elle n'avait pas le regard terne et larmoyant du drogué moyen, nota-t-il avec intérêt. Le sien était bleu ciel, clair et vif. Mais ce qui brillait dans ce regard, ce n'était pas l'innocence de la jeunesse. C'était l'éclat glacial de l'ambition.

Il y avait un phénomène intéressant à propos des yeux, pensa Gurney. Ils contenaient et reflétaient, jusque dans leur effort de dissimulation, la somme émotionnelle de tout ce qu'ils avaient vu.

Comme elle le dévisageait sans un battement de paupières, quelque chose dans ces yeux – quelque chose dont ils avaient été témoins – le firent frissonner. Il s'éclaircit la voix puis posa une question anodine, mais nécessaire.

— Êtes-vous Alyssa Spalter ?

Ses lèvres roses s'écartèrent légèrement, laissant voir une rangée de dents parfaites.

— C'est la question que posent les flics à la télé avant d'arrêter quelqu'un. Vous voulez m'arrêter ?

Son ton était espiègle, mais pas son regard.

— Ce n'est pas mon intention.

— Quelle est votre intention ?

— Aucune intention. Je suis ici parce que vous m'avez appelé.

— Et parce que vous êtes curieux ?

— Je suis curieux de savoir qui a tué votre père. Vous m'avez dit que vous connaissiez le coupable. Est-ce vrai ?

— Ne soyez pas si pressé. Venez donc vous asseoir.

Elle pivota au pied de l'escalier et franchit la porte voûtée pour se rendre dans le salon, se déplaçant sur ses pieds nus avec souplesse, telle une danseuse. Elle ne regarda pas en arrière.

Il la suivit, tout en se disant qu'il n'avait encore jamais rencontré un mélange aussi étonnant de sensualité débordante et de cyanure à l'état brut.

La pièce elle-même – avec son immense cheminée, ses fauteuils en cuir et ses peintures de paysages anglais – formait un contraste bizarre avec le personnage de nymphette qui risquait d'en hériter sous peu. Ou peut-être pas aussi bizarre après tout, compte tenu du fait que la maison n'était probablement pas plus vieille qu'Alyssa, et son aspect extérieur rien d'autre qu'un ingénieux artifice.

— Ça ressemble à un musée, dit-elle, mais le canapé est doux et lisse. J'adore son contact contre mes jambes. Essayez-le.

Avant qu'il ait eu le temps de choisir un endroit pour s'asseoir – n'importe où sauf sur le canapé –, son téléphone se mit à sonner. Il jeta un coup d'œil à l'identifiant. C'était Madeleine, pile à l'heure. Il fixa l'écran d'un air consterné, comme si l'appelant était la dernière personne à laquelle il avait envie de parler, puis pressa la touche de prise de ligne.

— Oui ? (Il marqua un temps d'arrêt.) Non. (Nouveau temps d'arrêt avant de répondre, cette fois avec colère.) J'ai dit non ! (Il coupa la communication, remit le téléphone dans sa poche de chemise, regarda Alyssa et effaça son froncement de sourcils.) Désolé pour l'interruption. Où en étions-nous ?

— Nous en étions à nous mettre à l'aise.

Elle s'assit à un bout du canapé et désigna d'un geste le coussin à côté d'elle.

Au lieu de ça, il s'installa dans une bergère, séparée d'elle par une table basse.

Elle prit un petit air boudeur l'espace d'un instant.

— Vous désirez boire quelque chose ?

Il secoua la tête.

— Bière ?

— Non.

— Champagne.

— Non, ça ira.

— Martini ? Negroni ? Tequini ? Margarita ?

— Rien.

L'expression boudeuse réapparut.

— Vous ne buvez pas ?

— Quelquefois. Pas maintenant.

— Vous semblez tellement tendu. Vous avez besoin de…

Son téléphone se remit à sonner. Il vérifia l'identifiant, vit qu'il s'agissait bien de Madeleine. Il attendit encore trois sonneries, comme s'il avait l'intention de laisser s'enclencher la boîte vocale, avant de prendre l'appel dans un accès d'impatience apparent.

— Qu'est-ce qu'il y a ? (Il s'arrêta.) Ce n'est pas le moment… Pour l'amour du ciel. (Il s'arrêta à nouveau, l'air de plus en plus agacé.) Écoute. Je t'en prie. Je suis occupé. Oui… Non. PAS MAINTENANT !

Il mit fin à l'appel et remit le téléphone dans sa poche.

Alyssa lui adressa un sourire entendu.

— Des problèmes de petite amie ?

Il ne répondit pas, se contentant de regarder fixement la table basse.

— Vous avez besoin de vous détendre. Toute cette tension, je la sens jusqu'ici. Y a-t-il quelque chose que je puisse faire ?

— Cela faciliterait peut-être les choses si vous vous habilliez.

— M'habiller ? Je suis habillée.

— Pas vraiment.

Ses lèvres s'écartèrent en un sourire lent, calculé.

— Vous êtes rigolo.

— Très bien, Alyssa. Ça suffit. Venons-en au fait. Pourquoi vouliez-vous me voir ?

Le sourire céda la place à l'air boudeur.

— Pas besoin d'être désagréable. J'essaie seulement de vous rendre service.

— Comment ?

— En vous aidant à comprendre la réalité de la situation, répondit-elle d'un ton grave, comme si cette réponse clarifiait tout.

Comme Gurney se contentait de l'observer, attendant, elle repassa en mode sourire.

— Vous êtes sûr que vous ne voulez pas boire quelque chose ? Que diriez-vous d'un tequila sunrise ? Je fais un tequila sunrise fantastique.

Il tendit la main vers sa hanche avec une nonchalance ostentatoire, gratta une démangeaison inexistante et mit en marche l'enregistreur numérique fixé à sa ceinture, dissimulant maladroitement le léger clic sous une forte toux.

Le sourire d'Alyssa s'élargit.

— Si vous voulez me faire taire, mon chou, c'est le meilleur moyen.

— Je vous demande pardon ?

— *Je vous demande pardon ?* fit-elle avec une lueur de froide ironie dans les yeux.

— Qu'est-ce qui ne va pas ? fit-il en affectant l'air coupable d'un homme qui s'efforce de paraître innocent.

— Qu'est-ce que c'est que cette mignonne petite chose à votre ceinture ?

Il jeta un coup d'œil à son flanc.

— Oh, c'est... (Il se racla la gorge.) C'est un enregistreur, en fait.

— Un enregistreur. Sans blague. Je peux le voir ?

Il battit des paupières.

— Oui, bien sûr.

Le retirant, il le lui tendit à travers la table basse.

Elle le prit, l'examina, l'éteignit et le posa sur le coussin du canapé à côté d'elle.

Il arbora un froncement de sourcils inquiet.

— Puis-je le récupérer ?

— Venez le prendre.

Il la regarda, considéra l'enregistreur, la regarda à nouveau puis se racla une nouvelle fois la gorge.

— C'est une procédure de routine. Je mets un point d'honneur à enregistrer tous mes entretiens. Cela peut se révéler très utile par la suite afin d'éviter des litiges concernant ce qui a été dit ou convenu.

— Vraiment ? Wouah ! Pourquoi n'y ai-je pas pensé ?

— Alors, si ça ne vous dérange pas, j'aimerais enregistrer aussi cet entretien.

— Ouais ? Eh bien, comme dit le Père Noël au petit garçon cupide, va te faire foutre.

Il sembla déconcerté.

— Pourquoi en faire tout un plat ?

— Je n'en fais pas tout un plat. Simplement je n'aime pas qu'on m'enregistre.

— Je pense que ce serait préférable pour tous les deux.

— Ce n'est pas mon avis.

Gurney haussa les épaules.

— Bon. Très bien.

— Qu'est-ce que vous comptiez en faire ?

— Comme je viens de vous le dire, au cas où il y aurait un litige ensuite…

Son téléphone se mit à sonner pour la troisième fois. L'identifiant de Madeleine. Il pressa la touche pour parler.

— Bon sang, quoi encore ? s'exclama-t-il, l'air réellement contrarié. (Pendant les dix secondes suivantes, il fit comme s'il était sur le point de perdre complètement son sang-froid.) Je sais…

D'accord… D'accord… Seigneur, est-ce qu'on ne peut pas parler de ça PLUS TARD ?… D'accord… Oui… J'ai dit OUI.

Il écarta le téléphone de son oreille, lui lança un regard furieux comme s'il n'était qu'une source de tracas, donna une tape à un endroit situé à proximité du bouton de fin d'appel sans couper la communication et remit le téléphone toujours en marche dans sa poche de chemise.

— Bonté divine !

Elle bâilla, comme s'il n'y avait rien de plus ennuyeux au monde qu'un homme pensant à autre chose qu'à elle. Puis elle cambra le dos. Le mouvement souleva le reste de son tee-shirt, découvrant le bas de ses seins.

— Nous devrions peut-être recommencer à zéro, dit-elle en se nichant à nouveau dans le coin du canapé.

— D'accord. Mais j'aimerais bien récupérer mon enregistreur.

— Je vais le garder pendant que vous êtes ici. Vous pourrez l'avoir en partant.

— Bon. OK. (Il poussa un soupir de résignation.) Revenons au début. Vous disiez que vous vouliez que je comprenne la réalité de la situation. Quelle réalité ?

— La réalité, c'est que vous perdez votre temps à essayer de tout chambouler.

— C'est ce que je fais, d'après vous ?

— Vous vous efforcez de faire libérer la garce, non ?

— Je m'efforce de découvrir qui a tué votre père.

— Qui l'a tué ? Son espèce de sale connasse de salope d'épouse. Fin de l'histoire.

— Kay Spalter, le super-sniper ?

— Elle a pris des cours. C'est vrai. Il y a des preuves.

Elle prononça ce mot comme s'il possédait un pouvoir de persuasion magique.

Gurney haussa les épaules.

— Beaucoup de gens prennent des cours de tir sans jamais tuer personne.

Alyssa secoua la tête – un geste rapide, acerbe.

— Vous ne savez pas comment elle est.

— Dites-le-moi.

— C'est une menteuse et une rapace.

— Quoi d'autre ?

— Elle a épousé mon père pour son fric. Un point, c'est tout. Kay est une croqueuse de diamants. Et une vraie pute. Quand mon père a fini par s'en rendre compte, il lui a dit qu'il voulait divorcer. La garce a compris que ce serait la fin de la vie de château pour elle, si bien qu'elle a préféré mettre fin à sa vie à lui. BANG ! Enfantin.

— Vous pensez donc qu'il s'agissait uniquement d'une histoire d'argent ?

— Il s'agissait pour cette ordure d'obtenir tout ce qu'elle voulait. Saviez-vous qu'elle faisait des cadeaux à Darryl, le garçon de piscine, avec l'argent de mon père ? Elle lui a offert une boucle d'oreille en diamant pour son anniversaire. Vous savez combien elle l'a payée ? Devinez.

Gurney attendit.

— Non. Vraiment. Devinez combien.

— Mille ?

— Mille ? Si seulement ! Dix mille, ouais. Dix mille putains de dollars du putain de fric de mon putain de père ! Pour ce putain de garçon de piscine ! Et vous savez pourquoi ?

À nouveau, Gurney attendit.

— Je vais vous le dire pourquoi. Cette infecte salope le payait pour qu'il la baise. Avec la carte de crédit de mon paternel. Est-ce que ce n'est pas dégoûtant ? En parlant de ça, vous la verriez se maquiller, ça vous fout les boules. On dirait un entrepreneur des pompes funèbres faisant un visage souriant à un cadavre.

Cette fureur, ce concentré de bile et de haine apparut à Gurney comme la partie la plus authentique d'Alyssa qu'il ait vue jusqu'ici. Mais même de ça, il n'était pas absolument certain. Il se demandait jusqu'où pouvaient aller ses talents de comédienne.

Elle demeurait à présent silencieuse, mâchonnant son pouce.

— Est-ce qu'elle a tué aussi votre grand-mère ? demanda-t-il avec douceur.

Elle cligna des yeux, apparemment perplexe.

— Ma… quoi ?

— La mère de votre père.

— De quoi diable parlez-vous ?

— Il existe des raisons de penser que la mort de Mary Spalter n'était pas un accident.

— Quelles raisons ?

— Le jour de son décès, un individu a été filmé s'introduisant dans le centre d'Emmerling Oaks sous un faux prétexte. Le jour où on a tiré sur votre père, ce même individu a été vu pénétrant dans l'appartement où le fusil a été retrouvé.

— Est-ce une des conneries inventées par votre fumier d'avocat ?

— Saviez-vous que, le même jour où on a tiré sur votre père, un gangster avec lequel il était en relation a été tué ? Vous pensez que Kay a fait ça aussi ?

Gurney eut l'impression qu'Alyssa était ébranlée, mais qu'elle s'efforçait de ne pas le montrer.

— C'est bien possible. Pourquoi pas ? Si elle a pu tuer son mari…

Sa voix s'éteignit.

— Une véritable usine à meurtres, hein ? Les condamnés à perpétuité de Bedford Hills ont intérêt à bien se tenir.

Alors même qu'il lançait cette plaisanterie sarcastique, il se rappela le surnom que ses codétenus donnaient à Kay, la Veuve noire, et il se demanda s'ils voyaient chez elle quelque chose qui lui avait échappé.

Sans répondre, Alyssa se tassa un peu plus dans le coin du canapé et croisa les bras devant elle. En dépit de son corps d'adulte, on aurait dit une collégienne inquiète. Même lorsqu'elle finit par parler, ce fut avec plus de bravade coléreuse que de confiance en soi.

— Quel tas de foutaises ! N'importe quoi pour faire sortir cette salope, hein ?

Gurney soupesait ses différentes options. Il pouvait laisser les choses en l'état, attendre que ce qu'il lui avait révélé ait fait son chemin pour voir ce qu'il en ressortirait. Ou il pouvait lui mettre la pression, utiliser dès maintenant toutes ses munitions et essayer de provoquer une explosion. Il y avait des risques substantiels dans les deux cas. Il opta pour la pression. Il priait le ciel pour que son téléphone continue à transmettre.

Il se pencha vers elle, les coudes sur les genoux.

— Écoutez-moi bien, Alyssa. Vous connaissez déjà une partie de ce que je vais vous dire. En fait, la plus grande partie. Mais je vous conseille de tout écouter. Je ne le dirai qu'une fois. Kay Spalter n'a tué personne. Elle a été reconnue coupable parce que Mick Klemper a bâclé l'enquête. À dessein. La seule question qui subsiste, à mon avis, c'est de savoir si c'était son idée ou la vôtre. Je pense que c'était la vôtre.

— Vous êtes rigolo.

— Je pense que c'était la vôtre parce que vous avez le motif le plus logique. Une fois Kay en prison pour le meurtre de Carl, tout l'argent vous revenait. Vous avez donc couché avec Klemper afin qu'il organise un coup monté contre Kay. Le problème, c'est que Klemper a fait du mauvais boulot. Il n'a même pas réussi à bricoler ça convenablement. De sorte que le château de cartes est en train de s'écrouler. Le dossier d'accusation est rempli de lacunes, de problèmes de preuves, de négligences de la police. Il ne fait aucun doute que la condamnation de Kay sera annulée en appel. Elle sera dehors dans un mois, peut-être plus tôt. À partir de quoi, les biens de Carl lui reviendront immédiatement. Vous avez donc couché avec cet imbécile de Klemper pour rien. Il sera intéressant de voir ce qui se passera au tribunal – lequel de vous deux purgera la peine la plus longue.

— Purger une peine ? Pour quoi ?

— Obstruction à la justice. Faux témoignage. Tentative de subordination. Association de malfaiteurs. Et une demi-douzaine d'autres vilains délits passibles de longues peines de prison. Klemper rejettera la faute sur vous, vous rejetterez la faute sur lui. Il est probable que le jury ne se souciera guère de faire la différence entre l'un et l'autre.

Pendant qu'il parlait, elle releva ses genoux et les entoura de ses bras. Son regard semblait tourné vers quelque feuille de route intérieure.

Au bout d'une minute interminable, elle se mit à parler d'une petite voix sourde.

— Et si je vous disais qu'il me faisait du chantage.

262

Il se demanda avec inquiétude si ses paroles étaient assez fortes pour être captées par le téléphone.

— Du chantage ? Comment ? Pour quelle raison ?

— Il savait quelque chose sur moi.

— Quoi ?

Elle lui lança un regard pénétrant.

— Vous n'avez pas besoin de le savoir.

— D'accord. Il vous faisait du chantage pour vous forcer à quoi ?

— À avoir des relations sexuelles avec lui.

— Et mentir au tribunal à propos de choses que vous aviez entendues dire au téléphone par Kay ?

Elle hésita.

— Non. Je les ai vraiment entendues.

— Ainsi, vous reconnaissez avoir eu des relations sexuelles avec Klemper, mais vous niez avoir commis un faux témoignage ?

— C'est ça. Que je baise avec lui n'était pas un délit. Mais qu'il baise avec moi en était un. Alors si quelqu'un a un problème, c'est lui, pas moi.

— Il y a autre chose que vous désirez me dire ?

— Non. (Elle posa gracieusement ses pieds par terre.) Et vous devriez réellement oublier tout ce que je viens de vous dire.

— Pourquoi ça ?

— Ça pourrait ne pas être vrai.

— À quoi bon me le dire, dans ce cas ?

— Pour vous aider à comprendre. Ce truc que vous avez dit, comme quoi je purgerais une peine ? Ça n'arrivera jamais.

Elle humecta ses lèvres avec la pointe de sa langue.

— D'accord. Alors je suppose que nous en avons fini.

— À moins que vous changiez d'avis concernant mon tequila sunrise. Croyez-moi, ça en vaut la peine.

Gurney se leva, indiqua le mini-enregistreur posé sur le coussin du canapé.

— Puis-je l'avoir, s'il vous plaît ?

Elle le prit et le fourra dans la poche de son short, qui était déjà sur le point de craquer. Puis elle se mit à rire.

263

— Je vous le posterai. Ou… vous pouvez essayer de le prendre dès à présent.

— Gardez-le.

— Vous n'allez même pas essayer ? Je parie que vous pourriez le prendre si vous vous en donniez vraiment la peine.

Gurney sourit.

— Klemper n'avait aucune chance, n'est-ce pas ?

Elle sourit à son tour.

— Je vous le répète, il me faisait chanter. M'obligeait à faire des choses que je n'aurais jamais faites volontairement. Jamais. Vous imaginez facilement quel genre de choses.

Gurney fit le tour de la table, sortit du salon, ouvrit la porte d'entrée et s'avança sur les larges marches en pierre. Alyssa le suivit jusqu'au seuil, arborant son air boudeur.

— La plupart des hommes me demandent ce que veut dire BMEC.

Il jeta un coup d'œil aux grosses lettres sur le devant de son tee-shirt.

— Je suis prêt à le parier.

— Vous n'êtes pas curieux ?

— D'accord, je suis curieux. Que veut dire BMEC ?

Elle se pencha vers lui et chuchota :

— Baise-moi et crève.

CHAPITRE 31

Encore une veuve noire

L A GTO ROUGE ÉTAIT GARÉE DEVANT LA PORTE LATÉRALE, comme s'y attendait Gurney. Il avait appelé Hardwick chez lui depuis Venus Lake et laissé un message suggérant qu'ils se rencontrent au plus vite, avec Esti si possible. Il éprouvait le besoin d'avoir d'autres points de vue sur son entretien avec Alyssa.

Hardwick avait rappelé alors que Gurney regagnait Walnut Crossing et proposé de venir tout de suite. Lorsque Gurney entra dans la maison, il le trouva se prélassant sur une chaise à la table du petit déjeuner, les portes-fenêtres ouvertes.

— Ton adorable épouse m'a fait entrer au moment où elle partait. Elle a dit qu'elle allait thérapiser les dingos du coin à la clinique, déclara-t-il en réponse à la question muette de Gurney.

— Je doute qu'elle se soit exprimée ainsi.

— Elle a peut-être utilisé des termes plus flatteurs. Les femmes adorent l'idée qu'on puisse guérir des putains de cinoques. Comme si la seule chose qu'il aurait fallu à Charlie Manson, c'est de se faire dorloter.

— En parlant de jolies femmes côtoyant des fêlés, qu'y a-t-il entre Esti et toi ?

— Difficile à dire.

— C'est sérieux ?

— Sérieux ? Ouais, je suppose, quel que soit le sens de ce mot. Je vais te dire une chose. Le sexe est un truc sérieusement bon.

265

— C'est à cause d'elle que tu as fini par acheter des meubles ?

— Les femmes aiment les meubles. Ça les branche. Les nids douillets suscitent chez elles un sentiment de bien-être. Les impératifs biologiques s'en donnent à cœur joie. Lits, canapés, fauteuils confortables, moquette épaisse, ce genre de merde fait une grande différence. (Il marqua une pause.) Elle est en route. Tu le savais ?

— En route pour ici ?

— Je lui ai transmis ton invitation. J'ai pensé qu'elle t'avait peut-être appelé.

— Non, mais je suis content qu'elle vienne. En l'occurrence, plus on est de têtes, mieux ça vaut.

Hardwick fit une grimace sceptique – son expression normale –, se leva de la table et s'approcha des portes-fenêtres. Il regarda un moment dehors avant de demander :

— Qu'est-ce que tu fous là-bas ?

— Comment ça ?

— Ce tas de bois ?

Gurney vint à la fenêtre. Il y avait effectivement un tas de bois qu'il n'avait pas vu en entrant dans la maison, comme des piles de planches épaisses de 1 à 2,5 centimètres.

Il sortit son téléphone et appela le portable de Madeleine.

Chose étonnante, elle répondit à la première sonnerie.

— Oui.

— Qu'est-ce que c'est que ce bazar ?

— Quel bazar ?

— Ces planches. Ces matériaux de construction.

— Ce que tu viens de dire.

— Qu'est-ce que ça fait là ?

Il avait à peine posé la question que la réponse lui sauta aux yeux.

— C'est là parce que c'est à cet endroit qu'on va s'en servir. Je l'ai fait livrer ce matin.

— Tu as commandé tout ça à partir de ma liste ?

— Juste ce que tu as dit qu'il nous fallait en premier.

Il se mit sur la défensive.

— Je n'ai pas dit qu'on s'en servirait aujourd'hui.

266

— Eh bien, demain, alors ? Il est censé faire beau pendant deux ou trois jours. Ne t'inquiète pas. Si tu es trop occupé, mets-moi sur les rails et je commencerai toute seule.

Il se sentait acculé, mais il se rappela qu'un sage avait dit un jour que les sentiments ne sont pas des faits. Il jugea préférable de ne pas épiloguer.

— Très bien.

— C'est tout ? C'est pour ça que tu m'as appelée ?

— Exact.

— OK, à ce soir. Je pars à une séance.

Il remit le téléphone dans sa poche.

Hardwick l'observait avec un sourire sadique.

— Des problèmes au paradis ?

— Aucun problème.

— Vraiment ? On aurait dit que tu allais bouffer ce téléphone.

— Madeleine est meilleure que moi pour ce qui est de se fixer de nouveaux objectifs.

— Autrement dit, elle cherche à t'entraîner dans un truc dont tu n'as rien à foutre.

C'était une remarque, pas une question ; et comme beaucoup de remarques de Hardwick, elle était d'une vérité brutale.

— J'entends une voiture, dit Gurney.

— Ça doit être Esti.

— Tu reconnais le bruit de sa Mini ?

— Non. Mais qui d'autre pourrait bien emprunter ta petite route merdique ?

Peu après, elle était à la porte latérale et Gurney la faisait entrer. Elle était habillée de façon un peu plus conformiste que chez Hardwick : pantalon noir, chemisier blanc et blazer noir, comme si elle venait directement de son travail. Ses cheveux avaient perdu un peu de leur éclat de la veille. Elle tenait une enveloppe en papier kraft.

— Vous venez de finir votre service ? demanda Gurney.

— Ouais. Minuit-midi. Fatiguant après toute cette folie d'hier soir. Mais j'ai dû remplacer quelqu'un qui m'avait remplacée il y a deux semaines. Puis j'ai fait vérifier ma voiture. Enfin, me voilà.

Elle suivit Gurney dans la cuisine, vit Hardwick debout à la table et lui adressa un grand sourire.

— Salut, chéri.

— Salut, mon chou, comment ça se passe ?

— Bien… maintenant que je te vois en un seul morceau. (Elle s'avança vers lui, l'embrassa sur la joue et lui effleura le bras comme pour confirmer son observation.) Tu es sûr que ça va ? Tu ne me caches rien ?

— Ça va à cent pour cent, poupée.

— Je suis contente de l'entendre. (Elle lui fit un gentil petit clin d'œil.) Eh bien, continua-t-elle, soudain boulot-boulot. J'ai un certain nombre de réponses. Ça vous intéresse, les gars ?

Gurney désigna la grande table.

— On peut s'installer là.

Esti choisit la chaise au bout. Les deux hommes s'assirent l'un en face de l'autre. Elle sortit son bloc-notes de l'enveloppe.

— D'abord les choses simples. Oui, d'après l'autopsie – autopsie assez sommaire –, les blessures de Mary Spalter auraient pu avoir été infligées intentionnellement, mais cette possibilité n'a jamais été envisagée sérieusement. Les chutes, même fatales, sont suffisamment fréquentes dans les services gériatriques pour que l'explication la plus naturelle soit habituellement acceptée.

Hardwick poussa un grognement.

— De sorte qu'il n'y a pas eu d'enquête ?

— Que dalle.

— Heure du décès ?

— Estimée entre trois et cinq heures de l'après-midi. Comment est-ce que ça cadre avec le livreur de fleurs sur la vidéo de surveillance ?

— Je revérifierai, dit Gurney, mais je pense qu'il est entré dans le bureau de Carol Blissy vers trois heures et quart. Des éléments du côté de ViCAP concernant les éléments du mode opératoire ?

— Rien encore.

— Pas de dépositions de témoins faisant état d'une camionnette de livraison sur les scènes de crime ?

— Non, ce qui ne veut pas dire qu'il n'y en ait pas. Seulement que ça n'a pas été inscrit sur les formulaires ViCAP.

— Très bien, dit Gurney. Du nouveau en ce qui concerne le Gros Gus ?

— Créneau du décès pour le moment : entre dix heures du matin et une heure de l'après-midi. Et oui, comme vous l'aviez supposé, le mot « larynx » apparaît dans la description des blessures du rapport d'autopsie. Toutefois, la mort n'a pas été causée par les clous qui lui ont été enfoncés dans la tête et dans le cou. Il a d'abord été abattu – une balle de .22 à pointe creuse qui s'est logée dans le cerveau après avoir traversé l'œil droit.

— Intéressant, fit Gurney. Ce qui donnerait à penser que les clous n'étaient pas une forme de torture.

— Et alors ? dit Hardwick. Où veux-tu en venir ?

— Cela corrobore l'idée que les clous étaient un avertissement plutôt qu'une manière de châtier la victime. L'heure du décès est intéressante elle aussi. Le rapport de police sur le coup de feu contre Carl indique qu'il a eu lieu à dix heures vingt. Le lieu du meurtre de Gurikos, dans sa maison près d'Utica, fait qu'il était impossible pour le tireur de tuer celui-ci à dix heures, de se livrer à ce carnage avec les clous, de se nettoyer, de se rendre en voiture à Long Falls et d'être prêt à temps pour tirer sur Carl à dix heures vingt. Les choses se sont donc déroulées dans le sens inverse : Carl d'abord, Gus ensuite.

— À supposer qu'il n'y ait eu qu'un tireur.

— Exact. Mais jusqu'à preuve du contraire, nous devons nous en tenir à cette hypothèse. (Il se tourna vers Esti.) Autre chose sur Gurikos ?

— Mon contact au sein de l'Unité de lutte contre le crime organisé est en train de jeter un coup d'œil. Elle n'est pas directement impliquée, si bien qu'elle doit y aller sur la pointe des pieds. Elle ne tient pas à déclencher des alarmes qui pourraient susciter des demandes d'informations auprès de l'enquêteur initial. Une situation plutôt délicate.

— Et le mode opératoire Spalter ?

— C'est différent. Klemper n'a jamais lancé de recherches ViCAP ou NCIC, parce qu'il avait déjà pris sa décision au sujet de Kay. Je peux donc examiner ça sans trop de risque.

— Parfait. Et toi, Jack, tu t'occupais des témoins de l'accusation – et de ce que tu pouvais obtenir de ton ami à Interpol ?

— Ouais. Encore rien d'Interpol. Et aucun des témoins ne se trouve toujours à l'adresse figurant dans le dossier de l'affaire – ce qui n'est peut-être pas particulièrement significatif, vu leur nature fondamentale.

Esti le regarda fixement.

— Leur nature fondamentale ?

Les yeux de Hardwick brillèrent de cette lueur malicieuse qui avait le don de taper sur les nerfs de Gurney.

— Leur nature fondamentale étant leur absence de qualités morales. Ce sont foncièrement des ordures. Or c'est un fait établi que les ordures dépourvues de qualités morales sont souvent dépourvues d'adresse permanente. Tout ce que je dis, c'est que la difficulté pour les localiser ne veut pas dire grand-chose. Mais je vais persévérer. Même les ordures se trouvent forcément quelque part. (Il se tourna vers Gurney.) Eh bien, parle-nous de ta rencontre avec l'héritière.

— L'héritière éventuelle… si Kay reste en prison.

— Ce qui devient de moins en moins probable à mesure que les jours passent. Ce retournement de situation doit sûrement avoir un effet intéressant sur Mlle Alyssa, non ? Tu souhaites nous faire part de ton point de vue ?

Gurney sourit.

— Je vais faire mieux que ça. J'ai un enregistrement. Peut-être pas d'une très haute qualité, mais vous comprendrez l'essentiel.

— *Baise-moi et crève* ? Elle a vraiment dit : *Baise-moi et crève* ? (Esti se penchait vers l'enregistreur tandis qu'ils finissaient d'écouter pour la seconde fois la conversation à Venus Lake.) Qu'est-ce que c'est que ça ?

— Probablement le nom de son groupe de rock favori, suggéra Hardwick.

— Ça pourrait être une menace, dit Esti.

— Ou une invite, dit Hardwick. Tu étais là, mon petit Davey. Ça te semble comment ?

— Comme tout ce qu'elle a dit ou fait d'autre : un mélange de séduction d'opérette et de boniments délibérés.

Hardwick leva un sourcil.

— Moi, ça me fait penser à une sale petite gamine essayant de choquer les adultes. Ce tee-shirt BMEC dont tu as parlé, ça lui donne l'air pitoyable. Comme si elle avait douze ans d'âge mental.

— Le tee-shirt était probablement inoffensif, répliqua Gurney, mais ses yeux ne l'étaient pas.

— Le tee-shirt n'était peut-être pas aussi inoffensif que ça non plus, intervint Esti. Et si c'était un état de fait à proprement parler ?

Hardwick augmenta d'un cran son air sceptique.

— Quel fait ?

— Il y a peut-être plus d'une « veuve noire » dans cette affaire.

— Tu veux dire que « Baise-moi et crève » signifie en réalité : « Baise-moi et je te tuerai » ? Ingénieux, mais je ne comprends pas. Comment…

— Elle a raconté à Klemper que son père la violait. Nous n'en avons pas la preuve, mais il se peut que ce soit vrai.

— Tu veux dire qu'Alyssa aurait tué son père pour lui rendre la monnaie de sa pièce ?

— Ce n'est pas impossible. Et si elle parvenait à amener un pauvre type comme Klemper à orienter l'enquête de manière à ce que Kay porte le chapeau, la « revanche » inclurait en outre qu'elle se retrouve avec les biens de son père. Ce qui constitue deux motifs majeurs : la vengeance et l'argent.

Hardwick regarda Gurney.

— Qu'est-ce que tu en penses, champion ?

— Je suis sûr qu'Alyssa est coupable de quelque chose. Il est possible qu'elle ait fait chanter Klemper ou qu'elle l'ait « persuadé » de fabriquer des preuves sur mesure afin de s'assurer que Kay soit condamnée. Ou même qu'elle ait imaginé toute cette satanée histoire – la vengeance aussi bien que le coup monté.

— Un meurtre prémédité ? Tu crois qu'elle est capable de ça ?

— Ces yeux bleus étincelants ont quelque chose d'effrayant. Mais je la vois mal s'occuper des détails de la mise en œuvre.

Quelqu'un d'autre a fracassé la tête de Mary Spalter contre le rebord de la baignoire et enfoncé des clous dans le Gros Gus.

— Tu es en train de dire qu'elle a engagé un pro ?

— Je suis en train de dire que, si elle était l'instigatrice des trois meurtres, il lui fallait de l'aide… mais tout ça ne répond pas à la question élémentaire qui me turlupine depuis le début : pourquoi la mère de Carl ? Ça n'a vraiment pas de sens.

Hardwick tambourinait avec ses doigts sur la table.

— Le meurtre de Gus non plus. Pas à moins d'avaler l'histoire de Donny Angel comme quoi Gus et Carl ont été assassinés par un type qu'ils avaient pris pour cible. Mais si on accepte ça et aussi qu'Alyssa était l'instigatrice, alors on en est réduit à la conclusion qu'elle devait être la cible initiale de Carl – ce qui m'a toujours gêné, et encore maintenant.

— Mais cela lui donnerait un troisième mobile, fit observer Esti.

Alors que Gurney réfléchissait une fois de plus au scénario d'Angelidis, avec Alyssa dans le rôle de la cible anonyme, cela toucha un point sensible.

— Qu'est-ce qu'il y a ? demanda Esti en le regardant avec curiosité.

— Rien de très logique. En fait, rien de logique du tout. Juste une impression et une image.

Se levant, il se rendit dans le bureau pour prendre cette inquiétante photo de Carl Spalter qui se trouvait dans le dossier de l'affaire. En revenant, il la posa sur la table entre Hardwick et Esti.

Hardwick l'examina, ses traits se durcissant.

— Celle-là, je l'ai déjà vue, dit Esti. Il est difficile de la regarder très longtemps.

Hardwick leva les yeux vers Gurney, toujours debout.

— Tu veux dire quelque chose avec ça ?

— Je le répète, rien de logique. Juste une question saugrenue.

— Pour l'amour du ciel, mon petit Davey, ce putain de suspense me tue. Parle.

— Est-il possible que ce soit l'expression d'un homme attendant la mort – un homme conscient de ne plus avoir longtemps à vivre –, résultat pervers final du fait d'avoir passé un contrat de meurtre sur son propre enfant?

Ils contemplèrent tous les trois la photographie.

Personne ne dit rien pendant un moment.

Finalement, Hardwick se renversa sur sa chaise et partit d'un de ces éclats de rire qui ressemblaient davantage à un aboiement.

— Sainte Marie, mère de Dieu, ne serait-ce pas l'ultime foutu karma?

CHAPITRE 32

Un joueur manquant

HARDWICK PROPOSA QU'ILS RÉÉCOUTENT l'enregistrement de Venus Lake. Ce qu'ils firent. Il parut particulièrement intéressé par le passage où Klemper avait fait du chantage à Alyssa pour qu'elle couche avec lui.

— Magnifique ! J'adore. Ce connard est coincé, fini, foutu.

Gurney eut une moue sceptique.

— Cet enregistrement d'Alyssa ne suffira pas. Tu l'as entendue – elle part dans tous les sens. Pas vraiment un comportement de citoyen fiable. Il va falloir que vous obteniez d'elle une déclaration sous serment – des dates, des lieux, des détails, tout ce qu'elle refusera sans doute de révéler. Car il est à parier qu'elle a menti. S'il y en a un qui fait chanter l'autre, on peut être à peu près certain que c'est dans l'autre sens que ça se passe. Elle ne voudra pas...

Esti le coupa :

— Qu'est-ce que vous entendez par « dans l'autre sens » ?

— Supposez qu'Alyssa ait séduit Klemper à l'époque où il menait une enquête sur le premier tir. Mon instinct me dit qu'Alyssa aurait pu facilement s'en sortir. Imaginez que leur rencontre ait été filmée et enregistrée. Et que le prix qu'elle exige pour éviter que l'enregistrement en question ne tombe entre les mains de la police locale soit que Klemper l'aide à arranger l'affaire comme elle l'entend.

— Peu importe comment ils se sont retrouvés au lit, intervint Hardwick. Chantage, séduction, ou autre. Qu'est-ce qu'on en a à foutre de savoir qui fait chanter qui ? Baiser un suspect potentiel, c'est baiser un suspect. C'en est fini de la carrière de Klemper.

Gurney se cala contre le dossier de sa chaise.

— C'est une manière comme une autre de voir les choses.

— Et l'autre manière, ce serait quoi ?

— Question de priorités. Soit on fait pression sur Alyssa pour couler Klemper. Soit on s'occupe de Klemper pour couler Alyssa.

Esti avait l'air intéressée.

— Vous préférez la deuxième solution, n'est-ce pas ?

Avant que Gurney ait le temps de répondre, Hardwick intervint.

— Tu penses qu'Alyssa a tout manigancé toute seule mais tu as dit toi-même qu'elle partait dans tous les sens et qu'elle ne semblait pas très fiable, et je suis d'accord avec toi sur ce point. Elle t'a appelé, a fixé un rendez-vous, mais dans cet enregistrement, elle donne l'impression d'être complètement loufoque – comme si elle ignorait où la conversation allait mener, comme si elle n'avait pas de plan. Pas vraiment une manipulatrice aguerrie, si ?

Esti prit la parole avec un sourire entendu.

— Peut-être une manipulatrice pas trop sûre d'elle. Mais elle avait un plan, ça c'est sûr.

— Quel plan ?

— Probablement le même que pour Klemper. Attirer Dave dans son lit, filmer la scène et obtenir de lui qu'il change son point de vue sur l'affaire.

— Dave est à la retraite. Pension garantie. Il n'a pas de carrière à perdre, souligna Hardwick. Où est le levier ?

— Il a une femme. (Elle regarda Gurney.) Une vidéo de vous au lit avec une gamine de dix-neuf ans pourrait poser un problème, non ?

Aucune réponse n'était nécessaire.

— C'était le plan A d'Alyssa. Quand cette petite chérie laisse entendre sans ambiguïté qu'elle est disponible, je doute que beaucoup d'hommes lui résistent. Le fait que Dave n'ait pas mordu à l'hameçon a dû la surprendre. D'autant qu'elle n'avait pas de plan B.

Hardwick adressa un sourire mauvais à Gurney.

— Saint David est un homme plein de surprises. Mais dis-moi une chose. Qu'est-ce qui l'a poussée à te révéler qu'elle avait couché avec Klemper ? Pourquoi ne pas nier en bloc ?

Gurney haussa les épaules.

— Peut-être quelqu'un d'autre est-il au courant ? Ou du moins le croit-elle. Donc elle admet les faits, mais ment quant aux motivations. C'est une supercherie assez courante. Admettre l'acte, mais inventer une tout autre explication.

— Mon ex n'avait pas son pareil pour ce genre d'« explications », dit Esti sans s'adresser à qui que ce soit en particulier. (Elle jeta un coup d'œil à sa montre.) Alors quelle est l'étape suivante ?

— Pourquoi pas un peu de chantage ? proposa Gurney. Secouer gentiment Klemper pour voir ce qu'on peut en tirer.

Cela la fit sourire.

— Ça me paraît une bonne idée. Tout ce qui peut déstabiliser ce salopard...

— Il te faut du renfort ?

— Ce n'est pas nécessaire. Klemper est sûrement un salopard, mais il y a peu de chances qu'il me tire dessus. Pas dans un lieu public, en tout cas. Je veux juste lui expliquer sa situation, lui proposer quelques options.

Hardwick regarda fixement la table, comme si les résultats possibles de cette conversation pouvaient y être inscrits.

— Je dois avertir Bincher sur ce coup-là, voir ce qu'il en pense.

— Vas-y, dit Gurney. Fais en sorte qu'il croie que je demande sa permission.

Hardwick sortit son portable et appela. Il tomba sur le répondeur.

— Putain, Lex, où t'es ? C'est la troisième fois que je te téléphone. Rappelle-moi, bordel !

Il raccrocha et sélectionna un autre numéro.

— Abby, mon chou, où est-il, nom de Dieu ? Je lui ai laissé un message hier soir, un autre de bonne heure ce matin et un troisième il y a trente secondes.

Il écouta quelques instants, sa frustration laissant place à la perplexité.

276

— Bon, dès qu'il sera de retour, il faut que je lui parle. Il se passe des choses.

Il écouta à nouveau, visiblement inquiet.

— Tu n'en sais pas plus ?... C'était ça, pas d'explication ?... Rien depuis ?... Je n'en ai aucune idée... Tu n'as pas reconnu la voix ?... Tu penses que c'était voulu... Oui. Bizarre... Entendu... S'il te plaît, dès qu'il arrive... Non, non, je suis sûr qu'il va bien. Oui... D'accord... C'est bon.

Il raccrocha, posa son téléphone sur la table et regarda Gurney.

— Lex a reçu un coup de fil hier après-midi. De quelqu'un qui prétendait avoir des informations importantes sur le meurtre de Carl Spalzer. Après cet appel, Lex a quitté le bureau en quatrième vitesse. Abby n'a pas réussi à le joindre depuis. Il ne répond ni sur son portable ni chez lui. Et merde !

— Abby, c'est son assistante ?

— Oui. En fait, son ex-femme. Je ne sais pas comment ça marche, mais ça marche.

— C'est un homme ou une femme qui a appelé ?

— Justement, c'est le problème. Abby ne sait pas. Au début, elle a cru qu'il s'agissait d'un gamin, puis d'un homme, puis d'une femme, elle a cru déceler un accent étranger. Elle n'avait pas la moindre idée de qui elle avait au bout du fil. Puis Lex a pris l'appel. Quelques minutes plus tard, il est sorti. Il a juste dit que ça concernait le meurtre de Long Falls, que ça pouvait être une découverte décisive et qu'il serait de retour dans quelques heures. Mais il n'est pas revenu. En tout cas, pas au bureau.

— Merde ! s'exclama Esti. Elle n'arrive à le joindre vraiment nulle part ?

— Elle tombe à chaque fois sur sa messagerie.

Esti dévisagea Hardwick.

— Tu n'as pas l'impression que trop de gens disparaissent ?

— Il est trop tôt pour tirer des conclusions, répondit-il d'un air pas très convaincu.

CHAPITRE 33

Surchauffe

L'ACTION ÉTAIT LE MEILLEUR ANTIDOTE contre l'anxiété, et l'information le seul remède contre l'incertitude. Lorsqu'ils se séparèrent cet après-midi-là, chacun avait une mission à accomplir – et un sentiment d'urgence que suscitaient les particularités et les dangers toujours plus grands de cette affaire.

Esti ferait pression sur ses différents contacts pour récolter des renseignements sur Gurikos, des données NCIC sur les principaux protagonistes et des infos sur le mode opératoire via ViCAP qui pourraient coïncider avec des éléments de la scène du crime.

Gurney aurait une discussion franche avec Mick Klemper, dont les options diminuaient, puis il tenterait d'organiser un rendez-vous avec Jonah Spalter.

Hardwick se rendrait chez Lex Bincher à Cooperstown, traquerait les témoins du procès et essaierait de soutirer à son copain d'Interpol quelques infos sur Gurikos et son assassinat.

Comme beaucoup de flics, Mick Klemper avait deux portables, un pour ses affaires personnelles et l'autre pour le boulot. Esti avait les deux numéros depuis l'époque où ils avaient travaillé ensemble. Elle les donna à Gurney avant la fin de la réunion.

Une demi-heure plus tard, installé dans son bureau, il l'appela sur son numéro personnel. Klemper décrocha à la troisième sonnerie, mais visiblement pas avant d'avoir reconnu le numéro de Gurney.

— Comment avez-vous fait pour avoir mon numéro perso ?

Gurney sourit, content d'avoir obtenu la réaction à laquelle il s'attendait.

— Salut, Mick.

— Je vous ai demandé comment vous avez eu ce putain de numéro.

— Il est placardé sur toutes les affiches du Thruway.

— Quoi ?

— Il n'y a plus d'intimité, Mick. Vous devriez le savoir. Les numéros circulent.

— De quoi parlez-vous, bordel ?

— Il y a tellement de bruits qui courent. Surcharge d'informations. C'est comme ça qu'on dit, non ?

— Quoi ? Qu'est-ce que c'est que cette histoire ?

— Je pensais à haute voix. Au monde traître dans lequel nous vivons. Un type a l'impression de faire un truc privé, et le lendemain il se voit sur Internet en train de chier.

— Hé ! Vous savez quoi. C'est dégueulasse. Dé-gueu-lasse. Qu'est-ce que vous me voulez ?

— Il faut qu'on parle.

— Alors, parlez.

— Ce serait mieux de vive voix. Sans interférence de la technologie. Qui peut poser problème. Violation de la vie privée.

Klemper hésita, assez longtemps pour que Gurney sente qu'il était inquiet.

— Je n'ai toujours pas compris de quoi vous voulez parler.

Gurney supposa que c'était une façon de couvrir ses arrières au cas où ils seraient sur écoute plutôt que de la pure bêtise.

— Je dis juste que nous devrions parler. De sujets qui nous concernent tous les deux.

— OK. Qu'on en finisse avec ces conneries. Où voulez-vous qu'on se retrouve ?

— À vous de décider.

— Je n'en ai rien à foutre.

— Que diriez-vous du Riverside Mall ?

279

Klemper hésita, plus longtemps cette fois-ci.

— Riverside ? À quelle heure ?

— Le plus tôt sera le mieux. Il se passe des choses.

— Où dans le centre commercial ?

— Dans le hall principal. Il y a plein de bancs. Généralement libres.

Encore une hésitation.

Gurney savait par Esti que Klemper sortait du travail à cinq heures. Il vérifia l'heure sur son portable – 4 : 01.

— Que diriez-vous de cinq heures trente ?

— Aujourd'hui ?

— Absolument. Demain, il sera peut-être trop tard.

Une ultime pause.

— D'accord. Riverside. Cinq heures et demie tapantes. J'espère pour vous que vous serez plus clair. Parce que, pour le moment, vous me sortez un ramassis de conneries.

Sur ce, il raccrocha.

Gurney trouva sa bravade encourageante. Il flairait la peur.

River Mall était à quarante minutes en voiture de Walnut Crossing, il avait donc cinquante minutes devant lui. Cela ne lui laissait guère de temps pour préparer une rencontre qui pourrait s'avérer décisive pour l'enquête, s'il s'y prenait bien. Il sortit un bloc-notes jaune de son tiroir de bureau pour essayer d'organiser ses pensées.

Exercice plutôt difficile : il avait l'esprit troublé, passant d'un problème non résolu à un autre. Impossible de joindre Lex Bencher et les trois témoins clés. Les tirs de la nuit avaient coupé les câbles électrique et téléphonique de Hardwick. La grotesque mutilation du Gros Gus – un avertissement de la part du tueur, qui voulait que son secret le reste. Mais quel secret ? Qui était-il ? Un homme, une femme ou autre chose ?

Et bien sûr, on ne savait toujours pas d'où provenaient les tirs. Pour Gurney, c'était la pièce de puzzle grâce à laquelle tous les autres éléments se mettraient en place. D'un côté, il y avait l'appartement, avec le fusil muni d'un silencieux juché sur un trépied, les résidus de poudre dont le profil chimique correspondait à une balle de .220 Swift et les fragments de balle extraits du cerveau de

Carl Spalter. Et de l'autre côté, il y avait le réverbère qui rendait le tir impossible.

On aurait pu imaginer que le meurtrier ait tiré d'un autre appartement dans le même immeuble avant de transporter l'arme là où on l'avait trouvée et de tirer une deuxième fois pour laisser des traces de poudre. Mais c'était plus facile à dire qu'à faire. Le risque de se faire repérer en portant fusil, trépied et silencieux dans les parties communes en valait-il la peine ? Après tout, plusieurs appartements d'où le coup aurait pu être tiré avec succès étaient inoccupés. Alors pour quelle raison transporter le fusil ? Sûrement pas pour le plaisir de l'énigme. Les meurtriers sont rarement aussi joueurs et les tueurs à gages ne le sont carrément jamais.

Cette pensée ramena l'esprit de Gurney à Klemper. Mick l'Enflure était-il le clown brutal et coureur de jupons que son surnom et ses manières semblaient suggérer ? Ou un escroc plus froid, plus sombre ?

Gurney espérait que leur rencontre lui apporterait quelques réponses.

Il s'efforça d'ordonner ses pensées d'une manière logique, dessinant un diagramme à branches en commençant par quatre possibilités.

La première plaçait Alyssa comme la principale instigatrice du meurtre de Carl et de la condamnation de Kay.

La seconde la remplaçait par Jonah Spalter.

La troisième hypothèse introduisait un meurtrier anonyme, avec Alyssa et Klemper en conspirateurs opportunistes.

Dans la quatrième figurait le nom de Kay.

Il ajouta une seconde série d'embranchements.

— Salut !

Il cligna des paupières.

C'était la voix de Madeleine appelant de l'autre bout de la maison. De l'entrée, semblait-il.

Il se rendit dans la cuisine en emportant son bloc et son stylo.

— Je suis là.

Elle venait de rentrer avec deux sacs de courses.

— J'ai laissé le coffre de la voiture ouverte. Tu pourrais peut-être aller chercher le maïs concassé.

— Le quoi ?

— J'ai lu que les poussins adorent ça.

Il soupira et essaya d'y voir un dérivatif.

— Et je le pose où ?

— Dans l'entrée, pour le moment ça ira très bien.

Il sortit le sac de vingt-cinq kilos de la voiture, se débattit quelques secondes avec la porte et déposa le sac dans un coin de l'entrée.

— Tu as fait une réserve pour les dix prochaines années !

— C'est tout ce qu'ils avaient. Désolée. Ça va ?

— Ça va. Je crois que je suis un peu préoccupé. J'ai un rendez-vous avec quelqu'un. Je me prépare.

— Oh, ça me fait penser… avant que j'oublie, dit-elle d'un ton égal. Tu as rendez-vous avec Malcolm demain matin.

— Malcolm Claret ?

— C'est ça.

— Je ne comprends pas.

— Je l'ai appelé avant de partir de la clinique. Il y a eu un désistement, il avait donc une disponibilité demain à onze heures.

— Ce que je ne saisis pas, c'est pourquoi ?

— Parce que j'ai peur pour toi. Nous en avons déjà discuté.

— Non, je veux dire… pourquoi as-tu pris ce rendez-vous pour moi ?

— Parce que tu ne t'en es toujours pas occupé, et c'est important.

— Alors tu as décidé que c'était à toi de prendre les devants.

— Il fallait bien que quelqu'un le fasse.

— Je ne te comprends pas.

— Qu'y a-t-il à comprendre ?

— Je ne prendrais jamais rendez-vous pour toi à moins que tu ne me le demandes.

— Même si tu pensais que ça pouvait me sauver la vie.

— Tu vas un peu loin, tu ne crois pas ?

Elle croisa son regard et répondit « Non » d'une voix douce.

— Tu t'imagines vraiment qu'un tête-à-tête avec Malcolm Claret va me sauver la vie ? demanda Gurney, exaspéré.

La voix de Madeleine s'emplit soudain de tristesse et de lassitude.

— Si tu ne veux vraiment pas le voir, appelle pour annuler.

Elle aurait dit ça sur un autre ton, il aurait peut-être enchaîné sur le tas de bois qu'elle avait commandé pour construire un poulailler et sur cette manière qu'elle avait de lancer des projets qu'il devait achever pour elle, sans compter que tout devait toujours se dérouler selon son emploi du temps.

Mais l'émotion dans son regard court-circuita ces pensées.

De plus, il commençait à se dire, bizarrement, que ce ne serait pas une si mauvaise idée que ça de voir Claret.

La sonnerie de son portable vint interrompre ses réflexions : le nom de Kyle s'afficha quelques secondes, puis le téléphone se tut. Il fut tenté de rappeler, mais il se dit que son fils était probablement en vadrouille quelque part et passait dans une zone sans réseau, et qu'il valait mieux attendre un peu.

Il consulta sa montre. Il était plus tard qu'il ne pensait : seize heures quarante-quatre.

Il était temps de partir pour le centre commercial. Pour ce rendez-vous crucial qu'il n'avait même pas réussi à préparer.

CHAPITRE 34

Accord tacite

L E PARKING DE RIVERSIDE ÉTAIT PRESQUE VIDE, comme
d'habitude. Dans la zone quasi déserte à côté de la TJ
Maxx, une nuée incongrue de mouettes étaient posées en
silence sur le tarmac.

En entrant dans le parking, Gurney ralentit pour explorer les
lieux. Il estima le nombre d'oiseaux à une cinquantaine, voire une
soixantaine. De l'endroit où il se trouvait, tous semblaient immobiles, le dos au soleil couchant.

L'urgence de sa mission le ramena à la réalité. Il verrouilla
la voiture et pénétra sous l'arche de l'entrée, que surplombaient
des néons aux couleurs vives dessinant les mots RIVERSIDE
CENTER.

Le centre commercial n'était pas très grand. Un hall central
avec de petites allées de part et d'autre. La promesse éblouissante
de la façade débouchait sur un intérieur plutôt morne qui semblait avoir été bâti plusieurs décennies auparavant sans qu'aucune
rénovation n'ait été effectuée depuis lors. À mi-chemin du hall,
il s'assit sur un banc en face de la boutique Alpine Sports dont
la vitrine présentait des tenues de cyclistes moulantes et étincelantes. Une vendeuse adossée à l'entrée regardait son portable en
fronçant les sourcils.

Il consulta sa montre : dix-sept heures trente-trois.

Il attendit.

Klemper apparut à dix-sept heures quarante-six.

La prison change les gens qui y séjournent en accentuant certains traits : le scepticisme, le calcul, la fermeture au monde extérieur, la dureté. Ces traits peuvent se développer de façon bénigne ou maligne selon la personnalité de l'individu, l'orientation fondamentale de son âme. Un flic peut devenir aguerri, loyal envers ses collègues et courageux, déterminé à faire du bon travail dans des conditions difficiles. Un autre deviendra cynique, cruel et portera systématiquement des jugements catégoriques – déterminé à blouser le monde qui l'a blousé, lui. En voyant le regard de Mick Klemper alors qu'il s'approchait du banc, Gurney songea qu'il appartenait clairement à la seconde catégorie.

Il s'assit au bout du banc, à distance de Gurney. Sans dire un mot, il ouvrit une petite mallette posée sur ses genoux, orientant le couvercle de manière à en cacher le contenu, et entreprit de fouiller à l'intérieur.

Gurney pensa qu'il devait s'agir d'un scanner, probablement un modèle multifonction indiquant la présence de dispositif de transmission ou d'enregistrement.

Au bout d'une bonne minute, il referma sa mallette, fit un rapide tour d'horizon du hall, puis il parla d'une voix rauque, entre ses dents, le regard rivé au sol.

— Qu'est-ce que c'est que ce jeu à la con ?

Sa truculence semblait destinée à dissimuler ses nerfs à vif et sa corpulence un excès de poids, fardeau responsable de la sueur qui luisait sur son visage. Mais voir en lui un homme inoffensif aurait été une erreur.

— Je peux faire quelque chose pour vous et vous pouvez faire quelque chose pour moi, dit Gurney.

Klemper releva les yeux avec un petit ricanement, comme s'il reconnaissait là une astuce propre aux interrogatoires.

La jeune femme à l'entrée d'Alpine Sports continuait à regarder son téléphone, les sourcils froncés.

— Comment va Alyssa ? demanda Gurney d'un ton désinvolte, sachant qu'il prenait des risques en jouant cette carte si vite.

Klemper lui jeta un coup d'œil en coulisse.

— Comment ça ?

— Vous êtes toujours amis ?

— Qu'est-ce que c'est que ces conneries ?

Le ton acide de Klemper prouvait que Gurney avait visé juste.

— Des conneries coûteuses pour vous.

Klemper secoua la tête, comme s'il essayait de feindre l'incompréhension.

Gurney poursuivit.

— C'est étonnant ce qu'on arrive à enregistrer de nos jours. Ça peut être très gênant. Mais, parfois, on a de la chance et on arrive à limiter les dégâts. C'est de cela que je veux vous parler – comment contrôler les dommages collatéraux.

— Je ne comprends rien à ce que vous me racontez.

Le déni était net et clair, sans doute au cas où un dispositif d'enregistrement aurait échappé à son scanner.

— Je voulais juste vous tenir informé de l'appel de Kay. Tout d'abord, nous avons relevé des… appelons ça des « failles » dans l'enquête initiale, en assez grand nombre pour que sa condamnation soit annulée. Ensuite, nous nous trouvons maintenant à la croisée des chemins. En gros, nous pouvons présenter ces failles à la cour d'appel de différentes manières. Par exemple, le témoin ayant fait état de la présence de Kay sur les lieux du crime aurait très bien pu être contraint à se parjurer… ou alors il se serait trompé en toute innocence, comme cela arrive souvent aux témoins. L'escroc qui a prétendu que Kay avait tenté de l'engager pour faire le coup a pu lui aussi être contraint… ou bien avoir tout simplement inventé cette histoire. On aurait pu dire à l'amant de Kay que le seul moyen d'éviter d'être le suspect numéro un était de s'assurer qu'elle le devienne à sa place… à moins qu'il soit arrivé à cette conclusion tout seul. Il se pourrait aussi que l'enquêteur en charge de l'affaire ait dissimulé des indices vidéo clés et délibérément ignoré les autres voies d'investigation possibles à cause d'une relation « inappropriée » avec la fille de la victime… ou il aurait tout simplement pu se focaliser trop vite sur le mauvais suspect, comme cela arrive souvent aux inspecteurs.

Klemper s'était remis à fixer le sol d'un air morne.

— Vos hypothèses ne sont qu'un ramassis de sornettes.

— En fait, Mick, toutes ces « failles » sont, au choix, soit criminelles soit innocentes – tant qu'aucune preuve tangible de cette relation « inappropriée » ne tombe entre de mauvaises mains.

— Encore une hypothèse à la con.

— D'accord. Disons, et c'est une hypothèse, que je détiens une preuve irréfutable de ladite relation – sous une forme numérique tout à fait convaincante. Et disons que je veux quelque chose en échange pour ne rien révéler.

— Pourquoi vous me demandez ça ?

— Parce que c'est votre carrière, votre retraite, votre liberté qui sont en jeu.

— Qu'est-ce que vous me racontez, bordel ?

— Je veux la vidéo de surveillance de la boutique d'électronique d'Axton Avenue.

— Je ne vois vraiment pas de quoi vous voulez parler.

— Si je recevais cette bande manquante de la part d'un expéditeur anonyme, je serais disposé à exclure du procès en appel une certaine preuve qui ne manquerait pas de mettre un terme à la carrière de quelqu'un. Je pourrais également oublier de remettre cette même preuve à l'inspecteur général de la police de New York. Voilà le marché que je vous propose. Un simple accord tacite basé sur une confiance mutuelle.

Klemper rit ou peut-être grommela-t-il en frémissant involontairement.

— Ce sont les divagations d'un taré. On croirait entendre un psychopathe.

Il regarda en direction de Gurney sans croiser son regard.

— Foutaises. Rien que des foutaises.

Il se leva brusquement et gagna d'un pas mal assuré la sortie la plus proche, laissant dans son sillage une odeur aigre d'alcool et de transpiration.

CHAPITRE 35

Une voie impénétrable

L E TRAJET DE RETOUR, comme chaque fois après une rencontre aussi tendue, plongea Gurney dans un état d'anxiété. Si Klemper considérait Kay comme coupable, se pourrait-il qu'il ait commis la même erreur en l'innocentant ? Ses hypothèses étaient bien fragiles.

Peut-être Klemper et lui étaient-ils passés à côté d'un scénario beaucoup plus complexe impliquant Kay d'une manière qui ne leur était pas venue à l'esprit.

Le fait que Klemper soit en état d'ébriété, que ce soit dû à une tension extrême ou à un problème d'alcoolisme, faisait de lui une pièce du puzzle imprévisible, voire explosive.

Après avoir contourné la grange, il s'aperçut que la voiture de Madeleine n'était pas garée à sa place habituelle. Était-ce le soir d'une de ces réunions de conseil d'administration dont il ne se souvenait jamais ?

En pénétrant dans la cuisine, il trouva son absence momentanément réconfortante, soulagé de ne pas avoir à décider tout de suite ce qu'il devait révéler ou taire de sa rencontre avec Klemper. Il profiterait de ce moment de tranquillité pour remettre un peu d'ordre dans ses idées après cette longue journée.

Il se dirigeait vers son bureau pour prendre son bloc-notes et un stylo quand son téléphone sonna. C'était Kyle.

— Salut, fiston.

— Salut, papa. J'espère que je n'interromps rien.

— Rien qui ne puisse attendre. Que se passe-t-il ?

— J'ai passé des coups de fil pour me renseigner sur Jonah Spalter et sa Cybercathédrale. Aucun de mes contacts n'était au courant de quoi que ce soit. L'un trouvait ce nom familier et pensait qu'il avait pu se passer quelque chose mais rien de spécifique. J'allais t'envoyer un e-mail disant : désolé, pas de raisins sur la vigne. Et puis un gars m'a rappelé. Pour me dire qu'il avait interrogé les gens autour de lui et découvert qu'un de ses amis avait effectué une recherche de capital-risque pour Spalter en vue d'une vaste expansion de la Cybercathédrale.

— Quel genre d'expansion ?

— Il n'est pas entré dans les détails, en dehors du fait que ça impliquait un paquet de fric.

— Intéressant.

— J'ai encore mieux : Spalter a mis fin à cette recherche le lendemain de la mort de son frère. Il a appelé le type qui s'en occupait, l'a invité à déjeuner et mis fin à son contrat...

Gurney l'interrompit.

— Ça ne me surprend pas. Vu la manière dont cette société a été mise sur pied par leur père, la part de Spalter Realty allant à Carl reviendrait automatiquement à Jonah – en dehors des autres capitaux, couverts par son testament. Jonah aurait récupéré la gestion d'immenses intérêts immobiliers qu'il était en droit de vendre ou d'hypothéquer. Il n'aurait donc plus à réunir de capitaux pour financer l'expansion qu'il avait à l'esprit.

— Tu ne m'as pas laissé finir. Le plus intéressant est à venir.

— Oh, désolé. Je t'écoute.

— Jonah est arrivé au déjeuner à moitié ivre, il a continué à se saouler. Il s'est exclamé : « Les voies du Seigneur sont impénétrables. » D'après le type, Spalter n'arrêtait pas de le répéter en riant, comme s'il trouvait ça drôle. Ça lui a foutu les boules.

Gurney garda le silence un moment, imaginant la scène.

— Tu dis que le projet d'expansion de la Cybercathédrale va coûter une fortune. As-tu une idée de la somme ?

— La recherche de capital devait s'élever à au moins cinquante millions. Le type avec qui Jonah traitait n'aurait accepté aucune transaction pour moins que ça.

— Ce qui veut dire, répondit Gurney, se parlant à lui-même, que les capitaux de Spalter Realty doivent valoir au moins autant si Jonah était disposé à laisser tomber l'affaire.

— Alors qu'est-ce que tu en penses, papa ? reprit Kyle sur un ton de conspirateur. Ces cinquante millions pourraient être un mobile irréfutable.

— Bien plus que d'autres. Ton contact avait-il autre chose sur Spalter ?

— Juste qu'il était super-intelligent, super-ambitieux, mais ça n'a rien d'intéressant, c'est juste dans la nature du type.

— OK. Merci. Ça m'aide beaucoup.

— Vraiment ?

— Absolument. Plus j'en sais, plus mon cerveau carbure. Et je n'aurais jamais trouvé tout seul cette petite anecdote révélatrice. Alors, encore merci.

— Je suis content d'avoir pu te rendre service. À propos, as-tu l'intention de te rendre à la Foire estivale de la montagne ?

— Moi, non. Madeleine y sera. Elle doit aider des amis qui ont une ferme près de Buck Bridge. Ils amènent leurs alpagas à la foire chaque année pour les faire concourir… je ne sais pas, dans des concours d'alpagas, j'imagine.

— Tu n'as pas l'air de trouver ça palpitant.

— On peut dire ça comme ça.

— Tu veux dire que la plus importante foire agricole du Nord-Ouest te laisse de marbre ? Gros bras qui tirent des tracteurs, courses de stock-cars, sculptures en beurre, barbes à papa, médaille du plus beau cochon, tonte des moutons, fabrication de fromages, musique country, défilés de carnaval, concours de la plus grosse courgette. Je ne comprends pas comment tout ça peut te laisser indifférent.

— Ce n'est pas facile, mais parfois je parviens à contrôler mon enthousiasme.

Après sa conversation avec Kyle, Gurney s'attarda quelques instants à son bureau, le temps d'assimiler les implications économiques de l'affaire Spalter tout en se demandant la signification de cette fameuse formule : « Les voies du Seigneur sont impénétrables. »

Il sortit l'épais dossier du tiroir de son bureau et le feuilleta jusqu'à ce qu'il tombe sur l'index des noms et adresses des suspects et témoins. Il y avait deux adresses e-mail pour J. Spalter, une avec un compte gmail, l'autre reliée au site de Cyberspacecathédrale. Il y avait aussi une adresse physique en Floride avec une note précisant qu'elle servait uniquement à des fins juridiques et fiscales, que c'était le lieu où son camping-car était immatriculé et où la société était enregistrée, mais qu'il ne vivait pas là. Une autre note en marge précisait : « Instructions pour le transfert du courrier : expédier à la série de boîtes postales. » Apparemment, il était presque toujours sur la route.

Gurney envoya un message aux deux adresses e-mail annonçant que la condamnation de Kay risquait d'être annulée et qu'il avait besoin de son aide rapide pour examiner de nouveaux indices.

CHAPITRE 36

Un tueur insolite

C E SOIR-LÀ, GURNEY EUT ENCORE PLUS DE MAL que d'habitude à s'endormir.

Il trouvait frustrant de mener une enquête sans pouvoir avoir recours aux moyens d'investigation dont il disposait lorsqu'il faisait partie du NYPD. À cela s'était ajouté le fait qu'il n'avait plus accès aux dossiers via Hardwick, à ses systèmes d'information et à ses canaux d'enquête. Être à l'extérieur l'obligeait à dépendre de ceux de l'intérieur qui se montraient prêts à prendre des risques. L'expérience récente de Hardwick prouvait que ces risques étaient réels.

Dans la situation actuelle, Esti, dont l'engagement semblait sans équivoque et les contacts aussi utiles que discrets, était précieuse. Beaucoup de choses dépendaient aussi des contacts de Hardwick et des sentiments que leur inspiraient à la fois l'homme et ses motivations. Il serait maladroit de faire pression sur eux car aucun n'était vraiment tenu de les aider.

Gurney détestait être dans cette position – devoir compter sur la générosité imprévisible d'une source qui échappait à son contrôle.

Le téléphone sonna juste avant cinq heures du matin – à peine deux heures après que Gurney eut sombré dans un demi-sommeil agité. En voyant le nom de Hardwick s'afficher sur l'écran du téléphone, il se leva et sortit de la chambre pour se rendre dans son bureau.

— Allô.

— Tu te dis peut-être que c'est un peu tôt pour appeler, mais en Turquie, il est midi. Il fait une chaleur, t'imagines même pas.

— Super-nouvelle, Jack. Je suis heureux de l'apprendre.

— Mon contact à Ankara m'a réveillé. Du coup, j'ai pensé en faire autant pour toi. C'est l'heure où Dave le fermier donne du maïs aux poussins. En fait, tu devrais être debout depuis une heure. T'es vraiment un putain de fainéant !

Gurney avait l'habitude de la façon insolite dont Hardwick abordait les discussions de travail et ne prêtait plus attention à ses insultes rituelles.

— Ton type d'Ankara est avec Interpol ?

— C'est ce qu'il dit.

— Quelles infos t'a-t-il fournies ?

— Quelques bribes. On fait ce qu'on peut. Tout repose sur sa pure gentillesse.

— Et qu'est-ce que sa gentillesse avait à t'offrir ?

— Tu as le temps de m'écouter ? Tu es sûr de ne pas devoir aller voir tes poussins ?

— Les poussins sont charmants et bucoliques, Jack. Tu devrais t'en acheter quelques-uns.

Ne sachant que répondre, Hardwick revint au sujet qui les préoccupait.

— Bribe numéro un. Il y a environ dix ans, en Corse, les forces de l'ordre ont coincé un des pires malfrats. En lui promettant vingt ans fermes dans une prison de merde, ils ont réussi à le retourner. Le deal était que, s'il dénonçait certains de ses collègues, la police le placerait sous protection de témoin plutôt qu'en taule. Le plan n'a pas très bien marché. Une semaine plus tard, le responsable de la protection des témoins a reçu un colis par courrier. Devine ce qu'il y avait dedans ?

— Ça dépend de la taille du paquet.

— Eh bien, disons qu'il était nettement plus grand que s'il lui avait envoyé sa bite. Alors qu'est-ce que tu crois que c'était ?

— Je dis ça au hasard, mais si la boîte était assez grande pour contenir sa tête, je dirais que c'était peut-être le cas.

Le silence au bout du fil rendit toute confirmation superflue.

Gurney poursuivit.

— Et je dis aussi ça au hasard : il y avait peut-être quelques clous plantés dans…

— Ouais, ouais, Sherlock… Un point pour toi. Passons à la bribe numéro deux. Tu es prêt ? Tu n'as pas besoin d'aller pisser ?

— Prêt.

— Il y a huit mois, un membre de la Douma russe, un multimillionnaire très branché, ancien membre du KGB, a fait un voyage à Paris pour l'enterrement de sa mère. Elle vivait là-bas parce que son troisième mari était français. Elle adorait cette ville et voulait y être enterrée. Devine ce qui s'est passé.

— Le type de la Douma s'est fait tuer dans le cimetière ?

— En sortant de l'église orthodoxe près du cimetière. Un tir en pleine tête, dans l'œil pour être plus précis.

— Hmm.

— Il y a aussi quelques détails intéressants. On continue à jouer aux devinettes ?

— Je t'écoute.

— La cartouche provenait d'un .220 Swift.

— Et ?

— Et personne n'a entendu d'où venait le tir.

— Un silencieux ?

— Probablement.

Gurney sourit.

— Et des pétards ?

— Tu as tout compris, champion.

— Mais comment les gens d'Interpol ont-ils fait le rapprochement entre ces deux affaires ? Quel lien ont-ils trouvé ?

— Ils n'ont trouvé aucun lien et ils n'ont fait aucun rapprochement entre ces affaires.

— Alors quoi ?

— Tes questions – tes mots clés à propos des affaires Gurikos et Spalter. Ils ont fait resurgir l'affaire de la pègre corse et celle de Paris…

294

— Mais l'histoire des clous dans la tête n'aurait fait apparaître que le dossier corse et les pétards uniquement l'affaire du type de la Douma. Alors de quoi parlons-nous ? Juste sur la base de ces deux faits, il aurait pu s'agir de deux tueurs distincts.

— C'est peut-être l'impression que ça donne, exception faite d'un petit détail. Les deux dossiers d'Interpol comportent une liste de possibilités – vraisemblablement des hommes de main professionnels auxquels la police locale ou les agences nationales s'intéressaient. Quatre noms pour l'affaire corse, un cinquième pour le dossier russe à Paris. Aucun des types n'a été arrêté, mais ce qui est intéressant, c'est qu'un nom figure dans ces deux listes.

Gurney ne dit rien. Un lien aussi ténu n'avait peut-être aucun sens.

Hardwick ajouta :

— Je sais que ça ne prouve rien, mais ça vaudrait la peine d'y regarder de plus près.

— Je suis d'accord. Alors qui est le gus qui aime les pétards et s'amuse à planter des clous dans les yeux de ses victimes ?

— Petros Panikos.

— Nous avons donc affaire à un Grec ?

— Un homme de main avec un nom grec. Mais un nom n'est qu'un nom. Interpol dit qu'aucun passeport n'a été délivré avec ce patronyme par aucun pays membre. Il semblerait qu'il en ait d'autres. Mais ils ont un dossier intéressant sur un certain Panikos, pour ce que ça vaut…

— Que savent-ils exactement sur lui ?

— Mon contact m'a dit qu'il contient un tas d'éléments – des faits, des données de seconde main, des histoires tragiques, peut-être vraies ou fantasmées.

— Tu as ce fascinant pot-pourri entre les mains ?

— Seulement les grandes lignes – ce dont mon contact se rappelait sans sortir tout le dossier, ce qu'il fera, dit-il, dès qu'il le pourra. À part ça, Sherlock, tu n'as peut-être pas envie d'aller pisser, mais moi ça urge. Attends une minute.

À en juger d'après les effets sonores, Hardwick, non content d'avoir emporté son portable aux toilettes, avait même augmenté le volume de transmission. Gurney se demandait parfois comment il avait tenu aussi longtemps dans l'univers rigide de la police de l'État de New York. Derrière cet enquêteur à l'esprit vif, à l'instinct sûr, se cachait un buisson d'épines qui ne résistait pas au besoin de piquer son prochain. Sa carrière agitée au sein de la police s'était fondée, comme beaucoup de mariages, sur des différences inconciliables et un manque de respect mutuel. Il avait été un iconoclaste fougueux au sein d'une organisation qui vénère le conformisme et la hiérarchie. À présent, ce personnage imposant au caractère caustique voulait à tout prix mettre dans l'embarras l'organisation qui avait osé demander le divorce.

Réfléchissant à tout ça, Gurney se retrouva devant la fenêtre de son bureau. Les derniers effets sonores qui sortaient du téléphone indiquaient que Hardwick en avait terminé et fouillait dans des papiers.

Gurney mit le haut-parleur, posa son portable sur la table et se renversa dans son fauteuil. Il avait les paupières lourdes de sommeil et les laissa se fermer. Son esprit partit en chute libre, et pendant quelques instants, il se sentit détendu, presque anesthésié. Ce bref interlude fut interrompu par la voix de Hardwick.

— Me revoilà ! Rien de mieux que de pisser un bon coup pour s'éclaircir l'esprit et libérer son âme. Hé, champion, tu es toujours parmi nous ?

— Je crois que oui.

— Bon, voilà les infos qu'il m'a fournies. Petros Panikos est aussi connu, entre autres, sous le nom de Peter Pan. Il a également pour surnom le Magicien. Il possède au moins un autre passeport à un autre nom. Il se balade. Il n'a jamais été arrêté ni détenu – en, tout cas, pas sous le nom de Panikos. En bref, c'est un électron libre, bizarre en plus. Il est armé, accepte de se déplacer si ça vaut le coup – minimum cent mille dollars, plus les frais.

— Ça le place incontestablement dans le haut du panier.

— Eh bien, le petit gars est une sorte de célébrité dans le petit monde des tueurs à gages. Il a aussi…

Gurney l'interrompit.

— Petit comment ?

— Il mesure un mètre cinquante, cinquante-cinq tout au plus.

— Comme le livreur de Florence Fleurs dans le magasin vidéo d'Emmerling Oaks.

— Oui, c'est ça.

— D'accord. Continue.

— Il préfère les calibres .22 à toutes les autres tailles et formes de cartouches. Mais il se sert sans problème de tout ce qui peut faire l'affaire, que ce soit un couteau ou une bombe. En fait, il adore les bombes. Il est possible qu'il soit en relation avec des trafiquants d'armes et d'explosifs russes et la pègre des pays de l'Est à Brooklyn. Il a peut-être aussi pris part à une série d'attentats à la voiture piégée qui ont éliminé un procureur et sa bande en Serbie. Beaucoup d'hypothèses. À propos, les balles trouvées sur le côté de ma maison. Elles étaient de calibre .35 – un bien meilleur choix pour couper les câbles électriques qu'un calibre .22. J'en conclus que le gars est assez flexible si tant est qu'on ait affaire à un seul type. Le problème avec la flexibilité, c'est qu'il n'y a pas de mode opératoire constant. Interpol pense que Panikos, ou quel que soit son nom, a sans doute été impliqué dans une cinquantaine de meurtres au cours des dix ou quinze dernières années. Mais cette information se fonde sur les ragots de la pègre, les rumeurs dans les prisons, ce genre de conneries.

— Autre chose ?

— J'attends d'autres infos. Il semblerait qu'il y ait des trucs bizarres dans son passé. Il est possible qu'il provienne d'une famille de forains. Après ça, il y a une sombre histoire d'orphelinat en Europe de l'Est. Tout ça, ce sont des ouï-dire. On verra bien. Mon contact a dû raccrocher. Une urgence. Il est censé me rappeler dès qu'il le pourra. En attendant, je vais chez Bincher à Cooperstown. Probablement une perte de temps, mais ce connard ne répond pas à mes appels ni à ceux d'Abby. Il doit bien être quelque part. Je te fais signe dès que je reçois les données d'Ankara, si elles arrivent…

— Une dernière question, Jack. Qu'est-ce que c'est que cette histoire de « Magicien » ?

— C'est simple. Ce petit connard aime parader – prouver qu'il est capable de l'impossible. Il a sans doute inventé ses pseudonymes lui-même. C'est juste le genre de psychopathe auquel tu rêves de te mesurer, pas vrai, Sherlock?

Hardwick raccrocha sans dire au revoir – comme d'habitude.

Gurney trouvait qu'on n'avait jamais trop d'informations et chaque élément en plus était bon à prendre. Mais pour l'heure, il avait l'impression que plus il en découvrait, plus il manquait de pièces au puzzle.

Carl Spalter avait apparemment été la victime d'un tireur professionnel d'exception – et un investissement important avait été effectué pour garantir le succès de l'opération. Cependant, vu l'enjeu pour les trois personnes les plus proches de lui – sa femme, sa fille, son frère –, une telle dépense aurait été un bon investissement pour chacun d'entre eux. À première vue, Jonah était celui qui pouvait le plus facilement avoir accès à ce niveau de financement, mais Kay et Alyssa disposaient peut-être de ressources cachées ou d'alliés disposés à investir, dans l'espoir de recevoir en retour des bénéfices colossaux. Et puis une autre possibilité lui vint à l'esprit. Et s'ils étaient impliqués tous les trois, avec peut-être Mick Klemper en plus?

Le bruit des pantoufles de Madeleine se rapprocha de son bureau et tira Gurney de ses pensées.

— Bonjour, dit-elle. Ça fait longtemps que tu es levé?

— Depuis cinq heures.

Elle se frotta les yeux et bâilla.

— Tu veux du café?

— Volontiers. Comme se fait-il que tu sois déjà debout?

— Je prends mon service de bonne heure à la clinique. Ça ne semble pas vraiment utile. Il ne se passe rien si tôt le matin.

— Bon sang, il fait à peine jour! À quelle heure ouvrent-ils?

— Pas avant huit heures. Je ne pars pas tout de suite. Je veux sortir les poussins un moment. J'adore les regarder. As-tu remarqué qu'ils font toujours tout ensemble?

— Comme quoi?

— Si l'un s'éloigne de quelques pas pour picorer dans l'herbe, les autres se dépêchent de le rejoindre. Horace les a à l'œil. Si l'un s'écarte trop, il pousse un cocorico. Ou bien il court pour essayer de le ramener. Il est toujours aux aguets. Quand les poussins ont la tête baissée pour picorer, il surveille les alentours. C'est son travail.

Gurney s'absorba un instant dans ses pensées.

— Intéressant comme l'évolution engendre une variété de stratégies de survie. Le gène qui pousse le coq à une plus grande vigilance augmente le taux de survie des poules, qui à son tour stimule chez le coq le gène qui l'incite à s'accoupler. D'où une propagation plus importante du gène de la vigilance aux générations successives.

— Sûrement, répondit Madeleine en bâillant à nouveau avant de se diriger vers la cuisine.

CHAPITRE 37

Désir de mort

À PEU PRÈS CONVAINCU QU'IL FINIRAIT par annuler son rendez-vous avec Malcolm Clarey, Gurney renvoyait son coup de fil à plus tard jusqu'au moment – huit heures quinze – où il fut forcé de prendre une décision : soit il faisait le long trajet pour y être à temps à onze heures, soit il décrochait son téléphone pour lui faire savoir qu'il ne viendrait pas.

Pour des raisons inexplicables, il décida d'y aller.

Le soleil brillait dans le ciel, promettant une chaleur humide typique du mois d'août. Il enfila un polo léger et un pantalon de coton, se rasa, se coiffa, récupéra ses clés et son portefeuille, et dix minutes après, il était au volant de sa voiture.

Claret recevait à son domicile, sur City Island, une petite excroissance du Bronx dans Long Island Sound, à environ deux heures et demie de route. Gurney devait traverser le Bronx sur toute sa largeur, d'ouest en est, un trajet qui faisait resurgir les mauvais souvenirs de son enfance.

Le Bronx représentait pour lui la saleté, l'uniformité, le bas de gamme. Un urbanisme sans charme, sans intérêt. Les habitants subsistaient d'une paie à l'autre et les plus prospères n'étaient guère plus à l'aise. Les chances de réussite étaient restreintes.

Le quartier de son enfance n'était pas insalubre, et c'était là son seul point positif. L'unique fierté des habitants était d'avoir réussi à tenir à l'écart les minorités indésirables. Ce statu quo plutôt mesquin assurait une certaine cohésion.

Au milieu des petits immeubles d'habitation, de maisons pour deux familles et de résidences privées modestes – serrés les uns contre les autres sans ordre ni espace vert –, seuls deux bâtiments se détachaient dans sa mémoire de cette morne multitude, deux havres un tant soit peu agréables et accueillants. L'une habitée par un médecin catholique. L'autre par un entrepreneur de pompes funèbres. Ils réussissaient tous les deux en affaires. C'était un quartier majoritairement catholique – un lieu où la religion comptait encore, un emblème de respectabilité, un mode d'appartenance et un critère pour choisir les fournisseurs de service.

Cette étroitesse d'esprit, de sentiments, d'initiatives semblait naître de cet environnement terne, replié sur lui-même. Gurney, dès qu'il en eut l'âge, n'eut qu'une envie : s'échapper du Bronx et connaître le monde.

S'échapper. Ce mot faisait resurgir une image, une sensation, une émotion de son adolescence. La rare joie qu'il éprouvait en pédalant aussi vite qu'il pouvait sur son vélo de course à dix vitesses, le vent dans les cheveux, le doux chuintement des roues sur l'asphalte. La mince sensation de liberté.

Et le voilà de retour dans le Bronx pour aller parler à Malcolm Claret.

C'était la troisième fois qu'il se laissait convaincre de le rencontrer : l'expérience semblait se répéter.

Lorsqu'il avait vingt-quatre ans et que son premier mariage battait de l'aile, alors que Kyle n'était qu'un bébé, sa femme avait proposé qu'ils voient un thérapeute. Ce n'était pas pour sauver leur couple. Elle y avait déjà renoncé, ayant constaté qu'il se contenterait d'une humble carrière de policier, ce qu'elle considérait comme un terrible gâchis, aussi bien de son intelligence que de ses chances de gagner plus ailleurs. L'objectif de cette thérapie, selon Karen, était d'adoucir la séparation, de rendre le processus plus gérable. Et elle eut exactement l'effet escompté. Claret était rationnel, rassurant et perspicace d'autant qu'il savait que ce mariage était voué à l'échec dès le départ.

Gurney avait revu Claret six ans plus tard après la mort de Danny, leur fils à Madeleine et à lui. Son attitude, durant les mois qui suivirent cette tragédie – muré dans le silence, muet de douleur, sans jamais rien verbaliser –, avait poussé Madeleine, qui avait plus ouvertement exprimé son terrible chagrin, à l'inciter à voir un thérapeute.

Sans espoir ni résistance, il avait accepté de consulter. Ils s'étaient vus trois fois. Il n'avait pas eu le sentiment que ces séances résolvaient le problème, et avait cessé assez vite de s'y rendre. Mais certaines observations faites par le thérapeute lui restèrent à l'esprit pendant des années. Ce que Gurney appréciait chez lui c'est qu'il répondait aux questions, disait franchement ce qu'il avait sur le cœur sans user de la réponse favorite de la plupart des analystes, particulièrement exaspérante : « Et vous, qu'en pensez-vous ? »

En franchissant le pont qui menait au petit monde de City Island avec ses marinas, ses cales sèches et ses restaurants de fruits de mer, un souvenir enfoui dans sa mémoire lui revint à l'esprit.

Il se rappelait avoir longé ce pont avec son père un samedi d'été – il y avait plus de quarante ans. Il y avait des hommes accoudés à la balustrade à intervalles réguliers le long du trottoir. Ces hommes sans chemise, hâlés, transpirant sous le soleil ardent lançaient leurs lignes dans le courant de la marée. Il entendait les moulinets grincer, les lignes éloignaient leurs gros hameçons et les plombs les entraînaient en longs arcs au-dessus de l'eau. Le soleil scintillait ici et là – sur l'eau, sur les hameçons en plomb, sur les pare-chocs en chrome des voitures qui passaient. Les hommes étaient tout à leur tâche, ajustant leurs cannes à pêche, tendant leurs lignes, surveillant les courants. Gurney avait eu l'impression d'avoir affaire à des êtres d'un autre monde, mystérieux et hors de sa portée. Son père avait toujours une chemise sur le dos, ne se mêlait jamais à une activité de groupe. Ce n'était pas un amateur de plein air, certainement pas un pêcheur.

Gurney n'aurait jamais pu l'exprimer à l'âge de six ou sept ans, quand ils faisaient des balades de cinq kilomètres depuis leur appartement du Bronx jusqu'au pont de City Island, mais dans le fond il avait le sentiment que son père n'était rien. Même ces longues promenades étaient une énigme qui faisait froid dans le dos ; son père était un homme secret, taciturne, sans intérêts manifestes, qui ne parlait jamais du passé pas plus qu'il ne témoignait d'un quelconque intérêt pour l'avenir.

En se garant dans la ruelle sombre devant la maison en bardeaux usés par le temps, Gurney ressentit ce qu'il éprouvait toujours quand il pensait à son père : un sentiment de vide et de solitude. Il essaya de s'en débarrasser en avançant vers la porte.

Il s'attendait naturellement à ce que Claret ait l'air plus âgé, peut-être grisonnant, avec un début de calvitie, mais certainement pas au personnage ratatiné, diminué en hauteur, en largeur, en poids qui l'accueillit dans le hall vide. Au premier abord, seuls les yeux d'un bleu pâle, qui vous fixaient sans ciller, paraissaient inchangés. De même que son doux sourire. En fait ces deux éléments définissant la présence apaisante et la sagesse de Claret semblaient s'être accentués avec le temps.

— Entrez, David.

Le fragile thérapeute le conduisit vers le cabinet où David s'était rendu dix-sept ans auparavant.

Gurney fut immédiatement frappé par la familiarité de la petite pièce. Le fauteuil en cuir, moins vieilli que l'homme, était dans la même position face à deux autres plus petits qui avaient l'air d'avoir été refaits depuis. Une table basse trônait au milieu du triangle approximatif formé par les trois sièges.

Ils prirent les mêmes places que celles qu'ils avaient occupées lors de la conversation qui avait suivi la mort de Danny, Claret s'asseyant avec une difficulté évidente.

— Allons droit au but, dit-il d'un ton doux mais direct, éludant tout préambule.

— Je vais vous dire ce que Madeleine m'a expliqué. Ensuite vous me direz si vous pensez que c'est vrai. Ça vous convient ?

— Absolument.

— Elle m'a dit qu'à trois occasions au cours de ces deux dernières années, vous vous êtes mis dans des situations où vous risquiez votre vie. Vous l'avez fait sciemment. Les trois fois vous vous êtes retrouvé dans la ligne de mire d'un pistolet. Une de ces fois, on vous a tiré dessus à plusieurs reprises et vous êtes tombé dans le coma. Elle est persuadée que ce n'était pas la première fois que vous preniez autant de risques, sans nécessairement le lui dire. Elle sait bien que le travail de policier est dangereux mais elle pense que vous allez au-devant du danger.

Il fit une pause, pour observer la réaction de Gurney ou pour le laisser répondre. Gurney fixait la table basse. Il remarqua de nombreuses éraflures et se dit que les clients devaient s'en servir de cale-pieds.

— Autre chose ?

— Elle ne l'a pas dit, mais elle avait l'air terrifiée et désorientée.

— Terrifiée ?

— Elle pense que vous cherchez à vous faire tuer.

Il secoua la tête.

— Dans chacune des situations dont elle parle, j'ai cherché par tous les moyens à garder la vie sauve. Et je suis encore en vie. N'est-ce pas une preuve flagrante de mon désir de rester en vie ?

Les yeux bleus de Claret semblaient lire en lui comme dans un livre ouvert.

Gurney reprit.

— Dans toutes les situations difficiles, je m'efforce…

Claret l'interrompit. Presque un murmure.

— Une fois que vous y êtes.

— Je vous demande pardon.

— Une fois que vous êtes dans cette situation, pleinement exposé au danger, alors vous faites votre possible pour rester en vie.

— Que voulez-vous dire ?

Claret garda le silence un instant. Son ton quand il reprit finalement la parole était bienveillant et égal.

— Vous sentez-vous toujours responsable de la mort de Danny ?

— Comment ? Je ne vois pas le rapport.

— La culpabilité est une force très puissante.

— Mais je ne suis pas… responsable de sa mort. Il est allé sur la route. Il courait après un foutu pigeon. C'est pour ça qu'il est descendu du trottoir. Il a été renversé par un ivrogne qui a pris la fuite au volant d'une voiture de sport rouge. Il sortait d'un bar. Je ne suis pas responsable de sa mort.

— Pas de sa mort, mais de quelque chose. Pouvez-vous me dire ce que c'est ?

Gurney prit une grande inspiration, le regard toujours rivé sur les marques de la table basse. Il ferma les yeux, puis les rouvrit, se forçant à regarder Claret.

— J'aurais dû faire plus attention. Avec un enfant de quatre ans... J'aurais dû faire plus attention. Je n'ai pas remarqué la direction qu'il prenait. Quand j'ai regardé...

Il laissa sa phrase en suspens et ses yeux se portèrent à nouveau sur la table.

Au bout d'un moment, il les releva :

— Madeleine a insisté pour que je vienne vous voir. Alors je suis là. Mais je ne sais pas vraiment pourquoi.

— Savez-vous ce qu'est la culpabilité ?

Quelque chose dans le profil psychologique de Gurney accueillait cette question, ou tout au moins l'opportunité de s'échapper dans l'abstrait.

— La culpabilité est en fait la responsabilité personnelle d'un acte répréhensible. En tant que sentiment, c'est la sensation désagréable d'avoir fait quelque chose qu'il ne fallait pas faire.

— Cette sensation désagréable, qu'est-ce que c'est exactement ?

— Une conscience troublée.

— C'est le terme adéquat, mais cela n'explique pas ce que c'est.

— Très bien, Malcolm. Alors dites-le-moi.

— La culpabilité est une recherche désespérée et douloureuse d'harmonie, un besoin de compenser un manquement quelconque pour retrouver équilibre et cohérence.

— Quelle cohérence ?

— Entre vos croyances et vos actes. Quand mes actions sont en contradiction avec mes valeurs, je crée un fossé, une source de tension. Ce fossé est à l'origine d'un inconfort. Consciemment ou inconsciemment, nous cherchons à combler ce fossé afin de trouver la paix intérieure.

Gurney remua dans son fauteuil, en proie à un accès d'impatience.

— Écoutez, Malcolm, si vous cherchez à prouver que j'essaie de me faire tuer pour racheter la mort de mon fils, alors pourquoi ne me suis-je pas arrangé pour me faire vraiment descendre ? C'est assez facile pour un flic. Mais comme je vous l'ai dit tout à l'heure, je suis là. En chair et en os. Si j'avais un tel désir de mourir, pourquoi serais-je aussi en forme ? Ce sont des fadaises.

— Je suis d'accord.

— Vous êtes d'accord.

— Vous n'avez pas tué Danny. Donc, vous supprimer vous-même ne saurait être un but rationnel. (Un sourire subtil, presque espiègle, apparut sur son visage.) Vous êtes un homme très rationnel, David, n'est-ce pas ?

— Je ne vous suis plus.

— Vous m'avez dit que la faute que vous avez commise était un manque d'attention, que vous l'avez laissé s'aventurer sur la route où il a été renversé par une voiture. Écoutez et dites-moi si mon explication décrit précisément la situation.

Claret marqua une pause avant de reprendre avec une lenteur étudiée.

— Sans personne pour le protéger, Danny était à la merci d'un monde insensible et aveugle. Le sort a joué à pile ou face, un conducteur ivre est arrivé et Danny a perdu.

Gurney entendit les mots que Claret prononçait, en sentant qu'il disait vrai et pourtant il n'éprouvait rien. Comme s'il se tenait derrière une vitre blindée.

— De votre point de vue, votre distraction a placé votre fils à la merci du moment, du sort. C'est la faute que vous pensez avoir commise. Et de temps à autre vous vous trouvez dans une situation où vous avez la possibilité de courir le même péril que celui que vous lui avez fait courir. Vous pensez que c'est non seulement juste de l'affronter – de vous exposer au même pile-ou-face et de vous traiter avec la même négligence que lui. C'est une manière de se mettre en quête de justice, de paix intérieure. En quête d'harmonie.

Ils gardèrent le silence un moment – Gurney l'esprit vide, ses sentiments engourdis. Puis Claret assena le coup final :

— Bien sûr, votre approche est une illusion autocentrée et étroite d'esprit.

Gurney cligna des yeux.

— Quelle illusion ?

— Vous ignorez tout ce qui compte vraiment.

— Quoi par exemple ?

Claret commença à parler, puis se tut, ferma les yeux, prit de longues inspirations profondes. Quand il posa les mains sur ses genoux, sa fragilité devint d'autant plus évidente.

— Malcolm ?

Sa main droite se souleva de quelques centimètres en un geste qui semblait vouloir écarter toute inquiétude. Ses yeux se rouvrirent une ou deux minutes plus tard. Sa voix n'était plus qu'un murmure.

— Désolé. Mon traitement est loin d'être parfait.

— Qu'est-ce que c'est ? Qu'est-ce…

— Un sale cancer.

— Curable ?

Claret émit un petit rire.

— En théorie, oui. En réalité, non.

Gurney garda le silence.

— Et la réalité est ce que nous vivons jusqu'au jour de notre mort.

— Vous souffrez ?

— J'appellerais ça un inconfort périodique. (Il avait l'air amusé.) Vous vous demandez combien de temps il me reste à vivre. La réponse est un mois, peut-être deux. Il faut attendre pour le savoir.

Gurney chercha quoi dire en pareilles circonstances.

— Mon Dieu, Malcolm, je suis désolé.

— Merci. À présent, comme notre temps est compté – le vôtre comme le mien – nous allons parler du lieu où nous vivons – ou devrions vivre.

— C'est-à-dire ?

— La réalité. L'endroit où nous devons vivre pour survivre. Dites-moi une chose. À propos de Danny. Aviez-vous un petit nom doux pour lui ?

La question le surprit.

— Comment ça ?

— Un surnom que vous lui donniez quand vous le couchiez, quand vous le teniez dans vos bras ou sur vos genoux. Quelque chose comme ça.

Gurney était sur le point de répondre que non quand un souvenir lui revint en mémoire, une chose à laquelle il n'avait pas pensé depuis des années. Ce souvenir provoqua une vive tristesse en lui. Il s'éclaircit la voix :

— Mon petit ours.

— Pourquoi l'appeliez-vous ainsi ?

— Il y avait quelque chose dans son apparence… Surtout s'il était malheureux… Il me faisait penser à un ourson, je ne sais pas pourquoi.

— Et vous le serriez dans vos bras ?

— Oui.

— Parce que vous l'aimiez ?

— Oui.

— Et il vous aimait ?

— J'imagine que oui.

— Aviez-vous envie qu'il meure ?

— Bien sûr que non.

— Avait-il envie que vous mouriez ?

— Non.

— Madeleine veut-elle que vous mouriez ?

— Non.

— Kyle veut-il que vous mouriez ?

— Non.

Claret planta son regard dans celui de Gurney, comme s'il évaluait sa compréhension avant de poursuivre.

— Tous les gens que vous aimez veulent que vous viviez.

— Oui, j'imagine.

— Alors ce besoin obsessionnel de vous racheter pour la mort de Danny, d'apaiser votre culpabilité en vous exposant vous-même à la mort… c'est terriblement égoïste, non ?

— Vous trouvez ?

308

La voix de Gurney lui paraissait sans vie, désincarnée d'une certaine manière, comme si elle venait de quelqu'un d'autre.

— Vous êtes le seul pour qui cela semble avoir du sens.

— Danny est mort à cause de moi.

— Et du chauffeur ivre qui l'a renversé. C'est aussi de la faute de Danny parce qu'il est descendu du trottoir alors que vous l'aviez probablement mis en garde une centaine de fois. De la faute du pigeon qu'il a suivi. Et d'on ne sait quel Dieu qui a rassemblé le pigeon, la rue, l'ivrogne, la voiture et les événements qui ont précédé pour aboutir à ce drame. Qui êtes-vous pour vous imaginer que tout est de votre faute ?

Claret marqua une pause, comme pour reprendre son souffle, retrouver des forces, puis il reprit la parole d'une voix plus forte.

— Votre arrogance est scandaleuse. Tout comme le fait que vous négligiez les gens qui vous aiment. Écoutez-moi, David. Vous ne devez pas leur faire de peine. Vous avez une femme. De quel droit mettez-vous la vie de son mari en péril ? Vous avez un fils. De quel droit mettez-vous la vie de son père en danger ?

Ce bref discours semblait avoir épuisé Claret.

Gurney resta assis, immobile, muet, vide. La pièce lui parut toute petite. Il entendait un faible bourdonnement.

Claret sourit ; sa voix, plus faible, véhiculait une plus grande conviction, la conviction du mourant.

— Écoutez-moi, David. Rien ne compte dans la vie à part l'amour. L'amour, et rien d'autre.

CHAPITRE 38

Un penchant pour le feu

GURNEY NE SE SOUVENAIT PLUS TRÈS BIEN d'avoir quitté City Island, traversé le Bronx et franchi le George Washington Bridge. C'est seulement lorsqu'il partit en direction du nord, sur Palisades Parkway, qu'il retrouva un semblant de normalité. Du même coup, il s'aperçut qu'il n'avait pas assez d'essence pour aller jusqu'à Walnut Crossing.

Vingt minutes plus tard, il s'arrêta sur le parking d'une station-service où il put se restaurer et faire le plein. Après avoir bu un café et avalé quelques bagels, il sortit son téléphone et consulta ses messages.

Il en avait quatre. La voix du premier appel masqué était celle de Klemper, plus rude et plus bredouillante que la veille.

— Pour faire suite à Rivermall... Riverside. Notre conversation. Vérifiez le contenu de votre boîte aux lettres. Rappelez-vous ce que vous m'avez dit. N'essayez pas de m'entuber... Ce n'est pas une bonne idée. Les gens ne s'y risquent pas. Un deal est un deal. Ne l'oubliez pas. Ne l'oubliez pas, putain. Vérifiez votre boîte aux lettres.

Gurney se demanda s'il était aussi ivre qu'il le paraissait. Mais surtout il était impatient de savoir si sa boîte aux lettres contenait la vidéo de surveillance. Il ne put s'empêcher de se rappeler le jour où quelqu'un avait glissé un serpent dedans. C'était aussi un endroit idéal pour déposer une bombe. Mais ce serait aller un peu trop loin.

Ce message lui rappela qu'il devait mettre Hardwick et Esti au courant du rendez-vous au Riverside et du marché dont Klemper lui avait parlé.

Il passa au second message.

— Salut, Sherlock. Je viens de parler avec Ankara. Il semblerait que le petit bonhomme qui a fait sauter l'électricité est un sacré morceau. Rappelle-moi.

Le troisième message aussi était de Hardwick.

— Où est-ce que tu te planques, bordel ? Décroche ton foutu téléphone, Sherlock ! Je suis aux abords de Cooperstown pour aller chez Bincher. Aucune nouvelle de lui. J'ai un mauvais pressentiment. Et puis il faut qu'on parle de ce tireur fou. Quand je dis fou, c'est fou. Rappelle-moi, nom d'un chien.

Le dernier message : encore Hardwick, plus sombre, en colère :

— Gurney, où que tu sois fourré, réponds, putain. Je suis chez Lex Bincher. Ou ce qui était sa maison. Elle a brûlé hier soir. Comme celles de ses voisins. Trois putains de maisons. Reste plus que des cendres. Un gros incendie rapide. Le feu a pris chez Lex… Des engins incendiaires, apparemment… Plus d'un. Appelle-moi. Sur-le-champ.

Gurney décida de commencer par appeler Madeleine. Il tomba sur sa messagerie.

— Rends-moi service. N'ouvre pas notre boîte aux lettres aujourd'hui. Je suis à peu près sûr qu'il n'y a pas de problème, mais j'ai reçu un appel inquiétant de Klemper et je préfère l'ouvrir moi-même. Juste par précaution. Je t'expliquerai plus tard. Je suis au restoroute de Sloatsburg. Je t'aime. À tout à l'heure.

En repensant à son message, il regretta de ne pas s'être exprimé autrement. C'était trop menaçant, trop obscur. Il aurait fallu un contexte, une explication. Il fut tenté de rappeler, mais il redoutait d'aggraver les choses.

Il appela Hardwick et tomba sur son répondeur. Il laissa un message disant qu'il était en route pour Walnut Crossing. Il demanda s'il y avait eu des victimes dans l'incendie et si on avait retrouvé la trace de Bincher. Y avait-il du nouveau à propos du tireur fou ?

Hardwick le rappela enfin alors qu'il se trouvait déjà dans les collines au-dessus de Barleyville.

— On a affaire à un sacré salopard. De la folie pure, champion. Trois grandes baraques réduites à un tas de cendres. Celle de Lex, plus une de chaque côté. Six morts dont Bincher ne fait pas partie. Deux corps dans la maison de gauche, quatre dans celle de droite, y compris deux gamins. Tous pris au piège dans le brasier. Les gens du voisinage disent que ça s'est passé un peu après minuit, que le feu a pris très vite. Le type des incendies criminels pense que ce sont probablement de petits engins incendiaires, quatre en tout, à chaque angle de la maison de Bincher, il n'a eu aucun mal à démontrer que l'incendie était d'origine criminelle.

— Et les deux autres maisons étaient juste des dommages collatéraux, tu es sûr ?

— Je ne suis sûr de rien. Je suis derrière le ruban jaune au milieu de la foule de curieux. Je recueille les informations que les flics du coin rapportent à leurs collègues. Ils disent que les tests révèlent des traces de produits incendiaires chez Bincher, pas dans les deux autres résidences.

— Mais la maison de Bincher était vide. Je veux dire, il n'y avait personne ?

— Pour le moment, je dirais que non. Mais l'équipe scientifique est toujours en train de patauger dans les cendres détrempées. Il y a du monde sur place : les pompiers, la Brigade criminelle, l'Unité de lutte contre les incendies volontaires, le shérif et sa bande, des CRS, des gars du coin en uniforme. Bon Dieu, Davey, tous ces morts pour que Lex lâche l'affaire ?

Gurney ne répondit pas.

Hardwick toussa, s'éclaircit la voix.

— Tu es toujours là ?

— Toujours. Je réfléchissais à ta théorie du « message ». Je dirais que couper tes câbles électriques était probablement un avertissement. La mutilation de la tête de Gurikos aussi. Mais l'incendie de la maison de Bincher, ce n'est pas la même chose. La guerre. Sans la moindre considération pour les victimes.

— Je suis d'accord. Le salopard avait envie de faire un carnage. Et l'incendie volontaire revient dans chaque affaire.

— Un thème récurrent ?

Gurney ralentit, monta sur le bas-côté qui surplombait le réservoir, coupa le moteur et ouvrit les fenêtres.

— Quelles infos Interpol t'a-t-il fournies ?

— Les données qu'ils ont rassemblées à partir de leur base ne se réfèrent pas forcément à un seul individu. Les faits remontant disons aux dix dernières années sont probablement exacts dans l'ensemble. Mais avant ça, c'est plus incertain. Plus bizarre aussi.

Gurney se demanda ce qu'il pouvait y avoir de plus bizarre que de planter des clous dans la tête de quelqu'un.

Hardwick s'expliqua :

— Le gars d'Ankara m'a téléphoné, il ne voulait pas laisser de trace écrite. Alors j'ai pris des notes. Ce qu'il m'a dit se résume à deux petites histoires. Selon l'angle sous lequel on les prend, elles sont liées, ou pas du tout. Elles datent des dix dernières années et regroupent des informations au sujet de Petros Panikos. Tu m'entends ?

— J'écoute, Jack.

— Il y a vingt-cinq ans, dans le village de Lykonos, au sud de la Grèce, la famille Panikos possédait un magasin de souvenirs. Elle avait quatre fils, dont le dernier aurait été adopté. La boutique, ainsi que la maison, fut détruite par un incendie, tuant les parents et trois des fils. Le quatrième, celui qui avait été adopté, disparut et fut soupçonné d'avoir mis le feu, mais on n'a jamais pu le prouver. On n'a jamais trouvé de certificat de naissance officiel ni de documents d'adoption. La famille était très fermée, il n'avait pas de parents proches et les gens du village n'étaient même pas d'accord sur le nom du fils disparu : Pero ou Petros.

— Quel âge avait-il ?

— Personne ne savait au juste. Entre douze et seize ans d'après les fichiers.

— Aucune information sur son nom de naissance ou son lieu d'origine ?

— Rien d'officiel, si ce n'est la déclaration d'un prêtre du village qui pensait que le gamin venait d'un orphelinat bulgare.

— Qu'est-ce qui lui faisait croire ça ?

313

— Ce n'est pas dans le dossier mais le prêtre a précisé le nom de l'orphelinat.

Gurney laissa échapper un petit rire. Rien à voir avec son humeur, mais plutôt un semblant d'excitation qui le stimulait.

— Et j'imagine que la piste de l'orphelinat nous mène à un autre événement lié à notre affaire.

— Eh bien, ça nous conduit à un sinistre orphelinat communiste dont il ne subsiste aucune archive. Tu ne devines pas pourquoi ?

— Un incendie criminel ?

— Ouaip. Alors tout ce que nous savons sur les résidents au moment de l'incendie – dans lequel la plupart y laissèrent leur peau – provient d'un maigre dossier de la police qui contient la déposition d'une infirmière qui a échappé au brasier. L'incendie criminel ne fait aucun doute. En plus de l'orphelinat, quatre bâtiments ont pris feu en même temps. On a retrouvé des réservoirs d'essence dans chacun d'entre eux et les portes extérieures étaient bloquées avec des cales en bois.

— L'objectif était clair. Mais on dirait que le drame était la fin de l'histoire. Quel était le commencement ?

— D'après la déposition de l'infirmière, quelques années avant l'incendie, on a découvert un étrange petit garçon un matin d'hiver, sur les marches du porche. Le gamin paraissait muet et illettré. Mais ils ont fini par découvrir qu'il parlait couramment bulgare, russe, allemand et anglais. Cette infirmière a eu l'impression que c'était une sorte d'idiot savant, tellement il était bon en langues. Elle lui a fourni quelques livres de grammaire de base, et comme de bien entendu, au cours des deux années qu'il a passées à l'orphelinat, il a appris le français, le turc et Dieu sait quoi d'autre.

— Il n'a jamais dit d'où il venait ?

— Il prétendait être totalement amnésique – aucun souvenir avant son arrivée là-bas. Son seul lien avec le passé était un cauchemar récurrent. Quelque chose à propos d'un carnaval et d'un clown. Ils ont fini par le mettre dans une chambre à part, la nuit, loin des autres enfants parce qu'il se réveillait souvent en poussant des hurlements. Pour je ne sais quelle raison, peut-être à cause du clown qui hantait ses rêves, l'infirmière s'est mis en tête que sa mère d'origine avait fait partie d'un cirque ambulant.

— Ce n'est pas un enfant comme les autres, ça c'est sûr. Aucun signe avant-coureur avant le sinistre ?

— Oh que si ! Et comment !

Hardwick marqua une pause. C'était une de ses habitudes à laquelle Gurney avait dû se faire.

— Quelques-uns de ses camarades se sont foutus de sa gueule à cause de ses cauchemars.

Une autre pause.

— Jack, pour l'amour du ciel !

— Ils ont disparu.

— Les gamins qui se sont moqués de lui ?

— C'est ça. Volatilisés. Idem dans le cas d'une éducatrice qui ne croyait pas à son histoire d'amnésie et qui n'arrêtait pas de le titiller à ce sujet. Disparue. Sans laisser de traces.

— Autre chose ?

— D'autres trucs encore plus bizarres. Personne ne savait quel âge il avait pour la bonne raison qu'au cours des deux années qu'il a passées là-bas, il n'a pas grandi. Il n'a jamais paru plus âgé qu'à son arrivée.

— Peter Pan.

— C'est ça.

— On le surnommait comme ça à l'orphelinat ?

— Rien ne l'indique dans le dossier.

Gurney repassa rapidement en revue le récit de Hardwick.

— Il y a un maillon manquant. Comment sait-on que le gamin de l'orphelinat est le même que celui que la famille Panikos a adopté ?

— On n'en est pas sûr. L'infirmière dit qu'il a été adopté par une famille grecque, mais elle ignorait leur nom. Ça a été traité par un autre département. Mais c'est le jour où il est parti avec ses nouveaux parents que l'orphelinat a brûlé. Presque tout le monde est resté coincé dedans et y a laissé sa peau.

Gurney garda le silence.

— À quoi penses-tu, Sherlock ?

315

— Je me dis que quelqu'un a payé cent mille dollars pour lâcher ce petit monstre sur Carl Spalter.

— Sans oublier Mary Spalter, Gus Gurikos et Lex Bincher, ajouta Hardwick.

— Peter Pan, médita Gurney. L'enfant qui n'a jamais grandi.

— Ça ne manque pas de fantaisie, champion, mais où est-ce que ça nous mène ?

— Je dirais que ça ne nous mène nulle part, si ce n'est à la dérive, dans la confusion la plus totale. Nous avons des histoires palpitantes, mais nous ne savons strictement rien. Nous sommes à la recherche d'un tueur professionnel qui pourrait s'appeler Petros Panikos, Peter Pan ou n'importe quoi d'autre. Nom de naissance inconnu, nom de passeport inconnu. Date de naissance inconnue. Nationalité inconnue. Parents biologiques inconnus. Arrestations et condamnations inconnues. Presque tout ce qui peut mener à lui nous est inconnu.

— Je suis d'accord avec toi. Et on fait quoi maintenant ?

— Il faut que tu reprennes contact avec ton gars d'Interpol et que tu le supplies de te raconter les bribes d'information qui se cachent encore dans leur dossier, en particulier tout ce qui concerne la famille Panikos, leurs voisins, quelqu'un du village qui pourrait nous renseigner sur le petit Petros, tout ce qui pourrait nous donner un indice. Le nom de chaque personne susceptible de nous éclairer...

— Putain, mec, ça fait vingt-cinq ans. Personne ne va se rappeler quoi que ce soit, à supposer qu'on les trouve. Il faut voir la réalité en face.

— Tu as probablement raison, mais rappelle quand même le type d'Interpol. Au pire, il t'enverra balader. D'un autre côté, Dieu sait ce qu'il peut dénicher...

Après avoir raccroché, Gurney resta assis, son bloc-notes ouvert sur les genoux. Il consigna l'essentiel de ce que Hardwick lui avait dit, puis relut le tout.

Il s'en voulait de ne pas s'être impliqué plus tôt dans cette affaire. De ne pas avoir fait de progrès plus tangibles. De l'absence de position officielle.

Au moment où il s'apprêtait à démarrer pour prendre la direction de Barleyville, Hardwick rappela, encore plus agité.

— Il y a du nouveau. Si la conversation que je viens de surprendre se confirme, Lex Bincher n'a peut-être pas disparu.

— Qu'est-ce qu'il y a encore ?

— L'un des gars de la Brigade criminelle a trouvé un corps dans l'eau sous le ponton d'amarrage de Lex. Un corps. Sans tête.

— Sont-ils sûrs qu'il s'agit de Bincher ?

— Je n'ai pas attendu pour le savoir. J'ai un mauvais pressentiment. Je me suis écarté de la foule et j'ai regagné ma voiture. Il fallait que je m'éloigne avant de me mettre à dégobiller ou qu'un des types de la Brigade me reconnaisse et fasse le lien entre Bincher, l'affaire Spalter et moi. Je ne tiens pas à me retrouver dans une salle d'interrogatoire pendant deux semaines. Je ne peux pas me le permettre. Pas avec toutes ces histoires. Il faut que je puisse bouger, faire ce qu'il y a à faire, putain. Bon, je dois y aller. Je te rappelle plus tard.

Gurney s'attarda quelques minutes, le temps de digérer cette nouvelle information. En frissonnant, il mit le contact et prit la direction de Walnut Crossing.

CHAPITRE 39

Des créatures terribles

L A SITUATION SE COMPLIQUAIT D'HEURE EN HEURE. Le départ précipité de Hardwick, craignant d'être reconnu et d'avoir à donner la raison de sa présence sur la scène du crime, rappela à Gurney une question qu'il avait éludée jusqu'à présent. Dans quelle mesure avait-on le droit de mener une enquête privée dans l'intérêt d'un client sans faire obstruction à la justice ?

Jusqu'à quel point avait-il l'obligation de signaler aux autorités ce qu'il avait appris au sujet du tueur à gages qui se faisait appeler Petros Panikos et de son implication probable dans la liste croissante d'homicides liés à l'affaire Spalter ? Le fait que l'implication de Panikos soit juste probable et non pas certaine faisait-il une différence ? Il conclut avec un sentiment proche du malaise que rien ne l'obligeait à partager ces spéculations avec les forces de l'ordre qui de leur côté faisaient de même. Mais cet argument était-il vraiment recevable ?

Ces pensées l'occupèrent jusqu'à ce qu'il traverse la petite ville morne de Barleyville où il découvrit que le bistrot où il comptait prendre un café était fermé. Il poursuivit sa route à travers les collines boisées. Soudain, une question lui glaça le sang : et si les morts de Cooperstown n'étaient qu'un avant-goût d'autre chose ? Pouvait-on garder pour soi les avancées d'une enquête privée si la guerre apparemment déclarée par Panikos continuait à faire des victimes ?

318

À la vue de la boîte aux lettres au bord de la route, il repensa à Klemper. Lui avait-il déposé la vidéo ? Ou la boîte lui réservait-elle une surprise moins agréable ?

Il alla se garer près de la grange et revint en arrière.

Il aurait parié que ce n'était pas une bombe, mais il ne voulait prendre aucun risque. Il observa la boîte et décida de chercher par terre une branche d'arbre suffisamment longue pour l'ouvrir en se mettant à l'abri derrière un tronc d'arbre à proximité.

Après un certain nombre de tentatives maladroites, il parvint à soulever le couvercle. Il attendit quelques instants, puis jeta un coup d'œil à l'intérieur. Elle ne contenait qu'une simple enveloppe blanche.

Sur l'enveloppe, son nom était écrit en capitales grossières. Ni timbre ni cachet de la poste. Il sentit un petit rectangle à l'intérieur. Peut-être une clé USB. Il ouvrit prudemment l'enveloppe ; il avait raison. Il mit la clé dans sa poche, remonta dans sa voiture et gagna la maison.

L'horloge du tableau de bord indiquait : 14 :18. La voiture de Madeleine était à sa place habituelle. Elle était partie travailler tôt et devait être rentrée depuis une demi-heure. Il s'attendait à la trouver à l'intérieur en train de lire – peut-être plongée dans sa lecture sisyphéenne de *Guerre et Paix*.

Il entra en criant :

— Je suis là.

Pas de réponse.

En passant dans la cuisine, il appela à nouveau. Silence. Il songea qu'elle était peut-être partie faire une promenade.

Une fois dans son bureau, il alluma son ordinateur portable et inséra la clé USB. L'icône qui apparut était intitulée 02 DÉC 2011 – 08 00 - 11 :59 AM – le créneau horaire durant lequel on avait tiré sur Spalter. En allant dans le menu « Informations », il découvrit que la petite clé avait une capacité de 64 GO, plus qu'il n'en fallait pour couvrir les heures spécifiées même en haute résolution.

Il cliqua sur l'icône et une fenêtre s'ouvrit aussitôt, contenant quatre fichiers vidéo intitulés CAM A (INT), CAM B (EST), CAM C (OUEST), CAM D (SUD).

Intéressant. Quatre caméras semblaient beaucoup pour une boutique d'électronique dans une petite ville. À moins que ce qu'il avait supposé plus tôt fût exact. Le velu Harry et sa petite amie étaient mêlés à des affaires beaucoup plus louches.

Comme la caméra côté sud devait faire face au cimetière de Willow Rest, Gurney choisit de l'ouvrir en premier. Il ne fut pas déçu. C'était presque trop beau pour être vrai. Non seulement la résolution était parfaite, mais la caméra qui avait à l'évidence produit ce fichier était équipée d'un capteur de mouvement et d'un zoom high-tech. Et, bien entendu, comme toutes les caméras de sécurité, elle était activée par le mouvement, n'enregistrant que quand il se passait quelque chose.

Ce mode d'activation signifiait que la période nominale de quatre heures occupait beaucoup moins de temps sur la bande puisque les intervalles d'inactivité dans le champ de vision de la caméra n'étaient pas représentés. Ainsi la première heure produisait dix minutes d'images numériques qui montraient principalement des promeneurs courageux et des joggeurs chaudement vêtus exécutant leur rituel matinal sur un sentier parallèle au muret du cimetière. La scène était éclairée par un pâle soleil hivernal et des plaques de neige.

Ce ne fut que peu après neuf heures que la caméra réagit à une activité à l'intérieur de Walnut Rest. Une camionnette avançait lentement dans le cadre. Elle s'arrêta devant ce que Gurney considérait comme étant la concession des Spalter (ou leur « propriété », selon l'expression de Paulette Purley). Deux hommes vêtus d'épais pardessus en émergèrent, ouvrirent les portières arrière et commencèrent à décharger un certain nombre d'objets foncés, plats et rectangulaires qui se révélèrent être des chaises pliantes. Les hommes les disposèrent avec soin en deux rangées face à une zone de terre tout en longueur – la tombe ouverte destinée à Mary Spalter. Après avoir bien aligné les chaises, l'un dressa un podium au bout de la fosse tandis que l'autre alla chercher un balai et entreprit d'enlever la fine couche de neige entre la tombe et les chaises.

Pendant qu'ils s'activaient ainsi, une petite voiture blanche apparut dans le champ de la caméra et s'arrêta derrière la camionnette.

Gurney ne fut pas certain de reconnaître le visage, minuscule sur l'image vidéo, mais il eut le sentiment que la femme qui sortait de la voiture, enveloppée dans une veste en fourrure avec une toque assortie, agitant les bras comme si elle donnait des ordres aux deux hommes, n'était autre que Paulette Purley. Après avoir donné un coup de balai autour des chaises et de la tombe béante, ils remontèrent dans le camion et sortirent du champ.

La femme resta seule, examinant la concession tel un inspecteur des travaux finis, puis elle se mit au volant de sa voiture et se gara un peu plus loin, près d'un buisson de rhododendrons flétris par le froid. La vidéo continua encore une minute avant de s'interrompre. Elle se remit en marche vingt-huit minutes plus tard, soit à neuf heures quarante-quatre en temps réel, avec l'arrivée du corbillard et de plusieurs voitures.

Un homme vêtu d'un pardessus noir sortit du corbillard, côté passager, et la femme que Gurney supposait être Paulette Pruley descendit à son tour de sa voiture. Ils se serrèrent la main en échangeant quelques mots. L'homme retourna près du corbillard en faisant des signes. Une demi-douzaine d'hommes en costume sombre émergèrent d'une limousine et ouvrirent la portière arrière du corbillard pour en sortir le cercueil Ils le portèrent avec des gestes souples et sûrs jusqu'à la tombe avant de le poser sur un support qui le maintenait au-dessus du sol.

À un signal que Gurney ne put détecter, les portières des véhicules garés le long de l'allée derrière le corbillard s'ouvrirent et des silhouettes vêtues de noir en sortirent. Emmitouflés dans leurs manteaux d'hiver, leurs chapeaux enfoncés sur la tête, ils se dirigèrent vers les deux rangées de chaises disposées le long de la tombe. Seuls deux des seize sièges, de part et d'autre des cousines triplées de Mary Spalter, étaient inoccupés.

L'homme plutôt grand en manteau noir, a priori l'entrepreneur de pompes funèbres, se plaça derrière. Après avoir procédé à quelques ajustements quant à la disposition du cercueil, les porteurs vinrent se placer à côté de lui, épaule contre épaule. Paulette Purley se tenait à quelques mètres du dernier d'entre eux.

L'attention de Gurney était fixée sur l'homme qui occupait la dernière chaise au premier rang et qui serait bientôt la victime inattendue. L'horloge au bas de la vidéo indiquait dix heures dix-neuf. Ce qui signifiait qu'à Willow Rest, Carl Spalter n'avait plus qu'une minute à vivre. Une ultime minute.

Tandis que son regard passait de Carl à l'horloge, Gurney ressentait avec une acuité douloureuse l'érosion du temps et de la vie.

Plus que trente secondes avant qu'une balle de calibre .220 Swift, la plus précise et la plus rapide au monde, ne perce la tempe droite de Spalter, fragmentant son cerveau et mettant fin à l'avenir qu'il avait envisagé, quel qu'il soit.

Au cours de sa longue carrière au sein du NYPD, Gurney avait vu sur des vidéos de surveillance d'innombrables crimes – agressions, passages à tabac, cambriolages, homicides – dans des stations-service, des magasins d'alcool, des épiceries, des laveries automatiques ou près de distributeurs de billets.

Mais cette fois, c'était différent.

Le contexte humain, avec ses relations familiales complexes et tendues, était ici plus dense, et le contexte émotionnel plus frappant. Le côté paisible de la scène (avec ses participants assis, elle suggérait plutôt l'image d'un portrait de groupe un peu guindé) n'évoquait en rien le contenu habituel d'une vidéo de surveillance. Et Gurney en savait plus sur l'homme qui allait être abattu quelques secondes plus tard qu'il n'en avait jamais su sur n'importe quelle autre victime capturée par l'objectif d'une caméra.

Et le moment crucial arriva.

Gurney, assis tout au bord de son siège, se pencha vers l'écran de l'ordinateur.

Carl Spalter se leva et se tourna vers l'estrade installée de l'autre côté de la tombe ouverte. Il fit un pas dans cette direction et passa devant Alyssa. À ce moment, alors qu'il allait avancer d'un pas de plus, il vacilla, comme s'il venait de trébucher, et s'effondra le long du premier rang. Il heurta le sol la tête la première et resta étendu, immobile sur l'herbe blanchie par la neige, entre le cercueil de sa mère et le siège de son frère.

Jonah et Alyssa furent les premiers à se lever, suivis par deux femmes de la Force des aînés installées au second rang. Les porteurs du cercueil quittèrent leur place derrière les sièges et arrivèrent à leur tour. Paulette se précipita vers Carl, tomba à genoux et se pencha au-dessus de lui. Ensuite, il devint difficile de distinguer ce qui se passait, car de plus en plus de gens se pressaient autour de l'homme à terre.

Au cours des minutes qui suivirent, Gurney vit qu'au moins trois personnes avaient sorti leur téléphone et passaient un appel.

Il nota que Carl avait été touché par la balle, comme l'indiquait le rapport de police, à dix heures vingt. Le premier officiel arriva à dix heures vingt-huit, un homme de la police locale au volant d'une voiture de patrouille de Long Falls. Deux autres arrivèrent en l'espace de deux ou trois minutes, suivis peu après par une autre voiture de patrouille. À dix heures quarante-deux, une ambulance SAMU des urgences médicales apparut. Le véhicule se gara juste devant la scène du crime et bloqua le champ de la caméra de surveillance, rendant le reste de la vidéo inutilisable pour Gurney. Même la première voiture banalisée – avec sans doute Klemper à son bord – devint invisible lorsqu'elle s'arrêta de l'autre côté de l'ambulance.

Après avoir parcouru le reste de la vidéo en sélectionnant des passages plus au moins au hasard, Gurney ne trouva aucun nouvel élément important. Il se redressa sur son siège pour réfléchir à ce qu'il venait de voir.

En plus de l'emplacement malencontreux de l'ambulance, il y avait un autre problème d'ordre matériel. En dépit de la haute résolution de la caméra, de son impressionnant téléobjectif et de sa fonction de cadrage automatique, le résultat visuel était d'une qualité très limitée, en raison de la distance entre elle et le sujet. Bien sûr, il avait assimilé ce qu'il avait vu à l'écran, mais il savait qu'une partie de ce qu'il avait compris lui avait été suggérée par ce qu'on lui avait dit. Il y avait longtemps de cela, il avait adopté un principe basé sur la « contre-intuition » : nous ne pensons pas ce que nous pensons parce que nous voyons ce que nous voyons. Au contraire, nous voyons ce que nous voyons parce que nous pensons ce que nous pensons. Les opinions préconçues peuvent très bien l'emporter sur les faits visuels, jusqu'à nous faire voir des choses qui ne sont pas là.

Il aurait avant tout souhaité disposer de meilleures images, afin de s'assurer que ses idées préconçues ne le conduisaient pas dans la mauvaise direction. L'idéal aurait consisté à soumettre, pour l'améliorer au maximum, le dossier numérique à un labo informatique sophistiqué, mais l'un des inconvénients d'être en retraite, c'est qu'il n'avait plus accès à ce genre de ressources. Il songea soudain qu'Esti disposait peut-être d'une entrée plus ou moins officielle au labo de la police de l'État de New York, qui lui permettrait de faire effectuer le boulot sans utiliser de numéro de suivi et de document d'identification susceptibles de lui créer des ennuis plus tard. Mais cela l'ennuyait de lui imposer une situation embarrassante. Au moins jusqu'à ce qu'il ait épuisé toutes les options moins risquées.

Il prit son téléphone et appela Kyle, véritable mine de renseignements pour tout ce qui concernait les ordinateurs, et qui se réjouissait de chaque nouvelle énigme en la matière. Il fut invité à laisser un message : « Salut, fiston. J'ai un problème de technologie numérique, et je ne peux pas compter sur les canaux habituels. Voici mon souci : j'ai un fichier vidéo haute définition qui m'apprendrait plus de choses si je pouvais appliquer un effet de zoom numérique sans diminuer la netteté. Je sais que c'est un peu contradictoire, mais je pense qu'il existe un logiciel d'amélioration d'images avec des algorithmes qui pourraient surmonter la difficulté… peut-être saurais-tu m'indiquer la voie à suivre ? Merci, fiston. Je suis sûr que quoi que tu me dises, ce sera beaucoup plus que ce que je sais déjà. »

Après avoir raccroché, il décida de revenir au début de la vidéo et de la visionner à nouveau. C'est alors qu'il remarqua l'heure, affichée dans le coin supérieur de l'écran de son ordinateur. Dix-sept heures quarante-huit. Même si Madeleine avait pris le plus long parmi les chemins qu'elle empruntait à l'accoutumée pour traverser la forêt, celui qui passait au-dessus de Carlson's Ridge, elle aurait déjà dû être de retour.

C'était l'heure du dîner, et jamais elle ne… *Oh, mon Dieu ! Bien sûr !*

Il se sentit soudain stupide. C'était aujourd'hui qu'elle devait partir pour son séjour chez les Winkler. Il arrivait trop de choses, et trop vite. Comme si son cerveau était incapable d'assimiler le moindre renseignement supplémentaire ; chaque fois qu'il

324

cherchait à y fourrer une nouvelle info, une autre disparaissait aussitôt. C'était une idée un peu effrayante. Qu'avait-il bien pu oublier d'autre ?

C'est alors qu'il se souvint d'avoir vu, à son arrivée, la voiture de Madeleine garée près de la maison.

Mais si elle est chez les Winkler, qu'est-ce que sa voiture fiche ici ?

Perplexe, avec un sentiment grandissant d'inquiétude, il composa le numéro de mobile de Madeleine.

Quelques secondes plus tard, il eut la surprise d'entendre le téléphone de sa femme sonner dans la cuisine. Peut-être n'était-elle pas allée chez les Winkler, après tout ? Elle devait être quelque part dans la maison... Il l'appela, mais sans obtenir de réponse. Il passa du bureau à la cuisine. En suivant la sonnerie, il trouva l'appareil sur le buffet, près de la cuisinière. Voilà qui était étrange. Pour autant qu'il le sache, elle ne quittait jamais la maison sans son mobile. Inquiet, il regarda par la fenêtre dans l'espoir de la voir traverser le pré en direction de la maison.

Aucun signe de sa présence. Il ne vit que sa voiture. Ce qui impliquait qu'elle *était* dans les parages, à moins qu'elle ne soit partie avec une amie qui serait venue la chercher. Ou alors elle avait eu un accident et on l'avait emmenée en ambulance.

Il se concentra pour se souvenir d'une éventuelle indication qu'elle aurait pu lui donner...

Au même moment, une brise souffla sur les fougères et les fit s'écarter un bref instant. Quelque chose de clair brilla.

De couleur rose, songea-t-il.

Puis les fougères se resserrèrent, et il se demanda s'il n'avait pas eu la berlue.

La curiosité le poussa à sortir de la maison pour vérifier.

Dès qu'il eut atteint l'autre bout du carré d'asparagus, il aperçut Madeleine assise sur l'herbe, vêtue de l'un de ses tee-shirts orange. À côté d'elle, sur le sol, quelques fragments de pierre bleue étaient posés sur ce qui semblait être de la terre remuée depuis peu. De l'autre côté des pierres, une pelle, qui venait de servir, était posée sur l'herbe. De sa main droite, Madeleine aplatissait avec douceur la terre sombre autour des bords de pierre bleue.

Gurney garda tout d'abord le silence.

— Maddie ?

Elle leva les yeux vers lui. Sa bouche formait une petite ligne ferme et triste.

— Eh bien ? Que se passe-t-il ?

— Horace.

— Horace ?

— L'une de ces horribles créatures l'a tué.

— Notre coq ?

Madeleine hocha la tête.

— Quelle sorte d'horrible créature ?

— Je ne sais pas. L'un de ces animaux dont parlait Bruce l'autre soir, je suppose. Une belette ? Un opossum ? Je ne sais pas. Il nous avait prévenus. J'aurais dû l'écouter, dit-elle en se mordant la lèvre inférieure.

— C'est arrivé quand ?

— Cet après-midi. Quand je suis rentrée, je les ai laissés prendre un peu l'air hors de la grange. C'était une si belle journée ! J'avais un peu de maïs concassé ; ils adorent ça, alors ils m'ont suivie jusqu'à la maison. Ils étaient juste là, dehors. Ils couraient partout, picoraient dans l'herbe. Je suis juste rentrée à la maison pour… faire quelque chose, j'ai oublié quoi. J'ai… (Elle s'interrompit un moment et secoua la tête.) Il n'avait que quatre mois. Il apprenait encore à pousser son cocorico. Il avait l'air si fier ! Pauvre petit Horace. Bruce nous avait avertis… il nous avait dit… ce qui risquait de se passer.

— Tu l'as enterré ?

— Oui, répondit-elle en avançant le bras pour tasser la terre près des pierres. Je ne pouvais pas le laisser là sur l'herbe. (Elle renifla et s'éclaircit la gorge.) Il essayait sans doute de protéger les poules de la belette, tu ne crois pas ?

Gurney ne savait qu'en penser.

— Oui, je suppose.

Après avoir encore tassé la terre plusieurs fois, Madeleine se releva et ils se dirigèrent vers la maison. À l'ouest, le soleil commençait déjà à glisser derrière la crête. Les pentes de la colline, à l'est, étaient baignées d'une lumière d'or rougeâtre qui disparut au bout d'une ou deux minutes.

Ce fut une étrange soirée. Après un bref et tranquille dîner constitué de restes, Madeleine s'installa dans l'un des fauteuils près de la grande cheminée. Elle tenait sur ses genoux, d'un air absent, l'un de ses éternels ouvrages de tricot.

Gurney lui demanda si elle souhaitait qu'il allume le lampadaire installé derrière son siège. Elle secoua la tête en un geste à peine perceptible. Alors qu'il allait l'interroger pour savoir si elle avait de nouveaux projets pour son séjour chez les Winkler, elle lui demanda comment s'était passé son rendez-vous du matin avec Malcolm Claret.

Ce matin ?

Il s'était passé tellement de choses. Son trajet vers le Bronx semblait déjà dater d'une semaine. Il eut du mal à se concentrer sur le sujet, à l'intégrer à la vision qu'il avait de sa journée. Il répondit par la première idée qui lui traversa l'esprit :

— Quand tu as pris mon rendez-vous, Malcolm t'a-t-il dit qu'il était mourant ?

— Mourant ?

— Oui. Il souffre d'un cancer au stade terminal.

— Et pourtant, il… Oh, mon Dieu.

— Comment ?

— Il ne me l'a pas dit, pas de façon directe, mais… je me souviens. Il a dit que ton rendez-vous devait avoir lieu sans tarder. J'ai pensé qu'il avait un engagement important, et… Oh, mon Dieu. Comment est-il ?

— Il n'a guère changé. Je veux dire, il paraît très vieux, très maigre. Mais il est… très… tout à fait conscient.

Un silence s'installa entre eux. Madeleine fut la première à le rompre.

— C'est de cela que vous avez parlé ? De sa maladie ?

— Oh non, pas du tout. En fait, il ne l'a évoquée qu'à la fin. Nous avons surtout parlé de… moi… et de toi.

— Cela t'a paru utile ?

— Je le crois.

— Et tu es toujours furieux que j'aie pris ce rendez-vous pour toi?

— Non. C'était plutôt une bonne chose.

C'était tout au moins ce qu'il pensait. Il avait encore du mal à trouver les mots pour décrire l'effet qu'avait eu sur lui cet entretien.

Après un bref silence, Madeleine lui adressa un doux sourire.

— Bien.

Après un silence un peu plus long, il se demanda s'il devait revenir à la question des Winkler, mais il décida qu'il aurait le temps de s'en occuper le lendemain matin.

À vingt heures, Madeleine alla se coucher.

Gurney la suivit un moment plus tard.

Il n'avait d'ailleurs pas très sommeil. En réalité, il éprouvait de réelles difficultés à définir ce qu'il ressentait. La journée l'avait laissé désorienté et surmené. Tout d'abord, l'impact qu'avait eu le message de Claret. Et au-delà, la bouleversante immersion dans le Bronx de son enfance, suivie de l'escalade d'horreurs relatée par Jack Hardwick depuis Cooperstown, et pour finir, le chagrin éprouvé par Madeleine à la mort du coq. Si insignifiant que pût paraître l'événement, il avait dû résonner de façon inconsciente avec un autre deuil.

Il rejoignit la chambre, se déshabilla et se glissa dans le lit aux côtés de Madeleine. Il laissa un bras reposer doucement sur les siens, incapable de concevoir une forme de communication plus appropriée.

TROISIÈME PARTIE

Tout le mal du monde

CHAPITRE 40

Le matin d'après

G URNEY SE RÉVEILLA pris d'une sorte de gueule de bois émotionnelle.

Perdu entre rêve et réflexions, son sommeil avait été trop léger et trop agité pour remplir sa fonction vitale : délester son cerveau du tourbillon d'expériences de la journée pour les ranger dans les compartiments bien ordonnés de sa mémoire. Des bribes de l'agitation de la veille étaient toujours en lui, au premier plan de sa conscience, et obstruaient sa vision du moment présent. Ce ne fut qu'après s'être douché, habillé, une fois qu'il eut avalé un café et rejoint Madeleine à la table du petit déjeuner, qu'il remarqua que la journée était ensoleillée et sans nuages.

Mais cela ne l'aida pas à clarifier son esprit.

À la radio, la station NPR diffusait un morceau de musique, une œuvre orchestrale. Gurney détestait la musique de trop bonne heure et vu son humeur ce matin-là, il la trouva discordante au plus haut point.

Madeleine lui lança un regard par-dessus le livre qu'elle tenait devant son visage.

— Qu'y a-t-il ?

— Je me sens un peu perdu.

Elle baissa le livre de quelques centimètres.

— L'affaire Spalter ?

— En grande partie… je suppose.

331

— Et quoi en particulier ?

— Ça ne colle pas. Ça devient de plus en plus horrible et de plus en plus chaotique.

Il lui parla des deux appels de Hardwick depuis Cooperstown et passa sous silence la tête manquante, qu'il n'avait pas le courage de mentionner.

— Bon Dieu, je me demande ce qui se passe, conclut-il. Et je ne pense pas avoir les ressources nécessaires pour y faire face.

— Y faire face ? demanda Madeleine en fermant son livre.

— Je ne parviens pas à comprendre. Ce qui se passe en réalité, qui est derrière tout cela, et pourquoi.

Madeleine le dévisagea.

— N'as-tu pas déjà réussi à faire ce qu'on te demandait ?

— Réussi ?

— J'avais l'impression que tu étais parvenu à réduire en pièces les accusations contre Kay Spalter.

— C'est vrai.

— Et sa condamnation va être annulée en appel. C'était bien l'objectif, n'est-ce pas ?

— Oui, ça l'était, en effet.

— *Était ?*

— J'ai l'impression que l'enfer se déchaîne. Ces incendies criminels, ces meurtres…

— C'est bien pour cela qu'il existe des services de police, l'interrompit-elle.

— On ne peut pas dire qu'ils aient fait du bon boulot la première fois. Et je ne pense pas qu'ils aient la moindre idée de ce à quoi ils sont confrontés.

— Toi, tu le sais ?

— Pas vraiment.

— Alors personne ne sait ce qui se passe. Et le découvrir, c'est le travail de qui ?

— Sur le plan officiel, c'est le boulot de la Brigade criminelle.

Madeleine pencha la tête avec une expression de défi.

— Sur le plan officiel, sur le plan légal, sur le plan de la logique, et à tout autre point de vue.

— Tu as raison.

— Mais ?

— Il y a un cinglé en liberté dans la nature, reprit Gurney après une pause embarrassée.

— Il y a beaucoup de cinglés en liberté.

— Celui-ci tue des gens depuis ses huit ans, à peu de chose près. Il aime tuer. Plus il assassine, plus il est content. Quelqu'un l'a lâché sur Carl Spalter, et on dirait qu'à présent, il n'a plus envie de revenir à sa niche.

Madeleine soutint son regard.

— Alors c'est de plus en plus dangereux. Tu disais l'autre jour que les chances qu'il s'en prenne à toi étaient de l'ordre de un pour cent. De toute évidence, cette horreur commise à Cooperstown change la donne.

— Jusqu'à un certain point, mais je continue à penser que…

— David, le coupa-t-elle, je dois te dire quelque chose. Je connais déjà ta réponse, mais je dois tout de même te le dire. Tu *peux* te retirer de l'affaire.

— Si je me retire de l'enquête, ce type sera toujours là. On aura juste une chance de moins de le coincer.

— Mais si tu ne t'en prends pas à lui, peut-être qu'il ne s'en prendra pas à toi.

— Il n'a peut-être pas l'esprit logique à ce point-là.

Madeleine semblait perplexe, anxieuse.

— D'après ce que tu m'as raconté sur lui, j'ai l'impression que c'est un planificateur, logique et précis.

— Un planificateur logique et précis qui agit sous l'emprise d'une fureur homicide. C'est curieux, ces tueurs à gages. Ils peuvent paraître maîtres d'eux et pragmatiques, mais il n'y a rien de tel dans leurs motivations – et je ne parle pas de l'argent qu'ils reçoivent pour ce qu'ils font. C'est secondaire. J'en ai rencontré. Je les ai interrogés. J'ai eu l'occasion d'en connaître assez bien quelques-uns. Et tu sais ce qu'ils sont, en grande partie ? Des tueurs en série motivés par la rage, et qui s'arrangent pour faire de leur folie un job rémunérateur. Tu veux que je dise quelque chose de vraiment dingue ?

L'expression de Madeleine exprimait plus de méfiance que de curiosité, mais Gurney poursuivit.

— Quand Kyle était gosse, je lui disais qu'un des secrets d'une vie heureuse, d'une bonne carrière, c'était de découvrir une activité que l'on aimerait assez pour accepter de la faire sans être payé, et ensuite de trouver quelqu'un qui vous paie pour l'exercer. Eh bien, il n'y a pas tant de gens que cela qui y parviennent. Surtout des pilotes, des musiciens, des comédiens, des artistes et des athlètes. Et des tueurs. Je ne veux pas dire que les tueurs professionnels sont heureux au bout du compte. Mais ils *aiment* ce qu'ils font au moment où ils le font. La plupart finiraient par tuer des gens même s'ils n'étaient pas payés pour le faire.

— Mais où veux-tu en venir, à la fin ? demanda Madeleine, qui paraissait de plus en plus bouleversée au fur et à mesure qu'il s'expliquait.

Gurney s'aperçut qu'il s'était aventuré plus loin qu'il n'en avait eu l'intention.

— Au fait que si je me retirais de l'affaire au point où nous en sommes, cela n'amènerait rien de positif.

Madeleine faisait des efforts visibles pour rester calme.

— Parce que tu es déjà sur son écran radar ?

— C'est possible.

— C'est à cause de cette répugnante émission, *Conflit criminel*, réagit-elle d'une voix qui commençait à trahir son énervement. Le fait que Bincher cite ton nom, qu'il te relie à Hardwick. C'est cet imbécile de Brian Bork qui a créé le problème. Il faut qu'il t'en débarrasse. Qu'il annonce que tu n'es plus sur l'affaire. Que tu es *parti*.

— Dans l'état actuel des choses, je ne suis pas sûr que cela fasse la moindre différence.

— Mais qu'est-ce que tu me racontes ? Que tu as réussi – une fois de plus – à te retrouver en face d'un meurtrier cinglé ? Qu'il n'y a rien à y faire, sinon attendre une horrible confrontation ?

— C'est ce que j'essaie d'éviter, en le trouvant avant qu'il me trouve.

— Comment ?

— Et découvrant le maximum de choses à son sujet. Ainsi, je pourrai prévoir ses actes, mieux qu'il ne pourra jamais prévoir les miens.

— Alors c'est ça toute l'histoire, n'est-ce pas ? Un contre un. C'est encore le genre de jeu de la vie et de la mort dans lequel tu trouves toujours moyen de te fourrer. C'est pour cela que je tenais à ce que tu voies Malcolm.

Gurney resta hébété un instant.

— Cette fois-ci, ce n'est pas la même chose. Je ne suis pas seul. J'ai des gens à mes côtés.

— Oh, c'est vrai ! Qui ? Jack Hardwick, en premier, qui t'a entraîné dans ce bourbier ? La police de l'État, dont ton enquête est en train de saper les fondements ? Ce sont eux, tes amis, tes alliés ? (Avant de poursuivre, elle secoua la tête dans un mouvement qui évoquait plutôt un frisson.) Et même si le monde entier voulait t'aider, cela ne changerait rien. Ce serait toujours *toi* contre *lui*. Tes affaires se réduisent toujours à cela. Règlements de comptes à OK Corral.

Gurney garda le silence.

Madeleine se renfonça sur son siège en le dévisageant. Peu à peu, une nouvelle expression envahit son visage, comme si elle venait de découvrir un fait nouveau.

— Je viens de comprendre quelque chose.

— Quoi ?

— En réalité, tu n'as jamais travaillé pour le NYPD, n'est-ce pas ? Tu ne t'es jamais considéré comme *leur* employé, comme un outil à *leur* service. C'était le NYPD qui était à *ton* service, et que tu pouvais utiliser selon *tes* conditions et, quand tu en avais envie, pour atteindre *tes* buts.

— Nos buts étaient identiques. Arrêter les criminels. Trouver des preuves contre eux. Les boucler.

Madeleine poursuivit comme s'il n'avait rien dit.

— Pour toi, le NYPD était juste là pour te soutenir. Le vrai combat, c'était entre toi et le méchant. Toi et le méchant, vous vous prépariez pour l'affrontement. Tu profitais parfois des ressources que t'offrait le NYPD, et parfois non. Mais tu voyais toujours cela comme *ta* vocation, *ton* combat.

Gurney l'écoutait. Peut-être avait-elle raison. Sa vision des choses, à lui, était peut-être trop restreinte, trop limitée à son propre point de vue. C'était peut-être un gros problème, ou peut-être pas.

Peut-être était-ce dû à la chimie de son cerveau, quelque chose qu'il n'avait aucun moyen de contrôler ? Mais dans tous les cas, il n'avait pas envie de continuer à en parler. Il s'aperçut soudain à quel point le sujet l'épuisait.

Il ne savait pas trop quoi faire dans l'immédiat.

Mais il fallait agir. Même si cela ne menait à rien.

Il décida d'appeler Adonis Angelidis.

CHAPITRE 41

Un récit édifiant

ANGELIDIS RÉPONDIT AUSSITÔT. Gurney se lança dans une brève description d'une situation en évolution rapide et qui pouvait présenter pour eux deux un intérêt mutuel. Il en résulta un rendez-vous deux heures plus tard à l'Odyssée.

Soucieux de ne pas s'en aller avant de s'être assuré que Madeleine soit partie en toute sécurité pour la ferme des Winkler à Buck Ridge, il fut heureux de la trouver dans la chambre, en train de remplir un gros sac de marin en nylon.

— Les poules ont assez de leur nourriture habituelle et plus d'eau qu'il ne leur en faut, lui dit-elle en enfonçant une paire de chaussettes dans une basket, alors tu n'as pas besoin de t'en occuper. Peut-être que le matin, tu pourrais leur apporter quelques fraises hachées ?

— Bien sûr, répondit-il d'un ton distrait.

Il était pris entre des sentiments contradictoires concernant la participation de Madeleine à cette foire pour aider les Winkler. Il trouvait tout ça agaçant, mais jugeait que cela venait à point nommé. Agaçant, car il n'avait jamais beaucoup apprécié les Winkler, et les aimait encore moins à présent, depuis qu'ils avaient convaincu Madeleine, dans le seul but de se faciliter la vie, de s'occuper d'alpagas pendant une semaine sans être payée. Mais il devait aussi admettre que cela tombait bien, car cela garantissait à son épouse un endroit sûr où aller au moment où c'était le plus nécessaire. Et bien sûr, elle aimait beaucoup travailler avec les animaux. Et elle adorait rendre service, surtout si des créatures à plumes ou à fourrure étaient en jeu.

Plongé dans ses pensées, il s'aperçut qu'elle le regardait avec une de ses expressions les plus douces, et les plus impénétrables.

Sans qu'il sache pourquoi, ce regard le détendit et le força à sourire.

— Je t'aime, lui dit-elle. Fais attention à toi.

Elle tendit les bras, et ils s'embrassèrent – une étreinte si longue et si étroite qu'elle ne semblait rien laisser derrière elle qui puisse être exprimé par des mots.

Lorsqu'il arriva à Long Falls, l'immeuble du restaurant était désert, et l'établissement lui-même était encore plus vide que la fois précédente. Il n'y avait qu'un seul employé en vue, un serveur tout en muscles, au regard dénué d'expression. Aucun client. Personne au bar non éclairé. Bien sûr, il était à peine dix heures trente, et il était peu probable que l'Odyssée serve des petits déjeuners. Gurney songea que peut-être, l'endroit n'était ouvert ce matin-là que pour rendre service à Angelidis.

Le serveur conduisit Gurney à travers le bar et le long d'un couloir sombre ; ils passèrent devant deux toilettes et deux portes sans indication, puis arrivèrent à une lourde sortie de secours en acier. Il la poussa d'un puissant coup d'épaule, et elle s'ouvrit avec un grincement métallique. Il se rangea de côté et fit signe à Gurney d'entrer dans un jardin coloré entouré de murs.

Le jardin était aussi large que le bâtiment, entre douze et quinze mètres, et s'étendait en longueur sur une distance au moins deux fois supérieure. La seule ouverture dans les murs de brique rouge était un portail à deux battants, tout au fond. Il était grand ouvert, et l'on apercevait la rivière, le sentier de jogging et l'enclave parfaitement préservée de Willow Rest. La vue était similaire à celle que l'on avait depuis le problématique appartement situé à trois pâtés de maisons de là. Seul l'angle était différent.

Le jardin lui-même offrait une plaisante combinaison de sentiers herbeux, de massifs et de parterres de légumes. Le serveur étendit le doigt vers un coin ombragé, en direction d'une petite table basse blanche et de deux sièges en fer forgé. Adonis Angelidis occupait l'un d'eux.

Lorsque Gurney arriva à la table, Angelidis hocha la tête en désignant le siège vide.

— Je vous en prie.

Un second serveur apparut et disposa un plateau au centre de la table. Il y avait deux petites tasses de café noir, deux verres à digestif et une bouteille presque pleine d'ouzo, la liqueur grecque à l'anis.

— Vous aimez le café fort ?

La voix d'Angelidis, grave et rauque, évoquait le ronronnement d'un gros chat.

— Oui.

— Vous l'apprécierez peut-être avec de l'ouzo. C'est meilleur que le sucre.

— Je vais essayer.

— Votre trajet jusqu'ici s'est bien passé ?

— Aucun problème.

Angelidis hocha la tête.

— Belle journée.

— Et beau jardin.

— Oui. Ail frais. Menthe. Origan. Très bon. (Angelidis changea à peine de position sur son siège.) Qu'est-ce que je peux faire pour vous ?

Gurney prit la tasse la plus proche et avala le liquide d'un air pensif. Au cours du trajet depuis Walnut Crossing, il avait élaboré une tactique d'entrée en matière qui, à présent qu'il était assis en face d'un homme connu comme l'un des criminels les plus intelligents d'Amérique, lui paraissait bien faible. Il décida toutefois de tenter le coup. Parfois, on n'a pas d'autre option qu'un coup de bluff désespéré.

— J'ai eu connaissance de certaines informations qui pourraient vous intéresser.

Le regard d'Angelidis n'exprima qu'une vague curiosité.

— Simple rumeur, bien sûr, poursuivit Gurney.

— Bien sûr.

— Au sujet de l'Unité de lutte contre le crime organisé.

— De foutus salopards. Aucun principe.

— D'après ce que j'ai entendu, dit Gurney en dégustant une nouvelle gorgée de café, ils cherchent à vous faire porter le chapeau pour Spalter.

— *Carl ?* Qu'est-ce que je disais ? Une bande de fumiers ! Pourquoi est-ce que j'aurais voulu nuire à Carl ? Je vous l'ai dit l'autre fois, c'était un fils pour moi. Pourquoi aurais-je fait une chose pareille ? Répugnant ! s'indigna Angelidis en serrant ses gros poings de boxeur.

— Selon le scénario qu'ils sont en train de monter, Carl et vous auriez eu une dispute, et...

— Foutaises !

— Comme je vous disais, leur scénario...

— C'est quoi, un foutu *scénario* ?

— L'hypothèse, l'histoire qu'ils sont en train de fabriquer de toutes pièces.

— De toutes pièces, là, je suis d'accord. Les fumiers !

— Leur hypothèse, c'est que vous et Carl auriez eu une querelle, et que vous auriez mis un contrat sur lui par l'intermédiaire du Gros Gus. Ensuite, vous seriez devenu nerveux et vous auriez décidé de couvrir vos arrières en vous débarrassant de Gus – peut-être en faisant le boulot vous-même.

— *Moi ?* Ils pensent que je lui ai planté des clous dans la tête ?

— Je vous répète ce que j'ai entendu.

Angelidis se renfonça sur son siège. Dans son regard, la ruse remplaçait à présent la colère.

— Et ça vient d'où ?

— L'idée de vous coller le meurtre sur le dos ?

— Ouais. Des grands pontes de l'Unité de lutte contre le crime organisé ?

Quelque chose dans le ton d'Angelidis frappa Gurney, qui se demanda si l'homme ne disposait pas d'un contact au sein de l'Unité de lutte. Quelqu'un qui serait au courant de leurs principales initiatives.

— Pas que je sache. J'ai l'impression que ce coup contre vous ne vient pas de la direction. Ce ne serait pas tout à fait officiel.

Deux ou trois types à qui vous auriez tendance à donner de l'urticaire. Ça vous rappelle quelque chose ?

Angelidis ne répondit pas. Les muscles de ses mâchoires se contractèrent. Il demeura silencieux pendant une longue minute. Lorsqu'il parla enfin, le ton de sa voix était monocorde.

— Et vous êtes venu ici depuis Walnut Crossing dans le seul but de me livrer cette information ?

— Il y a autre chose. J'ai découvert qui était le tueur.

Angelidis se figea. Gurney l'observait avec soin.

— Petros Panikos.

Quelque chose changea dans le regard d'Angelidis. Si Gurney avait dû faire un pari, il aurait dit que l'homme essayait de masquer une peur soudaine.

— Comment savez-vous cela ?

Gurney secoua la tête et sourit.

— Je préfère ne pas dire comment.

Pour la première fois depuis l'arrivée de Gurney, Angelidis lança un regard circulaire autour du jardin et des murs de brique, et ses yeux s'arrêtèrent sur les portes qui donnaient sur la rivière et le cimetière.

— Pourquoi venez-vous me dire ça ?

— Je pensais que vous voudriez peut-être m'aider.

— Vous aider à faire quoi ?

— Je veux trouver Panikos. Je veux mettre la main sur lui. Pour obtenir un accord, il acceptera peut-être de nous dire qui a placé un contrat sur Spalter. Puisque ce n'était pas vous, l'Unité de lutte contre le crime organisé pourra aller se faire voir. Ça vous plairait, non ?

Angelidis posa ses avant-bras imposants sur la table et secoua la tête.

— Quel est le problème ?

Angelidis émit un rire bref et sans joie.

— Ce que vous dites, à propos de mettre la main sur lui. Ça n'arrivera jamais. Faites-moi confiance. Bordel, vous n'avez pas la moindre idée du type à qui vous avez affaire.

Gurney haussa les épaules et tourna les paumes vers l'extérieur.

— Peut-être que j'ai besoin d'en apprendre un peu plus.

— Peut-être beaucoup plus.

— Dites-moi ce que je devrais savoir.

— Comme quoi ?

— Panikos, il travaille comment ?

— Il bute les gens. Le plus souvent, il leur tire dans la tête, dans l'œil droit. Ou alors il les fait exploser. À moins qu'il ne les fasse cramer.

— Et ses contrats ? Comment il s'organise ?

— Avec un intermédiaire.

— Un type comme le Gros Gus ?

— Exact. Un mec de haut niveau pour Panikos. Il n'y a qu'une poignée de gars dans le monde avec qui il travaille. Ces types s'occupent de la transaction. Ils transfèrent le règlement.

— Et c'est d'eux qu'il reçoit ses instructions ?

— Des instructions ? lâcha Angelidis avec un rire guttural. Il prend le nom, le délai imparti, l'argent. Pour le reste, c'est lui qui décide.

— Je ne suis pas sûr de comprendre.

— Disons que vous voulez buter une certaine cible. En théorie. Juste pour le plaisir de causer. Vous payez le prix à Peter Pan. La cible est éliminée. Fin de l'histoire. *Comment* elle est éliminée, ça c'est l'affaire de Peter. Il ne reçoit pas d'*instructions*.

— Soyons clairs. Les clous dans la tête du Gros Gus. Ça n'aurait pas pu faire partie du contrat ?

L'argument sembla retenir l'attention d'Angelidis.

— Non... ça n'aurait pas fait partie du deal. Pas si Peter Pan était le tueur.

— Il aurait pu agir ainsi de sa propre initiative, et non pas sur ordre de son client ?

— Je vous l'ai dit, il ne reçoit pas d'ordres. Juste des noms et du fric.

— Donc, ces saloperies qu'il a faites à Gus, ça aurait été *son* idée ?

— Vous m'avez entendu ? Il ne reçoit d'ordres de personne.

— Alors pourquoi faire une chose pareille ?

342

— Je n'en ai pas la moindre foutue idée. Et c'est bien là le problème. Connaissant Panikos et Gurikos, cela n'a pas de sens.

— Cela pourrait avoir un sens si Panikos savait que Gus connaissait quelque chose de dangereux pour lui ? Ou s'il craignait qu'il parle ? Ou qu'il ait déjà parlé ?

— Il y a une chose que vous devez vous mettre dans le crâne. Gus a plongé, dans le passé. Et pour un bout de temps. Douze putains d'années dans ce trou à rats d'Attica, alors qu'il aurait pu en sortir au bout de deux ans. Tout ce qu'il avait à faire, c'était donner un nom. Mais il ne l'a pas fait. Pourtant, le gars n'aurait rien pu faire contre lui. Et il n'était pas question de rétribution. Alors ce n'était pas de la peur. Vous savez ce que c'était ?

Gurney avait entendu assez d'histoires semblables pour en connaître la chute.

— Des principes ?

— Oui, des principes, vous pouvez parier votre cul là-dessus, mon gars. Des couilles en acier.

Gurney hocha la tête.

— Il reste une question que je me pose... Pourquoi diable Panikos a-t-il agi de la sorte ? Rien de tout cela ne tient la route.

— Je vous l'ai dit, putain, tout ça n'a pas de sens. Gus était aussi paisible que la Suisse elle-même. Il ne parlait de rien à personne. C'était un fait reconnu et respecté. Le secret de son succès. Des principes.

— Très bien, Gus était comme un roc. Et Panikos ? C'est quel genre de type ?

— Peter ? Peter est... spécial. Il ne prend que des boulots considérés comme impossibles. Beaucoup de détermination. Et un taux de réussite très élevé.

— Et pourtant... ?

— Pourtant quoi ?

— Je sens une certaine réserve dans votre voix.

— Une réserve ? (Angelidis marqua une pause avant de poursuivre avec une évidente prudence.) On n'utilise Peter... que dans des situations... *très* difficiles.

— Pourquoi ?

— Parce qu'il a beau avoir du talent… ça comporte des risques.

— Quel genre ?

Angelidis fit une grimace, comme s'il régurgitait l'ouzo de la veille.

— Le KGB assassinait des gens en mettant un poison radioactif dans leurs aliments. Très, très efficace. Mais il faut faire vraiment attention en utilisant cette saloperie. C'est un peu comme Peter.

— Panikos est effrayant à ce point-là ?

— Prenez-le du mauvais côté, et vous pourriez bien avoir un petit souci.

Gurney réfléchit un instant. L'idée qu'on puisse avoir un problème en prenant un tueur déterminé et cinglé par son « mauvais côté » lui donnait envie de s'esclaffer.

— Vous avez déjà entendu dire qu'il aimait déclencher des incendies ?

— Ça se pourrait. Cela pourrait bien faire partie du personnage à qui vous avez affaire. Et je ne pense pas que vous le compreniez.

— J'ai rencontré des gens difficiles au fil des années.

— *Difficiles ?* Ça me fait marrer. Je vais vous raconter une histoire au sujet de Peter, et vous verrez ce que *difficile* veut dire, répondit Angelidis, qui se pencha en avant et étendit ses paumes sur la table. Il y avait ces deux villes, pas très éloignées l'une de l'autre. Avec un caïd dans chaque. Ça créait des histoires – surtout pour savoir qui avait le droit de faire telle ou telle chose entre les deux agglomérations. Quand elles ont grandi et se sont rapprochées, les problèmes n'ont fait que s'aggraver. Il y a eu tout un paquet d'emmerdements. *L'escalade.* (Angelidis articula le mot avec soin.) Des deux côtés. Pour finir, aucune possibilité de paix. Aucune possibilité d'*accord.* Alors l'un de ces gars a décidé que l'autre devait partir. Il a engagé Peter pour s'en occuper. À cette époque, Peter débutait dans son activité.

— De tueur à gages ? demanda Gurney de but en blanc.

— Ouais. Sa profession. Bref, il fait le job. Propre, rapide, aucun problème. Et puis il se pointe, pour se faire payer, à l'endroit où le type gérait ses affaires. Le type pour qui il avait travaillé. Le mec lui dit qu'il faut attendre, un souci de trésorerie. Peter lui dit : « Je veux être payé tout de suite. » Le gars lui répond : « Non, faut attendre. » Peter lui dit que ça le chagrine. Le gars se fiche de lui. Alors Peter le bute. *Bang !* Comme ça.

Gurney haussa les épaules.

— Ce n'est jamais une bonne idée d'arnaquer un tueur.

La bouche d'Angelidis se tordit pendant une fraction de seconde pour former un semblant de sourire.

— Jamais une bonne idée. Exact. Mais l'histoire ne finit pas là. Peter va jusqu'à la maison du type, et il flingue sa femme et ses deux gosses. Puis il va en ville, descend le frère du gars et cinq cousins, leurs femmes, bref, il fume toute la famille. Vingt et une personnes. Vingt et une balles dans la tête.

— C'est ce qui s'appelle réagir.

La bouche d'Angelidis s'élargit, révélant une rangée d'étincelantes dents couronnées, puis émit une sorte de grognement. Gurney se dit que c'était sans doute le rire le plus perturbant qu'il ait jamais entendu.

— Ouais. Une sacrée réaction. Vous êtes un marrant, Gurney. *C'est ce qui s'appelle réagir.* Il faut que je me souvienne de ça.

— Mais cela paraît tout de même un peu hasardeux du point de vue du business.

— Comment cela, « hasardeux » ?

— Je me dis qu'après cela – après avoir tué vingt et une personnes pour un retard de paiement –, les clients potentiels auraient pu se montrer un peu réticents à traiter avec lui. Et préférer quelqu'un d'un peu moins… susceptible.

— Susceptible ? Je vous le dis, Gurney, vous êtes un sacré numéro. *Susceptible* – génial ! Mais ce que vous ne comprenez pas, c'est que Peter a un avantage particulier. Peter est *unique*.

— Dans quel sens ?

— Peter prend les jobs *impossibles*. Ceux dont les autres disent qu'ils ne peuvent pas être faits : trop risqués, cible trop protégée, ce genre de trucs. Et c'est là que Peter intervient. Il aime bien prouver qu'il est meilleur que tout le monde. Vous voyez ce que je veux dire ? Peter, c'est une ressource unique. Très motivé. Grande détermination. Neuf fois sur dix, il réussit à faire le boulot. Mais le truc, c'est que… il y a toujours la possibilité d'un carnage collatéral.

345

En entendant l'expression employée par Angelidis, Gurney faillit éclater de rire, mais préféra lui poser une question en fronçant les sourcils d'un air sérieux.

— Vous pouvez me donner un exemple ?

— Un exemple ? Peut-être la fois où il a été engagé pour éliminer une cible à bord de l'un de ces ferrys à grande vitesse des îles grecques. Il ne savait pas à quoi ressemblait le type, mais il était sûr qu'il se trouverait à bord à une heure donnée. Et vous savez ce qu'il a fait ? Il a fait exploser le foutu ferry en mer et a tué une centaine de personnes. Carnage collatéral. Mais je vais vous dire autre chose. Il ne se contente pas de provoquer des carnages collatéraux. Il les *aime*. Incendies. Explosions. Plus c'est gros, plus il adore.

En entendant cela, Gurney commença à se poser beaucoup de questions. Mais il revenait toujours au point central : qu'est-ce qui avait désigné Panikos comme le meilleur choix pour abattre Spalter ? Qu'est-ce qui rendait ce job *impossible* ?

Angelidis interrompit le cours de ses pensées.

— Hé, j'allais presque oublier une autre chose, dont parlent encore tous ceux qui étaient là. Ce qui les a marqués. Vous êtes prêt à l'entendre ? (Ce n'était pas vraiment une question.) Pendant que le petit Peter se baladait en ville en effaçant toute cette putain de famille de la surface de la terre, devinez ce qu'il faisait. (Angelidis s'arrêta un instant, une lueur d'excitation dans le regard.) Devinez.

— Je ne devine jamais.

— Peu importe. Vous n'y arriveriez pas, de toute façon. (Il pencha la tête en avant de quelques centimètres.) Il chantait.

Avant de quitter le jardin du restaurant, Gurney jeta un dernier regard entre les battants du portail, vers le mur du fond. Il voyait la parcelle Spalter de façon très claire – en entier, sans la moindre partie obstruée par un réverbère.

Il entendit les doigts d'Angelidis tapoter d'un geste nerveux le dessus de la table.

Gurney se tourna vers lui.

— Quand vous regardez Willow Rest, ça vous arrive de penser à Carl ?

— Bien sûr. Je pense à lui.

— Le fait de savoir que Panikos était le tueur engagé pour le tuer, ça vous apprend quelque chose sur le commanditaire ? demanda Gurney sans quitter des yeux les doigts qui tambourinaient sur la surface métallique.

— Bien sûr. (Les doigts cessèrent de battre la mesure.) Cela m'apprend que le gars connaît son affaire. Il ne suffit pas de prendre l'annuaire, de chercher Panikos et de lui dire « J'ai du boulot pour vous ». Ce n'est pas comme ça que ça marche.

Gurney hocha la tête.

— Très peu de gens sauraient comment le contacter, dit-il en ayant l'impression de ne s'adresser qu'à lui-même.

— Peter accepte des contrats par l'intermédiaire d'une douzaine de personnes dans le monde, au maximum. Et il faut être bien placé pour les connaître.

Avant de poursuivre, Gurney laissa un silence s'installer entre eux.

— Kay Spalter, vous diriez qu'elle était bien placée ?

Angelidis le dévisagea. Il paraissait trouver l'idée surprenante, mais ne répondit que par un haussement d'épaules.

En se retournant pour quitter les lieux, Gurney posa une dernière question.

— Il chantait quoi ?

Angelidis parut ne pas comprendre.

— Panikos, pendant qu'il butait tout le monde ?

— Ah, oui ! Une petite chanson de gosse. Comment on appelle ça, déjà ? Ouais, une comptine enfantine.

— Vous ne savez pas laquelle ?

— Comment je saurais ? Un truc à propos de roses, de fleurs ou des niaiseries de ce genre.

— Il chantait une comptine enfantine qui parlait de fleurs ? Pendant qu'il se baladait en tuant les gens d'une balle dans la tête ?

— C'est ça. Il souriait comme un ange et chantait sa chansonnette d'une voix de petite fille. Les gens qui ont entendu ça, ils ne l'oublieront jamais. (Angelidis demeura silencieux une seconde.) Ce que vous devez surtout savoir à son sujet – c'est la chose la plus importante –, je vais vous le dire. Il est deux personnes à la fois. L'une est précise, exacte ; tout doit être fait d'une certaine façon. L'autre… est cinglée au dernier degré.

CHAPITRE 42

La tête manquante

G URNEY S'ARRÊTA À LA PREMIÈRE STATION-SERVICE qu'il rencontra sur la route entre Long Falls et Walnut Crossing pour prendre de l'essence, boire un café (il avait à peine bu une gorgée de sa tasse à l'Odyssée), et pour envoyer un nouvel e-mail à Jonah Spalter. Il décida de s'occuper du message en premier.

Il vérifia la formulation et la tonalité de son précédent envoi et, de façon délibérée, choisit d'écrire dans un style plus haché, sensiblement plus inquiétant, moins clair, suggérant un niveau d'urgence très élevé. Le texte ressemblait plus à un SMS qu'à un véritable e-mail :

> *Flux croissant de nouvelles infos. Corruption évidente. Annulation de condamnation et nouvelle enquête agressive au programme. Dynamique familiale élément essentiel ? Tout peut-il se résumer à :* SUIVEZ L'ARGENT ? *Dans quelle mesure la pression financière de la Cybercathédrale a-t-elle pu jouer un rôle dans l'enquête ? Nous devons nous rencontrer dès que possible pour discussion franche sur faits nouveaux.*

Il le relut deux fois. Si le ton anxieux et l'ambiguïté ne suscitaient pas de réaction de la part de Jonah, alors Gurney ne savait plus comment il aurait fallu s'y prendre. Il entra dans la petite boutique miteuse, où il commanda un café et un bagel nature, qui s'avéra être rassis et dur. Il avait faim et le mangea quand même. À sa grande surprise, en revanche, le café venait d'être préparé et lui procura une fugitive sensation de bien-être.

Il s'apprêtait à se diriger vers les pompes à essence lorsqu'il se rappela qu'il n'avait pas parlé à Hardwick de sa rencontre avec Mick Klemper au Riverside Mall ni de l'arrivée subséquente de la vidéo de surveillance de Long Falls dans sa boîte aux lettres. Il décida de s'en occuper sans plus tarder.

Il tomba sur la messagerie vocale et laissa un message : « Jack, je dois t'informer d'un certain nombre de développements nouveaux en ce qui concerne Klemper. Nous avons eu une petite discussion sur les différentes conclusions possibles de cette histoire, certaines plus pénibles pour lui que d'autres, et comme par magie, la vidéo manquante a atterri dans ma boîte aux lettres. Ce type essaie peut-être d'amortir sa chute, et nous devons parler des implications que cela pourrait avoir. Et tu voudras sans doute voir la vidéo. Aucune contradiction évidente par rapport à ce qu'ont dit les témoins, mais ça vaut le coup d'œil quand même, crois-moi. Contacte-moi dès que tu le pourras. »

Cela lui rappela une autre tâche urgente qu'il avait négligée : visionner les enregistrements vidéo des trois caméras restantes parmi les quatre du système de surveillance, et en particulier celles qui étaient étiquetées « Est » et « Ouest », car elles avaient peut-être capturé des images d'individus s'approchant du bâtiment ou le quittant. Gurney songea au coup d'accélérateur qu'une telle preuve donnerait à l'enquête, et le résultat de ses réflexions le poussa à dépasser de loin la vitesse autorisée tout au long du voyage de retour chez lui.

En constatant que la voiture de Madeleine était toujours garée à l'endroit où elle se trouvait lorsqu'il était parti pour Long Falls le matin même, il fut d'abord surpris, puis perplexe, puis inquiet. Il s'était attendu à ce qu'elle parte quelques instants après lui pour se rendre à la ferme des Winkler.

Il entra dans la maison avec un froncement de sourcils anxieux et aperçut Madeleine devant l'évier de la cuisine, en train de laver la vaisselle.

— Mais qu'est-ce que tu fais encore là ? lui demanda-t-il d'un ton où perçait une pointe d'accusation, qu'elle ignora.

— Tout de suite après ton départ, Mena est arrivée avec son minivan au moment où j'allais prendre la voiture.

— Mena ?

— Du club de yoga. Tu te souviens ? Nous avons dîné avec elle il n'y a pas si longtemps.

— Ah, cette Mena-là ?

— Oui, *cette* Mena-*là*, parmi la multitude d'autres Mena que nous connaissons.

— Bon. Et elle est venue avec son minivan ? Pour quoi faire ?

— Eh bien, selon la version officielle, pour nous faire profiter de l'abondance de son jardin. Jette un coup d'œil dans le cellier – des courges jaunes, de l'ail, des tomates, des poivrons.

— Je te fais confiance sur ce point. Mais c'était il y a des heures. Et tu es encore…

— Elle est arrivée il y a des heures, c'est vrai, mais elle n'est partie que depuis quarante-cinq minutes.

— Mon Dieu…

— Mena adore parler. Tu l'avais peut-être remarqué au dîner. Mais soyons justes ; elle a de vrais problèmes dans la vie, des problèmes de famille, et il faut qu'elle se débarrasse de ce qu'elle a sur le cœur. Elle avait besoin de parler à quelqu'un. Je n'ai pas eu le courage de l'interrompre.

— Quel genre de problèmes ?

— Oh, mon Dieu, de toutes sortes, entre des parents qui souffrent de la maladie d'Alzheimer, un frère en prison pour trafic de drogue, des nièces et neveux avec toutes les pathologies psychiatriques imaginables – je ne sais pas… tu veux vraiment entendre tout ça ?

— Peut-être pas.

— Bref, je lui ai servi à déjeuner, et puis du thé, et encore du thé, et ça ne fait que quarante-cinq minutes qu'elle est partie. Je ne voulais pas te laisser la vaisselle sale, et voilà pourquoi je suis encore là. Et toi ? On dirait que tu es pressé.

— Je comptais visionner les vidéos de surveillance de Long Falls.

— Les vidéos de surveillance ? Oh, mon Dieu, j'ai failli oublier ! Tu savais que Jack Hardwick était sur RAM-TV hier soir ?

— Sur *quoi* ?

— RAM-TV. Dans cette horrible émission avec Brian Bork, *Conflit criminel.*

— Comment as-tu…

— Kyle a appelé il y a une heure pour savoir si tu l'avais vu.

— La dernière fois que Hardwick m'a parlé, il était à Cooperstown… hier vers midi. Il ne m'a pas dit qu'il comptait…

— Tu ferais bien de regarder ça, l'interrompit Madeleine. C'est dans la rubrique archives de leur site.

— Tu as regardé l'émission ?

— J'y ai jeté un coup d'œil après le départ de Mena. Kyle m'avait dit qu'il fallait voir cela au plus vite.

— Un… un problème ?

Madeleine désigna le bureau.

— J'ai ouvert le site RAM-TV sur l'ordinateur. Regarde d'abord, et puis tu me diras s'il y a ou non un problème.

L'expression soucieuse de sa femme indiqua à Gurney qu'elle avait déjà tiré ses propres conclusions de ce qu'elle avait vu.

Une minute plus tard, il était installé à son bureau et contemplait les cheveux passés au gel et l'expression d'empathie travaillée avec soin de Brian Bork. L'animateur de *Conflit criminel* occupait l'un des deux sièges disposés de chaque côté d'une petite table. Il était penché en avant, comme si l'importance de ce qu'il s'apprêtait à révéler l'empêchait d'adopter une posture détendue. Le second siège était vide.

Il s'adressa directement à la caméra :

— Bonsoir, mes amis. Bienvenue dans ce théâtre bien réel qu'est *Conflit criminel*. Ce soir, nous pensions organiser une rencontre complémentaire avec Lex Bincher, l'avocat controversé qui nous a stupéfaits il y a quelques jours avec une attaque en règle contre la Brigade criminelle. Une attaque conçue pour faire voler en éclats la décision, selon lui totalement infondée, de condamner Kay Spalter pour le meurtre de son mari. Depuis, cette affaire déjà sensationnelle a connu de nouveaux développements

352

particulièrement choquants. Le dernier en date, ce sont ces faits d'une violence tragique qui viennent d'avoir lieu dans le village idyllique de Cooperstown, dans l'État de New York. Un rebondissement qui s'est traduit par des incendies criminels, des homicides multiples et l'inquiétante disparition de Lex Bincher lui-même, qui devait être avec nous ce soir. À sa place, nous entendrons Jack Hardwick, un détective privé qui a travaillé avec Bincher. Jack Hardwick interviendra depuis les locaux de notre antenne à Albany.

L'image d'un écran fractionné apparut, avec Bork à gauche et Hardwick à droite, dans un studio à l'agencement identique. Hardwick, vêtu de l'un de ses éternels polos noirs, paraissait détendu. Gurney reconnut là l'expression que Jack présentait parfois pour masquer sa colère. Il cachait bien la fureur qu'il éprouvait sans doute après ce qui était arrivé à Cooperstown, de même que son mépris pour Brian Bork.

Gurney se posait une question : pourquoi Hardwick avait-il accepté d'apparaître dans une émission qu'il détestait ?

— Tout d'abord, poursuivit Bork, merci d'avoir accepté de nous rejoindre à la dernière minute dans des circonstances aussi pénibles. Je crois savoir que vous venez de quitter cette terrible scène de crime près du lac Otsego.

— En effet.

— Pouvez-vous nous la décrire ?

— Trois maisons situées au bord du lac ont brûlé jusqu'aux fondations. Six personnes ont péri à la suite de ces incendies, dont deux jeunes enfants. Une septième victime a été découverte dans les eaux du lac, sous un petit appontement.

— Cette dernière victime a-t-elle été identifiée ?

— Cela risque de prendre du temps, répondit Hardwick d'un ton posé. Il manque la tête.

— Vous nous dites que *la tête de la victime a disparu* ?

— C'est ce que j'ai dit.

— Le tueur a décapité la victime ? Et après ? Avez-vous la moindre indication sur ce qu'elle a pu devenir ?

— Il l'a peut-être cachée quelque part. Ou enterrée. À moins qu'il l'ait emmenée avec lui. L'enquête est en cours.

Bork secoua la tête – le geste d'un homme incapable de comprendre comment le monde a pu en arriver là.

— C'est épouvantable. Monsieur Hardwick, je dois vous poser la question la plus évidente. Ce corps mutilé pourrait-il être celui de Lex Bincher ?

— C'est possible, en effet.

— Ce qui m'amène à la seconde question que nous avons tous en tête : que se passe-t-il donc dans l'affaire Spalter ? Avez-vous une explication que vous pourriez partager avec nos téléspectateurs ?

— C'est très simple, Brian. Kay Spalter a été victime d'une machination de la part d'un enquêteur totalement corrompu qui l'a accusée du meurtre de son mari. Ce complot implique des falsifications de preuves, une grossière manipulation de témoins, ainsi qu'une défense d'une incompétence totale. Sa condamnation a bien sûr réjoui le véritable assassin. Il s'est ainsi retrouvé libre de poursuivre ses activités meurtrières.

Bork voulut poser une autre question, mais Hardwick l'interrompit.

— Les gens impliqués dans cette affaire – non seulement l'enquêteur malhonnête qui a conduit une innocente en prison, mais toute l'équipe qui a toléré cette parodie de procès et cette condamnation – sont les vrais responsables du massacre qui a eu lieu aujourd'hui à Cooperstown.

Bork resta un instant silencieux, comme abasourdi par ce qu'il venait d'entendre.

— Il s'agit d'une accusation *très* sérieuse. Elle risque d'ailleurs de provoquer l'indignation parmi les responsables de la sécurité et du maintien de l'ordre. Est-ce que cela vous inquiète ?

— Je n'accuse pas *l'ensemble* des responsables. J'en accuse *certains*, ceux qui ont falsifié des preuves et ont comploté pour obtenir l'arrestation injustifiée de Kay Spalter et les poursuites judiciaires engagées contre elles.

— Disposez-vous de preuves pour étayer de telles accusations ?

La réponse de Hardwick, calme et imperturbable, fut immédiate :

354

— Oui.

— Pouvez-vous nous faire part de ces preuves ?

— Je vous en informerai le moment venu.

Bork posa plusieurs autres questions à Hardwick, et tenta sans succès d'obtenir des réponses plus précises. Puis il changea soudain d'attitude et souleva ce qu'il considérait à l'évidence comme la question la plus provocatrice de toutes.

— Et si vous obteniez gain de cause ? Qu'est-ce qui se passera si vous mettez des bâtons dans les roues à tous ceux qui, selon vous, ont tort ? Si vous gagnez et réussissez à faire libérer Kay Spalter, mais que vous vous apercevez ensuite qu'elle était coupable de meurtre ? Que ressentiriez-vous alors ?

Pour la première fois au cours de l'interview, le mépris de Hardwick pour Bork commença à transpirer dans son expression.

— Ce que je *ressentirais* ? Les émotions n'ont rien à voir avec l'affaire. Mais ce que je *saurais*, c'est ce que je sais déjà maintenant : la procédure a été bâclée. Viciée. Du début à la fin. Et ceux qui sont responsables de cette situation le savent parfaitement.

Bork leva les yeux comme pour vérifier l'heure, puis son regard se fixa sur l'objectif de la caméra.

— Très bien, mes amis, vous avez tous entendu ce qui s'est dit ici.

La moitié de l'écran fractionné qui lui était dévolue s'agrandit jusqu'à remplir tout l'espace. Il se composa l'expression d'un témoin courageux confronté à des événements terribles, puis invita les téléspectateurs à prêter attention à quelques messages importants de ses sponsors.

— Restez avec nous, conclut-il. Nous serons de retour dans quelques minutes avec une nouvelle controverse concernant les droits en matière de procréation, une affaire qui risque de provoquer une confrontation à la Cour suprême. Ici Brian Bork pour *Conflit criminel*, l'émission qui vous permet tous les soirs d'être aux premières loges pour assister aux batailles judiciaires les plus explosives de l'actualité.

Gurney ferma la fenêtre où s'affichait la vidéo, éteignit l'ordinateur et se cala sur son siège.

— Qu'est-ce que tu penses de ça ?

Il sursauta en entendant la voix de Madeleine juste derrière son fauteuil. Il se tourna pour lui faire face.

— J'essaie de comprendre.

— Comprendre quoi ?

— Pourquoi il a participé à cette émission.

— Tu veux dire, à part le fait que cela lui offrait une tribune pour régler ses comptes avec ses ennemis, ceux qui l'ont viré de son boulot ?

— Oui, à part ça.

— Je dirais que si toutes ses accusations avaient un autre but que de lui permettre de décharger sa frustration, ce serait d'attirer le maximum d'attention des médias, d'inciter les journalistes d'investigation à creuser l'affaire Spalter pour qu'elle continue à faire les gros titres. Tu crois que ce pourrait être son objectif ?

— Ou alors il veut provoquer des poursuites pour diffamation et affronter un procès qu'il pense pouvoir gagner. Ou encore acculer la police de l'État de New York dans une impasse ; il sait que les individus impliqués ne pourront pas le poursuivre, car il en sortirait vainqueur. Son vrai objectif serait alors de les forcer à livrer Klemper en pâture aux vautours pour limiter les dégâts.

Madeleine parut sceptique.

— Je n'aurais jamais pensé que ses motifs puissent être aussi subtils. Tu es sûr qu'il ne s'agit pas d'une bonne vieille colère qu'il cherche à assouvir ?

Gurney secoua la tête.

— Jack aime se présenter comme une sorte d'« instrument contondant à la lame émoussée ». Mais l'esprit de quelqu'un qui assène les coups comme s'il maniait une batte de base-ball n'a rien d'« émoussé ».

Madeleine paraissait toujours aussi dubitative.

— Je ne nie pas qu'il soit motivé par le ressentiment, poursuivit Gurney. De toute évidence, c'est le cas. Il ne supporte pas l'idée d'avoir été évincé d'une carrière qu'il adorait par des gens qu'il méprisait. Et à présent, il les méprise encore plus. Ça le rend dingue, il veut sa revanche, tout cela est vrai. Je me contente de dire qu'il n'est pas stupide, et que sa stratégie est peut-être plus fine qu'elle ne le semble.

Son propos provoqua un bref silence, rompu par Madeleine.

— À propos, tu ne m'avais pas parlé de cette dernière… petite… horreur.

Il la dévisagea d'un air interrogateur.

Madeleine imita son expression.

— Je pense que tu sais de quoi je parle.

— Oh! Cette histoire de tête manquante? Non… je ne t'en ai pas parlé.

— Pourquoi?

— Cela me paraissait… trop macabre.

— Tu craignais que cela me perturbe?

— En quelque sorte.

— La gestion de l'information.

— Je te demande pardon?

— Je me souviens d'un politicien onctueux qui expliquait un jour qu'il ne trompait jamais personne. Il se contentait de gérer le flux d'informations de façon ordonnée pour éviter de semer la confusion dans l'esprit du public.

Gurney fut tenté d'argumenter en faisant valoir qu'il s'agissait d'une situation très différente, que ses motifs étaient purs et dictés par le souci de la préserver, mais Madeleine le prit au dépourvu en lui lançant un petit clin d'œil inattendu, comme pour le tirer d'un mauvais pas – et aussitôt, une autre tentation l'envahit.

Les femmes intelligentes produisaient souvent sur lui un effet aphrodisiaque, et Madeleine était en l'occurrence une femme *très* intelligente.

CHAPITRE 43

Une preuve sur vidéo

D E TEMPS À AUTRE, DANS SA VIE D'ENQUÊTEUR, Gurney
éprouvait la sensation de jongler avec des grenades
explosives.

Pour ce qui était de la situation actuelle, il savait qu'il ne pouvait s'en prendre qu'à lui-même. Depuis le début, il était évident
que la mission risquait d'être pervertie de façon imprévisible au
gré des priorités de Hardwick. Il s'y était pourtant engagé, poussé
par ses propres motifs obsessionnels, que Madeleine avait perçus
avec acuité et mis en évidence, alors que lui avait insisté sur le fait
qu'il ne faisait que payer une dette. Il s'était piégé en participant à
un cirque à trois pistes sans le moindre « Monsieur Loyal » pour
coordonner l'ensemble, et se trouvait à présent confronté à l'inévitable confusion que cet arrangement portait en germe.

Il essayait de se dire que sa réticence à se retirer du jeu – dès lors
que l'annulation de la condamnation de Kay Spalter était quasi
certaine et que son prétendu devoir envers Hardwick était accom-
pli – ne relevait que d'une noble disposition à toujours rechercher
la vérité. Mais il ne parvenait pas à s'en convaincre. Il savait que
les racines de son addiction à son métier venaient de plus loin et
qu'elles n'avaient rien de noble.

Il tenta aussi de se persuader que sa gêne par rapport à la
condamnation de Mick Klemper par Hardwick (sans le nommer,
mais le personnage était facile à identifier) lors de l'émission

Conflit criminel provenait d'une notion noble elle aussi : la conviction que tout accord, même passé avec un salaud intriguant, était sacré. Il suspectait toutefois que son malaise venait d'ailleurs : il avait promis à Klemper plus qu'il ne pouvait lui offrir. L'idée qu'il aurait pu amortir la chute du personnage en faisant passer ses fautes pour la conséquence d'une erreur stupide plutôt que d'une intention malveillante n'était guère plus qu'une vue de l'esprit.

Il s'était lui-même dupé de façon inconsciente, une fois de plus, pour se retrouver dans une situation dangereuse et intenable, sans porte de sortie, à part la fuite en avant. Madeleine avait raison. Le schéma était indéniable. À l'évidence, quelque chose chez lui ne tournait pas rond. Mais le fait de le comprendre ne lui offrait pour autant aucune nouvelle issue. La seule voie envisageable, c'était d'aller de l'avant, qu'il faille jongler avec des grenades ou pas.

Il ralluma l'ordinateur et ouvrit les fichiers vidéo des caméras de surveillance de Long Falls.

Il lui fallut presque une heure pour tomber sur ce qu'il espérait y trouver – une image d'un individu de très petite taille qui marchait sur Axton Avenue en direction de la caméra. Alors que Gurney le suivait à l'écran, il, ou peut-être *elle*, disparut dans l'entrée du bâtiment. L'identification de son sexe était rendue difficile par une doudoune, un large bandeau de skieur qui lui couvrait les oreilles, le front et la naissance des cheveux, des larges lunettes de soleil et une écharpe épaisse qui masquait son cou, mais aussi la plus grande partie de son menton et de ses mâchoires. La partie du visage qui restait visible – un nez effilé, quelque peu crochu, et une petite bouche – semblait correspondre avec celui du livreur de Florence Fleurs aperçu sur les vidéos de surveillance à Emmerling Oaks. Le bandeau, les lunettes de soleil et l'écharpe paraissaient d'ailleurs identiques.

Gurney fit un retour en arrière d'une minute ou deux, et revisionna la progression de l'individu le long de l'avenue et son entrée dans le bâtiment. Il ne portait pas de fleurs, comme sur les images d'Emmerling Oaks, mais tenait un paquet étroit, entre quatre-vingt-dix centimètres et un mètre vingt de long, enveloppé d'un papier cadeau rouge et vert orné en son centre d'un grand nœud décoratif. Gurney sourit. C'était sans aucun doute la façon la plus innocente, en apparence, de transporter un fusil de sniper en pleine rue au mois de décembre.

Il nota l'heure précise inscrite dans le cadre de la vidéo au moment où l'individu pénétrait dans le bâtiment. Dix heures trois. Dix-sept minutes avant le tir qui allait abattre Carl Spalter.

Le même personnage réapparut dans la rue à dix heures vingt-deux, deux minutes après le coup de feu, bifurqua et s'éloigna d'un pas calme le long d'Axton Avenue jusqu'au moment où il dépassa le champ de vision de la caméra.

Gurney se cala sur son siège et réfléchit.

Tout d'abord, les images indiquaient de façon presque certaine que le coup de feu avait en effet été tiré depuis l'appartement où le fusil avait été découvert plus tard. Le timing de la sortie du tueur présumé rendait tous les autres scénarios problématiques, voire impossibles, ce qui mettait une fois de plus en évidence le problème du réverbère.

Ensuite, le personnage de la vidéo n'était pas Kay Spalter. Gurney éprouva une soudaine bouffée de colère à l'encontre de Klemper, et tous ses scrupules sur une quelconque rupture de leur « accord » s'évanouirent. À elle seule, cette vidéo aurait suffi à clore les poursuites contre Kay Spalter. À tout le moins, elle aurait apporté un élément de « doute raisonnable » en venant à l'appui d'une approche alternative crédible de l'affaire et en démontrant la présence d'un autre suspect possible. La suppression délibérée de cette preuve par Klemper, sans doute en échange des faveurs sexuelles d'Alyssa Spalter, n'était pas seulement criminelle ; elle était impardonnable.

Et en troisième lieu, il était temps de cesser de penser à l'individu des vidéos d'Axton Avenue et de la résidence médicalisée comme à un simple « individu ». Il fallait à présent l'appeler par son nom : Petros Panikos.

Ce n'était guère facile. L'esprit se révoltait à l'idée d'établir un lien entre la silhouette fluette, presque délicate, que l'on voyait un jour avec un bouquet de chrysanthèmes et un autre avec un paquet de Noël coloré, et le violent psychopathe décrit par Interpol et par Adonis Angelidis. Le même psychopathe qui avait planté des clous dans les yeux, les oreilles et la gorge de Gus Gurikos, incendié trois maisons à Cooperstown, brûlé six personnes innocentes et décapité une autre victime.

Oh, mon Dieu, et en plus, il chantait en faisant tout ça ? C'était une chose à laquelle Gurney ne voulait même pas penser. Une idée cauchemardesque. Il devait revenir à des réflexions d'ordre plus pratique. Il était temps de s'entendre de manière sérieuse avec Hardwick et Esti. Temps de se mettre d'accord sur les prochaines étapes à suivre.

Il prit son téléphone et appela d'abord Hardwick. Il comptait laisser un message et fut surpris d'obtenir une réponse immédiate – et plutôt défensive.

— Tu appelles pour me raconter des salades au sujet de mon émission avec Bork ?

Gurney décida de remettre cette discussion à plus tard.

— Je pense que nous devons nous voir.

— Pour quoi faire ?

— Planifier ? Se coordonner ? Coopérer ?

Il y eut une courte pause. Une légère quinte de toux.

— Bien sûr. Pas de problème. Quand ?

— Dès que possible. Demain matin, par exemple. Toi, moi et Esti, si elle peut se libérer. Il faut mettre tous les faits, questions et hypothèses sur la table. En rassemblant tous les éléments dont nous disposons, nous verrons peut-être ce qui nous manque.

— Très bien. (Hardwick paraissait sceptique, comme à l'accoutumée.) Et tu veux qu'on se voie où ?

— Chez moi ?

— Pour une raison particulière ?

La vraie raison, c'était que Gurney tenait à retrouver un semblant de contrôle, et avoir la sensation de tenir la barre d'une main ferme.

— Ta maison est criblée d'impacts de balles, pas la mienne, se contenta-t-il de répondre.

Après avoir accepté sans enthousiasme de retrouver Gurney chez lui le lendemain matin à neuf heures, Hardwick proposa d'informer Esti du rendez-vous, car il s'apprêtait à lui parler pour d'autres raisons. Un sujet personnel. Gurney aurait préféré appeler Esti lui-même, là aussi pour avoir ce sentiment de tenir la barre bien en main, mais il ne trouva aucun prétexte crédible pour insister.

Ils terminèrent la conversation sans évoquer ni l'un ni l'autre le sujet de l'« accord » avec Klemper ni l'allusion qu'avait faite Gurney à ce propos dans son dernier message téléphonique.

Au moment où Gurney émergeait du bureau, Madeleine sortait de la chambre. Elle emporta le sac de marin qu'elle avait empaqueté le matin même jusqu'à sa voiture, puis revint sur ses pas pour lui rappeler de donner des fraises aux poules.

— Tu sais, répondit-il, Ozzie Baggott, en bas de la route, se contente de donner à ses poules un seau de restes de table une fois par jour, et elles semblent s'en porter très bien.

— Ozzie Baggott est un répugnant cinglé. De toute façon, il déverserait des ordures dans son jardin, même s'il n'avait pas de poules.

À la réflexion, Gurney décida qu'en toute bonne foi, il n'avait rien à redire aux propos de Madeleine.

Ils s'embrassèrent, et soudain, Madeleine était partie.

Au moment où sa voiture disparaissait en contrebas derrière la grange, on apercevait le dernier éclat du soleil couchant.

CHAPITRE 44

L'excitation de la chasse

GURNEY SE RÉFUGIA À NOUVEAU DANS LE BUREAU. Le crépuscule, en s'assombrissant, avait changé la couleur de la crête boisée, qui était passée d'une dizaine de nuances de vert et d'or à un gris verdâtre monochrome. Il songea à la colline située en face de la maison de Hardwick, d'où étaient venus les tirs qui avaient coupé l'alimentation électrique et la ligne téléphonique.

Très vite, ses pensées se rassemblèrent autour des divers éléments de l'affaire Spalter, et en particulier sur ses détails les plus absurdes. Cela lui rappelait une maxime sur laquelle l'un de ses instructeurs de l'école de police avait beaucoup insisté lors d'un cours de niveau avancé sur l'interprétation des preuves sur une scène de crime : ce sont les éléments qui ne semblent pas cadrer avec le reste qui sont en fin de compte les plus révélateurs.

Il sortit un bloc-notes jaune du tiroir de son bureau et se mit à écrire. Vingt minutes plus tard, il passa en revue le résultat, organisé en une liste de huit points :

1) Les témoins plaçaient tous la victime, lorsqu'elle avait été abattue, dans une position telle qu'il aurait été impossible de l'abattre avec une balle tirée depuis l'appartement où l'arme du crime et les résidus de poudre avaient été retrouvés.

2) Le fait de tuer la mère de la victime pour s'assurer de la présence de son fils au cimetière semblait résulter d'un plan d'une

363

complexité inutile. La mère aurait-elle pu être assassinée pour une autre raison ?

3) Le tueur professionnel qui avait exécuté le contrat était connu pour n'accepter que les missions les plus difficiles. Qu'est-ce qui faisait rentrer l'assassinat de Carl Spalter dans cette catégorie ?

4) Si Kay Spalter n'était pas la meurtrière, pouvait-elle avoir payé le tueur ?

5) Jonah aurait-il pu payer le tueur pour prendre le contrôle des actifs de Spalter Realty ?

6) Alyssa aurait-elle pu payer le tueur, en plus d'avoir conspiré avec Klemper après le meurtre pour faire condamner Kay et hériter du domaine de son père ?

7) Pour protéger quel secret Gurikos avait-il été mutilé et tué ?

8) Carl Spalter avait-il été tué en représailles après avoir tenté de faire assassiner quelqu'un d'autre ?

En parcourant ces huit points et en réfléchissant tour à tour à chacun d'eux, Gurney se sentit dégoûté par son absence de progrès.

Toutefois, l'aspect positif des affaires aux multiples particularités, c'est qu'une fois que l'on parvient à une théorie compatible avec toutes les particularités en question, cette théorie est juste. Dans une enquête, une seule singularité peut souvent être expliquée de multiples façons. Mais il était peu vraisemblable que plusieurs théories puissent expliquer à la fois le problème de ligne de tir depuis l'appartement et la monstrueuse mutilation de Gus Gurikos, sans compter la date étrange du décès de Mary Spalter.

Lorsqu'il regarda par la fenêtre nord du bureau quelques minutes plus tard, la haute forêt avait perdu toute nuance de vert. Les arbres et la crête formaient à présent une masse sombre uniforme contre le gris ardoise du ciel. La nuit qui descendait sur le flanc de la colline rappela à Gurney l'attaque de la maison de Hardwick et la fuite du tireur motorisé à travers les sentiers de forêt.

À cet instant, il entendit le bruit d'un moteur de moto, qu'il prit pendant une seconde pour un pur produit de son imagination. Mais le son enfla et il put évaluer la direction d'où il venait. Il passa du bureau à la cuisine pour jeter un coup d'œil dehors, à présent certain qu'une moto approchait par la route. Trente secondes plus tard, l'unique phare de l'engin contournait la grange et commençait à remonter le long du sentier d'herbes cahoteux.

Il entra dans la chambre, prit son Beretta .32 sur la table de nuit, inséra un chargeur, glissa l'arme dans sa poche et s'approcha de la porte latérale. Il attendit jusqu'à ce que la moto s'arrête près de sa voiture, puis alluma l'éclairage extérieur.

Une silhouette athlétique vêtue d'une tenue de motard en cuir noir et coiffée d'un casque intégral, noir lui aussi, sortit un mince porte-document de la même couleur de l'une des sacoches et se dirigea vers la porte. Le motocycliste frappa d'un geste ferme de sa main gantée.

À cet instant, Gurney, qui s'apprêtait à sortir son arme de sa poche, reconnut le casque.

C'était le sien. Il datait de sa période de motard, trente ans en arrière. Gurney l'avait offert à son fils quelques mois plus tôt.

Il alluma l'éclairage intérieur et ouvrit la porte.

— Salut, papa !

Kyle lui tendit le porte-document, ôta son casque d'une main et passa l'autre dans ses cheveux noirs et courts, si semblables à ceux de son père.

Ils échangèrent des sourires identiques, même si celui de Gurney trahissait une certaine perplexité.

— Est-ce que j'ai manqué un message ou un e-mail ?

— Au sujet de mon arrivée ? Non. Je suis venu sur un coup de tête. Je me suis dit que je m'occuperais mieux de ce problème de vidéo ici que chez moi. Comme ça, tu verras ce que je fais et on pourra arranger ça comme tu le souhaites. C'est la principale raison de ma venue. Mais il y en a une autre.

— Oh ?

— Le Loto de la bouse.

— Je te demande pardon ?

— Le Loto de la bouse. La Foire estivale de la montagne. Tu savais qu'il existait un truc pareil ? Il y a même du fromage frit. Et le dimanche après-midi, une course de stock-car réservée aux femmes. Sans oublier le grand concours de lancer de courgettes !

— Le quoi ?

— Non, celui-là, je viens de l'inventer. Mais bon Dieu, ce qui existe en vrai est encore plus dingue que ça. Et il y aura de la vraie bouse. Je me suis dit que c'était le moment de venir. Où est Madeleine ?

— C'est une longue histoire. Elle est chez un couple d'amis. Pour la foire et… c'est aussi une sorte de précaution. Je t'en parlerai un peu plus tard. (Il fit un pas en arrière en tenant la porte ouverte.) Entre, entre, enlève ta tenue et mets-toi à l'aise. Tu as dîné ?

— Un hamburger et un yaourt à l'aire de repos de Sloatsburg.

— C'est à plus de cent soixante kilomètres d'ici. Tu partages une omelette avec moi ?

— Cool. Merci. Je vais chercher mon autre sac et je me change.

— Alors, c'est quoi, cette « précaution » dont tu me parlais ?

Sans surprise de la part de Gurney, ce fut la première question que posa Kyle lorsqu'ils se mirent à table vingt minutes plus tard.

Au lieu de suivre son penchant naturel et de minimiser la menace, Gurney informa en termes explicites son fils de l'attaque de la maison de Hardwick et des atrocités commises à Cooperstown. S'il voulait persuader Kyle de quitter la maison pour rentrer chez lui ou dans un endroit sûr, au plus tard le lendemain matin, il aurait été absurde de nier le péril.

Pendant qu'il parlait, son fils l'écoutait avec une expression d'inquiétude silencieuse – et avec cette lueur d'excitation qu'un soupçon de danger éveille souvent chez les jeunes gens.

Après le repas, Kyle installa son ordinateur portable sur la table et Gurney lui donna la clef USB qui contenait les fichiers vidéo d'Axton Avenue. Ils localisèrent les deux fragments que Gurney souhaitait améliorer. Le premier correspondait à la séquence du cimetière, à partir du moment où Carl se levait de son siège, jusqu'à celui où on le voyait étendu visage contre terre avec une balle dans la tête. Le second était la séquence filmée dans la rue où l'on voyait l'individu de très petite taille, peut-être Petros Panikos, entrant dans le bâtiment avec un paquet cadeau qui contenait sans doute le fusil découvert plus tard à l'étage, dans l'appartement.

Kyle examinait les images sur son écran.

— Tu veux que j'agrandisse pour obtenir un maximum de détails avec un minimum d'interférence de la part du logiciel?

— Tu peux me répéter ça?

— Quand tu agrandis, tu dilues les données numériques. L'image est plus grande, mais plus floue, parce qu'elle contient moins d'informations concrètes par centimètre carré. Le logiciel peut compenser ça en faisant des hypothèses, en remplissant les vides dans les données, en affinant et en lissant les images. Mais cela introduit un manque de fiabilité, parce que tout ce qui se trouve dans l'image améliorée n'est pas forcément présent dans les pixels originaux. Pour « déflouter » l'agrandissement, le logiciel prend un risque calculé basé sur la probabilité plutôt que sur les données réelles.

— Qu'est-ce que tu conseilles?

— Je recommanderais de choisir un point de compromis raisonnable entre la netteté de l'agrandissement et la fiabilité des données qui le composent.

— Parfait. Essaie de trouver le point d'équilibre que tu penses le mieux adapté.

Gurney souriait en voyant comment son fils maîtrisait son affaire, mais plus encore en constatant l'excitation que trahissait sa voix. C'était l'archétype heureux de cette génération de moins de trente ans élevée dans une affinité naturelle avec tout ce qui relevait du numérique.

— Donne-moi juste un peu de temps pour bricoler quelques essais. Quand j'aurai quelque chose qui vaille la peine d'être vu, je te préviendrai.

Kyle ouvrit la barre d'outils du programme, cliqua sur l'une des icônes de la fonction zoom, puis s'arrêta. Il se retourna vers Gurney qui portait les assiettes d'omelette vides jusqu'à l'évier, et lui posa une question qui parut surgir de nulle part.

— À part les meurtres sensationnels et autres réjouissances, comment ça se passe, ici?

— Comment ça se passe? Bien, je suppose. Pourquoi cette question?

— On dirait que tu t'impliques surtout dans *tes* affaires, et Madeleine dans les *siennes*.

Gurney hocha la tête avec lenteur.

— On peut dire ça, en effet. Mes affaires et ses affaires. Séparées, de façon générale, mais compatibles la plupart du temps.

— Et cela te convient ?

Gurney fut surpris de constater qu'il éprouvait des difficultés à répondre à la question.

— Cela fonctionne, dit-il enfin. (Il se sentit soudain mal à l'aise en entendant la tonalité presque mécanique de sa voix.) Je ne voudrais pas que cela te semble ennuyeux et pragmatique. Nous nous aimons. Nous sommes toujours attirés l'un par l'autre. Nous apprécions le fait de vivre ensemble. Mais nos esprits fonctionnent de manière différente. Je m'engage dans quelque chose, et d'une certaine manière, j'y *reste*. Madeleine est capable de changer ses centres d'intérêt, de se concentrer à cent pour cent sur ce qui est en face d'elle, et de s'adapter à l'instant présent. Elle est toujours *présente*, si tu vois ce que je veux dire. Et bien sûr, elle est beaucoup plus ouverte et sociable que moi.

— C'est le cas de la plupart des gens.

Kyle adoucit le côté tranchant de son commentaire par un grand sourire.

— C'est vrai. Et au bout du compte, on finit par faire des choses différentes. Ou plutôt, elle finit par faire des choses et moi, je finis par penser à des choses.

— Tu veux dire que pendant que tu es assis à essayer de trouver qui a découpé un cadavre dans la décharge municipale, Madeleine sort donner à manger aux poulets ?

Gurney éclata de rire.

— Ce n'est pas tout à fait exact. Lorsqu'elle est à la clinique, elle s'occupe de ce qui est *là*, devant elle, des choses plutôt horribles, et quand elle est ici, elle s'occupe de ce qui est *ici*. Moi, j'ai tendance à me renfermer dans ma tête, obsédé par un problème quelconque, quel que soit l'endroit où je me trouve. C'est une vraie différence entre nous. Et puis Madeleine passe beaucoup de temps à regarder, à apprendre, à agir. Quant à moi, j'en passe beaucoup à me poser des questions, à émettre des hypothèses, à analyser. (Il se tut un instant et haussa les épaules.) Je suppose que tous les deux, nous faisons ce qui nous donne le plus l'impression d'être vivants.

Kyle resta assis un moment avec un froncement de sourcils pensif, comme s'il essayait d'aligner son esprit sur celui de son père afin de mieux comprendre ses pensées. Il finit par se retourner vers son écran d'ordinateur.

— Je ferais bien de m'y mettre, au cas où ce serait plus difficile que prévu.

— Bonne chance.

Gurney rejoignit son bureau et ouvrit sa messagerie. Son regard parcourut les deux douzaines de messages reçus depuis le matin. L'un d'eux attira son attention. L'expéditeur était identifié par le simple prénom « Jonah ».

Le texte de l'e-mail s'avéra être une réponse personnelle à sa demande de rendez-vous pour discuter de l'état actuel de l'enquête.

Cela m'intéresserait beaucoup que nous ayons cette discussion que vous me proposez. L'endroit où je me trouve, toutefois, rendrait une rencontre physique peu pratique à l'heure actuelle. Je suggère que nous nous fixions rendez-vous demain matin à huit heures pour un appel vidéo via Internet. Si cela vous convient, merci de m'envoyer par e-mail le nom de votre service d'appels vidéo. Si vous ne disposez pas encore d'un tel service, vous pouvez télécharger le logiciel Skype. Dans l'attente de votre réponse.

Gurney accepta aussitôt l'invitation. Lui et Madeleine utilisaient déjà le programme Skype. À la demande de sa sœur à Ridgewood, Madeleine l'avait installé sur leur ordinateur lorsqu'ils s'étaient installés dans les montagnes. Au moment où il cliqua sur « Envoyer », il ressentit une petite montée d'adrénaline à l'idée que quelque chose allait bientôt changer.

Il fallait qu'il s'y prépare. Il restait moins de douze heures avant la conversation prévue à huit heures. Ensuite, à neuf heures, il retrouverait Hardwick et, avec un peu de chance, Etsi pour se tenir au courant des éléments de l'enquête.

Il se rendit sur le site de la Cybercathédrale et s'immergea pendant les quarante-cinq minutes qui suivirent dans la philosophie insipide, d'un optimisme béat, de Jonah Spalter.

Il était en train de conclure que l'homme était une sorte de génie de la guimauve, un Walt Disney du développement personnel, lorsqu'il entendit Kyle l'appeler depuis l'autre pièce.

— Papa ? Je crois que j'ai amélioré cette vidéo autant que je le pouvais.

Gurney se dirigea vers la table de la salle à manger et s'installa à côté de son fils. Celui-ci cliqua sur une icône, et une version améliorée de la séquence du cimetière s'afficha, agrandie, plus nette, et avec une vitesse de lecture réduite de moitié. Tout correspondait aux souvenirs du premier visionnage par Gurney, mais en plus clair et en plus précis.

Carl était assis à l'extrémité droite du premier rang de sièges. Il se leva et se tourna vers l'estrade de l'autre côté de la tombe. Il avança d'un pas en direction d'Alyssa, sembla vouloir faire une enjambée de plus et tangua dans la même direction avant de s'effondrer la tête la première juste après le dernier siège au bout de la rangée. Jonah, Alyssa et les dames de la Force des aînés se levèrent. Paulette bondit en avant. Les porteurs du cercueil et l'entrepreneur de pompes funèbres contournèrent les chaises.

Gurney se pencha plus en avant vers l'écran et demanda à Kyle de mettre la vidéo en pause pour tenter de distinguer les expressions des visages de Jonah et d'Alyssa, mais les détails de ce genre étaient invisibles. De façon similaire, même à un tel niveau d'agrandissement, le visage de Carl affalé sur le sol n'offrait guère plus qu'un profil anonyme. Il y avait un point sombre au niveau de la naissance des cheveux, vers la tempe, mais ce pouvait aussi bien être la blessure d'entrée de la balle qu'un peu de poussière, une petite ombre ou une création du logiciel lui-même.

Il demanda à Kyle de repasser la séquence, dans l'espoir d'une nouvelle révélation.

Ce ne fut pas le cas. Il fit repasser le passage une troisième fois, scrutant avec une extrême attention le côté de la tête de Carl au moment où il se tournait vers l'estrade, avançait d'un pas, en amorçait un autre et trébuchait en avant pour finir par s'effondrer au sol. De deux choses l'une : soit une légère brise soufflait à cet instant, soit le mouvement saccadé de Carl avait dérangé sa coiffure, rendant invisible le petit point sombre jusqu'à ce que la tête heurte le sol et se fige, juste au-delà des pieds de Jonah.

— Je suis sûr que le FBI dispose de logiciels qui pourraient te donner une qualité supérieure, dit Kyle d'un ton d'excuse. J'ai poussé ce programme aussi loin qu'il pouvait aller sans risquer de produire une image qui relèverait de la pure fiction.

— Ce que tu m'as donné est bien meilleur que ce dont je disposais au départ. Jetons un coup d'œil à la scène filmée dans la rue.

Kyle ferma quelques fenêtres, en ouvrit une nouvelle et cliqua sur le bouton « Lecture ». Cette fois-ci, l'agrandissement, qui avait l'avantage de remplir une plus grande partie du cadre, était beaucoup plus clair et détaillé. Le probable assassin de Mary Spalter, Carl Spalter, Gus Gurikos et Lex Bincher apparut, marchant sur Axton Avenue, et pénétra dans l'immeuble. Gurney aurait souhaité que l'homme découvre un peu plus son visage, mais bien sûr, cette dissimulation était intentionnelle.

À l'évidence, Kyle pensait de même.

— Pour une affiche WANTED, c'est un peu maigre, non ?

— Pour une affiche WANTED, et aussi pour un programme de reconnaissance faciale.

— Parce que ses yeux sont masqués par ces énormes lunettes ?

— Exact. La forme des yeux, la position des pupilles, le coin de l'œil. L'écharpe cache le bout du menton, et le reste aussi. Le bandeau masque les oreilles et la naissance des cheveux. Il ne reste aucun élément sur lequel les algorithmes de mesure puissent travailler.

— Pourtant, si je le revoyais, je suis certain que je pourrais reconnaître ce visage, juste avec la bouche.

Gurney hocha la tête.

— La bouche, et ce qu'on peut distinguer de son nez.

— Oui, ça aussi. Il ressemble à une saloperie de petit oiseau, si tu me passes l'expression.

Ils se renfoncèrent sur leurs sièges et contemplèrent l'écran. Le visage à demi masqué de l'un des plus étranges tueurs au monde. Petros Panikos. Peter Pan. Le Magicien.

Sans oublier ce qu'avait dit Donny Angel : « Cinglé au dernier degré. »

CHAPITRE 45

Hors de portée du mal

A LORS, QU'EST-CE QUE TU EN PENSES ?
— Kyle, le regard interrogateur, tenait à deux mains son mug de café brûlant, les coudes sur la table du petit déjeuner.

— Ce que je pense de ces vidéos ?

Gurney, assis de l'autre côté de la table ronde en pin, tenait son propre mug de façon identique, et en appréciait la chaleur sur ses paumes. La température avait chuté au cours de la nuit en passant de vingt et un à quinze degrés, ce qui n'était pas inhabituel au nord-ouest des monts Catskill, où l'automne s'annonçait souvent dès le mois d'août. Le ciel couvert masquait le soleil, qui aurait dû être visible au-dessus de la crête est à ce moment de la matinée – sept heures et quart.

— Tu penses qu'elles t'aideront à accomplir… ce que tu veux accomplir ?

Gurney prit une longue gorgée de café.

— La séquence du cimetière nous apporte quelques éléments. Elle établit la position de Carl quand il a reçu cette balle, et l'angle mort entre la fenêtre de l'appartement et cette position démolit le scénario de la police en ce qui concerne l'origine du tir. Et le fait que cette vidéo était dès le départ en possession de la police – en l'occurrence de Klemper – justifie une procédure pour destruction de preuves.

373

Il sombra dans le silence, troublé l'espace d'un instant par le souvenir de sa conversation avec Klemper au Riverside Mall.

Il vit que Kyle l'observait avec curiosité et poursuivit.

— La séquence de l'avenue nous aide aussi par certains côtés. Par ce qu'elle montre, et par ce qu'elle ne montre pas. Le simple fait qu'on n'y voie pas Kay Spalter entrer dans le bâtiment aurait constitué un important élément de disculpation pour la défense. À tout le moins, cette vidéo corrobore les accusations de destruction de preuves et de fautes graves de la part de la police.

— Alors… comment se fait-il que tu ne sembles pas plus satisfait ?

— Plus satisfait ? hésita Gurney. Je suppose que je le serai quand nous approcherons du point final.

— Et quel est le point final ?

— J'aimerais savoir ce qui s'est passé en réalité.

— Tu veux dire, trouver qui a tué Carl ?

— Oui. C'est ça qui compte. Si Kay est innocente, alors quelqu'un d'autre voulait la mort de Carl, a planifié l'opération et s'est adressé à Panikos pour l'exécuter. Je veux savoir de qui il s'agissait. Et le petit assassin qui a appuyé sur la détente ? Jusqu'ici, il s'est débrouillé pour tuer neuf autres personnes dans le cadre de sa mission – sans compter tous ceux qu'il a assassinés avant –, en réussissant à s'en tirer à chaque fois et à continuer. Cette fois-ci, je préférerais qu'il ne continue pas.

— Tu penses que tu es sur le point de le coincer ?

— C'est difficile à dire…

Le regard intelligent et curieux de Kyle demeura fixé sur lui dans l'attente d'une meilleure réponse. Alors que Gurney en cherchait une, qui lui échappait, il fut sauvé par la sonnerie de son mobile.

C'était Hardwick. Comme à l'accoutumée, celui-ci ne perdit pas de temps à le saluer.

— J'ai eu ton message au sujet de ton appel vidéo avec Jonah Spalter. Qu'est-ce que c'est que ce bazar ?

— Je n'en sais rien. Mais s'il accepte une conversation de ce genre, c'est mieux que rien. Tu veux venir à huit heures plutôt qu'à neuf, et y participer ?

— Je ne pourrai pas être là avant neuf heures. Esti non plus. Mais nous avons tous les deux une foi inconditionnelle en tes talents d'interrogateur. Tu as un logiciel pour enregistrer l'appel ?

— Non, mais je peux en télécharger un. Tu as des questions précises que tu aimerais que je lui pose ?

— Ouais. Demande-lui si c'est lui qui a mis un contrat sur la tête de son frère.

— Excellente idée. Un autre conseil ?

— Ouais. Ne foire pas l'affaire. On se voit à neuf heures.

Gurney glissa le mobile dans sa poche.

Kyle pencha la tête d'un air curieux.

— Qu'est-ce que tu as besoin de télécharger ?

— Un logiciel d'enregistrement d'appels vidéo compatible avec Skype. Tu crois que tu pourrais faire ça pour moi ?

— Donne-moi ton identifiant et ton mot de passe Skype. Je m'en occupe tout de suite.

Alors que le jeune homme se dirigeait vers le bureau avec les renseignements dont il avait besoin, Gurney sourit en songeant à l'empressement de son fils à l'aider, et au simple plaisir de sa présence à la maison. Et il se demanda une fois de plus pourquoi ces moments partagés étaient aussi rares et espacés.

Il fut un temps où il pensait en connaître la raison, une période qui avait connu son apogée deux ou trois ans plus tôt, lorsque Kyle gagnait des sommes obscènes à Wall Street avec un job obtenu grâce à un ami de l'université qui lui avait ouvert certaines portes. Gurney était convaincu que la Porsche jaune qui accompagnait le poste était la preuve tangible que les gènes de la soif d'argent de son ex-femme agent immobilier, la mère de Kyle, avaient remporté la victoire. Mais aujourd'hui, il soupçonnait que ça n'était là qu'une tentative de rationalisation pour s'absoudre de sa difficulté, plus profonde et moins explicable, à communiquer avec son fils. Il s'était dit parfois que c'était parce que Kyle lui rappelait son ex-épouse de façon déplaisante dans certaines de ses manières – gestes, intonations, expressions du visage. Mais là encore, c'était une excuse discutable. Entre mère et fils, il existait beaucoup plus de différences que de points communs. Et même, ç'aurait été malhonnête et injuste d'assimiler le fils à la mère.

Il songeait parfois que la véritable explication résidait peut-être dans la défense de son propre espace de confort. Un espace qui excluait toute autre personne. C'était ce problème que sa petite amie de fac, Geraldine, avait pointé le jour où elle l'avait quitté, il y avait des années de cela. Lorsqu'il examina la question sous cet angle, il comprit que son comportement d'évitement par rapport à son fils n'était qu'un symptôme supplémentaire de son introversion innée. Rien de bien grave, après tout. Affaire classée. Toutefois, lorsqu'il en arrivait à cette conclusion, un tout petit doute venait ronger ses certitudes. Son introversion suffisait-elle *à elle seule* à expliquer pourquoi il voyait aussi peu son fils ? Et le petit doute qui le rongeait se transformait alors en une question lancinante : la présence *d'un fils* ne lui rappelait-elle pas de façon inévitable le fait qu'il en avait autrefois eu *deux*, et les aurait toujours si seulement… ?

Kyle apparut à la porte de la cuisine.

— Te voilà équipé. J'ai laissé l'écran ouvert. Rien de plus simple.

— Oh, parfait. Merci.

Kyle l'observait avec un sourire empreint de curiosité, qui rappela à Gurney celui qui se dessinait parfois sur le visage de Madeleine.

— À quoi penses-tu ?

— À la façon dont tu aimes comprendre les choses. À quel point c'est important pour toi. En téléchargeant ce logiciel, je pensais… si Madeleine était enquêtrice, elle voudrait résoudre l'énigme pour attraper le méchant. Mais je crois que toi, tu veux attraper le méchant pour pouvoir résoudre l'énigme.

Gurney se sentit heureux, non pas de la comparaison, qui n'était pas flatteuse au plus haut point, mais en raison de la finesse de perception qui avait permis à Kyle d'analyser la situation. Le jeune homme possédait une belle intelligence, ce qui comptait beaucoup aux yeux de Gurney. Il ressentit comme un élan de camaraderie à son égard.

— Tu sais ce que je crois ? Tu utilises le mot « penser » presque aussi souvent que moi.

Le téléphone de la maison se mit à sonner. C'était Madeleine, comme si elle avait entendu les propos de Kyle à son sujet.

— Bonjour ! lança-t-elle d'un ton enjoué. Comment ça va ?

— Bien. Et toi, tu en es où ?

— Deirdre, Dennis et moi venons de terminer le petit déjeuner. Jus d'orange, pain grillé et… *bacon* ! (Ce dernier ingrédient fut énoncé d'un ton qui évoquait une feinte culpabilité à l'idée d'avoir commis quelque « péché ».) Nous allons sortir d'ici quelques minutes pour voir où en sont les animaux et les préparer pour le transport jusqu'au site de la foire. D'ailleurs, Dennis est déjà dehors près du petit enclos, et attend qu'on le rejoigne.

— Vous devriez bien vous amuser, répondit Gurney d'un ton peu enthousiaste.

Il s'émerveilla une fois de plus de la capacité de Madeleine à trouver des niches de pur plaisir dans un monde envahi de problèmes sérieux et bien réels.

— On s'amuse déjà ! Comment vont nos petites poules ce matin ?

— Elles vont bien, je suppose, je m'apprêtais à aller à la grange.

Madeleine marqua une pause, puis d'une voix plus contenue, s'aventura avec prudence dans ce paysage plus vaste dans lequel lui-même était plongé si profond.

— Tu as du nouveau ?

— Eh bien Kyle est venu ici, à la maison.

— Ah ? Et pourquoi ?

— Je lui avais demandé conseil pour un logiciel informatique, et il a décidé de venir faire le nécessaire. Il m'a d'ailleurs bien aidé.

— Tu l'as renvoyé chez lui ?

— Je vais le faire.

— Sois prudent, je t'en prie, ajouta Madeleine après un silence.

— Oui, je le serai.

— Je suis sérieuse.

— Je sais.

— Parfait. Eh bien… Dennis fait des signes, il s'impatiente un peu, je dois y aller. Je t'aime !

— Moi aussi je t'aime.

Gurney raccrocha, puis contempla le téléphone sans même le voir. Son esprit dérivait vers le visage de Panikos sur la vidéo et sur les mots d'Angelidis : « Cinglé au dernier degré. »

— Tu as bien dit que ton appel vidéo était prévu pour huit heures ?

La voix de Kyle, depuis l'embrasure de la porte du bureau, ramena soudain Gurney à la réalité présente. Il vérifia l'heure au coin de l'écran de son ordinateur – sept heures cinquante-six.

— Merci. Cela me rappelle une chose. Je voulais te demander de rester hors du champ de la caméra pendant l'appel. D'accord ?

— Aucun problème. D'ailleurs, puisque tu as un autre rendez-vous à neuf heures, je voulais faire quelque chose, et puis c'est la journée idéale… Je pensais faire une petite virée en moto jusqu'à Syracuse.

— *Syracuse ?*

Il y avait eu une époque où le nom de cette ville terne de la « ceinture de neige » ne signifiait pas grand-chose à ses yeux, mais depuis, Syracuse était devenue pour lui une sorte de réceptacle mental où il retrouvait les terribles événements de la récente affaire du Bon Berger.

À l'évidence, le nom de la ville avait une connotation plus positive pour Kyle.

— Oui, je me suis dit que puisque j'avais déjà bien avancé vers le nord, j'aurais pu aller jusque là-bas et peut-être déjeuner avec Kim.

— Kim Corazon ? Tu es resté en contact avec elle ?

— Oui, un peu. Surtout par e-mail. Elle est venue en ville une fois. Je lui ai annoncé la semaine dernière que j'avais l'intention de passer quelques jours ici avec vous. Comme on est à mi-chemin de Syracuse, je me suis dit que ce serait le bon moment pour la retrouver. (Il se tut un instant et regarda son père d'un air prudent.) Tu as l'air un peu choqué.

— Je dirais plutôt « surpris ». Tu n'as jamais parlé d'elle après… après que l'affaire a été bouclée.

— J'ai pensé que tu ne tiendrais pas à te rappeler tout ce gâchis dans lequel elle t'a entraîné. Ce n'était pas ce qu'elle voulait, mais ça a fini par devenir plutôt traumatisant.

Il est vrai que Gurney n'aimait guère parler de cette affaire. Ni y penser. C'était aussi le cas de la plupart des autres. En réalité, il ne réfléchissait pas souvent au passé, à moins d'être confronté à un cas ancien avec des éléments inexpliqués qui exigeaient d'être résolus. Mais l'affaire du Bon Berger n'en faisait pas partie. Elle était résolue. Les pièces du puzzle, en fin de compte, s'étaient toutes retrouvées à leur place. On pouvait toujours se dire que le prix à payer avait été trop élevé. Et sa propre situation lors de l'acte final du drame était l'un des principaux arguments de Madeleine pour prouver qu'il s'exposait trop volontiers à des niveaux de danger déraisonnables.

Kyle le regardait d'un air soucieux.

— Cela t'ennuie que j'aille la voir ?

En d'autres circonstances, la réponse la plus honnête aurait été positive. Il avait trouvé Kim très ambitieuse, très émotive, très naïve – une combinaison plus problématique que ce qu'il aurait pu souhaiter pour la petite amie de son fils. Mais à présent, il fut frappé de constater que le projet de Kyle était une heureuse coïncidence, tout comme l'était l'idée de Madeleine de partir aider les Winkler.

— Je dirais au contraire que c'est plutôt une bonne idée en ce moment, et plus sûre, en tout cas.

— Mon Dieu, papa, tu es sérieux, tu penses que quelque chose de terrible va arriver ici ?

— Je crois que c'est très peu probable. Mais s'il existait un danger, je ne voudrais pas que tu y sois exposé.

— Et toi ?

La même question que celle de Madeleine, répétée sur un ton identique.

— Cela fait partie du boulot, de ce pour quoi j'ai signé quand j'ai accepté de donner un coup main dans cette affaire.

— Je peux faire quelque chose pour toi ?

— Non, rien dans l'immédiat. Mais je te remercie.

— Très bien, dit Kyle d'un ton sceptique.

Pendant une minute, il parut perdu, comme s'il espérait qu'une autre option, ou un autre plan d'action, lui vienne à l'esprit.

Gurney se contenta d'attendre sans rien dire.

— Très bien, répéta Kyle. Je prends juste quelques affaires et j'y vais. Je te contacte dès que j'arrive à Syracuse.

Il sortit du bureau en fronçant les sourcils d'un air soucieux.

Une tonalité musicale annonça le début de l'appel vidéo de huit heures.

CHAPITRE 46

Les frères Spalter

UN PLAN AMÉRICAIN D'UN HOMME assis sur un fauteuil d'apparence confortable remplissait la plus grande partie de l'écran de l'ordinateur portable. Gurney reconnut Jonah Spalter d'après sa photo sur le site de la Cybercathédrale. Le personnage était éclairé de façon claire, sans élément superflu dans le cadrage qui aurait pu distraire l'interlocuteur de la puissante structure osseuse de son visage. Il arborait une expression de calme étudié, avec un soupçon de sollicitude. Il regardait droit vers la caméra, donnant ainsi l'impression de diriger son regard sur les yeux de Gurney.

— Bonjour, David. Je suis Jonah. (Si sa voix avait eu une couleur, elle eût été d'une nuance pastel.) Cela ne vous dérange pas que je vous appelle David ? Vous préférez peut-être « monsieur Gurney » ?

— « David » me va très bien. Merci de m'avoir contacté.

Il y eut un minuscule hochement de tête, un sourire à peine perceptible, et un brin de cette prévenance que l'on constate souvent chez les travailleurs sociaux.

— En quoi puis-je vous aider ?

— Que savez-vous des efforts entrepris pour faire annuler la condamnation de votre belle-sœur ?

— Je sais que la conséquence de ces efforts a été l'assassinat de son principal avocat, ainsi que de six de ses voisins.

— Autre chose ?

— Je sais que M. Bincher a lancé contre la police de sérieuses accusations de corruption. Votre e-mail faisait aussi allusion à de la corruption, de même qu'à la « dynamique familiale ». Cela peut vouloir dire à peu près tout et n'importe quoi. Peut-être pourriez-vous m'expliquer cela ?

— Ce n'est pas une piste à laquelle l'enquête officielle est susceptible de s'intéresser.

— L'enquête officielle ?

— L'assassinat de Lex Bincher va obliger la Brigade criminelle à considérer le meurtre de votre frère sous un nouvel angle. Non seulement la Brigade criminelle, mais sans doute aussi le bureau du procureur général, puisque dans la procédure d'appel de Kay, les accusations de corruption visent la Brigade. Alors, nous dévoilerons la preuve que nous avons découverte, qui indique que Kay a été victime d'un coup monté. Ainsi, quelles que soient les autorités impliquées, elles se demanderont qui, à part Kay, pouvait bénéficier de la mort de Carl.

— Eh bien, répondit Jonah, les yeux écarquillés de contrariété, je suppose que je ferai partie de la liste.

— Est-il vrai que vous et votre frère étiez ne vous entendiez pas bien ?

— Si on ne s'entendait pas bien ? lança Jonah avec un rire à la fois discret et attristé. C'est un euphémisme.

Il ferma les yeux un instant en secouant la tête, comme accablé par ce problème. Lorsqu'il reprit la parole, son ton était plus tranchant.

— Savez-vous où je me trouve en ce moment ? demanda-t-il à Gurney.

— Je n'en ai pas la moindre idée.

— Personne ne le sait. C'est là tout l'intérêt de la chose.

— Quel intérêt ?

— Carl et moi, nous ne nous sommes jamais entendus. Lorsque nous étions plus jeunes, cela n'avait guère d'importance. Il avait ses amis et moi les miens. Nous avons suivi des voies différentes. Et puis, comme vous le savez peut-être, ce n'est pas un secret, notre père nous a forcés à nous atteler ensemble à cette monstruosité appelée Spalter Realty. C'est à ce moment-là que la notion d'« entente » est devenue quelque chose de toxique. Forcé de travailler au quotidien avec Carl… j'ai compris que le problème allait au-delà du simple fait de traiter avec un frère difficile. Je devais traiter avec un *monstre*.

Jonah se tut, comme pour laisser le mot envahir l'imagination de Gurney.

Celui-ci eut l'impression d'entendre un discours déjà prononcé dans le passé, une explication souvent répétée d'une relation exécrable.

— J'ai vu Carl évoluer, passer du personnage de l'homme d'affaires égoïste et agressif à celui de pur sociopathe. Au fur et à mesure que grandissaient ses ambitions politiques, il adoptait une façade de plus en plus charmante, magnétique, charismatique. Mais à l'intérieur de lui-même, il se décomposait jusqu'au stade du néant ; un trou noir de cupidité et d'ambition. En termes bibliques, il était l'image même du « sépulcre blanchi ». Il s'alliait avec des gens de son espèce. Des gens impitoyables. Des personnages de la pègre comme Donny Angel. Des meurtriers. Carl voulait soutirer d'énormes sommes d'argent à Spalter Realty pour financer ses projets mégalomaniaques avec ces personnages, ainsi que sa candidature hypocrite au plus haut point au poste de gouverneur. Il ne cessait de me mettre la pression pour que j'accepte des transactions malhonnêtes que je ne voulais pas – et ne *pouvais* pas – autoriser. « Éthique », « moralité », « légalité », tous ces mots n'avaient aucun sens à ses yeux. Il a commencé à me faire peur. Le mot n'est d'ailleurs pas assez fort. Il me *terrifiait*. J'en suis arrivé à croire qu'il ne reculerait devant rien – *rien* – pour obtenir ce qu'il voulait. Parfois… ce regard dans ses yeux… était tout simplement satanique. Comme si tout le mal du monde s'y concentrait.

— Comment avez-vous réagi à cela ?

— Réagi ? (Il émit à nouveau son petit rire attristé, avant de poursuivre d'un ton plus grave, comme s'il se livrait à une confession religieuse.) Je me suis enfui.

— Comment ?

— Je n'arrêtais pas de bouger. Au sens littéral du terme. L'un des grands avantages de la technologie actuelle, c'est que l'on peut faire à peu près tout à n'importe quel endroit. J'ai acheté un camping-car, je l'ai équipé d'un matériel de communication approprié, et j'en ai fait le quartier général mobile de la Cybercathédrale. J'ai fini par voir dans ce processus la main de la Providence. Si notre objectif est bon, un bien peut ressortir d'un mal.

— Dans le cas présent, le bien étant... ?

— Le fait de ne pas avoir de position géographique fixe, d'être en quelque sorte *nulle part*. Ma seule localisation est aujourd'hui Internet, c'est-à-dire *partout*. Et il s'avère que c'est l'« endroit » idéal pour la Cybercathédrale. L'omniprésente et mondiale Cathédrale. Vous voyez ce que je veux dire, David ? Ce besoin de m'éloigner de mon frère et de ses terribles associés s'est transformé pour moi en un véritable don du ciel. Les voies du Seigneur sont impénétrables. C'est une vérité à laquelle nous sommes sans cesse confrontés. Il suffit d'avoir le cœur et l'esprit ouverts, conclut Jonah d'un air de plus en plus rayonnant.

Gurney se demanda si une légère modification n'avait pas été apportée à l'éclairage. Il éprouva une brusque envie de dissiper cette impression de rayonnement.

— Et puis vous avez reçu un autre cadeau, un gros, avec la mort de Carl.

Le sourire de Jonah devint plus froid.

— C'est vrai. Une fois de plus, le bien est né du mal.

— Et même beaucoup de bien. J'ai entendu dire que les actifs de Spalter Realty s'élevaient à plus de cinquante millions de dollars. C'est vrai ?

Le front de Jonah se plissa tandis que sa bouche continuait à sourire.

— Impossible à dire, compte tenu du marché d'aujourd'hui, répondit-il avant de marquer une pause et de hausser les épaules. Mais je suppose que votre estimation en vaut une autre.

— Est-il vrai qu'avant le décès de Carl, vous ne pouviez accéder à cet argent, mais qu'à présent, il vous revient en totalité ?

— Pas à moi. À la Cybercathédrale. Je ne suis qu'un intermédiaire. La Cybercathédrale est d'une importance vitale. Elle représente beaucoup plus que n'importe quel individu. L'œuvre de la Cathédrale, c'est la seule chose qui compte. *La seule.*

Gurney se demanda si l'expression emphatique de cette priorité n'était pas en réalité une menace à peine voilée, mais plutôt que d'attaquer le problème de front, il décida de changer de direction.

— Avez-vous été surpris par le meurtre de Carl ?

La question suscita la première hésitation visible de la part de Jonah. Il joignit les mains devant sa poitrine.

— Oui et non. Oui, parce que l'on est toujours d'abord surpris par cette forme ultime de violence. Et non, car un meurtre n'était pas une fin surprenante pour un homme comme lui. Et je pouvais imaginer sans peine que quelqu'un de proche de lui en soit réduit à une telle extrémité.

— Même quelqu'un comme Kay ?

— Même quelqu'un comme Kay.

— Ou comme vous ?

Jonah enveloppa sa réponse dans un froncement de sourcils empreint de gravité.

— Ou comme moi.

Il lança ensuite, sans discrétion excessive, un regard à sa montre. Gurney sourit.

— Juste deux ou trois questions de plus.

— J'ai une émission Internet prévue dans dix minutes, mais allez-y, je vous en prie.

— Que pensiez-vous de Mick Klemper ?

— Qui ?

— L'enquêteur principal pour le meurtre de Carl.

— Ah, oui. Ce que je pensais de lui ? J'ai pensé qu'il avait peut-être un problème avec l'alcool.

— Vous a-t-il interrogé ?

— Je ne parlerais pas d'interrogatoire. Ce jour-là, au cimetière, il m'a posé quelques questions évidentes. Il a noté mes coordonnées, mais n'a jamais repris contact. Il ne m'a pas paru comme quelqu'un de très méthodique… ni digne de confiance.

— Cela vous surprendrait-il de savoir qu'il est coupable de destruction de preuves ?

385

— Je ne peux pas dire que cela m'étonnerait, répondit Jonah en penchant la tête avec une expression de curiosité. Selon vous, il a utilisé des moyens illégaux pour obtenir la condamnation de Kay ? Pourquoi ?

— Là encore, c'est pour l'instant un élément confidentiel de la procédure d'appel. Mais cela soulève un point important. Si l'on admet que Kay n'a pas tué Carl, alors quelqu'un d'autre s'en est chargé. Le fait que le vrai tueur rôde en toute liberté vous pose peut-être problème ?

— Pour ma propre sécurité ? Pas du tout. Carl et moi étions dans des camps opposés pour chaque décision, pour chacune des actions envisagées par Spalter Realty – et aussi pour chaque problème personnel qui pouvait intervenir entre nous. Nous n'avons jamais fréquenté les mêmes amis, nous n'avons jamais eu les mêmes buts. Bref, nous ne partagions rien. Il est très improbable que nous ayons eu un ennemi commun.

— Une dernière question, dit Gurney avant de marquer une pause de quelques secondes, plus pour l'effet dramatique que par indécision. Comme réagiriez-vous si je vous disais que le décès de votre mère n'était peut-être pas accidentel ?

— Que voulez-vous dire ? lança Jonah, qui cilla, à l'évidence stupéfait.

— Une preuve est apparue, qui relie sa mort et celle de Carl.

— Quelle preuve ?

— Je ne peux guère vous en dire plus, mais elle paraît convaincante. Voyez-vous une raison pour laquelle la personne qui ciblait Carl aurait aussi visé votre mère ?

Le visage de Jonah, figé, reflétait un mélange d'émotions. La plus identifiable était la peur. Mais était-ce la peur de l'inconnu ? Ou la peur que cet inconnu soit enfin dévoilé ? Il secoua la tête.

— Je... Je ne sais pas quoi dire. Écoutez, je dois savoir ce que... Je veux dire, de quel genre de preuve parlez-vous ?

— Pour le moment, c'est aussi un élément confidentiel de la procédure d'appel. Je veillerai à ce que vous soyez informé dès que possible.

— Ce que vous me dites est... étrange au plus haut point.

— Je comprends que vous le ressentiez ainsi. Mais si une explication vous venait à l'esprit, n'importe quel scénario qui, selon vous, pourrait relier les deux décès, faites-le-moi savoir aussitôt.

La réponse de Jonah se résuma à un petit hochement de tête.

Gurney décida de changer de sujet de façon abrupte.

— Que pensez-vous de la fille de Carl ?

Jonah déglutit et remua sur son siège.

— Vous me demandez si elle aurait pu… tuer son père ? Et aussi sa grand-mère ? demanda-t-il, l'air perdu. Aucune idée. Alyssa est… ce n'est pas une personne très saine, mais… *son père ? Sa grand-mère ?*

— Pas très saine dans quel sens ? Pourriez-vous être un peu plus précis ?

— Non. Pas pour l'instant. (Il regarda sa montre, comme plongé dans la confusion par les informations qu'elle lui révélait.) Il faut que j'y aille. Vraiment. Désolé.

— Dernière question. Qui d'autre aurait pu vouloir tuer Carl ?

Jonah ouvrit ses paumes vers le haut en un geste qui exprimait son ignorance.

— N'importe qui. Toute personne qui aurait pu l'approcher d'assez près pour voir la pourriture derrière le sourire.

— Merci de votre aide, Jonah. J'espère que nous aurons l'occasion de nous parler à nouveau. À propos, quel est le sujet de votre émission sur votre site ?

— Ma quoi, désolé ?

— Votre émission Internet.

— Oh, répondit Jonah, qui paraissait dégoûté. Le sujet d'aujourd'hui, c'est « Notre chemin vers la Joie ».

CHAPITRE 47

Toujours manquante

G URNEY PROFITA DE QUINZE MINUTES de liberté avant
l'arrivée prévue à neuf heures de Hardwick et d'Esti pour
rédiger et imprimer trois copies des notes prises la veille
sur un bloc-notes – les éléments clés de l'enquête.

Esti arriva la première, et tandis qu'elle garait sa Mini Cooper
près du carré d'asparagus, la GTO rouge de Hardwick dépassait la
grange dans un grondement de moteur.

Esti sortit de sa petite voiture ; son tee-shirt, son jean coupé, son
sourire détendu – tout indiquait une journée de congé. Sa peau aux
nuances caramel resplendissait au soleil matinal. En s'approchant
de la porte latérale, elle jeta un coup d'œil intrigué aux pierres
plates qui indiquaient la tombe du coq.

Gurney ouvrit la porte équipée d'une moustiquaire et lui serra
la main.

— Il fait un temps magnifique aujourd'hui, lança-t-elle, nous
devrions rester dehors.

Gurney lui rendit son sourire.

— Ce serait agréable, mais j'ai des vidéos à l'intérieur que
j'aimerais vous montrer.

— Ce n'était qu'une idée. J'aime sentir le soleil sur ma peau.

Hardwick gara sa voiture près de celle d'Esti, sortit et claqua
la lourde portière. Sans se soucier d'indiquer qu'il avait remarqué la présence d'Esti ou de Gurney, il s'abrita les yeux d'une

main et se mit à scruter les champs et les collines boisées des alentours.

Esti lui lança une œillade en coin.

— Tu cherches quelqu'un ?

Hardwick ne répondit pas et poursuivit son observation.

Gurney suivit la direction de son regard jusqu'à Barrow Hill, et comprit ce qu'Hardwick avait en tête.

— C'est le lieu le plus probable, confirma-t-il.

Hardwick hocha la tête.

— En haut de ce chemin étroit ?

— En réalité, c'est une piste de gibier élargie.

Hardwick restait concentré sur la colline.

— Ça fait une bonne distance d'ici. Il faudrait qu'il soit vraiment bon. Un peu plus de trois cent cinquante mètres ?

— Un peu plus, peut-être. Pas très différent de Long Falls.

Esti paraissait alarmée.

— Vous parlez d'un sniper ?

— Plutôt d'une localisation possible pour un sniper, lui répondit Gurney. Près du sommet de cette colline, il y a un endroit que je choisirais si je devais abattre un habitant de cette maison. Une vue dégagée sur la porte latérale et sur les voitures.

Esti se tourna vers Hardwick.

— Partout où tu vas, c'est ce que tu vérifies ? Les coins à sniper ?

— Avec deux tirs sur le mur de ma maison, j'y pense en effet, ces jours-ci. Je m'intéresse aux endroits protégés par une bonne couverture.

Les yeux d'Esti s'agrandirent.

— Alors au lieu de rester ici comme des cibles potentielles à contempler un endroit d'où on pourrait nous viser, on ferait peut-être mieux d'entrer, non ?

Hardwick parut vouloir faire un commentaire sur la remarque d'Esti, mais il se contenta de sourire et la suivit dans la maison. Après un dernier regard vers le sommet de la colline, Gurney les rejoignit.

Il alla chercher son ordinateur portable et ses listes récapitulatives dans le bureau, et ils s'installèrent à la table de la salle à manger.

— Pourquoi ne pas nous tenir au courant des derniers développements ? suggéra Gurney. Toi et Esti deviez passer quelques coups de fil. Nous avons des faits nouveaux ?

Esti fut la première à prendre la parole.

— Ce Grec de la pègre, Adonis Angelidis… D'après mon ami de l'Unité de lutte contre le crime organisé, c'est un gros calibre. Profil bas, comparé aux Italiens ou aux Russes, mais beaucoup d'influence. Il travaille avec toutes les familles. Pareil pour Gurikos, le gars qui s'est fait clouer la tête. Il a arrangé des meurtres pour de gros joueurs. Un réseau de haut niveau. Il jouissait d'une grande confiance dans le milieu.

— Alors pourquoi a-t-il été buté ? demanda Hardwick. Est-ce que ton pote de l'Unité de lutte a la moindre piste ?

— Aucune. D'après eux, Gurikos donnait satisfaction à tout le monde. Tout allait comme sur des roulettes. Une précieuse *ressource*.

— Ouais, mais quelqu'un n'était pas d'accord, on dirait.

Esti hocha la tête.

— Peut-être que ça s'est passé comme Angelidis l'a dit à Dave : Carl s'est adressé à Gurikos pour placer un contrat sur quelqu'un, la personne en question l'a su et a engagé Panikos pour les tuer tous les deux. Logique, non ?

Hardwick leva les mains, paumes en l'air, en un geste d'incertitude.

Esti se tourna vers Gurney.

— Dave ?

— Dans un sens, j'aimerais que la version d'Angelidis soit la bonne. Mais quelque chose ne colle pas. Comme si c'était seulement *presque* logique. Le hic, c'est que ça n'explique pas les clous dans la tête de Gus. L'assassinat de Carl et de Gus, une opération préventive, c'est une chose. Un épouvantable avertissement sur le fait de savoir garder ses secrets, c'est autre chose. Les deux ne vont pas ensemble.

— J'ai le même problème avec la mère de Carl, dit Esti. Je ne comprends pourquoi elle devait être tuée.

Hardwick commençait à montrer des signes d'impatience.

— Ce n'est pas un grand mystère : pour que Carl soit présent aux obsèques, exposé, en train de faire un éloge funèbre.

— Dans ce cas, pourquoi Panikos n'a-t-il pas attendu que Carl soit monté sur l'estrade ? Pourquoi l'avoir abattu avant ?

— Qui diable pourrait le savoir ? Peut-être pour l'empêcher de révéler quelque chose ?

Gurney ne voyait guère de logique dans ce raisonnement. Si l'on avait peur de ce qu'il pourrait dire, pourquoi mettre en œuvre un processus aussi compliqué pour aboutir à une situation dans laquelle un homme serait amené à prononcer un discours ?

— Une dernière chose, ajouta Esti. À propos des incendies de Cooperstown. Les quatre engins incendiaires utilisés pour la maison de Bincher étaient de types et de tailles différents. (Son regard alla de Hardwick à Gurney, puis revint vers Hardwick.) Cela signifie quelque chose pour vous ?

Hardwick se suçota les dents et haussa les épaules.

— C'était peut-être tout ce que le petit Peter avait dans sa boîte à malices ce jour-là.

— Ou ce que son fournisseur avait de disponible ? Une idée, Dave ?

— Juste une possibilité un peu dingue : il se sera livré à une expérimentation.

— Une *expérimentation* ? Pour quoi faire ?

— Je ne sais pas. Il voulait peut-être évaluer ces engins dans l'éventualité d'un usage futur ?

Esti fit une grimace.

— Espérons que ce n'est pas la bonne raison.

Hardwick remua sur son siège.

— Tu as autre chose, chérie ?

— Oui. Le corps sans tête retrouvé sur la scène de crime a été identifié de façon formelle. (Elle se tut un instant pour accentuer le côté dramatique de ses propos.) Lex Bincher.

Hardwick la dévisagea d'un air circonspect.

— La tête est toujours manquante, poursuivit Esti avec lenteur.

Les muscles maxillaires d'Hardwick tressaillirent.

— Écoutez, pour l'amour du ciel…, lança-t-il en secouant la tête et en levant les mains en signe de capitulation. C'est une chose de trouver un corps haché menu. En dix morceaux. Si vous êtes flic depuis assez longtemps, vous connaissez les tréfonds de la ville, et vous savez que ce genre de choses arrive. C'est comme ça. Mais il y a une sacrée différence entre découvrir une tête décapitée et *ne pas* la découvrir. Vous comprenez ce que je veux dire ? Cette foutue tête a *disparu* ! Ce qui veut dire que quelqu'un la garde quelque part. Pour une raison quelconque. Pour je ne sais quelle utilisation monstrueuse. Croyez-moi, cette saloperie va réapparaître au moment où on s'y attendra le moins.

— Au moment où on s'y attendra le moins ? Tu regardes trop de films sur Netflix, répondit Esti en adressant à Hardwick un de ses petits clins d'œil affectueux. En tout cas, c'est tout ce qu'on a de nouveau dans l'immédiat. Et toi ? Tu as quelque chose ?

Hardwick se massa le visage avec force, comme s'il voulait évacuer un mauvais rêve pour donner un nouveau départ à sa journée.

— J'ai réussi à localiser l'un des témoins manquants : Freddie, celui dont le témoignage localisait Kay dans l'appartement d'Axton Avenue au moment du tir. Son nom officiel : Frederico Javier Rosales. Il y a moyen d'avoir un peu de café ? conclut Hardwick en se tournant vers Gurney.

— Pas de problème.

Gurney se dirigea vers la machine pour préparer du café frais.

— Nous avons eu une gentille petite discussion, Freddie et moi. Nous nous sommes concentrés sur cette intéressante différence entre ce qu'il a vu et ce que Mick l'Enflure lui a *dit* qu'il avait vu.

Les yeux d'Esti semblèrent s'agrandir.

— Il a admis que Klemper lui avait imposé ce qu'il devait raconter à la barre des témoins ?

— Non seulement Klemper l'a briefé à ce sujet, mais il a aussi ajouté qu'il avait tout intérêt à obéir.

— Sinon quoi ?

— Freddie a un problème de drogue. Un petit dealer avec une grosse addiction. Une condamnation de plus, et la sanction était automatique : vingt ans de prison ferme, sans possibilité de conditionnelle. Avec un camé dans une situation pareille, c'est sûr que Mick avait un bon moyen de pression.

— Alors pourquoi t'a-t-il parlé ?

Hardwick eut un sourire déplaisant.

— Un garçon comme Freddie a des capacités d'attention limitées. Pour lui, la plus grande menace, c'est celle qui se trouve juste devant lui, et en l'occurrence, c'était moi. Mais n'allez rien imaginer de scabreux. Je me suis montré très civilisé. Je lui ai expliqué que le seul moyen d'éviter une peine substantielle pour avoir commis un parjure dans une affaire de meurtre, c'était de se *déparjurer*.

— *Se déparjurer ?* s'exclama Esti.

— Joli concept, vous ne trouvez pas ? Je lui ai dit qu'il pouvait échapper à l'avalanche de merde qui risquait de lui tomber sur le museau, à condition qu'il explique par écrit comment son témoignage originel avait été concocté à cent pour cent par Mick l'Enflure.

— Et il l'a écrit ?

— Et signé. J'ai même l'empreinte de son foutu pouce sur ce document.

Le visage d'Esti exprimait une satisfaction prudente.

— Freddie croit-il que tu travailles avec la Brigade criminelle ?

— Il se peut qu'il ait eu l'impression que mes relations avec eux étaient plus d'actualité qu'elles ne le sont en réalité. Je me contrefous de ce que pense ce type. Et vous ?

Esti secoua la tête.

— Moi aussi, si cela nous aide à nous débarrasser de Klemper. Tu as des pistes en ce qui concerne les deux autres témoins perdus de vue, Jimmy Flats et Darryl, le petit ami de Kay ?

— Pas encore. Mais la déposition de Freddie et l'enregistrement de la conversation de Dave avec Alyssa devraient faire l'affaire pour ce qui est des agissements de la police, ce qui en retour permettra d'assurer le succès de la procédure d'appel de Kay.

La joyeuse petite ritournelle de Hardwick torturait le cerveau de Gurney comme un crissement d'ongles sur un tableau noir. Puis il lui vint à l'esprit que cette nervosité pouvait provenir d'une autre source – de la question non résolue de la culpabilité de Kay.

393

Il existait peu de doutes quant aux destructions de preuves et à la subornation de témoins. Mais aucune de ces fautes ne rendait Kay *innocente*. Tant que l'identité de la personne qui s'était adressée à Petros Panikos pour tuer Carl demeurait un mystère, Kay Spalter restait une suspecte crédible.

La voix d'Esti interrompit le cours de ses pensées.

— Vous nous avez dit que vous aviez des vidéos à nous montrer ?

— Oui. En effet. En plus de ma conversation sur Skype avec Jonah, j'ai deux séquences des vidéos de surveillance d'Axton Avenue – une vue rapprochée de quelqu'un qui pénètre dans le bâtiment avant le tir, et une vue à longue distance où l'on voit Carl se faire abattre et tomber, dit Gurney avant de se tourner vers Hardwick. Tu as informé Esti de la façon dont j'ai obtenu ces vidéos ?

— Les choses sont allées un peu trop vite. Et il n'y avait pas beaucoup de renseignements dans ce message vocal de trente secondes que tu m'as laissé.

— Et ce qu'il y avait comme renseignements, tu as décidé de l'ignorer, pas vrai ?

— Bon Dieu, qu'est-ce que tu veux dire ?

— Mon message était très clair sur ce point. J'avais dit à Klemper que les choses iraient beaucoup mieux pour lui si je mettais la main sur les éléments vidéo manquants. C'est ce qui s'est passé. Et c'est là que tu as fait ton apparition, genre « tous les coups sont permis », dans l'émission *Conflit criminel*, où tu t'en es pris à un enquêteur « totalement corrompu » en l'accusant d'avoir ourdi un coup monté contre Kay grâce au parjure des témoins. Dans les milieux de la justice, tout le monde sait que l'enquêteur chargé de l'affaire était Mick Klemper. Tu l'as donc désigné et accusé sans tenir le moindre compte de ma situation par rapport à lui.

— Comme je le disais, répondit Hardwick, le visage assombri, les choses sont allées vite. Je revenais de la scène de l'incendie criminel près du lac – sept morts, Dave, *sept* – et je peux te dire que j'étais plus concentré sur la vraie bataille que sur les mondanités de ton tête-à-tête avec Mick l'Enflure.

Hardwick poursuivit, et rappela à Gurney que les promesses ambiguës et les mensonges d'opportunité étaient les fondations invisibles du système de justice pénale. Il termina par une question en partie rhétorique.

— Et bon Dieu, pourquoi te soucierais-tu le moins du monde d'une ordure telle que Klemper ?

Gurney opta pour une réponse pratique et simpliste, encouragé par le souvenir de l'odeur d'alcool de Klemper et celui du message proche de l'incohérence que celui-ci avait laissé le lendemain sur sa messagerie vocale.

— Ce qui me pose problème, c'est que Mick Klemper est un alcoolique en rogne, le dos au mur, et qu'il pourrait être assez désespéré pour commettre un acte stupide.

Hardwick demeura silencieux.

— Alors je garde mon Beretta à portée de main plus souvent que d'habitude, poursuivit Gurney. Cela dit, Esti parlait de ces vidéos. Allons y jeter un coup d'œil. Je vais d'abord passer la séquence dans la rue, et ensuite celle du cimetière, prise de loin.

CHAPITRE 48

Montell Jones

ILS VISIONNÈRENT À DEUX REPRISES les vidéos de surveillance.
— Pouvons-nous prouver que Klemper les avait en sa possession au moment du procès ? demanda Hardwick.

— Je ne suis pas sûr qu'on puisse prouver qu'il les ait détenues à aucun moment. On pourrait persuader le patron du magasin
d'électronique de rédiger une déclaration sous serment indiquant
qu'il les lui avait remises, mais ce type est encore plus véreux que
Klemper. Et d'un autre côté...

— Mais vous avez demandé à Klemper les enregistrements et
il vous les a donnés, l'interrompit Esti.

— Je lui ai dit que si j'obtenais les enregistrements, sa situation
pourrait s'améliorer. Et le lendemain, je les ai trouvés dans ma
boîte aux lettres. Vous et moi savons ce que cela signifie, mais sur
le plan légal, c'est un peu court pour affirmer qu'il les détenait.
Dans tous les cas, le plus important n'est pas de savoir qui a obtenu
les enregistrements, ni quand. Ce qui compte, c'est leur contenu.

Hardwick parut prêt à soulever des objections, mais Gurney
poursuivit sur sa lancée :

— L'intérêt de la séquence du cimetière filmée de loin, c'est
qu'elle montre Carl abattu à l'endroit précis où tout le monde dit
qu'il l'a été. Ce qui confirme une impossibilité : le tir n'a pas pu
provenir de la fenêtre que l'équipe de Klemper désignait comme
l'endroit où se trouvait le tireur.

Esti parut troublée.

— Cela fait au moins quatre fois que je vous entends parler de cette histoire, cette contradiction sur l'origine du coup de feu. Selon vous, quelle est la bonne interprétation ?

— Vous voulez une réponse honnête, Esti ? Sur ce point, je tourne en rond. Les preuves physiques et chimiques trouvées dans l'appartement où l'arme a été découverte indiquent que c'est bien là que la balle a été tirée. La ligne de visée jusqu'à la victime nous prouve que c'est impossible.

— Ce qui me rappelle cette foutue affaire Montell Jones, à Schenectady. Tu t'en souviens, Jack ? Il y a cinq ou six ans ?

— Le dealer ? Et cette grosse polémique sur le fait de savoir s'il s'agissait ou non d'un « meurtre justifié » ?

— C'est ça. (Esti se tourna vers Gurney.) C'était une belle journée ensoleillée. Un jeune officier en voiture de police effectue sa patrouille dans un quartier de toxicos quand il reçoit un appel au sujet de « coups de feu », à une distance d'à peu près deux pâtés de maisons. Dix secondes plus tard, il est là, il sort de voiture. Dans la rue, des gens lui montrent une allée assez large entre deux entrepôts, et disent que c'est là qu'ils ont entendu deux coups de feu quelques minutes plus tôt. Il arrive le premier sur les lieux. Il devrait attendre des renforts, mais n'en tient pas compte. Il sort son 9 millimètres et s'engage dans l'allée. En face de lui, à quinze mètres, Montell Jones, un voyou du coin, violent, trafiquant de drogue, un casier long comme le bras. D'après ce que dit l'officier, il constate que Montell a lui aussi un 9 millimètres à la main. Il le lève lentement dans la direction de l'officier. Celui-ci lui crie de lâcher son arme. Le 9 millimètres continue à monter. L'officier tire une balle. Montell tombe à terre. D'autres voitures de patrouille arrivent. Montell perd son sang par un trou à l'estomac. L'ambulance se pointe, l'emmène, et il est déclaré mort à son arrivée à l'hôpital. Tout semble justifié. Le jeune officier est un héros pendant à peu près vingt-quatre heures. Et puis tout part en vrille. Les Affaires internes le convoquent et écoutent sa version des faits. Pour lui, aucun doute sur quoi que ce soit. Tout est clair à cent pour cent – lui en face de Montell, le soleil, une visibilité parfaite, l'arme de Montell qui s'élève vers lui. L'officier tire,

Montell s'écroule. Fin de l'histoire. Le responsable de l'interrogatoire lui demande de tout répéter. C'est ce qu'il fait. Encore et encore. Ils ont tout enregistré. Ils retranscrivent tout ça, l'impriment, et l'officier signe. Et c'est là qu'ils lâchent leur bombe : « Nous avons un problème. D'après le médecin légiste, la blessure à l'estomac est le point de sortie de la balle, pas le point d'entrée. » L'officier en reste muet, il arrive à peine à comprendre ce qu'il vient d'entendre. Il leur demande de quoi ils parlent. Ils lui répondent que c'est très simple. Il a abattu Montell dans le dos. Et ils aimeraient comprendre pourquoi.

— Le pire cauchemar pour n'importe quel flic, commenta Gurney. Mais ce type, Montell, il avait bien une arme chargée, non ?

— Oui. Sur ce plan-là, au moins, ça collait. Mais la balle dans le dos, c'était un gros problème.

— Le flic n'a pas essayé la bonne vieille explication : « Il s'est retourné juste au moment où j'appuyais sur la détente » ?

— Non. Il a continué à dire que tout s'était passé comme il l'avait dit. Il a même insisté sur le fait que Montell ne s'était *jamais* retourné, qu'il l'avait eu en face de lui du début à la fin.

— Intéressant, dit Gurney, une lueur pensive dans le regard. Et le fin mot de l'histoire ?

— Montell avait en effet été abattu dans le dos *deux ou trois minutes plus tôt* par un agresseur inconnu, d'où l'appel auquel le jeune officier avait répondu et qui faisait état de coups de feu. Après avoir été abandonné dans l'allée pour y mourir, Montell était parvenu à se relever, juste à temps pour l'arrivée de notre héros. Il était sans doute en état de choc, et ne devait même pas être fichu de comprendre ce qu'il faisait avec son arme. L'officier tire, *manque Montell*, qui s'effondre à nouveau.

— Comment les Affaires internes ont-elles réussi à reconstituer l'affaire ?

— Une seconde fouille minutieuse des lieux a permis de retrouver dans le caniveau, à l'extérieur de l'allée, une balle avec une trace de l'ADN de Montell. Le caniveau se trouvait *derrière* l'endroit où se tenait l'officier, ce qui indique que le tir meurtrier était venu de la direction opposée.

— Une trouvaille opportune, dit Gurney. L'affaire aurait pu se terminer autrement.

— Il ne faut pas s'en plaindre, répondit Esti. Parfois, il ne nous reste que la chance.

Hardwick tambourinait des doigts sur la table.

— Quel est le rapport entre cette histoire et le meurtre de Spalter ?

— Je ne sais pas, mais pour une raison quelconque, cela m'est revenu à l'esprit. Mais peut-être qu'il y a une corrélation.

— Comment ça ? Tu penses que Carl a été abattu par un tir venant d'une autre direction ? Et pas du bâtiment ?

— Je ne sais pas, Jack. Il se trouve que j'ai pensé à cette histoire. Je ne peux pas l'expliquer. Dave, qu'en pensez-vous ?

Gurney répondit après un instant d'hésitation.

— C'est un exemple intéressant de situation où deux choses se passent de telle manière que tout le monde les suppose liées, alors qu'elles ne le sont pas.

— Quelles deux choses ?

— L'officier qui tire sur Montell, et Montell qui se fait abattre.

CHAPITRE 49

Tout simplement satanique

PENDANT QU'ILS FINISSAIENT leur deuxième tournée de café, Gurney les fit visionner l'enregistrement de sa conversation sur Skype avec Jonah Spalter.

À la fin, Hardwick fut le premier à réagir.

— Je ne sais pas qui est le fumier le plus infect, Mick l'Enflure ou ce trou du cul.

— Paulette Purley, la gardienne de Willow Rest, est persuadée que Jonah est un saint, en mission pour sauver le monde.

— Tous ces saints en route pour la rédemption de l'univers devraient être hachés menu pour en faire de l'engrais. Le fumier, c'est bon pour la terre.

— Meilleur pour la terre que pour l'âme, pas vrai, Jack ?

— Affirmatif, mon frère.

— La mort de son frère lui rapporte cinquante millions de dollars ? demanda Esti. C'est vrai ?

— Il ne l'a pas démenti, dit Gurney.

— Un sacré mobile, ajouta Hardwick.

— D'ailleurs, nota Gurney, il ne semblait pas tenir à nier quoi que ce soit. Il était tout à fait à l'aise pour admettre qu'il profitait dans les grandes largeurs du décès de Carl. Aucun problème pour reconnaître qu'il le détestait.

Esti hocha la tête.

— Il le traite de « monstre », de « sociopathe », de « mégalo-mane ».

— En ajoutant que Carl était « tout simplement satanique », renchérit Hardwick. À l'opposé de sa propre personne, qu'il aime-rait faire passer à nos yeux pour un modèle d'angélisme.

— Il a admis qu'il ferait *n'importe quoi* pour cette histoire de Cathédrale, poursuivit Esti. Cela sonnait un peu comme une fan-faronnade. (Elle se tut un instant.) C'est étrange. Il a reconnu tous ces mobiles possibles comme si c'était sans importance. Comme s'il avait l'impression d'être hors de notre portée.

— Comme un homme qui a des relations puissantes, ajouta Hardwick.

— Sauf à la fin, intervint Gurney.

Esti fronça les sourcils.

— Vous voulez dire à propos de sa mère ?

— À moins qu'il ne soit le meilleur comédien au monde, je crois qu'il était perturbé pour de bon à ce moment-là. Mais j'ignore si c'est parce que sa mère a peut-être été assassinée, ou alors parce que nous le savons. Ce que je trouve curieux aussi, c'est qu'il tenait à savoir quelle preuve nous détenons, mais il n'a jamais posé la question essentielle : « Pourquoi quelqu'un aurait-il voulu tuer ma mère ? »

Hardwick dévoila ses dents dans un sourire dépourvu de gaieté.

— Ça vous donne un peu l'impression que le chaleureux et merveilleux Jonah se contrefiche de tout le monde. Y compris de sa mère.

Esti paraissait perplexe.

— Et que fait-on à partir de là ?

Le sourire glacé de Hardwick s'élargit. Il désigna d'un doigt, sur la table à côté de l'ordinateur ouvert, la liste de problèmes non résolus dressée par Gurney.

— Facile. Nous suivons la feuille de route du détective avec ses questions astucieuses et ses indices.

Chacun prit une des copies qu'avait imprimées Gurney. Ils étu-dièrent en silence le document en huit points.

Au fur et à mesure de sa lecture, Esti affichait une expression de plus en plus soucieuse.

— Cette liste est… déprimante.

Gurney lui demanda pourquoi.

— Elle met une chose en évidence de façon très claire : au stade où nous en sommes, nous ne savons pas grand-chose. Vous n'êtes pas d'accord ?

— Oui et non, répondit Gurney. Cette liste énumère beaucoup de questions sans réponse, mais je suis certain que si l'on trouvait une réponse à n'importe laquelle d'entre elles, on aurait peut-être la solution de toutes les autres.

Esti eut un hochement de tête dubitatif ; elle ne paraissait pas convaincue.

— Je comprends ce que vous dites, mais… par où commencer ? Si nous pouvions coordonner les recherches des agences compétentes – Brigade criminelle, FBI, Unité de lutte contre le crime organisé, Département des immatriculations et permis de conduite, Interpol, et cetera – et mettre suffisamment de personnel sur le coup, on pourrait peut-être retrouver ce Panikos. Mais dans l'état actuel des choses, qu'est-ce que nous sommes censés faire ? Sans parler de Panikos, nous n'avons pas assez de mains, de pieds ni de temps pour aller mettre notre nez dans toutes les relations et les conflits possibles entre Carl, Jonah, Kay, Alyssa, sans oublier Angelidis, Gurikos et Dieu sait qui encore.

Esti secoua la tête en signe d'impuissance.

Les propos de Gurney suscitèrent le plus long silence depuis le début de leur réunion.

Dans un premier temps, Hardwick n'eut aucune réaction. Il paraissait contempler ses pouces et étudier leurs formes et tailles respectives.

Esti se tourna vers lui.

— Jack, tu as une idée sur la question ?

Il leva les yeux et s'éclaircit la gorge.

— Bien sûr. Nous avons deux situations distinctes. La première, c'est la procédure d'appel de Kay. L'associé de Lex m'assure que de ce côté-là, c'est bien parti. La seconde, ce sont nos efforts pour répondre à la question « Qui a tué Carl ? », et là, c'est un peu plus compliqué. Mais je vois une lueur d'optimisme dans les yeux de notre astucieux petit Sherlock.

Le regard anxieux d'Esti se tourna vers Gurney.

— De l'optimisme ? C'est cela que vous ressentez ?

— Eh bien oui, un peu.

Au moment où il répondait, Gurney fut frappé par son rapide changement d'attitude depuis qu'il avait rédigé sa liste de problèmes à résoudre. Il avait d'abord réagi avec frustration devant la complexité du travail en jeu et le manque de moyens qu'il considérait autrefois comme acquis – précisément ce dont se plaignait aujourd'hui Esti.

La difficulté de l'affaire et le problème des moyens n'étaient pas résolus. Mais il avait fini par comprendre que pour débloquer la situation, il n'avait pas besoin de répondre à une liste interminable de questions compliquées.

Esti paraissait sceptique.

— Comment pouvez-vous être optimiste alors que nous ignorons tant de choses ?

— Nous n'avons peut-être pas beaucoup de réponses pour l'instant, mais… nous avons une personne.

— Nous avons une *personne* ? Quelle personne ?

— Peter Pan.

— Que voulez-vous dire par « nous l'avons » ?

— Je veux dire qu'il est ici. Dans le coin. Il y a quelque chose dans notre enquête qui le pousse à rester ici.

— Et ce quelque chose, c'est quoi ?

— Je pense qu'il a peur que nous découvrions son secret.

— Le secret derrière les clous dans la tête de Gus ?

— Oui.

Hardwick commença à pianoter des doigts sur la table.

— Qu'est-ce qui te fait croire que c'est le secret de Panikos, et pas celui de la personne qui l'a engagé ?

— Quelque chose que m'a raconté Angelidis. Il m'a dit que Panikos n'acceptait que des contrats d'assassinats purs et simples. Aucune restriction. Pas d'instructions particulières. Vous voulez que quelqu'un disparaisse, vous lui donnez l'argent et vous avez toutes les chances que votre cible meure. Mais il gère tous les détails à sa manière. Alors si les clous dans la tête de Gros Gus représentaient un message, c'était le message de Panikos. Quelque chose qui avait de l'importance pour lui.

Hardwick fit une grimace, comme s'il souffrait d'un reflux gastrique.

— On dirait que tu as une putain de confiance dans ce que te raconte Angelidis – un gangster qui gagne sa vie en mentant, en trichant et en volant.

— Il n'aurait aucun intérêt à mentir sur la façon dont Panikos mène ses affaires. Et tout ce que nous avons appris sur Panikos, en particulier par ton ami d'Interpol, vient appuyer ce que dit Angelidis. Peter Pan travaille selon ses propres règles. Personne ne lui dit ce qu'il doit faire.

— Tu suggères que ce gars serait un peu un maniaque du contrôle ?

Gurney sourit en entendant Hardwick utiliser un tel euphémisme.

— Personne ne lui a demandé de faire exploser les lampes de ta maison, Jack. Il n'accepte pas ce genre d'ordres. Je ne crois pas non plus que quelqu'un lui ait demandé d'incendier ces maisons à Cooperstown, ni de partir avec la tête de Lex Bincher dans un sac.

— Tu m'as l'air bien sûr de toi, tout à coup.

— J'y ai réfléchi assez longtemps. Il est temps que je voie au moins un des éléments de l'affaire de façon claire.

Esti leva les mains pour exprimer sa perplexité.

— Désolée, je suis peut-être bouchée, mais quel est cet élément que vous voyez si clairement ?

— La porte ouverte qui est devant nos yeux depuis le début.

— Quelle porte ouverte ?

— Peter Pan lui-même.

— Mais de quoi parlez-vous ?

— Il réagit à nos actions, à notre enquête sur le meurtre de Carl. Une réaction équivaut à une connexion. Une connexion équivaut à une porte ouverte.

— Il réagit à nos actions ? (Esti paraissait incrédule, et presque en colère.) Vous voulez dire en tirant sur la maison de Jack ? En tuant Lex et ses voisins à Cooperstown ?

— Il essaie de stopper ce que nous entreprenons.

— Donc nous enquêtons et lui, il flingue, il tue et il incendie. Et vous appelez ça une porte ouverte ?

— Cela prouve qu'il fait attention à ce que nous faisons. Et qu'il est toujours ici. Il n'a pas quitté le pays. Il n'est pas reparti se réfugier dans sa tanière. Donc, nous pouvons l'atteindre. Nous devons juste imaginer comment y parvenir et provoquer une réaction que nous serons capables de gérer.

Les yeux d'Esti se plissèrent, et son visage passa de l'incrédulité à une expression de profonde réflexion.

— Vous voulez dire, par exemple, se servir des médias, comme ce trou du cul de Bork, et proposer une sorte de deal à Panikos pour qu'il révèle qui l'a engagé ?

— Bork pourrait jouer un rôle, mais pas pour proposer ce genre de deal. Je pense que notre petit Peter Pan opère sur une longueur d'onde tout à fait différente.

— Quelle longueur d'onde ?

— Eh bien…voyons ce que nous savons déjà sur lui.

— Nous savons que c'est un tueur professionnel, répondit Esti en haussant les épaules.

Gurney hocha la tête.

— Quoi d'autre ?

— Un psychopathe tout droit sorti de l'enfer, commenta Hardwick. Avec des cauchemars. Ce que je crois, c'est que ce petit enfoiré est une machine à tuer dotée d'une très forte motivation – furieux, dingue, assoiffé de sang, et il n'y a guère de risque que ça change un jour. Et toi, Sherlock ? Une autre idée à nous proposer ?

Gurney avala sa dernière gorgée de café tiède.

— J'ai essayé de rassembler tout cela pour nous donner une vision d'ensemble. Son insistance absolue pour faire les choses à sa manière, sa grande intelligence combinée à un manque total d'empathie, sa fureur pathologique, son savoir-faire de tueur, son appétit pour les meurtres de masse. Tout cela mis ensemble donne l'impression que notre petit Peter est un « maniaque du contrôle », comme on sait. Et puis il y a le dernier élément – le détail inexpliqué, le secret, ce qu'il cherche à tout prix à cacher, ce qu'il craint que nous découvrions. Oh, et Angelidis m'a dit autre chose, j'ai

405

failli oublier d'en parler. Quand il tue des gens, le petit Peter aime *chanter*. Tout cela mis bout à bout, voilà une recette parfaite pour une fin de partie intéressante.

— Ou un putain de désastre, dit Hardwick.

— Je suppose que ce serait en effet le mauvais côté des choses, en cas d'échec.

CHAPITRE 50

Premier coup contre le fou

P ARCE QU'IL Y A UN BON CÔTÉ ?
— L'expression d'Esti trahissait le combat que se livraient l'espoir et la crainte dans son esprit. La crainte semblait l'emporter.

— Je pense que oui, répondit Gurney d'un ton neutre. Mon idée de Panikos, c'est que sa motivation ultime est la haine, sans doute dirigée contre tous les êtres humains de la planète. Mais sa tactique et la manière dont il planifie ses actes sont solides et bien pensées. Son succès dans sa profession dépend de sa capacité à maintenir un équilibre délicat entre son appétit brûlant pour le meurtre et son froid processus de planification. C'est évident dans son comportement, et c'est aussi ce que m'a dit Donny Angel. En apparence, Panikos est un homme d'affaires fiable qui accepte des missions difficiles avec une parfaite sérénité. Mais à l'intérieur de lui se cache un petit monstre sauvage dont le principal plaisir – et peut-être *le seul* – consiste à tuer.

Hardwick lâcha un aboiement rauque en guise de rire.

— Le petit Peter pourrait bien être une expérience enrichissante pour un thérapeute spécialisé dans « l'enfant intérieur ».

Malgré lui, Gurney émit lui aussi un rire bref. Esti se tourna vers lui.

— C'est à la fois un planificateur et un psychopathe. La motivation est dingue, mais la méthode rationnelle. Admettons que vous ayez raison. Où cela nous mène-t-il ?

407

— Puisque ce fragile équilibre entre folie et logique semble bien fonctionner pour lui, il nous faut le rompre.

— Comment ?

— En nous attaquant à son point faible le plus accessible.

— Qui est… ?

— Le secret qu'il tente de protéger. C'est notre voie d'accès au fonctionnement de sa pensée. Et ainsi, nous pourrons comprendre le meurtre de Carl, et qui l'a ordonné.

— Ce serait génial si nous savions quel est ce fichu secret qui lui est si précieux, intervint Hardwick.

Gurney haussa les épaules.

— Tout ce que nous avons à faire, c'est lui faire croire que nous le savons, ou que nous sommes sur le point de le découvrir. C'est un jeu auquel nous devons jouer – à l'intérieur de sa tête.

— Et le but de ce jeu ? demanda Esti.

— Perturber les calculs précis sur lesquels il compte pour son succès et sa survie. Nous devons enfoncer un coin entre le fond de sa démence et le système rationnel qui le soutient.

— Là, je suis perdue.

— Nous appliquerons une pression de façon à menacer son sens du contrôle. Si le contrôle est sa plus grande obsession, c'est aussi sa principale faiblesse. Privez un maniaque du sentiment qu'il maîtrise tout, et il en résultera des décisions motivées par la panique.

— Tu entends ce qu'il raconte ? lança Hardwick. Ce gars veut donner un coup de poinçon dans l'œil d'un tueur en série, juste pour voir ce qui pourrait arriver !

Cette façon d'analyser la situation entrait en résonance avec l'anxiété d'Esti, qui se tourna vers Gurney.

— Supposez que nous appliquions cette « pression » sur Panikos, et qu'ensuite il tue encore six ou sept personnes. Que fera-t-on ? Appliquer une pression encore plus forte ? Et s'il massacre une douzaine de victimes prises au hasard ? On en sera où ?

— Je ne prétends pas qu'il n'existe pas de risques. Mais sinon il restera dans l'ombre. Pour l'instant, nous l'avons attiré près de la surface. Presque à portée de main. Je veux le garder là, attiser sa peur, le forcer à faire quelque chose de stupide. Quant au possible massacre d'innocents, nous pouvons éliminer le facteur « hasard ». Nous lui fournirons une cible spécifique que nous utiliserons pour le piéger.

— Une cible ? s'écria Esti, dont les yeux brun chocolat s'élargirent soudain.

— Il faut que nous le gardions concentré sur ce que nous voulons. Augmenter le niveau de menace et le pousser à passer à l'acte, cela ne suffit pas. Nous devons pouvoir maîtriser la réaction que nous allons provoquer, faire en sorte qu'elle se maintienne dans une direction gérable, et ce dans un laps de temps qui nous convienne.

Esti ne parut pas convaincue.

— Nous le piégeons, nous générons la réaction que nous désirons, puis nous le prenons dans nos filets – au moment et à l'endroit qui nous arrangent, conclut Gurney.

— Formulé ainsi, ça a l'air si facile. Mais c'est très risqué, non ?

— Oui, mais moins que l'autre option. Jack a décrit Peter Pan comme une machine à tuer. Je suis d'accord. C'est ce qu'il fait. Depuis toujours. Depuis son enfance. Et il le fera toujours, s'il le peut. Il est comme une maladie mortelle que personne n'aurait jamais réussi à éradiquer. Je ne vois aucune option qui ne comporte pas de risque. De deux choses l'une : ou nous laissons courir la machine à tuer, en la laissant transformer les gens en cadavres, ou nous faisons tout notre possible pour l'enrayer.

— Ou alors, suggéra Esti d'un ton hésitant, nous pouvons donner dès maintenant à la Brigade criminelle tous les éléments dont nous disposons et les laisser s'en occuper. Ils ont tous les moyens nécessaires. Pas nous. Et ces moyens pourraient...

— Que la Brigade criminelle aille se faire voir ! gronda Hardwick.

Esti émit un petit soupir et se tourna vers Gurney.

— Dave ? Qu'en dites-vous ?

Gurney ne répondit pas. Son esprit venait d'être assailli par un souvenir bien trop vivace. Le bruit écœurant d'un choc. Une BMW rouge qui s'éloignait à toute allure... le long d'une longue rue de la ville... bifurquait dans un hurlement de pneus... et disparaissait… pour toujours. Sauf de sa mémoire. La victime du chauffard était étendue, le corps distordu, dans le caniveau. Un petit garçon de quatre ans. Son Danny. Et le pigeon que Danny avait suivi dans la rue, sans réfléchir, et qui s'élevait dans un battement d'ailes et s'éloignait, apeuré, mais indemne.

Pourquoi n'avait-il pas tout de suite réquisitionné une voiture, là, dans la rue ?

Pourquoi n'avait-il pas poursuivi le tueur, dès le premier instant, jusqu'aux portes de l'enfer ?

Parfois, le souvenir lui faisait venir les larmes aux yeux. D'autres fois, c'était juste une douleur dans sa gorge. Ou une terrible colère.

C'était cette rage qu'il ressentait à présent.

— Dave ?

— Oui ?

— Ne pensez-vous pas qu'il serait temps de transmettre l'affaire à la Brigade criminelle ?

— Leur transmettre l'affaire ? Et mettre un terme à tout ce que nous avons entrepris ?

Esti hocha la tête.

— Cela rentre tout à fait dans le cadre de leurs…

— Non, l'interrompit-il. Pas encore.

— Que voulez-vous dire, pas *encore* ?

— Je ne pense pas que nous devrions laisser filer Panikos. Si nous arrêtons, c'est ce qui arrivera.

Si Esti ressentait encore le désir d'argumenter sur ce point, il sembla s'estomper. Peut-être était-ce la dureté du ton de Gurney. Ou la détermination qu'elle lisait dans ses yeux. Le message était clair. Il n'allait pas transmettre l'affaire à qui que ce soit d'autre.

Pas tant que le tueur était encore à portée de main.

Pas tant que la BMW rouge resterait présente dans son esprit.

Ils firent ensuite une pause et répondirent à plusieurs SMS et messages téléphoniques. Gurney apporta un troisième pot de café et ouvrit la baie vitrée pour laisser entrer l'air embaumé du mois d'août. Comme toujours, il fut surpris par les effluves de terre chaude, d'herbe et de fleurs sauvages. Comme s'il était incapable d'une fois sur l'autre de se souvenir de l'odeur de la nature.

Alors qu'ils venaient de regagner leurs places à la grande table, le regard d'Esti croisa celui de Gurney.

— C'est vous qui semblez sûr de la manière dont nous devrions procéder. Vous avez un plan d'action précis en tête ?

— D'abord, nous devons décider de la teneur du message que nous adresserons à Peter Pan. Ensuite, du moyen de communication, de l'identité de la cible sur laquelle il doit se concentrer, du timing, des préparatifs indispensables, et...

— Moins vite, je vous en prie, une chose à la fois. La teneur du message ? Vous voulez dire l'informer que nous savons quelque chose sur le secret qu'il protège ?

— Exact. Et que nous sommes sur le point de le révéler.

— Et le moyen de communication ? Vous voulez parler de la manière dont nous lui ferons parvenir ce message ?

— Vous l'avez dit vous-même ce matin. *Conflit criminel*. Brian Bork. Je parie que Panikos a vu l'interview de Lex par Bork, et sans doute aussi celui de Jack après les incendies de Cooperstown.

— Je sais que j'ai mentionné Bork, répondit Esti avec une grimace, mais quand j'y pense à présent, j'ai du mal à imaginer notre psychopathe installé en toute tranquillité devant son poste de télévision.

— Il a peut-être une alerte sur un moteur de recherches pour certains noms comme Spalter, Gurikos, Bincher. Dans ce cas, s'il y a une annonce pour une émission d'actualités ou quoi que ce soit d'autre relié à l'affaire, il sera averti.

La réponse d'Esti se résuma à un petit hochement de tête hésitant.

Une lueur d'excitation brillait dans les yeux de Hardwick.

— J'ai une invitation permanente de ce trou du cul de Bork en cas de nouveaux développements de l'affaire. Quel que soit notre message, je peux le faire passer.

Esti se tourna vers Gurney.

— Ce qui nous amène à une chose que vous avez dite et que je n'ai pas trop aimée. La « cible ». Que vouliez-vous dire ?

— Très simple, ma chérie, intervint Hardwick. Il veut lâcher le petit Peter sur *nous*.

— Dave ? C'est ce que vous vouliez dire ? demanda Esti en cillant.

— Seulement si nous sommes sûrs de pouvoir garder le contrôle de la situation, et certains qu'il tombera dans notre piège, et non l'inverse.

Esti arborait une expression de réelle inquiétude.

— Mais, ajouta Gurney, je ne pensais pas faire de *nous* la cible.

— Qui, alors ?

— Moi, répondit-il en souriant.

Hardwick secoua la tête.

— Ce serait plus logique que ce soit moi qui joue le rôle de la cible. C'est moi qui suis passé dans l'émission *Conflit criminel*. Il me verra comme l'ennemi numéro un.

— Ou plutôt comme un ennemi de la police de l'État, si je me souviens bien de tes diatribes.

Hardwick ignora la critique, se pencha en avant et leva un doigt pour souligner l'importance de ce qu'il allait dire.

— Vous savez, il y a aussi un autre angle. J'ai pensé à ces tirs qui ont détruit mes lignes électrique et téléphonique. En plus d'un possible avertissement – ne rien voir, ne rien entendre et ne rien dire –, il poursuivait peut-être un autre but.

Il marqua une pause pour s'assurer d'avoir toute l'attention de Gurney et d'Esti.

Gurney eut l'impression qu'il savait déjà ce qui allait suivre.

— Ce gars à qui tu as parlé, Bolo, a affirmé que Panikos s'était rendu dans l'immeuble d'Axton Avenue presque une semaine avant d'abattre Carl. La question est : *pourquoi* ? Eh bien, une raison m'est venue à l'esprit. Un tueur compulsif pourrait vouloir mettre au point sa lunette de visée à l'avance, et sur les lieux mêmes. Qu'en dites-vous ?

Gurney hocha la tête d'air air admiratif. De temps à autre, il aimait être rassuré sur le fait que derrière l'agaçante carapace de Hardwick se cachait un enquêteur solide et perspicace.

— Qu'est-ce que cela a à voir avec les tirs sur ta maison ? demanda Esti en fronçant les sourcils.

412

— S'il est capable de viser ma ligne électrique grâce au réticule de visée de sa lunette, il sait aussi qu'il pourrait me tirer une balle entre les deux yeux depuis la même distance chaque fois que je sors sur ma véranda.

Esti faisait de son mieux pour ne pas paraître trop secouée.

— Une sorte d'entraînement sur site ? Une préparation ? Tu penses que c'était le but de ces tirs depuis la colline ?

À en juger par l'excitation visible dans le regard de Hardwick, il était clair que la réponse était positive.

Puis Esti dit quelque chose.

Et Hardwick lui répondit.

Elle dit autre chose.

Hardwick lui répondit à nouveau.

Mais le cerveau de Gurney n'enregistra aucune de leurs paroles, pas une syllabe après qu'Esti eut prononcé les mots « ces tirs depuis la colline ».

Son esprit avait franchi d'un bond la distance entre la propriété de Hardwick et la sienne. Il n'avait plus qu'une idée en tête : le résultat d'un possible tir depuis Barrow Hill.

Vingt minutes plus tard, sa pelle de jardin couverte de terre fraîche posée debout dans un coin, Gurney, devant l'évier du cellier, examinait avec une intense concentration la carcasse du coq, nettoyée à la va-vite, qu'il venait d'exhumer de sa tombe recouverte de pierres. Sur l'égouttoir boueux à côté de l'évier était étendu l'un des foulards de Madeleine, à présent sali et taché de sang, dont elle s'était servie pour envelopper le cadavre d'Horace.

Esti et Hardwick, en l'absence de réponses à leurs questions plusieurs fois répétées, se tenaient près de la porte et l'observaient avec une inquiétude grandissante. Gurney, qui retenait son souffle à intervalles réguliers pour échapper à l'odeur de putréfaction, était penché sur l'oiseau mort, et étudiait d'aussi près que possible la blessure qui avait causé la mort. Lorsqu'il jugea que son examen post mortem ne pouvait rien lui apprendre de plus, il se redressa et se retourna vers les autres.

— Madeleine avait quatre volailles. L'une d'elles était un coq. Elle l'appelait Horace. (Il ressentit un petit élan de tristesse en prononçant le nom.) Lorsqu'elle l'a découvert sur l'herbe l'autre jour, elle a pensé qu'une belette l'avait attrapé et lui avait arraché le cou. Quelqu'un nous avait dit que c'est ce que font les belettes. (Il sentit ses lèvres se raidir de colère en parlant.) Elle avait raison, dans un sens. Une belette avec un fusil de sniper.

Au début, le visage d'Esti n'exprima que sa stupéfaction. Puis elle comprit soudain le sens du commentaire de Gurney.

— Oh, Seigneur Dieu !

— Saloperie de merde ! cracha Hardwick.

— Je ne sais pas si le but était d'ajuster sa lunette de visée pour un usage ultérieur ou s'il s'agissait d'un message pour me dire de laisser tomber, dit Gurney. Mais dans tous les cas, ce petit salaud pense bien à moi.

CHAPITRE 51

Le plan

L E COQ MORT, LA MÉTHODE UTILISÉE pour le tuer et les possibles motivations avaient assombri de façon sensible l'ambiance de la réunion.

Hardwick lui-même semblait morose. Debout près de la porte-fenêtre, il contemplait le champ à l'ouest de Barrow Hill. Son regard se tourna vers Gurney, installé à table avec Esti.

— Tu penses que le tir venait de l'endroit que tu me montrais tout à l'heure, au sommet du sentier ?

— Je suppose, oui.

— La localisation des divers éléments – la maison, la colline, les bois, le sentier – est presque la même que chez moi. La seule différence, c'est que dans le premier cas, il a tiré la nuit, alors qu'il a tué ton coq en plein jour.

— Exact.

— Tu penses à une raison particulière pour ça ?

Gurney haussa les épaules.

— Une seule me paraît évidente. La nuit, c'est le moment le plus spectaculaire pour détruire une ligne électrique. Mais pour tuer une volaille, il fallait le faire en plein jour. La nuit, elles sont enfermées dans la grange.

Hardwick sembla méditer ce que venait de dire Gurney, et un silence s'installa, bientôt interrompu par Esti.

— Alors vous pensez tous les deux que Panikos vous a envoyé le même avertissement, en l'occurrence lâcher l'affaire parce qu'il vous a en ligne de mire ?

— Quelque chose de ce genre, oui, dit Gurney.

— Alors je vais vous poser la grande question. Combien de temps avant qu'il passe de l'abattage des poulets à…

Avec un regard éloquent, elle laissa sa phrase en suspens.

— S'il veut vraiment que nous abandonnions, le fait de lui obéir pourrait empêcher toute autre action de sa part. Si nous ne lâchons pas, une réaction risque d'intervenir assez vite.

Esti prit quelques secondes pour digérer l'information.

— Très bien. Alors que faisons-nous ? Ou qu'évitons-nous de faire ?

— On continue.

Si Gurney avait annoncé son intention de remplir la salière, il n'aurait pas adopté un ton plus détaché.

— On continue et on lui donne une raison impérieuse de me tuer. Et un délai court. Pas besoin de trouver un endroit, il l'a déjà choisi.

— Vous voulez dire… ici, chez vous ?

— Oui.

— Mais comment pensez-vous qu'il… ?

— Les possibilités sont nombreuses. Ma meilleure hypothèse ? Il va essayer de mettre le feu à la maison quand je serai à l'intérieur. Sans doute avec un engin incendiaire contrôlé à distance, comme ceux qu'il a utilisés à Cooperstown. Ensuite, il m'abattra quand je sortirai.

Les yeux d'Esti s'écarquillèrent une nouvelle fois.

— Comment savez-vous qu'il s'en prendra à vous en premier, plutôt qu'à Jack ? Ou même à moi ?

— Avec l'aide de Brian Bork, nous pouvons lui indiquer la bonne direction.

Comme Gurney s'y attendait, Hardwick émit des objections, et répéta son argument selon lequel il faisait déjà figure de menace pour Panikos. Ainsi, il lui serait facile de se poser en cible crédible. Toutefois, son raisonnement paraissait à présent manquer à la fois de fondement solide et de conviction.

416

Le coq, semblait-il, avait fait pencher la balance vers Gurney.

Il ne restait plus qu'à discuter des détails, des responsabilités de chacun et de la logistique.

Une heure plus tard, avec des sentiments mêlés de crainte et de détermination, ils s'étaient mis d'accord sur un plan.

Esti, qui avait pris des notes tout au long de la discussion, semblait la moins à l'aise lors de sa conclusion. Lorsque Gurney lui demanda ce qui l'inquiétait, elle hésita.

— Peut-être... pourriez-vous reprendre tout l'ensemble une fois de plus ? Si cela ne vous dérange pas ?

— Si ça le dérange ? grogna Hardwick. Sherlock *adore* ces foutus plans stratégiques. (Il se leva de table.) Alors pendant que vous reprenez tout ça, je vais faire quelque chose d'utile, passer les coups de fil indispensables, par exemple. Nous devons avoir Bork avec nous dès que possible, et nous assurer que la SSS a ce qu'il nous faut en stock.

La SSS – Scranton Surveillance & Survival – était une sorte de supermarché de la technologie et de l'armement pour une clientèle de compagnies de sécurité, de paranoïaques antigouvernementaux et de fanatiques d'armes à moitié cinglés. Le logo SSS se composait de trois serpents à sonnette aux crochets apparents. Les vendeurs portaient des bonnets et des treillis de style commando. Gurney avait un jour, par curiosité, visité le magasin, et en avait retiré la déplaisante impression de se trouver dans un univers parallèle. C'était cependant le meilleur endroit pour se procurer le genre de matériel électronique dont ils avaient besoin.

Hardwick s'était porté volontaire pour y aller, mais il tenait d'abord à s'assurer que l'équipement en question était en stock. Il se tourna vers Gurney.

— Où est-ce que tu reçois le meilleur signal de réseau téléphonique, par ici ?

Après l'avoir fait passer par la porte latérale pour gagner l'autre bout de la terrasse, Gurney revint vers Esti, toujours assise à table avec un air inquiet.

Il s'assit en face d'elle et répéta les détails du plan qu'ils avaient établi au cours de l'heure précédente.

417

— L'objectif est de donner à Panikos l'impression que je vais participer à l'émission *Conflit criminel* de lundi soir, et que je dévoilerai tout ce que j'ai découvert sur le meurtre de Spalter, y compris le secret explosif que Panikos essaie de cacher. Jack est certain qu'il pourra persuader Bork de passer toute la journée de dimanche des annonces de promo pour cette révélation.

— Mais qu'allez-vous faire lundi, quand vous serez censé apparaître dans l'émission ? Qu'est-ce que vous allez pouvoir y révéler ?

Gurney éluda la question.

— Avec un peu de chance, le jeu sera alors terminé et nous n'aurons pas à nous soucier de l'émission. Ce qui compte avant tout, c'est la *promotion* de notre supposée révélation et le sentiment de menace que ressentira Panikos. Avec la pression d'un délai aussi court, il voudra me réduire au silence avant l'émission de lundi.

Esti ne paraissait pas rassurée.

— Que vont raconter ces pubs et ces annonces ?

— Nous travaillerons sur la formulation plus tard, mais l'essentiel est de faire croire à Peter Pan que je sais quelque chose d'important sur l'affaire Spalter, et que personne d'autre n'est au courant.

— Et il ne supposera pas que vous avez partagé vos découvertes avec Jack et avec moi ?

— Il pourrait sans doute le supposer, répondit Gurney en souriant. C'est pourquoi je pense que vous et Jack devrez peut-être mourir dans un accident de voiture. Bork adorera cette partie de sa campagne de promo. Tragédie, drame, controverse – les mots magiques pour RAM-TV.

— Un accident de voiture ? Mais qu'est-ce que vous racontez ?

— Je viens de trouver l'idée. Mais je l'aime bien. Une chose est sûre : pour Panikos, cela réduira de façon radicale le choix d'une cible.

Esti lui lança un long regard de doute.

— Eh bien moi, cela me semble bien trop excessif. Vous êtes sûr que les gens de RAM-TV vont accepter cette merde ?

— Comme des mouches sur la substance en question. Vous oubliez que pour RAM-TV, c'est la base de leur prospérité. Ça fait grimper leur indice d'écoute. C'est leur business.

Esti hocha la tête.

— C'est le système de l'entonnoir. Tout est conçu pour diriger Panikos vers une décision, et une personne à un endroit précis.

— Tout à fait.

— Mais c'est un entonnoir plutôt branlant. Et le récipient dans lequel se déverse son contenu, il n'aurait pas quelques trous ?

— Quels trous ?

— Admettons que cela fonctionne. Panikos entend les annonces dimanche, il croit à ces salades, est persuadé que vous connaissez son secret, et aussi que Jack et moi ne sommes plus dans le coup – accident de voiture ou autre –, il se dit que ce serait une bonne idée de vous éliminer, il vient ici… mais quand ? Dimanche soir ? Lundi matin ?

— Je dirais plutôt dimanche soir.

— Très bien. Disons dimanche soir. Peut-être qu'il viendra à pied par les bois, ou arrivera en véhicule tout-terrain. Avec des bombes incendiaires, ou un fusil, ou les deux. J'ai raison ?

Gurney hocha la tête.

— Et c'est quoi, votre défense ? Des caméras dans les champs ? Dans les bois ? Avec des émetteurs qui enverront les images chez vous ? Jack avec son Glock, moi avec mon SIG, vous avec votre petit Beretta ? J'ai bien compris ?

Gurney hocha la tête une fois de plus.

— Je n'ai rien oublié ?

— Quoi, par exemple ?

— Comme le fait d'appeler la cavalerie pour sauver nos fesses ! Vous vous souvenez, Jack et vous, ce qui s'est passé à Cooperstown ? Trois maisons calcinées, sept morts, une tête manquante. Vous êtes amnésique ?

— Pas besoin de cavalerie, mon ange, l'interrompit Hardwick, qui revenait de la terrasse en souriant. Juste une bonne attitude positive et le meilleur matériel de surveillance infrarouge disponible sur le marché. Je nous ai obtenu un contrat de location à court terme pour tout ce dont nous avons besoin. Sans oublier la coopération pleine et entière de nos potes de RAM-TV. Le plan démentiel du petit Davey, c'est-à-dire encourager le léopard à attaquer l'agneau, pourrait bien fonctionner, après tout.

419

Esti le dévisagea comme si elle avait affaire à un fou.

Hardwick se tourna vers Gurney et poursuivit, comme si ses interlocuteurs lui avaient demandé de n'omettre aucun détail.

— Tout sera prêt pour demain après-midi à quatre heures chez SSS.

— Ce qui veut dire que quand tu reviendras ici, le jour ne tardera pas à se coucher. Ce n'est pas le moment idéal pour installer du matériel dans les bois.

— Aucune importance. Nous pourrons tout déployer dimanche matin tôt, et nous mettre ensuite en position. Le producteur de Bork m'a dit qu'ils allaient diffuser les annonces pendant les talk-shows du dimanche matin, puis toute la journée jusqu'aux journaux télévisés de fin de soirée.

— Ils le feront? lança Esti d'un ton acide. Juste comme ça?

— Juste comme ça, mon ange.

— Ils se fichent du fait que ce soient des salades fabriquées à cent pour cent?

Le sourire de Hardwick devint presque incandescent.

— Ils s'en contrefoutent. Pourquoi se gêneraient-ils? Bork *adore* l'atmosphère de crise que toute cette affaire suscite.

Esti hocha la tête de façon imperceptible, en un geste qui exprimait plus de résignation que d'approbation.

— À propos, mon petit Davey, dit Hardwick, à ta place j'enlèverais ce coq mort de l'évier du cellier. Ce putain de truc pue.

— Très bien. Je vais m'en occuper. Mais d'abord, il nous faut mettre en scène notre scoop pour les annonces de RAM-TV : un malencontreux accident de voiture.

CHAPITRE 52

Florence en flammes

APRÈS LE DÉPART D'ESTI ET DE HARDWICK, lorsque l'agile petite Mini et la rugissante GTO eurent dépassé la grange pour redescendre la route de montagne, Gurney s'assit pour contempler la pile de bois et réfléchir au projet de poulailler dont elle était le symbole.

Puis son esprit dériva du poulailler à Horace. Il se força à se lever de son siège et franchit l'entrée pour rejoindre le cellier.

Un moment plus tard, de retour dans la maison après avoir enterré le coq, il s'aperçut que le sentiment de maîtrise de la situation qu'il avait éprouvé pendant la réunion avec Hardwick et Esti s'était à présent évaporé, et se sentit décontenancé par le côté brouillon et improvisé de ce qu'il avait appelé non sans audace son « plan ». Toute l'entreprise lui paraissait désormais relever de l'amateurisme pur et simple, motivée par la colère, l'orgueil et des hypothèses optimistes plutôt que par des faits ou de réelles capacités d'action.

Son propre calme et le côté bravache de Hardwick semblaient tout à coup déplacés. C'était l'expression d'inquiétude et d'incrédulité d'Esti qui lui semblait la plus appropriée.

Ce qu'ils « savaient » de Petros Panikos n'était après tout qu'un ramassis de rumeurs et d'anecdotes issues de sources plus ou moins crédibles. La provenance des données dont ils disposaient ouvrait la porte à un éventail de possibilités assez dérangeantes.

Il se demanda quelles étaient ses vraies certitudes.

À la vérité, elles étaient peu nombreuses, au-delà de la nature implacable de l'ennemi, de sa volonté avérée de tout faire pour atteindre son but et marquer un point. Si le mal se résumait, comme l'avait affirmé un jour avec conviction l'un des professeurs de philosophie de Gurney, à « l'intellect au service d'un appétit qui ne serait modéré par aucune empathie », alors Peter Pan était l'incarnation du mal.

De quoi d'autre était-il certain ?

D'une part, il ne pouvait exister aucun doute quant aux risques pris par Esti en ce qui concernait sa carrière. Elle avait tout mis en jeu pour rejoindre l'équipage de ce qui ressemblait de plus en plus à un train hors de contrôle.

Un autre fait lui semblait indéniable. Une fois de plus, il se plaçait dans la ligne de mire d'un tueur. Il était tenté de croire que cette fois-ci, c'était différent, que les circonstances l'exigeaient, que les précautions prises le permettaient, mais il savait qu'il aurait été incapable d'en convaincre qui que ce soit. Et surtout pas Madeleine. Ni Malcolm Claret.

Rien ne compte dans la vie à part l'amour.

C'est ce que lui avait dit Claret alors qu'il quittait son cabinet.

Tandis qu'il réfléchissait à ces propos, Gurney comprit deux choses. C'était une vérité absolue. Mais une vérité impossible à garder en permanence au centre de ses préoccupations. La contradiction le frappa comme une nouvelle méchante plaisanterie de la nature humaine aux dépens de l'homme lui-même.

La sonnerie du téléphone fixe dans le bureau lui évita de sombrer dans un puits sans fond de spéculations et de dépression.

L'affichage du numéro lui indiqua que l'appel venait de Hardwick.

— Oui, Jack ?

— Dix minutes après mon départ de chez toi, j'ai reçu un coup de fil de mon gars d'Interpol, et ce sera sans doute le dernier, si j'en juge par le ton de sa voix. Je lui ai mis une grosse pression pour obtenir le moindre foutu détail qu'il aurait pu trouver dans leurs vieux dossiers sur la famille Panikos. J'ai vraiment joué les emmerdeurs, ce qui n'est pas dans ma nature profonde, mais tu voulais plus de renseignements, et je vis pour me mettre au service des êtres qui me sont supérieurs.

— Une qualité remarquable. Et tu as trouvé quoi ?

— Tu te souviens de l'incendie qui avait détruit le magasin de souvenirs de la famille, dans le village de Lykonos ? Tout le monde a été carbonisé, sauf le petit incendiaire adopté. Eh bien le magasin ne vendait pas que des souvenirs. Il avait une petite annexe, une deuxième activité, tenue par la mère, expliqua Hardwick, qui marqua une courte pause. J'ai besoin de t'en dire plus ?

— Laisse-moi deviner. L'annexe était une boutique de fleuriste. Et la mère s'appelait Florence.

— Florencia, pour être précis.

— Elle est morte avec le reste de la famille, n'est-ce pas ?

— Partie en fumée, avec les autres. Et à présent, le petit Peter se balade dans une fourgonnette avec l'inscription « Florence Fleurs ». Qu'est-ce que tu dis de ça, champion ? Tu crois qu'il aime bien penser à sa maman quand il tue des gens ?

Gurney ne répondit pas aussitôt. Pour la seconde fois de la journée, le fait d'entendre une courte expression – la première étant le propos d'Esti sur « ces tirs depuis la colline » – faisait dériver ses pensées vers une autre direction. À présent, c'était la phrase d'Hardwick : « Partie en fumée. »

Ces mots lui rappelèrent une vieille affaire impliquant une épave automobile en feu. C'était l'un des exemples instructifs dont il s'était servi lors d'un séminaire intitulé « La tournure d'esprit de l'enquêteur ». Ce qui était étrange, c'est que c'était la troisième fois en trois jours que quelque chose lui faisait repenser à cette histoire. En l'occurrence, les termes « partie en fumée » expliquaient de façon simple et logique le retour de ce souvenir, mais cela n'avait pas été le cas lors des fois précédentes.

Gurney se considérait comme aussi éloigné de toute superstition que la plupart des gens, mais lorsque quelque chose de semblable – une affaire spécifique – lui remontait à la conscience, il avait appris à ne pas l'ignorer. Mais qu'était-il censé en faire ?…

— Hé, tu es toujours là, champion ?

— Oui. Je pensais à ce que tu viens de me dire.

— Tu considères comme moi que notre petit maniaque pourrait souffrir d'un problème du côté maternel ?

— C'est le cas de pas mal de tueurs en série.

— C'est un fait. La magie maternelle. Bref, c'est tout pour l'instant. Je me suis dit que tu aimerais savoir, au sujet de Florencia.

Hardwick coupa la communication, ce qui convenait très bien à Gurney, dont l'esprit était focalisé sur l'affaire de l'épave en feu. Il se souvint que l'événement déclencheur précédent du même souvenir, c'était l'expression d'Esti à propos des tirs dans l'allée, à Schenectady. Existait-il une quelconque similarité entre ces incidents ? Un rapport éventuel avec l'affaire Spalter ? Il ne distinguait aucun lien. Mais Esti le pourrait peut-être.

Il l'appela sur son mobile, tomba sur le répondeur et laissa un bref message.

Elle le rappela trois minutes plus tard.

— Salut, quelque chose ne va pas ?

Sa voix trahissait encore un peu de l'anxiété qu'elle avait éprouvée lors de leur rendez-vous matinal.

— Non, ça va. Je risque de vous faire perdre votre temps, mais je ne peux pas m'empêcher d'établir un certain lien entre deux affaires, la vôtre dans cette allée, et une vieille histoire au NYPD, et peut-être même avec l'affaire Spalter.

— Quel genre de lien ?

— Je ne sais pas. Si je vous racontais le cas du NYPD, vous pourriez peut-être voir ce qui m'échappe.

— Bien sûr. Pourquoi pas ? J'ignore si je pourrai vous aider, mais allez-y.

Presque sur un ton d'excuse, Gurney lui raconta toute l'histoire.

— Au départ, la situation sur le lieu de l'accident semblait plutôt facile à expliquer. Un homme d'âge moyen, rentrant chez lui après le boulot, qui descendait une route sur une colline. Tout en bas, il y avait un virage. Mais sa voiture fonça tout droit, traversa la glissière de sécurité et plongea dans un ravin. Le réservoir explosa. L'incendie fut intense, mais les restes du chauffeur permirent tout de même une autopsie, qui conclut qu'il avait eu un infarctus avant l'incendie. On considéra que c'était la cause de sa perte de contrôle et de l'accident fatal qui s'était ensuivi. Cela aurait dû être la fin de l'histoire, mais l'officier en charge de l'enquête avait le sentiment persistant que quelque chose ne collait pas. Il se rendit à l'endroit où le véhicule avait été remorqué, et il l'examina une fois de plus. C'est alors qu'il remarqua qu'à l'intérieur de la voiture, les zones les plus touchées par l'impact et par le feu ne coïncidaient pas avec celles constatées à l'extérieur. Il ordonna donc un examen complet du véhicule par la police scientifique.

— Attendez une seconde, intervint Esti. L'intérieur et l'extérieur *ne coïncidaient pas*?

— Il avait remarqué que les dommages dus au choc et à la chaleur dans l'habitacle ne correspondaient pas totalement avec les dégâts visibles à l'extérieur. Le labo découvrit l'explication : il y avait eu *deux* explosions. Avant celle du réservoir d'essence, une plus petite s'était déclenchée *à l'intérieur* de la voiture, sous le siège du conducteur. C'est cette première déflagration qui avait causé la perte de contrôle, ainsi que l'infarctus. Des tests chimiques ultérieurs ont révélé que les deux déflagrations avaient été déclenchées à distance.

— D'où?

— Peut-être d'un véhicule qui suivait la voiture cible.

— Intéressant. Mais où voulez-vous en venir?

— Je ne sais pas. Peut-être nulle part. Mais je ne cesse d'y repenser. Cela m'est venu à l'esprit dès que vous m'avez raconté cette fusillade dans l'allée. Je connais un psychologue qui parle de ce qu'il appelle « résonance des schémas » – comment certaines choses nous en rappellent d'autres parce qu'elles partagent une similarité structurelle. Et cela arrive sans que l'on soit conscient de la nature de cette similarité.

Mis à part un « hum » à peine audible, Esti resta muette.

Gurney se sentait mal à l'aise, voire un peu gêné. Cela ne le dérangeait pas de faire part de ses idées, de ses inquiétudes ou de ses hypothèses, mais il avait du mal à évoquer son trouble quand il

425

ne parvenait pas à mettre le doigt sur les connexions qu'il espérait trouver.

Lorsque Esti reprit la parole, sa voix était hésitante.

— Je crois que je vois ce que vous voulez dire. J'y verrai plus clair après une nuit de sommeil, d'accord ?

CHAPITRE 53

Un calme terrible

C E SOIR-LÀ, IL NE PUT SE DÉFAIRE du sentiment de s'être épanché de façon abusive auprès d'Esti. C'était *lui* qui était censé être capable de trouver des schémas significatifs et d'établir un lien entre eux.

Le soleil s'était couché, et les couleurs s'effaçaient des collines et des champs autour de la maison. L'heure du dîner était déjà passée, mais Gurney n'avait pas d'appétit. Il se prépara une tasse de café noir, et une cuillerée supplémentaire de sucre fut la seule concession qu'il accorda à son besoin de nourriture.

Peut-être avait-il examiné le problème de façon trop concentrée, trop directe. Peut-être était-ce un autre exemple du phénomène des « étoiles diffuses », qu'il avait découvert une nuit en contemplant le ciel, installé dans un hamac. Certaines étoiles sont si lointaines que leurs pointes de lumière ténues n'atteignent pas le centre de la rétine qui, dans une faible mesure, est moins sensible que l'ensemble de la surface rétinienne. La seule façon de voir l'une de ces étoiles consiste à dévier son regard d'un côté ou de l'autre. L'étoile est invisible si l'on se contente d'un examen de face. Mais jetez un coup d'œil en biais, et la voici qui apparaît.

Une énigme frustrante offrait souvent des similitudes avec une telle situation. Lâchez la pression une minute et la réponse surgira soudain. Dans de nombreux cas, un mot ou un nom qui vous échappe ne peut vous revenir que si vous cessez de lutter pour le retrouver. Gurney savait tout cela, il avait même sa propre théorie à ce sujet, mais sa ténacité, ou son entêtement, selon Madeleine, l'empêchait de mettre le moindre élément de côté.

Parfois, c'était le pur et simple épuisement qui décidait à sa place. Ou une intervention extérieure, comme un coup de fil – et c'est ce qui se passa ce soir-là.

L'appel venait de Kyle.

— Salut, papa, tout va bien ?

— Très bien. Tu es toujours à Syracuse ?

— Oui, j'y suis encore. D'ailleurs, je pense que je vais y rester. Il y a un spectacle artistique géant ce week-end à l'université et Kim y participe avec des vidéos. Alors je me suis dit que j'allais voir ça, peut-être déjeuner, et puis… je ne sais pas vraiment. Au départ, quand je suis venu te voir, je pensais aller à cette Foire estivale de la montagne, mais à présent… avec la situation…

— Il n'y a aucune raison pour que tu n'ailles pas à la foire. Mon inquiétude, c'était que tu sois là, à la maison, et elle était sans doute exagérée par rapport à l'éventualité d'un réel problème. Si tu veux y aller, vas-y.

Kyle soupira – un soupir qui révélait son incertitude.

— Mais oui. Vas-y. Tu n'as aucune de raison de t'en priver.

Il y eut un nouveau soupir, suivi d'un silence.

— La soirée cruciale, c'est samedi, non ? reprit-il. Celle où tout doit se passer ?

— Oui, pour autant que je le sache.

— Eh bien, peut-être que je passerai y jeter un coup d'œil en rentrant en ville. Pourquoi pas la course de stock-car ? Je te préviendrai dès que j'en saurai plus.

— Parfait. Et ne t'inquiète pas de ce qui se passe ici. Tout ira bien.

— Très bien, papa. Mais sois prudent.

L'appel avait duré moins de deux minutes, mais il permit à Gurney de remettre ses idées en place pour la demi-heure suivante. Ses inquiétudes quant à l'affaire se trouvèrent relativisées par ses soucis paternels.

Il finit par se dire que la relation amoureuse possible de Kyle avec Kim Corazon ne le regardait en rien, et tenta de diriger à nouveau son esprit vers les mystères qui entouraient l'affaire Spalter et le personnage de Peter Pan.

Et cette fois, ce ne fut pas le téléphone, mais l'épuisement qui emporta la décision – le genre de fatigue qui rend impossible toute forme de pensée linéaire.

Alors qu'il était assis près de la porte-fenêtre pour observer le crépuscule qui se fondait dans la nuit, il entendit ce son étrange et familier dans les bois – plaintif et tremblotant – suivi par un profond silence, encore plus étrange et perturbant que le bruit lui-même. Dans sa profonde lassitude, ce silence sonnait comme le signe du néant et de l'isolement.

Il fut surpris par un grondement bas et diffus qui semblait venir de la terre elle-même. Ou du ciel ? Sans doute le tonnerre à quelques kilomètres de là, assourdi par l'écho des collines et des vallées environnantes. Lorsqu'il s'estompa, évoquant le grognement d'un vieux chien, il laissa derrière lui un calme dérangeant, un calme terrible qui, par quelque détour de son esprit, rappela à Gurney un souvenir de son enfance : le no man's land désolé qui séparait ses parents.

Ce fut cette distorsion déconcertante dans le flux de sa pensée qui finit par lui faire prendre conscience de son besoin urgent de sommeil et le convainquit d'aller se coucher – mais pas avant d'avoir verrouillé portes et fenêtres, nettoyé et chargé son fidèle petit Beretta .32, qu'il posa à portée de main sur sa table de nuit.

QUATRIÈME PARTIE

Une justice parfaite

Le rugissement du tigre

LES MERLES POUSSENT DES CRIS AIGUS.
Il lève les yeux de son mobile sur lequel il a noté sa liste numérotée. Il sait que le cri des merles est une sorte de défense territoriale, une alerte rouge pour leur espèce, un appel aux armes contre l'intrus.

Toutefois, aucune de ses alarmes électroniques ne clignote, signe qu'aucun être humain n'empiète sur son territoire. Mais il jette tout de même un coup d'œil au-dehors par chacune des quatre petites fenêtres sur les côtés de sa petite bâtisse de parpaings et scrute les bois bourbeux et la mare à castors.

Des corbeaux se perchent au sommet de trois arbres morts envahis de racines. Ces oiseaux, conclut-il, sont les envahisseurs qui ont effarouché les merles et provoqué leurs piaillements. Il trouve réconfortante la protection dont ils peuvent ainsi disposer. Comme le craquement de pas sur un escalier qui alerterait de la présence d'un étranger.

La petite bâtisse elle-même, au beau milieu d'hectares de bois et de marais, le rassure. Presque inaccessible, des plus inhospitalière, c'est son refuge idéal loin de chez lui. Il dispose de beaucoup d'autres refuges. Des endroits où il peut demeurer pendant qu'il mène ses affaires. Exécute ses contrats. Celui-ci, en particulier, sans la moindre piste visible depuis la route, lui a toujours paru l'un des plus sûrs.

Le Gros Gus avait représenté un autre genre de piste. Une piste d'informations sensibles. Des informations qui pouvaient s'avérer désastreuses. Mais elle avait été éradiquée à la source. C'est ce qui rendait cette affaire avec Bincher et Hardwick si incompréhensible. Et si rageante.

À la pensée de Bincher, son regard dérive vers un coin sombre de la pièce semblable à un garage. Vers une glacière de pique-nique bleue et blanche. Il sourit, mais son sourire s'efface presque aussitôt.

S'il s'efface, c'est parce que le cauchemar ne cesse de lui revenir à l'esprit, plus vivant que jamais. Les images l'accompagnent désormais presque en permanence, depuis qu'il a aperçu cette grande roue à la fête foraine.

Elle s'était insinuée dans son cauchemar, entremêlée à la musique du manège, qui ressemblait à un rire terrifiant. Ce clown hideux, puant, à la respiration sifflante. Le rugissement grave et vibrant du tigre.

Et maintenant, Hardwick et Gurney.

Qui tournoient autour de lui et s'approchent.

La spirale se referme, la confrontation finale est inévitable.

Cela représente un risque formidable, mais la récompense ne le sera pas moins. Un merveilleux soulagement.

Et le cauchemar pourra enfin disparaître.

Il se dirige vers une petite table dans le coin le plus sombre de la pièce. Une grande bougie et une boîte d'allumettes y sont posées. Il prend les allumettes et allume la bougie.

Il la soulève et contemple la flamme. Il adore sa forme, sa pureté, sa puissance.

Il imagine la confrontation – la conflagration. Son sourire réapparaît.

Il revient vers son téléphone mobile – vers ses numéros très spéciaux.

Les merles crient. Les corbeaux, agités, se perchent au sommet des arbres noirs et morts.

CHAPITRE 54

Acculé

G URNEY NE FAISAIT PAS GRAND CAS DES RÊVES. Dans le cas contraire, le marathon fantasmagorique qu'il avait vécu cette nuit-là aurait pu justifier une semaine entière d'analyse. Mais il se cantonnait à une vision d'un solide pragmatisme – et à une assez pauvre opinion – de ces processions saugrenues d'images et d'événements.

Il pensait depuis longtemps qu'il ne s'agissait que des effets secondaires du processus de classement et d'indexation que le cerveau emploie pour faire remonter l'expérience récente vers la mémoire à long terme. Des bribes de données visuelles et auditives se mixent, se mélangent, des liens narratifs se forment, des images aux bords estompés se construisent – mais tout cet ensemble n'a pas plus de sens qu'une valise remplie de vieilles photos, de lettres d'amour ou de dissertations déchiquetées et réassemblées par un singe.

La seule conséquence pratique d'une nuit de rêves trompeurs comme celle-là, c'est un besoin persistant de sommeil, et Gurney se leva une heure plus tard que d'habitude avec un léger mal de crâne. Lorsqu'il prit enfin sa première gorgée de café, le soleil, rendu blafard par un ciel un peu couvert, s'était déjà élevé à l'est bien au-dessus de la crête. Gurney éprouvait encore en lui le sentiment de calme inquiétant ressenti le soir précédent après avoir entendu ce son étrange.

Il se sentait acculé. Par sa réticence à sortir du jeu pendant qu'il était encore temps. Par sa soif de contrôle, de cohérence, d'achèvement. Par son propre « plan » consistant à faire exploser l'affaire en encourageant le tueur à prendre un risque inconsidéré et fatal. Tiraillé entre des courants contradictoires qui semblaient le mener un instant vers la victoire avant de le conduire à la défaite une minute plus tard, Gurney décida de rechercher le réconfort que seule l'action peut amener.

Hardwick reviendrait ce soir-là de la Scranton Surveillance & Survival avec les caméras vidéo dont ils avaient besoin, et ils disposeraient de la matinée suivante, le dimanche, pour les installer de telle sorte qu'aucune personne qui s'approcherait à moins de huit cents mètres de la maison de Gurney ne puisse passer inaperçue.

Il se rendit au cellier et enfila une paire de bottes en caoutchouc, parfaite protection contre les chardons, les ronces et les épines des fraisiers sauvages. Il remarqua un reste d'odeur de la carcasse du coq et ouvrit la fenêtre pour laisser entrer l'air frais, puis gagna la pile de matériel destiné au poulailler. Il y prit un mètre à ruban métallique, une bobine de ficelle jaune et un couteau pliant. Il se dirigea alors vers les bois de l'autre côté de l'étang pour commencer à identifier et marquer les principaux emplacements des caméras vidéo.

Le but était de sélectionner les endroits où un assortiment de caméras activées par le mouvement et d'émetteurs offrirait une couverture totale des bois et des champs autour de sa maison. Selon Hardwick, chacune générerait ses propres coordonnées GPS, et afficherait ces informations en même temps que les enregistrements vidéo sur un moniteur installé dans la maison. Ainsi, la localisation de Peter Pan – ou de tout autre intrus – serait aussitôt détectée.

En pensant aux capacités techniques de leur matériel, Gurney ne ressentait pas de l'optimisme, mais un certain soulagement, et il éprouvait moins de crainte à l'idée que leur plan soit trop bancal pour réussir. Le processus logique consistant à mesurer les angles et les distances avait eu aussi un effet positif. Avec une bonne dose de discipline et de détermination, il était parvenu à terminer sa sélection de sites en un peu plus de quatre heures.

Il avait mené son travail sur les vingt hectares de son domaine et les parties concernées des propriétés de ses voisins, et s'était organisé pour finir au sommet de Barrow Hill. Il était convaincu que c'était l'endroit que choisirait Panikos. Avec ses multiples sentiers et points d'accès, c'était celui qu'il tenait à connaître à fond.

Lorsqu'il rentra enfin chez lui, c'était le milieu de l'après-midi et le ciel couvert du matin s'était épaissi en une masse informe de gris. Il n'y avait aucun mouvement dans l'air, mais nulle paix ne régnait dans ce calme. Alors qu'il s'arrêtait au cellier pour ôter ses bottes, la vue de l'évier le fit penser à un problème précis : comment et quand informer Madeleine de la cause de la mort du coq. La question n'était pas de savoir s'il fallait lui en parler. Madeleine se distinguait par son penchant inné pour la vérité et son aversion pour les faux-fuyants ; avec elle, les omissions importantes se payaient parfois au prix fort. Après avoir considéré le « quand » et le « comment », il décida de lui en parler dès que possible, et en personne.

Le trajet de trente minutes vers la ferme des Winkler fut agité de sombres pressentiments. Le besoin de révéler la réalité était bien réel, mais cela ne changeait rien à ses sentiments.

À quatre cents mètres de sa destination, il songea qu'il aurait dû appeler avant de partir. Et s'ils étaient tous au champ de foire ? Ou si les Winkler étaient chez eux et Madeleine à la foire ? Mais dès qu'il s'engagea dans leur allée, il aperçut Madeleine. Debout dans un enclos, elle observait une petite chèvre.

Il se gara près de la maison. Alors qu'il s'approchait de l'enclos, elle ne montra aucune surprise en le voyant arriver. Elle le gratifia d'un bref sourire et d'un regard appuyé.

— En pleine communion ? lui demanda-t-il.

— On dit qu'elles sont très intelligentes.

— J'ai déjà entendu dire cela.

— Qu'est-ce que tu as en tête ?

— Tu veux dire, qu'est-ce que je viens faire ici ?

— Non, mais tu as l'air préoccupé. Je me demandais pourquoi.

Il soupira, et tenta de se détendre.

— L'affaire Spalter.

Madeleine caressait la tête de la chèvre d'un geste doux.

— Quelque chose en particulier ?

— Deux ou trois choses, oui. (Il choisit d'aborder dans un premier temps ce qui lui paraissait le problème le moins sujet à tensions.) L'affaire continue à m'en rappeler une autre, au sujet d'un ancien accident de voiture.

— Il existe un rapport entre les deux ?

— Je ne sais pas, répondit Gurney avec une grimace.

— Qu'est-ce qui se passe ?

— Cet endroit pue le fumier.

Madeleine hocha la tête.

— Je crois que j'aime bien ça.

— Tu *aimes* cette odeur ?

— Elle est naturelle, dans une ferme. Il n'y a rien de mal à cela.

— En effet !

— Et alors, en ce qui concerne cet accident ?

— On est obligés de rester ici avec la chèvre ?

Madeleine regarda autour d'elle, et fit un geste dans la direction d'une table de pique-nique fatiguée, dans un coin de verdure derrière la maison.

— Là-bas ?

— Parfait.

Madeleine donna quelques petites tapes supplémentaires sur la tête de la chèvre, puis quitta l'enclos et le referma.

Ils s'assirent face à face, et Gurney raconta à Madeleine l'histoire de l'accident dû aux explosions – la perception fallacieuse de ce qui s'était passé au début, puis les découvertes qui avaient suivi, le tout dans des termes proches de ceux qu'il avait employés avec Esti.

Lorsqu'il parvint au bout de son récit, Madeleine lui lança un regard inquisiteur.

— Alors ?

— Cette histoire n'arrête pas de me revenir à l'esprit, et j'ignore pourquoi. Tu as une idée ?

— Une idée ?

— Est-ce que quelque chose dans cette affaire te paraît avoir une signification particulière ?

— Non, pas vraiment. À part ce qui relève de l'évidence.

— Et l'évidence, ce serait… ?

— L'ordre des événements.

— Eh bien ?

— La supposition selon laquelle l'infarctus est arrivé avant l'accident et que celui-ci est survenu avant l'explosion, alors que la déflagration a d'abord eu lieu et a causé tout le reste. C'était une supposition raisonnable, cela dit. Un homme d'âge moyen a une crise cardiaque, perd le contrôle de son véhicule qui quitte la route, l'accident arrive et le réservoir de carburant explose. Logique.

— C'est vrai, sauf que tout était faux. C'est le problème sur lequel j'ai insisté lors de l'un de mes séminaires : quelque chose peut être à cent pour cent rationnel et totalement faux. Nos cerveaux aiment la cohérence au point de confondre logique et vérité.

Madeleine pencha la tête avec une expression de curiosité.

— Si tu sais tout cela, pourquoi m'en parler ?

— Pour le cas où tu verrais un élément qui m'échappe.

— Tu as fait tout ce chemin pour me demander ce que je pensais de cette affaire ?

— Il y a autre chose.

Gurney hésita, puis se força à poursuivre.

— J'ai découvert quelque chose au sujet du coq.

Madeleine battit des paupières.

— Horace ?

— J'ai trouvé ce qui l'avait tué.

Madeleine resta figée.

— Il ne s'agissait pas d'un autre animal, ajouta-t-il avant d'hésiter encore. Quelqu'un l'a abattu.

Les yeux de Madeleine s'écarquillèrent.

— Quelqu'un… ?

— Je ne suis pas sûr de son identité.

— David, ne me…

Il y avait comme un avertissement dans le ton de sa voix.

— Je ne suis pas certain de qui il s'agissait, mais il se pourrait que ce soit Panikos.

La respiration de Madeleine s'altéra et une expression de fureur à peine contenue envahit peu à peu son visage.

— L'assassin fou que tu poursuis ? Il… il a tué Horace ?

— Ce n'est pas une certitude. J'ai dit que c'était possible.

— *Possible*. (Elle répéta le mot comme si c'était un son dépourvu de signification. Son regard était fixé avec intensité sur Gurney.) Pourquoi es-tu venu me dire cela ?

— Je me suis dit que c'était ce que je devais faire.

— C'est la seule raison ?

— Tu en vois une autre ?

— À toi de me le dire.

— Je ne vois pas où tu veux en venir. J'ai juste pensé que je devais t'en parler.

— Comment as-tu découvert cela ?

— Qu'il avait été abattu ? En examinant son cadavre.

— Tu l'as déterré ?

— Oui.

— Pourquoi ?

— Parce que… une chose est ressortie dans notre discussion d'hier, qui m'a donné l'idée que l'animal avait pu être abattu d'une balle.

— Hier ?

— Au cours de mon rendez-vous avec Moreno et Hardwick.

— Et tu t'es dit que je devais le savoir aujourd'hui ? Mais pas hier ?

— Dès que j'ai décidé qu'il était de mon devoir de t'en parler, je l'ai fait. Peut-être aurais-je dû le faire hier. Où veux-tu en venir ?

— La question que je me pose, c'est là où tu veux en venir, *toi*.

— Je ne comprends pas.

Les lèvres de Madeleine formèrent un petit sourire ironique.

— C'est quoi, la suite de ton programme ?

— Mon programme ? (Gurney commença à comprendre ce qu'elle avait en tête ; comme d'habitude, en dépit de preuves bien ténues, Madeleine était parvenue sans tarder à la conclusion qui s'imposait.) Nous devons capturer Panikos avant qu'il se glisse à nouveau dans la tanière, quelle qu'elle soit, qu'il occupe entre ses contrats.

Madeleine hocha la tête, sans ajouter rien de plus.

— Tant qu'il pense que nous pouvons lui faire du mal, il restera dans les parages et… tentera de nous arrêter et il sera plus facile à capturer.

— *Plus facile à capturer ?*

Elle articula la phrase avec lenteur, comme songeuse, comme si elle illustrait à elle seule tous les discours manipulateurs du monde.

— Et tu veux que je reste ici pour que tu puisses risquer ta vie sans te soucier de moi ?

Ce n'était pas vraiment une question, et Gurney s'abstint de répondre.

— Une fois de plus, c'est toi l'appât dans ce jeu. N'est-ce pas ?

Là encore, il ne s'agissait pas d'une question.

Un long silence tomba entre eux. Le ciel couvert était à présent chargé, couleur d'ardoise et crépusculaire. Un téléphone se mit à sonner dans la maison, mais Madeleine ne fit aucun geste pour aller répondre. La sonnerie se répéta à plusieurs reprises.

— J'ai demandé à Dennis à propos de cet oiseau, dit enfin Madeleine.

— Quel oiseau ?

— Cet oiseau étrange que l'on entend parfois au crépuscule. Dennis et Deirdre l'ont entendu eux aussi. Il a vérifié auprès du Mountain Wildlife Council. Selon eux, il s'agit d'une espèce rare de « tourterelle triste » que l'on ne trouve qu'au nord de l'État de New York et dans certaines parties de la Nouvelle-Angleterre, et seulement au-dessus de certaines altitudes. Les Amérindiens l'appellent « l'esprit qui parle pour les morts », et leurs shamans interprètent ses cris. Parfois ce sont des accusations, et parfois des messages de pardon.

Gurney se demanda quelle association d'idées avait pu conduire Madeleine à cette histoire de tourterelle triste. Mais souvent, lorsqu'il avait l'impression qu'elle avait changé de sujet, il s'apercevait ensuite qu'il n'en était rien.

CHAPITRE 55

À la ronde, jolie ronde,
des bouquets plein la poche...

SUR LE TRAJET DE RETOUR de la ferme des Winkler, Gurney se sentait à la fois libre et piégé.

Il était libre de procéder selon son plan. Et piégé par ses limites, par les suppositions hasardeuses sur lequel il reposait, et aussi par sa propre volonté compulsive d'agir au plus vite. Il se doutait que Malcolm Claret et Madeleine n'avaient pas tort – son appétit pour le risque comportait des éléments pathologiques. Mais la connaissance de soi n'est pas une panacée thérapeutique. Le fait de savoir qui vous êtes ne vous donne pas par magie le pouvoir de vous amender.

Le fait qui primait à présent, c'était que Madeleine comptait rester chez les Winkler au moins jusqu'au mardi, le dernier jour de la foire, et demeurerait ainsi hors de danger. On n'était que samedi. Les annonces de promotion pour ses révélations explosives lors de l'émission *Conflit criminel* qui serait diffusée en direct de chez lui le soir, à Walnut Crossing, seraient diffusées lors des talk-shows du dimanche matin. Ces pubs promettraient non seulement de révéler l'identité du tireur dans l'affaire Spalter, mais aussi de dévoiler le secret explosif qu'il tentait de protéger. Si Panikos voulait empêcher cela, sa fenêtre d'action était très étroite – du dimanche matin au lundi soir. Et Gurney avait la ferme intention d'être prêt.

Non loin de chez lui, en remontant la route qui s'obscurcissait, il essaya de se raccrocher à un quelconque motif rationnel de confiance. Mais l'énigmatique histoire de Madeleine au sujet de cet oiseau-esprit ne cessait de saper les rares pensées pragmatiques qu'il était capable de rassembler.

Alors qu'il dépassait la grange, la maison enfin en vue, il remarqua qu'au-dessus de la porte latérale, la lumière était allumée, ainsi que celles du cellier. Il éprouva une rapide brève poussée d'adrénaline – combattre ou fuir ? – qui ne laissa subsister qu'une curiosité inquiète lorsqu'il vit un éclat de lumière se refléter sur les chromes de la BSA de Kyle. Il poursuivit son chemin à travers le champ et se gara près de la moto, qui brillait avec douceur sous le sombre crépuscule.

À l'intérieur de la maison, il entendit couler la douche à l'étage. Lorsqu'il s'aperçut que les lumières du couloir et de la cuisine brillaient aussi, son inquiétude céda la place à une impression de déjà-vu – qui venait peut-être des souvenirs de l'époque où Kyle était adolescent ; il vivait avec sa mère, ne rendait visite à Gurney que le week-end, et oubliait toujours d'éteindre lorsqu'il quittait une pièce.

Gurney se dirigea vers le bureau pour vérifier ses messages sur son téléphone fixe et son mobile, qu'il avait négligé de prendre avec lui pour aller voir Madeleine. Rien de nouveau sur le fixe. Trois messages l'attendaient toutefois sur son mobile. Le premier venait d'Esti, mais la communication était trop mauvaise pour qu'il puisse comprendre quoi que ce soit.

Le second venait de Hardwick qui, au beau milieu d'une profusion d'obscénités, lui expliqua qu'il était coincé sur la I-81 dans un embouteillage monstre dû à des soi-disant travaux routiers, sauf qu'il n'y avait selon lui « aucun chantier, mais des kilomètres de cônes orange qui bloquaient deux putains de voies sur trois ». Il serait donc dans l'impossibilité de livrer le matériel de la SSS à Walnut Crossing avant « au moins minuit, ou n'importe quelle autre foutue heure de la nuit ».

Ce retard logistique était peu pratique pour Hardwick, mais ne représentait aucun réel problème, car ils n'avaient pas prévu d'installer les caméras avant le matin suivant. Gurney écouta le troisième message, encore d'Esti, une phrase hachée et inaudible suivie d'un silence complet, comme si sa batterie était en train de rendre l'âme.

Il s'apprêtait à la rappeler lorsqu'il entendit du bruit dans l'entrée. Kyle apparut à la porte du bureau. Il portait un jean et un tee-shirt, et ses cheveux étaient encore mouillés après son passage sous la douche.

— Salut, papa, quoi de neuf ?

— J'étais sorti un moment. Je suis allé voir Madeleine. J'étais surpris de voir ta moto dehors à mon retour. Je ne pensais pas que tu rentrerais à la maison. J'ai manqué un de tes messages ?

— Non, je suis désolé pour ça. Je pensais aller tout droit à la foire. Et puis, alors que je traversais le village, j'ai eu l'idée de m'arrêter pour prendre une douche rapide et me changer. J'espère que cela ne t'ennuie pas ?

— Non, c'était juste… inattendu. Je suis plus attentif que d'habitude à ce qui sort de l'ordinaire.

— Hé, à propos, ton voisin en bas de la route ne serait pas un chasseur ou quelque chose du genre ?

— Un chasseur ?

— Lorsque je remontais ici, il y avait un type en bas dans les pins près de la maison d'à côté, peut-être à quatre cents mètres de ta grange, et j'ai l'impression qu'il avait une arme à feu.

— Cela s'est passé quand ?

— Il y a trente minutes environ, répondit Kyle, dont les yeux s'agrandirent. Merde, tu ne penses tout de même pas que…

— Quelle était la taille de ce gars ?

— Sa taille ? Je ne sais pas… peut-être un peu plus gros que la moyenne. Je veux dire, il était loin de la route, et je ne suis pas certain. Une chose dont je suis sûr, c'est qu'il se trouvait sur la propriété de ton voisin, et non sur la tienne.

— Avec une arme à feu ?

— Peut-être un fusil. Je ne l'ai vu que pendant une seconde, alors que je roulais.

— Tu n'as rien vu de spécial sur ce fusil, quelque chose d'inhabituel à propos du canon ?

445

— Bon Dieu, papa, je ne sais pas. J'y aurais prêté plus d'attention si j'avais pu imaginer que quelqu'un par ici pouvait être chasseur. (Kyle se tut un instant, et son visage reflétait comme une douleur croissante.) Tu ne penses pas que c'était ton voisin ?

Gurney fit un geste en direction de l'interrupteur, près de la porte.

— Éteins quelques secondes.

Une fois la lumière éteinte, Gurney bassa les stores des deux fenêtres du bureau.

— C'est bon, tu peux rallumer.

— Grands dieux ! Que se passe-t-il ?

— Juste une précaution supplémentaire.

— Contre quoi ?

— Sans doute rien, pour ce soir. Ne t'inquiète pas.

— Mais alors... qui était ce type dans les bois ?

— Selon toute probabilité, mon voisin, comme tu le disais.

— Mais ce n'est pas la saison de la chasse, n'est-ce pas ?

— Non, mais si quelqu'un a des problèmes avec des coyotes, des marmottes ou des opossums, peu importe la saison.

— Tu viens de me dire, il y a une seconde, qu'il n'y avait pas de souci à se faire pour *ce soir*. Alors *quand* faudra-t-il s'inquiéter ?

Ce n'était pas l'intention de Gurney au départ, mais à présent, il se dit que la seule approche honnête consistait à tout expliquer.

— C'est une histoire compliquée. Assieds-toi.

Ils s'installèrent sur le canapé du bureau et Gurney passa les vingt minutes suivantes à informer Kyle des éléments de l'affaire Spalter qu'il ne connaissait pas encore, de l'avancée actuelle de l'enquête et du plan prévu pour le lendemain matin.

Au fur et à mesure qu'il écoutait, le visage de Kyle exprimait une confusion croissante.

— Attends une seconde. Qu'est-ce que tu veux dire quand tu m'expliques que RAM-TV va passer ces annonces *demain matin* ?

— Rien de plus que cela. Cela va commencer avec les émissions de débats ou d'actualités du dimanche matin, et se poursuivre toute la journée.

446

— En d'autres termes, ces pubs vont annoncer tes révélations exclusives sur l'affaire et sur le tireur ?

— C'est bien cela.

— Et elles seront diffusées *demain* ?

— Oui. Mais pourquoi…

— Tu n'es pas au courant ? Tu ne savais pas qu'elles passaient déjà depuis *hier après-midi* ? Et que cela a duré toute la journée ?

— *Quoi ?*

— Les annonces dont tu parles sont diffusées sur RAM-TV depuis au moins vingt-quatre heures.

— Comment le sais-tu ?

— La fichue télé de Kim est allumée toute la journée. Bon Dieu, je ne comprenais pas ce que… Je suis désolé… J'ignorais ce qui était censé se passer. J'aurais dû t'appeler.

— Tu n'avais aucune raison d'être au courant.

Gurney se sentait le cœur au bord des lèvres. Il absorbait le choc tout en réfléchissant aux implications de ce qu'il venait d'apprendre.

Il appela ensuite Hardwick et l'informa aussitôt des derniers développements.

Hardwick, toujours coincé dans son embouteillage, émit un son, entre grognement et haut-le-cœur.

— *Hier ?* Ils ont lancé leur foutu bazar *hier* ?

— Hier soir, et aujourd'hui toute la journée.

— Ce connard de Bork ! Cet enfoiré de sa race ! Ce fils de pute ! J'arracherai la tête de ce petit pourri et la lui ferai remonter par le cul !

— Un programme qui me convient à merveille, Jack, mais nous devons déjà traiter quelques problèmes d'ordre pratique.

— J'avais dit à ce petit salaud de Bork que le timing de notre plan était vital, que l'existence même de certaines personnes était en jeu, bref, qu'il s'agissait d'une question de vie ou de mort. J'ai fait en sorte que ce sac à merde le comprenne de la façon la plus claire.

— Je suis heureux de l'entendre. Mais dans l'immédiat, il nous faut procéder à quelques ajustements en ce qui concerne nos projets.

447

— Le premier ajustement, c'est que tu dois foutre le camp sans perdre une seule seconde. Fiche le camp, et tout de suite !

— Je t'accorde que la situation exige une action urgente. Mais avant que nous sautions par-dessus bord…

— FICHE LE CAMP TOUT DE SUITE ! Ou au moins, fais ce qu'Esti conseillait dès le départ, appelle la foutue cavalerie !

— J'ai l'impression que nous sommes en train de réagir comme nous voulions pousser Panikos à le faire – céder à la panique et commettre une erreur.

— Écoute, j'admire ton baratin de dur qui reste cool sous la pression, mais il est temps de reconnaître que notre plan a foiré, de poser nos cartes et quitter la table de jeu.

— Où es-tu ?

— Comment ?

— Où te trouves-tu en ce moment ?

— Où je suis ? Toujours en Pennsylvanie, à un peu moins de cinquante kilomètres de Hancock. Que je sois là ou ailleurs, qu'est-ce que ça peut bien faire ?

— Pour l'instant, je l'ignore encore. Je veux juste réfléchir encore un peu à toute l'affaire avant de me mettre à descendre la colline en hurlant comme un dément.

— Davey, pour l'amour du ciel, soit tu dégringoles de cette colline tout de suite, soit tu appelles les flics.

— J'apprécie ta sollicitude, Jack. Je t'assure. Fais-moi plaisir et tiens Esti au courant de notre nouvelle situation. Je te rappelle d'ici un moment.

Gurney coupa la conversation tandis que Hardwick hurlait une dernière objection à l'autre bout du fil. Trente secondes plus tard, son téléphone sonna, mais il laissa son interlocuteur s'adresser à sa messagerie.

— Le type au téléphone, c'était ce Hardwick, n'est-ce pas ? demanda Kyle qui l'observait, les yeux grands ouverts.

— Oui.

— Il criait si fort en te parlant que j'ai tout entendu.

Gurney hocha la tête.

— Il était un peu perturbé.

— Pas toi ?

448

— Bien sûr que si. Mais péter les plombs, ce n'est qu'une perte de temps. Comme dans la plupart des situations dans la vie, la question qui compte c'est : que faire maintenant ?

Kyle tourna son regard vers lui et attendit qu'il poursuive.

— Je suppose que ce qu'on pourrait faire à présent, c'est éteindre autant de lumières que possible à l'intérieur, baisser les stores dans toutes les pièces que nous devons garder allumées. Je m'occupe des salles de bains et des chambres. Éteins dans la cuisine et le cellier.

Kyle traversa la cuisine pour se rendre au cellier, pendant que Gurney se dirigeait vers l'escalier. Avant qu'il y parvienne, son fils l'appela.

— Papa, viens ici une minute.

— Que se passe-t-il ?

— Viens regarder ça.

Gurney trouva Kyle dans l'entrée près de la porte latérale. Par la fenêtre, le jeune homme lui désigna quelque chose au-dehors.

— Tu as un pneu à plat. Tu savais ça ?

Gurney regarda à son tour. Même dans la faible lumière dispensée par l'ampoule de quarante watts au-dessus de la porte, aucun doute n'était permis. Le pneu avant, côté chauffeur, était dégonflé. Il était pourtant certain à cent pour cent qu'il était encore en parfait état lorsqu'il était rentré à la maison trente minutes plus tôt.

— Tu as un cric et une roue de secours dans le coffre ? lui demanda Kyle.

— Oui, mais nous n'allons pas nous en servir.

— Pourquoi ça ?

— À ton avis, pourquoi ce pneu est-il à plat ?

— Tu as peut-être roulé sur un clou ?

— C'est possible. Mais il est aussi envisageable qu'il ait été perforé par une balle pendant que la voiture était garée là. Dans ce cas, la question est : pourquoi ?

Les yeux de Kyle s'écarquillèrent encore un peu plus.

— Pour nous empêcher de partir d'ici ?

— Peut-être. Mais si j'étais un sniper et si mon but consistait à empêcher quelqu'un de conduire, je crèverais le maximum de pneus – pas un seul.

— Alors pourquoi… ?

— Comme tu le précisais, on peut s'occuper d'un pneu crevé avec un cric et une roue de secours.

— Alors… ?

— Un cric, une roue de secours, et l'un de nous deux à genoux pendant cinq ou dix minutes pour changer la roue.

— Tu veux dire une cible parfaite ?

— Oui. À propos, éteignons la lampe du cellier et éloignons-nous de la porte.

Kyle déglutit.

— Parce que cet étrange petit tueur dont tu viens de me parler pourrait être quelque part par là… à attendre ?

— C'est possible.

— Le type que j'ai vu avec cette arme plus bas vers les bois de pins n'était pas si petit. C'était peut-être ton voisin, après tout ?

— Je n'en suis pas sûr. Ce que je sais, c'est qu'un message très provocateur a circulé à la télévision, destiné à persuader Peter Pan de se lancer à mes trousses. Cela a peut-être fonctionné. Il pourrait aussi être judicieux de supposer…

Il fut interrompu par la sonnerie de son mobile dans le bureau.

C'était Esti. Elle paraissait stressée.

— Où êtes-vous ?

Gurney lui dit qu'il se trouvait chez lui.

— Pourquoi êtes-vous encore là ? Vous feriez bien de décamper avant qu'il se passe quelque chose.

— Je croirais entendre Jack.

— Sans doute parce qu'il a raison. Il faut partir sans perdre une minute. Je vous ai appelé deux fois aujourd'hui après avoir découvert ce merdier sur RAM-TV. Si j'ai téléphoné, c'est pour vous dire de partir.

— C'est peut-être un peu tard, à présent.

— Pourquoi ?

— Quelqu'un a peut-être tiré sur un pneu avant de ma voiture.

— Oh, merde. C'est vrai ? Si c'est le cas, il faut appeler de l'aide. Tout de suite. Si vous voulez que je vienne, je peux arriver d'ici quarante-cinq minutes à peu près.

— Ce n'est pas une bonne idée.

— Alors prévenez les flics, appelez le 911.

— Là encore, je croirais entendre Jack.

— Quelle fichue importance, à qui je vous fais penser ? Le seul problème, c'est que vous avez besoin d'aide, et tout de suite !

— J'ai besoin d'y réfléchir.

— *Réfléchir* ? C'est ce que vous comptez faire ? *Réfléchir* ? Pendant que quelqu'un vous tire dessus ?

— Sur un pneu.

— David, vous êtes cinglé. Vous le savez ? Cinglé ! Cet homme *tire*, et vous, vous *réfléchissez.*

— Je dois vous laisser, Esti. Je vous rappellerai d'ici peu.

Il termina la communication comme un peu plus tôt avec Hardwick, en raccrochant au milieu d'un concert de protestations.

Ce fut alors qu'il se souvint du message qui lui était parvenu juste après sa conversation avec Hardwick. Il avait pensé que c'était Jack, mais après vérification, il constata que l'appel ne venait pas du mobile de Hardwick, mais d'un numéro inconnu.

Il passa le message.

En l'écoutant, il sentit un frisson grimper le long de son échine. Ses cheveux se dressèrent sur sa nuque.

Une voix de falsetto, stridente et métallique, à peine humaine, chantait la plus étrange et la plus sibylline de toutes les comptines enfantines – une chanson parfois considérée comme une allusion, à la fois mélodieuse et idiote, aux fleurs utilisées pour atténuer la puanteur des chairs pourrissantes et aux cendres des victimes de l'une des épidémies de peste les plus meurtrières d'Europe :

> *À la ronde, jolie ronde,*
> *Des bouquets plein la poche.*
> *Cendres, cendres,*
> *Nous tombons tous !*

CHAPITRE 56

Une fureur fatale

— **P**APA ?
Kyle et son père, mal à l'aise, étaient debout près du mur de l'espace salon où se trouvait la cheminée – le point le plus éloigné du coin-cuisine, et à l'écart des portes. Sur toutes les fenêtres, les stores étaient baissés. La seule lumière provenait d'une petite lampe de table.

— Oui ?

— Avant que le téléphone sonne, tu disais que selon toi, nous devons supposer que Peter Pan se trouve dans les parages ?

Kyle lança un regard nerveux vers les portes vitrées.

Gurney prit un long moment avant de répondre. Son esprit ne cessait de revenir à l'effrayant message sous forme de comptine enfantine. Il songeait à la façon dont les paroles se référaient à la monstrueuse peste bubonique, mais aussi au modus operandi de Panikos – Florence Fleurs et incendies criminels.

— Il se peut qu'il soit là, en effet.

— Et à quel endroit en particulier, tu as une idée ?

— Si je ne me trompe pas en ce qui concerne le pneu, il serait plutôt vers l'ouest par rapport à nous, et Barrow Hill me semble son choix le plus probable.

— Tu crois qu'il va se faufiler par ici, vers la maison ?

— J'en doute. Si j'ai raison pour ce pneu, il dispose d'un fusil de sniper. Dans ce genre de jeu, la distance lui confère un avantage évident. À mon avis, il va rester.

452

Il y eut soudain un éclat de lumière aveuglant, une vive explosion, et quelque chose vint se fracasser à travers l'une des fenêtres de la cuisine en envoyant des éclats de verre dans tous les coins de la pièce.

— Mais bon Dieu, qu'est-ce que… ? s'écria Kyle.

Gurney saisit Kyle par les bras et l'entraîna au sol, puis il sortit son Beretta de son holster de cheville. Il éteignit la lampe en arrachant le cordon de la prise et rampa à travers le plancher jusqu'à la fenêtre la plus proche. Il attendit un moment, dressa l'oreille, puis écarta les deux premières lames des stores pour jeter un coup d'œil à l'extérieur. Il lui fallut plusieurs secondes pour comprendre ce qu'il voyait. Le reste des matériaux destinés à la construction du poulailler, dont beaucoup en feu, étaient disséminés sur une large surface au-delà de la terrasse.

La voix de Kyle résonna derrière lui dans un murmure haletant.

— Bon Dieu, mais qu'est-ce que…

— Le tas de bois… Il a… explosé.

— *Explosé… Mais… comment ?*

— Une sorte de… Je ne sais pas. Un engin incendiaire ?

— *Incendiaire ?*

Gurney était occupé à scruter la zone avec autant de précision que le permettait la pénombre presque totale.

— Papa ?

— Juste une minute.

Avec une soudaine montée d'adrénaline, Gurney examinait en cillant tout le périmètre de l'endroit, à la recherche du moindre mouvement. Il surveillait les petits foyers, dont la plupart semblaient à présent s'éteindre aussi vite qu'ils s'étaient allumés, en raison de la nature du bois humide traité.

— *Pourquoi ?*

La note de désespoir dans la voix de Kyle força son père à lui répondre.

— Je l'ignore. Dans le même but que le tir sur le pneu, je suppose ? Il veut que je sorte d'ici ? Il paraît pressé.

— Mon Dieu ! Tu veux dire qu'il était là… *lui-même… en train d'installer une bombe ?*

— C'était peut-être avant, pendant que j'étais chez les Winkler, avant ton retour de Syracuse.

— Une bombe ? Avec une minuterie ?

— Plutôt un détonateur déclenché à partir d'un téléphone mobile. Meilleur contrôle, plus de précision.

— Et… et maintenant ?

— Où sont les clés de ta moto ?

— Sur le démarreur. Pourquoi ?

— Suis-moi.

Toujours en rampant, il guida Kyle pour sortir de la pièce, baignée par instants du scintillement des morceaux de bois encore en flammes qui filtrait par les portes vitrées. Ils prirent l'entrée de derrière pour gagner le bureau plongé dans la pénombre. Gurney se fraya un chemin en tâtant les meubles jusqu'à la fenêtre nord. Il souleva les stores, ouvrit la fenêtre et, le Beretta toujours en main, se laissa tomber au sol avec précaution.

Kyle l'imita.

Une quinzaine de mètres devant eux, entre la maison et le champ de hautes herbes, se trouvait un petit fourré, à peine visible à la limite extérieure de la faible lueur émise par ce qui restait de bois en feu. Gurney y rangeait parfois sa tondeuse motorisée. Il désigna la masse noire d'un très grand chêne.

— Juste derrière cet arbre, il y a deux rochers, avec un certain espace entre les deux. Glisse-toi là et reste tranquille jusqu'à ce que je t'appelle.

— Que vas-tu faire ?

— Je vais neutraliser le problème.

— *Quoi ?*

— Pas le temps de t'expliquer. Fais ce que je te dis. S'il te plaît.

Il refit un geste dans la même direction, mais avec une expression d'urgence plus marquée.

— Là-bas. Derrière l'arbre. Entre les rochers. Nous n'avons plus le temps. Vite !

Kyle se hâta d'arriver jusqu'au fourré et disparut loin de la lueur tremblotante pour s'enfoncer dans l'obscurité. Gurney contourna la maison et se dirigea vers l'endroit où était garée la BSA de son fils. Ici, il était à peu près certain d'être invisible depuis le sommet de Barrow Hill. Il espérait que Kyle ne se trompait pas au sujet de ses clés. Si elles ne se trouvaient pas sur le démarreur… Mais elles y étaient.

Il remit son Beretta dans son holster de cheville et enfourcha la BSA. Cela faisait plus de vingt-cinq ans qu'il n'était pas monté sur un engin semblable – la vieille Triumph 650 sur laquelle il roulait lors de ses années d'université. Il ne tarda pas à se familiariser avec la disposition des freins, de la poignée d'accélération et du sélectionneur d'embrayage. Il examina le réservoir, le guidon, le garde-boue avant, le pneu avant – et tout commença à lui revenir en mémoire. La sensation physique, le souvenir de l'équilibre et de la vitesse, tout était là, comme préservé dans un compartiment étanche de son cerveau, vivant et intact, et prêt pour un usage immédiat.

Il empoigna les deux extrémités du guidon et commença à redresser la moto, lorsqu'un soudain éclat de lumière venu du bois en feu éclaira une forme sombre et massive sur le sol, près du carré d'asparagus. Il laissa à nouveau reposer la BSA sur sa béquille, se pencha en avant avec précaution et ressortit le Beretta de son holster. Pour autant qu'il puisse en juger dans la lumière fluctuante, l'objet était immobile. La taille pouvait correspondre à celle d'un corps humain. Quelque chose, tout près, sur le côté, évoquait un bras étendu.

Gurney leva son arme, descendit avec soin de la moto, et se dirigea jusqu'au coin de la maison. Il était à présent sûr de voir le corps étendu d'un homme ; au bout de ce que devait être le bras étendu, il distingua la forme vague d'un fusil.

Il s'agenouilla et jeta sur le côté de la maison un rapide coup d'œil, qui confirma le fait que sa voiture bouchait le champ de vision entre Barrow Hill et l'espace qu'il devrait traverser pour atteindre la silhouette étendue. Sans perdre une seconde, il rampa en avant, son arme prête, les yeux fixés sur le fusil. Alors qu'il lui restait moins d'un mètre à franchir, sa main libre se posa sur un coin de terre humide et collante.

Lorsqu'il sentit son odeur légère, mais reconnaissable, il comprit qu'il rampait sur une flaque de sang.

455

— Ah !

Son exclamation murmurée tenait du réflexe, tout comme son mouvement de recul. Il avait débuté sa carrière au NYPD à l'apogée de la terreur du sida, et on lui avait appris à considérer le sang, jusqu'à preuve du contraire, comme un produit toxique, voire mortel. C'était un sentiment qui ne l'avait pas quitté depuis. Il regretta avec amertume l'absence de gants, mais il devait à tout prix comprendre la situation et se força à avancer. Sur une échelle de zéro à dix, la lueur mourante des débris de bois éparpillés encore en combustion oscillait entre zéro et deux.

Il atteignit d'abord le fusil, l'empoigna d'un geste ferme et le retira de la main qui le tenait. C'était un fusil pour gros gibier, d'un modèle courant, avec un mécanisme à levier. Mais la saison de la chasse au cerf était terminée depuis plusieurs mois. Poussant l'arme à l'écart, Gurney se rapprocha du corps, assez près pour constater que la source de l'hémorragie était une vilaine blessure sur le côté du cou. Elle était si profonde qu'elle avait déchiré la carotide. La mort avait dû intervenir en quelques secondes.

L'objet qui l'avait causée était encore enfoncé dans la blessure. On aurait dit deux lames de couteau jointes à une extrémité pour fabriquer une étrange arme en forme de U. Gurney comprit soudain de quoi il s'agissait. C'était l'un des supports de solive acérés qui avaient été livrés avec le bois du poulailler. L'explication s'imposait : l'explosion avait propulsé le redoutable objet vers l'homme au fusil et lui avait tranché la gorge. Mais cette explication soulevait de nouvelles questions.

L'homme avait-il lui-même provoqué l'explosion et ses conséquences imprévues ? Pourtant, il semblait peu probable qu'il ait déclenché la détonation alors qu'il était encore trop proche pour échapper aux projections de débris. Ou alors l'avait-il déclenchée par accident ? Par ignorance de la puissance destructrice d'une charge explosive ? Était-il l'infortuné complice d'un individu qui aurait agi dans la précipitation ? Toutes ses interrogations conduisaient à une autre, plus fondamentale.

Qui diable était cet homme ?

En violation de tous les protocoles qui régissent les scènes de crime, Gurney saisit l'épaule aux muscles puissants du cadavre et, non sans effort, le fit rouler pour apercevoir son visage.

Première conclusion : cet homme n'était pas son voisin. Seconde conclusion, retardée par l'absence de lumière et par le nez de la victime, brisé de façon spectaculaire (sans doute parce qu'il était tombé la tête la première) : c'était une tête qu'il avait déjà vue dans le passé.

Celle de Mick Klemper.

Ce fut alors que Gurney remarqua une autre odeur, plus forte que celle du sang. De l'alcool. Ce qui le conduisit à une troisième déduction – basée sur une supposition, mais plausible.

Klemper, peut-être comme Panikos, avait peut-être vu (à moins que quelqu'un ne lui en ait parlé) les annonces publicitaires pour l'émission *Conflit criminel*, avec leurs promesses de révélations sensationnelles, et avait ainsi été amené à agir. Ivre et fou furieux – peut-être dans un effort désespéré pour limiter les dégâts, ou motivé par une explosion de fureur à l'idée de ce qu'il tenait sans doute pour une trahison –, il serait alors parti à la recherche de l'homme qui l'avait trompé et allait mettre un terme à sa carrière et à sa vie.

Ivre de rage, il serait venu régler son compte à Gurney, rôdant dans les bois pour se faufiler jusqu'à la maison à la faveur de la nuit tombante. Il n'aurait pas songé une seconde au danger que pouvait représenter cet endroit dans de telles circonstances.

CHAPITRE 57

Cendres, cendres, nous tombons tous !

UNE FOIS DE PLUS, Gurney se trouvait confronté à une question aussi simple qu'urgente : *et maintenant, que faire ?*

Avec moins de pression, il aurait peut-être choisi la solution la plus sage et la plus sûre : appeler le 911. Un officier de la police d'État, même si ses motivations relevaient de la pure démence, avait été tué. Sa mort n'était peut-être pas intentionnelle, mais elle n'avait rien d'accidentel. Résultat direct d'un crime – le déclenchement irresponsable et délibéré d'une explosion –, il s'agissait bel et bien d'un meurtre. Le fait de ne pas prévenir les autorités compétentes, et de ne pas leur faire part des informations liées au contexte de l'affaire, pourrait fort bien être considéré comme un cas d'obstruction à la justice.

D'un autre côté, on lui pardonnerait beaucoup s'il pouvait prouver qu'il était lui-même à la poursuite d'un suspect.

Peut-être existait-il un moyen de faire venir la police locale sur les lieux en évitant un interrogatoire prolongé et sans compromettre sa dernière chance de mettre la main sur Panikos et de résoudre l'affaire Spalter.

Après avoir remis le corps de Klemper dans sa position d'origine (il espérait que les techniciens convoqués sur la scène ne seraient pas malins au point de remarquer les preuves de son intervention), Gurney rampa à nouveau derrière le coin de la maison et appela Kyle d'une voix étouffée.

Moins de trente secondes plus tard, le jeune homme était debout près de lui.

— Mon Dieu, est-ce que… c'est un cadavre… là-bas sur le sol ?

— Oui, mais oublions cela pour l'instant. Tu ne l'as pas vu. Tu as ton téléphone avec toi ?

— Oui, mais qu'est-ce que… ?

— Appelle le 911. Dis-leur tout ce qui s'est passé ici jusqu'au moment où nous sommes sortis par la fenêtre – le pneu à plat, l'explosion, ma conviction que la crevaison est le résultat d'un acte volontaire. Précise que je suis un ancien du NYPD, qu'après l'explosion, j'ai vu quelque chose bouger sur Barrow Hill, que je t'ai ordonné de te cacher dans le fourré, que j'ai pris ta moto pour me lancer à la poursuite de la personne, quelle qu'elle soit, qui se trouvait là-haut. Voilà tout ce que tu sais.

Le regard de Kyle était encore fixé sur le corps de Klemper.

— Mais… à propos de… ?

— Nos lampes étaient éteintes, il faisait nuit, et ton père t'a envoyé te cacher dans ce buisson. Tu n'as jamais vu le corps. Laisse les responsables du 911 le trouver eux-mêmes. À ce moment-là, tu pourras te montrer aussi surpris et choqué qu'eux.

— Surpris et choqué… cela ne devrait pas être trop difficile.

— Reste dans le fourré jusqu'à ce que la première voiture de patrouille remonte le long du champ. Alors, tu sortiras sans gestes brusques pour qu'ils te voient. Laisse-les bien voir tes mains.

— Tu ne m'as toujours pas dit… ce qui lui est arrivé.

— Moins tu en sauras, moins tu auras besoin d'oublier, et plus facile ce sera pour toi de paraître sous le choc.

— Et *toi*, qu'est-ce que tu vas faire ?

— Tout dépend de ce qui se passe sur la colline. Je vais y réfléchir en montant là-haut. Mais quoi que je décide, cela doit arriver maintenant.

Il remonta sur la moto, la fit démarrer avec autant de discrétion que possible, vira et se dirigea avec lenteur vers l'arrière de la maison. Confiant dans le fait que le bâtiment lui fournissait une couverture suffisante, il alluma le phare et guida à petite vitesse l'engin, qui ronronnait avec douceur, vers le vieux sentier à bestiaux ; celui-ci conduisait à un vaste champ qui séparait sa propriété de Barrow Hill.

Il était presque sûr que la trajectoire en forme d'arc qu'il décrivait en roulant empêcherait quiconque posté au sommet de la colline de distinguer le phare de la moto. Ensuite, il pourrait remonter la piste nord, une voie en lacet invisible depuis le sommet de Barrow Hill.

Tout cela semblait parfait, jusqu'à un certain point... difficile à évaluer. La part d'inconnu était trop importante. Gurney ne pouvait échapper au sentiment de foncer dans une situation où le gars de l'autre côté de la table de jeu, non seulement disposait de meilleures cartes, mais aussi d'un meilleur siège et d'une arme plus puissante. Sans parler de ses antécédents.

Gurney était tenté de rejeter la faute sur ces fumiers cyniques de RAM-TV, dont la soi-disant « erreur de timing » relative aux annonces de l'émission *Conflit criminel* relevait sans nul doute d'une décision réfléchie. Un affichage promotionnel accru entraînerait un taux d'écoute supérieur, ce qui était leur but ultime. Et si quelqu'un devait mourir en raison d'un tel choix, eh bien... cela ferait peut-être exploser l'audimat.

Mais Gurney savait qu'il était lui-même une partie du problème, si vils et vénaux que puissent être les responsables de RAM-TV. Il avait en effet affirmé, surtout pour s'en convaincre, que son plan pouvait fonctionner. À présent, il était difficile de maintenir cette illusion, se dit-il alors qu'il luttait pour garder le contrôle de la BSA, négocier une piste tortueuse à travers les fourrés de ronces, les massifs de trembles récemment plantés qui lui arrivaient à la taille et les terriers de marmottes qui auraient fait de la bordure extérieure du champ, non entretenue, un véritable défi pour n'importe quel motard chevronné, même avec une parfaite visibilité. Dans la nuit opaque, c'était un cauchemar.

Tandis qu'il approchait du pied de la colline, le terrain devint encore plus cahoteux, et les mouvements saccadés du rayon du phare à travers les buissons de mauvaises herbes peuplaient toute la zone d'ombres erratiques. Il était déjà arrivé à Gurney d'être confronté à des conditions pénibles lors d'un combat final avec un ennemi dangereux, mais cette fois, c'était pire. Il n'avait pas le temps de réfléchir, d'évaluer le pour et le contre, ainsi que le niveau de risque encouru, mais il se sentait forcé d'agir.

Forcé. Le mot n'était pas trop fort. Panikos était enfin à sa portée, et il était impensable de le laisser s'échapper. Lorsqu'il était proche à ce point de sa proie, l'excitation de la chasse montait, au détriment de l'évaluation rationnelle du risque.

Et puis il y avait autre chose. Quelque chose de très particulier.

L'écho du passé – qui éveillait en lui une force plus puissante que la raison.

Ce souvenir déchirant d'une voiture qui prenait la fuite, Danny étendu, mort, dans le caniveau. Un souvenir qui donnait naissance à une conviction, dure comme de l'acier : jamais – *plus jamais, quel que soit le danger* – il ne laisserait s'échapper un tueur aussi proche.

Une idée qui allait bien au-delà des subtilités de la rationalité. Gravée au fer rouge dans les méandres de son cerveau par cette perte irréparable.

Une fois atteint l'embranchement de la piste nord, il lui fallut prendre une décision immédiate, et aucune des options possibles n'était très encourageante. Panikos serait sans doute équipé de jumelles et d'une lunette infrarouge, et toute tentative pour grimper jusqu'au sommet de la colline risquerait d'être fatale bien avant que Gurney puisse avoir son adversaire à portée de tir de son Beretta. Le seul moyen de contrebalancer l'avantage technique de Panikos, c'était de l'obliger à bouger. Et pour cela, il fallait lui donner l'impression qu'il était confronté à des adversaires plus nombreux et mieux armés – une tâche difficile à mener à bien alors que personne n'était sur place pour le soutenir. Pendant quelques instants, Gurney envisagea de remonter la piste en lacet à pleins gaz en hurlant des ordres à des troupes imaginaires et en lançant des réponses en prenant une voix différente. Il abandonna le stratagème, qu'il jugea trop transparent.

Il se dit soudain qu'une solution était à portée de main. Même si, en effet, il ne disposait d'aucun soutien, l'*apparence* d'un soutien pourrait peut-être suffire, et un solide leurre se trouverait bientôt sur place. Une voiture de police ou deux, voire trois, avec un peu de chance tous gyrophares allumés, allaient selon toute probabilité traverser le champ en réponse à l'appel de Kyle. Leur arrivée serait bien visible depuis la position probable de Panikos près du petit lac, et une telle image créerait une impression de nombre suffisante pour le déloger et le persuader de battre en retraite en empruntant la piste à l'arrière de la colline, celle qui rejoignait Beaver Cross Road.

Mais tout cela ne servirait à rien si Panikos prenait assez d'avance sur Gurney pour s'échapper dans la nuit – ou pire, s'écarter de la piste sans se faire repérer et dresser une embuscade. Pour éviter cette éventualité, Gurney décida de diriger la BSA avec un maximum de discrétion jusqu'à un endroit situé en hauteur, aux trois quarts de la piste en lacet, d'attendre l'arrivée des voitures de patrouille dans le champ, puis d'agir « à l'oreille », selon la réaction de Panikos.

Son attente fut de courte durée. Une minute ou deux après qu'il eut atteint l'endroit en question sur la piste – à portée de tir du sommet de la colline –, il aperçut à l'autre bout du champ des lumières colorées clignotantes à travers les arbres. Presque aussitôt, il entendit le son qu'il espérait : le moteur d'un véhicule tout-terrain, très fort au début, puis s'amenuisant, ce qui signifiait que Panikos se comportait comme prévu, au moins pour l'instant.

Gurney tourna la poignée d'accélération et manœuvra aussi vite qu'il le pouvait en montant ce qui restait du sentier en lacet. Lorsqu'il atteignit le petit espace dégagé près du lac, il coupa les gaz un instant pour tenter d'entendre le tout-terrain et déterminer sa vitesse et sa position. Il jugea que le véhicule n'avait franchi qu'une centaine de mètres en redescendant la piste derrière la colline.

Alors qu'il virait vers le bout du sentier et que son phare balayait la clairière, il vit une première chose étrange, puis une seconde. Un bouquet de fleurs reposait sur une roche plate qui offrait la meilleure vue possible de la maison de Gurney. Les tiges étaient enveloppées d'un papier de soie jaune. Les fleurs elles-mêmes étaient d'un rouge profond presque brun, une couleur semblable à celle du sang séché – mais aussi celle des chrysanthèmes du mois d'août.

Gurney ne put s'empêcher de se demander si ce bouquet – selon l'expression de la comptine enfantine – lui était destiné, peut-être un dernier message censé être déposé sur son cadavre.

La seconde était un objet métallique noir, deux fois plus petit qu'une cartouche de cigarettes, sur le sol entre Gurney et les fleurs. La réaction physique de Gurney fut immédiate : il fit virer le guidon à droite et tourna la poignée des gaz. La moto opéra un virage brusque, projeta une pluie de poussière et de cailloux dans son sillage et accéléra le long de la rive du petit lac.

Si sa fuite avait été moins rapide, l'explosion qui suivit l'aurait tué. En l'occurrence, il n'eut à souffrir que de l'impact douloureux des pierres et de la poussière sur son dos.

En réponse à cette tentative pour s'en prendre à sa vie, il lança un appel en prenant sa meilleure voix de commandement : « Avis à toutes les unités. Convergez à l'instant vers la piste à l'arrière de la colline Barrow Hill. Explosif commandé à distance. Pas de blessés. » L'idée était d'accroître la pression, de pousser Panikos à l'imprudence, afin qu'il commette des erreurs et perde le contrôle. Qu'il heurte peut-être un arbre, ou tombe dans un fossé. Le but était de l'arrêter, d'une façon ou d'une autre.

Il aurait été impardonnable de le laisser s'échapper.

De laisser la BMW rouge s'éloigner et disparaître à jamais.

Non. Les choses n'allaient pas se passer ainsi. *Quoi qu'il en coûte, cela n'arriverait plus jamais.*

Il ne pouvait se permettre de laisser Panikos prendre trop d'avance. À deux cents mètres, par exemple, celui-ci pourrait profiter du temps et de l'espace dont il avait besoin pour s'arrêter net, virer, ajuster son arme et s'offrir un tir parfait alors que Gurney serait encore trop loin pour pouvoir répliquer.

Gurney, dont l'attention passait alternativement des feux arrière du véhicule aux ornières de la piste, ne perdait ni ne gagnait du terrain. Mais à chaque seconde passée à piloter la BSA, il sentait revenir ses anciennes sensations physiques de motard. Comme skier après une longue période sans pratiquer, descendre le long de la piste lui rendait son sens du timing et ses facultés de coordination. Lorsqu'il émergea enfin sur la surface pavée de Beaver Cross, le tout-terrain encore cent mètres devant lui, il se sentit assez sûr de lui pour accélérer au maximum.

Le tout-terrain atteignait des vitesses inhabituelles, sans doute construit ou modifié pour la course, mais la BSA roulait plus vite encore. En l'espace de moins de deux kilomètres, Gurney avait réduit la distance qui les séparait à quarante ou cinquante mètres – encore trop loin pour un tir au pistolet depuis une moto. Il se dit qu'il serait assez proche après avoir encore roulé environ huit cents mètres.

Panikos, peut-être conscient de cette possibilité, mais de son point de vue à lui, vira pour quitter la chaussée pavée et s'engagea sur un chemin de terre à peu près parallèle qui longeait un vaste champ de maïs. Gurney en fit autant, au cas où le petit homme déciderait de rouler parmi les épis.

Encore plus cahoteux que le sentier de Barrow Hill, le chemin de terre imposait sa propre limite de vitesse, entre cinquante et soixante-cinq kilomètres à l'heure, ce qui supprimait l'avantage dont disposait la BSA sur route dégagée et garantissait l'avance de Panikos, et l'améliorait même quelque peu, car les suspensions et amortisseurs de son engin étaient mieux adaptés à la surface du sol que la moto de Gurney.

Le chemin et le champ décrivaient une pente déclinante jusqu'à un terrain un peu plus plat, mais toujours très accidenté, dans la vallée de la rivière. Arrivé au bout, Panikos poursuivit sa route sur une pâture abandonnée, dont quelqu'un avait dit un jour à Gurney qu'il s'agissait autrefois de la plus grande exploitation laitière de la région. C'était à présent un patchwork de monticules herbeux et de petits ruisseaux boueux qui donnait un net avantage au tout-terrain en lui rendant ses cent mètres d'avance du début de la poursuite, et obligeait Gurney à pousser la BSA à des vitesses insensées à travers l'équivalent d'un parcours de slalom dépourvu d'éclairage. La course folle anesthésiait toute peur et rendait inutile tout calcul raisonnable des risques.

En plus des feux arrière rouges sur lesquels son regard se concentrait, Gurney commença à apercevoir d'autres éclats de lumière plus loin vers le bas de la vallée. Des lumières colorées, d'autres blanches ; certaines paraissaient fixes, d'autres mouvantes. Cette vision eut d'abord pour effet de le désorienter. Où diable se trouvaient-ils ? De vastes déploiements de lumière étaient aussi rares à Walnut Crossing que des sturnelles des prés à Manhattan. Mais lorsqu'il vit un arc de lueurs orange tourner avec lenteur, il comprit.

C'était la grande roue de la Foire estivale de la montagne.

Panikos gagnait encore du terrain à travers une dépression de terrain bourbeux qui séparait l'ancienne pâture d'un champ d'un peu moins de deux kilomètres carrés, plus haut et plus sec. Celui-ci accueillait la foire et ses divers parkings. Pendant quelques secondes de désespoir, Gurney crut avoir perdu Panikos parmi l'océan de véhicules qui entouraient la clôture de la fête. Mais il aperçut les feux arrière familiers qui se déplaçaient le long de l'allée extérieure d'un parking dans la direction de l'entrée des forains et des exposants.

Lorsqu'il atteignit l'entrée, le tout-terrain était déjà passé. Trois jeunes femmes, qui portaient les brassards de sécurité de la foire, de toute évidence en charge du contrôle de ce point d'accès, paraissaient perplexes. L'une parlait dans un talkie-walkie, une autre avait son mobile à l'oreille. Gurney s'arrêta près de la troisième. Assis sur la selle de la BSA, il présenta ses documents de retraité du NYPD.

— Est-ce qu'un tout-terrain vient de franchir cette entrée ?

— Mon Dieu oui. Un gamin en 4 × 4 couleur camouflage. Vous le recherchez ?

Gurney hésita une seconde en entendant le mot « gamin », puis il comprit que vu de façon rapide, c'était l'impression que pouvait laisser Panikos.

— Oui, en effet. Comment est-il habillé ?

— Habillé ? Mon Dieu… Je… peut-être un genre de blouson noir brillant ? Comme l'un de ces coupe-vent en nylon. Je n'en suis pas certaine.

— Très bien. Vous avez vu dans quelle direction il est parti ?

— Oh oui, le sacré petit salopard ! Juste par là, ajouta-t-elle en désignant une allée improvisée qui s'étendait entre l'une des tentes principales et une longue rangée de camping-cars et de caravanes.

Gurney franchit l'entrée, se dirigea dans l'étroit passage et y roula jusqu'au bout, à l'endroit où l'allée rejoignait l'un des grands halls de la foire. L'allure insouciante de la foule de promeneurs semblait exclure toute rencontre récente avec un tout-terrain lancé à pleine vitesse. Panikos s'était sans doute glissé dans l'un des nombreux espaces qui séparaient les camping-cars et pouvait à présent se trouver n'importe où sur le champ de foire.

Gurney fit pivoter la BSA et reprit l'allée vers l'entrée, où il constata que les trois jeunes femmes avaient été rejointes par un flic à la mine revêche, sans doute un des policiers locaux travaillant au noir pour aider à régler les problèmes de sécurité.

Les cheveux gris, ventru, engoncé dans un uniforme qui était peut-être à sa taille dix ans plus tôt, il examina la BSA avec un évident mélange de jalousie et de mépris.

— Hé, là, quel est le problème ?

Gurney lui présenta ses papiers.

— Le gars qui a franchi cette entrée il y a deux minutes est armé et dangereux. J'ai des raisons de croire qu'il a tiré et fait éclater un de mes pneus de voiture.

Le flic scrutait le document d'identité de Gurney comme s'il s'agissait d'un passeport nord-coréen.

— Vous êtes armé ?

— Oui.

— Selon cette carte, vous êtes à la retraite. Vous avez votre permis de port d'arme sur vous ?

Gurney feuilleta en hâte la partie de son portefeuille qui affichait son permis.

— Le facteur temps est important, officier. Ce type en tout-terrain est un sérieux…

Le flic l'interrompit aussitôt.

— Sortez ce permis de votre portefeuille et donnez-le-moi.

Gurney s'exécuta, et sa voix monta d'un cran.

— Écoutez. Ce type en tout-terrain est soupçonné de meurtre et il est en fuite. Ce ne serait pas une bonne idée de perdre sa trace.

466

Le flic étudia le permis.

— Calmez-vous… *Détective*. Ici, on est loin de votre Grosse Pomme pourrie, lança-t-il en fronçant le nez de façon déplaisante. Votre fugitif, il a un nom ?

Gurney aurait volontiers évité ce sac de nœuds, mais il ne voyait aucune alternative.

— Il s'appelle Petros Panikos. C'est un tueur professionnel.

— Un *quoi* ?

Les trois jeunes femmes chargées de la surveillance de l'entrée étaient debout en rang derrière le flic, les yeux écarquillés.

Gurney luttait pour garder patience.

— Petros Panikos a tué sept personnes à Cooperstown cette semaine. Il est possible qu'il ait causé la mort d'un officier de police il y a une demi-heure de cela. Il se trouve sur votre champ de foire en ce moment même. Vous commencez à comprendre ?

Le flic posa la main sur la crosse de son pistolet enfoncé dans un holster.

— Qui êtes-vous ?

— Mes papiers vous indiquent de façon très précise qui je suis. David Gurney, détective de première classe, retraité du NYPD. Je vous ai dit aussi que j'étais à la poursuite d'un tueur présumé. Votre attitude représente une obstruction inutile à sa capture. S'il s'échappe en raison de cette obstruction, votre carrière est terminée. Vous entendez bien ce que je vous dis, officier ?

L'hostilité glauque du regard du flic augmentait pour se transformer en quelque chose de plus dangereux encore. Ses lèvres se retroussèrent, révélant le bord de ses dents jaunes serrées. Avec lenteur, il fit un pas en arrière. Avec sa main qui se raidissait sur son arme, son mouvement était beaucoup plus effrayant que s'il avait fait un pas en avant.

— Terminé. Descendez de cette moto.

Gurney porta son regard au-delà du personnage et s'adressa à la rangée de jeunes femmes qui le contemplaient, bouche bée.

— Appelez le responsable de la sécurité, lança-t-il d'une voix forte et assurée. Faites-le venir vers cette entrée – TOUT DE SUITE !

Le flic se retourna, sa main libre levée comme pour dire « Non ! ».

— Pas besoin d'appeler qui que ce soit. On n'appelle personne. Je m'en occupe moi-même.

Gurney se dit soudain que c'était peut-être sa seule chance. Au diable le risque, il ne pouvait se permettre de perdre Panikos. Il tourna la poignée des gaz, tira le guidon vers la droite, lança l'engin à plein régime et, tandis que le pneu arrière lançait une gerbe de fumée, fonça dans l'allée derrière les camping-cars. À mi-chemin des installations principales, il opéra un virage serré entre deux gros véhicules et se fraya un passage à travers un labyrinthe de camping-cars de toutes formes et dimensions. Il émergea très vite près de l'un des halls les plus étroits de la foire. Devant, les tentes des exposants présentaient toutes sortes de produits, bonnets péruviens aux couleurs vives et sculptures d'ours fabriquées à la tronçonneuse. Il abandonna la BSA dans un espace discret entre deux tentes, dont l'une vendait des sweat-shirts Walnut Crossing et l'autre des chapeaux de cow-boy en paille.

Sur un coup de tête, il acheta un exemplaire de chaque article, puis s'arrêta dans des toilettes installées contre le même hall pour enfiler le sweat-shirt gris clair sur son tee-shirt à manches courtes. Il fit passer le Beretta de son holster de cheville à la poche du sweat-shirt, et se contempla dans la glace des toilettes. Son apparence, en partie grâce au bord du chapeau de cow-boy qui lui couvrait les yeux, le convainquit qu'il serait ainsi moins reconnaissable, au moins de loin, par Panikos comme par le flic importun.

Il songea que Panikos avait peut-être eu la même idée pour se fondre dans l'environnement, ce qui posait un problème évident. Alors que Gurney commençait à scruter la foule à la recherche du petit homme, il se demanda sur quelles caractéristiques précises il devait se concentrer.

Sa taille, qu'il estimait entre un mètre quarante-cinq et un mètre cinquante-cinq, le classerait dans la moyenne de la plupart des collégiens. Par malheur, ceux-ci, parmi la dizaine de milliers de visiteurs de la foire, devaient se compter au moins par centaines.

Sur quels autres critères pouvait-il se baser ? Les vidéos de surveillance avaient prouvé leur utilité pour établir certains faits, mais pour tracer un portrait indépendant du contexte original, leur valeur était presque nulle. Sur les images, en effet, la majeure partie des cheveux de Panikos et de son visage était masquée par les lunettes de soleil, le bandeau et l'écharpe. Son nez était visible et identifiable, de même que sa bouche, mais pas grand-chose de plus – presque rien qui puisse faciliter un examen rapide dans une foule en mouvement.

La fille de la sécurité, sous le coup du stress, lui avait dit qu'il portait un blouson noir, mais Gurney ajoutait peu de foi à sa description. Elle ne semblait pas sûre d'elle-même ; et même dans le cas contraire, les rapports de témoins oculaires sous pression, loin de correspondre à la réalité, relevaient souvent de la pure fiction. Et quoi qu'il ait pu porter en franchissant l'entrée, Panikos pouvait fort bien avoir modifié son apparence comme Gurney lui-même, avec autant de rapidité et de facilité. Alors, tout au moins pour l'instant, Gurney cherchait une personne mince, de petite taille, avec un nez effilé et une bouche enfantine.

Comme pour souligner l'insuffisance d'un tel signalement, un groupe d'au moins une dizaine de gamins excités, entre dix et douze ans, traversa le hall juste devant lui. La moitié d'entre eux ne correspondaient pas aux critères de Gurney en raison de leur taille ou parce qu'ils étaient trop grassouillets, mais Panikos aurait pu sans peine se fondre dans la moitié restante.

D'ailleurs, c'était peut-être le cas… Suppose que Panikos se trouve parmi eux, juste devant toi, se dit Gurney, comment être sûr de le reconnaître ?

C'était un défi décourageant, d'autant que le groupe tout entier avait rendu visite à l'un des peintres de la foire, qui avait transformé leurs visages en avatars de ce que Gurney supposa être des superhéros de bande dessinée. Et combien de petits groupes similaires pouvaient circuler sur le champ de foire au même moment, avec Panikos dans son rôle de promeneur innocent ?

C'est à ce moment qu'il remarqua ce que les membres du groupe en question étaient en train de faire. Ils s'approchaient d'autres visiteurs, surtout des adultes, avec des bouquets de fleurs. Il les suivit vers le grand hall pour observer de plus près leur manège.

Les gamins vendaient les fleurs – ou, pour être plus précis, ils les donnaient à quiconque offrait un don d'un minimum de dix dollars au profit du Walnut Crossing Flood Relief Fund, une organisation destinée à venir en aide aux victimes d'inondations. Mais ce qui attira – à cent pour cent – l'attention de Gurney, ce furent les bouquets eux-mêmes.

Les fleurs étaient des chrysanthèmes d'un rouge nuance rouille, et les tiges étaient enveloppées dans du papier de soie jaune – comme le bouquet déposé par Panikos sur le rocher près du lac.

Qu'est-ce que cela pouvait bien signifier ? En réfléchissant, Gurney en vint très vite à la conclusion que les fleurs laissées par Panikos près du lac provenaient elles-mêmes de la foire. Cela signifiait qu'il s'y était rendu avant sa visite à Barrow Hill, ce qui soulevait une intéressante question.

Pourquoi ?

Il était peu probable qu'il soit allé à la fête dans le seul but d'acheter un bouquet et de l'amener sur la propriété de Gurney. En effet, il n'aurait pu savoir que de telles fleurs y seraient en vente. Dans tous les cas, un fleuriste local eût été une solution plus évidente. Non. Il était venu à la foire pour un autre motif, et le problème des fleurs était secondaire.

Alors, pour quelle raison ? Sans doute pas pour les réjouissances rustiques, la barbe à papa ni le « Loto de la bouse ». Mais alors, pourquoi diable… ?

La sonnerie de son mobile interrompit le cours de ses pensées.

C'était Hardwick, dans un état de profonde agitation.

— Bon Dieu, mec ! Tu vas bien ?

— Je crois. Que se passe-t-il ?

— C'est ce que je voudrais bien savoir. Où diable es-tu ?

— À la foire. Et Panikos s'y trouve aussi.

— Mais alors, qu'est-ce qui se passe chez toi ?

— Comment sais-tu… ?

— Je suis sur la route du comté, près de l'embranchement qui mène chez toi, et il y a un putain de convoi – deux voitures de police, une voiture de shérif et un SUV de la Brigade criminelle – qui se dirige droit vers ta maison. C'est quoi, ce bordel ?

— Klemper est chez moi. Mort. Longue histoire. On dirait que les premiers flics arrivés sur place ont trouvé le cadavre et demandé de l'aide. Le convoi en question est sans doute le second.

— Mort ? Mick l'Enflure ? Mort comment ?

Gurney fournit à Hardwick un résumé des faits aussi succinct que possible, depuis le pneu crevé jusqu'à l'explosion du bois du poulailler en passant par le support de solive mortel dans le cou de Klemper, les fleurs laissées à Barrow Hill et celles de la foire.

Ses propres propos lui rappelèrent l'urgence qu'il y avait à contacter Kyle dès que possible.

Hardwick écouta le récit des événements dans un silence total.

— Ce qu'il faut que tu fasses, ajouta Gurney, c'est venir ici à la foire. Nous avons visionné les mêmes vidéos, et tu auras autant de chances que moi de reconnaître Panikos.

— C'est-à-dire à peu près aucune.

— Je sais. Mais nous allons essayer. Il est ici, quelque part. Et il est venu pour une raison précise.

— Laquelle ?

— Aucune idée, mais il était déjà ici plus tôt ce matin, et il est revenu. Ce n'est pas une coïncidence.

— Écoute, je sais que trouver Panikos, c'est la clé de tout, mais n'oublie pas que quelqu'un a payé ses services, et je pense que c'est Jonah.

— Tu as découvert du nouveau ?

— Je n'ai que ce que mes tripes me disent, voilà tout. Il y a quelque chose qui ne tourne pas rond chez ce salaud visqueux.

— À part un mobile à cinquante millions de dollars ?

— Oui, je crois. Il est beaucoup trop souriant, trop cool.

— C'est peut-être juste un héritage du bassin génétique de la charmante famille Spalter.

Hardwick émit un rire gras.

— Un bassin dans lequel je n'aimerais pas nager.

Gurney commençait à s'agiter, pressé de téléphoner à Kyle et de rechercher Panikos.

— Très bien, Jack. Dépêche-toi. Appelle-moi dès que tu arrives.

Au moment où il raccrochait, Gurney entendit la première explosion.

CHAPITRE 58

Des cendres, encore des cendres...

IL AVAIT RECONNU LE SON : le *whouf* étouffé d'un petit engin incendiaire.

Dès qu'il atteignit l'endroit en question, deux halls plus loin, sa première impression fut aussitôt confirmée. Une petite baraque était envahie par les flammes et la fumée, mais déjà, deux hommes qui portaient des brassards de la sécurité couraient dans sa direction avec des extincteurs et criaient aux badauds affolés de reculer et de s'écarter. Deux femmes de la même équipe arrivèrent et se frayèrent un passage vers l'arrière de la baraque.

— Il y a quelqu'un à l'intérieur ? crièrent-elles à plusieurs reprises.

Un véhicule d'urgence, sirènes hurlantes et tous feux allumés, avançait vers le milieu du hall.

Gurney constata qu'il ne pouvait rien faire dans l'immédiat pour aider les secours. Il se concentra sur la foule visible aux alentours du feu. Les incendiaires ont une propension bien connue à observer le résultat de leurs actes, mais s'il avait compté repérer quelqu'un correspondant, même de loin, au signalement de Peter Pan, ses espoirs furent vite déçus. Il remarqua toutefois autre chose. Le panneau à moitié brûlé au-dessus de la baraque indiquait WALNUT CROSSING Flood RELIEF FUND. Et parmi les débris que l'explosion avait disséminés sur le sol du hall se trouvaient des chrysanthèmes rouges nuance rouille.

473

Panikos semblait entretenir une relation amour-haine avec les chrysanthèmes, ou peut-être avec les fleurs en général, ou avec tout ce qui lui rappelait Florencia. Mais cela ne suffisait pas à expliquer sa présence à la foire. Il existait bien sûr une autre possibilité. Beaucoup plus effrayante. Les grands événements publics sont des lieux parfaits pour des manifestations aussi mémorables que spectaculaires.

Était-il concevable que la première visite de Panikos à la foire ait eu pour but de se livrer aux préparatifs d'une telle démonstration ? De façon plus précise, aurait-il pu déjà y placer des explosifs ? La destruction du stand de fleurs n'était-elle que la première phrase du message qu'il entendait délivrer ?

Gurney devait-il partager dès à présent ce possible scénario avec l'équipe de sécurité de la foire ? Avec la police de Walnut Crossing ? La Brigade criminelle ? Ou tenter d'expliquer une telle éventualité de manière crédible prendrait-il trop de temps pour que cela en vaille la peine ? Après tout, si cette hypothèse était la bonne, si telle était la réalité à laquelle ils devaient faire face, une fois les informations fournies et jugées convaincantes, il serait déjà trop tard.

Si folle que puisse paraître sa décision, Gurney jugea que la seule solution consistait à agir seul. Une solution qui dépendait de son succès à identifier Peter Pan, une tâche quasi impossible, il le savait. Mais aucune autre option ne s'offrait à lui.

Il commença donc à faire la seule chose qu'il pouvait mener à bien. Il se mit à marcher parmi la foule, en se basant sur la taille comme premier critère, le poids comme second, et la morphologie du visage comme troisième élément.

Alors qu'il traversait le hall suivant, en prenant soin d'examiner non seulement les gens qui déambulaient sans but, mais aussi les clients de chaque stand, de chaque tente d'exposant, une pensée ironique lui vint à l'esprit : l'avantage du scénario du pire (la possibilité que Peter Pan soit venu à la foire pour la faire exploser morceau par morceau), c'était que dans ce cas, il allait rester sur place un bon moment. Et tant qu'il était présent, il était possible de l'arrêter. Avant que Gurney se trouve confronté à la douloureuse question de savoir combien de morts et quelles destructions matérielles il serait moralement prêt à accepter pour mettre la main sur Peter Pan, Hardwick l'appela pour annoncer qu'il arrivait près de l'entrée principale et lui demander où il pouvait le retrouver.

— Nous n'avons pas besoin d'être ensemble, lui répondit Gurney. Séparés, nous couvrirons plus de terrain.

— Parfait. Alors, je fais quoi ? Je pars à la recherche de notre petit bonhomme ?

— Fais de ton mieux, selon tes souvenirs des vidéos. Peut-être pourrais-tu surveiller les groupes de gamins.

— Le but étant… ?

— Il voudra se faire remarquer le moins possible. On remarque un adulte d'un mètre cinquante, mais pas un gamin de la même taille, et il est fort possible qu'il se soit arrangé pour ressembler à un gosse. La peau du visage est un bon marqueur de l'âge, et j'imagine qu'il a dû trouver un moyen pour y remédier. Ce soir, beaucoup de jeunes se sont fait peindre la figure, et pour lui, cela aurait été une solution facile.

— Je comprends, mais pourquoi serait-il intégré à un groupe ?

— Là encore, pour passer inaperçu. Un gamin est plus visible seul qu'avec d'autres.

Hardwick émit un soupir qui sonnait comme l'expression ultime du doute.

— Je trouve que ça ressemble à un vrai jeu de devinettes, ton histoire.

— Je ne te dirai pas le contraire. Encore une chose. Considère qu'il est armé, et pour l'amour du ciel, ne le sous-estime pas. Souviens-toi, il se porte à merveille, alors que beaucoup de gens dont il a croisé le chemin sont morts.

— Quelle est la marche à suivre si je pense l'avoir identifié ?

— Ne le perds pas des yeux et appelle-moi. Pareil en ce qui me concerne. C'est comme ça qu'on se soutiendra le mieux. À propos, il a fait exploser un stand de fleurs juste après ton dernier appel.

— *Il l'a fait exploser ?*

— Cela devait être un engin incendiaire de faible puissance. Comme ceux de Cooperstown.

— Pourquoi un stand de fleurs ?

— Je ne suis pas psychanalyste, Jack, mais les fleurs, et en particulier les chrysanthèmes, doivent représenter quelque chose de particulier pour lui.

— Tu sais que les Anglais utilisent le même terme pour « maman » et pour « chrysanthème », non ?

— Oui, bien sûr, mais…

Une série d'explosions en rafales rapides coupa sa réponse et, par instinct, il s'accroupit sur le sol. Il eut l'impression que les détonations venaient de quelque part au-dessus de sa tête.

Tout en jetant un regard circulaire autour de lui, il remit son mobile à l'oreille, juste à temps pour entendre Hardwick hurler : « Bon Dieu, qu'est-ce qu'il a fait sauter, cette fois ? »

La réponse lui parvint sous la forme d'une seconde série d'explosions similaires, avec des stries de lumière et des gerbes d'étincelles colorées qui traversaient le ciel nocturne. La tension de Gurney se relâcha et il émit un bref rire de soulagement.

— Un feu d'artifice ! C'est juste un feu d'artifice !

— Mais pour célébrer quoi ? La Fête nationale est passée depuis un mois !

— Qui sait ? Ce n'est pourtant rien d'autre que cela.

Une troisième série de détonations retentit, plus forte, avec des couleurs plus éclatantes.

— Trous du cul, marmonna Hardwick.

— Bien. Bref. On a du boulot devant nous.

Hardwick demeura silencieux pendant quelques secondes, puis changea de sujet de façon abrupte.

— Alors, qu'est-ce que tu penses, au sujet de Jonah ? Tu n'as pas réagi quand je t'en ai parlé. Tu penses que j'ai raison ?

— Sur le fait qu'il soit l'instigateur du meurtre de Carl ?

— Il avait tout à y gagner. Tout. Et tu dois admettre que le personnage est plutôt répugnant.

— Quel est le point de vue d'Esti ? Elle est d'accord avec toi ?

— Bon Dieu non. Elle n'a qu'Alyssa en ligne de mire. Elle est persuadée que tout se résume à une vengeance contre Carl qui l'aurait violée, même s'il n'en existe aucune véritable preuve. C'étaient des on-dit colportés par Klemper. Ce qui me rappelle que je dois informer Esti de la mort de Mick l'Enflure. Je te garantis qu'elle va en danser de joie.

Il fallut quelques secondes à Gurney pour s'ôter cette image de l'esprit.

— Très bien, Jack. Notre boulot nous attend. Panikos est ici. Avec nous. À portée de main. Nous allons le trouver.

Alors qu'il raccrochait, une assourdissante explosion finale de feu d'artifice illumina le ciel, ce qui lui rappela, pour la douzième fois au cours des deux derniers jours, l'affaire de l'explosion de la voiture. Il songea aussi à la fusillade de l'allée relatée par Esti. Une fois de plus, il se demanda quel élément révélateur ces deux affaires pouvaient avoir en commun avec le cas Spalter. Mais si importante que puisse être la question, il ne pouvait laisser distraire son attention plus longtemps.

Il reprit sa marche à travers le champ de foire, et se concentra sur le visage de chaque personne mince et de petite taille qu'il croisait. Mieux valait en observer trop que trop peu. Si un individu de la taille correspondant à celle de Panikos regardait dans une autre direction, ou si ses traits étaient masqués par des lunettes, une barbe ou un chapeau, il le suivait avec discrétion en essayant d'obtenir un meilleur angle de vision.

Avec un sentiment plus aigu d'un possible coup de chance, il suivit une toute petite créature asexuée, sans âge, vêtue d'un jean noir ample et d'un pull large, jusqu'à ce qu'un homme noueux et hâlé, portant une casquette John Deere, accueille la créature avec chaleur dans une tente tenue par l'Église évangélique du Christ ressuscité, l'appelle Eleanor et s'informe de l'état de santé de ses vaches.

Deux autres « pistes » du même style, qui se conclurent par des absurdités similaires – commencèrent à mettre à mal son espoir de voir sa quête aboutir, tandis que les haut-parleurs de l'écran géant à quatre faces, au carrefour principal de la foire, beuglaient des morceaux country chantés d'une voix nasillarde et saturaient l'atmosphère d'une sentimentalité déconcertante. Le mélange d'odeurs était tout aussi déroutant, dominé par le popcorn, les frites et le fumier.

Tandis que Gurney tournait à un endroit où une chambre froide de la taille d'une pièce, à l'avant vitré, exposait une énorme sculpture bovine taillée dans du beurre, il aperçut le groupe d'une douzaine de gamins au visage peinturluré qu'il avait déjà rencontré plus tôt. Il pressa l'allure pour s'approcher.

À l'évidence, ils avaient rencontré un certain succès dans leurs échanges de fleurs contre des dons pour leur association. Seuls deux d'entre eux portaient encore des bouquets, et ne semblaient pas pressés de s'en débarrasser. Tandis qu'il les observait, il vit le flic de l'entrée des exposants avancer le long du hall, venant de la direction opposée, avec deux personnes qui semblaient être des collègues en civil.

Gurney se faufila dans une embrasure de porte et se retrouva dans le hall d'exposition du mouvement de jeunesse agricole 4-H Club, entouré de présentoirs de gros légumes brillants.

Dès que le groupe de flics eut disparu, il ressortit du hall. Il se rapprochait à nouveau des gosses au visage peint lorsqu'il fut surpris par une autre explosion, non loin de là. C'était le son d'un engin incendiaire, mais peut-être deux fois plus puissant que celui qui avait détruit le stand de fleurs. Toutefois, il eut peu d'effet immédiat sur la foule des badauds en balade, sans doute parce que le feu d'artifice avait été encore plus bruyant.

Il attira cependant l'attention des gosses peinturlurés. Ils s'immobilisèrent et se regardèrent, bouche bée, comme si l'explosion avait éveillé leur appétit de désastre, puis se retournèrent et partirent en hâte vers l'origine de la déflagration.

Gurney les rattrapa deux halls plus loin. Ils s'étaient rassemblés derrière une foule plus dense, et observaient. De la fumée tourbillonnait en montant de l'arène qui accueillait le spectacle de stock-car du soir. Certaines personnes couraient vers l'arène. D'autres reculaient en tenant des petits enfants d'une main ferme. D'autres encore échangeaient des questions, les yeux écarquillés par l'angoisse. Quelques-uns sortaient leur mobile et composaient des numéros. Une sirène se mit à hurler au loin.

Et puis, à peine audible dans le vacarme général, il y eut un autre *whouf*.

478

Seuls quelques membres du petit groupe auquel s'intéressait Gurney réagirent aussitôt, mais ceux qui le firent semblèrent passer aussitôt le mot à leurs compagnons. Cela eut pour effet de séparer la petite troupe, entre ceux qui avaient entendu la dernière explosion et les autres (ou ceux qui l'avaient perçue, mais trouvaient le spectacle auquel ils assistaient plus palpitant). Quoi qu'il en soit, trois individus quittèrent leurs camarades et se dirigèrent vers la scène de destruction la plus récente.

Lui-même curieux de comprendre le schéma des attaques de Panikos, Gurney décida de suivre le petit groupe. Alors qu'il passait devant ceux qui restaient à la périphérie de la foule, il tenta d'obtenir une vision claire de chaque petit visage.

Ne trouvant aucune ressemblance assez convaincante pour justifier un examen plus approfondi, il reprit son chemin derrière les trois dissidents.

Son avance fut ralentie par des visiteurs qui quittaient eux aussi la zone de l'arène. D'après les commentaires qu'il put entendre, il conclut que le public dans les stands n'avait appréhendé que de façon très vague la signification de la scène dont il avait été témoin – l'explosion brutale et massive de l'une des voitures qui participaient au spectacle final de stock-car, l'immolation atroce du chauffeur et les multiples blessures dont d'autres chauffeurs avaient été victimes. Ils semblaient attribuer le désastre au fonctionnement défectueux d'un réservoir d'essence ou à l'utilisation d'un carburant interdit. Selon les suggestions les plus sinistres, un sabotage aurait été ourdi en raison d'une querelle de famille.

Deux engins incendiaires en l'espace de vingt minutes, et toujours aucune panique. C'était la bonne nouvelle. La mauvaise, c'était que l'absence d'affolement était due au fait que personne ne comprenait ce qui se passait. Gurney se demanda si la troisième déflagration qu'il venait d'entendre y changerait quelque chose.

Environ deux cents mètres devant lui, un véhicule de pompiers tentait de se frayer un chemin parmi la foule à grand renfort de coups d'avertisseur pneumatique. Juste au-dessus, un nuage de fumée était emporté par le vent, venant de la direction vers laquelle se dirigeaient les pompiers. C'était une nuit sombre et sans lune, et la fumée était illuminée de façon irréelle par les lumières des halls, en contrebas.

Le public commençait à montrer des signes d'inquiétude. Beaucoup de gens marchaient dans la même direction que le véhicule de pompiers ; certains avançaient à pas vifs à ses côtés, d'autres couraient devant lui. Sur les visages, on pouvait lire des expressions allant de la peur à l'excitation. Les trois petites silhouettes que suivait Gurney avaient été avalées parmi la masse des innombrables corps en mouvement.

Lorsqu'il tourna au coin du hall central, une centaine de mètres derrière les pompiers, il aperçut des flammes qui se dressaient dans le ciel noir. Elles provenaient du toit d'une longue structure en bois construite de plain-pied. Il reconnut le grand enclos réservé aux animaux qui participaient aux divers spectacles et concours. En s'approchant, il vit quelques vaches et chevaux que les jeunes gens qui en avaient la charge faisaient sortir par la porte principale de la bâtisse.

Et puis d'autres animaux, nerveux, et dont personne ne s'occupait, commencèrent à sortir par d'autres portes ; certains hésitaient sans savoir où aller et piétinaient le sol, tandis que d'autres se précipitaient vers la foule, suscitant des cris de frayeur.

Un individu à bout de nerfs, et doté d'un malencontreux sens du spectacle, se mit à crier.

— C'est le rodéo !

Le sentiment de panique, dont Gurney avait remarqué l'absence quelques minutes plus tôt, s'insinua dans certains groupes parmi la foule. Des gens se bousculaient pour parvenir à occuper les positions qu'ils imaginaient les plus sûres. Le niveau sonore gagnait en volume. Sur le toit de la construction en bois, les flammes étaient poussées de côté par le vent. Le long du hall, sur les tentes d'exposition, des bandes de toiles lâches claquaient avec bruit.

Un soudain orage d'été semblait sur le point d'éclater, impression confirmée par un éclair dans les nuages et un grondement de tonnerre dans les collines. Quelques instants plus tard, les éclairs se firent plus vifs, et le grondement enfla.

CHAPITRE 59

Nous tombons tous !

D'AUTRES MEMBRES DES SERVICES de sécurité affluaient. Certains tentaient d'éloigner les visiteurs du bâtiment en bois et de l'engin des pompiers, et de les tenir à l'écart des soldats du feu qui déployaient leurs lances d'incendie. D'autres se démenaient pour reprendre le contrôle des chevaux, des vaches, des cochons et des moutons, sans oublier une couple de bœufs d'une taille gigantesque.

Gurney nota que la nouvelle des deux précédentes explosions se répandait, et suscitait un sentiment croissant de peur et de confusion. À présent, au moins un tiers des gens semblaient collés à leur mobile ; ils parlaient, envoyaient des SMS, photographiaient le feu et les scènes de désarroi qui les entouraient.

En examinant la masse mouvante des visages à la recherche des trois jeunes qu'il avait perdus de vue, ou de quiconque pouvait offrir une ressemblance avec Panikos, Gurney, stupéfait, eut une vision fugitive de Madeleine qui émergeait du bâtiment de bois. En se déplaçant pour obtenir un meilleur angle de vision, il constata qu'elle tirait deux alpagas par leur licol, un dans chaque main. Dennis Winkler, derrière elle, emmenait deux autres animaux de la même manière.

Dès qu'ils furent sortis de la zone occupée par l'équipe des pompiers, ils s'arrêtèrent pour discuter de quelque chose. Winkler

481

surtout parlait, tandis que Madeleine hochait vigoureusement la tête. Puis ils poursuivirent leur chemin, Winkler cette fois en tête, et suivirent une sorte de passage aménagé par des membres de l'équipe de sécurité pour l'évacuation des animaux.

Leur route les mena à moins de deux mètres de Gurney.

Ce fut Winkler qui le remarqua en premier.

— Hé, David ! Vous voulez vous rendre utile ?

— Désolé, je ne peux pas vous aider pour le moment.

Winkler parut contrarié.

— Je suis confronté à une vraie urgence, ici, vous savez.

— C'est notre cas à tous.

Winkler le dévisagea, puis se remit en marche en murmurant un commentaire qui fut noyé sous un grondement de tonnerre.

Madeleine s'arrêta et lui lança un regard curieux.

— Qu'est-ce que tu fais ici ?

— Et *toi*, qu'est-ce que tu fais ici ?

Au moment même où il parlait, la dureté de sa voix lui fit comprendre qu'il devait garder son calme.

— J'aide Dennis et Deirdre. Comme je te l'avais dit.

— Il faut que tu partes d'ici. Tout de suite.

— *Quoi ?* Mais qu'est-ce qui ne va pas chez toi ?

Le vent ramenait en avant ses cheveux, qui lui retombaient sur le visage. Les deux mains agrippées sur les licols, elle devait secouer la tête pour les écarter de ses yeux.

— Tu n'es pas en sécurité ici.

Elle battit des paupières en signe d'incompréhension.

— À cause de l'incendie dans l'étable ?

— Celui de l'étable, celui de l'arène de stock-car et celui du stand de fleurs…

— Mais de quoi parles-tu ?

— L'homme que je pourchasse… celui qui a incendié ces maisons à Cooperstown.

Il y eut un éclair dans le ciel et le plus puissant grondement de tonnerre depuis le début de l'orage. Madeleine tressaillit et parla un ton plus haut.

— Qu'est-ce que tu me racontes ?

— Il est là. Petros Panikos. Ici, ce soir, maintenant. Je pense qu'il a peut-être semé des engins incendiaires un peu partout dans la foire.

Les cheveux de Madeleine lui balayaient toujours le visage, mais à présent, elle ne tentait même plus de les écarter.

— Comment sais-tu qu'il est ici ?

— Je l'ai suivi.

— Depuis où ?

Nouvel éclair, nouveau coup de tonnerre.

— Barrow Hill. Je l'ai poursuivi jusqu'ici avec la moto de Kyle.

— Que s'est-il passé ? Pourquoi…

— Il a tué Mick Klemper.

— Madeleine !

C'était la voix impatiente de Dennis Winkler, qui se tenait à une dizaine de mètres de là.

— Madeleine ! Viens ! Nous devons continuer à avancer.

— *Klemper ?* Mais où ?

— Près de notre maison. Je n'ai pas le temps de tout t'expliquer. Il provoque des explosions, des incendies, et je veux que tu fiches le camp d'ici.

— Et les animaux ?

— Maddie, pour l'amour du ciel !

— Ils sont terrifiés par le feu, répondit-elle en lançant un regard empreint de détresse vers les deux alpagas, qui paraissaient pensifs.

— Maddie…

— Très bien, très bien… laisse-moi juste emmener ces deux-là jusqu'à un endroit sûr. Et je partirai. (À l'évidence, elle trouvait la décision difficile à prendre.) Et toi ? Que fais-tu ?

— J'essaie de le trouver et de l'arrêter.

La peur à l'état brut emplit le regard de Madeleine, et elle voulut argumenter, mais il l'interrompit.

— Il *faut* que je le fasse ! Et *toi*, tu dois partir d'ici – *s'il te plaît, et tout de suite !*

Pendant un instant, elle parut tétanisée par son propre sentiment d'effroi, puis elle s'avança vers lui, l'étreignit avec une force presque désespérée, se retourna sans prononcer un mot et conduisit ses deux animaux le long du hall vers l'endroit où l'attendait Winkler. Ils échangèrent quelques mots, puis se mirent aussitôt en marche, côte à côte, le long du couloir dégagé à travers la foule.

En les observant quelques secondes jusqu'à ce qu'ils soient hors de vue, Gurney se sentit transpercé par une émotion qu'il aurait été incapable de définir. Ils paraissaient si bien ensemble, si « assortis », comme des parents aimants cherchant pour leurs enfants un refuge à l'abri de l'orage.

Il ferma les yeux, espérant trouver le moyen de remonter le long de ce puits d'acide et d'en sortir enfin. Lorsqu'il les rouvrit un instant plus tard, le trio de gosses au visage peint venait de réapparaître, comme surgi de nulle part. Ils passèrent devant lui et suivirent la même direction que celle de Madeleine et de Winkler. Gurney eut l'impression perturbante, peut-être due à son imagination, que l'un des visages peints souriait.

Il leur donna une bonne quinzaine de mètres d'avance avant de leur emboîter le pas. Le hall devant eux était un véritable méli-mélo de gens qui se déplaçaient dans des directions contraires. La curiosité poussait les plus stupides vers le bâtiment de bois en feu, tandis que les équipes de sécurité faisaient de leur mieux pour les inciter à faire demi-tour et garder un passage ouvert pour les animaux et leurs maîtres qui, eux, se déplaçaient dans le sens opposé vers une série d'enclos, tout au bout du champ de foire, loin de l'incendie et de son pouvoir d'attraction. La menace d'une averse encourageait des foules de visiteurs à abandonner les halls piétonniers en faveur des tentes des exposants ou de leurs propres voitures. La densité humaine réduite permit à Gurney de garder le petit groupe en vue avec un peu plus de facilité.

Après un massif coup de tonnerre qui se répercuta à travers toute la vallée, il s'aperçut que son téléphone sonnait.

C'était Hardwick.

— Tu as repéré notre petit enfoiré ?

— Une ou deux possibilités plus ou moins crédibles, mais rien de sûr. Quelle zone as-tu couverte jusqu'ici ?

Pas de réponse.

— Jack ?

— Un instant.

Pendant que les secondes passaient, Gurney divisa son attention entre le trio et le cube vidéo géant qui dominait le centre du champ de foire et offrait au cauchemar en cours un incessant accompagnement de musique country. Pendant qu'il attendait le retour de Hardwick au téléphone, il luttait pour ne pas se laisser distraire par le refrain œdipien quelque peu effrayant d'un morceau appelé « Fête des mères », qui évoquait un travailleur et buveur acharné, chauffeur de pick-up, qui n'avait jamais rencontré une femme aussi aimante que sa maman.

— Me voici de retour.

— Que se passe-t-il ?

— J'ai filoché un groupe de petits cons, je ne voulais pas les lâcher. Habillés comme l'as de pique. Deux ou trois d'entre eux portaient cette peinture de merde sur leur visage.

— Tu as remarqué quelque chose de particulier ?

— Il semble y avoir un groupe central, et puis un genre de franc-tireur.

— Un franc-tireur ?

— Ouais. Comme s'il était avec la bande, mais sans en faire tout à fait partie.

— Intéressant.

— Oui, mais ne t'emballe pas. Dans un groupe de gamins, il y en a toujours un qui reste un peu à l'écart des autres. Cela ne prouve peut-être rien.

— Tu as vu la peinture sur son visage ?

— Il faut que j'attende qu'il se retourne.

— Où es-tu ?

— Je passe devant un stand qui vend des écureuils empaillés.

— Mon Dieu. Un autre point de repère plus évident ?

— Il y a un bâtiment plus bas que le hall avec l'image d'une énorme citrouille sur la porte, à côté d'une salle de jeux vidéo. Mes petits salopards à la manque viennent d'ailleurs d'y entrer.

— Et le solitaire ?

— Oui, lui aussi. Ils sont tous à l'intérieur. Tu veux que j'y aille ?

485

— Non, je ne crois pas. Pas encore. Assure-toi qu'il n'y a qu'une seule porte, pour qu'on ne les perde pas.

— Attends, ils viennent de sortir. Ils repartent.

— Tous ? Le franc-tireur aussi ?

— Ouais… je compte… huit, neuf… oui, ils sont tous sortis.

— Ils vont dans quelle direction ?

— Ils sont passés devant le bâtiment à la citrouille et vont vers l'extrémité du hall.

— Cela veut dire que nous allons nous rapprocher. Je suis un hall plus loin que toi, et je vais dans la même direction. Je suis une procession d'animaux et ma propre troupe de visages peints.

— Des animaux ?

— Ceux qui se trouvaient dans le bâtiment en bois qui servait d'étable et d'écurie sont évacués vers les enclos, derrière la grande roue. Le bâtiment est en feu.

— Merde ! J'ai entendu quelqu'un parler de l'incendie. J'ai cru qu'ils confondaient avec l'incendie dans l'arène de stock-car. Très bien, je raccroche. Il faut que je fasse gaffe ici – mais attends ! Tu as eu des nouvelles de ce qui se passe chez toi ?

— Il faut que je passe un coup de fil à mon fils pour en savoir plus.

— Tiens-moi au courant.

Alors que Gurney coupait la communication, Madeleine et Winkler tournaient vers une sorte de hall circulaire qui encerclait les manèges forains et les enclos. Une minute plus tard, le trio que suivait Gurney prit la même direction et, lorsqu'il atteignit l'intersection, ils se retrouvèrent tous avec le groupe de neuf gamins que surveillait Hardwick.

Sans se soucier de l'orage, les douze petits personnages (ils se déplaçaient parmi les animaux et des groupes de visiteurs qui ignoraient encore la catastrophe qui se déroulait au même moment) défiaient toutes les tentatives de Gurney pour identifier un individu suspect – un mini-adulte déguisé en enfant. Ils se déplacèrent vers la barrière qui séparait le hall circulaire des manèges.

Madeleine et Dennis, accompagnés des alpagas, longeaient les manèges pour parvenir aux enclos. Gurney se plaça à un endroit d'où il pouvait voir aussi loin que possible dans la direction des enclos, tout en gardant une vue dégagée sur le groupe rassemblé près de la barrière. Il repéra Hardwick qui prenait position là où le premier hall rectiligne venait rejoindre celui qui était circulaire. Plutôt que de révéler le fait qu'ils se connaissaient en allant le retrouver et en parlant avec lui, il prit son mobile et l'appela.

Lorsqu'il répondit, Hardwick le regardait.

— Qu'est-ce que c'est que ce chapeau de bouseux ?

— Le camouflage idéal. Une longue histoire que je te raconterai une autre fois. Dis-moi, tu as repéré quelqu'un d'autre qui puisse nous intéresser, ou nos meilleurs candidats sont ceux qui sont juste en face de nous ?

— Ce sont eux. Et tu peux en éliminer à peu près la moitié si l'on tient compte du facteur embonpoint.

— Quel facteur ?

— Certains de ces gosses sont beaucoup trop gras. D'après ce que j'ai pu voir sur les vidéos, notre Peter Pan a l'allure efflanquée d'un petit affamé.

— Ce qui nous laisse environ six possibilités ?

— Je dirais plutôt deux ou trois. En plus du facteur embonpoint, il y a aussi le facteur taille, et la morphologie du visage. Ce qui nous laisse peut-être un membre de ton groupe, et deux du mien. Et même ceux-là ne me semblent pas très crédibles.

— Les trois dont tu me parles, ce sont lesquels ?

— Celui qui est le plus proche de toi – casquette de base-ball de crétin, la main sur le garde-fou. Celui d'à côté, avec le sweat à capuche noir, les mains dans les poches. Et celui qui est près de moi, et qui porte une tenue de basket bleu satin trop grande de trois tailles. Tu as mieux à me proposer ?

— Je vais voir ça de plus près. Je te rappelle.

Il glissa son mobile dans sa poche et observa les douze petites silhouettes près de la barrière. Il se concentra en particulier sur les trois gamins mentionnés par Hardwick. Mais celui-ci avait employé une expression qui touchait un point sensible. *Même ceux-là ne me semblent pas très crédibles.*

En effet. D'ailleurs, Gurney ne pouvait s'empêcher d'éprouver un sentiment malsain et angoissant ; il y avait un aspect grotesque dans cette idée que l'un de ces petits collégiens agités, vêtus de façon absurde, puisse être Peter Pan. Alors qu'il changeait de position pour mieux voir leurs visages, Gurney fut tenté d'abandonner tout effort, d'accepter la probabilité selon laquelle Peter Pan avait déjà fui le champ de foire et traçait à présent sa route vers des lieux inconnus, loin de Walnut Crossing. C'était sans doute une position plus raisonnable que d'imaginer que l'un de ces petits bonshommes devant la barrière – ils semblaient captivés par le fracas et les cris des attractions – puisse être un exécuteur impitoyable.

Pouvait-on croire que l'homme qu'Interpol créditait de plus de cinquante victimes, qui avait fracassé le crâne de Mary Spalter sur le rebord de sa baignoire, fait brûler sept personnes à Cooperstown, enfoncé des clous dans les yeux de Gus Gurikos et décapité Lex Bincher, puisse à présent passer inaperçu parmi un groupe d'enfants ? Alors que Gurney passait devant eux en faisant semblant de chercher une meilleure position pour admirer la grande roue, il trouva ahurissante l'idée que l'un d'eux puisse être un assassin professionnel. Et pas seulement un meurtrier, mais un homme spécialisé dans les contrats que les autres tueurs jugeaient impossibles à exécuter.

Cette dernière pensée fit dériver l'esprit de Gurney vers un problème sur lequel il s'était interrogé au cours des derniers jours, mais qu'il n'avait pas pris le temps d'examiner avec sérieux. C'était sans doute la question la plus déroutante de toutes :

Qu'est-ce qui était si difficile dans le contrat d'exécution de Carl Spalter ?

Qu'est-ce qui le rendait « impossible » ? Pourquoi était-ce un job taillé sur mesure pour Panikos ?

La réponse à cette question révélerait peut-être les secrets de l'affaire. Gurney décida de retourner le problème dans tous les sens jusqu'à ce que la vérité émerge. La simplicité de la question le convainquit de sa pertinence. Il y retrouva même un modeste degré d'optimisme. Il était sur la bonne voie.

Il se passa soudain quelque chose de très surprenant.

Une réponse lui vint à l'esprit, aussi simple que la question.

Au début, il osa à peine respirer, comme si la solution était aussi fragile qu'une fumée que son souffle risquerait de faire disparaître. Mais plus il y réfléchissait, plus il testait la solidité de son hypothèse, plus il était certain d'avoir raison. Et si tel était le cas, alors l'affaire Spalter était résolue.

Tandis qu'il voyait cette explication d'une simplicité stupéfiante prendre forme dans son cerveau, il ressentit cette excitation, comme un fourmillement, qui accompagne toujours une vérité naissante.

Il se répéta la question essentielle. *Qu'est-ce qui était si difficile dans le contrat d'exécution de Carl Spalter ? Qu'est-ce qui le rendait « impossible » ?*

Il éclata soudain de rire tout haut.

Parce que la réponse tenait en un mot tout simple : rien.

Rien n'avait rendu cette mission impossible.

Alors qu'il repassait en sens inverse devant les silhouettes proches de la barrière, il vérifia la validité de son intuition en se demandant quelle lumière elle jetait sur les aspects obscurs de l'affaire encore en suspens. Son sentiment d'excitation s'intensifia au fur et à mesure que les mystères disparaissaient les uns après les autres.

Il comprit pourquoi Mary Spalter devait mourir.

Il connaissait le commanditaire du tir qui avait mis un terme à la vie de Carl Spalter.

Il voyait de façon très nette comment Alyssa et Klemper s'intégraient parmi les autres pièces du puzzle.

Le mystère du tir qui provenait d'un endroit d'où il n'avait pas pu être tiré n'en était plus un.

Tout ce qui était lié à l'affaire Spalter était devenu simple. D'une écœurante simplicité.

Et l'ensemble soulignait une vérité à laquelle il était impossible d'échapper. Il fallait arrêter Peter Pan.

Tandis que Gurney réfléchissait à ce dernier défi, ses pensées, qui bouillonnaient à un rythme de plus en plus rapide, furent interrompues par un autre *whouf.*

CHAPITRE 60

Un parfait petit Peter Pan

CERTAINS DES VISITEURS DE LA FOIRE qui déambulaient dans les environs s'immobilisèrent, penchèrent la tête et échangèrent des regards inquiets en fronçant les sourcils. Mais près de la barrière, personne ne parut remarquer quoi que ce soit qui sorte de l'ordinaire. Peut-être, songea Gurney, étaient-ils trop absorbés par les attractions et les cris de plaisir de ceux qui y participaient. Et si l'un d'eux était responsable de cette explosion, la dernière en date de la série – s'il avait équipé l'engin d'un retardateur ou s'était contenté d'envoyer un signal électronique à l'aide d'un détonateur à distance –, il n'allait en aucun cas réagir de telle sorte qu'il puisse être suspecté.

Gurney se dit que c'était sa meilleure chance, et peut-être la dernière, de décider si l'un de ces individus méritait une attention particulière, ou s'il était parvenu à la fin de sa poursuite « à chaud » de Panikos. Il s'approcha du garde-fou pour obtenir une position qui lui offrait une assez bonne vue de leurs profils.

Sans tenir compte des sélections et éliminations décrétées par Hardwick, il étudia tout à tour chaque visage et chaque morphologie. Sur les douze, il pouvait en distinguer neuf de façon assez nette pour pouvoir juger sans se tromper; et son jugement les excluait tous. Parmi les neuf se trouvaient les trois qu'il avait lui-même suivis plus tôt, ce qui lui procura un bref sentiment de

490

regret à la pensée du temps perdu, même s'il savait que tout travail d'enquête comporte sa part de suspects à écarter.

Il ne restait donc que trois personnes à évaluer. C'étaient d'ailleurs ceux qui étaient les plus proches, mais tous lui tournaient le dos. Ils arboraient l'uniforme peu engageant de la jeunesse rebelle.

Comme beaucoup d'autres petites villes du nord de l'État de New York qui, pendant des années, avaient végété dans une sorte d'enclave temporelle composée de manières, d'attitudes et de comportements surannés, Walnut Crossing s'était lentement laissé gagner, tout comme Long Falls un peu plus tôt, par une culture toxique de rap de bazar, de fringues « gangsta » et d'héroïne à bas prix. Les trois jeunes qu'observait Gurney incarnaient à merveille cette tendance. Il espérait en tout cas que deux d'entre eux n'étaient que des idiots, et que le troisième…

Si bizarre que puisse paraître cette pensée, il souhaitait que le troisième soit le mal incarné.

Il aurait aussi voulu pouvoir ne nourrir aucun doute à ce sujet. Ce serait parfait si tout était dans les yeux – si un regard affûté pouvait reconnaître le mal avec autant de facilité. Mais ce n'était pas le cas, et il faudrait plus qu'un simple coup d'œil pour vérifier un jugement aussi crucial. Il allait sans doute devoir se fier à leur façon de parler, trouver un moyen de créer une série de défis qui exigerait en retour une série de réponses. Celles-ci peuvent prendre des formes diverses – des mots, des tonalités, des expressions, un comportement corporel. La vérité vient de l'accumulation.

La question qui se posait à présent était de savoir comment arriver à ce stade.

Ses options se trouvèrent simplifiées lorsque l'un des trois individus qui regardaient dans une autre direction se tourna vers lui, assez pour révéler une morphologie faciale peu compatible avec celle qui apparaissait sur les vidéos de surveillance. Le gosse parla aux deux autres de la grande roue. Au départ, il parut s'adresser à eux sur un ton presque cajoleur, puis il se montra plus railleur pour les convaincre de l'accompagner, lui et les neuf autres collégiens ; ceux-ci s'engouffraient, tout excités, à travers une ouverture de la barrière qui menait tout droit à la roue. Il finit par abandonner les deux récalcitrants après les avoir traités de « petits minables à la con » et rejoignit la file.

C'est alors que l'un des deux qui restaient, le plus proche de Gurney, tourna enfin la tête vers Gurney. Il portait un sweat à capuche noir qui masquait ses cheveux, la plus grande partie de son front et jetait une ombre sur ses yeux. Son visage était peint d'une couleur d'un jaune bilieux. Un sourire peint d'une nuance rouille obscurcissait les contours de sa bouche. Une seule caractéristique était reconnaissable de façon nette. Ce fut celle qui capta aussitôt l'attention de Gurney.

C'était le nez – petit, effilé, quelque peu crochu.

Gurney était incapable d'affirmer que la ressemblance avec le personnage des images vidéo était parfaite, mais il sentit que la similarité était assez réelle pour qu'il puisse qualifier l'individu de suspect *possible*. Il en faudrait plus pour parvenir au statut de *probable*. Et il ne disposait pas encore d'une vision suffisante du compagnon de « Sweat noir » qui se trouvait près de la barrière.

Alors que Gurney s'apprêtait à changer de position, le jeune homme simplifia la situation et tourna la tête, juste assez pour s'éliminer lui-même de la liste des *possibles*, grâce à sa figure large et aplatie. Il parlait à « Sweat à capuche », mais Gurney ne put entendre qu'une petite partie de ce qu'il disait. Il n'en était pas certain, mais cela ressemblait à une question du genre : « Il te reste de l'héro ? ».

La réponse de « Sweat noir » fut inaudible, mais la déception peinte sur le visage de son interlocuteur était dénuée d'ambiguïté.

— Tu vas en avoir bientôt ?

Là encore, Gurney ne put entendre la réponse, mais le ton était déplaisant. Celui qui avait posé la question fut de toute évidence déconcerté, et après un instant d'hésitation gênée, il recula, se retourna et se hâta de gagner le hall où se trouvait Hardwick. Après une brève hésitation, celui-ci le suivit, ils furent bientôt hors de vue de Gurney.

« Sweat noir » était désormais seul près de la barrière. Il s'était retourné vers les manèges forains et contemplait à présent, avec une sorte d'expression rêveuse, les illuminations tape-à-l'œil de la grande roue. Il y avait eu comme une fluidité calculée dans son mouvement, et Gurney remarqua son calme, qu'il jugea beaucoup plus adulte qu'enfantin.

« Sweat noir », ainsi qu'il l'appelait, peu désireux de l'affubler de façon prématurée du nom d'assassin, gardait les mains dans les poches de devant de son sweat-shirt, ce qui pouvait être un moyen pratique de les cacher (la peau des mains est un excellent révélateur de l'âge) sans pour autant attirer l'attention en portant des gants en plein mois d'août. Sa taille – pas plus d'un mètre cinquante – correspondait à celle de Peter Pan, et il semblait doté du même genre de silhouette mince qui laissait planer un doute sur son sexe. Les petites taches de boue sur son pantalon de jogging et ses baskets pouvaient s'expliquer par le pilotage d'un tout-terrain dans la descente de Barrow Hill et la traversée des pâtures détrempées qui bordaient le champ de foire. La possibilité, d'après les bribes de conversation qu'avait pu entendre Gurney, qu'il ait vendu de la drogue ce soir-là expliquerait qu'un étranger ait été accepté dans ce cercle débraillé.

Pendant que Gurney examinait la silhouette vêtue de noir en soupesant les éléments de preuve, les battements rythmiques et les sons nasillards de la musique country qui inondait le champ de foire cessèrent d'un seul coup. Une annonce suivit, après quelques instants de bruits parasites :

— Mesdames et messieurs, puis-je vous demander toute votre attention, s'il vous plaît ? Ceci est une annonce de la plus haute importance. Nous vous demandons de rester calmes. Nous sommes confrontés à plusieurs incendies d'origine inconnue. Pour la sécurité de tous, nous devons mettre un terme aux spectacles et événements prévus pour la soirée. Nous allons faire évacuer le champ de foire en bon ordre et en toute sécurité. Les activités actuellement en cours seront les dernières pour ce soir. Nous demandons à tous les exposants de commencer à fermer leurs stands et ranger leurs étalages. Nous demandons aussi à tout le monde de suivre les instructions des personnels de sécurité, des pompiers et des équipes médicales. Ceci est une annonce de la plus haute importance. Tous les visiteurs de la foire sont priés de se diriger en bon ordre vers les sorties et les parkings. Je répète, nous sommes confrontés à plusieurs incendies d'origine inconnue. Pour la sécurité de chacun, nous devons procéder dès maintenant à une évacuation en bon ordre de...

L'annonce fut interrompue par la plus grosse explosion jusqu'alors.

La panique se répandait. On entendait des cris. Des mères appelaient leurs enfants en hurlant. Des gens regardaient autour d'eux, affolés, certains tétanisés, d'autres erraient sans but.

« Sweat noir », toujours debout près de la barrière à contempler la grande roue, n'eut aucune réaction. Aucun signe de choc, aucune curiosité. Ces éléments, dans l'esprit de Gurney, étaient les éléments les plus probants jusqu'à présent. Comment cette personne pouvait-elle ne pas réagir, à moins qu'elle n'éprouve aucune surprise en constatant ce qui se passait ?

Toutefois, comme souvent dans le fonctionnement mental de Gurney, une conviction forte amenait avec elle une prudence accrue. Il n'était que trop conscient de la manière dont diverses perceptions peuvent s'accumuler pour venir appuyer une hypothèse spécifique. Une fois qu'un schéma commence à se former, même erroné, l'esprit favorise de façon inconsciente les données qui viennent le confirmer, et écarte les autres. Les résultats peuvent être désastreux voire, particulièrement en matière de police ou de justice, fatals.

Et si « Sweat noir » n'était qu'un propre à rien pathétique, défoncé à mort, plus absorbé par les illuminations de la grande roue que par n'importe quel danger réel ? S'il n'était qu'un exemplaire parmi cinquante ou cent mille êtres humains affublés d'un petit nez mince et crochu ? Et si la terre qui maculait son pantalon s'y trouvait déjà depuis une semaine ?

Et si le schéma qui paraissait de plus en plus évident ne signifiait rien ?

Gurney devait faire quelque chose, n'importe quoi, pour résoudre l'équation. Il allait le faire seul. Et vite. Le temps n'était plus aux subtilités. Ni au travail d'équipe. Dieu seul savait où en était Hardwick à l'heure qu'il était. Et les chances d'obtenir la coopération de la police locale, sans doute déjà empêtrée jusqu'au cou dans la gestion d'un cauchemar qui n'en était qu'à ses débuts, étaient nulles, d'autant qu'il s'était déjà fait un ennemi parmi eux. S'il les approchait, au lieu de recevoir leur aide, il risquait de se faire lui-même arrêter.

Les manèges tourbillonnaient encore en hurlant et en vrombissant autour de leurs socles métalliques. La grande roue tournait avec lenteur. Sa taille et le relatif silence de son mouvement lui prêtaient une majesté particulière parmi les attractions moins spectaculaires et plus bruyantes. Dans le hall circulaire, des visiteurs se déplaçaient encore dans les deux sens. Des parents angoissés commençaient à se rassembler vers la barrière, sans doute pour emmener leurs enfants dès qu'ils quitteraient leurs manèges.

Gurney ne pouvait attendre plus longtemps.

Il empoigna le Beretta dans la poche de son sweat-shirt, défit le cran de sûreté, et longea le garde-fou jusqu'au moment où il se trouva à environ un mètre de « Sweat noir ». Il était désormais motivé par quelque chose de plus puissant que l'instinct et le désir d'agir. Il commença à chantonner d'une voix douce.

> *À la ronde, jolie ronde,*
> *Des bouquets plein la poche.*
> *Cendres, cendres,*
> *Nous tombons tous !*

Un homme et une femme qui se tenaient près de Gurney lui lancèrent des regards étonnés et méfiants. « Sweat noir » ne fit pas un geste.

Un manège baptisé « Le tourbillon infernal » ralentit, puis s'arrêta dans un bruit semblable à un raclement d'ongles géants sur un tableau noir. Il en sortit une petite douzaine de gosses encore étourdis, dont la plupart furent vite embarqués par les adultes qui les attendaient, ce qui eut pour effet de dégager l'espace autour de Gurney.

Avec son Beretta braqué sur le dos de la silhouette devant lui, il reprit l'absurde petite mélodie en y ajoutant des paroles de sa composition :

Le parfait petit Peter Pan
Avait le parfait petit plan
Pour tuer des gens,
Mais tout est allé de travers.
Cendres, cendres, nous tombons tous !

« Sweat noir » tourna à peine la tête, assez peut-être pour avoir un aperçu, à la périphérie de son champ de vision, de la personne qui se trouvait derrière lui, mais il ne dit rien.

Gurney pouvait à présent distinguer plusieurs petites marques rouges circulaires, du diamètre d'un petit pois, peintes sur une de ses pommettes. Elles lui rappelèrent les tatouages en forme de larme que certains membres des gangs arborent souvent au même endroit, parfois en hommage à des amis assassinés, ou pour se glorifier des meurtres qu'ils ont eux-mêmes commis.

Il ressentit soudain un frisson en s'apercevant qu'il ne s'agissait pas de simples petites marques rouges, ni même de larmes.

C'étaient de minuscules fleurs rouges.

Les mains de « Sweat noir » bougèrent de façon imperceptible dans les vastes poches de son sweat-shirt.

Dans sa propre poche, l'index de Gurney glissa vers la détente du Beretta.

Dans le hall derrière lui, à une distance qu'il évalua à un peu moins de cent mètres, retentit une nouvelle explosion, suivie par des cris, des hurlements, des jurons, la clameur aiguë de plusieurs sirènes d'alarme démarrant en même temps, encore des cris, quelqu'un qui criait le nom de « Joseph », le bruit d'innombrables pieds en train de courir.

« Sweat noir », immobile, ne fit pas un geste.

Gurney éprouva une colère croissante en imaginant la scène derrière lui, qui provoquait tous ces cris de douleur et de terreur. Il laissa sa fureur inspirer les quelques mots qui suivirent :

— Vous êtes un homme mort, Panikos.

— C'est à moi que vous parlez ?

Le ton de la question était délibérément indifférent. L'accent était urbain, l'allure négligée. La voix était sans âge, enfantine d'une étrange façon, et pas plus sexuée que le corps dont elle provenait.

Gurney examina la partie du visage peint en jaune qui n'était pas dissimulée par le capuchon. Les lumières tape-à-l'œil des manèges, les cris de désarroi et de confusion qui montaient des sites des explosions, et l'âcre odeur de fumée poussée par le vent donnaient à la créature devant lui un aspect presque surnaturel. Une image en miniature de la Faucheuse. Un enfant comédien jouant le rôle d'un démon.

Gurney répondit d'un ton égal.

— Je parle au parfait Peter Pan, qui a tué l'homme qu'il ne fallait pas.

Le visage encapuchonné se tourna vers lui avec lenteur. Puis le reste du corps suivit.

— Restez où vous êtes, l'avertit Gurney. Ne bougez pas.

— Il faut que je bouge, man. (Une sorte de détresse geignarde s'exprimait dans la voix de « Sweat noir ».) Comment est-ce que je pourrais ne pas bouger ?

— Arrêtez ! Tout de suite !

Le mouvement se figea. Le regard impassible du visage jaune était à présent fixé sur la poche où Gurney tenait son Beretta, prêt à faire feu.

— Et vous comptez faire quoi, man ?

Gurney garda le silence.

— Vous allez me flinguer ?

Le style de ses propos, leur cadence, l'accent, tout paraissait typique du petit dur des rues.

Mais pas tout à fait tout de même, se dit Gurney. Pendant un instant, il ne put déterminer ce qui clochait. Puis il comprit. Ce qu'il entendait, c'était une version générique du parler des gamins des rues, mais sans caractère spécifique à un quartier d'une ville précise. Cela lui fit penser aux acteurs britanniques lorsqu'ils jouent des rôles de New-Yorkais. Leur accent emprunte des inflexions à tous les quartiers de la ville sans se fixer sur une en particulier. Ils paraissent en réalité ne venir de nulle part.

— Si je vais vous abattre ? dit Gurney en fronçant les sourcils d'un air pensif. Oui, si vous ne faites pas ce que je vous dis.

— Comme quoi, par exemple ?

Tout en parlant, « Sweat noir » commença à pivoter comme s'il voulait se retrouver face à Gurney.

— Arrêtez !

Gurney poussa le Beretta en avant dans sa poche pour le mettre en évidence.

— Je sais pas qui vous êtes, man, mais vous êtes un foutu cinglé, répondit « Sweat noir » en se tournant encore de quelques degrés.

— Un centimètre de plus, Panikos, et j'appuie sur la détente.

— Qui est ce foutu Panikos ?

Son ton exprimait soudain la confusion et l'indignation. Peut-être un peu trop.

— Vous voulez savoir qui est Panikos ? répondit Gurney en souriant. C'est le plus gros gaffeur du métier.

À cet instant, Gurney nota un changement fugitif dans le regard de ces yeux froids, une nuance qui apparut et disparut en moins d'une seconde. S'il avait dû mettre un nom sur cette expression, Gurney l'aurait définie comme de la haine à l'état pur.

Elle fut vite remplacée par une moue de dégoût.

— Vous êtes dingo, man. Cent pour cent à la masse.

— Peut-être, répondit Gurney avec calme. Peut-être que je suis dingue. Peut-être que je vais abattre aussi la mauvaise cible. Dans ce cas, vous allez recevoir une balle pour la simple raison que vous étiez au mauvais endroit au mauvais moment. C'est le genre de choses qui arrivent, non ?

— Qu'est-ce que c'est que ces conneries, man ? Vous n'allez pas me flinguer de sang-froid devant un millier de gens dans une foutue foire. Vous faites ça, et votre vie, elle est finie, mon vieux. Pas moyen d'y échapper. Imaginez les titres des journaux : « Un flic dément abat un enfant sans défense. » C'est ça que vous voulez que votre famille lise dans la presse ?

Le sourire de Gurney s'élargit.

— Je vois ce que vous voulez dire. C'est très intéressant. Dites-moi une chose. Comment avez-vous pu savoir que j'étais flic ?

Pour la seconde fois, les yeux froids trahirent une certaine émotion. Cette fois, ce n'était plus de la haine, mais quelque chose comme le tressaillement de l'image qui se produit en moins d'une seconde lorsqu'on reprend le visionnage d'une vidéo après l'avoir mise en pause.

— Vous devez bien être flic, non ? Sûr que vous êtes flic. C'est évident, non ?

— Pourquoi est-ce si évident ?

« Sweat noir » secoua la tête.

— C'est juste évident, man.

Il émit un rire sans humour qui révéla de petites dents pointues.

— Vous voulez savoir quoi ? reprit-il. Je vais vous dire. Cette conversation, c'est des conneries. Vous êtes trop cinglé, man. Alors le baratin, c'est fini.

Dans un mouvement ample et rapide, il se tourna pour être au plus près de Gurney. Ses coudes se levèrent en même temps comme les ailes d'un oiseau. Ses yeux grands ouverts brillaient d'une lueur sauvage, tandis que ses deux mains restaient cachées dans les plis de son sweat-shirt ample.

Gurney sortit son Beretta et fit feu.

CHAPITRE 61

Le parfait chaos

APRÈS LA DÉTONATION BRUTALE DE L'ARME, tandis que la silhouette en noir s'effondrait sur le sol, le premier son dont Gurney eut conscience fut le cri d'angoisse de Madeleine.

Elle se tenait à moins de sept mètres de là, revenant sans doute des enclos. Son expression reflétait, en plus du choc dû au fait de voir quelqu'un se faire abattre, l'effrayante incompréhension ressentie en constatant que le tireur était son mari et la victime, selon toute apparence, un enfant. La main levée sur sa bouche, elle paraissait pétrifiée, comme si l'effort pour comprendre la logique de la scène l'obsédait à un point tel que tout mouvement lui était impossible.

Dans le hall, d'autres gens étaient eux aussi sous le choc. Certains reculaient, d'autres se penchaient pour mieux voir ce qui se passait et posaient des questions sur ce qui venait d'arriver.

En criant « Police ! » à plusieurs reprises, Gurney sortit son portefeuille, l'ouvrit de sa main libre et le leva au-dessus de sa tête pour montrer ses papiers du NYPD et éviter qu'un citoyen armé ne soit tenté d'intervenir.

Alors qu'il s'approchait du corps étendu sur le sol pour s'assurer que « Sweat noir » était bien neutralisé et pour vérifier s'il était encore en vie, il entendit une voix dure derrière lui dominer le jacassage des badauds.

— Plus un geste !

Il s'immobilisa aussitôt. C'était le type de voix qu'il n'avait que trop entendu lorsqu'il était en service, un mélange de colère cassante et de nervosité. La réaction la plus sûre consistait à ne rien faire, sinon obéir à toutes les instructions données, avec autant de hâte que de précision.

Un homme, à l'évidence un flic en civil, apparut à droite de Gurney, saisit son avant-bras et retira l'arme de sa main droite. En même temps, quelqu'un derrière lui prit le portefeuille qu'il tenait dans sa main gauche.

Quelques instants plus tard, sans doute après avoir examiné ses papiers, l'homme à la voix tendue annonça :

— Bon Dieu, mais c'est l'homme que nous cherchions !

Gurney reconnut le flic qui travaillait au noir pour les services de sécurité de la foire.

Il se plaça face à Gurney, le dévisagea, baissa les yeux vers le corps étendu, puis regarda à nouveau Gurney.

— C'est vous qui avez abattu ce gamin ?

— Ce n'est pas un gamin. C'est le fugitif dont je vous ai parlé à l'entrée.

Il parlait fort et clair, car il souhaitait que sa description de la situation soit entendue par un maximum de témoins.

— Vous feriez mieux de voir s'il est vivant. La blessure devrait être située entre l'épaule droite et la cavité pleurale. Faites-le examiner dès que possible par les secours d'urgence pour voir s'il ne souffre pas d'une hémorragie artérielle.

— Mais qui êtes-vous, bon Dieu ? lança le flic en baissant à nouveau les yeux vers le corps. (La stupéfaction s'insinuait dans son esprit, sans toutefois diminuer son hostilité.) C'est un gosse. Pas d'arme. Pourquoi l'avez-vous abattu ?

— Ce n'est pas un gosse. Il s'appelle Petros Panikos. Vous devez contacter la Brigade criminelle de Sasparilla et le bureau régional du FBI à Albany. C'était le tueur à gages qui a exécuté Carl Spalter.

— Un tueur à gages ? Lui ? Vous vous fichez de moi ? Pourquoi lui avoir tiré dessus ?

Gurney lui fournit la seule réponse valable sur le plan légal. C'était aussi la vérité.

— Parce que j'ai pensé que ma vie était en danger imminent.

— Danger ? De la part de qui ? Et comment ?

— Si vous sortez ses mains de ses poches, vous trouverez une arme dans l'une d'elles.

— Vraiment ?

Le flic regarda autour de lui, à la recherche de son collègue en civil, qui semblait régler une querelle de juridiction sur son talkie-walkie.

— Dwayne ? Hé, Dwayne ! Tu veux bien sortir les mains du garçon de ses poches ? Pour qu'on puisse voir s'il était armé. Ce type prétend qu'on va y trouver un flingue.

Dwayne prononça encore quelques mots dans son talkie-walkie avant de le raccrocher à sa ceinture.

— Oui monsieur, pas de problème.

Il s'agenouilla près du corps. Les yeux de « Sweat noir » étaient encore ouverts. Il paraissait conscient.

— Tu as une arme, mon garçon ?

Il n'obtint aucune réponse.

— Je ne te veux aucun mal, d'accord ? Alors je vais juste voir si tu n'as pas une arme que tu aurais oubliée.

Il tâta la poche du sweat-shirt et fronça les sourcils.

— On dirait qu'il y a quelque chose, là, mon gars. Tu veux bien me dire ce que c'est, pour que personne ne se blesse ?

Les yeux de « Sweat noir » étaient à présent dirigés vers le visage de Dwayne, mais il ne prononça pas un mot. Dwayne fouilla les deux poches en même temps, saisit les mains et avec lenteur, les sortit à la lumière.

La main gauche était vide. La main droite tenait un téléphone mobile féminin d'une couleur rose incongrue.

Le flic en uniforme lança à Gurney un regard faussement compatissant.

— Oooh, ce n'est pas très bon, tout ça. Vous avez tiré sur ce petit gars parce qu'il avait un mobile dans sa poche. Un inoffensif petit téléphone. Ce n'est pas bon du tout. Un cas de « danger imminent » tout ce qu'il y a de sérieux. Hé, Dwayne, fais appeler les secours, ajouta-t-il en se tournant vers Gurney et en secouant la tête. Pas bon, ça, monsieur, pas bon du tout.

— Il est armé. J'en suis certain. Vérifiez mieux.

— Vous en êtes *certain*? Et comment diable pourriez-vous l'être?

— Quand on bosse au service des homicides dans une grande ville pendant vingt ans, on apprend à savoir qui est armé et qui ne l'est pas.

— Oh, vraiment? Je suis impressionné. Eh bien je suppose qu'il était armé, en effet. Mais pas d'un revolver, juste d'un téléphone, lança-t-il avec un vilain sourire. Ce qui change la situation d'une manière qui ne vous est guère favorable. Il serait difficile de considérer ce tir comme justifié, même si vous étiez encore un officier de police, ce qui n'est pas le cas, bien entendu. Monsieur Gurney, je crains que vous ne deviez nous accompagner.

Gurney remarqua que Hardwick était de retour et s'était placé sur le bord intérieur du cercle grandissant de badauds, non loin de Madeleine, qui paraissait moins figée, mais toujours aussi apeurée. Les yeux de Hardwick avaient pris cette fixité glacée qui signale le danger, en particulier celui qui naît de l'indifférence au danger. Gurney eut l'impression qu'il lui aurait suffi d'adresser un petit hochement de tête pour que Hardwick, avec le plus grand calme, creuse un trou de neuf millimètres dans le sternum du flic.

C'est à ce moment qu'un son, une sorte de fredonnement, attira l'attention de Gurney. Un son à peine audible parmi le vacarme grandissant des équipes et du matériel médical et de lutte contre le feu qui se déplaçaient en tous sens à travers le champ de foire.

Alors qu'il tentait de déterminer la source de ce son inattendu, celui-ci enfla, avec une sorte de motif plus précis, qui devint bientôt identifiable.

C'était la comptine enfantine « À la ronde, jolie ronde ».

Gurney reconnut d'abord la mélodie, et ensuite sa source. Elle provenait des lèvres entrouvertes de la personne étendue sur le sol, au centre du faux sourire peint en rouge nuance rouille. Du sang, juste un peu plus rouge que le sourire, commençait à détremper l'épaule du sweat-shirt et à s'écouler sur le sol poussiéreux. Alors que tous les gens qui pouvaient l'entendre observaient la scène, le fredonnement laissa place aux paroles de la comptine :

> *À la ronde, jolie ronde,*
> *Des bouquets plein la poche.*
> *Cendres, cendres,*
> *Nous tombons tous !*

Tout en chantant, il leva avec lenteur le téléphone mobile rose qu'il tenait en main.

— Bon Dieu ! s'écria Gurney aux deux flics au moment où la vérité éclata dans son esprit. Le téléphone ! Prenez-le ! C'est le détonateur ! Prenez-le !

Comme aucun des flics ne parut comprendre ce qu'il disait, il se propulsa en avant et envoya un furieux coup de pied au mobile, au moment où les deux policiers se précipitaient sur lui. Son pied atteignit son but et envoya voltiger le téléphone sur le béton, au moment où lui-même se retrouvait plaqué au sol.

Mais Peter Pan avait déjà appuyé sur le bouton « Envoyer ».

Trois secondes plus tard, on entendit une série rapprochée de six explosions puissantes. Des détonations claires, presque assourdissantes, sans rapport avec celles, étouffées, des précédents engins incendiaires.

Les oreilles de Gurney sifflaient, excluant tout autre son. Tandis que les flics qui l'avaient immobilisé se relevaient tant bien que mal, il y eut un prodigieux impact sur le sol, tout près. Gurney jeta des regards éperdus autour de lui, à la recherche de Madeleine. Il la vit agripper la barrière. Elle était sous le choc. Il courut vers elle, les bras tendus. Juste à l'instant où il l'atteignait, elle hurla en désignant quelque chose du doigt derrière lui.

Il se retourna, regarda, battit des paupières, incapable pendant une seconde d'assimiler ce que ses yeux voyaient.

La grande roue s'était détachée de ses supports.

Mais elle tournait encore. Pas de façon régulière sur son axe, dont les supports d'acier semblaient avoir explosé, mais avec lourdeur, dans un nuage de poussière étouffante, et elle s'éloignait de sa base de béton craquelé.

Les lumières s'éteignirent, partout, et les ténèbres soudaines amplifièrent aussitôt, tout près et au loin, les hurlements de terreur de la foule.

Gurney et Madeleine s'étreignirent, accrochés l'un à l'autre, pendant que la monstrueuse machine continuait à avancer, pulvérisait la barrière qui l'entourait et se profilait dans la nuit à la faveur d'un éclair dans les nuages bas. De sa structure branlante provenaient les cris des visiteurs installés dans leurs sièges, mais aussi les sons atroces du métal contre le métal, qui se tordait, raclait et claquait comme des fouets d'acier.

Le seul éclairage que Gurney pouvait discerner sur le champ de foire provenait des éclairs intermittents et des incendies disséminés un peu partout, attisés et répandus par le vent. Dans une scène infernale presque fellinienne, la roue folle avançait en un ralenti cauchemardesque vers le hall central, dans une obscurité qui n'était interrompue que par la lueur stroboscopique blanc-bleu d'un éclair.

Les doigts de Madeleine s'enfonçaient dans le bras de Gurney. Sa voix tremblait.

— Au nom du ciel, mais que se passe-t-il ?

— Une panne de courant, répondit-il.

L'absurdité de sa réponse les frappa tous les deux au même instant, et ils ne purent réprimer un accès de fou rire.

— Panikos… il… il a miné le champ de foire avec des engins explosifs, parvint enfin à expliquer Gurney, en regardant autour de lui, frénétique.

Les ténèbres semblaient peuplées de fumée âcre et de hurlements.

— Tu l'as tué ? s'écria Madeleine, du ton d'une personne confrontée à un serpent à sonnette et secourue in extremis.

— Je l'ai abattu.

Il jeta un regard vers l'endroit où la scène avait eu lieu. Il attendit qu'un éclair le dirige vers la silhouette noire étendue au sol, et comprit alors que le lieu du tir était sur le passage qu'avait suivi la roue. La pensée de ce qu'il allait voir faillit lui donner la nausée. Le premier éclair le guida assez près, Madeleine toujours

505

accrochée à son bras. Le second révéla ce qu'il aurait préféré ne pas voir.

— Mon Dieu ! cria Madeleine. Oh, mon Dieu !

L'un des cercles d'acier, lourd de plusieurs tonnes, de l'énorme grande roue avait roulé au milieu du corps – et l'avait coupé en deux.

Alors qu'ils se tenaient là, dans l'obscurité trouée par les lueurs de l'orage, la pluie commença à tomber et se transforma vite en une averse diluvienne. La lueur stroboscopique des éclairs dévoilait la masse titubante des visiteurs. Il est probable que seuls les ténèbres et le déluge les empêchaient de céder à la panique et de se piétiner.

Dwayne et le flic en uniforme avaient été éloignés du corps de Panikos par la course de la roue, qu'ils suivaient à présent dans le hall principal, désespérément attirés vers elle par les terribles cris de ses passagers pris au piège.

Le fait qu'ils puissent abandonner le lieu d'un homicide sans même jeter un regard en arrière était révélateur de l'aspect à la fois infernal et chaotique de la situation, avec toute sa charge sensorielle, mentale et émotionnelle.

— Mon Dieu, David, que devons-nous faire ?

Madeleine, à en juger par le son de sa voix, déployait des efforts désespérés pour parler avec calme.

Gurney ne lui répondit pas. Il avait les yeux baissés, et attendait que le prochain éclair lui montre le visage en partie caché par le capuchon noir. Lorsque le ciel s'illumina un instant, il constata que la pluie battante avait effacé une bonne partie de la peinture jaune.

Il vit ce qu'il s'attendait à voir. Aucun doute n'était désormais permis. Il était sûr et certain que la délicate bouche en forme de cœur était celle qu'il avait observée sur les vidéos de surveillance.

Le corps mutilé qui était à ses pieds était bien celui de Petros Panikos.

Le fameux tueur à gages avait cessé d'exister.

Peter Pan n'était plus qu'un pathétique chaos d'os brisés.

Madeleine fit reculer Gurney de la mare de sang qui s'étalait, mêlée à l'eau de pluie, et continua à le tirer en arrière jusqu'à ce qui restait de la barrière. Les éclairs et le tonnerre, qui ponctuaient les terrifiants bruits sourds, le fracas métallique et les cris provenant de la roue, rendaient toute pensée rationnelle quasi impossible.

Les efforts de Madeleine pour se contrôler étaient de plus en plus vains, et sa voix se brisait.

— Mon Dieu, David, mon Dieu, des gens sont en train de mourir – *ils meurent!* Qu'est-ce que nous pouvons faire?

— Dieu seul le sait. Nous ferons ce que nous pourrons. Mais d'abord, et tout de suite, il faut que je mette la main sur ce mobile, celui que Panikos a utilisé, le détonateur, avant qu'il soit perdu ou qu'il déclenche une nouvelle catastrophe.

Une voix familière, presque un cri parmi le vacarme ambiant, prit Gurney par surprise.

— Reste avec elle. Je m'en occupe.

Derrière lui, derrière les ruines de la barrière, là où avait été installée la grande roue, la plate-forme en bois utilisée par ses passagers pour gagner ou quitter leurs sièges fut soudain la proie des flammes. Dans la tremblante lumière orangée du nouvel incendie, il vit Hardwick se diriger à travers la pluie qui tombait à verse vers le corps de Panikos.

Lorsqu'il l'atteignit, il hésita avant de se pencher pour ramasser le téléphone rose brillant, toujours dans la main du tueur. La rigidité cadavérique n'avait pas encore raidi les articulations des doigts, et il n'aurait pas dû être très difficile de s'emparer de l'objet. Pourtant, lorsque Hardwick tenta de l'ôter de la main, le bras de Panikos se souleva en même temps.

Même à la lueur diffuse de l'incendie, Gurney comprit vite pourquoi. Une extrémité d'une courte lanière était attachée au téléphone, et l'autre était nouée en boucle autour du poignet. Hardwick agrippa le mobile d'une main ferme et libéra le cordon. Son geste fit monter encore plus haut le bras de Panikos. Au moment où le bras était étendu au maximum, on entendit la forte détonation d'un pistolet.

Gurney entendit Hardwick émettre un puissant grognement, puis le vit s'affaisser tête la première sur le cadavre du petit homme.

L'adjoint du shérif trottait, torche électrique à la main, le long du hall circulaire, dans la direction de la roue qui avançait toujours avec une terrible pesanteur. Lorsqu'il entendit le coup de feu, il s'arrêta net, sa main libre sur la crosse de son arme ; son regard, qui trahissait un état nerveux inquiétant, passait sans cesse de Gurney aux corps mêlés sur le sol.

— Qu'est-ce qui se passe, bon Dieu ?

La réponse fut fournie par Hardwick lui-même, qui tentait de se détacher du cadavre de Panikos. Sa voix sifflante, qui peinait à filtrer à travers ses dents serrées, exprimait un mélange de douleur atroce et de rage.

— Ce petit enfoiré mort vient de me tirer dessus.

L'adjoint du shérif le dévisagea avec une expression bien compréhensible de stupéfaction. Puis, alors qu'il s'approchait, l'incompréhension céda la place à la compassion.

— Jack ?

Il n'obtint pour toute réponse qu'un grondement inintelligible.

L'adjoint se tourna vers Gurney.

— Est-ce que… est-ce que c'est Jack Hardwick ?

CHAPITRE 62

Une illusion de l'esprit

PARFOIS, AU BEAU MILIEU de situations apocalyptiques, au moment où les ravages sur les ressources mentales de Gurney semblaient les plus dévastatrices, une voie possible vers la sécurité se présentait d'elle-même. Cette fois, ce fut sous la forme de l'adjoint J. Olzewski.

Si Olzewski avait reconnu Hardwick, c'est parce qu'il l'avait rencontré lors d'un séminaire des forces de l'ordre et des services de justice sur les dispositions spécifiques du « Patriot Act ». Il ignorait que Hardwick avait cessé de travailler pour la Brigade criminelle, ce qui permit d'obtenir sa coopération sans difficulté.

Sous une forme très abrégée appropriée à l'urgence de la situation, Gurney donna à l'adjoint un aperçu de la situation ; ils se mirent d'accord pour qu'Olzewski sécurise la zone la plus proche du corps de Panikos, saisisse son téléphone et fasse appel au personnel de son propre service plutôt qu'aux policiers locaux. Gurney le convainquit de diriger en personne la fouille pour retrouver l'arme cachée qui avait tiré lorsque le bras de Panikos s'était levé et s'assurer qu'elle soit saisie elle aussi et confiée à la responsabilité des services du shérif.

Déplacer Hardwick était risqué, mais tous furent d'accord pour juger que compte tenu des circonstances, il serait encore plus risqué d'attendre qu'une ambulance parvienne jusqu'à lui.

En dépit de la blessure sanguinolente sur son flanc, Hardwick lui-même était bien décidé à se remettre sur pied, ce qu'il parvint à accomplir avec l'aide de Gurney et d'Olzewski et grâce à un copieux chapelet de jurons. Ils se dirigèrent vers l'entrée de la foire où allaient arriver les véhicules de secours. Comme pour confirmer le bien-fondé de cette décision, un groupe électrogène se mit en marche et certaines des lampes du hall revinrent à la vie, avec toutefois beaucoup moins de puissance qu'en temps normal. Au moins, il était enfin possible d'évoluer au-delà des lueurs des incendies ou des éclairs.

Hardwick clopinait et grimaçait, soutenu par Gurney d'un côté et Madeleine de l'autre, lorsque la grande roue – sa moitié supérieure visible au-dessus du faîte de la principale tente du hall suivant – commença à chanceler, avec des soubresauts, dans un vacarme de claquements métalliques et d'objets qui s'écrasaient sur le sol. Soudain, en une sorte de ralenti irréel, l'énorme structure circulaire se pencha et disparut de leur champ de vision derrière la tente. Une seconde plus tard, on entendit un fracas digne d'un tremblement de terre.

Gurney se sentit pris de nausée. Madeleine se mit à pleurer. Hardwick produisit un son guttural qui pouvait exprimer aussi bien l'horreur que la douleur physique. Vu son état, il était difficile de juger.

Mais alors qu'ils se hâtaient vers l'entrée des véhicules, quelque chose le fit changer d'avis et renoncer à trouver une ambulance.

— Trop de blessés ici, déjà trop de pression sur les secours. Je ne veux prendre la place de personne, pas question d'empêcher les gens de recevoir de l'aide. Je ne veux pas.

Sa voix était faible, à peine plus qu'un murmure.

Gurney se pencha vers lui pour s'assurer qu'il avait bien entendu.

— Qu'est-ce que tu veux faire, Jack ?

— Hôpital. Fiche le camp d'ici. Tout va être sens dessus dessous dans le coin. Impossible à gérer. Cooperstown. Je serai mieux à Cooperstown. Tout droit aux urgences. T'en dis quoi, champion ? Tu crois que tu peux conduire ma voiture ?

Gurney se dit que c'était une idée folle de transporter un homme avec une blessure par balle sur une distance de quatre-vingt-dix kilomètres de route à deux voies, le tout dans un véhicule ordinaire sans aucun matériel de premiers soins. Mais il accepta. Parce que la perspective de laisser Hardwick entre les mains d'équipes de secours débordées et surchargées de travail, au beau milieu d'un cataclysme tel qu'ils n'en avaient jamais connu, lui semblait une option encore plus catastrophique. Dieu seul savait combien de victimes de la grande roue, mutilées, à peine en vie, sans parler de celles des autres incendies et explosions, devraient être prises en charge avant lui.

Ils sortirent ainsi à petits pas par l'entrée des véhicules, qui était aussi celle des exposants. Hardwick avait garé sa vieille Pontiac au moteur gonflé un peu plus loin, au bord de la route d'accès. Avant de monter à bord, Gurney ôta la chemise qu'il portait sous son sweat-shirt et la déchira en trois morceaux. Il en enroula deux pour former des compresses épaisses qu'il appliqua sur la blessure d'entrée de la balle, au niveau de l'abdomen, et celle de sortie, sur le flanc. Il noua la troisième autour de la taille de Jack pour les maintenir en place. Lui et Madeleine le déposèrent sur le siège passager à l'avant, et inclinèrent au maximum le dossier vers l'arrière.

Dès que Hardwick se fut assez remis de la douleur causée par son effort pour parler, il tira son mobile de son étui de ceinture, appuya sur une touche de numérotation rapide, attendit, puis laissa un message d'une voix exténuée, mais au ton optimiste, sans doute à l'intention d'Esti :

— Salut, ma chérie. Petit problème. Suis dans les vapes, reçu une balle. Me suis fait tirer dessus par un cadavre. Embarrassant. Difficile à expliquer. En route pour les urgences à Cooperstown. C'est Sherlock qui conduit. Je t'aime, mon cœur. À plus tard.

Gurney se souvint qu'il devait appeler Kyle. Il tomba lui aussi sur la messagerie vocale.

— Salut, fils. Je viens aux nouvelles. J'ai suivi notre homme jusqu'à la foire. C'est un véritable enfer qui s'est déchaîné. Jack Hardwick a reçu une balle. Je l'emmène à l'hôpital à Cooperstown.

J'espère que tout va bien pour toi. Appelle-moi et dis-moi ce qui se passe dès que tu peux. Je t'aime.

Dès qu'il eut raccroché, Madeleine s'installa sur le siège arrière, Gurney au volant, et ils prirent aussitôt la route.

La masse des véhicules qui fuyaient les alentours immédiats de la foire créait une sorte de mouvement de circulation rapide, comme sous haute pression, qui paraissait irréelle dans une région où les vaches étaient en général plus nombreuses que les voitures. Les seuls ralentissements étaient causés par des camions chargés de foin qui roulaient à petite vitesse.

Lorsqu'ils atteignirent la route du comté, les orages s'étaient déplacés à l'est, en direction d'Albany ; les hélicoptères des médias affluaient vers le champ de foire et balayaient la vallée du faisceau de leurs projecteurs, sans doute à la recherche des scènes de catastrophe les plus « photogéniques ». Gurney pouvait imaginer le bulletin d'actualité haletant de RAM-TV sur « l'effrayante plongée en enfer provoquée selon certaines sources par une attaque terroriste ».

Une fois dégagé des nombreux ralentissements, Gurney conduisit aussi vite qu'il l'osait, voire plus. Avec le compteur oscillant entre quatre-vingts et cent cinquante kilomètres à l'heure, il effectua le parcours jusqu'aux urgences de Cooperstown en quarante-cinq minutes environ. De façon quelque peu surprenante, aucun mot ne fut échangé au cours du trajet. L'éprouvante combinaison de la vitesse excessive, de l'approche agressive des virages par Gurney et du rugissement à peine étouffé du gros V8 semblait annihiler toute possibilité de conversation, quelles que soient l'urgence et l'importance des problèmes et des questions non résolues.

Deux heures plus tard, la situation était très différente.

Hardwick avait été examiné, sondé, scanné, piqué, suturé, bandé et transfusé. Il avait reçu des antibiotiques en perfusion intraveineuse, des antalgiques et des électrolytes ; il avait été admis à l'hôpital général au moins jusqu'au lendemain. Kyle, arrivé par surprise, avait rejoint Madeleine et Gurney dans la chambre du blessé. Tous trois étaient assis sur des sièges près du lit.

Kyle informa les autres de ce qui s'était passé depuis l'arrivée de la police à la maison jusqu'à l'évacuation du corps de Klemper et la suspension brutale du processus d'enquête initial lorsque les représentants de la loi avaient reçu l'ordre – de même que toutes les autres forces de police et équipes d'urgence dans un rayon de quatre-vingts kilomètres – de se rendre au champ de foire, laissant une large portion de terrain désignée comme scène de crime officielle et délimitée par des rubans de plastique. Kyle avait alors installé la roue de secours sur la voiture et s'était dirigé lui aussi vers la foire. Après avoir vérifié son mobile, il avait trouvé le message de son père l'informant qu'il faisait route vers l'hôpital de Cooperstown.

Lorsqu'il termina son récit, Madeleine laissa échapper un rire nerveux.

— Je suis sûre que tu t'es dit que si un fou voulait tout faire exploser sur le champ de foire, c'est là que tu trouverais ton père ?

Kyle parut mal à l'aise, lança un regard à Gurney, mais ne répondit pas.

Madeleine sourit et haussa les épaules.

— Pour ma part, c'est la supposition que j'ai faite, dit-elle avant de poser, d'un ton faussement indifférent, une question qui ne s'adressait à personne en particulier. D'abord Lex Bincher. Puis Horace. Ensuite Mick Klemper. Qui était censé être le suivant ?

À nouveau, le regard de Kyle se tourna vers son père.

La tête de Hardwick reposait sur une pile d'oreillers. Il était paisible, mais éveillé et conscient.

Gurney finit par fournir une réponse, mais de façon si indirecte qu'elle ne répondait en aucun cas à la question.

— Eh bien la chose la plus importante, la seule qui compte, c'est que tout soit terminé.

Tous le dévisagèrent. Kyle semblait curieux, Hardwick sceptique, et Madeleine perplexe.

— C'est une fichue plaisanterie, dit Hardwick avec lenteur, comme si un débit plus rapide lui eût causé une douleur trop intense.

— Pas vraiment. Le schéma est clair, à présent, répondit Gurney. Ta cliente, Kay, gagnera en appel. Le tueur est mort. Le danger est neutralisé. L'affaire est terminée.

— Terminée ? Tu oublies le cadavre sur ta pelouse ? Le fait que nous sommes incapables de prouver que le gnome que tu as abattu était bien Peter Pan. Et qu'avec ses annonces télévisées sur RAM-TV qui vantent tes grandes révélations sur l'affaire Spalter, tous les flics impliqués vont te pourrir la vie.

— J'ai dit que *l'affaire* était terminée, dit Gurney en souriant. Il faudra encore du temps pour accepter les faits. Mais aujourd'hui, une grande partie de la vérité a éclaté au grand jour et personne ne pourra l'enterrer à nouveau.

Madeleine le fixa d'un regard intense.

— Tu veux dire que tu laisses tomber l'affaire Spalter ?

— C'est tout à fait ce que je dis.

— Tu ne t'en occupes plus ?

— Non.

— Juste comme ça ?

— Juste comme ça.

— Je ne comprends pas.

— Qu'est-ce que tu ne comprends pas ?

— Tu n'as jamais abandonné un puzzle dont il manquait une pièce majeure.

— C'est vrai.

— Et c'est pourtant ce que tu t'apprêtes à faire ?

— Non. Au contraire.

— Tu veux dire que l'affaire est finie parce que tu l'as résolue ? Tu sais qui a engagé Peter Pan pour tuer Carl Spalter ?

— Le fait est que personne n'a engagé Peter Pan pour assassiner Carl.

— Mais qu'est-ce que tu racontes ?

— Carl n'était pas censé être tué. Toute cette affaire a été une comédie, ou une tragédie, bourrée d'absurdités et de contradictions depuis le début. Cela finira par devenir un vrai cas d'école. Un chapitre du manuel d'investigation criminelle sera intitulé « Les conséquences fatales de l'acceptation des hypothèses fondées sur la raison ».

Kyle se pencha en avant sur son siège.

— *Carl n'était pas censé être tué ?* Mais comment expliques-tu cela ?

— Je me suis cassé la tête sur tous les éléments qui ne cadraient pas si l'on considérait Carl comme la cible. Le scénario de l'accusation, selon lequel la femme aurait abattu son mari, a été réduit à néant dès que je m'y suis intéressé de près. Il paraissait bien plus probable que Kay, ou quelqu'un d'autre, ait engagé un pro pour tuer Carl. Mais même cette hypothèse ne cadrait pas. Par exemple l'endroit d'où provenait le tir, la complexité de l'organisation et le fait étrange de s'adresser à un tueur très cher, mais incontrôlable, pour exécuter un contrat somme toute assez simple. Cela ne semblait pas vraisemblable. Et puis il y avait ces vieilles affaires qui ne cessaient de me revenir à l'esprit, une fusillade dans une allée, et l'explosion d'une voiture.

Les yeux de Kyle s'écarquillèrent.

— Il y avait un rapport entre ces affaires et le cas Spalter ?

— Non, pas de rapport direct. Mais dans les deux cas, on était partis de suppositions erronées sur le timing et la succession des événements. Je me suis dit que de semblables suppositions se cachaient peut-être derrière l'affaire Spalter.

— Lesquelles ?

— Dans le cas de la fusillade de l'allée, il y en avait deux. La certitude que le tir de l'officier avait atteint et tué le suspect. Et celle selon laquelle l'officier mentait au sujet de la position qu'occupait le suspect lorsqu'il l'avait abattu. Les deux semblaient au départ plutôt raisonnables. Mais elles étaient fausses. La blessure qui avait fini par tuer cet homme lui avait été infligée *avant* l'arrivée du policier sur les lieux. Et ce dernier disait la vérité. Quant à la voiture, la thèse selon laquelle elle avait explosé parce que le conducteur avait perdu le contrôle du véhicule et foncé dans un ravin était elle aussi inexacte. En réalité, le chauffeur avait perdu le contrôle et roulé dans le fossé en raison de l'explosion.

Kyle hocha la tête d'un air pensif.

Hardwick fit l'une de ses grimaces affligées.

— Et qu'est-ce que tout cela a à voir avec Carl ?

— Tout. Le déroulement des événements, le timing, les suppositions. Tout le monde a pensé que Carl avait trébuché et qu'il était tombé parce qu'il avait été abattu. Mais supposons qu'il ait été abattu parce qu'il avait trébuché et qu'il était tombé ?

515

Hardwick battit des paupières. Ses yeux trahirent un processus de réexamen rapide des possibilités.

— Tu veux dire qu'il aurait trébuché et serait tombé devant la véritable cible ?

Madeleine ne paraissait pas convaincue.

— Ce n'est pas un peu tiré par les cheveux ? Qu'il ait été abattu de façon accidentelle après avoir trébuché devant la personne qui était censée être tuée ?

— Mais c'est ce que tout le monde a *vu*, avant de changer d'avis parce que dans leur esprit, les témoins ont réarrangé les pièces du puzzle selon un schéma plus conventionnel.

Kyle semblait dubitatif.

— Qu'est-ce que tu entends par « c'est ce que tout le monde a *vu* » ?

— Tous les gens présents aux funérailles qui ont été interrogées ont affirmé avoir d'abord pensé que Carl avait trébuché, que son pied avait heurté quelque chose ou qu'il s'était tordu la cheville et avait perdu l'équilibre. Un peu plus tard, lorsqu'on a découvert la blessure par balle, ils ont tous remis en question leur perception initiale des événements. En gros, de façon inconsciente, leurs cerveaux ont évalué la vraisemblance des deux scénarios possibles et ont jugé en faveur de celui qui avait les plus grandes chances de se produire.

— N'est-ce pas ce que le cerveau est censé faire ?

— Jusqu'à un certain point. Le problème, c'est qu'une fois que l'on accepte une séquence donnée d'événements – « Il a été abattu, il a trébuché et il est tombé », plutôt que « Il a trébuché, a été abattu et il est tombé » –, on a tendance à évacuer et à oublier l'autre séquence possible. Notre *nouvelle* version devient *la seule*. L'esprit humain est conçu pour résoudre des situations ambiguës et continuer à avancer. En pratique, cela signifie que l'on prend une supposition raisonnable pour une vérité avérée, et l'on continue sans regarder en arrière. Bien sûr, si l'hypothèse raisonnable se trouve être fausse, tout ce que l'on a bâti d'après elle est un tissu d'invraisemblances qui finit par s'effondrer comme un château de cartes.

Madeleine eut le petit froncement de sourcils avec lequel elle accueillait en général les théories psychologiques de son mari.

— Alors qui visait Panikos quand Carl s'est mis dans son angle de tir ?

— La réponse est assez facile à trouver. Ce serait la personne dont le rôle en tant que victime expliquerait toutes les autres bizarreries de l'affaire.

Les yeux de Kyle étaient rivés sur son père.

— Tu sais déjà qui c'est, n'est-ce pas ?

— J'ai un candidat qui répond à mes propres critères, mais cela ne prouve pas que j'aie raison.

— Ce dont je ne cesse de t'entendre parler, dit Madeleine, cette bizarrerie qui te tracasse le plus, c'est l'implication de Peter Pan, censé n'accepter que les contrats quasi impossibles à exécuter. Cela nous laisse deux questions. La première : qui, aux funérailles de Mary Spalter, était la cible la plus difficile à abattre ? Et la deuxième : Carl est-il passé devant cette personne en se dirigeant vers l'estrade ?

Hardwick intervint, d'une voix indistincte, mais empreinte d'une réelle certitude :

— La réponse à la première question, c'est Jonah. Et quant à la seconde, c'est oui.

Gurney était parvenu à la même conclusion presque quatre heures plus tôt, dans le hall près de la grande roue, mais il était rassurant de constater qu'un autre esprit abondait dans son sens. Avec Jonah comme victime désignée, tous les éléments biaisés de l'affaire se mettaient en place. Jonah était difficile, voire impossible à localiser sur le plan physique, ce qui représentait un défi parfait pour Panikos. L'enterrement de sa mère était peut-être d'ailleurs le seul événement susceptible de garantir sa présence dans un lieu prévisible et à une heure fixée à l'avance, et c'est la raison pour laquelle il l'avait tuée. La position de Jonah, assis près de la tombe, résolvait le problème d'angle de tir depuis l'appartement de Lexton Avenue. Carl n'aurait pas pu être abattu en passant devant Alyssa, mais une balle destinée à Jonah pouvait sans difficulté l'atteindre au moment où il trébuchait devant lui. Ce scénario expliquait aussi l'incohérence qui avait troublé Gurney dès le départ : comment Carl aurait-il pu parvenir à franchir entre trois et quatre mètres *après* qu'une balle eut détruit son système nerveux central ? La réponse était simple : il ne l'avait pas fait. Et enfin, ce résultat absurde : le Magicien abattait la mauvaise cible, devenant ainsi de façon potentielle la risée des cercles mêmes où sa réputation était vitale. Cela expliquait ses efforts désespérés pour que cette bourde catastrophique demeure un secret.

La question suivante s'imposait de la manière la plus naturelle. Kyle la lui posa d'un air gêné.

— Si Jonah était la cible, qui a engagé Panikos pour le tuer ?

Si l'on se posait la question de savoir à qui profitait le crime, aux yeux de Gurney, la réponse était évidente. Une seule personne aurait bénéficié de la mort de Jonah à un point significatif, voire *très* significatif.

À en juger par les expressions de tous ceux qui étaient présents dans la chambre, la réponse était claire.

— Sacré foutu salopard, marmonna Hardwick.

— Oh, mon Dieu.

D'après les sentiments qui se peignaient sur le visage de Madeleine, sa vision de la nature humaine venait de recevoir un coup sévère.

Ils échangèrent des regards, comme pour se demander s'il pouvait exister une autre explication, si abominable fût-elle.

L'homme qui avait engagé l'assassin responsable de la mort de Carl Spalter ne pouvait être que Carl Spalter lui-même. Dans sa tentative pour se débarrasser de son frère, il avait provoqué sa propre mort, terrible, une lente agonie en pleine connaissance de sa propre responsabilité.

C'était à la fois horrible et grotesque.

Toutefois il y avait dans cette situation une symétrie terrible, mais d'une logique presque réconfortante.

Le karma et sa vengeance.

Enfin, tout cela expliquait ce regard de désespoir et d'horreur, dans la salle du tribunal, sur le visage de cet homme mourant – et déjà en enfer.

Pendant les quinze minutes qui suivirent, la conversation alterna entre de sombres observations sur le fratricide et les pénibles détails pratiques de la situation à laquelle ils étaient confrontés.

— Mis à part le côté Caïn et Abel de cette histoire, dit Hardwick d'une voix lente, mais déterminée, nous devons bien comprendre notre propre situation. Un foutu sac de nœuds judiciaire va très vite se mettre en place, et chaque participant fera tout ce qu'il peut pour baiser les autres sans se faire baiser.

Gurney hocha la tête pour manifester son approbation.

— Par où veux-tu commencer ?

Avant que Hardwick puisse répondre, Esti apparut à la porte, haletante, et tour à tour effrayée, soulagée et curieuse.

— Hé, chérie, lança Hardwick dans un murmure rauque accompagné d'un doux sourire. Comment as-tu réussi à venir jusqu'ici avec l'enfer qui s'est déchaîné là-bas ?

Esti ignora la question, et se précipita près du lit pour lui prendre la main.

— Comment tu vas ?

— Aucun problème, répondit-il avec un petit rictus en coin. La balle était glissante. Elle m'a juste traversé sans rien endommager d'essentiel.

— Magnifique ! s'écria Esti, à la fois inquiète et heureuse.

— Alors dis-moi, comment t'es-tu débrouillée pour quitter les lieux ?

— Je ne suis pas partie, tout au moins pas de façon officielle, j'ai juste fait un petit détour avant de prendre mon poste pour un problème de circulation. Crois-le ou non, mais les gens qui veulent entrer dans le coin sont plus nombreux que ceux qui essaient d'en sortir ! Des amoureux du désastre, des badauds, des abrutis.

— Ainsi, ils font appel à des enquêteurs pour régler la circulation ?

— Ils font appel à n'importe qui pour n'importe quoi. Si tu savais quel bazar c'est, là-bas ! Sans parler des rumeurs qui circulent. (Elle jeta un regard lourd de sens en direction de Gurney, assis au pied du lit.) On parle d'un tueur fou qui aurait tout fait sauter. On raconte des histoires sur un flic du NYPD qui aurait abattu un gosse. Ou peut-être le tueur cinglé ? Ou un nain non identifié ? L'un des adjoints, poursuivit-elle en se retournant vers Hardwick, m'a affirmé que le nain était Panikos, et que c'est lui qui t'a blessé – sauf qu'il était déjà mort. Tu vois ce que je veux dire ? Tout le monde parle, mais tout est absurde. Et en plus de tout ça, il y a une méchante querelle de juridiction entre les gars du shérif, au niveau du comté, les gens du coin, les représentants de l'État, et bientôt les fédéraux. Après tout, plus on est de fous, plus on rit, pas vrai ? Et pendant ce temps, dans les parkings, des cinglés jouent aux autotamponneuses, parce que chacun de ces trous du cul veut être le premier à partir. Et d'autres, encore plus déjantés, essaient d'entrer, peut-être pour prendre des photos et les poster sur Facebook. Bref, voilà ce qui se passe là-bas. (Son regard allait et venait de Hardwick à Gurney.) Vous y étiez. Et ce gamin ? Vous l'avez abattu ? Ou bien c'est lui qui a tiré ? Et d'abord, qu'est-ce que vous fichiez dans cette foire ?

Hardwick se tourna vers Gurney.

— Je t'en prie. J'ai un peu de mal à parler, en ce moment.

— Très bien. Je serai bref, mais il faut que je commence par le début.

Esti écouta avec une stupéfaction inquiète le récit rapide des principaux événements de la soirée – de l'explosion de la pile de bois du poulailler et de la mort de Klemper près du carré d'asparagus jusqu'à la poursuite en moto et la mort de Peter Pan au beau milieu du chaos et des scènes d'apocalypse.

Après un silence abasourdi, Esti posa une question dont l'importance était évidente :

— Pouvez-vous prouver que la personne que vous avez abattue était bien Panikos ?

— Oui et non. Nous sommes en mesure de prouver que la personne sur laquelle j'ai tiré est celle qui a provoqué une série d'explosions, et dont l'arme dissimulée a tiré et blessé Jack. L'équipe du shérif a saisi son cadavre, son arme et son téléphone mobile, qu'il utilisait comme détonateur à distance. Les données de l'antenne relais la plus proche démontreront qu'il a appelé un certain nombre de numéros depuis le même endroit. Et je n'ai aucun doute : les horaires correspondront à la seconde près à ceux des explosions, ce qui pourra être vérifié grâce aux enregistrements de vidéo-surveillance de la foire. Et on pourra à coup sûr établir la correspondance entre les formules chimiques des engins incendiaires employés à la foire et ceux de la maison de Bincher. Dans la folie qui a suivi les explosions et la coupure de courant, il n'y avait aucune chance de procéder à une fouille dans des conditions décentes, mais je parie sur la présence d'une arme cachée, et si elle a déjà servi ailleurs, cela pourrait nous ouvrir de nouvelles portes. Interpol et ses éventuels partenaires devraient établir un lien entre le corps, son ADN, et l'identité de Panikos en Europe. Pendant ce temps, les photos avant autopsie de son visage, qui était intact aux dernières nouvelles, seront comparées avec les vidéos de surveillance en notre possession.

Alors qu'Esti hochait la tête avec lenteur dans un effort évident pour assimiler et mémoriser le récit de Gurney, celui-ci en vint à sa conclusion.

— Pour ma part, je suis convaincu à cent pour cent que le corps est celui de Panikos. Mais d'un point de vue pratique, pour ce qui est de me couvrir sur le plan légal, cela n'a aucune importance. Nous pouvons affirmer que le corps est celui d'un individu qui a provoqué de façon délibérée la mort de Dieu sait combien de personnes au cours des dernières heures.

— Il n'y a d'ailleurs pas que Dieu qui le sache. Le nombre des victimes, d'après le dernier décompte, se situe entre cinquante et cent personnes.

— Comment ?

— C'étaient les derniers chiffres au moment où je partais régler ce problème de circulation, mais il faut s'attendre à les revoir à la hausse. Des brûlures sévères, deux bâtiments détruits, une rixe mortelle dans le parking, des gamins piétinés. Et surtout, l'effondrement de la grande roue.

— Entre cinquante et cent ? s'exclama Madeleine, horrifiée.

— Bon Dieu…

Gurney se renfonça sur son siège et ferma les yeux. Il voyait encore la roue se pencher, tomber dans un mouvement pesant et lent avant de disparaître derrière la tente. Il entendait le fracas affreux de la chute, les hurlements qui résonnaient à travers le terrible vacarme.

Un silence prolongé s'installa dans la pièce, rompu par Hardwick.

— Cela aurait pu être pire, bien pire, grogna-t-il, si Dave n'avait pas réglé son compte à ce petit salaud au bon moment.

De sombres hochements de tête saluèrent son observation.

— Et puis, ajouta Hardwick, au beau milieu de cet horrible merdier, il a réussi à résoudre l'affaire Spalter.

Esti parut perplexe.

— Résolu ? Comment cela ?

— Dis-lui, Sherlock.

Gurney lui expliqua le scénario dans lequel Carl jouait le rôle du méchant, initiateur d'un complot qui s'était retourné contre lui.

— Ainsi, il comptait éliminer son frère, prendre le contrôle de Spalter Realty et liquider les avoirs pour son propre usage ?

Gurney hocha la tête.

— C'est comme ça que je vois les choses.

— Cinquante millions de dollars, intervint Hardwick. À peu près ce qu'il lui fallait pour s'installer dans la résidence officielle du gouverneur.

— Et il s'imaginait qu'on ne le coincerait jamais pour le meurtre ? Bon Dieu, quel arrogant salopard, s'écria Esti en jetant un regard curieux vers Gurney. Vous faites une drôle de tête ? Que se passe-t-il ?

— Je me disais que le meurtre de son frère aurait pu être un atout de poids dans la campagne de Carl. Il l'aurait fait passer pour une tentative d'intimidation de la pègre afin d'empêcher un homme intègre de prendre les commandes de l'État. Je me demande si cela aurait pu faire partie de son plan ; faire passer le meurtre de son frère pour une preuve de sa propre vertu.

— J'aime assez l'idée, dit Hardwick avec une lueur cynique dans le regard. Carl chevauchant le cadavre de son frère comme un destrier blanc jusqu'à sa prise de fonction officielle.

Gurney sourit. Il considérait l'accès de vulgarité de Hardwick comme un indicateur de santé positif.

Esti changea de sujet.

— Si je comprends bien, Klemper et Alyssa étaient juste des petits vautours pourris qui voulaient encaisser le cash aux dépens de Kay, après sa condamnation ?

522

— On peut dire ça, répondit Gurney.

— D'ailleurs, ajouta Hardwick avec un plaisir évident, je dirais plutôt un petit vautour femelle nommé Alyssa et un crétin baiseur de vautours appelé Mick l'Enflure.

Après l'avoir contemplé pendant plusieurs longues secondes avec le regard aimant et peiné d'une mère pour son enfant incorrigible, mais charmeur, Esti lui reprit la main et la serra.

— Il vaudrait mieux que j'y aille. Je suis censée intercepter et dévier la circulation de tous ces idiots qui quittent l'autoroute pour aller vers la foire.

— Tu n'as qu'à leur tirer dessus, lui suggéra Hardwick, toujours prêt à rendre service.

Après le départ d'Esti, on discuta encore ; le débat, qui dériva vers les théories de la culpabilité et de l'autodestruction, parut avoir sur Hardwick un effet soporifique.

Kyle évoqua un souvenir de cours de psychologie à l'université, au sujet de la théorie de Freud sur les accidents – l'idée que ces événements ne sont pas « accidentels », mais ont un but : prévenir ou punir une action génératrice de conflit chez la personne.

— Je me demande si cela ne pourrait pas en partie expliquer le fait que Carl ait trébuché comme il l'a fait devant son frère…

Personne ne parut vouloir s'emparer du sujet.

Comme s'il cherchait de façon un peu confuse une structure qui cadrerait avec les événements, Kyle en vint à parler du karma.

— Carl n'est pas le seul à avoir subi un retour de bâton pour ses actes maléfiques. Réfléchissez. La même chose est arrivée à Panikos quand il a été écrasé par la grande roue qu'il avait lui-même fait exploser. Et Mick Klemper, quand il est venu s'en prendre à papa. Et même Lex Bincher. Il a plus ou moins pété les plombs avec son ego surdimensionné sur RAM-TV, en s'attribuant tous les mérites de l'enquête, et c'est pour cela qu'il est mort. Bon Dieu, ce fichu karma existe vraiment !

Kyle semblait si fervent, si passionné par son idée, et si jeune – si semblable en parole et sur le plan physique à ce qu'il était lui-même dans les moments les plus enthousiastes de sa jeunesse –, que Gurney ressentit soudain le besoin criant de le prendre dans ses bras. Mais il n'était pas dans sa nature d'agir sur une impulsion, surtout en public.

Un instant plus tard, deux aides-soignantes vinrent chercher Hardwick pour l'emmener au service de radiologie afin de procéder à de nouveaux scanners. Alors qu'elles l'installaient sur un brancard, il se tourna vers Gurney.

— Merci, Davey. Je... Je crois que tu m'as peut-être bien sauvé la vie... en me conduisant ici aussi vite.

Chose rare chez Hardwick, il n'y avait pas la moindre trace d'ironie dans ses propos.

— Eh bien..., marmonna avec maladresse Gurney, qui n'était jamais très à l'aise avec les remerciements, ta voiture est plutôt rapide.

Hardwick émit un rire bref, que la douleur transforma en un glapissement étouffé, et il quitta la chambre sur son brancard.

Madeleine, Kyle et Gurney se retrouvèrent seuls dans la pièce, debout autour du lit vide. Peut-être étaient-ils tous au bord de l'effondrement, et peut-être n'y avait-il plus rien à dire : le silence s'installa.

Il fut rompu par la sonnerie d'un téléphone, qui s'avéra être celui de Kyle. Il jeta un coup d'œil sur l'écran.

— Bon Dieu, dit-il sans s'adresser à quelqu'un en particulier avant de se tourner vers son père. C'est Kim. Je lui avais dit que je l'appellerais, mais avec tout ce qui s'est passé...

Il sortit dans le couloir en parlant à voix basse, et bientôt, il disparut de leur champ de vision et ils ne l'entendirent plus.

Madeleine dévisageait Gurney avec une expression où se mêlaient un grand soulagement et une immense lassitude, non moins présents dans sa voix.

— Tu t'en es bien sorti, dit-elle. C'est le principal, ajouta-t-elle une seconde plus tard.

— Oui.

— Et tu as résolu toute l'affaire. Une fois de plus.

— Oui. C'est tout du moins ce que je crois.

— Oh, je n'ai aucun doute à ce sujet.

Un sourire doux, indéchiffrable, flottait sur son visage.

Un silence tomba entre eux.

En plus d'une grande vague d'épuisement physique et émotionnel, Gurney commençait à sentir s'installer en lui une raideur et une sensation de douleur généralisée. Après un instant de perplexité, il l'attribua au fait d'avoir été plaqué au sol par deux flics pendant qu'il essayait d'éjecter d'un coup de pied le téléphone que Panikos tenait dans sa main.

Soudain, il se sentit trop fatigué pour penser, trop fatiguer pour rester sur ses pieds.

Pendant un moment, debout dans la chambre d'hôpital, Gurney ferme les yeux. Alors, il voit Peter Pan, tout en noir, qui lui tourne le dos. Le petit homme commence à pivoter. Son visage est d'un jaune bilieux, son sourire d'un rouge sanguinolent. Il se tourne vers lui et lève les bras, comme les ailes d'un rapace.

Les yeux dans le visage jaunâtre sont ceux de Carl Spalter. Remplis d'horreur, de haine et de désespoir. Les yeux d'un homme qui souhaiterait ne jamais être né.

La vision provoque chez Gurney un mouvement de recul, et il essaie de se concentrer sur Madeleine.

Elle lui suggère de s'allonger sur le lit. Elle propose de lui masser la nuque, les épaules et le dos.

Il accepte et se retrouve bientôt dans un état de conscience flottant. Il ne sent que la chaleur et la pression légère des mains de Madeleine.

Sa voix, douce et apaisante, est la seule autre réalité que son esprit perçoive.

Entre épuisement et sommeil, il existe un moment d'abandon profond, de simplicité, de clarté, dans lequel il a souvent découvert une sérénité qu'il ne trouvait nulle part ailleurs. Il imaginait parfois que cette sensation était semblable à l'euphorie des accros à l'héroïne après un fix – un élan de pure paix, d'insensibilité au monde.

En général, cela se produisait lorsqu'il était hors de portée de tout stimulus sensoriel, et ce phénomène amenait avec lui une merveilleuse incapacité à définir là où son corps se terminait et où le reste du monde commençait. Mais ce soir, c'est différent.

525

Ce soir, le son de la voix de Madeleine et la chaleur pénétrante de ses mains se sont intégrés à son cocon.

Elle parle de balades sur la côte de Cornouailles, des champs verts pentus, des murs de pierre, des falaises, très haut au-dessus de la mer...

De randonnées en kayak sur un lac turquoise, au Canada...

De parcours en vélo dans les vallées des Catskill...

De la cueillette des myrtilles...

De la construction d'abris pour les rouges-gorges le long des herbes hautes du pâturage...

De franchir un échalier sur un sentier et d'arriver dans une ferme des Highlands écossais...

Sa voix est aussi tendre et chaude que le contact de ses mains sur ses épaules.

Il la voit sur sa bicyclette avec ses baskets blanches, ses chaussettes jaunes, son short fuchsia et son blouson lavande en nylon qui étincelle au soleil.

Le soleil éclate et forme un immense cercle de lumière. Une roue de lumière.

Le sourire de Madeleine devient celui de Malcolm Claret. Sa voix est la même.

« Rien ne compte dans la vie à part l'amour. Rien que l'amour. »

Cet ouvrage a été imprimé en France
par CPI Bussière
à Saint-Armand-Montrond (Cher)
pour le compte des éditions Grasset
en janvier 2015

Composition réalisée par Belle Page

Grasset s'engage pour
l'environnement en réduisant
l'empreinte carbone de ses livres.
Celle de cet exemplaire est de :
1,4 kg éq. CO₂
Rendez-vous sur
www.grasset-durable fr

PAPIER À BASE DE
FIBRES CERTIFIÉES

Nº d'édition : 18690 – Nº d'impression : 2013920
Dépôt légal : février 2015
Imprimé en France